ENTRETIEN
AVEC UN VAMPIRE

COLLECTION TERREUR
dirigée par Patrice Duvic

ANNE RICE

ENTRETIEN
AVEC UN VAMPIRE

Traduit de l'américain
par
TRISTAN MURAIL

JC LATTÈS

Titre original

INTERVIEW WITH THE VAMPIRE

© 1976, by Anne O'Brien Rice
© 1978, Éditions Jean-Claude Lattès
ISBN : 2-266-03483-9
ISSN : 1144-7214

PREMIÈRE PARTIE

— Je vois..., dit le vampire d'un air pensif.

Puis, lentement, il traversa la pièce pour aller se poster à la fenêtre. Il y resta un long moment ; sa silhouette se découpait sur la clarté diffuse qui émanait de Divisadero Street et sur les rayons de phares des automobiles. L'ameublement de la pièce apparaissait maintenant plus clairement au jeune homme : la table de chêne ronde, les chaises. Contre l'un des murs, il y avait un lavabo surmonté d'un miroir. Il posa sa serviette sur la table et attendit.

— De combien de bandes disposez-vous ? demanda le vampire en tournant la tête de manière à offrir son profil au regard du jeune homme. Assez pour l'histoire de toute une vie ?

— Certainement, si c'est une vie intéressante. Quand j'ai de la chance, il m'arrive d'interviewer jusqu'à trois ou quatre personnes le même soir. Mais il faut que l'histoire en vaille la peine. C'est normal, non ?

— Parfaitement normal, répondit le vampire. Eh bien, cela me ferait plaisir de vous raconter ma vie, vraiment plaisir.

— Très bien ! dit le jeune homme.

Il sortit vivement de sa serviette un petit magnétophone à cassette, vérifia l'état de la bande et des piles. Il allait parler quand le vampire l'interrompit brutalement :

— Nous ne pouvons pas commencer comme cela. Votre appareil est-il prêt?

— Oui.

— Alors, asseyez-vous. Je vais allumer le plafonnier.

— Mais je croyais que les vampires n'aimaient pas la lumière! s'exclama le jeune homme. Si vous estimez que l'obscurité ajoute à l'atmosphère...

Il s'arrêta au milieu de sa phrase. Le vampire l'observait, adossé à la fenêtre. Les traits de son visage étaient maintenant totalement plongés dans l'ombre, mais quelque chose, dans la silhouette immobile, avait attiré l'attention du jeune homme. Il ouvrit la bouche, mais, de nouveau, s'arrêta avant d'avoir dit un mot. Un soupir de soulagement lui échappa quand le vampire revint vers la table et tira sur le cordon du plafonnier.

La pièce fut brutalement inondée d'une lumière jaune, crue, et le jeune homme, ayant levé les yeux sur son interlocuteur, ne put réprimer un sursaut. Ses doigts cherchèrent le rebord de la table pour s'y agripper.

— Bon Dieu! murmura-t-il.

Puis il garda les yeux fixés sur le vampire, sans un mot.

La peau du vampire était parfaitement blanche et lisse, comme s'il avait été sculpté dans de la craie, et son visage semblait aussi inanimé que celui d'une statue, à l'exception des deux yeux verts et brillants qui regardaient fixement le jeune homme, telles des flammes logées dans des orbites. Le visage du vampire s'éclaira d'un sourire presque désenchanté, et la matière lisse et blanche de sa chair avait le mouvement infiniment flexible, mais schématique, des dessins animés.

— Vous voyez? demanda-t-il avec douceur.

Avec un frémissement, le jeune homme éleva la main comme pour se protéger d'une lumière trop violente. Son regard erra lentement sur l'habit noir à la coupe impeccable qu'il n'avait fait qu'apercevoir dans le bar, sur les longs plis de la cape, sur le nœud de soie noire et sur le col éclatant de blancheur, aussi blanc que la chair du vampire. Il contempla les cheveux d'un noir intense, dont les ondulations venaient recouvrir la pointe des oreilles ; les boucles touchaient presque le bord du col blanc.

— Et maintenant, vous désirez toujours cette interview ? demanda le vampire.

Le jeune homme ouvrit la bouche sans qu'aucun son en sortît. Il acquiesça de la tête, puis réussit à articuler :

— Oui.

Lentement, le vampire s'assit en face du jeune homme et, se penchant vers lui, dit doucement, comme sur le ton de la confidence :

— N'ayez pas peur. Mettez simplement le magnétophone en marche.

Sur ces mots, il étendit un bras au-dessus de la table, en direction du jeune homme qui se tassa dans sa chaise, le visage subitement inondé de sueur. La main du vampire étreignit son épaule.

— Croyez-moi, dit-il, je ne vais pas vous faire de mal. Je veux profiter de l'occasion que vous m'offrez. Vous ne pouvez vous rendre compte à quel point c'est important pour moi. J'aimerais que nous commencions.

Il retira sa main puis attendit, recueilli.

Le jeune homme eut besoin d'un moment pour s'éponger le front et les lèvres avec un mouchoir, pour bégayer que le micro était incorporé à l'appareil, pour enclencher la touche d'enregistrement et pour annoncer enfin que le magnétophone tournait.

— Vous n'avez pas toujours été un vampire, n'est-ce pas ? commença-t-il.

— Non. Je suis devenu vampire à l'âge de vingt-cinq ans, et c'était en l'an 1791.

Le jeune homme fut frappé par la précision de la date, et la répéta avant de demander :

— Comment est-ce arrivé ?

— On peut faire à cela une réponse simple... Mais je ne crois pas avoir envie de faire des réponses simples. Je crois que je préfère raconter toute l'histoire...

— Oui, dit rapidement le jeune homme.

Il pliait et repliait son mouchoir et se tamponnait les lèvres.

— Il y eut d'abord une tragédie..., commença le vampire. Mon frère cadet... Il mourut.

Sur ce mot il s'arrêta, ce qui permit au jeune homme de s'éclaircir la gorge et de s'essuyer encore le visage, avant de fourrer le mouchoir dans sa poche d'un geste presque impatient.

— Cela ne vous est pas douloureux, n'est-ce pas ? demanda-t-il timidement.

— Cela le paraît ? interrogea le vampire. Non, reprit-il en secouant la tête. Il se trouve simplement que je n'ai jamais raconté cette histoire qu'à une seule autre personne, et il y a tellement longtemps de cela... Non, cela ne m'est pas douloureux...

» Nous vivions en Louisiane. Nous avions reçu un lot de terres et établi deux plantations d'indigo au bord du Mississippi, tout près de La Nouvelle-Orléans...

— Ah ! c'est cela, cet accent..., dit d'une voix douce le jeune homme.

Pendant un instant, le vampire le regarda d'un air déconcerté.

— J'ai un accent ?

Il se mit à rire.

Troublé, le jeune homme répondit très vite :

— Je l'ai remarqué dans le bar, lorsque je vous ai demandé ce que vous faisiez dans la vie. Vous prononcez les consonnes avec un peu de dureté, c'est tout. Je n'ai deviné à aucun moment que vous pouviez être d'origine française.

— Ce n'est pas grave, le rassura le vampire. Je fais seulement semblant d'être vexé. C'est qu'en fait il m'arrive de l'oublier. Mais permettez-moi de continuer...

— S'il vous plaît, oui...

— Je parlais donc des plantations. Il y a un rapport étroit, en vérité, entre elles et le fait que je sois devenu vampire. Mais j'y reviendrai plus tard. Notre vie s'y déroulait dans un cadre à la fois luxueux et primitif. Et nous y trouvions pour notre part beaucoup d'agrément. Voyez-vous, nous vivions là beaucoup mieux que nous n'aurions jamais pu vivre en France. C'était peut-être l'éloignement du sol natal qui nous faisait croire cela, mais, comme nous le croyions, cela était. Je me rappelle le mobilier importé qui envahissait la maison. (Le vampire sourit.) Et le clavecin... C'était merveilleux. Ma sœur en jouait. Les soirs d'été, elle s'asseyait au clavier, le dos aux portes-fenêtres grandes ouvertes. Je me souviens encore de la musique grêle et vive, et des marécages qui lui servaient de décor, des cyprès moussus qui flottaient sur un fond d'azur. Et il y avait les bruits des marais, le chœur des créatures palustres, les cris des oiseaux. Nous aimions cela. Cela rendait encore plus précieux les meubles de bois de rose, encore plus délicate et désirable la musique. Même alors que la glycine rongeait les volets des mansardes et que ses vrilles étaient capables en moins d'une année de traverser la brique blanchie à la chaux... Oui, tous, nous aimions cette vie. Tous, sauf mon frère. Je ne me rappelle pas l'avoir jamais entendu se plaindre de quoi que ce soit, mais je savais ses sentiments. Mon père étant décédé, c'était moi le chef de famille, et je devais le défendre constamment de ma mère et de ma sœur. Elles voulaient l'emmener dans leurs visites ou à des réceptions à La Nouvelle-Orléans, ce dont il avait horreur. Je crois qu'il cessa tout à fait de sortir avant même d'avoir douze ans. Il n'y avait que la prière qui fût importante pour lui, la prière et sa *Vie des saints* reliée de cuir.

» Je finis par lui construire une petite chapelle à

l'écart de la maison, et il se mit à y passer la plus grande partie de la journée, souvent aussi le début de la soirée. Il y a quelque chose d'ironique dans tout cela. Il était si différent de nous, si différent de tout le monde, tandis que, moi, j'étais tellement normal ! Je n'avais absolument rien d'extraordinaire...

De nouveau, le vampire eut un sourire.

— Le soir, parfois, je sortais le voir, et le trouvais dans le jardin près de la chapelle, assis sur un banc, dans la plus parfaite quiétude. Je lui parlais de mes ennuis, des difficultés que me causaient les esclaves, des soucis que me donnait le surveillant, du temps qu'il faisait, ou bien de mes courtiers..., de tous les problèmes qui tissaient la trame de mon existence. Et lui écoutait, faisait quelques brefs commentaires, montrait toujours sa sympathie, si bien que, lorsque je le quittais, j'éprouvais soudain l'impression de n'avoir plus aucun sujet de préoccupation. Je ne pensais pas pouvoir jamais lui refuser quoi que ce fût et jurais que, mon cœur dût-il en être brisé, il pourrait entrer dans les ordres quand le temps en serait venu. Je me trompais, évidemment.

Le vampire se tut.

Le jeune homme le regarda un moment sans rien dire, puis, comme s'il s'éveillait, du plus profond de la réflexion, il dit en trébuchant sur ses mots :

— Euh !... il ne voulait donc pas devenir prêtre ?

Le vampire étudia son visage, comme pour essayer de déchiffrer son expression, puis répondit :

— Je veux dire que je me trompais sur moi-même, sur le fait que je croyais ne rien pouvoir lui refuser.

Son regard se promena sur le mur opposé, puis sur les carreaux de la fenêtre.

— Il commença d'avoir des visions.

— De véritables visions ? demanda le jeune homme — mais dans sa voix il y avait toujours de l'hésitation, comme s'il pensait en fait à autre chose.

— Je n'y croyais pas, répondit le vampire. Il avait quinze ans lorsque cela se produisit. Il était très beau.

Sa peau était d'une extrême douceur et ses yeux bleus étaient immenses. Il était robuste, et non pas mince comme moi, mince comme je l'étais déjà à l'époque... Mais ses yeux... Quand je plongeais mon regard dans ses yeux, j'avais l'impression de me trouver seul au bord du monde... sur une plage océanique balayée par les vents... Il n'y avait plus rien que le grondement sourd des flots... Oui — ses yeux étaient toujours fixés sur les vitres des fenêtres — il commença d'avoir des visions. Au début, il n'y fit que quelques allusions, mais cessa totalement de prendre ses repas. Il vivait dans la chapelle. A toute heure du jour ou de la nuit, je pouvais le trouver devant l'autel, à genoux sur le dallage nu. Il négligeait même d'entretenir la chapelle. Il cessa de s'occuper des cierges, de changer la nappe de l'autel et même de balayer les feuilles mortes. Un soir que je l'observais, caché dans un rosier, je m'inquiétai de le voir rester une heure entière à genoux sans bouger, sans un seul instant baisser ses bras étendus en croix. Tous les esclaves le croyaient fou. (Le vampire leva le sourcil.) Moi, j'étais simplement persuadé qu'il faisait preuve de... trop de zèle. Que, dans son amour pour Dieu, il allait peut-être trop loin. Puis il me parla de ses visions. Saint Dominique et la Sainte Vierge Marie étaient venus à lui, dans sa chapelle. Ils lui avaient dit qu'il devait vendre tous nos biens en Louisiane, tout ce que nous possédions, et utiliser l'argent à œuvrer pour Dieu en France. Mon frère deviendrait une grande autorité religieuse, rendrait le pays à sa ferveur d'antan et refoulerait les marées de l'athéisme et de la Révolution. Bien sûr, lui-même ne possédait rien en propre. C'était moi qui devais vendre les plantations et les maisons que nous possédions à La Nouvelle-Orléans, pour ensuite lui donner l'argent.

Le vampire se tut de nouveau. Le jeune homme, immobile, le regardait, éberlué.

— Euh!... excusez-moi, murmura-t-il. Qu'avez-vous fait? Vous avez vendu les plantations?

— Non, répondit le vampire, le visage toujours aussi impassible. Je me moquai de lui. Et cela… cela déchaîna sa colère. Il répéta qu'il tenait ses ordres de la Vierge elle-même. Qui étais-je pour les mépriser?… Qui étais-je? répéta le vampire d'une voix douce, comme s'il se trouvait soudain replongé dans ce passé. Qui étais-je?… Et plus il tentait de me convaincre, plus je riais de lui. Cela n'avait aucun sens, lui disais-je, il ne fallait voir là que le produit d'un esprit immature, d'un esprit morbide, même. La chapelle était une erreur, lui affirmais-je encore; j'allais la démolir sur-le-champ. Il irait à l'école à La Nouvelle-Orléans et se nettoierait le cerveau d'idées aussi ridicules. Je ne me rappelle pas tout ce que je lui dis. Mais je me souviens des sentiments qui m'animaient. Derrière ce refus, ce mépris de ma part, se cachaient de la colère et de la déception. J'étais amèrement déçu, et je ne croyais pas un mot de ce qu'il racontait.

Le jeune homme, qui recouvrait peu à peu sa sérénité, s'empressa d'intervenir:

— Mais c'est tout à fait compréhensible. Je veux dire, qui donc l'aurait cru?

— Est-ce si compréhensible?

Le vampire leva les yeux sur le jeune homme.

— Je me demande si ce n'était pas que de l'égotisme. Je m'explique: j'aimais mon frère, ainsi que je vous l'ai dit, et parfois je le prenais pour un véritable saint. J'encourageais ses prières et ses méditations, et j'acceptais de le voir se consacrer à la prêtrise. Et, si quelqu'un m'avait parlé d'un saint vivant à Arles ou à Domrémy qui ait eu des visions, je l'aurais cru. J'étais catholique, je croyais aux saints. J'allumais des cierges devant leurs statues de marbre dans les églises. Je connaissais leur représentation, leur nom, les symboles qu'on leur rattachait. Mais je ne croyais pas mon frère, je ne pouvais pas le croire. Même l'espace d'un instant, je fus incapable d'admettre qu'il pût avoir des visions. Pourquoi donc? Parce que c'était mon frère. J'acceptais qu'il fût un saint, qu'il fût un être à part; mais qu'il fût François d'Assise, non. Pas mon frère à moi. Cela ne se pouvait. Voilà ce que j'appelle de l'égotisme. Vous comprenez?

Le jeune homme réfléchit un instant avant de répondre, puis il hocha la tête et dit que oui, il pensait comprendre.

— Peut-être avait-il eu réellement des visions, reprit le vampire.

— Vous ne… vous n'êtes pas sûr de savoir… même maintenant… s'il en avait eu ou pas?

— Non, mais ce que je sais, c'est qu'il ne faiblit pas un seul instant dans ses convictions. Je le sais maintenant, et je le savais déjà le soir où il quitta ma chambre fou de colère et de chagrin. Il ne faiblit pas un seul instant. Et, quelques minutes plus tard, il était mort.

— Comment cela? demanda le jeune homme.

— Il sortit par l'une des portes-fenêtres qui donnaient sur la galerie et resta un moment en haut de l'escalier de brique. Puis il tomba. Quand j'arrivai au bas des marches, il était mort, le cou rompu.

Le vampire secoua la tête, comme pour exprimer sa consternation, mais son visage était toujours serein.

— L'avez-vous vu tomber? questionna le jeune homme. Avait-il fait un faux pas?

— Non, je ne l'ai pas vu, mais deux domestiques furent témoins de l'accident. Ils dirent qu'il avait levé les yeux, comme s'il avait aperçu quelque chose dans le ciel. Puis son corps, d'un seul mouvement, s'était déplacé vers l'avant, comme balayé par une rafale de vent. L'un d'eux précisa qu'il était sur le point de dire quelque chose au moment de tomber. Moi aussi, j'avais eu cette impression, mais je m'étais alors écarté de la fenêtre. J'avais le dos tourné lorsque j'entendis le bruit de sa chute.

Le vampire jeta un regard sur le magnétophone et poursuivit:

— Je ne pus me pardonner. Je me sentais responsable de sa mort. Et tout le monde parut penser de même.

— Mais comment pouvait-on croire cela? Vous venez de dire qu'on l'avait vu tomber!

— Ce n'était pas une accusation aussi directe. On savait seulement que quelque chose de désagréable avait eu lieu entre nous. Que nous étions en train de discuter, quelques minutes avant sa chute. Les serviteurs nous avaient entendus, et aussi ma mère. Cette dernière ne cessa plus de me demander ce qui s'était passé, et pourquoi mon frère, d'ordinaire si calme, avait crié. Puis ma sœur se mit aussi de la partie, et moi, bien sûr, je refusai de parler. J'étais si profondément bouleversé et malheureux que je n'avais plus la moindre patience envers quiconque. Il ne me restait que la vague détermination de ne rien dire au sujet de ses « visions ». Personne ne saurait qu'il était devenu, finalement, non un saint, mais un... exalté. Ma sœur s'alita plutôt que d'affronter les obsèques et ma mère raconta partout dans la paroisse que quelque chose d'horrible, et que je ne voulais pas révéler, avait eu lieu dans ma chambre; la police elle-même vint me questionner, sur la suggestion de ma propre mère. Le curé enfin voulut me voir et me demanda ce qui s'était passé. Je ne révélai rien à personne. Il y avait seulement eu une discussion, disais-je. Je proclamais ne m'être pas trouvé sur la galerie au moment où il était tombé, alors que l'on me considérait comme un meurtrier. Mais j'avais vraiment le sentiment de l'avoir tué. Assis dans le salon près de son cercueil, je le veillai pendant deux jours, me répétant sans cesse: « C'est moi qui l'ai tué! » Je regardais fixement son visage, jusqu'à ce que des taches dansent devant mes yeux, jusqu'à défaillir presque. L'arrière de son crâne s'était brisé sur le dallage, et sa tête reposait déformée sur l'oreiller. Je m'obligeais à la contempler, à l'étudier du regard, car je ne pouvais qu'à peine supporter ma douleur, supporter l'odeur de la décomposition, et sans cesse j'avais la tentation d'essayer de lui ouvrir les yeux. Tout cela n'était que pensées folles, impulsions insensées. Et ainsi allait le cours de mes réflexions : je m'étais moqué de lui ; je ne l'avais pas cru ; je n'avais pas été gentil avec lui. C'était ma faute s'il s'était tué.

— Tout cela est vraiment arrivé, n'est-ce pas ? souffla le jeune homme. Tout ce que vous me racontez..., c'est vrai ?

— Oui, répondit le vampire, le regardant sans surprise. Je veux continuer à vous dire mon histoire.

Il se détourna du jeune homme pour contempler la fenêtre, semblant ne porter que peu d'intérêt à son interlocuteur, qui paraissait pour sa part aux prises avec quelque combat intérieur et silencieux.

— Mais vous disiez que vous ne saviez pas au sujet des visions, que vous, un vampire..., ne saviez pas de façon certaine si...

— Je voudrais prendre les choses dans l'ordre, dit le vampire, je voudrais continuer à vous raconter les choses telles qu'elles se sont produites. Non, je n'ai pas d'opinion sur les visions. Encore à ce jour.

De nouveau il fit une pause, et attendit que le jeune homme demandât :

— Oui, s'il vous plaît, continuez, s'il vous plaît.

— Bien. Je voulus vendre les plantations. Je désirais ne plus revoir la maison ni la chapelle. Finalement, je les confiai à une agence, qui les exploiterait pour moi et ferait en sorte que je n'eusse jamais besoin d'y aller, et j'installai ma mère et ma sœur dans l'une de nos maisons de La Nouvelle-Orléans. Bien sûr, la pensée de mon frère ne me quittait pas un seul instant. Je ne cessais de songer à son corps pourrissant dans le sol. Il était enterré au cimetière Saint-Louis, à La Nouvelle-Orléans, et je faisais tout ce que je pouvais pour éviter de passer devant ses portes ; mais cela ne m'empêchait pas de penser constamment à lui. Enivré ou à jeun, la vision de son corps en train de pourrir dans le cercueil me poursuivait et je ne pouvais la supporter. Je rêvais encore et encore que, le tenant par le bras, en haut des marches fatales, je lui parlais gentiment, le pressais de revenir dans ma chambre, lui disais avec douceur que je le croyais, qu'il devait prier pour que j'aie plus de foi. Entre-temps, les esclaves de la Pointe du Lac — c'était le nom de ma plantation — avaient commencé à raconter qu'ils avaient vu son fantôme sur la galerie, et le surveillant ne parvenait plus à maintenir l'ordre. En société, les gens posaient à ma sœur des questions blessantes sur toute l'affaire, ce qui eut pour effet de la rendre hystérique. En fait, elle ne souffrait pas vraiment d'hystérie, mais elle croyait que c'était ainsi qu'il fallait réagir, et s'y employait. Je passais mon temps à boire et n'étais à la maison que le moins possible. Je vivais en homme qui désire la mort mais n'a pas le courage de se la donner. J'arpentais, seul, rues et ruelles obscures, j'allais de cabaret en cabaret. Je me dérobai à deux duels, plus par apathie que par lâcheté. Je souhaitais de toute mon âme être assassiné. Et je fus attaqué. L'agresseur eût pu être n'importe qui, car mon invitation s'adressait aussi bien aux marins qu'aux voleurs ou aux maniaques — elle était ouverte à tous. Mais ce fut un vampire. Il m'attrapa un soir à quelques pas de ma porte et me laissa pour mort ; c'est du moins ce que je crus.

— Vous voulez dire... qu'il but votre sang ? demanda le jeune homme.

— Oui. (Le vampire sourit.) Il but mon sang. C'est ainsi que cela se passe.

— Mais vous étiez toujours en vie ? dit le jeune homme. Vous venez de dire qu'il vous avait laissé pour mort...

— Eh bien, il me vida de mon sang presque jusqu'à me tuer, ce qui pour lui était suffisant. On me mit au lit dès que l'on m'eut trouvé, l'esprit confus et tout à fait inconscient de ce qui m'était arrivé. Je dus penser qu'à force de boire j'avais eu une attaque. Je m'attendais à mourir, et ne voulais ni manger, ni boire, ni parler au médecin. Ma mère fit venir un prêtre. Il arriva tandis que j'étais pris de fièvre, et je lui racontai tout, les visions de mon frère, et ce que j'avais fait. Je me rappelle m'être accroché à son bras pour lui faire jurer qu'il n'en parlerait à personne.

» — Je sais que je ne l'ai pas tué, finis-je par dire au prêtre. Mais je ne peux plus vivre maintenant qu'il est mort. Après la façon dont je l'ai traité…

» — C'est ridicule, répondit-il. Bien sûr que vous pouvez vivre. La seule chose qui soit mauvaise en vous, c'est votre façon de vous apitoyer sur vous-même. Votre mère a besoin de vous, sans parler de votre sœur. Quant à votre frère, il était possédé du démon.

» Sa remarque me stupéfia tellement que je ne pus protester. Le diable était le véritable inspirateur de ces visions, poursuivait-il. Le diable était partout. Le pays de France tout entier était sous l'influence de Satan, et la Révolution avait été son plus grand triomphe. Rien n'aurait pu sauver mon frère si ce n'est la prière, le jeûne et les exorcismes, et plusieurs hommes pour le maintenir à terre lorsque le diable possédait son corps et l'agitait de spasmes.

» — C'est le diable qui l'a jeté au bas de l'escalier, c'est tout à fait évident, déclara-t-il. Ce n'est pas à votre frère que vous parliez dans cette chambre, mais à Satan.

» Eh bien, cela me rendit furieux. J'avais parfois cru auparavant que l'on m'avait poussé à mes dernières limites, mais c'était faux. Il continuait de parler du diable, du vaudou chez les esclaves, et des cas de possession qui s'étaient produits ailleurs dans le monde. J'en devins fou de rage. J'allai presque jusqu'à le tuer, réussissant au moins dans ma fureur à dévaster la pièce.

— Mais… et votre faiblesse… et le vampire? s'étonna le jeune homme.

— J'étais hors de moi, expliqua le vampire. Je fis des choses que je n'aurais pas été capable de faire, même en parfaite santé. La scène est maintenant confuse, pâle, irréelle dans mon esprit. Mais je me rappelle avoir traîné le prêtre dehors par une porte de l'arrière de la maison, lui avoir fait traverser la cour et lui avoir cogné la tête contre le mur de brique de la cuisine, jusqu'à presque le tuer. Quand finalement on m'eut maîtrisé, dans un état d'épuisement qui m'avait mis au bord de la mort, on me fit une saignée. Les imbéciles ! Mais je voulais dire autre chose : c'est alors que je pris conscience de mon égotisme. Je l'avais peut-être vu se refléter dans la personne de ce prêtre. Son attitude de mépris envers mon frère était le reflet de la mienne ; de même, sa façon de jacasser aussitôt sur le diable et son refus de considérer la possibilité que la sainteté soit passée si près...

— Mais il croyait vraiment qu'il y avait eu un cas de possession ! s'exclama le jeune homme.

— Sa réaction avait des fondements beaucoup plus humains, répliqua aussitôt le vampire. Les gens qui cessent de croire en Dieu ou en tout ce qui incarne le bien continuent de croire au diable. Je ne sais pas pourquoi. Non, vraiment, je ne vois pas pourquoi. Le mal, c'est quelque chose de toujours possible. Et le bien, c'est quelque chose d'éternellement difficile. Mais ne vous y trompez pas : parler de possession, c'est en fait une façon de dire que quelqu'un est fou. Il me semble en tout cas qu'il en allait ainsi dans l'esprit de ce prêtre. Peut-être était-il tombé sur un cas de folie furieuse qu'il avait appelée possession ? On n'a pas besoin de voir Satan pour l'exorciser. Mais se trouver en présence d'un saint..., croire que ce saint a eu une vision... Non, c'est de l'égotisme, ce refus d'admettre que quelque chose de semblable puisse arriver dans notre milieu.

— Je n'avais jamais réfléchi à ça de cette façon, dit le jeune homme. Mais que vous est-il arrivé ensuite ? Vous disiez qu'on vous avait saigné pour vous guérir. Cela a dû vous tuer ou presque ?

Le vampire rit.

— Oui, c'est certain. Mais le vampire revint cette nuit-là. C'est qu'il voulait la Pointe du Lac, ma plantation, voyez-vous ?

» Il était très tard, ma sœur s'était endormie. Je m'en souviens comme si c'était hier. Il entra par la cour et ouvrit la porte-fenêtre sans un bruit. C'était un homme de grande taille, au teint clair, à la chevelure blonde et abondante, aux mouvements gracieux, presque félins. Doucement, il diminua la mèche de la lampe et avec un châle voila les yeux de ma sœur. Elle s'était assoupie à côté de la cuvette et du drap qu'elle avait utilisés pour baigner mon front ; sous le châle, elle ne bougea pas une seule fois jusqu'au matin. Mais le jour nouveau me trouva grandement changé.

— Changé ? De quelle façon ? s'inquiéta le jeune homme.

Avec un soupir, le vampire se rappuya au dos de sa chaise et fixa son regard sur le mur.

— D'abord, je crus voir arriver un nouveau médecin, ou quelqu'un que ma famille aurait chargé d'essayer de me raisonner. Mais cette idée me fut tout de suite enlevée. Il s'approcha au plus près de mon lit et se pencha de telle sorte que son visage fut éclairé par la lampe ; je vis alors qu'il n'était en rien un homme ordinaire. Ses yeux gris étaient incandescents et les longues mains blanches qui pendaient à ses côtés n'avaient rien de semblable à celles d'une créature humaine. Je crois que je compris tout. Sur l'instant, ce qu'il put me dire plus tard n'en fut qu'une confirmation. Je veux dire qu'au moment même où je le vis, où je vis son aura extraordinaire et où je sus qu'il était une créature dont je n'avais jamais connu la pareille, je me sentis réduit à néant. Ce *moi* qui ne pouvait accepter la présence à ses côtés d'un être humain échappant à l'ordinaire se trouva écrasé. Tout le tissu de mes pensées, y compris mon sentiment de culpabilité, mon désir de mourir, me parut totalement dénué d'importance. J'oubliai complètement ma propre personne ! (Le vampire se frappa sans bruit la poitrine du poing.) Je m'oubliai complètement, et, au même instant, je compris ce que signifiait le mot *possible*. A partir de là, je ne fus plus en proie qu'à un émerveillement sans cesse croissant. Tandis qu'il me parlait, qu'il m'instruisait de ce que je pourrais devenir, de ce qu'était et avait été sa vie, mon passé se réduisait en cendres. Je vis ma vie comme si j'étais détaché d'elle, sa vanité, son égoïsme, cette fuite perpétuelle devant des problèmes mesquins, ces prières du bout des lèvres à un Dieu, à une Vierge et à une armée de saints dont les noms emplissaient mes livres de messe, mais dont aucun n'apportait le moindre changement à une existence étroite et matérialiste. Je découvris mes vrais dieux..., les dieux de la plupart des hommes : la nourriture, la boisson, la sécurité dans le conformisme. Des cendres...

Le visage du jeune homme avait une expression tendue, mélange de désarroi et d'étonnement.

— Et c'est ainsi que vous avez décidé de devenir un vampire ? demanda-t-il.

Le vampire resta silencieux un moment.

— Décidé..., cela ne semble pas le mot juste. Cependant, je ne peux prétendre que c'était chose inévitable à partir du moment où il pénétra dans cette pièce. Non, en fait, ce n'était pas inévitable. Pourtant, je ne peux pas dire que j'aie décidé. Disons que lorsqu'il eut fini de parler je ne pouvais plus prendre aucune autre décision, et je poursuivis ma route sans un regard en arrière. A l'exception d'un seul.

— A l'exception d'un seul ? Lequel ?

— Mon dernier lever de soleil, dit le vampire. Ce matin-là, je n'étais pas encore vampire. Et je vis ma dernière aurore.

» Je m'en souviens parfaitement ; et, pourtant, je ne pense pas me rappeler aucun autre lever de soleil avant celui-ci. La lumière parvint d'abord au haut des portes-fenêtres, pâle halo derrière les rideaux de dentelle, puis lueur de plus en plus brillante formant des taches parmi les feuilles des arbres. Enfin, le soleil frappa directement les fenêtres et projeta sur le sol de pierre l'ombre des dentelles, illumina la silhouette de ma sœur toujours endormie, découpant les dessins des rideaux sur le châle qui recouvrait ses épaules et sa tête. Dès qu'elle perçut la chaleur, sans se réveiller, elle écarta le châle et, comme le soleil éclairait violemment son visage, plissa les paupières. Puis le rayon lumineux fut sur la table et embrasa l'eau dans le broc. Je sentis sa chaleur caresser mes mains posées sur le couvre-lit, puis mon visage. Couché dans mon lit, je pensai à tout ce que m'avait déclaré le vampire, et c'est alors que je dis adieu à l'aurore et m'engageai sur le nouveau chemin de ma destinée. Ce fut... la dernière aube.

Le vampire regarda encore par la fenêtre, s'arrêtant de parler si soudainement que le jeune homme eut la sensation d'un silence tangible. Puis il prit conscience des bruits de la rue, le vacarme assourdissant d'un camion. Les vibrations agitèrent le cordon de la suspension. Le camion s'éloigna.

— Cela vous manque-t-il? demanda-t-il avec une petite voix.

— Pas vraiment. Il y a tellement d'autres choses! Mais où en étions-nous? Vous vouliez savoir comment cela se passa, comment je devins vampire.

— Oui, acquiesça le jeune homme. Comment s'est effectué le changement, exactement?

— Je ne peux pas vous le dire avec des mots précis. Je peux vous en parler, l'enfermer dans des mots qui vous rendront évidente la qualité de mon expérience. Mais je ne peux pas vous en parler avec exactitude, pas plus que je ne pourrais vous décrire très précisément ce qu'est une expérience sexuelle si vous n'en avez jamais connu.

L'idée d'une autre question à poser parut tout à coup frapper le jeune homme; mais, avant qu'il eût pu ouvrir la bouche, le vampire avait repris:

— Ainsi que je vous le disais, ce vampire, Lestat, voulait mes plantations. Une raison un peu superficielle, assurément, pour me faire présent d'une vie qui durerait jusqu'à la fin du monde; mais ce n'était pas un être doué de beaucoup de discernement. Je devrais dire plutôt qu'il ne considérait pas le petit groupe de vampires qui peuplaient le monde comme un club select. Il avait des problèmes très humains — un père aveugle qui ne savait pas que son fils était un vampire, et qui ne devait pas le découvrir. Vivre à La Nouvelle-Orléans était devenu trop difficile pour lui, si l'on considérait ses besoins et son obligation de prendre soin de son père, et il voulait la Pointe du Lac.

» Dès le soir suivant, nous partîmes pour la plantation, installâmes le père aveugle dans la chambre du maître de maison et procédâmes à mon changement. Je ne peux pas dire que cela se passa en une seule étape — quoique, bien sûr, il y eût un pas décisif après lequel il fut impossible de revenir en arrière. Mais la transformation se déroula en plusieurs actes, dont le premier fut la mort du surveillant. Lestat le prit dans son sommeil. Je devais regardér et approuver, c'est-à-dire être témoin de ce meurtre comme preuve de mon engagement et comme part de ma métamorphose. Cela se révéla sans aucun doute le moment le plus difficile pour moi. Je vous ai dit que je n'avais aucune crainte de mourir, mais que me donner la mort moi-même était une perspective qui me causait la nausée. J'avais naturellement le plus grand respect de la vie des autres et une horreur de la mort que la disparition de mon frère avait récemment développée. Je dus regarder le surveillant s'éveiller en sursaut, tenter des deux mains de se dégager de Lestat, échouer, se débattre sous l'étreinte du vampire, et finalement s'affaisser, flasque, vidé de son sang. Puis mourir. Il ne mourut pas tout de suite. Nous restâmes dans sa chambre étroite presque une heure entière à le regarder mourir. Une étape de ma métamorphose, comme je le disais. Autrement, Lestat ne serait jamais resté. Ensuite, nous dûmes nous débarrasser du corps. Cela me rendit presque malade. Déjà faible et fiévreux, il ne me restait que peu de réserves, et manipuler un cadavre me souleva le cœur. Lestat riait, me disait sans pitié que je me sentirais si différent quand je serais vampire que j'en rirais aussi. Là-dessus, il se trompait. Je ne m'amuse jamais de la mort, même si j'en suis si souvent et si régulièrement la cause.

» Mais prenons les choses dans l'ordre. Nous dûmes remonter la route du fleuve jusqu'à la zone des champs sans clôtures et, là, nous abandonnâmes le corps. Nous déchirâmes les vêtements du mort, lui dérobâmes son argent et fîmes en sorte que ses lèvres soient maculées d'alcool. Je connaissais sa femme, qui vivait à La Nouvelle-Orléans, et savais de quel désespoir elle souffrirait lorsque le corps serait découvert. Mais, ce qui me faisait le plus mal, c'était qu'elle ne saurait jamais la vérité, qu'elle croirait que son mari, en état d'ivresse, avait été assassiné sur la route par des voleurs. Tandis que nous nous acharnions sur son corps, en meurtrissions le visage et les épaules, un sentiment d'alarme grandit en moi. Évidemment, il faut que vous compreniez que, durant tout cet épisode, le vampire Lestat m'avait paru extraordinaire. A mes yeux, il n'avait pas plus d'humanité qu'un ange biblique. Mais la fascination qu'il exerçait sur moi ne résista pas à la pression de mes sentiments. J'avais assisté à ma transformation en vampire sous deux lumières différentes. La première lumière était celle de l'enchantement pur et simple ; Lestat m'avait subjugué sur mon lit de mort. Mais l'autre lumière était mon désir d'autodestruction ; mon désir d'être totalement damné. C'était là la porte ouverte par laquelle Lestat était entré à deux reprises. Seulement, maintenant, il ne s'agissait plus de ma propre destruction, mais de celle d'autres êtres humains. Le surveillant, sa femme, sa famille... J'eus un mouvement de recul, et j'aurais fui Lestat, l'esprit totalement détraqué, s'il n'avait senti, grâce à un instinct infaillible, ce qui se produisait. Un instinct infaillible..., reprit le vampire d'un air méditatif. Disons plutôt le puissant instinct du vampire pour lequel le plus petit changement dans l'expression du visage d'un homme est aussi révélateur qu'un acte. Lestat était doué d'une rapidité surnaturelle. Il me précipita dans la voiture et fouetta les chevaux.

» — Je veux mourir, me mis-je à murmurer. C'est insoutenable, je veux mourir. Il est en votre pouvoir de me tuer. Laissez-moi mourir.

» Je refusais de le regarder, pour n'être pas fasciné par la beauté à l'état pur qu'il dégageait. Il m'appela par mon nom, doucement, en riant. Je le répète, il avait la ferme détermination d'avoir la plantation.

— Mais, de toute façon, demanda le jeune homme, vous aurait-il laissé partir ?

— Je ne sais pas. Connaissant Lestat comme je le connais maintenant, je répondrais volontiers qu'il m'aurait tué plutôt que de me laisser aller. Mais c'était cela que je voulais, comprenez-vous ? Non, en fait, c'était ce que je m'imaginais désirer. Dès que nous atteignîmes la maison, je sautai à bas de la voiture et marchai comme un zombie jusqu'à l'escalier de brique où mon frère était tombé. La maison était restée inhabitée pendant des mois — le surveillant avait une petite maison à lui — et la chaleur et l'humidité de la Louisiane avaient commencé de désagréger les marches. Dans chaque fissure poussaient de l'herbe et même des fleurs des champs. Je me rappelle cette sensation d'humidité que la nuit rendait fraîche comme je m'asseyais sur les premières marches et posais ma tête sur la brique tout en promenant mes mains parmi les fleurs aux tiges poisseuses. J'en arrachai une touffe du sol mou.

» — Je veux mourir ! Tuez-moi, tuez-moi ! dis-je au vampire. Maintenant, je suis coupable d'un crime. Je ne peux plus vivre.

» Il ricana avec l'impatience des gens à qui l'on conte des mensonges flagrants. Alors, en un éclair, il se saisit de moi, comme il s'était saisi de mon surveillant. Je me débattis sauvagement. J'enfonçai ma botte dans sa poitrine et tentai de le repousser, tandis que ses dents mordaient ma gorge et que la fièvre faisait battre mes tempes. Et, d'un mouvement de son corps entier, beaucoup trop rapide pour que je puisse le voir, il se retrouva soudain debout, d'un air de dédain, au pied de l'escalier.

» — Je croyais que vous vouliez mourir, Louis, dit-il.

Le jeune homme avait sursauté au moment où le vampire avait révélé son nom. Celui-ci, s'en apercevant, reconnut :

— Oui, c'est mon nom.

Puis il reprit son récit :

— Donc, je gisais sur ces marches, incapable de me défendre de ma propre lâcheté, de ma stupidité. Avec un peu de temps, honteux de ma couardise, j'aurais peut-être rassemblé assez de courage pour réellement me donner la mort, au lieu de gémir et de supplier les autres de le faire. Je rêvai alors qu'à l'aide d'un couteau je m'ouvrais les veines, languissant jour après jour dans une souffrance aussi nécessaire que la pénitence qui suit la confession, tout en souhaitant que la mort me prenne par surprise et me rende digne du pardon éternel. Puis je me vis debout en haut de l'escalier, là précisément où mon frère s'était tenu avant sa chute mortelle, et j'imaginai que je précipitais mon corps au bas des marches.

» Mais le temps manquait pour que je rassemble mon courage. Ou plutôt, devrais-je dire, le temps manquait pour tout ce qui n'entrait pas dans le plan que Lestat avait conçu.

» — Écoutez-moi maintenant, Louis, dit-il en s'allongeant à mon côté sur les marches, en un mouvement si gracieux et si intime qu'il m'évoqua aussitôt le geste d'un amant.

» Je m'écartai. Mais il m'entoura de son bras droit et m'attira contre son sein. Je ne m'étais jamais trouvé si près de lui auparavant, et dans la faible clarté de la nuit je vis le rayonnement magnifique de ses yeux et le masque surnaturel de son visage. Comme j'essayais de bouger, il appuya les doigts de sa main droite sur mes lèvres en disant :

» — Restez tranquille. Je vais vous boire jusqu'au seuil de la mort, et je veux que vous restiez calme, si calme que vous puissiez presque entendre le flot de votre sang, si calme que vous puissiez entendre couler votre sang à l'intérieur de mes veines. C'est votre conscience, votre volonté qui devront vous maintenir en vie.

» Je tentai de lutter, mais ses doigts exerçaient une pression si forte sur moi qu'ils tenaient en échec les efforts de mon corps tout entier ; et, dès que je cessai ma tentative avortée de rébellion, il enfonça ses dents dans mon cou.

Les yeux du jeune homme se dilatèrent. Il s'était de plus en plus enfoncé dans sa chaise à mesure que le vampire racontait son histoire ; maintenant, son visage était tendu et il plissait les yeux, comme s'il se préparait à résister à une rafale.

— Vous est-il déjà arrivé de perdre une grande quantité de sang ? demanda le vampire. Savez-vous l'effet que cela produit ?

Les lèvres du jeune homme formèrent le mot *non,* mais aucun son ne sortit de sa bouche. Il s'éclaircit la gorge.

— Non, parvint-il à dire.

— Des chandelles brûlaient dans le salon en haut des marches, là où nous avions conçu le projet de tuer le surveillant. Sous la galerie, la brise ballottait une lampe à huile. Toutes ces lumières miroitèrent et se fondirent en une présence inconnue et dorée qui planait au-dessus de moi, suspendue à la cage de l'escalier, entortillée amoureusement aux balustrades, s'enroulant et se déroulant comme de la fumée.

» — Gardez vos yeux grands ouverts, murmura Lestat, ses lèvres remuant contre la peau de mon cou.

» Je me rappelle que ce mouvement de ses lèvres fit se hérisser chaque poil de ma peau, provoqua dans mon corps entier une onde de sensation qui n'était pas dissemblable au plaisir de la passion...

Le vampire prit une pose méditative, les doigts de la main droite légèrement recourbés sous le menton, l'index semblant le caresser légèrement.

— Le résultat fut qu'en quelques minutes je devins faible au point d'en être paralysé. Frappé de panique, je découvris que je ne pouvais même pas m'obliger à parler. Lestat me tenait toujours, bien sûr, et son bras était lourd comme une barre de fer. Je sentis avec tant d'acuité ses dents se retirer que les deux blessures pas plus larges que des piqûres me parurent énormes, ourlées de douleur. Puis il se pencha sur ma tête impuissante et, dégageant son bras droit, se mordit le poignet. Le sang gicla sur ma chemise et sur ma veste ; il en contempla le flot d'un œil étroit et brillant. Il me parut que son observation durait une éternité, et le miroitement de la lumière était maintenant suspendu derrière son visage, comme en toile de fond d'une apparition. Je pense que j'avais compris par avance ce qu'il avait l'intention de faire, et, impuissant, j'attendis, j'attendis comme si je n'avais fait qu'attendre depuis des années. Enfin, il pressa son poignet sanglant contre ma bouche et dit d'une voix ferme et quelque peu impatiente :

» — Buvez, Louis.

» Et je bus. Un certain nombre de fois, il me murmura : « Allez, Louis », ou : « Plus vite, Louis. » Je bus, aspirant le sang par les trous qu'il avait ouverts, renouvelant pour la première fois depuis mon enfance le plaisir particulier de pomper ma nourriture, le corps polarisé à l'unisson de mon esprit sur cette unique source de vie. Puis quelque chose se produisit.

Le vampire se renfonça dans sa chaise ; un léger pli lui barrait le visage.

— Comme c'est pitoyable d'essayer de décrire l'indescriptible ! dit-il d'une voix qui n'était presque qu'un murmure.

30

Le jeune homme semblait pétrifié.

— Tandis que j'aspirais le sang, mon univers visuel s'était réduit à cette lumière dorée. Et la sensation qui parvint ensuite jusqu'à moi fut une sensation... sonore. D'abord un grondement sourd, puis une pulsation lourde semblable à une batterie de tambour, dont le son s'enfla, s'enfla comme si quelque énorme créature s'approchait au travers d'une forêt sombre et inconnue, accompagnant sa progression d'un tam-tam monstrueux. Puis s'ajouta la battue d'un autre tambour, celui d'un autre géant marchant à quelques pas du premier, mais aucun des deux monstres, concentrés sur leur instrument, ne prêtait attention au rythme de l'autre. Le son grossit tellement qu'il me parut non seulement emplir mes oreilles, mais aussi envahir tous mes sens, palpiter dans mes lèvres et dans mes doigts, dans la chair de mes tempes, dans mes veines. Dans mes veines, surtout, ce premier tambour, puis l'autre ; et tout à coup Lestat retira son poignet ; j'ouvris les yeux, mais me retins au moment où j'allais chercher son poignet, l'attraper, le ramener vers ma bouche à tout prix ; je me retins parce que j'avais compris soudain que le premier tambour était mon cœur et que le second était le sien.

Le vampire soupira.

— Vous comprenez ?

Le jeune homme faillit dire quelque chose, puis il secoua la tête.

— Non..., je veux dire oui, émit-il. Je veux dire que...

— Bien sûr, dit le vampire en détournant son regard.

— Oh! un moment, un moment! dit le jeune homme, tout troublé. La cassette est presque finie, il faut que je la retourne.

Le vampire le regarda patiemment effectuer l'opération.

— Et ensuite ? demanda le jeune homme.

Son visage était moite. Il l'essuya rapidement avec son mouchoir.

— Ma vision était devenue celle d'un vampire, répondit le vampire avec une ombre de détachement dans le timbre de sa voix.

Il semblait presque absent. Puis il se redressa.

— Lestat était à nouveau debout au bas des marches. Jamais auparavant je n'aurais pu avoir la vision que j'avais maintenant de lui. Avant, il m'était paru blanc, parfaitement blanc, ce qui le rendait presque lumineux dans la nuit ; et maintenant il m'apparaissait tout empli de sa vie et de son sang : il n'était pas simplement lumineux, il irradiait la lumière. Puis je m'aperçus que Lestat n'était pas le seul à avoir changé : tout l'univers s'était transformé.

» Il me semblait que je venais tout juste d'acquérir le pouvoir de percevoir les couleurs et les formes. Je fus tellement captivé par les boutons qui fermaient la veste noire de Lestat qu'un long moment je ne regardai rien d'autre. Puis Lestat se mit à rire, et le son de son rire n'était semblable à rien de ce que j'avais jamais entendu. Je percevais toujours le battement de tambour de son cœur, et voici que s'y ajoutait le métal de son rire. Mes sens étaient brouillés, les sons se fondaient les uns aux autres comme se mêlent les résonances des cloches. Puis j'appris à séparer les sons, qui s'organisèrent en un carillon dont chaque tintement, doux mais précis, réverbérait ses échos parmi les sons qui s'égrenaient…, un carillon de rire.

Le vampire sourit de ravissement :

— Un chapelet de cloches…

» Lestat me dit :

» — Cessez donc de contempler les boutons de ma veste ! Allez vous promener sous les arbres. Débarrassez-vous de votre dépouille d'humain, et ne tombez pas amoureux de la nuit au point d'en perdre votre chemin !

» C'était évidemment un sage conseil. Je fus tellement enamouré du reflet de la lune sur les dalles de pierre que je dus rester là une heure durant. Je passai devant la chapelle de mon frère sans même une pensée pour lui et, parmi les peupliers et les chênes, j'écoutai la nuit qui murmurait comme un chœur de femmes, de femmes qui m'offraient toutes ensemble leur sein. Mais mon corps n'était pas encore totalement transformé et, dès que je fus un peu habitué à ces nouveaux sons et à ces nouvelles visions, il devint douloureux. Tous mes fluides de mortel m'étaient arrachés. En tant qu'humain, j'étais en train de mourir, mais j'étais parfaitement en vie en tant que vampire ; et, de mes sens nouvellement éveillés, il me fallut assister à la mort de mon corps. J'en conçus d'abord un certain malaise, puis, finalement, de la peur.

» Je revins en courant et me ruai vers le salon, où Lestat était déjà au travail sur les archives de la plantation, parcourant l'état des dépenses et des recettes de l'année précédente.

» — Vous êtes riche, me dit-il au moment où j'entrais.

» — Il est en train de m'arriver quelque chose, criai-je.

» — Vous êtes en train de mourir, c'est tout ; ne faites pas l'idiot. Vous n'avez donc pas de lampes à huile ? Tout cet argent, et vous ne pouvez vous payer d'huile de baleine que pour une seule lanterne ! Apportez-la-moi.

» — De mourir ! répétai-je, hurlant. De mourir !

» — Personne n'y échappe, reprit-il, persistant dans son refus de m'aider.

» Lorsque je repense à tout cela, je m'aperçois que je le méprise encore pour son attitude. Non pas parce qu'il avait ri de mes peurs, mais parce qu'il aurait dû respectueusement attirer mon attention sur ces transformations. Il aurait dû me calmer et m'inviter à me laisser fasciner par ma mort comme je m'étais laissé fasciner par la nuit. Mais il n'en fit rien. Lestat n'a jamais été le vampire que je suis. Absolument jamais.

Le vampire avait dit cela simplement, sans forfanterie.

— *Alors*[1], soupira-t-il, la vie me quittant rapidement, mon aptitude à la frayeur diminua tout aussi vite. Je regrette seulement de n'avoir pas été plus attentif au déroulement du processus. Lestat se conduisait comme un parfait imbécile :

» — Oh! pour l'amour de l'enfer! se mit-il à crier. Imaginez-vous que je n'ai pris aucune disposition pour vous! Quel idiot je fais!

» Je fus tenté de glisser : « En effet! » Mais je me tus.

» — Il faudra que vous partagiez ma couche, ce matin. Je n'ai pas pensé à vous préparer un cercueil.

Le vampire rit :

— Cette mention du cercueil m'inonda d'un flot de terreur si intense qu'il absorba probablement toutes les réserves de frayeur qui me restaient. Alors seulement conçus-je quelque alarme à devoir partager un cercueil avec Lestat. Dans l'entre-temps, il était allé dans la chambre de son père pour souhaiter bonne nuit au vieil homme, et lui dire qu'il reviendrait le voir au matin.

» — Mais où vas-tu donc? Pourquoi es-tu obligé d'avoir un pareil emploi du temps? avait demandé le vieillard, ce qui avait impatienté Lestat.

» Jusque-là, il s'était montré très doux avec son père, presque écœurant même de gentillesse. Mais tout à coup il se transforma en brute :

» — Je m'occupe de toi, non? Je t'ai trouvé un meilleur toit que tout ce que tu m'as jamais offert! Si j'ai envie de dormir toute la journée durant et de boire toute la nuit, je le ferai, sacrebleu!

» Le vieillard commença de gémir. Seuls me gardaient de manifester mon désaccord l'état émotif particulier dans lequel je me trouvais et ma sensation tout à fait inhabituelle d'être totalement épuisé. Je regardais la scène par la porte ouverte, fasciné par les tonalités du couvre-lit et par la véritable orgie de couleurs qui s'étalait sur le visage du vieil homme. Ses

1. En français dans le texte.

34

veines bleues palpitaient derrière sa chair rose et grisâtre. Même le jaune de ses dents m'était attirant, et le tremblement de sa lèvre fut près de m'hypnotiser.

» — Quel fils, mon Dieu, quel fils! disait-il, sans soupçonner, bien sûr, sa véritable nature. C'est bon, va-t'en. Je sais que tu entretiens une femme quelque part; tu vas la voir dès que son mari la quitte le matin. Donne-moi mon chapelet. Où est passé mon chapelet?

» Lestat laissa tomber un mot blasphématoire et lui tendit le chapelet...

— Mais..., commença le jeune homme.

— Oui? dit le vampire. Je crains de ne pas vous laisser poser suffisamment de questions.

— Je voulais demander... il y a une croix dans les chapelets, il me semble?

— Oh! cette histoire de croix! (Le vampire rit.) Vous faites allusion à cette idée que nous aurions peur des croix?

— Je croyais que vous ne pouviez pas les regarder, dit le jeune homme.

— Une idiotie, mon cher ami, une pure idiotie. Je peux regarder tout ce que je veux. Et, entre autres, j'aime bien regarder les crucifix.

— Et ce qu'on raconte au sujet des trous de serrure? Que vous pouvez... vous réduire en fumée et passer à travers?

— J'aimerais bien! dit en riant le vampire. Ce serait absolument merveilleux. J'aimerais bien traverser toute une série de trous de serrure différents et ressentir la caresse de chacune de leurs formes. Non. (Il secoua la tête.) Tout cela, c'est... — comment dites-vous maintenant?... — des... conneries?

Cela fit rire le jeune homme malgré lui. Puis son visage redevint sérieux.

— Ne soyez donc pas si timide avec moi! dit le vampire. A quoi pensez-vous?

— Cette histoire de pieux qu'on enfonce dans le

cœur, avoua le jeune homme, ses joues s'empourprant légèrement.

— C'est la même chose, répondit le vampire, une con-ne-rie.

Il avait soigneusement articulé ce dernier mot, ce qui fit sourire le jeune homme.

— Nous n'avons aucun pouvoir magique, reprit-il. Pourquoi ne fumez-vous pas l'une de vos cigarettes ? J'ai remarqué que vous en aviez dans la poche de votre chemise.

— Oh ! merci, dit le jeune homme, comme si c'était une idée extraordinaire.

Mais, lorsque la cigarette fut entre ses lèvres, ses mains tremblaient si fort qu'il massacra la première allumette.

— Permettez-moi, dit le vampire.

Il prit la pochette aux fragiles allumettes et, d'un geste rapide, approcha une flamme de la cigarette. Le jeune homme aspira, les yeux braqués sur les doigts du vampire penché par-dessus la table. Puis celui-ci reprit sa position assise dans un bruissement soyeux d'étoffe.

— Il y a un cendrier sur le lavabo, dit-il.

Le jeune homme, nerveux, alla le chercher. Il regarda un instant les quelques mégots qui s'y trouvaient et, remarquant par terre une petite corbeille à papier, vida le cendrier et le posa rapidement sur la table. Ses doigts laissaient des traces humides sur la cigarette.

— C'est votre chambre ? demanda-t-il.

— Non, répondit le vampire. Ce n'est qu'une chambre comme ça.

— Que se passa-t-il ensuite ? reprit le jeune homme.

Le vampire contemplait la fumée qui se rassemblait au-dessous de l'ampoule suspendue au plafond

— Euh !... nous rentrâmes à La Nouvelle-Orléans en toute hâte. Lestat avait installé son cercueil dans une chambre misérable proche des remparts.

— Et vous vous êtes couché dans son cercueil?

— Je n'avais pas le choix. Je suppliai Lestat de me permettre de rester dans le cabinet, mais il rit, d'un air étonné.

» — Ne savez-vous donc pas ce que vous êtes, maintenant? me demanda-t-il.

» — Mais y a-t-il une raison magique? Est-il nécessaire que ce soit un cercueil? essayai-je de discuter.

» Cela ne fit qu'entraîner un nouvel éclat de rire. Je ne pouvais me faire à cette idée; cependant, tout en parlant, je m'aperçus que je n'avais pas vraiment peur. C'était une étrange constatation. Toute ma vie, j'avais craint les lieux clos. Né et élevé dans des maisons à la française, plafonds hauts et fenêtres ouvertes jusqu'au sol, j'avais la hantise d'être enfermé. Je me sentais mal à l'aise même dans le confessionnal. C'était une crainte assez normale. Et maintenant, tout en protestant auprès de Lestat, je me rendais compte que cette peur m'avait quitté. Ce n'était qu'un souvenir, auquel je m'accrochais par habitude et parce que je ne pouvais parvenir à reconnaître la liberté merveilleuse qui était mienne maintenant.

» — Vous ne vous comportez pas bien, finit par dire Lestat. Et c'est presque le lever du jour. Je devrais vous laisser mourir. Car vous mourriez, savez-vous? Le soleil détruirait dans chacune de vos veines, dans chaque parcelle de votre chair, le sang dont je vous ai fait présent. Vous ne devriez absolument pas avoir peur. J'ai l'impression que vous êtes comme un homme qui a perdu un bras ou une jambe, et qui prétend qu'il a toujours mal à son membre disparu.

» Ce fut là la chose la plus intelligente et la plus utile que Lestat ait jamais dite en ma présence, et cela me détermina aussitôt à surmonter mes répugnances.

» — Bon, je vais maintenant me coucher dans mon cercueil, me dit-il de son ton le plus dédaigneux, et vous vous y allongerez sur moi, si vous avez compris où est votre bien.

» Je m'exécutai. Je m'étendis à plat ventre sur lui, complètement désorienté de n'avoir pas peur, mais dégoûté de ce contact si intime, en dépit de la fascinante beauté de Lestat. Il rabattit le couvercle. Je lui demandai alors si j'étais totalement mort — je ressentais encore des démangeaisons et des picotements dans tout le corps.

» — Non, vous ne l'êtes pas encore, me répondit-il. Quand vous le serez, vous entendrez et vous verrez le changement, et ne sentirez plus rien. Vous devriez être mort dès ce soir. Dormez maintenant.

— Avait-il dit vrai? Étiez-vous... mort à votre réveil?

— Oui, ou plutôt... changé. Car, de toute évidence, je suis vivant. Mon corps était mort. Il lui fallut quelque temps pour se débarrasser complètement des liquides et des substances dont il n'avait plus besoin, mais il était mort. Et ma prise de conscience de la mort de mon corps conduisit une nouvelle étape de mon divorce progressif d'avec les émotions humaines. La première chose qui me devint apparente, alors même que nous chargions ce soir-là le cercueil dans un corbillard et que nous en volions un autre à la morgue, ce fut que je n'aimais pas du tout Lestat. J'étais encore loin d'être son égal, mais j'étais maintenant infiniment plus proche de lui qu'avant la mort de mon corps. Il m'est difficile de m'expliquer plus clairement, pour la raison évidente que vous êtes actuellement comme j'étais avant que mon corps ne meure. Vous ne pouvez pas comprendre. Mais, avant ma métamorphose, la rencontre de Lestat avait été pour moi l'expérience la plus bouleversante que j'eusse jamais connue. Votre cigarette n'est plus qu'un long tube de cendres.

— Oh! (Le jeune homme écrasa rapidement le filtre sur le verre du cendrier.) Vous voulez dire que, lorsqu'il n'y eut plus ce fossé entre vous, il perdit son... attrait? demanda-t-il, tandis que ses yeux revenaient se fixer sur le vampire et que ses mains faisaient surgir une nouvelle cigarette, qu'il alluma cette fois sans difficulté.

— Oui, c'est exact, parut content de répondre le vampire. Le voyage de retour à la Pointe du Lac fut terrifiant, et le bavardage incessant de Lestat était tellement éprouvant, tellement écœurant... Bien sûr, comme je le disais, j'étais loin d'être son égal. Il me fallait me battre avec mes membres amputés..., pour continuer d'user de cette métaphore. Cela, je l'appris dès cette nuit-là, la nuit de mon premier meurtre.

Soudain, le vampire étendit un bras au travers de la table pour épousseter délicatement un peu de cendre qui s'était accrochée au revers du jeune homme, lequel suivit son geste avec appréhension.

— Excusez-moi, dit le vampire. Je n'avais pas l'intention de vous effrayer.

— C'est moi qui m'excuse, corrigea le jeune homme. J'ai eu tout à coup l'impression que votre bras était... d'une longueur anormale. Pour pouvoir m'atteindre de si loin sans bouger!

— Non, dit le vampire en reposant ses mains sur ses genoux croisés. C'est seulement que je me suis approché d'un mouvement si rapide que vous ne l'avez pas vu. C'était une illusion.

— Vous vous êtes approché? Mais non! Vous êtes resté assis comme vous l'êtes maintenant, appuyé au dossier de votre chaise!

— Non, répéta d'un ton ferme le vampire. Je me suis bien approché, comme je viens de vous le dire. Tenez, je recommence.

Il refit son geste, que le jeune homme observa avec le même mélange de trouble et de crainte.

— Vous n'avez rien vu, cette fois non plus, dit le vampire. Mais maintenant, si vous regardez mon bras étendu, vous pouvez constater qu'il n'est en rien d'une longueur remarquable.

Il tendit le bras, l'index pointé vers le ciel, comme un ange énonçant la Parole divine.

— Vous venez de faire l'expérience de la différence fondamentale qui existe entre nos deux façons de percevoir. Mon geste m'a semblé lent et quelque peu nonchalant. Et j'ai entendu le bruit qu'a fait mon doigt en époussetant votre veste de manière tout à fait distincte. Je vous assure que je ne voulais pas vous effrayer, mais vous pouvez peut-être ainsi vous rendre compte que mon retour à la Pointe du Lac fut un festival d'expériences nouvelles. Le seul balancement d'une branche d'arbre dans le vent était un ravissement.

— Oui, fit le jeune homme, toujours sous le choc.

Le vampire l'observa un moment puis reprit :

— Je vous parlais de...

— De votre premier meurtre.

— Oui. Je dois commencer par vous dire, cependant, que la plantation était sens dessus dessous. On avait découvert le corps du surveillant et le vieillard aveugle installé dans la chambre principale, dont personne n'avait pu expliquer la présence. Personne non plus n'avait réussi à me trouver à La Nouvelle-Orléans. Ma sœur avait alerté la police, et plusieurs de ses représentants m'attendaient à la Pointe du Lac. Il faisait déjà complètement nuit, bien sûr, et Lestat m'expliqua rapidement que je ne devais pas me faire voir des gendarmes, même sous la plus faible lumière, surtout dans l'état particulier où se trouvait présentement mon corps. Je leur parlai donc dans l'avenue bordée de chênes qui passait devant la maison, ignorant leur demande de se rendre à l'intérieur. J'expliquai que j'étais venu à la Pointe du Lac la nuit précédente et que le vieil homme était mon hôte. Quant au surveillant, je ne l'avais pas vu et j'en avais conclu qu'il était parti à La Nouvelle-Orléans pour quelque affaire.

» Ce problème réglé — le détachement dont je savais désormais faire preuve m'ayant été d'un secours admirable —, je dus m'attaquer à celui de la plantation elle-même. La plus parfaite confusion régnait parmi mes esclaves, qui de toute la journée n'avaient accompli aucun travail. Nous avions une vaste installation pour la fabrication de la teinture d'indigo, où le rôle du surveillant était de la plus grande importance. Mais j'avais plusieurs esclaves très intelligents qui auraient pu depuis longtemps faire son travail, si j'avais accepté de reconnaître leurs capacités et si je n'avais craint leur aspect et leurs manières d'Africains. Je les considérais maintenant d'un esprit plus clair, et leur confiai la marche des affaires. Au meilleur d'entre eux, je promis la maison du surveillant. Puis je ramenai des champs deux jeunes femmes et les installai à la maison pour qu'elles s'occupent du père de Lestat, en les prévenant que je désirais le maximum de discrétion et leur affirmant qu'elles seraient récompensées non seulement pour la façon dont elles s'acquitteraient de leur service, mais aussi si elles savaient préserver notre solitude à Lestat et à moi-même. Je n'avais pas envisagé, à ce moment, que les esclaves seraient les premiers, et éventuellement les seuls, à jamais soupçonner que Lestat et moi n'étions pas des créatures ordinaires. J'avais oublié que leur expérience du surnaturel était bien plus grande que celle des hommes blancs. Ma propre inexpérience me les faisait considérer comme des sauvages puérils à peine domestiqués par l'esclavage. C'était une grave erreur. Mais j'en reviens à mon histoire. J'allais vous parler de mon premier meurtre. Lestat le bâcla avec son manque de bon sens caractéristique.

— Le bâcla ? s'étonna le jeune homme.

— Je n'aurais jamais dû commencer par des êtres humains, mais, cela, je dus l'apprendre par moi-même. Lestat nous plongea au beau milieu des marais dès que j'eus fini de m'occuper de la police et des esclaves. Il était très tard, et les cases des esclaves n'étaient plus éclairées. Très vite, nous perdîmes de vue les lumières de la Pointe du Lac, et je devins très nerveux. De nouveau, ce furent ce malaise, ces peurs qui gisaient dans ma mémoire. Si Lestat avait été doté

41

de la moindre intelligence, il aurait pu m'expliquer les choses patiemment et en douceur — me dire que je n'avais aucune raison de craindre les marais, que j'étais parfaitement invulnérable aux serpents et aux insectes, que je devais me concentrer sur le pouvoir que j'avais maintenant de percer la nuit la plus noire. Au lieu de cela, il m'accablait de reproches. Il ne s'intéressait qu'à la recherche de victimes, voulant en finir au plus vite avec mon initiation.

» Quand nous découvrîmes finalement nos futures proies, il me précipita dans l'action. C'était un petit campement d'esclaves fugitifs. Lestat les avait déjà visités et avait peut-être déjà cueilli le quart de leur troupe, en les prenant dans leur sommeil ou en attendant dans l'ombre que l'un d'eux s'écarte du feu. Ils ne savaient rien de leur bourreau. Nous dûmes les observer pendant plus d'une heure avant que l'un des hommes — il n'y avait que des hommes — quitte la clairière et fasse quelques pas sous les arbres. Il déboutonna son pantalon et satisfit un besoin naturel. Au moment où il se retournait pour partir, Lestat, me secouant, me dit :

» — Prenez-le !

Le vampire sourit au jeune homme, dont les pupilles s'étaient dilatées.

— Je crois que je fus aussi horrifié que vous pourriez l'être, me dit-il. Mais je ne savais pas à ce moment que j'avais le choix entre tuer des animaux ou tuer des humains. Je répondis vite que je ne pouvais faire une chose pareille ; mais l'esclave m'entendit parler. Il fit demi-tour, tournant le dos au feu qui brûlait un peu plus loin, et scruta l'obscurité. Puis, vivement et sans bruit, il tira de sa ceinture un long couteau. Il ne portait rien d'autre que son pantalon ; c'était un jeune homme de grande taille, à la peau luisante et aux bras puissants. Il dit quelque chose en créole, puis fit un pas en avant. Je m'aperçus que, si je le distinguais clairement dans l'ombre, lui ne pouvait nous voir. Lesta sauta derrière lui avec une prestesse qui me stupéfia et l'attrapa par le cou, tout en immobilisant son bras gauche. L'esclave poussa un cri et tenta de projeter Lestat au sol. Mais celui-ci avait planté ses dents dans sa gorge, et l'esclave se pétrifia, comme sous l'effet d'une morsure de serpent. Il s'effondra sur les genoux, et Lestat s'abreuva en hâte, tandis que les autres esclaves accouraient.

» — Vous me rendez malade, me dit-il quand il m'eut rejoint.

» Tels de noirs insectes camouflés dans la nuit, nous observâmes les esclaves se déplacer sans prendre garde à notre présence, découvrir leur camarade blessé, le ramener, puis battre les fourrés à la recherche de l'agresseur.

» — Venez, il faut en attraper un autre avant qu'ils soient tous revenus au campement, ajouta-t-il.

» Et nous bondîmes vers l'un des hommes, qui s'était séparé des autres. J'étais toujours terriblement agité ; j'étais convaincu de ne pouvoir m'obliger à attaquer et ne ressentais pas le besoin de le faire. Je le répète, Lestat aurait eu beaucoup à faire. Il y avait tant de façons de rendre riche cette expérience... Mais il n'en fit rien

— Qu'aurait-il pu faire ? demanda le jeune homme. Que voulez-vous dire ?

— Tuer n'est pas un acte ordinaire, dit le vampire. Il ne s'agit pas seulement de se rassasier de sang. (Il secoua la tête.) C'est faire l'expérience de la vie de quelqu'un d'autre, et souvent c'est sentir, à travers le sang, cette vie s'en aller lentement. Pour moi, c'est aussi, toujours, l'expérience renouvelée de la perte de ma propre vie, de ce moment où j'aspirais le sang de Lestat par son poignet, sentant son cœur battre avec le mien. C'est chaque fois célébrer le souvenir de cette expérience, qui est pour les vampires l'expérience ultime.

Le vampire parlait sur un ton extrêmement grave, comme pour convaincre un contradicteur.

— Je ne pense pas que Lestat ait jamais partagé ces

sentiments, quoique je ne sache pas comment il pouvait s'en empêcher. Disons qu'il appréciait une partie, une très faible partie, de ce que la vie surnaturelle lui offrait. En tout cas, il ne prit pas la peine de me rappeler mes sensations de la veille, mon acharnement à boire à son poignet, pour en tirer la substance même de la vie. Pas plus qu'il ne chercha à me choisir un lieu où j'aurais pu faire l'expérience de mon premier meurtre avec un minimum de calme et de dignité. Il me précipita dans ma première rencontre avec le crime comme si c'était là quelque chose à mettre derrière soi au plus vite, comme le voyageur pressé cherche à laisser derrière lui la route le plus longue possible.

» Quand il eut rattrapé l'esclave, il le bâillonna, l'immobilisa et dégagea son cou.

» — Allez-y, me dit-il. Vous ne pouvez plus revenir en arrière.

» J'obéis, révulsé et impuissant. Je m'agenouillai près de l'homme qui se débattait, plié en deux, et, me cramponnant des deux mains à ses épaules, enfonçai dans son cou mes dents, qui ne faisaient que commencer leur transformation. Je dus déchirer la chair, au lieu de la percer ; mais, la blessure ouverte, le sang coula, et, quand je fus soudé à son cou, que je commençai à boire..., tout le reste disparut.

» Lestat, le marais, les bruits qui parvenaient du campement, tout cela ne signifiait plus rien. Mon compagnon n'avait pour moi pas plus d'importance que le bourdonnement d'un insecte. J'étais magnétisé ; le corps tiède soulageait en se débattant la tension de mes mains. Et le battement de tambour revint. C'était la pulsation de son cœur — mais, cette fois, il battait sur un rythme parfaitement synchrone du mien, et tous deux résonnaient en chaque fibre de mon être. Puis les battements se firent de plus en plus lents, jusqu'à ce que chacun d'entre eux ne fût plus qu'une douce rumeur qui menaçait de se prolonger à l'infini. J'étais sur le point de m'assoupir, arraché à la pesanteur terrestre, quand Lestat me tira en arrière.

» — Il est mort, espèce d'idiot ! proféra-t-il avec son charme et son tact caractéristiques. Il ne faut plus boire quand ils sont morts ! Mettez-vous bien cela dans la tête !

» Je fus pris un instant d'une sorte de frénésie ; hors de moi-même, je prétendis que le cœur de l'esclave battait encore et tentai furieusement de m'agripper de nouveau à son corps. Mes mains coururent sur sa poitrine, s'accrochèrent à ses poignets. Je les aurais ouverts de mes dents si Lestat ne m'avait obligé à me relever, tout en m'assenant une gifle. Cette gifle fut étonnante. Non point douloureuse au sens ordinaire du terme, mais comme un choc sensationnel, d'une nature différente, un ébranlement de tous mes sens, qui me fit chanceler et m'obligea, impuissant et hagard, à m'adosser à un cyprès, les oreilles palpitant du grésillement des insectes nocturnes.

» — Vous mourrez si vous n'y prenez pas garde, continuait Lestat. Votre victime vous aspirera dans la mort avec elle, si vous ne vous retirez pas au moment où la vie la quitte. Et, de plus, vous avez trop bu ; vous allez être malade.

» Sa voix m'agaçait les nerfs. J'eus envie de me jeter sur lui, mais brusquement je ressentis ce qu'il avait prédit. C'était comme une douleur qui grignotait mon estomac, comme un tourbillon au-dedans de moi qui aspirait mes entrailles. C'était l'effet du sang qui passait trop vite dans mes propres veines, mais je ne le savais pas. Lestat s'en fut dans la nuit d'un pas de chat et je dus le suivre. J'avais mal à la tête, et ma douleur d'estomac ne s'était pas adoucie lorsque nous atteignîmes la Pointe du Lac.

» Nous nous assîmes à la table du salon. Je regardai avec mépris Lestat disposer des cartes pour une patience, sur le bois verni. Il était en train de marmonner des idioties. Je m'habituais à tuer, disait-il ; cela ne serait rien. Je ne devais pas me laisser impressionner. Je réagissais trop violemment, comme si je n'étais pas débarrassé de ma « dépouille de mortel ». Je ne m'habituerais que trop à tout cela.

» — Vous croyez vraiment ? finis-je par demander.

» En fait, je me moquais de la réponse qu'il pourrait me faire. Je comprenais maintenant la différence qu'il y avait entre nous. L'épreuve du meurtre était passée sur moi comme un cyclone ; de même celle d'avoir bu au poignet de Lestat. Ces deux expériences m'avaient tellement bouleversé, avaient tellement changé ma vision des choses, depuis le portrait de mon frère accroché au mur du salon jusqu'à l'étoile qui brillait au travers du carreau supérieur de la fenêtre, que je ne pouvais imaginer qu'un autre vampire les prenne pour simple routine. J'étais transformé, à jamais ; je le savais. Ce que j'éprouvais au plus profond de moi, pour tout, même pour le bruit des cartes que mon compagnon alignait en rangées luisantes, c'était du respect. Lestat ressentait le contraire ; ou bien ne ressentait rien. Il n'y avait rien à tirer de lui. Il marmonnait à mon adresse par-dessus son jeu, aussi ennuyeux, aussi banal, aussi malheureux qu'un mortel, et dépréciait mon aventure. Il était complètement fermé à la possibilité de vivre une expérience personnelle. Au matin, j'en étais arrivé à me rendre compte que je lui étais absolument supérieur et que j'avais été bien tristement joué en le recevant comme professeur. Il faudrait cependant qu'il soit mon guide pour les leçons indispensables — si toutefois il m'en restait vraiment à recevoir — et je devrais prendre mon parti d'une tournure d'esprit qui était blasphème à l'encontre de la vie elle-même. Mes sentiments à son égard n'étaient plus que totale froideur. En prenant conscience de ma supériorité, j'avais abandonné tout mépris. J'avais seulement faim de nouvelles découvertes, aussi belles et dévastatrices que mon meurtre, et je comprenais que, si je voulais magnifier toute expérience qui se présenterait à moi, je ne devrais compter que sur mes propres ressources pour faire mon apprentissage. Lestat n'était d'aucune utilité.

» Minuit était largement passé lorsque finalement

je me levai et sortis sur la galerie. La lune était grosse au-dessus des cyprès, la lumière des chandeliers filtrait par les portes ouvertes. Les piliers épais et les murs de plâtre de la maison avaient été récemment blanchis à la chaux, les planchers venaient d'être balayés, une pluie d'été avait lavé la nuit qui étincelait de gouttes d'eau. Je m'appuyai au dernier pilier de la galerie, la tête contre les tendres vrilles d'un jasmin qui poussait là en lutte constante avec une glycine, et, songeant à ce qui m'attendait sur les sentiers du monde et sur les sentiers du temps, je pris la résolution de les parcourir avec délicatesse et respect, retirant de chaque chose ce qui me permettrait de mieux goûter la suivante. Ce que tout cela signifiait, je ne le savais pas de façon certaine. Me comprenez-vous lorsque je dis que je ne voulais pas foncer tête baissée dans l'expérience de ma nouvelle vie, que ce que j'avais ressenti dans ma nature de vampire était beaucoup trop fort pour être gaspillé ?

— Oui, répondit d'un ton ardent le jeune homme. On dirait que c'est comme d'être amoureux.

Les yeux du vampire brillèrent.

— C'est exact. C'est semblable à l'amour. (Il sourit.) Je vous décris mon état d'esprit de ce soir-là pour que vous sachiez qu'il y a de profondes différences entre les vampires et que vous compreniez comment j'en suis venu à choisir une approche différente de celle de Lestat. Dites-vous bien que je ne lui en voulais pas de ne pas apprécier son expérience, mais que, simplement, je n'arrivais pas à concevoir comment l'on pouvait gâcher pareilles sensations. Mais Lestat fit alors quelque chose qui devait m'enseigner une façon de poursuivre mon apprentissage.

» La manière dont il appréciait les richesses que recelait la Pointe du Lac n'était en rien superficielle. La beauté de la porcelaine dans laquelle on avait servi le souper de son père lui avait beaucoup plu ; il aimait la douceur au toucher des tentures de velours, il traçait du pied les motifs des tapis. Il sortit de l'un des buffets un verre de cristal et dit :

» — Les verres me manquent.

» Mais il y avait dans sa voix une délectation malicieuse qui me fit l'étudier d'un œil dur. Comme je le détestais !

» — Je vais vous montrer un petit tour de ma façon, dit-il. Si vous aimez les verres.

» Ayant posé le verre de cristal sur la table à jeu, il vint me rejoindre sous la galerie et prit la pose d'un animal à l'affût. Perçant des yeux l'obscurité qui s'étendait au-delà de la zone qu'éclairaient les lumières de la maison, il scruta le sol au-dessous des branches arquées d'un chêne, puis en un clin d'œil, ayant sauté la balustrade et s'étant laissé choir souplement à terre, il plongea dans la nuit et attrapa quelque chose, de ses deux mains. Lorsqu'il me présenta sa capture, je sursautai de découvrir un rat.

» — Ne faites donc pas l'imbécile, dit-il. Vous n'avez jamais vu de rat ?

» C'était un énorme rat des champs à la longue queue qui se débattait dans ses mains. Il le maintenait par le cou afin qu'il ne puisse mordre.

» — Cela peut-être très joli, un rat, reprit-il.

» Il entra dans le salon, ouvrit la gorge de l'animal au-dessus du verre de cristal, qui fut bientôt plein de sang, puis le balança par-dessus la balustrade de la galerie. Lestat éleva la coupe vers le chandelier d'un air de triomphe.

» — Il se pourrait que vous ayez besoin de vous nourrir de rats de temps à autre... Chassez donc de votre visage cette expression de dégoût, me dit-il. De rats, de poulets, de bétail... Si vous voyagez par bateau, vous avez sacrément intérêt à vous nourrir de rats, si vous ne voulez pas déclencher à bord une telle panique que l'on se mette à chercher votre cercueil. Oui, vous avez plutôt intérêt à nettoyer le navire de sa vermine.

» Sur ce, il dégusta le sang aussi délicatement que s'il se fût agi d'un bourgogne. Il eut une légère grimace :

» — Cela refroidit si vite!

» — Vous voulez bien dire que nous pouvons nous nourrir du sang des animaux? demandai-je.

» — Oui.

» Il finit de boire, puis jeta négligemment le verre dans la cheminée. J'en regardai les fragments.

» — Cela ne vous fait rien, n'est-ce pas?

» Il désigna d'un geste les éclats de cristal, avec un sourire sarcastique.

» — J'espère vraiment que cela ne vous fait rien, parce que, si cela vous déplaisait, il n'y a plus grand-chose que vous puissiez faire.

» — Je pourrais vous mettre à la porte de la Pointe du Lac, si cela me déplaisait, répondis-je, vous et votre père.

» Cela devait être ma première démonstration de mauvaise humeur.

» — Vous le feriez? demanda-t-il en feignant l'inquiétude. Vous ne savez pas tout encore..., non?

» Il se mit à rire et traversa lentement la pièce, jusqu'à l'épinette dont il caressa du doigt la surface satinée.

» — Savez-vous jouer?

» Je dus répondre quelque chose comme: « N'y touchez pas! » mais il rit de nouveau:

» — J'y toucherai si j'en ai envie! Par exemple, vous ne savez pas tout sur ce qui peut occasionner votre mort. Et ce serait une telle calamité que de mourir maintenant, ne trouvez-vous pas.

» — Il y a bien quelqu'un d'autre au monde qui puisse m'apprendre tout cela, dis-je. Vous n'êtes sûrement pas le seul vampire! Votre père a peut-être soixante-dix ans. Vous ne pouvez donc pas être vampire depuis très longtemps, et quelqu'un a bien dû vous instruire...

» — Et vous croyez que vous pourrez découvrir d'autres vampires par vous-même? Ils pourront bien, eux, vous voir arriver, mais, mon cher ami, vous, vous ne les verrez même pas. Non, je ne pense pas que

49

vous ayez tellement le choix au point où en sont les choses. Je suis votre professeur, vous avez besoin de moi, et vous n'y pouvez rien. De plus, tous deux, nous avons des personnes à notre charge. Mon père a besoin d'un médecin, et puis il y a votre mère et votre sœur. Ne vous avisez pas de leur confier, comme un mortel le ferait, que vous êtes devenu vampire. Contentez-vous de vous occuper d'elles et de mon père, ce qui signifie que, demain soir, vous aurez intérêt à tuer sans perdre de temps, puis à vous inquiéter des affaires de votre plantation. Et maintenant, au lit. Nous dormons dans la même chambre ; cela diminue beaucoup les risques.

» — Non, enfermez-vous tout seul dans la chambre, dis-je. Je n'ai pas l'intention de dormir dans la même pièce que vous.

» Cela le rendit furieux.

» — Vous allez faire des idioties, Louis, je vous préviens. Nous ne pouvons plus nous défendre quand le soleil est levé. Deux chambres, cela veut dire deux fois moins de sécurité. Deux fois plus de précautions à prendre et deux fois plus de risques d'être remarqué.

» Puis il débita des dizaines d'arguments destinés à m'effrayer et à me forcer d'obéir, mais il aurait pu tout aussi bien parler aux murs. Je l'observais d'un œil intense, mais n'écoutais pas ce qu'il disait. Il me faisait l'effet d'une marionnette faible et stupide, d'une marionnette faite de brindilles et affublée d'une voix trop fluette et hargneuse.

» — Je dors seul, affirmai-je.

» J'éteignis, une à une, les bougies.

» — C'est presque le matin, insista-t-il.

» — Alors, enfermez-vous.

» Je pris mon cercueil à bras-le-corps, lui fis descendre l'escalier de brique. J'entendis le bruit de serrures qui jouaient dans les portes-fenêtres, le frôlement de tentures que l'on tirait. Le ciel était pâle mais encore constellé d'étoiles ; la brise qui venait du fleuve portait une nouvelle ondée légère qui mouche-

50

tait les dalles de pierre. J'ouvris la porte de la chapelle de mon frère, en écartant les roses et les épines qui l'avaient presque scellée, puis posai le cercueil sur le sol de pierre, devant le prie-Dieu. Je distinguais presque les images de saints accrochées aux murs.

» — Paul, dis-je d'une voix basse, m'adressant à mon frère, pour la première fois de ma vie je ne ressens rien pour toi, ta mort ne me fait plus rien ; et, en même temps, pour la première fois aussi, je ressens pour toi toutes les émotions du monde, je ressens le chagrin de ta perte comme si je n'avais jamais su dans le passé ce qu'est le chagrin...

» Vous comprenez ?

Le vampire se tournait vers le jeune homme.

— J'étais maintenant devenu complètement et par faitement vampire. Je fermai hermétiquement les volets de bois sur les petites fenêtres grillagées et verrouillai la porte. Puis je grimpai dans le cercueil garni de satin, distinguant à peine le reflet de l'étoffe dans l'obscurité, et refermai le couvercle. Voilà comment je devins vampire.

— Et c'est comme cela que vous vous êtes retrouvé en compagnie d'un autre vampire que vous haïssiez, dit le jeune homme après un silence.

— Il fallait bien que je reste avec lui, répondit le vampire. Comme je vous l'ai dit, j'étais à sa merci. Il insinuait que j'ignorais encore beaucoup de choses qu'il me fallait savoir, et qu'il était le seul à pouvoir me les enseigner. En fait, la plus grande partie de ce qu'il m'apprit était de caractère pratique et pas tellement difficile à imaginer par soi-même. Par exemple, comment voyager par bateau en faisant transporter nos cercueils, dont nous prétendrions qu'ils contiendraient les restes d'êtres chers, que nous allions enterrer quelque part ailleurs. Personne n'oserait ouvrir un cercueil pareillement chargé, et il ne nous resterait plus qu'à en sortir la nuit afin de pourchasser les rats peuplant le navire... Voilà le genre de choses qu'il m'expliquait. Il y avait aussi les magasins et les hommes d'affaires dont il savait qu'ils acceptaient de nous recevoir bien après les heures de fermeture pour nous approvisionner en articles à la mode de Paris ; il y avait les agents qui acceptaient de s'occuper de transactions financières dans les restaurants et les cabarets. En toutes ces questions pratiques, Lestat se montrait un professeur compétent. Je n'aurais pu dire quel type d'homme il avait été dans sa vie de mortel, et je ne m'en souciais guère ; maintenant, il paraissait vraiment appartenir à la même classe sociale que moi, ce qui m'était indifférent, mais cela rendait le cours de nos vies un peu plus lisse qu'il ne l'aurait été autrement. Il avait un goût sûr, bien qu'il considérât ma bibliothèque comme un « tas de poussière » et qu'il semblât plus d'une fois furieux de me voir lire ou noter quelques observations dans mon journal.

» — Ce sont des inepties de mortel, me disait-il.

» Alors que lui, pendant ce temps, dépensait sans compter mon argent pour meubler splendidement la Pointe du Lac, au point que même moi, qui me moquais des questions financières, je me sentais obligé de froncer le sourcil. Il recevait aussi des visiteurs à la Pointe du Lac— d'infortunés voyageurs qui remontaient la route du fleuve à dos de cheval ou en voiture, et quémandaient l'hospitalité pour la nuit en produisant des lettres d'introduction écrites par d'autres planteurs ou par quelque personnage officiel de La Nouvelle-Orléans. Il était si doux et si poli avec eux que cela rendait les choses beaucoup plus faciles pour moi, qui me trouvais lié à lui sans espoir, sans cesse heurté et blessé par sa malignité.

— Mais il ne faisait pas de mal à ces gens-là ? s'enquit le jeune homme.

— Oh! si, souvent. Mais puis-je vous confier un petit secret, qui vaut non seulement pour les vampires, mais aussi pour les généraux, les soldats et les rois ? La plupart d'entre nous préférons de beaucoup voir quelqu'un mourir plutôt que d'être traités grossièrement sous notre propre toit. Étrange…, oui. Mais absolument vrai, je vous l'assure. Je savais que Lestat chassait des mortels toutes les nuits. Mais je n'aurais pu supporter qu'il fût désagréable ou méchant envers ma famille, mes hôtes, mes esclaves. Or il ne l'était pas et paraissait particulièrement apprécier d'avoir des visiteurs. Il pensait que nous ne devions reculer devant aucune dépense, s'il s'agissait de nos familles, et il me semblait même qu'il ensevelissait son père sous un luxe qu'il poussait presque au grotesque. Il fallait sans cesse vanter au vieil aveugle la beauté et le prix de ses robes de chambre et de ses vestes d'intérieur, lui dire quelles tentures d'importation on venait de fixer à son lit, lui réciter la liste des vins de France et d'Espagne que nous avions au cellier, lui apprendre combien produisait la plantation, même en ces mauvaises années où toute la côte parlait d'abandonner la culture de l'indigo pour celle de la canne à sucre. Cependant, en d'autres occasions, il brutalisait son vieux père, comme je vous l'ai déjà dit. Il explosait d'une telle rage que le vieillard en pleurnichait comme un enfant.

» — Est-ce que je ne t'entretiens pas comme un prince ? lui hurlait Lestat à la figure. Est-ce que je ne comble pas le moindre de tes désirs ? Arrête de geindre que tu veux te rendre à l'église ou aller voir tes vieux amis ! Tu es complètement stupide, tous tes amis sont morts ! Qu'attends-tu pour mourir et me laisser tranquille, et laisser tranquille mon argent !

» Le vieil homme répondait doucement, en larmes, que toutes ces choses-là signifiaient si peu à son âge qu'il se serait contenté de rester dans sa petite ferme… J'avais souvent envie de lui demander : « Où était donc votre ferme ? D'où venez-vous ? » — ce qui aurait pu me donner quelque indice sur l'endroit où Lestat avait rencontré d'autres vampires. Mais je n'osais jamais soulever ces questions, de peur que le vieil homme ne se mette à gémir et que Lestat n'en devienne furieux. Ces crises n'étaient cependant pas plus fréquentes que les périodes où Lestat, affichant une gentillesse presque obséquieuse, apportait à son père son dîner sur un plateau et lui donnait à manger patiemment, tout en lui parlant du temps, de ce qui se passait à La Nouvelle-Orléans, de ce que faisaient ma mère et ma sœur. De toute évidence, il y avait un gouffre entre le père et le fils, tant dans leur éducation que dans leurs manières, mais il m'était totalement impossible d'en deviner l'origine. J'en vins finalement à concevoir une certaine indifférence à l'égard de tout cela.

» Oui, la vie m'était possible dans ces conditions. Il y avait toujours, derrière son sourire moqueur, la promesse d'une science grandiose ou terrible, d'un commerce avec des choses si ténébreuses que je ne pouvais me les imaginer. Tout le temps, il cherchait à me rabaisser, à m'attaquer sur le sujet de mon amour des sens, de ma répugnance au meurtre, à se moquer des quasi-pâmoisons que l'acte de tuer pouvait provoquer en moi. Il éclata d'un rire bruyant le jour où je découvris que je pouvais me voir dans les miroirs et que les croix étaient sans effet sur moi. Lorsque je l'interrogeais sur Dieu ou sur le diable, il se contentait de me faire ironiquement, d'un doigt devant ses lèvres, signe de me taire. Une fois pourtant il me dit, avec un malin sourire :

» — J'aimerais bien rencontrer le diable un de ces soirs... Je lui donnerais la chasse, jusqu'aux rives sauvages du Pacifique. Le diable, c'est moi.

» Comme je restais bouche bée, il partit d'un éclat de rire. En fait, ce qui se passait, c'est que j'en étais venu, par dégoût pour lui, à l'ignorer et à m'en méfier, tout en l'étudiant avec une certaine fascination distante. Parfois, je me retrouvais en train de fixer du regard le poignet d'où j'avais tiré mon essence de vampire, et j'étais saisi alors d'une telle impression de calme qu'il me semblait que mon esprit avait quitté mon corps, ou plutôt que mon corps était devenu mon esprit ; il s'en apercevait et m'observait sans rien comprendre à mes sentiments, à ma soif de savoir, et, s'approchant, me secouait pour me tirer de ma langueur. Je supportais tout cela en affichant ouvertement un détachement dont je n'avais jamais su faire preuve dans ma vie de mortel. J'en vins à comprendre qu'était partie intégrante de la nature du vampire cette capacité à rester assis dans ma maison de la Pointe du Lac pendant des heures entières, à songer à l'existence de mortel qu'avait eue mon frère, à la considérer dans sa brièveté ourlée de ténèbres insondables, et à me rendre compte de la vanité de la passion destructrice qu'avait causée en moi sa perte ; sa perte, qui m'avait rendu pour mes semblables pareil à un animal enragé. Ce n'étaient alors que pensées confuses dansant frénétiquement dans le brouillard de mon âme ; et maintenant, maintenant que j'avais revêtu cette étrange nature de vampire, c'était une profonde tristesse que je ressentais. Mais je ne voudrais pas vous donner l'impression que je me complaisais dans cette tristesse, ce qui aurait été pour moi un terrible gâchis. Je préférais regarder autour de moi tous les mortels que je connaissais, pénétré du sentiment que toute vie était précieuse, condamnant du même coup les passions qui la laissaient filer entre les doigts comme du sable, rejetant comme stérile tout sentiment de culpabilité.

» Il m'avait fallu devenir vampire pour faire vraiment la connaissance de ma sœur. Je lui avais interdit la plantation pour la plonger dans cette vie citadine dont elle avait tellement besoin pour exister par elle-même, pour se convaincre de sa propre beauté et trouver à se marier, au lieu de ruminer son chagrin de la disparition de mon frère, de pleurer mon départ ou de devenir la domestique de ma mère. Je leur fournissais tout ce dont elles avaient envie ou besoin, accordant mon attention immédiate à la requête la plus banale. Ma sœur riait de la transformation qui s'était opérée en moi quand, à la faveur de la nuit, je venais la prendre à notre appartement situé dans un quartier de rues étroites bordées de maisons de bois pour aller nous promener au clair de lune sur la levée plantée d'arbres, où nous savourions le parfum des fleurs des orangers et la caresse de l'air tiède, et parlions des heures durant de ses pensées et de ses rêves les plus secrets — ces petites fantaisies qu'elle n'osait dire à personne et qu'elle ne me confiait qu'en chuchotant lorsque nous nous retrouvions tout à fait seuls dans les fauteuils du salon à peine éclairé. Je la voyais devant moi, réalité douce et tangible, lumineuse et précieuse créature, qui si tôt vieillirait, si tôt mourrait, si tôt ne jouirait plus de ces moments qui, en suspendant le cours du temps, nous promettaient, à tort..., bien à tort, quelque immortalité. Promesse pareille à un droit acquis de naissance, dont nous ne pouvons appréhender la signification avant d'être parvenu à ce moment du milieu de notre vie où nous apercevons devant nous tout juste autant d'années qu'il y en a derrière. Quand chaque instant, chaque instant doit être reconnu et savouré.

» C'était mon détachement qui rendait possibles ces relations avec ma sœur, cette solitude sublime dans laquelle Lestat et moi traversions le monde des mortels. Nous n'avions aucun souci matériel... Il faut que je vous explique comment cela se passait, d'une façon pratique.

» Lestat savait parfaitement choisir ses victimes pour leurs vêtements somptueux ou autres signes prometteurs de luxe extravagant, afin de les voler. Mais vivre caché, trouver un refuge avaient été pour lui de terribles problèmes. Je l'avais soupçonné d'être, sous son vernis de gentilhomme, dramatiquement ignorant des questions financières les plus simples. Mais ce n'était pas le cas — ce qui lui permettait d'acquérir à tout moment du liquide que je pouvais investir. Quand il n'était pas en train de fouiller les poches d'une de ses victimes dans une ruelle, on le trouvait, dans l'un des salons les plus huppés de la ville, à une table de jeu où il utilisait sa sagacité de vampire à dépouiller de leur or et de leurs titres de propriété de jeunes fils de planteurs séduits par son charme et trompés par ses façons amicales. Mais, de cette manière, il n'avait jamais obtenu le genre de vie qu'il souhaitait, et c'est pour cette raison qu'il m'avait introduit dans son monde surnaturel, afin de bénéficier des services d'un intendant et d'un financier qui ferait fructifier dans sa nouvelle vie la pratique acquise en tant que mortel. ·

» Permettez-moi maintenant de vous décrire La Nouvelle-Orléans telle qu'elle était alors, et telle qu'elle allait devenir, de façon que vous compreniez combien pour nous la vie était simple. Il n'y avait pas en Amérique de ville comparable à La Nouvelle-Orléans. Elle était peuplée non seulement des Français et des Espagnols de toutes classes sociales qui avaient fini par y former une aristocratie particulière, mais aussi d'immigrants arrivés ensuite de toutes parts, et spécialement d'Irlande et d'Allemagne. Il y avait les gens de couleur, non seulement les esclaves noirs, dont la population n'était pas encore homogène et gardait la diversité fantastique des vêtements et des coutumes de leurs tribus, mais aussi la grande communauté en accroissement où se mêlaient notre sang et le sang des îles, et qui produisait une caste unique et magnifique d'artisans, d'artistes, de poètes et de beautés féminines renommées. Et puis il y avait les Indiens, qui envahissaient la levée les jours d'été pour vendre des herbes et des produits de leur artisanat. Et encore, circulant à travers tout cela, à travers ce mélange de langages et de couleurs de peau, on trouvait les gens du port, les marins, qui déferlaient en vagues sur les cabarets où ils dépensaient leur solde, achetaient pour une nuit des beautés claires ou foncées, se régalaient du meilleur que pouvaient leur offrir les cuisines françaises ou espagnoles et s'enivraient des vins qui provenaient du monde entier.

Enfin, des années après ma métamorphose, s'ajoutèrent à tout cela les Américains, qui construisirent le nouveau quartier en amont du quartier français, de magnifiques demeures à l'antique qui luisaient comme des temples dans le clair de lune. J'oubliais les planteurs, toujours les planteurs, bien sûr, qui descendaient en ville avec leur famille dans leurs landaus brillants, pour acheter robes du soir, argent et pierres précieuses, pour encombrer les rues étroites qui menaient à l'ancien Opéra français, au Théâtre d'Orléans et à la cathédrale Saint-Louis, d'où retentissaient par les portes ouvertes les chants de la grand-messe du dimanche, chants qui planaient sur la foule assemblée sur la place d'Armes, sur les bruits et les cris du marché français, sur le défilé silencieux et fantomatique des bateaux naviguant sur les flots surélevés du Mississippi — le fleuve coulait entre les digues qui en surélevaient le cours au-dessus du niveau de La Nouvelle-Orléans, de sorte que les bateaux semblaient voguer dans le ciel.

« Ainsi était La Nouvelle-Orléans, endroit magique et magnifique pour qui y vivait. Endroit où vampire aux habits riches marchant sous les flaques de lumière espacées des lampes à gaz n'attirait pas plus l'attention, le soir, que des centaines d'autres créatures exotiques — si même on le regardait jamais, si même quelqu'un s'était jamais arrêté pour chuchoter derrière son éventail : « Cet homme..., comme il est pâle, comme sa peau luit..., comme il se déplace étrangement. Ce n'est pas naturel ! » Une ville où un vampire pouvait disparaître avant même que les mots aient franchi les lèvres, où il pouvait, de son œil de chat, explorer les ruelles, les cabarets obscurs où les marins s'endormaient, la tête sur la table, sonder les grandes chambres d'hôtel hautes de plafond où peut-être serait assise quelque silhouette solitaire, les pieds posés sur un coussin brodé, les jambes recouvertes d'une courtepointe de dentelles, la tête inclinée à la lumière terne d'une unique chandelle, sans voir la grande ombre qui bougerait sur les fleurs de plâtre des corniches, les longs doigts blancs qui étoufferaient la flamme frêle.

» Une ville remarquable, ne serait-ce que parce que tous les hommes et toutes les femmes qui y passèrent un moment de leur vie laissèrent derrière eux quelque monument, quelque structure de marbre, de brique ou de pierre qui demeure toujours ; si bien que, même lorsque disparurent les réverbères à gaz, lorsque vinrent les avions et que les immeubles de bureaux se mirent à envahir Canal Street, il subsista une parcelle irréductible de beauté et de romantisme ; peut-être pas dans chaque rue, mais dans tant de lieux que le paysage de la ville est pour moi à jamais celui d'antan et que, lorsque je me promène maintenant, sous la lumière des étoiles, dans les rues du quartier français ou du Garden District, je suis de nouveau dans ce temps d'autrefois. Je suppose que cela vient de la nature de ces vestiges. Que ce soit une petite maison ou une demeure ornée de colonnes corinthiennes et de dentelles de fer forgé, elle ne raconte pas que tel ou tel humain passa par ici ; non, elle dit que ce qu'il ressentit à un endroit précis, à une époque déterminée, existe toujours. C'est la même lune d'autrefois qui se lève sur La Nouvelle-Orléans. Aussi longtemps que subsisteront ces témoignages du temps passé, ce sera la même lune. Les sentiments, au moins ici... et là..., les sentiments restent les mêmes.

Le vampire semblait triste. Il soupira, comme s'il doutait de ce qu'il venait de dire.

— De quoi parlais-je ? demanda-t-il soudain, paraissant un peu las. Oui, d'argent. Lestat et moi, nous devions trouver de l'argent, et je vous disais qu'il en volait. Mais, l'important, c'était ensuite de l'investir. Nous devions utiliser ce que nous accumulions. Mais j'anticipe. Je tuais des animaux, j'y reviendrai dans un moment, mais Lestat tuait des humains sans cesse, parfois deux ou trois dans la nuit, quelquefois plus. Il buvait de l'un juste assez pour satisfaire une soif momentanée, puis continuait sur un autre. De meilleure qualité était l'animal, disait-il sur son mode vulgaire, et plus il appréciait la chose. Une fraîche jeune fille, c'était son hors-d'œuvre favori ; mais le meurtre glorieux, pour lui, c'était celui d'un jeune homme. Un jeune homme comme vous, d'environ votre âge, l'aurait particulièrement attiré.

— Comme moi ? murmura le jeune homme en se redressant — il s'était penché, s'appuyant sur les coudes pour mieux regarder le vampire, les yeux dans les yeux.

— Oui, reprit le vampire, qui feignit de n'avoir pas remarqué le changement d'expression de son interlocuteur. Vous voyez, le jeune homme représentait dans l'esprit de Lestat la plus grosse perte possible, parce qu'il se trouvait au seuil des possibilités maximales d'une existence. Évidemment, Lestat lui-même n'en était pas conscient. C'est moi qui fais cette analyse. Lestat, lui, n'a jamais rien compris.

» Je vais vous donner un exemple parfait de ce qu'aimait Lestat. Sur le fleuve, en amont de notre domaine, se trouvait la plantation des Frênière, magnifique terre qui promettait de faire la fortune de ses propriétaires, du fait que le procédé de raffinage du sucre venait juste d'être inventé. Je suppose que vous savez que l'on raffinait le sucre en Louisiane. Il y a une sorte d'ironie parfaite dans ce fait que le pays que j'aimais produisît du sucre raffiné. Je dis cela sans amertume : ce sucre raffiné est un poison, mais il était pareil à l'essence de la vie à La Nouvelle-Orléans, si douce qu'elle en pouvait être fatale, si riche et si attrayante que toutes les autres valeurs en étaient oubliées... Donc, plus haut que nous sur le fleuve vivaient les Frênière, grande et vieille famille française dont la génération présente était composée de cinq jeunes femmes et d'un jeune homme. Trois des filles n'étaient plus d'âge à se marier, mais les deux autres étaient encore assez jeunes. Tout reposait sur le jeune homme : il devait diriger l'exploitation, comme je l'avais fait pour ma mère et pour ma sœur ; il devait s'occuper de négocier les mariages, de réussir à fournir des dots, alors que la fortune de la famille dépendait, précaire, de la prochaine récolte de canne ; il devait marchander, lutter, et tenir à distance du monde des Frênière le monde matériel dans son entier. Lestat décida qu'il le voulait, et, comme le destin semblait vouloir le devancer, il devint fou à en risquer sa propre vie. En effet, le jeune Frênière s'était retrouvé engagé dans un duel, après avoir insulté un jeune créole espagnol au cours d'un bal. L'affaire était en soi négligeable, mais, comme souvent les créoles, celui-ci voulait mourir pour rien. Ils étaient deux à vouloir mourir pour rien. Le domaine des Frênière fut mis en éruption. Lestat sut tout, car nous chassions sur leurs terres : Lestat chassait les esclaves et les voleurs de poules ; moi, je chassais les animaux.

— Vous ne tuiez que des animaux ?

— Oui. Mais, je vous l'ai dit, je vais y revenir. Nous connaissions tous deux la plantation, et je m'étais autorisé l'un des plaisirs les plus grands du vampire, celui d'observer les gens sans qu'ils s'en doutent. Je connaissais les sœurs Frênière aussi bien que les rosiers magnifiques qui poussaient autour de la chapelle de mon frère. C'était un groupe de femmes tout à fait unique. Toutes, à leur façon, avaient l'élégance de leur frère, mais l'une d'elles, je la nommerai Babette, était de surcroît supérieurement intelligente. Cependant, aucune n'avait reçu l'éducation nécessaire pour s'occuper de la plantation, aucune ne comprenait les choses financières les plus élémentaires. Elles dépendaient totalement de leur frère, et en avaient conscience. Il y avait donc, mêlé à leur amour pour lui, à leur conviction passionnée qu'il était capable de décrocher la lune, et que tout amour conjugal qu'elles pourraient jamais connaître ne serait qu'un pâle reflet de leur amour fraternel, il y avait mêlé à tout cela le désespoir violent né de l'instinct de survie. Si Frênière mourait dans le duel, l'exploitation s'effondrerait. Son économie fragile, son train de vie splendide, liés de manière permanente à des hypothèques garanties par la récolte de l'année suivante, étaient entre ses seules mains. Vous pouvez donc imaginer la panique et le désarroi qui régnaient au domaine des Frênière la nuit où le frère descendit en ville au rendez-vous fixé pour le duel. Et maintenant représentez-vous Lestat, grinçant des dents comme un diable d'opéra bouffe parce que le meurtre du jeune Frênière risquait de lui échapper.

— Voulez-vous dire que... vous étiez inquiet pour les filles Frênière?

— Très inquiet, dit le vampire. Leur situation était épouvantable. Et j'étais inquiet aussi pour le jeune homme. Cette nuit-là, il s'enferma dans le bureau de son père et fit son testament. Il savait parfaitement bien que s'il tombait sous la rapière le matin suivant, à quatre heures, sa famille serait entraînée dans sa chute. Il déplorait la situation, mais ne pouvait rien faire pour la modifier. Esquiver le duel aurait signifié sa ruine sociale, et aurait même été probablement impossible. Son adversaire l'aurait poursuivi jusqu'à le forcer à combattre. Lorsque à minuit il quitta la plantation, il regardait la mort en face avec l'assurance de celui qui, n'ayant pas le choix du chemin à suivre, décide de le faire avec un parfait courage. Ou bien il tuerait le jeune Espagnol, ou bien il mourrait; l'issue du combat était imprévisible, malgré toute son habileté. Son visage reflétait une profondeur de sentiments et de réflexion que je n'avais jamais vue en aucune des victimes de Lestat. C'est là que je me battis pour la première fois avec Lestat. Pendant des mois, je l'avais empêché de tuer le jeune homme; à l'heure présente, il craignait d'être devancé par le jeune Espagnol.

» Nous poursuivîmes à dos de cheval le jeune Frênière sur la route de La Nouvelle-Orléans, Lestat cravachant pour le rattraper et moi cravachant pour rattraper Lestat. Je vous ai dit que le duel était prévu pour quatre heures du matin, à la limite du marais, juste à la sortie de la porte septentrionale de la ville. Arrivant là un peu avant quatre heures, nous aurions tout juste le temps de rentrer à la Pointe du Lac avant l'aube, ce qui signifiait que nos vies étaient en danger. J'étais furieux contre Lestat comme je ne l'avais jamais été ; il était déterminé à tuer le jeune homme.

» — Laissez-lui sa chance ! insistai-je en me saisissant de Lestat avant qu'il pût approcher sa victime.

» C'était le plein hiver ; dans les marais régnait un froid mordant et humide, et une pluie glacée balayait, rafale après rafale, la clairière où le duel devait avoir lieu. Bien sûr, je ne craignais pas les intempéries comme peut le faire un mortel ; le froid ne m'engourdit pas, je ne suis pas sujet aux grelottements ni aux maladies des humains. Mais les vampires ressentent le froid avec autant d'âpreté que les hommes, et le sang de leurs victimes est souvent le riche et sensuel remède qu'ils emploient pour s'en défendre. Cependant, ce qui m'inquiétait ce matin-là, ce n'était pas l'inconfort qui était mien, mais l'excellente couverture d'obscurité qu'offraient les éléments, et qui rendait Frênière extrêmement vulnérable à l'assaut de Lestat. Il suffirait qu'il s'écarte d'un pas de ses amis, en direction du marais, pour devenir une proie facile. C'est pourquoi j'empoignai Lestat et l'immobilisai.

— Mais vous ressentiez envers tout cela en même temps un certain détachement, une distanciation ?

— Hum… (Le vampire soupira.) Oui. Mêlés à une colère résolue. Se rassasier de la vie d'une famille entière était pour moi la quintessence même de l'indifférence et du mépris envers tout ce qu'il aurait dû regarder avec la profondeur que lui conférait sa nature. Alors, je le maintenais ferme dans le noir, tandis qu'il me crachait des injures. Le jeune Frênière prit sa rapière des mains de son ami et témoin, puis s'avança sur l'herbe lisse et humide à la rencontre de son adversaire. Quelques mots furent échangés, et le duel commença. Il ne dura qu'un instant: Frênière avait mortellement blessé son rival d'une vive estocade dans la poitrine. Le jeune Espagnol tomba à genoux dans l'herbe, perdant son sang, mourant, et cria quelque chose d'inintelligible à l'adresse de Frênière. Le vainqueur resta debout sans bouger. Chacun pouvait voir qu'il ne tirait aucun plaisir de sa victoire, qu'il considérait la mort comme une abomination. Ses compagnons s'avancèrent avec leurs lanternes et le pressèrent de rentrer aussi vite que possible, en abandonnant le mourant à ses amis. Pendant ce temps, l'Espagnol n'avait permis à personne de le toucher. Mais, comme Frênière et ses deux compagnons faisaient demi-tour et se dirigeaient à pas lourds vers leurs chevaux, il sortit un pistolet. Je fus peut-être le seul à m'en apercevoir, dans l'obscurité. En tout cas, je criai un avertissement à Frênière tout en me jetant sur l'arme, et cela suffit à Lestat. Alors que je m'appliquais maladroitement à attirer l'attention de Frênière et à m'emparer du pistolet, Lestat, avec ses années d'expérience et sa plus grande agilité, s'était saisi du jeune homme et l'avait fait disparaître dans les cyprès. Je ne pense pas que ses amis aient jamais compris ce qui s'était produit. Le pistolet partit, l'Espagnol s'effondra, et je me précipitai dans les marécages presque gelés en appelant Lestat.

» Je le vis enfin. Frênière gisait étendu sur les racines noueuses d'un cyprès, les bottes plongées dans l'eau sombre, et Lestat était encore penché sur lui, maintenant fermement la main de sa victime qui tenait toujours la lame. Je voulus lui faire lâcher prise, mais il projeta sa main droite vers moi, dans un geste si fulgurant que je ne le vis pas, et que je ne compris qu'il m'avait frappé que lorsque je me retrouvai moi aussi dans l'eau. Le temps de recouvrer mes esprits et Frênière était mort. Je vis ses yeux clos, ses lèvres immobiles comme s'il ne faisait que dormir. Je commençai à maudire Lestat, et tressaillis quand le corps du jeune homme se mit à glisser dans le marécage. L'eau monta vers son visage et le recouvrit complètement. Lestat jubilait. Il me rappela d'un mot bref que nous avions moins d'une heure pour rentrer à la Pointe du Lac et jura de se venger de moi.

» — Si je n'aimais tant la vie de planteur en Louisiane, j'en terminerais avec vous cette nuit même. Je connais un moyen, menaça-t-il. Je devrais perdre votre cheval dans les marais. Vous n'auriez plus qu'à vous creuser un trou pour y étouffer!

» Il enfourcha son cheval et s'en fut.

» Même après toutes ces années, je ressens encore cette colère contre lui, tel un métal en fusion dans mes veines. Je compris à ce moment ce que signifiait pour lui être un vampire.

— Ce n'était qu'un tueur, intervint le jeune homme, dans la voix duquel se reflétait quelque chose de l'émotion du vampire. Aucun respect pour rien.

— Non. Être un vampire signifiait pour lui se venger. Se venger de la vie elle-même. Chaque fois qu'il prenait une vie, c'était une vengeance Rien d'étonnant donc à ce qu'il n'appréciât rien. Il n'était même pas en état de soupçonner les nuances que pouvait revêtir l'existence d'un vampire, tant il était braqué sur cette vengeance maniaque qu'il voulait assouvir contre la vie de mortel qu'il avait quittée. Consumé de haine, il regardait le passé ; consumé d'envie, il n'aimait rien à moins qu'il ne soit en mesure de le dérober aux autres ; et, son larcin accompli, il se montrait de nouveau amer et inassouvi, incapable d'apprécier l'objet volé. Il se tournait alors vers autre chose. Aveugle, stérile et méprisable vengeance...

» Je vous ai parlé des sœurs Frênière. Il était presque cinq heures et demie lorsque j'atteignis leur domaine. L'aube viendrait peu après six heures, mais j'étais tout près de chez moi. Je me glissai sur la galerie supérieure de la maison et les vis toutes rassemblées dans le salon. Elles n'avaient même pas revêtu leurs vêtements de nuit. Les flammes des chandelles étaient basses. Dans l'attente du mot fatidique, elles s'étaient assises, déjà dans l'attitude du deuil. Elles étaient toutes habillées de noir, selon leur habitude lorsqu'elles étaient chez elles, et, dans la pénombre, les formes noires de leurs robes se fondaient à leurs cheveux de jais, si bien qu'à la lueur des bougies leurs visages évoquaient cinq apparitions pâles et tremblotantes, tristes et courageuses. Seul le visage de Babette montrait de la résolution, et faisait penser qu'elle était déjà déterminée à prendre la charge du domaine si son frère mourait. Son expression était la même que celle de son frère quand il était monté sur son cheval pour se rendre au duel. C'était une tâche insurmontable qui l'attendait, et qui mènerait sans aucun doute à la ruine finale dont Lestat serait le responsable. Alors, je pris un grand risque : je me fis connaître d'elle, en jouant avec la lumière. Ainsi que vous le constatez, mon visage est très blanc et sa surface, lisse, renvoie la lumière, un peu comme du marbre poli.

— Oui, approuva le jeune homme, un peu troublé. Votre visage est... très beau, vraiment, ajouta-t-il. Je me demande si... Et que se passa-t-il donc ensuite ?

— Vous vous demandez si j'étais bel homme durant sa vie de mortel, dit le vampire.

Le jeune homme fit oui de la tête.

— Je l'étais, en effet. Rien de fondamental n'a changé en moi. Si ce n'est que je ne savais pas que j'étais beau. La vie soufflait autour de moi des tourbillons de petits problèmes mesquins, comme je vous le disais. Je ne regardais rien d'un œil libre, pas même les miroirs..., surtout pas les miroirs... Mais j'en reviens à mon histoire. Je m'approchai du carreau de la fenêtre et laissai la lumière tomber sur mon visage, alors que justement les yeux de Babette étaient tournés vers la vitre, puis fis en sorte de disparaître à propos.

» Quelques secondes plus tard, toutes les sœurs savaient qu'elle avait aperçu une « créature étrange », une créature fantomatique. Les deux esclaves qui servaient à la maison refusèrent fermement d'aller voir. Impatient, j'attendis qu'arrive ce que j'avais souhaité : que Babette se décide à prendre sur une petite table un candélabre, à en allumer les bougies, et, dédaigneuse de la peur générale, à s'aventurer seule sur la véranda froide, tandis que ses sœurs s'agitaient dans l'embrassure de la porte comme de grands oiseaux noirs, l'une d'elles criant même que leur frère était mort et qu'elle en avait vu le spectre. Il faut que vous compreniez, évidemment, que Babette, avec sa force d'âme, ne pouvait avoir la faiblesse d'attribuer ce qu'elle avait vu à un tour de son imagination ou à une apparition fantomatique. Je la laissai traverser dans toute sa longueur la véranda obscure avant de lui parler, et même alors je ne lui permis de distinguer que le vague contour de ma silhouette près de l'une des colonnes.

» — Dites à vos sœurs de se retirer, lui murmurai-je. Je suis venu vous parler de votre frère. Faites ce que je vous dis.

» Après être restée quelques secondes immobile, elle se tourna vers moi et s'efforça de me voir malgré l'obscurité.

» — Je n'ai que peu de temps. Je ne vous ferais de mal pour rien au monde, ajoutai-je.

» Décidant d'obéir, elle dit à ses sœurs que ce n'était rien et leur demanda de fermer la porte. Elles obtempérèrent, en personnes prêtes à tout abdiquer pour avoir un chef. Alors, je m'avançai dans la clarté du candélabre que Babette portait.

Le jeune homme ouvrait de grands yeux. Sa main se posa sur ses lèvres.

— Aviez-vous pour elle l'apparence que... vous avez pour moi ? demanda-t-il.

— Vous posez cette question avec tant d'innocence ! répondit le vampire. Oui, je pense que oui. Si ce n'est que, à la lueur des bougies, j'ai toujours eu une apparence moins surnaturelle. De toute façon, je n'avais aucunement l'intention de passer à ses yeux pour une créature normale.

« — Je n'ai que quelques minutes, lui dis-je dès que la porte fut fermée. Mais ce que j'ai à vous dire est de la plus grande importance. Votre frère s'est battu bravement et a vaincu ; cependant, il faut que vous sachiez qu'il est mort. Ce fut une mort inéluctable, qui a fondu sur lui dans la nuit comme un voleur, et contre laquelle sa vertu et son courage étaient impuissants. Mais ceci n'est pas l'essentiel de ce que j'ai à vous dire. Voici. Vous pouvez diriger la plantation et la sauver. Il suffit pour cela que vous ne vous laissiez convaincre par personne du contraire. Vous devez remplacer votre frère, en dépit de toutes les manifestations de réprobation, de toutes les récriminations de convention, de bienséance ou de bon sens. N'écoutez rien de tout cela. La terre qui vous appartient est la même aujourd'hui qu'hier, alors que votre frère dormait encore là-haut dans sa chambre. Rien n'est changé. Vous devez prendre sa place. Si vous ne le faisiez pas, la terre serait perdue, et votre famille aussi. Vous seriez cinq femmes à vivre sur une faible pension, condamnées à vous contenter de la moitié ou moins encore de ce que la vie peut vous offrir. Apprenez ce que vous devez savoir, ne laissez passer aucune interrogation sans en trouver la réponse. Et prenez ma visite comme un encouragement, si jamais votre résolution chancelait. Vous devez saisir les rênes de votre nouvelle vie. Votre frère n'est plus.

» Il m'était permis de voir sur son visage qu'elle avait entendu chacun de mes mots. Elle m'aurait posé des questions, mais elle me crut lorsque j'affirmai que je n'avais pas le temps d'y répondre. Puis j'usai de toute mon habileté à m'enfuir si rapidement qu'il sembla que je m'évanouissais. Je regardai, du jardin où je me trouvais maintenant, son visage éclairé par les bougies. Elle fouilla des yeux l'obscurité, de tous côtés, à ma recherche, puis fit un signe de croix et rentra retrouver ses sœurs.

Le vampire sourit.

— On ne parla absolument pas, sur les rives du

fleuve, d'une étrange apparition dont aurait été témoin Babette Frênière, mais, passé la période de condoléances et de commisération sur le sort de ces femmes laissées à elles-mêmes, elle devint l'objet de scandale de tout le voisinage parce qu'elle avait choisi de diriger l'exploitation toute seule. Elle réussit à procurer une énorme dot à sa sœur cadette, et se maria elle-même l'année suivante. Quant à Lestat et moi, nous n'échangions presque plus une seule parole.

— Continua-t-il à vivre à la Pointe du Lac?

— Oui. Je ne pouvais pas être sûr qu'il m'avait dit tout ce qu'il me fallait savoir. Il était d'ailleurs nécessaire d'avoir recours à de nombreux stratagèmes. Par exemple, ma sœur dut se marier en mon absence, tandis que j'étais atteint de « crises de paludisme », et quelque chose de semblable me terrassa le matin des funérailles de ma mère. Tous les soirs, nous nous asseyions, Lestat et moi, pour « dîner » en compagnie de son vieux père, et produisions de jolis bruits avec nos couteaux et nos fourchettes, tandis qu'il nous recommandait de bien finir nos assiettes et de ne pas boire trop vite notre verre de vin. Je recevais ma sœur au prix de douzaines d'« horribles maux de tête » dans une chambre mal éclairée, enfoui sous des couvertures jusqu'au menton, en la priant, ainsi que son mari, de tolérer le peu de lumière destiné à ménager mes yeux douloureux, et cela dans le but de leur confier d'importantes sommes à investir pour notre profit commun. Heureusement, son mari était un idiot; un idiot inoffensif, mais un idiot tout de même, produit de quatre générations de mariages entre cousins germains.

» Cependant, alors que ce type de stratagèmes fonctionnait bien, nous commencions d'avoir quelques problèmes avec nos esclaves. C'est d'eux que vinrent les soupçons, d'autant plus que, comme je l'indiquais, Lestat tuait quiconque il avait envie de tuer. Aussi y avait-il constamment quelque rumeur de décès mystérieux sur cette partie de la côte. Mais les premiers murmures furent provoqués par certaines choses qu'ils avaient surprises de nos activités, ainsi que je pus m'en rendre compte, une nuit que je me glissais comme une ombre parmi les cases des esclaves.

» Je dois vous expliquer d'abord quelle était la nature de ces esclaves. Ceci se passait à peu près en 1795. J'avais vécu dans un calme relatif pendant quatre ans en compagnie de Lestat, ayant investi l'argent qu'il trouvait, augmenté nos terres, acheté des appartements et des maisons à La Nouvelle-Orléans, que je louais, la plantation elle-même rapportant peu... — c'était plus une couverture qu'une source de profit pour nous. Je dis « nous ». J'ai tort. Je n'ai jamais rien signé en faveur de Lestat, et, ainsi que vous l'avez compris, légalement, j'étais toujours en vie. Mais en 1795 les esclaves n'avaient pas cette nature que vous avez vue décrite dans les romans et les films qui traitent du Sud. Ce n'étaient pas ces gens à la peau brune et vêtus de haillons de toile qui parlaient sur un mode doux un dialecte issu de l'anglais. C'étaient des Africains. Certains étaient des gens des îles — je veux dire étaient originaires de Saint-Domingue. Leur peau était tout à fait noire, et ils étaient parfaitement étrangers. Ils parlaient leurs langues africaines ou le français créole et, lorsqu'ils chantaient, c'étaient des mélopées africaines qui transformaient la campagne en une contrée exotique et étrange, et qui m'effrayaient, du temps de ma vie de mortel. Superstitieux, ils possédaient leurs secrets et leurs traditions. En bref, leur nature profonde n'avait pas encore été complètement détruite. L'esclavage était la malédiction de leur vie, mais ils n'avaient pas encore été dépossédés de leur héritage d'Africains. Ils toléraient le baptême et les vêtements modestes que leur imposaient les lois du catholicisme français ; mais, le soir, ils transformaient leurs pauvres étoffes en costumes séduisants et se faisaient des bijoux avec des os et des morceaux de métal jetés au rebut, qu'ils polissaient jusqu'à les faire ressembler à de l'or. Après la tombée de la nuit, la zone des cases de la Pointe du Lac était une terre étrangère, une côte africaine, où le plus hardi des surveillants n'aurait voulu s'aventurer. Mais rien de tout cela ne pouvait effaroucher un vampire.

» Du moins jusqu'au soir d'été où, invisible comme une ombre, je surpris par la porte ouverte de la case de l'un des contremaîtres noirs une conversation qui me convainquit que nous étions en grand danger pendant notre sommeil. Les esclaves savaient maintenant que nous n'étions pas des mortels ordinaires. A voix étouffée, les servantes de notre maison étaient en train de raconter comment elles nous avaient vus, au travers d'une fente dans la porte, dîner gaiement dans des plats vides et boire dans des verres vides, nos visages blêmes et fantomatiques à la lueur des bougies, en compagnie du malheureux vieillard qui était entre nos mains. Elles avaient aperçu par les trous de serrure le cercueil de Lestat, et, une fois, il avait battu l'une d'elles sans pitié parce qu'elle traînait devant les fenêtres de sa chambre, qui donnaient sur la véranda.

» — Il n'y a pas de lit dedans, se confiaient-elles l'une à l'autre avec des hochements de tête. Il dort dans le cercueil, j'en suis sûre.

» Moi, ils m'avaient vu, soir après soir, m'extraire de la chapelle qui n'était guère plus alors qu'une masse informe de briques et de vignes, couverte de glycines en fleur au printemps, de roses sauvages en été ; ses vieux volets, qui n'avaient jamais été peints et étaient toujours restés fermés, luisaient de mousse et les araignées couraient sous les voûtes de pierre. Je prétendais bien sûr la visiter en mémoire de mon frère Paul, mais leurs conversations prouvaient clairement qu'ils ne croyaient plus à de pareils mensonges. Si bien qu'ils nous attribuaient non seulement les meurtres des esclaves, du bétail et parfois des chevaux retrouvés morts dans les champs et dans les marais, mais également tous les événements inhabituels qui pouvaient se produire ; les orages et les inondations étaient les armes que Dieu employait dans la guerre personnelle qu'il nous livrait, à Lestat et à moi-même. Nous étions des démons, au pouvoir irrésistible. Non, il fallait nous détruire...

» A cette assemblée, dont j'étais un participant invisible, étaient présents un grand nombre d'esclaves du domaine des Frênière. Cela signifiait que la rumeur allait se répandre sur toute la côte. Je ne pensais vraiment pas que la côte entière pût être sujette à une vague d'hystérie, cependant j'entendais ne prendre aucun risque d'être repéré. Je me hâtai donc de rentrer à la maison pour annoncer à Lestat que nous avions fini de jouer aux planteurs. Il lui faudrait abandonner son fouet pour esclaves et son rond de serviette en or pour aller s'installer en ville.

» Il s'y opposa, naturellement. Son père était gravement malade et pouvait bientôt mourir. Il n'avait pas l'intention de fuir une bande d'esclaves stupides.

» — Je vais tous les tuer, je frapperai dans le tas, dit-il calmement. Quelques-uns réussiront à s'enfuir et ce sera parfait.

» — Vous êtes complètement fou ! Je veux que vous partiez d'ici.

» — Vous voulez que je m'en aille ! Vous ! cracha-t-il.

» Il s'employait à construire un château de cartes sur la table de la salle à manger, au moyen d'un paquet de très belles cartes à jouer françaises.

» — Vous, une espèce de vampire pleurnichard et poltron qui rôde la nuit à tuer des rats et des chats de gouttière, à contempler des heures durant les bougies comme si c'étaient des gens et à rester sous la pluie comme un zombie, à en avoir les vêtements trempés qui sentent comme les vieilles malles à habits des greniers, le regard dans le vague comme un ahuri !

» — Est-ce là tout ce que vous trouvez à dire ?

Votre insouciance permanente nous a tous deux mis en danger. Moi, il me suffirait de vivre tout seul dans la chapelle tandis que tomberait en ruine cette maison, dont je me moque éperdument !

» C'était la pure vérité. J'ajoutai :

» — Mais vous, il faut que vous ayez tout ce que vous n'avez jamais pu avoir durant votre vie, et vous avez fait de votre immortalité un souk où nous jouons les grotesques ! Et maintenant, allez jeter un coup d'œil à votre père et revenez me dire pour combien de temps il a encore à vivre, car vous ne resterez pas plus longtemps ici, à condition toutefois que les esclaves ne s'en prennent pas à nous dans l'intervalle !

» Il me répondit d'aller regarder son père moi-même, car c'était moi qui perdais mon temps à toujours « regarder ». C'est ce que je fis. Le vieil homme était vraiment mourant. Il m'avait été épargné d'assister à la mort de ma mère, parce qu'elle avait trépassé soudainement, un après-midi. On l'avait retrouvée avec sa corbeille à couture, tranquillement assise dans la cour ; elle était morte comme l'on s'endort. Mais cette mort dont j'étais témoin était une mort trop lente, une agonie dont le mourant était conscient. J'avais toujours aimé le vieil homme ; il était d'un tempérament agréable, simple et peu exigeant. Le jour, il s'asseyait au soleil sous la véranda et somnolait ou écoutait les oiseaux chanter ; la nuit, notre moindre propos suffisait à lui tenir compagnie. Il était capable de jouer aux échecs, reconnaissant les pièces au toucher et se souvenant ensuite avec une exactitude remarquable de leur disposition ; Lestat refusait d'être son partenaire, mais, moi, je l'étais souvent. Et voici qu'il était étendu devant moi, râlant, le front moite, l'oreiller maculé de sueur, gémissant et suppliant la mort. Tout à coup, dans la pièce voisine, Lestat se mit à jouer de l'épinette. Je le rejoignis et claquai le couvercle, manquant de peu ses doigts.

» — Je vous interdis de jouer alors qu'il est en train de mourir ! clamai-je.

» — Et quoi encore ? Je jouerai du tambour si cela me fait plaisir ! répondit-il en attrapant dans un buffet un grand plat d'argent massif qu'il suspendit par l'anse à un doigt et frappa d'une cuillère.

» Je lui intimai l'ordre d'arrêter ; sinon, lui dis-je, je me chargerais de le contraindre au silence. Mais nous cessâmes notre vacarme, car le vieil homme l'appelait. Il disait qu'il devait parler à Lestat sans délai, avant de mourir. Je lui demandai d'aller auprès de son père, ce qui provoqua de sa part un terrible éclat de voix :

» — Et pourquoi donc ? Je me suis occupé de lui pendant assez longtemps ! Cela ne suffit pas ?

» Toutefois, sortant de sa poche une lime, il alla s'asseoir au pied du lit du mourant et entreprit de se polir les ongles, qu'il avait fort longs.

» Dans le même temps, j'étais conscient de la présence, tout autour de la maison, des esclaves, qui regardaient et écoutaient. Je souhaitais vraiment que le vieillard meure dans les minutes qui suivraient. J'avais déjà eu affaire une ou deux fois auparavant à la méfiance ou aux soupçons de plusieurs de mes esclaves, mais jamais je n'avais eu à en affronter un tel nombre. Je fis appeler Daniel, celui à qui j'avais donné la maison et l'emploi du surveillant. Tandis que je l'attendais, j'entendais le vieil homme parler à Lestat, Lestat qui, les jambes croisées, le sourcil levé, se concentrait sur ses ongles parfaits qu'il limait, polissait...

» — C'est l'école, disait le vieillard. Oh ! je sais bien que tu te rappelles... ce que je pourrais te dire...

» — Alors tu ferais mieux de le dire sans tarder, interrompit Lestat, parce que tu es sur le point de trépasser.

» Le pauvre homme émit un son épouvantable, et je crois bien que je lâchai également un cri. Je haïssais Lestat de toutes mes forces. J'avais envie de le chasser de la chambre.

» — Eh bien, tu le sais, non ? Même un imbécile

comme toi peut se rendre compte qu'il va mourir, renchérissait-il.

» — Tu ne me pardonneras jamais, n'est-ce pas ? Ni maintenant ni même quand je serai mort, gémissait le vieil homme.

» — Je ne sais pas de quoi tu parles !

» Ma patience envers Lestat était à bout. Son père, de plus en plus agité, le suppliait d'écouter avec son cœur de fils. Toute la scène me remplissait de frissons. Daniel était arrivé, et je sus du moment où je le vis que tout était perdu à la Pointe du Lac. Si j'avais été plus attentif, j'aurais aperçu plus tôt les signes avant-coureurs de notre ruine. Daniel me regardait avec des yeux de glace. J'étais un monstre pour lui.

» — Le père de M. Lestat est très malade. Il va nous quitter, dis-je, ignorant l'expression de son visage. Je ne veux aucun bruit cette nuit ; les esclaves devront rester dans leurs cases. Un docteur est en chemin.

» Il eut le regard de celui à qui l'on conte un mensonge. Puis ses yeux, froids et inquisiteurs, se détournèrent de moi pour regarder par la porte de la chambre. Il y eut un tel changement d'expression sur son visage que je me retournai vivement pour voir ce qui l'avait causé. C'était Lestat qui, affalé au pied du lit, le dos contre l'une des colonnes, jouant furieusement de sa lime, grimaçait de telle façon que ses deux longues canines étaient largement découvertes.

Le vampire cessa de parler, ses épaules secouées d'un rire silencieux. Il regardait le jeune homme, qui baissa timidement les yeux sur la table. Mais il avait déjà contemplé, et avec insistance, la bouche du vampire. Les lèvres en étaient d'une texture différente de sa peau, d'aspect soyeux et d'un tracé délicat, comme celles de tout humain, mais d'une blancheur redoutable ; il avait également entr'aperçu les dents blanches, mais le vampire souriait de telle manière qu'il ne les révélait jamais complètement, et le jeune homme n'avait même pas pensé jusque-là à l'existence de ces crocs caractéristiques.

— Vous pouvez imaginer, dit le vampire, ce que cela impliquait. Je devais le tuer.

— Que deviez-vous faire ?

— Je devais le tuer. Il se mit à courir. Il aurait alarmé tout le monde. J'aurais peut-être pu résoudre l'affaire d'une autre façon, mais le temps faisait défaut. Alors, je me lançai à sa poursuite et le maîtrisai. Cependant, la pensée de devoir faire ce que de quatre années je n'avais plus fait me stoppa net. C'était un homme. Il tenait à la main pour se défendre un couteau au manche d'ivoire. Je le lui arrachai sans difficulté et l'enfonçai dans son cœur. Il s'écroula à genoux, les doigts crispés sur la lame à en saigner. Et la vue du sang, son arôme m'affolèrent. Je crois en avoir gémi tout haut ; mais je ne voulais pas le prendre. Je me rappelle avoir vu ensuite la silhouette de Lestat apparaître dans le miroir qui surmontait le buffet.

» — Pourquoi avez-vous fait cela ? me demanda-t-il.

» Je me retournai pour lui faire face, résolu à ne pas me faire voir de lui dans cet état de faiblesse. Son père délirait, ajoutait-il, et il ne pouvait rien comprendre à ce que disait le vieux.

» — Les esclaves…, ils savent tout… Vous devez aller jusqu'aux cases et les surveiller, réussis-je à dire. Je m'occuperai de votre père.

» — Tuez-le, m'ordonna Lestat.

» — Vous êtes fou ! m'écriai-je. C'est votre père !

» — Je le sais, que c'est mon père ! C'est pourquoi vous devez le faire, vous. Moi, je ne peux pas ! Par l'enfer, si j'avais pu, il y a longtemps que je l'aurais fait ! (Il se tordit les mains.) Il faut que nous partions d'ici. Et regardez ce que vous avez fait en tuant celui-ci ! Il n'y a pas de temps à perdre. Sa femme va débarquer ici en pleurnichant dans les minutes qui viennent… ou, pis encore, elle enverra quelqu'un à sa place !

Le vampire soupira.

— Tout cela était vrai. Lestat avait raison. J'entendais les esclaves qui s'attroupaient autour de la maisonnette de Daniel pour l'attendre. Il avait été assez brave pour venir seul à la maison hantée. Lorsqu'ils auraient compris qu'il ne reviendrait pas, les esclaves seraient pris de panique et se transformeraient en une bande d'émeutiers. J'enjoignis à Lestat de les calmer, d'user de son pouvoir de maître blanc, et de ne leur causer aucune frayeur, puis j'allai dans la chambre et en refermai la porte. Ce fut alors un nouveau choc pour moi, dans cette nuit tissée de tant de secousses. Je n'avais jamais vu le père de Lestat dans l'état où il se trouvait maintenant.

» Assis, penché en avant, il parlait à son fils, suppliait son fils de répondre, l'assurait qu'il comprenait son amertume mieux que lui-même. Un cadavre vivant. Rien d'autre qu'une volonté farouche n'animait son corps décrépit ; la lueur qui brillait dans ses yeux les faisait paraître encore plus enfoncés dans son crâne, le tremblement qui agitait ses lèvres rendait sa vieille bouche jaune encore plus hideuse. Je m'assis au pied du lit et lui offris ma main, souffrant de le voir ainsi. Je ne peux vous décrire à quel point son apparence m'avait ébranlé. Lorsque j'apporte la mort, c'est une mort rapide et inconsciente, qui laisse ma victime comme prise d'un sommeil enchanté. Mais ce que j'avais devant les yeux, c'était la lente décomposition d'un corps qui refusait de se rendre au « temps-vampire », lequel depuis des années en buvait l'énergie vitale.

» — Lestat, dit-il, juste une fois, ne sois pas dur avec moi. Juste une fois, sois pour moi le petit garçon que tu étais autrefois. Mon fils !

» Il répéta et répéta encore : « Mon fils, mon fils ! » puis marmonna quelque chose que je ne pus comprendre à propos d'innocence et d'innocence détruite. Cependant, je m'aperçus qu'il n'avait pas du tout perdu l'esprit, comme le pensait Lestat, mais qu'il était au contraire dans un état de lucidité inquiétant. Le passé pesait sur lui de toutes ses forces, et le présent, qui n'était que mort, la mort qu'il combattait de toute sa volonté, ne pouvait rien pour alléger ce fardeau. Je pensais pourtant pouvoir le tromper si j'usais de toute mon adresse et, m'inclinant vers lui, murmurai : « Père. » Ce n'était pas la voix de Lestat, c'était la mienne, un chuchotement, mais il se calma aussitôt, et je crus que peut-être il allait mourir. Cependant, il s'accrocha à ma main comme si j'étais là pour le sauver des flots noirs de l'Océan et se mit à me parler d'un instituteur de campagne dont je ne pus saisir le nom ; l'instituteur avait découvert en Lestat un brillant élève et avait voulu le placer dans une école de moines pour qu'il y reçoive une éducation. Il se maudissait lui-même d'avoir ramené son fils à la maison, d'avoir brûlé ses livres.

» — Il faut que tu me pardonnes, mon fils, implorait-il.

» Je pressai sa main, très fort, espérant que ce serait une réponse suffisante, mais il reprenait :

» — Tu as tout ce qu'il faut pour vivre, mais tu es aussi dur et aussi brutal que je l'étais autrefois, avec ce travail, tout ce travail, et le froid, et la faim ! Lestat, rappelle-toi, c'était toi le plus gentil de nous ! Dieu me pardonnera si tu me pardonnes.

» A ce moment précis, le véritable Esaü fit son entrée. Je lui fis signe de ne pas faire de bruit, mais il ne vit pas mon geste. Je dus donc me lever précipitamment pour que son père n'entendît pas sa voix provenir d'un autre endroit que celui où il était censé se trouver. Les esclaves s'étaient enfuis à son approche.

» — Mais ils sont là, dehors, ils se sont rassemblés dans le noir, je les entends, ajouta-t-il.

» Puis il regarda le vieillard.

» — Tuez-le, Louis ! me dit-il à voix basse, une voix que je trouvai pour la première fois empreinte d'une nuance de supplication.

» Puis, de rage, il se mordit la lèvre :

» — Faites-le !

» — Allez vous pencher sur son oreiller et dites-lui que vous lui pardonnez tout, que vous le pardonnez de vous avoir retiré de l'école quand vous étiez enfant! Faites cela immédiatement!

» — Pardonner de quoi? fit Lestat avec une grimace qui transforma son visage en tête de mort. De m'avoir retiré de l'école!

» Il leva les bras au ciel et poussa un terrible rugissement de désespoir.

» — Maudit soit-il! Tuez-le! répéta-t-il.

» — Non! Vous lui pardonnerez. Ou vous le tuerez vous-même. Allez-y, tuez votre propre père!

» Le vieil homme supplia qu'on lui rapporte ce que nous disions. « Mon fils, mon fils », appela-t-il, tandis que Lestat dansait sur place comme sur un tapis de charbons ardents. J'allai aux rideaux de dentelle. Je vis et entendis la foule des esclaves qui cernait la maison, ombres tissées dans la nuit, et dont le cercle se resserrait.

» — Tu étais Joseph au milieu de ses frères, continuait le mourant. Le meilleur de tous, mais comment pouvais-je le savoir? C'est quand tu es parti que je l'ai su, quand toutes ces années ont passé sans m'offrir ni réconfort ni consolation. Et alors tu es revenu et tu m'as emmené de la ferme, mais ce n'était plus toi. Ce n'était plus le même garçon.

» Je revins à Lestat et le traînai littéralement jusqu'au lit. Je ne l'avais jamais vu si faible et en même temps si furieux. Il se libéra d'une secousse et s'agenouilla à la tête du lit, son œil mauvais fixé sur moi. Déterminé, je chuchotai:

» — Pardonnez!

» — D'accord, père. Reste tranquille. Je n'ai rien contre toi, se força-t-il à dire, à travers sa colère, d'une voix étranglée.

» Le vieil homme se retourna sur l'oreiller et, soulagé, murmura quelque chose de doux, mais Lestat était déjà parti. Sur le seuil de la porte, il s'arrêta net, se couvrant les oreilles de ses deux mains.

» — Ils arrivent! souffla-t-il.

» Puis, se retournant juste assez pour me voir, il reprit :

» — Faites-le! Pour l'amour de Dieu!

» Le vieillard ne sut pas ce qui lui arrivait. Il ne devait jamais s'éveiller de sa stupeur. Je le saignai juste assez, ouvrant une blessure telle qu'il meure sans éveiller mes sombres passions — pensée que je ne pouvais supporter. Peu importait maintenant que l'on trouve le corps ainsi traité, car j'en avais mon compte de la Pointe du Lac, de Lestat et de cette personnalité de planteur prospère. J'allais mettre le feu à la maison et me retourner sur la fortune que j'avais amassée sous divers noms d'emprunt, dans la perspective d'un moment de ce genre.

» Pendant ce temps, Lestat avait commencé de s'en prendre aux esclaves. Il avait l'intention de laisser tant de morts et de désolation derrière lui que personne ne puisse rapporter les événements de la nuit. Je l'accompagnai. Avant, sa férocité m'avait toujours paru incompréhensible, mais voilà qu'à mon tour je dénudai mes crocs sur les humains qui tentaient de me fuir de toute la vitesse de leurs jambes maladroites et pathétiques. Grâce à ma progression régulière, je les rattrapais aisément, tandis que s'abattait le voile de la mort ou celui de la folie. Devant l'évidente puissance de notre nature de vampire, les esclaves s'éparpillèrent dans toutes les directions. Alors, je revins sur mes pas pour incendier la maison.

» Lestat bondit après moi.

» — Qu'est-ce que vous faites? hurla-t-il. Vous êtes fou!

» Mais rien ne pouvait plus arrêter les flammes.

» — Ils sont partis et vous détruisez tout, tout notre domaine!

» Il se mit à arpenter dans tous les sens le salon et ses richesses splendides et fragiles.

» — Sortez votre cercueil. Vous avez trois heures jusqu'à l'aube, lui dis-je.

» La maison était devenue un bûcher funéraire.

— Le feu aurait-il pu vous faire du mal ? demanda le jeune homme.

— Nous faire grand mal ! répondit le vampire.

— Êtes-vous retourné à la chapelle ? Était-elle sûre ?

— Non, pas du tout. Cinquante-cinq esclaves environ s'étaient éparpillés dans les champs alentour. La plupart certainement, ne désirant pas mener une vie de fugitif, se dirigeraient tout droit sur le domaine des Frênière ou, vers le sud, en aval, sur le domaine du Beau Jardin. Je n'avais pas l'intention de rester là. Mais il y avait peu de temps pour aller ailleurs.

— Cette jeune femme, Babette !... intervint le jeune homme.

Le vampire sourit.

— Oui, j'allai chez Babette. Elle vivait à la plantation avec son jeune mari. J'avais le temps de charger mon cercueil dans une voiture et d'aller chez elle.

— Mais, et Lestat ?

Le vampire soupira.

— Lestat m'accompagna. Il avait l'intention de se rendre à La Nouvelle-Orléans et voulait me persuader de l'imiter. Mais, lorsqu'il vit que j'avais formé le projet de me cacher chez les Frênière, il se décida pour cette même solution. Il n'était d'ailleurs pas certain que nous réussissions à rejoindre La Nouvelle-Orléans. Il commençait à faire plus clair. Pas tant que des yeux de mortels pussent le voir, mais nos yeux de vampire y étaient sensibles.

» Quant à Babette, je lui avais rendu une autre visite. Comme je vous le disais, elle avait scandalisé toute la côte en restant seule à la plantation, sans homme dans la maison, ni même la compagnie d'une femme plus âgée. Le plus grand problème de Babette, c'était qu'elle n'avait réussi sur le plan financier que pour souffrir d'être mise à l'écart par l'ostracisme de la société. Sa sensibilité était ainsi faite que la richesse elle-même ne signifiait rien pour elle ; ce qui avait un sens pour Babette, c'étaient ses parents, la lignée familiale... Bien qu'elle fût capable de tenir à bout de bras l'exploitation, le scandale lui pesait. Intérieurement, elle abandonnait. J'allai la voir un soir dans son jardin. Sans lui permettre de m'apercevoir, je lui dis de ma voix la plus douce que j'étais la même personne qu'elle avait déjà rencontrée, que je connaissais sa vie et ses tourments.

» — N'attendez pas des gens qu'ils vous comprennent, lui avais-je dit. Ce sont des idiots. Ils veulent que vous vous retiriez parce que votre frère est mort. Ils voudraient se servir de votre vie comme si ce n'était que de l'huile destinée à brûler dans la lampe qui leur convient. Vous devez les défier, les défier avec assurance et pureté d'âme.

» Elle écoutait tout cela sans prononcer un mot. Je lui dis encore qu'elle devait donner un bal au profit d'une œuvre, d'une œuvre religieuse. Qu'elle choisisse un couvent de La Nouvelle-Orléans, n'importe lequel, et organise un bal philanthropique. Qu'elle y invite comme dames de compagnie les meilleures amies de sa défunte mère, et qu'elle montre en tout ceci la plus parfaite confiance en soi. De la confiance avant tout, car rien n'était important comme la confiance et la pureté d'intentions.

» Babette trouva que c'était un trait de génie.

» — Je ne sais pas ce que vous êtes, et vous ne me le direz pas, fit-elle — c'était exact, je ne le lui dirais pas. Mais je ne peux m'empêcher de penser que vous êtes un ange.

» Elle sollicita la faveur de voir mon visage. En fait, l'expression est impropre, car Babette était de ces gens qui ne demandent jamais vraiment rien à personne. Non pas qu'elle fût fière. Elle n'était que forte et honnête, ce qui rend le fait de solliciter... Vous voulez me poser une question ?

— Euh ! non, dit le jeune homme, qui aurait voulu dissimuler son désir.

— Mais vous ne devez avoir peur de rien me

demander. S'il y avait quelque chose à quoi je tienne trop...

Le visage du vampire s'assombrit sur ces mots. Il fronça les sourcils, et leur mouvement fit apparaître une légère dépression dans la surface de son front, au-dessus du sourcil gauche, comme si quelqu'un avait exercé là une pression du doigt. Cela lui donnait un air singulier de profonde détresse.

— S'il y avait quelque chose à quoi je tienne trop pour accepter que cela fasse l'objet de vos questions, je ne le mettrais pas au premier plan de mon récit, reprit-il.

Le jeune homme se retrouva en train de contempler les yeux du vampire et ses cils qui étaient de fins fils noirs sur le fond de la peau tendre de ses paupières.

— Demandez, ordonna-t-il.

— Babette, dit le jeune homme, cette façon dont vous parlez d'elle... On dirait que vous aviez des sentiments... spéciaux.

— Vous ai-je donné l'impression d'être incapable de sentiments ? demanda le vampire.

— Non, pas du tout. Il est évident que vous aviez de la sympathie pour le vieil homme. Vous êtes resté pour le réconforter, alors que vous étiez en danger. Et vos sentiments pour le jeune Frênière, que Lestat voulait tuer..., tout cela, vous l'avez expliqué. Mais je me demandais... Aviez-vous un sentiment particulier pour Babette ? Est-ce cela qui vous avait conduit à protéger son frère ?

— Vous voulez savoir si je l'aimais, dit le vampire. Pourquoi hésitez-vous à prononcer ce mot ?

— Parce que vous parliez de détachement, répondit le jeune homme.

— Pensez-vous que les anges soient détachés ?

— Oui, dit le jeune homme après un moment de réflexion.

— Mais ne sont-ils pas pourtant capables d'amour ? demanda le vampire. N'est-ce pas dans un état de parfait amour que les anges contemplent la face de Dieu ?

Le jeune homme réfléchit, puis dit :

— D'amour ou d'adoration.

— Où est la différence ? fit pensivement le vampire. Où est la différence ?

Ce n'était pas une énigme qu'il posait à son interlocuteur, c'était une question qu'il s'adressait à lui-même.

— Les anges peuvent aimer, peuvent ressentir de l'orgueil... — celui qui causa leur chute... —, de la haine. Les émotions irrésistibles des gens détachés chez qui volonté et sentiment sont une seule et même chose.

Il baissa les yeux sur la table, semblant méditer ses dernières phrases, comme s'il les trouvait peu satisfaisantes.

— J'avais pour Babette... une forte inclination. J'ai parfois eu de plus forts sentiments envers un être humain... (Il releva les yeux sur le jeune homme.) Mais c'était très profond. A sa façon, Babette était pour moi l'idéal parmi les humains.

Le vampire remua sur sa chaise, ce qui agita doucement sa cape, et se tourna vers la fenêtre. Le jeune homme, se penchant, vérifia la bande. Il sortit une autre cassette de sa serviette et, en s'excusant, la mit en place.

— J'ai bien peur de vous avoir demandé quelque chose de trop personnel. Je ne voulais pas..., dit-il au vampire, et un peu d'anxiété transparaissait dans sa voix.

— Pas du tout, répondit le vampire, ramenant brutalement son regard sur son interlocuteur. Votre question vise droit au but. Je suis capable d'amour, et j'avais dans une certaine mesure de l'amour pour Babette, bien que ce ne fût pas l'amour le plus intense que j'aie jamais connu, que ce n'en ait été que le présage.

» Pour en revenir à mon histoire, le bal de charité de Babette fut un succès et lui permit de réintégrer la vie de société. L'argent qu'elle prodigua généreusement suffit à gommer tous les doutes qui pouvaient rester dans l'esprit des familles de ses prétendants, et elle se maria. Les nuits d'été, je lui rendais visite, sans lui permettre de me voir ni de savoir que j'étais là. Je pus ainsi me rendre compte de son bonheur, et son bonheur me rendit heureux en retour.

» Et de Babette j'en viens à Lestat. Il aurait exterminé les Frênière depuis longtemps si je ne l'en avais empêché, et voilà qu'il s'imaginait que j'en avais maintenant, moi, l'intention.

» — En quoi cela arrangerait-il les choses? lui demandai-je. Vous me traitez d'idiot, et c'est vous qui avez fait l'idiot tout le temps. Croyez-vous que je n'aie pas compris pourquoi vous avez fait de moi un vampire? Vous ne saviez pas organiser votre vie, vous ne saviez pas faire les choses les plus simples. Depuis maintenant des années, c'est moi qui m'occupe de tout, pendant que vous restez dans votre coin en faisant mine d'être mon supérieur. Vous n'avez plus rien à m'apprendre de la vie. Je n'ai pas besoin de vous, je n'ai plus rien à faire de vous. C'est vous qui avez besoin de moi, et, si vous touchez un seul des esclaves du domaine des Frênière, il y aura un conflit entre nous. Je vous laisserai tomber, et je n'ai pas besoin de vous faire remarquer que j'ai plus de bon sens dans le bout de mon petit doigt que vous dans toute votre carcasse. Alors, faites ce que je vous dis.

» Ma diatribe le stupéfia. Il protesta qu'il avait énormément à m'apprendre, sur les choses, sur les gens qui pouvaient causer ma mort soudaine si je les tuais, sur les endroits où je ne devais pas aller, et ainsi de suite — tout un galimatias que je ne supportai qu'à grand-peine. Mais je n'avais pas de temps à perdre avec lui. Il y avait de la lumière chez le surveillant des Frênière : il essayait d'apaiser l'excitation des esclaves en fuite aussi bien que la sienne. On pouvait encore voir le feu qui ravageait la Pointe du Lac sur le fond du ciel. Babette, habillée, avait pris la direction des opérations et envoyé des voitures et des esclaves pour lutter contre l'incendie de mon domaine. Les fugitifs apeurés étaient tenus à l'écart des autres esclaves, et pour l'instant personne ne prenait leurs contes pour autre chose que fantasmes de nègres. Babette avait compris qu'il s'était passé quelque chose de terrible, mais soupçonnait un meurtre plutôt que des événements surnaturels. Je la trouvai dans le bureau en train de consigner l'incendie dans le journal de la plantation. C'était presque le matin. Je n'avais que quelques minutes pour la convaincre de m'aider. Je lui parlai aussitôt, sans lui permettre de se retourner, et elle m'écouta calmement. Je lui dis qu'il me fallait une chambre pour la nuit, pour me reposer.

» — Je ne vous ai jamais fait de mal. Je ne vous demande maintenant qu'une clef, et votre promesse que personne n'essaiera d'entrer dans cette chambre jusqu'à demain soir. Et alors, je vous raconterai tout.

» J'étais au seuil du désespoir. Le ciel pâlissait. Lestat était à quelques coudées, dans le verger, avec les cercueils.

» — Mais pourquoi est-ce vers moi que vous êtes venu cette nuit ? me demanda-t-elle.

» — Et pourquoi ne serais-je pas venu vers vous ? répondis-je. Ne vous ai-je pas aidée au moment même où vous aviez besoin d'être guidée, au moment où vous vous retrouviez seule à montrer de la force d'âme, parmi tant d'autres qui n'étalaient que faiblesse et désir d'être dominés ? Ne vous ai-je pas par deux fois offert de bons conseils ? Et n'ai-je pas veillé à votre bonheur depuis ?

» J'apercevais par la fenêtre la figure de Lestat. Il était en pleine panique.

» — Donnez-moi la clef d'une chambre, et ne laissez personne en approcher jusqu'à la nuit prochaine. Je vous jure que je ne vous causerai aucun mal.

» — Et si je n'accepte pas... Si je croyais que vous êtes l'envoyé du diable ! dit-elle en tournant la tête, dans le dessein de me voir.

» Je tendis vivement la main vers les bougies pour les éteindre, si bien qu'elle ne put découvrir de moi que ma silhouette contre la fenêtre, qui s'ouvrait sur un ciel virant au gris.

» — Si vous n'acceptez pas, si vous croyez que je suis le diable, je mourrai, répondis-je. Donnez-moi la clef. Je pourrais vous tuer si je le voulais, comprenez-vous ?

» Sur ces mots, je m'approchai d'elle pour qu'elle me voie mieux, ce qui la fit sursauter et se reculer dans son fauteuil, dont elle étreignit le bras.

» — Mais je serais incapable de le faire, poursuivis-je. Je préférerais mourir que vous tuer, et je mourrai si vous ne me donnez pas la clef que je vous demande.

» J'avais réussi. Je ne sais pas ce qu'elle put penser, mais elle me donna l'une des pièces du rez-de-chaussée, où l'on laissait vieillir le vin. Je suis sûr qu'elle nous vit transporter les cercueils. Je ne me contentai pas de fermer la porte à clef ; je la barricadai.

» Lestat était déjà debout le soir suivant, lorsque je m'éveillai.

— Elle avait donc tenu parole, intervint le jeune homme.

— Oui. Elle était même allée un pas au-delà. Elle ne s'était pas contentée de respecter notre porte verrouillée ; elle l'avait barricadée de l'extérieur.

— Et les histoires des esclaves..., elle les avait entendues ?

— Oui. C'est Lestat qui découvrit le premier que nous étions enfermés. Il devint furieux, car il avait envisagé de se rendre à La Nouvelle-Orléans aussi vite que possible, et se montra tout à coup fort méfiant à mon égard.

» — Je n'avais besoin de vous que tant que mon père vivait, dit-il, essayant désespérément de trouver une brèche dans mon système de défense.

» En pure perte, la place était un donjon.

» — Je vous préviens, rétorquai-je, je n'ai pas l'intention d'en supporter davantage de votre part.

» Il ne daigna même pas me tourner le dos. Je m'assis et m'efforçai d'entendre les voix qui provenaient des pièces situées au-dessus. Je désirais ardemment qu'il se taise et ne pas avoir à lui révéler mes sentiments pour Babette, ni mes espoirs.

» En même temps, j'avais d'autres pensées. Vous m'interrogiez sur les rapports du détachement et de la sentimentalité. Un des aspects de la chose — je devrais parler de « détachement avec accompagnement de sentimentalité » —, c'est que l'on est capable de poursuivre deux cours de pensées en même temps ; par exemple, que l'on n'est pas en sécurité, que l'on risque la mort, tout en songeant à quelque objet abstrait et lointain. Il en était vraiment ainsi pour moi. Quelle amitié sublime, pensais-je alors, sans formuler cette idée, qui s'exprimait à un niveau relativement profond de ma conscience, quelle amitié sublime aurait pu exister entre Lestat et moi... Si peu d'obstacles auraient dû s'y opposer, et tant de choses existaient que nous aurions pu partager... C'était peut-être la proximité de Babette qui me faisait ressentir les choses ainsi. Comment, en effet, pourrais-je jamais vraiment connaître Babette, sauf, bien sûr, de la seule et fatale façon : en prenant sa vie, en devenant un seul être avec elle dans un baiser de mort où mon âme se fondrait à mon cœur et s'en nourrirait. Mais mon âme aurait voulu connaître Babette sans que je ressentisse ce besoin de tuer, de lui dérober chaque souffle de sa vie, chaque goutte de son sang. Alors, Lestat : s'il avait été doué de la moindre personnalité, de la moindre faculté de réfléchir, quelle connaissance l'un de l'autre aurions-nous pu avoir ! Les mots de son vieux père me revinrent en mémoire : Lestat, élève brillant, amoureux de ces livres qu'on avait brûlés. Je ne connaissais que le Lestat qui dénigrait ma bibliothèque, l'appelait tas de poussière, ridiculisait sans rémission mes lectures, mes méditations.

» Je me rendis compte que la maison, au-dessus de nos têtes, devenait plus calme. De temps à autre, des pieds remuaient, le plancher craquait et la lumière qui filtrait à travers ses fentes procurait une clarté pâle et inégale. Lestat tâtait les murs de brique, et son visage dur et impassible de vampire était tordu en un masque de frustration tout humaine. J'étais convaincu qu'il me faudrait me séparer de lui dès que possible, et mettre si nécessaire un océan entre nous. Je compris aussi que si je l'avais supporté pendant si longtemps c'était par manque de confiance en moi. Cela avait été une illusion de croire que je restais pour son vieux père, pour ma sœur et son mari. En fait, je restais avec Lestat parce que je craignais qu'il sût d'essentiels secrets de vampire que je n'aurais pu découvrir seul, et, plus encore, parce qu'il était le seul de mon espèce que je connusse. Il ne m'avait jamais dit comment il était devenu vampire, ni où je pourrais trouver un seul autre membre de notre race. Cette considération jeta de nouveau le trouble dans mon esprit, comme tout au cours de ces quatre années. Je le haïssais, je voulais le quitter, cependant pouvais-je le faire ?

» Tandis que toutes ces pensées me traversaient, Lestat continuait sa diatribe : il n'avait pas besoin de moi, et ne souffrirait pas la moindre menace de la part des Frênière. Nous n'avions qu'à être prêts lorsque la porte s'ouvrirait.

» — Souvenez-vous, me dit-il en conclusion. Force et rapidité : ils ne peuvent nous égaler en ce domaine. Et la peur. Souvenez-vous toujours de ceci : la peur est votre arme. Ce n'est pas le moment d'être sentimental ! Ce serait notre perte.

» — Vous voulez aller seul de votre côté, après ? lui demandai-je.

» J'aurais voulu que ce soit lui qui prenne la décision. Moi, je n'en avais pas le courage. Ou plutôt je ne savais pas ce que je désirais vraiment.

» — Je veux aller à La Nouvelle-Orléans ! dit-il. Je ne faisais que vous avertir que je n'avais pas besoin de vous. Mais, pour nous sortir d'ici, nous devons compter l'un sur l'autre. Vous n'avez même pas commencé de comprendre comment utiliser vos pouvoirs ! Vous n'avez aucun sens inné de ce que vous êtes ! Utilisez votre force de persuasion sur cette femme si elle vient seule. Mais, si elle vient avec d'autres, préparez-vous à agir conformément à votre nature.

» — Qui est quoi ? demandai-je, car jamais le mystère de ma nature ne m'avait semblé aussi profond qu'en cet instant. Que suis-je ?

» Sans chercher à déguiser son écœurement, il leva les bras au ciel.

» — Soyez prêt, dit-il, découvrant ses dents magnifiques. Soyez prêt... à tuer ! (Il regarda soudain les planchers qui formaient notre plafond.) Ils vont se coucher, là-haut, vous entendez ?

» Après un long moment de silence que Lestat employa à marcher de long en large et moi à méditer, à sonder mon âme pour décider de ce que je devais faire et dire à Babette, ou, à un niveau plus profond, à trouver la réponse à une question plus difficile : quels étaient mes sentiments envers elle ? après ce long moment, un rayon de lumière glissa sous la porte. Lestat était en position de bondir sur quiconque l'ouvrirait. Babette entra, seule, une lampe à la main, sans voir Lestat, caché dans l'encoignure, et me regardant droit dans les yeux.

» Je ne l'avais jamais vue telle qu'elle m'apparaissait maintenant. Ses cheveux étaient dénoués pour la nuit, masse de vagues sombres derrière son peignoir blanc, et son visage semblait rétréci sous l'effet de son inquiétude et de sa frayeur, ce qui lui donnait un éclat fiévreux et rendait plus larges encore ses grands yeux bruns. Ainsi que je vous l'ai dit, j'aimais sa force de caractère, son honnêteté, sa grandeur d'âme. Je n'avais pas pour elle ce type de passion que vous pourriez avoir, mais je la trouvais plus attirante qu'aucune femme connue dans ma vie de mortel. Même sous le peignoir sévère, ses bras et sa poitrine étaient ronds et tendres, et elle me faisait l'effet d'une âme énigmatique drapée d'une chair riche et mystérieuse.

Moi qui suis si dur de caractère, si économe de moi-même, si déterminé dans mes buts, je me sentais irrésistiblement attiré, mais, sachant que le meurtre était la seule conclusion possible, je détournai d'elle aussitôt mon regard, me demandant si, au moment où ses yeux avaient croisé les miens, elle avait pu les trouver morts et sans âme.

» — Vous êtes bien celui qui m'a déjà rendu visite, dit-elle, comme si jusque-là elle en avait douté. Et vous êtes le propriétaire de la Pointe du Lac.

» A ces mots, je compris qu'elle avait entendu les folles histoires de la nuit précédente, et qu'il ne servirait à rien de lui mentir. J'avais usé de mon apparence surnaturelle par deux fois pour la rencontrer, pour lui parler ; je ne pouvais plus la cacher ou tenter de minimiser.

» — Je ne vous veux aucun mal, lui dis-je. J'ai seulement besoin d'une voiture et de chevaux..., des chevaux que j'ai laissés la nuit dernière dans le pacage.

» Elle ne parut pas entendre mes paroles, mais s'approcha, pour me prendre au piège de son cercle de lumière.

» Je vis alors Lestat derrière elle, ombre fondue à celle de Babette sur le mur de brique ; il semblait nerveux et menaçant.

» — Me donnerez-vous cette voiture ? insistai-je.

» Sa lampe levée, elle me regardait ; au moment où je voulus me détourner, je vis un changement dans son expression. Son visage se fit immobile, vide, comme si son âme perdait conscience. Elle ferma les yeux et secoua la tête. La pensée me vint que je l'avais plongée dans une sorte de transe, sans avoir rien fait pour cela.

» — Qu'êtes-vous ? souffla-t-elle. Vous êtes l'envoyé du diable. C'est le diable qui vous a ordonné de me rendre visite !

» — Le diable ! m'exclamai-je.

» J'en conçus un sentiment de détresse plus intense

que je n'imaginais possible. Si elle me prenait pour une émanation du Malin, elle en tirerait la conclusion logique que mes conseils étaient mauvais ; elle se poserait des questions sur elle-même et compromettrait ainsi la vie riche et belle qu'elle menait. Comme tous les gens doués d'une âme forte, elle avait toujours à souffrir d'une sorte de solitude ; elle était quelqu'un de marginal, quelqu'un qui secrètement refusait les règles du jeu. L'équilibre qui lui permettait de vivre pourrait être renversé si elle doutait du bien-fondé de son attitude. Il y avait une horreur non déguisée dans son regard, une horreur qui semblait même lui faire oublier le danger qu'elle courait. Et voici que Lestat, que la faiblesse d'autrui attirait comme l'eau attire le naufragé du désert, la saisit par le poignet, ce qui la fit hurler et lâcher la lampe. L'huile renversée s'enflamma, tandis que Lestat traînait Babette vers la porte ouverte.

» — Allez chercher la voiture ! lui ordonna-t-il. Allez-y tout de suite et amenez les chevaux. Vous êtes en danger de mort. Et cessez de parler de diables !

» J'étouffai les flammes puis criai à Lestat de la lâcher. Il la maintenait par les deux poignets, et elle était en furie.

» — Vous allez réveiller toute la maison si vous ne vous taisez pas ! me dit-il. Et je la tuerai ! Trouvez-nous cette voiture, reprit-il à l'adresse de Babette en la poussant dehors, conduisez-nous, et parlez au garçon d'écurie.

» Nous traversâmes lentement la cour sombre, Lestat me précédant ; j'étais plongé dans un état de détresse presque insupportable. Devant nous deux, à reculons, marchait Babette dont les yeux nous scrutaient dans l'obscurité. Elle s'arrêta brusquement. Au-dessus, dans la maison, une seule lumière brillait.

» — Vous n'obtiendrez rien de moi ! s'écria-t-elle.

» J'attrapai le bras de Lestat pour lui signifier que c'était à moi de prendre les choses en main.

» — Elle révélera notre présence à tout le monde si vous ne me laissez pas lui parler, lui murmurai-je.

» — Alors contrôlez-vous, soyez fort, dit-il d'un air dégoûté. Ne vous mettez pas à ergoter avec elle.

» — Allez, pendant que je lui parle…, allez à l'écurie, prenez la voiture et les chevaux. Mais ne tuez pas !

» Je ne sais s'il m'obéit ou non en ceci ; en tout cas, il s'élança dans l'obscurité au moment où je faisais un pas vers Babette, dont le visage montrait un mélange de fureur et de résolution. « *Arrête, Satan* », fit-elle. Je me sentis privé un instant de l'usage de la parole, verrouillés que nous étions l'un à l'autre par notre regard. Je ne pus deviner si elle avait entendu Lestat se déplacer dans la nuit. Sa haine pour moi me dévorait comme une flamme ardente.

» — Pourquoi me parlez-vous ainsi ? demandai-je. Les conseils que je vous ai donnés étaient-ils mauvais ? Vous ai-je fait du mal ? Je suis venu vous aider, vous donner de la force. Je n'ai fait que penser à vous, alors que je n'en avais aucun besoin.

» Elle secoua la tête :

» — Mais pourquoi, pourquoi me dites-vous tout cela ? Je sais ce que vous avez fait à la Pointe du Lac. Vous avez vécu là-bas comme un démon ! Les esclaves sont fous de toutes ces histoires ! Pendant toute la journée, des hommes ont descendu la route du fleuve jusqu'à la Pointe du Lac ; mon mari y est allé ! Il a vu la maison en ruine, les corps des esclaves partout dans les vergers, dans les champs ! Qui êtes-vous, mais qui êtes-vous donc ? Pourquoi me parlez-vous avec tant de douceur ? Que voulez-vous de moi ?

» Elle s'accrocha à l'une des colonnes du porche et s'adossa lentement à l'escalier.

» — Je ne peux pas vous donner toutes ces réponses maintenant, répondis-je. Croyez-moi quand je vous dis que je ne suis venu à vous que pour vous faire du bien. Et que, si j'avais eu le choix, je ne serais pas venu la nuit dernière vous causer tant d'ennuis et d'inquiétude !

Le vampire se tut.

Le jeune homme, au bord de sa chaise, ouvrait de grands yeux. Le vampire, perdu dans ses pensées, ses souvenirs, gardait une immobilité de glace, le regard vague. Le jeune homme concentra brutalement son attention sur le sol, comme en signe de respect. Après lui avoir jeté un bref coup d'œil, le visage aussi décomposé que celui du vampire, il commença à dire quelque chose, mais s'arrêta aussitôt.

Le vampire se mit à l'étudier, ce qui le fit rougir et se détourner nerveusement. Puis il se décida à relever les yeux et à affronter ceux du vampire. Il dut déglutir, mais réussit à soutenir son regard.

— C'est cela que vous voulez? murmura le vampire. C'est cela que vous vouliez entendre?

Il repoussa sa chaise sans bruit et marcha jusqu'à la fenêtre. Le jeune homme, sans réaction, fixait des yeux les larges épaules et la longue masse de la cape. Le vampire tourna légèrement la tête.

— Vous ne me répondez pas. Je ne vous donne pas ce que vous désirez, n'est-ce pas? Vous vouliez une interview. Quelque chose à diffuser à la radio...

— Cela ne fait rien. Je jetterai les bandes si vous le voulez! (Le jeune homme se leva.) Je ne peux pas prétendre que je comprends tout ce que vous me dites. Vous savez que ce serait un mensonge. Alors, comment vous demander de continuer... sauf en vous disant que ce que je comprends vraiment... ce que je comprends vraiment ne ressemble à rien de ce que j'ai pu entendre jusque-là.

Il s'avança d'un pas en direction du vampire, qui semblait contempler le spectacle de Divisadero Street. Puis ce dernier tourna la tête sans hâte, regarda le jeune homme et sourit. Son visage était serein, presque affectueux, et le jeune homme en fut soudain mal à l'aise. Plongeant les mains dans ses poches, il revint vers la table; puis, adressant une mimique interrogative au vampire, il demanda:

— Voulez-vous... continuer, s'il vous plaît?

Le vampire, les bras croisés, se retourna et, s'appuyant à la fenêtre:

— Pourquoi? fit-il.

— Parce que je veux entendre la suite, répondit le jeune homme, tout décontenancé. (Il haussa les épaules.) Parce que je veux savoir ce qui s'est passé après!

— Très bien, dit le vampire, et le même sourire jouait sur ses lèvres.

Il revint à sa chaise, s'y assit en face du jeune homme et déplaça légèrement le magnétophone en disant:

— Merveilleuse invention, réellement... Eh bien, continuons.

» Il faut que vous compreniez... A ce moment, ce que je ressentais envers Babette, c'était un désir de communiquer avec elle, et ce désir était plus fort que tous les autres..., sauf ce désir physique de... de sang. Mais mon besoin de communiquer était si violent qu'il me fit toucher le fond de ma solitude. Quand je lui avais parlé, les autres fois, il y avait eu une communication brève mais directe, aussi simple et satisfaisante que le fait de prendre quelqu'un par la main. De serrer une main pour soulager sa détresse, puis de la laisser aller, doucement. Mais, cette fois, l'accord ne se faisait pas. Pour Babette, j'étais un monstre, un monstre qui m'effrayait moi-même. Ne voulant rien faire pour lutter contre ses sentiments, je lui rappelai seulement que le conseil que je lui avais donné s'était révélé bon, et qu'aucun instrument du diable ne pouvait faire le bien, même s'il le tentait.

» — Je sais, répondit-elle.

» Mais ces deux mots signifiaient qu'elle ne me croyait pas plus qu'elle n'aurait cru le diable lui-même. Je m'approchai d'elle, mais elle recula. Je levai la main, mais elle se tassa sur elle-même, s'agrippant à la rampe.

» — Très bien, dis-je, profondément exaspéré. Pourquoi donc m'avez-vous protégé la nuit dernière? Pourquoi êtes-vous venue seule jusqu'à moi?

» Je pouvais lire sur son visage qu'elle me cachait

quelque chose. Elle avait une raison d'agir ainsi, mais ne voulait pour rien au monde me la révéler. Il lui était impossible de me parler librement, ouvertement, de m'offrir cette communication que je désirais. Je me sentis las de la regarder. La nuit était déjà avancée. Je vis et entendis Lestat se glisser dans le cellier pour en retirer les cercueils, et eus soudain envie de m'en aller ; d'autres envies aussi..., celles de tuer et de boire. Mais ce n'est pas de là que provenait ma lassitude. Il y avait autre chose, il y avait bien pis. Cette nuit n'était qu'une nuit parmi des milliers d'autres..., un monde sans fin, un monde de nuits soudées à d'autres nuits comme les arches d'un pont gigantesque dont l'extrémité se dérobait au regard, une nuit dans laquelle j'errais seul sous les étoiles froides et insensibles.

Je me détournai de Babette, couvrant mes yeux de mes mains. Tout à coup, faible et oppressé, je dus émettre quelque gémissement involontaire. Puis, dans ce paysage nocturne vaste et désolé où je me trouvais seul, Babette n'étant qu'une illusion, j'entre-vis soudain une possibilité que mon esprit avait tou-jours préféré fuir, ravi que j'étais par ma vision du monde, par mes sens de vampire amoureux des cou-leurs et des formes, des sons et des mélodies, de la douceur des choses et de l'infini de leurs variations. Babette remuait, mais je n'y fis pas attention. Elle sortait quelque chose de sa poche, son grand trous-seau de clefs tinta. Elle se mit à gravir les marches, et je la laissai aller, plongé dans mes pensées. « Créature du diable ! murmurai-je pour moi-même. Arrière, Satan... » Je la regardai de nouveau. Elle se tenait immobile sur l'un des degrés de l'escalier, ouvrant de grands yeux méfiants. Elle avait attrapé la lanterne accrochée au mur et, son regard fixé sur moi, la tenait serrée dans ses mains, comme une bourse précieuse.

» — Vous croyez que c'est le diable qui m'envoie ? lui demandai-je.

» Les doigts de sa main gauche se glissèrent vivement dans l'anneau de la lanterne, et de la main droite elle fit le signe de croix en murmurant des paroles latines que j'entendis à peine ; mais, lorsqu'elle vit que cela n'avait absolument aucun effet sur moi, son visage blêmit, ses yeux s'écarquillèrent.

» — Vous attendiez-vous à ce que je m'évanouisse en fumée ? demandai-je.

» Je m'approchai d'elle sans crainte, car le cours de mes réflexions m'avait rendu insensible à l'attrait de sa chair de mortelle.

» — Et pour aller où ? Pour retourner en enfer, là d'où je viens ? Auprès du diable, qui m'a envoyé ?

» Je restai au pied des marches.

» — Et si je vous disais que je ne sais rien du diable. Que je ne sais même pas s'il existe !

» Mais c'était bien le diable que j'avais vu sur le paysage de mes pensées. C'était lui qui occupait maintenant mon esprit tout entier. Elle ne m'écoutait pas, elle ne m'entendait pas. Je me détournai et levai les yeux vers les étoiles. Lestat était prêt, je le savais. Il me semblait même qu'il était là à m'attendre, prêt, depuis des années aussi, sur sa marche d'escalier. J'eus l'impression soudaine que mon frère également était présent, depuis des éternités, et qu'il me parlait tout bas mais d'une voix excitée. Ce qu'il me disait était terriblement important, mais le contenu de ses paroles m'échappait à mesure qu'elles me parvenaient, insaisissable et fuyant comme une galopade de rats sous les combles d'un manoir. Il y eut une sorte de raclement et un éclat de lumière.

» — Non, je ne sais pas si c'est le diable qui m'envoie ! Je ne sais pas ce que je suis ! criai-je à Babette, assourdissant du son de ma propre voix mes oreilles trop sensibles. Je suis destiné à vivre jusqu'à la fin du monde, et je ne sais même pas ce que je suis !

» La lumière flamboya devant moi ; c'était la lanterne qu'elle venait d'allumer, et qu'elle tenait de telle façon que je ne voyais plus son visage. Il n'y eut plus rien d'autre, pendant un instant, dans mon champ de vision, que cette lumière, puis la masse lourde de la lanterne me heurta violemment la poitrine, le verre vola en éclats sur les briques, et des flammes rugirent sur mon visage, sur mes jambes. De l'ombre, Lestat me cria :

» — Éteignez ça, éteignez ça, espèce d'idiot. Vous allez rôtir !

» Toujours aveuglé, je sentis quelque chose me gifler sauvagement. C'était la veste de Lestat. Je m'étais effondré, le dos à une colonne du perron, dans un état de complète impuissance, dû aussi bien à la brûlure de la flamme et au choc de la gifle qu'à la conviction soudaine que Babette avait voulu me détruire et que je ne savais plus qui j'étais.

» Tout ceci ne prit que quelques secondes. Les flammes éteintes, je me retrouvai à genoux dans le noir, m'appuyant des mains sur les briques. En haut des marches, Lestat s'était de nouveau emparé de Babette. Je sautai sur lui, l'attrapai par le cou et le tirai en arrière. Furieux, il se retourna et voulut m'écarter d'une ruade ; mais je le tenais fermement, et le catapultai devant moi en bas de l'escalier. Babette était pétrifiée. J'aperçus sa silhouette sombre contre le ciel, un reflet de lumière dans l'œil.

» — Venez donc ! me lança Lestat en se remettant sur ses pieds.

» Babette avait porté les mains à sa gorge. Je m'efforçai, de mes yeux blessés, de rassembler assez de clarté pour mieux la voir. Le sang coulait.

» — Rappelez-vous ! lui criai-je. J'aurais pu vous tuer ! Ou le laisser vous tuer ! Je ne l'ai pas fait. Vous m'avez traité de démon. Vous vous trompez !

— Vous aviez donc arrêté Lestat juste à temps, intervint le jeune homme.

— En effet. Lestat était capable de tuer et de boire en l'espace d'un éclair. Mais, ainsi que je devais l'apprendre plus tard, je n'avais sauvé Babette que dans son existence physique.

» — Une heure et demie après, nous étions à La Nouvelle-Orléans, les chevaux presque morts de fatigue, et nous avions rangé la voiture dans une rue latérale proche d'un hôtel espagnol nouvellement établi. Lestat avait attrapé un vieil homme par le bras et lui mettait dans la main cinquante dollars.

» — Allez nous réserver une suite, lui ordonna-t-il, et commandez du champagne. Dites que c'est pour deux gentilshommes et payez d'avance. Quand vous reviendrez, il y en aura cinquante autres pour vous. Et je vous attends, soyez tranquille.

» Ses yeux brillants avaient subjugué le vieillard. J'étais sûr qu'il le tuerait dès qu'il serait revenu avec les clefs des chambres, et c'est bien ce qu'il fit. Je restai assis dans la voiture, regardant d'un œil las sa victime s'affaiblir progressivement jusqu'à mourir, son corps s'effondrant comme un sac de pierres, sous un porche, quand Lestat l'eut enfin lâché.

» — Bonne nuit, doux prince, dit-il ; et voilà vos cinquante dollars.

» Il enfouit l'argent dans sa poche, de l'air de quelqu'un qui vient de faire une bonne plaisanterie.

» Nous nous glissâmes dans la cour de l'hôtel et montâmes dans le salon luxueux de notre suite. Une bouteille de champagne brillait dans un seau à glace et sur un plateau d'argent deux verres étaient posés. Je savais que Lestat en remplirait un et s'assiérait pour contempler la couleur d'or pâle du vin. Moi, comme en transe, je m'étendis sur le canapé et le regardai fixement, rien de ce qu'il faisait ne pouvant avoir d'importance. Il fallait que je le quitte ou que je meure, pensais-je. Ce serait doux de mourir. Oui, de mourir. J'avais déjà voulu mourir, avant. Maintenant, je le souhaitais vraiment. La perspective de la mort était douce et lumineuse, m'emplissait d'une parfaite quiétude.

» — Vous êtes morbide ! dit soudain Lestat. C'est presque le matin.

» Il écarta les rideaux de dentelle, et je vis la ligne

des toits se détacher sur le bleu sombre du ciel et, au-dessus, la grande constellation d'Orion.

» — Sortez tuer! m'ordonna-t-il en ouvrant la fenêtre.

» Il grimpa sur le rebord, puis j'entendis ses pieds atterrir en douceur sur le toit voisin. Il allait chercher les cercueils, ou du moins l'un d'eux. La soif monta en moi, comme la fièvre, et je le suivis. Mon désir de mourir était toujours là, pensée pure et exempte d'émotion dans un coin de mon esprit. J'avais cependant besoin de me nourrir. Je vous ai déjà indiqué qu'à l'époque je ne voulais pas tuer d'humains. Je marchai sur les toits en quête de rats.

— Mais pourquoi... Vous avez dit que Lestat n'aurait pas dû vous faire *commencer* avec des humains. Vouliez-vous dire... voulez-vous dire que pour vous c'était un choix esthétique, et non moral?

— Si vous me l'aviez demandé à l'époque, je vous aurais dit que c'était un choix esthétique, que je voulais comprendre la mort par étapes et que je voulais garder l'expérience de la mort d'un homme pour le moment où mes facultés de compréhension auraient mûri. Mais, en fait, c'était un choix moral. Car toutes les décisions esthétiques sont en réalité d'ordre moral.

— Je ne comprends pas, dit le jeune homme. Je pensais que les décisions d'ordre esthétique pouvaient être complètement immorales. Que pensez-vous donc du cliché de l'artiste qui quitte femme et enfants pour pouvoir peindre? Ou de Néron jouant de la harpe devant Rome en feu?

— Il s'agit dans les deux cas de décisions d'ordre moral. Il s'agit dans les deux cas de servir un bien d'ordre supérieur, dans l'esprit de l'artiste. Le conflit se trouve entre la morale de l'artiste et celle de la société, et non entre l'esthétique et la morale. Mais souvent on ne le comprend pas, et c'est là que peut se produire un drame. Par exemple, l'artiste qui a volé de la peinture dans un magasin croira avoir pris une décision immorale quoique inévitable, et s'imaginera alors qu'il a perdu la grâce ; il tombera dans un état de désespoir et d'irresponsabilité ridicules, comme si la moralité était un univers de cristal qu'un seul acte suffirait à briser. Mais je n'avais pas ce genre de préoccupations en ce temps-là. Je croyais avoir choisi de tuer des animaux seulement pour des raisons esthétiques, et je butais sans cesse sur le grand problème moral qui était le mien : étais-je ou non damné, du seul fait de ma nature ?

» Car, voyez-vous, bien qu'il ne m'ait jamais parlé de diable ou d'enfer, je croyais que je m'étais damné en choisissant le camp de Lestat, tout comme Judas devait le croire lorsqu'il décida de se mettre la corde au cou. Vous comprenez ?

Après un temps de silence, le jeune homme faillit dire un mot, et quelques rougeurs apparurent sur ses joues. Il finit par murmurer :

— Et, damné, l'étiez-vous ?

Le vampire se contenta de sourire, d'un sourire léger qui jouait sur ses lèvres comme la lueur d'une flamme. Le jeune homme le regardait fixement, comme s'il le voyait pour la première fois.

— Peut-être..., dit le vampire en se redressant et en croisant les jambes, peut-être devrions-nous prendre les choses l'une après l'autre. Je ferais sans doute mieux de continuer mon histoire.

— Oui, s'il vous plaît..., acquiesça le jeune homme.

— J'étais très agité, cette nuit-là, comme je vous le disais. J'avais buté contre ce problème de ma nature et je m'en trouvais complètement accablé, au point de n'avoir plus le désir de vivre. Eh bien, ceci produisit en moi, comme cela peut arriver aussi chez les humains, une soif irrésistible de quelque chose qui satisfasse au moins mes désirs physiques. Je pense que je m'en servis comme d'une excuse. Je vous ai dit ce que tuer signifie pour un vampire ; vous pouvez imaginer, d'après ce que je vous ai raconté, quelle différence il y a pour nous entre un rat et un homme.

» Je suivis Lestat en bas, dans la rue, et marchai longtemps. Les rues étaient sales à l'époque, c'étaient en fait de véritables caniveaux qui séparaient les îlots de maisons, et toute la ville était très sombre, si l'on compare aux villes de maintenant. Les lumières étaient comme des phares sur une mer obscure. Même dans l'aube qui se levait lentement, seuls les mansardes et les porches des maisons émergeaient de l'ombre, et pour un mortel les rues étroites que je trouvais sur mon chemin n'étaient que de ténébreux tunnels. Suis-je damné ? Suis-je une émanation diabolique ? Ma vraie nature est-elle une nature démoniaque ? Je tournais et retournais sans cesse ces questions dans ma tête. Et, si cela est, pourquoi me révolté-je contre cette nature, pourquoi ai-je tremblé quand Babette m'a jeté cette lanterne enflammée, pourquoi me détourné-je de dégoût lorsque Lestat tue ? Que suis-je devenu en me transformant en vampire ? Où vais-je aller ? Et pendant tout ce temps, tandis que mon désir de mort me faisait négliger ma soif, elle n'en devenait que plus ardente. Mes veines dessinaient un réseau de douleur dans ma chair, mes tempes palpitaient, et finalement je ne pus en supporter davantage. Déchiré entre le désir de m'abstenir de toute action — de jeûner, de dépérir, plongé dans mes réflexions — et le besoin pressant de tuer, je me retrouvai au milieu d'une rue vide et désolée où j'entendis une enfant pleurer.

» Les cris provenaient de l'intérieur d'une maison. Je m'approchai de ses murs, essayant seulement, avec ce détachement qui m'était habituel, de comprendre la nature de ses pleurs. Elle était fatiguée et souffrait, complètement livrée à elle-même. Elle pleurait depuis si longtemps que le seul épuisement la ferait bientôt taire. Je glissai la main sous le lourd volet de bois et fis basculer le loqueteau. Elle était assise dans la pièce obscure à côté d'une femme morte, morte depuis plusieurs jours. La chambre était encombrée de malles et de paquets comme si toute une famille s'apprêtait à partir en voyage. Mais il n'y avait personne d'autre que la petite fille dont la mère gisait à demi vêtue, son corps ayant commencé à se décomposer. Elle ne me vit pas tout de suite, mais, quand elle eut remarqué ma présence, elle se mit à me dire que je devais faire quelque chose pour aider sa mère. Elle avait cinq ans tout au plus, et elle était très mince. Son visage était maculé de saleté et de larmes. Elle implorait mon assistance. Il fallait qu'elles prennent un bateau, disait-elle, avant que la peste ne survienne. Son père les attendait. Elle se mit à secouer le corps de sa mère et recommença de pleurer de la façon la plus pathétique et la plus désespérée. Puis elle se tourna encore vers moi, déversant de nouveaux flots de larmes.

» Vous devez bien comprendre qu'à ce moment je brûlais littéralement du besoin physique de m'abreuver. Je n'aurais pas pu tenir un jour de plus sans me nourrir. Mais il y avait plusieurs solutions : les rats abondaient dans les rues, et quelque part, très près, un chien hurlait à la lune. J'aurais pu, si j'avais voulu, fuir cette chambre, m'alimenter sans difficulté et rentrer. Mais il y avait cette question qui me martelait l'esprit : suis-je damné ? Si je le suis, pourquoi est-ce que je ressens tant de pitié pour elle, pour son petit visage émacié ? Pourquoi ai-je envie de toucher ses petits bras doux, pourquoi est-ce que je la prends sur mes genoux, sentant sa tête s'incliner sur ma poitrine tandis que je caresse tendrement ses cheveux satinés ? Pourquoi ? Si je suis damné, je dois avoir le désir de la tuer, de ne la considérer que comme la source de nourriture d'une existence maudite, car, étant damné, je devrais l'exécrer...

» Au milieu de ces pensées, je revis tout à coup le visage tordu de haine de Babette tenant serrée contre elle la lanterne qu'elle allait allumer, je revis Lestat et me rappelai ma haine pour lui, et je sentis, oui, que j'étais damné et que c'était l'enfer ; au même instant, je m'étais incliné et avais enfoncé profondément mes dents dans son petit cou tendre et, entendant son léger cri, avais chuchoté alors même que je sentais sur mes lèvres le sang tiède :

» — Ce ne sera pas long et, après, tu n'auras plus mal.

» Mais son corps était soudé à moi, et je fus bientôt incapable de parler. Il y avait quatre ans que je ne m'étais plus rassasié de sang humain ; j'avais oublié ; et voici que j'entendais de nouveau ce rythme terrible, le battement de ce cœur, qui n'était ni le cœur d'un animal ni celui d'un homme, mais le cœur rapide et têtu d'un enfant, un cœur qui battait de plus en plus fort, qui refusait de mourir, qui frappait comme un petit poing d'enfant frappe une porte, qui criait : « Je ne veux pas mourir, je ne veux pas mourir, je ne peux pas mourir, je ne peux pas mourir… » Je me relevai, toujours soudé à son corps, son cœur entraînant le mien sur un rythme toujours plus rapide, sans espoir de rémission, son sang riche se ruant dans mes veines trop vite pour moi, la chambre tourbillonnant autour de nous ; puis, malgré moi, je me retrouvai en train de regarder, à travers l'obscurité, par-dessus sa tête renversée, par-dessus sa bouche ouverte, le visage de sa mère. A travers les paupières à demi-closes, les yeux de la morte brillaient et me fixaient comme s'ils étaient vivants ! Je lâchai l'enfant, qui tomba à terre telle une poupée désarticulée, et me détournai, pris d'une soudaine horreur et prêt à m'enfuir, quand je vis une forme familière emplir la fenêtre. C'était Lestat. Riant, il recula dans la rue et, le corps plié en deux, se mit à danser dans la boue. « Louis, Louis », fit-il sarcastique, pointant sur moi un long index décharné, comme pour me faire comprendre qu'il m'avait pris sur le fait. Puis il bondit par-dessus le rebord de la fenêtre et, me bousculant au passage, se saisit du cadavre nauséabond, qu'il entraîna dans sa danse.

— Bon Dieu ! souffla le jeune homme.

— Oui, j'aurais pu en dire autant, remarqua le vampire. Tout en dansant, Lestat chantait. Comme il faisait décrire au cadavre de la mère des cercles de plus en plus larges, il trébucha sur le corps de l'enfant. Au mouvement que fit la tête de la morte brusquement ballottée vers l'avant, les cheveux emmêlés retombèrent sur son visage, tandis qu'un liquide noir s'écoulait de la bouche. Il jeta au sol le cadavre. J'avais sauté par-dessus la fenêtre pour dévaler la rue en courant, mais il se mit à ma poursuite.

» — Vous avez peur de moi, Louis ? cria-t-il. Vous avez peur ? La fillette est vivante, Louis, elle respirait encore quand vous l'avez quittée. Voulez-vous que je retourne la transformer en vampire ? Elle pourrait nous être utile, Louis, et pensez à toutes les jolies robes que nous pourrions lui acheter ! Louis, Louis, attendez ! Je retourne la chercher si vous me le demandez !

» Il me courut après de la sorte tout au long du chemin jusqu'à l'hôtel, tout au long de la ligne de toits où j'espérais le perdre, jusqu'à ce que je saute par la fenêtre du salon, que, dans ma rage, je claquai derrière moi. Les bras déployés, semblable à un oiseau qui cherche à s'échapper d'une cage de verre, il frappa au carreau, secoua les montants. J'étais hors de moi. Je tournai et retournai dans la pièce, cherchant un moyen de le tuer. J'imaginai son corps réduit à quelques restes fumants, sur le toit, là, en dessous. Je n'étais que rage à l'état pur et toute raison m'avait quitté, si bien que lorsqu'il eut réussi à s'introduire dans le salon, en brisant les carreaux, nous nous battîmes comme nous ne l'avions jamais fait. C'est la pensée de l'enfer qui m'arrêta, un enfer dont nous étions deux âmes prisonnières aux prises l'une avec l'autre, aux prises avec leur haine. Je perdis mon assurance, oubliai mes mobiles, relâchai mon étreinte. Je me retrouvai étendu sur le sol, Lestat me dominant de toute sa hauteur, le regard froid, mais la poitrine haletante.

» — Vous êtes fou, Louis, dit-il.

» Sa voix était calme, si calme qu'elle me ramena à la réalité. Il regarda la fenêtre en plissant les yeux.

» — Le soleil se lève, reprit-il, son souffle encore rapide de notre combat.

» Je ne l'avais jamais vu dans cet état. Il avait laissé la meilleure partie de lui-même dans notre lutte ; ou ailleurs.

» — Allez dans votre cercueil, m'ordonna-t-il sans la moindre colère. Mais demain soir... nous parlerons.

» J'étais plus qu'un peu étonné. Lestat parler ! C'était inimaginable. Nous n'avions jamais réellement parlé ensemble. Je pense vous avoir décrit avec assez de précision nos petites escarmouches quotidiennes.

— C'est qu'il en voulait à votre argent et à vos maisons, dit le jeune homme. Ou bien peut-être avait-il, comme vous, peur de se retrouver seul ?

— Ces questions m'étaient venues à l'esprit, en effet. J'avais même pensé que Lestat pourrait vouloir me tuer, grâce à un moyen de moi inconnu. Voyez-vous, je ne savais pas très bien alors pourquoi je m'éveillais à telle heure chaque soir, s'il était automatique que ce sommeil pareil au sommeil de la mort me quitte, et pourquoi parfois le réveil se produisait plus tôt que d'habitude. C'était l'une des choses que Lestat ne voulait pas expliquer. Il était d'ailleurs souvent debout avant moi. Comme je vous l'expliquais, il m'était supérieur dans toutes les choses mécaniques. Ce matin-là, c'est avec une sorte de désespoir que je refermai le couvercle de mon cercueil.

» Il me faut vous dire, toutefois, que l'opération de refermer le cercueil a toujours quelque chose d'inquiétant. C'est un peu comme d'aller sur la table d'opération, sous l'effet d'un de vos anesthésiants. La moindre erreur, même fortuite, que pourrait causer un intrus, vous fait risquer la mort.

— Mais comment aurait-il pu vous tuer ? Il n'aurait pu vous exposer à la lumière sans s'y exposer lui-même.

— C'est vrai, mais, comme il se levait avant moi, il aurait pu sceller mon cercueil au moyen de clous, ou y mettre le feu. Surtout, je ne savais pas ce qu'il était en son pouvoir de faire, ni ce qu'il pouvait savoir que j'ignorais encore.

» Mais, dans l'immédiat, comme mon cerveau était encore chargé des images de la femme morte et de l'enfant, et que le jour se levait, l'énergie me fit défaut pour entamer une discussion. Je me couchai, pour sombrer dans des rêves lamentables.

— Vous avez des rêves ! s'étonna le jeune homme.

— Souvent. Je souhaiterais parfois ne pas en avoir. Car, lorsque j'étais un mortel, je ne faisais pas de pareils rêves, si longs et si clairs, ni de cauchemars aussi tourmentés. Au début, ces rêves imprégnaient tellement mon esprit qu'il me semblait souvent avoir lutté aussi longtemps que je le pouvais pour ne pas me réveiller, et qu'ensuite je passais plus de la moitié de la nuit, allongé, à y repenser. Souvent aussi, ils me plongeaient dans un tel état d'hébétement que j'errais au hasard, à essayer d'en déchiffrer le sens. Pour beaucoup, ils étaient aussi sibyllins que les rêves des mortels. Par exemple, je rêvais de mon frère, je le voyais auprès de moi, dans un état intermédiaire entre la vie et la mort, qui m'appelait à son secours. Souvent aussi, je rêvais de Babette, et souvent — en fait, presque toujours — la toile de fond de mes rêves était constituée par cet immense paysage désolé, ce paysage de nuit dont j'avais eu la vision lorsque Babette m'avait maudit. Tous ces personnages parlaient et se mouvaient à l'intérieur de cette demeure abandonnée qu'était mon âme damnée. Je ne me rappelle pas ce que je rêvais ce jour-là, peut-être parce qu'est trop vive à mon esprit la discussion que j'eus avec Lestat le soir suivant... Mais je vois que vous êtes impatient que je vous la raconte...

» Eh bien, je vous disais que la conduite réfléchie de Lestat, ce nouveau calme dont il faisait preuve m'avaient fort étonné. Cependant, lorsque je m'éveillai le soir suivant, je ne le trouvai pas dans le même état d'esprit, du moins au début. Il y avait deux femmes dans le salon, qui n'était éclairé que par quelques rares bougies, éparpillées sur de petites tables et sur le buffet sculpté. Lestat, sur le canapé, tenait l'une d'elles enlacée et l'embrassait. Elle était très belle, mais dans un état d'ivresse avancé, grande poupée droguée dont la coiffure savante s'effondrait lentement sur les épaules nues et les seins à demi découverts. L'autre, accoudée à la table dévastée du dîner, buvait un verre de vin. Il était clair qu'ils avaient dîné tous les trois ensemble — Lestat faisant seulement semblant... ; vous seriez surpris de constater combien les gens peuvent ne pas remarquer qu'un vampire fait seulement semblant de manger — et celle qui était assise à la table paraissait s'ennuyer ferme. Tout ceci me remplit d'agitation. Je ne savais pas ce que Lestat avait en tête. Si j'entrais, je deviendrais le centre d'intérêt, et ce qui se produirait alors, je n'osais l'imaginer, si ce n'est que Lestat voudrait sans doute que nous les tuions toutes les deux. La femme qu'il avait enlacée commençait déjà de le taquiner sur sa façon d'embrasser, sur sa froideur, sur son absence de désir. L'autre observait la scène de ses yeux noirs en amande, et en paraissait satisfaite. Son visage s'épanouit lorsque Lestat vint vers elle et posa les mains sur ses bras blancs et nus. En se penchant pour l'embrasser, il m'aperçut à travers la fente de la porte par laquelle j'épiais. Son œil ne resta sur moi qu'un instant, puis il se remit à parler avec ses compagnes. Il se baissa pour souffler les bougies qui étaient sur la table.

» — Il fait trop sombre ici, dit la femme qui était allongée sur le canapé.

» — Laisse-nous seuls, dit l'autre.

» Lestat, s'asseyant, lui demanda de venir sur ses genoux. Elle s'exécuta et lui entoura le cou de son bras gauche, tout en lissant de la main droite ses cheveux blonds.

» — Votre peau est glaciale ! dit-elle avec un léger mouvement de recul.

» — Pas toujours, répondit-il.

» Sur ces mots, il enfouit son visage dans le creux de son épaule. Je contemplais la scène, fasciné. Lestat était merveilleusement habile et terriblement vicieux, mais je ne pris la mesure de son adresse qu'au moment où il enfonça les dents dans la chair, exerçant une pression du pouce sur sa gorge, tout en immobilisant sa victime de l'autre bras, de façon à boire tout son content sans que l'autre femme s'aperçût de rien.

» — Votre amie ne tient pas bien le vin, dit-il en se glissant hors de la chaise pour y asseoir la femme inconsciente, dont il installa la tête sur la table, sur ses bras repliés.

» — C'est une idiote, répondit l'autre, qui était allée à la fenêtre admirer les lumières du dehors.

» La Nouvelle-Orléans était à l'époque une ville composée essentiellement de constructions peu élevées, vous le savez certainement. Les nuits claires — comme l'était cette nuit-là — on avait, par les hautes fenêtres de ce nouvel hôtel espagnol, une très belle vue des rues illuminées. Les étoiles paraissaient proches, comme en mer, n'ayant à vaincre qu'une clarté diffuse.

» — Je peux réchauffer votre peau froide mieux qu'elle ! reprit la femme en se tournant vers lui.

» Je dois avouer que je ressentais un certain soulagement à l'idée qu'il allait lui infliger le même traitement qu'à son amie. Mais ses plans n'étaient pas aussi simples.

» — Vous croyez ? lui répondit-il.

» Il lui prit la main, ce qui la fit s'exclamer :

» — Mais... vous êtes tout chaud !

— Vous voulez dire que le sang l'avait réchauffé ? intervint le jeune homme.

— Certainement. Après avoir tué et bu, le corps du vampire devient aussi tiède que le vôtre peut l'être en ce moment.

Avant de poursuivre son récit, il prit le temps d'adresser un sourire à son interlocuteur.

— Donc... Lestat tenait la femme par la main et lui disait que son amie l'avait réchauffé. Son visage, bien sûr, était devenu très rouge et son expression avait complètement changé. Il la serra d'encore plus près, et elle l'embrassa, remarquant à travers son rire qu'il était devenu une véritable fournaise de passion.

» — Ah! mais cela coûte cher! dit-il encore, feignant la tristesse. Votre jolie compagne... — il haussa les épaules — je l'ai épuisée!

» Il fit un pas en arrière, comme pour inviter la jeune femme à s'approcher de la table. Elle s'exécuta, son visage fin empreint d'une expression de supériorité, puis se pencha pour regarder son amie, mais sans marquer tellement d'intérêt — quand elle aperçut quelque chose. C'était une serviette, qui avait recueilli les dernières gouttes de sang de la blessure que Lestat avait ouverte dans la gorge de sa victime. Elle la ramassa, tentant d'en déchiffrer la signification dans la pénombre.

» — Défaites vos cheveux, dit Lestat d'une voix douce.

» Elle défit sa coiffure, indifférente, dénoua les dernières tresses, et ses cheveux tombèrent en vagues blondes dans son dos.

» — Doux, fit-il, si doux... Je vous imagine ainsi, couchée sur un lit de satin...

» — Vous en dites de ces choses! se moqua-t-elle, lui tournant le dos par jeu.

» — Vous savez de quel genre de lit je parle? demanda-t-il.

» Elle rit et répondit que son lit à lui elle l'imaginait sans peine, puis le regarda par-dessus son épaule tandis qu'il s'avançait. Sans la quitter des yeux, il fit basculer d'un geste souple le corps de son amie, qui tomba à la renverse sur le sol, les yeux grands ouverts. La femme sursauta et bouscula une petite table basse en cherchant à s'éloigner du cadavre. La flamme de la bougie qui s'y trouvait posée vacilla puis s'éteignit.

» — La nuit tombe…, éteignons les feux…, fit Lestat à voix basse.

» Il la prit dans ses bras, où elle se débattit comme un papillon de nuit, et planta ses dents dans sa gorge.

— Mais quelles étaient vos pensées devant ce spectacle ? demanda le jeune homme. Aviez-vous le désir de l'arrêter, comme lorsque vous aviez voulu l'empêcher de tuer Frênière ?

— Non, répondit le vampire. D'ailleurs, je n'aurais pas pu. Et, rappelez-vous, je savais qu'il tuait des humains toutes les nuits. Les animaux ne lui procuraient plus aucune satisfaction. C'était une solution de secours quand la chasse à l'homme échouait, un recours en cas d'urgence. Si je ressentais la moindre sympathie pour ces deux femmes, elle était ensevelie sous les profondeurs de ma tourmente intérieure. Je sentais encore battre dans ma poitrine le petit martèlement du cœur de cette fillette décharnée ; la dualité de ma nature divisée me rongeait de questions. J'étais furieux après Lestat d'avoir organisé cette mise en scène pour moi et d'avoir attendu que je m'éveille pour tuer les deux femmes. J'en étais de nouveau à me demander si j'arriverais à m'affranchir un jour de lui et, plus que jamais, j'étais conscient à la fois de ma haine et de ma faiblesse.

» Il avait dans cet intervalle installé autour de la table les deux corps adorables et fait le tour de la pièce en allumant tous les chandeliers, si bien que le salon paraissait illuminé comme pour un mariage.

» — Entrez, Louis, dit-il. Je vous aurais bien arrangé une compagnie, mais je sais trop combien vous aimez faire vos choix vous-même. Dommage que Mlle Frênière se plaise à jeter des lanternes tout allumées. Cela peut faire des complications, n'est-ce pas ? Surtout dans un hôtel.

» Il assit la blonde en sorte que sa tête repose latéralement sur le dossier damassé, laissant la brune simplement affalée sur sa chaise, son menton déjà blême retombant sur sa poitrine. Les traits de cette dernière avaient déjà pris un aspect rigide — elle semblait être de ces femmes qui doivent leur beauté au feu de leur personnalité. Mais l'autre paraissait seulement dormir. Lestat lui avait fait deux entailles, l'une à la gorge, l'autre au-dessus du sein gauche, et toutes deux saignaient librement. Il souleva son poignet et, le taillandant avec un couteau, emplit de sang deux verres à vin. Il m'enjoignit de m'asseoir.

» — Je vous quitte, répliquai-je aussitôt. C'est tout ce que j'ai à vous dire.

» — Je m'en doutais, répondit-il, s'adossant à sa chaise. Je pensais bien aussi que j'aurais droit à quelques grandes phrases. Dites-moi donc quel monstre, quel démon vulgaire je suis!

» — Je ne vous juge pas. Vous ne m'intéressez pas. Ce qui m'intéresse, c'est ma propre nature, et j'en suis venu à croire que je ne peux pas vous faire confiance pour me révéler la vérité à ce sujet. Vous utilisez votre savoir pour asseoir votre pouvoir personnel.

» Je suppose que, comme tous les gens qui font ce genre de discours, je n'attendais pas de réponse sincère de sa part. Il me suffisait de m'écouter parler. Mais je m'aperçus soudain que son visage avait repris son expression de la veille. Il me prêtait réellement attention. Je me sentis perdu. Le gouffre qui nous séparait était aussi douloureux que toujours.

» — Pourquoi êtes-vous devenu vampire? lâchai-je. Et le vampire que vous êtes, de surcroît? Mauvais et ne se plaisant qu'à prendre des vies humaines, sans nécessité! Cette fille..., pourquoi l'avez-vous tuée, quand une seule aurait suffi? Pourquoi l'avez-vous tellement effrayée avant de la tuer? Et pourquoi l'avez-vous installée là dans cette pose grotesque, comme pour inciter les dieux à vous foudroyer pour votre blasphème?

» Il écouta tout ceci sans dire un mot, et, dans le silence qui suivit, je me sentis de nouveau désorienté. Lestat ouvrait de grands yeux pensifs. Je l'avais déjà vu ainsi, mais je ne me souvenais pas quand, et ce n'était certainement pas au cours d'une discussion.

» — Que pensez-vous que soit un vampire ? me demanda-t-il sur le ton de la franchise.

» — Je ne prétends pas le savoir. C'est vous qui prétendez cela. Qu'est-ce qu'un vampire ?

» Il ne répondit pas, comme s'il avait perçu dans mes paroles quelque manque de sincérité, quelque rancune. Il continua de m'observer sans bouger de sa chaise, avec la même expression tranquille. Je finis par dire :

» — Je sais qu'après vous avoir quitté j'essaierai de le découvrir. Je parcourrai le monde entier, s'il le faut, pour rencontrer d'autres vampires. Je sais qu'il doit y en avoir. Je ne vois pas de raison qu'il n'en existe pas un grand nombre. Et je suis sûr que je trouverai des vampires qui auront plus de choses en commun avec moi que vous. Des vampires qui auront la même idée que moi du savoir, et qui auront utilisé leur nature supérieure pour apprendre des secrets dont vous n'avez même pas rêvé. Si vous ne m'avez pas tout dit, je découvrirai tout seul, ou avec leur aide quand je les rencontrerai, ce que vous m'avez caché.

» — Louis !... fit-il en secouant la tête. Vous êtes amoureux de votre nature de mortel ! Vous pourchassez les fantômes de votre ancienne personnalité. Frênière, sa sœur..., ce sont pour vous des images de ce que vous étiez, et languissez toujours d'être. Et, du fait de votre passion pour la vie des mortels, vous êtes mort au regard de votre nature de vampire !

» J'objectai aussitôt :

» — Mon changement en vampire a été la plus grande aventure de mon existence ; tout ce que j'ai vécu avant était confus, nuageux. Je traversais la vie comme un aveugle qui se dirige à tâtons, allant d'un objet solide à un autre objet solide. Ce n'est que lorsque je suis devenu vampire que j'ai, pour la première fois, respecté tous les constituants de la vie. Je n'ai jamais vraiment vu, avant d'être vampire, un seul être humain palpiter de vie, je n'ai jamais vraiment su ce qu'était la vie avant qu'elle ne jaillisse en un flot rouge sur mes lèvres et sur mes mains !

» Je m'aperçus que j'observais les deux femmes. La brune prenait une horrible teinte bleuâtre, mais la blonde respirait.

» — Elle n'est pas morte ! m'écriai-je soudain.

» — Je sais, répondit-il. Laissez-la tranquille.

» Il prit son poignet, fit une nouvelle entaille, près de la précédente, où le sang s'était coagulé, et remplit son verre.

» — Tout ce que vous dites est sensé, reprit-il entre deux gorgées. Vous êtes un intellectuel. Pas moi. Ce que je sais, je l'ai appris en écoutant les gens parler, pas dans des livres. Je ne suis pas allé assez longtemps à l'école. Mais je ne suis pas stupide, et vous devez m'écouter parce que vous êtes en danger. Vous ne connaissez pas votre nature de vampire. Vous êtes comme l'adulte qui, revoyant son enfance, se rend compte qu'il ne l'a jamais appréciée. Devenu homme, il vous est impossible de retourner à votre chambre d'enfant et à vos jouets et de demander que l'on vous prodigue soins et amour, sous le prétexte que maintenant vous en connaissez la valeur. Il en va de même pour vous et votre nature de mortel. Vous l'avez abandonnée. La réalité ne vous est plus cachée derrière un voile obscur. Mais vous ne pouvez pas revenir au monde douillet des humains avec vos yeux neufs.

» — Je sais tout cela parfaitement bien ! répondis-je. Mais qu'est-ce donc que notre nature ! Si je peux vivre du sang des animaux, pourquoi ne pas le faire plutôt que d'aller de par le monde en semant le malheur et la mort parmi les humains !

» — Est-ce que cela vous apporte le bonheur ? demanda Lestat. Vous errez la nuit, pour vous nourrir de rats comme un vagabond, puis vous rôdez sous les fenêtres de Babette, plein de sollicitude, mais aussi impuissant que la déesse qui la nuit venait surprendre Endymion dans son sommeil sans pouvoir le posséder. Et supposez que vous la teniez dans vos bras et qu'elle vous considère sans horreur ni dégoût, que se passerait-il ? Vous la verriez souffrir de tous les maux inhérents à son état de mortelle pendant quelques brèves années, puis vous la verriez mourir. Est-ce cela qui vous apporterait le bonheur ? C'est de la folie, Louis. C'est vain. Ce que vous avez devant vous, c'est votre nature de vampire, qui est de tuer. Car je vous garantis que si cette nuit vous sortez dans la rue et vous saisissez d'une femme aussi riche et belle que Babette pour aspirer son sang jusqu'à ce qu'elle s'effondre à vos pieds, vous n'aurez plus faim du profil de Babette dans la lumière des chandeliers, ni du son de sa voix filtrant à travers la fenêtre. Vous vous remplirez, Louis, ainsi que votre nature le demande, de toute la vie que vous pourrez contenir. Et après, vous aurez de nouveau faim, faim de la même chose, encore de la même chose, toujours de la même chose. Le liquide rouge qui emplit ce verre sera toujours aussi rouge, les roses du papier peint seront d'un dessin délicat, vous verrez encore la lune de la même façon, et de la même façon aussi le scintillement des bougies. Et c'est avec cette même sensibilité que vous chérissez que vous verrez la mort dans toute sa beauté, et la vie comme on ne la connaît qu'au seuil même de la mort. Ne comprenez-vous pas tout cela, Louis ? Vous seul parmi toutes les créatures pouvez ainsi contempler la mort dans la plus parfaite impunité. Vous..., vous seul... sous la lune se levant... pouvez frapper comme la main même de Dieu !

» Il se rassit et finit le verre ; ses yeux errèrent sur la jeune femme inconsciente, dont la poitrine se souleva, dont les sourcils se nouèrent, comme si elle allait revenir à elle. Un gémissement s'échappa de ses lèvres. Lestat ne m'avait jamais adressé pareil discours auparavant, et je ne l'en aurais pas cru capable.

» — Les vampires sont des tueurs, disait-il maintenant. Des prédateurs. Dont les yeux tout-puissants ont pour fonction de leur procurer le détachement nécessaire. De les rendre capables d'appréhender les vies humaines dans leur entier, sans regrets ni sensiblerie, mais au contraire avec la satisfaction excitante d'en être les terminateurs, d'avoir un rôle à jouer dans le plan divin.

» — Ça n'est que votre vision personnelle des choses! protestai-je.

» La fille gémissait de nouveau. Son visage était très blanc. Sa tête roula contre le dossier de la chaise.

» — C'est la réalité, répliqua-t-il. Vous parlez de trouver d'autres vampires! Les vampires sont des tueurs! Ils ne veulent ni de vous ni de votre sensibilité! Ils vous verront arriver bien longtemps avant que vous ne les voyiez vous-même, et discerneront votre point faible. Alors, comme ils se méfieront de vous, ils chercheront à vous tuer. Ils chercheraient à vous tuer même si vous me ressembliez. Parce que ce sont des fauves solitaires et qu'ils ne quêtent pas plus la compagnie que les chats sauvages de la jungle. Ils sont jaloux de leur secret et de leur territoire, et si vous en rencontrez deux, ou davantage, ensemble, ce sera uniquement pour des raisons de sécurité, et l'un sera l'esclave de l'autre comme vous l'êtes de moi.

» — Je ne suis pas votre esclave, dis-je.

» Mais, tout en parlant, je me rendis compte qu'il avait raison..

» — C'est comme cela que le nombre des vampires s'accroît..., à travers l'esclavage. Comment pourrait-il en être autrement?

» Il reprit encore le poignet de la jeune femme, qui cria lorsque le couteau taillada sa chair et ouvrit les yeux lentement tandis qu'il tenait son poignet au-dessus du verre. Elle cligna des yeux et lutta pour les garder ouverts. Il semblait qu'ils fussent recouverts d'un voile.

» — Vous êtes fatiguée, n'est-ce pas? lui demanda-t-il.

» Elle le regarda, mais sans paraître vraiment le voir.

» — Fatiguée! répéta-t-il, s'approchant tout près d'elle et plongeant son regard dans ses yeux. Vous voulez dormir.

» — Oui..., gémit-elle faiblement.

» Il la prit dans ses bras et l'emmena dans la chambre. Nos cercueils étaient posés sur le tapis contre le mur. Il y avait un lit tendu de velours. Au lieu de l'y poser, Lestat la descendit lentement dans son cercueil.

» — Qu'est-ce que vous faites? demandai-je du seuil de la porte.

» La fille regardait tout autour d'elle comme un enfant terrifié.

» — Non..., gémissait-elle.

» Puis, lorsqu'il referma le couvercle du cercueil, elle poussa un cri et continua à hurler de l'intérieur de sa prison.

» — Pourquoi donc faites-vous cela, Lestat? demandai-je.

» — Parce que j'aime, répondit-il. Cela me plaît. (Il me regarda.) Je ne dis pas que vous devez aimer aussi. Gardez vos goûts d'esthète pour des choses plus pures. Tuez vite si vous préférez, mais tuez! Apprenez que vous êtes un tueur! Ah!...

» Il eut un geste de dégoût. La fille avait cessé de crier. Il tira près du cercueil une petite chaise aux pieds incurvés et, jambes croisées, regarda le couvercle. C'était un cercueil noir et verni, non pas rectangulaire, comme ceux que l'on fait maintenant, mais étroit aux extrémités et plus large à l'endroit de la poitrine, où devaient reposer les bras croisés du cadavre. Cela suggérait la forme du corps humain.

» Le cercueil s'ouvrit et la jeune femme se redressa, étonnée, les yeux écarquillés, les lèvres bleuies et tremblantes.

» — Couche-toi, mon amour, lui dit-il en la repoussant.

» Elle s'étendit de nouveau, presque hystérique, le fixant des yeux.

» — Tu es morte, mon amour, ajouta-t-il.

» Elle se remit à crier et se tourna, se retourna désespérément dans le cercueil, tel un poisson dans un bocal, comme si son corps avait eu la propriété de passer à travers les parois ou le fond.

» — C'est un cercueil, c'est un cercueil ! hurla-t-elle. Laissez-moi sortir !

» — Mais nous finissons tous dans des cercueils, dit Lestat. Reste tranquillement allongée, mon amour. Ceci est ton cercueil. La plupart d'entre nous ne sauront jamais quel effet cela fait. Tu le sais, toi, désormais !

» Je n'aurais pu dire si son regard fixe signifiait qu'elle écoutait, ou bien qu'elle perdait la raison. M'apercevant dans l'embrasure de la porte, elle se calma. Son regard alla sur Lestat, puis revint sur moi.

» — Aidez-moi ! m'implora-t-elle.

» Lestat se tourna vers moi.

» — J'espérais que vous sentiriez toutes ces choses par instinct, comme moi, dit-il. Quand je vous donnai cette première occasion de tuer, je pensais que vous auriez faim de recommencer, de recommencer encore, qu'à mon exemple vous seriez attiré par les vies humaines, comme par une coupe pleine. Mais ce ne fut pas le cas. Et, pendant tout ce temps, j'imagine que je me suis abstenu de vous remettre dans le droit chemin parce que vous étiez beaucoup plus faible. Je vous observais jouer les ombres dans la nuit, vous hypnotiser sur la pluie qui tombait, et je pensais : « Il est facile à manœuvrer, il est simple. » Mais vous êtes faible, Louis, vous êtes une cible trop faible, d'abord pour les autres vampires, mais aussi maintenant pour les humains. Cette histoire avec Babette nous a mis en danger tous les deux. On croirait que vous voulez notre destruction à tous deux.

» — Je ne peux pas supporter de voir ce que vous êtes en train de faire, dis-je, me détournant.

» Les yeux de la fille brûlaient ma chair. Tout le temps qu'il avait parlé, elle les avait gardés fixés sur moi.

» — Vous ne pouvez pas le supporter ! s'exclamat-il. Je vous ai vu la nuit dernière avec cette fillette ! Vous êtes un vampire, un vampire tout pareil à moi !

» Il se leva et vint vers moi, mais, la fille s'étant redressée de nouveau, il se retourna pour la repousser dans le cercueil.

» — Pensez-vous que nous devrions en faire un vampire? Partager avec elle notre vie? me demanda-t-il.

» Je répondis instantanément:

» — Non!

» — Pourquoi? Parce qu'elle n'est qu'une putain? Une putain diablement chère, d'ailleurs...

» — Peut-elle encore vivre? Ou a-t-elle perdu trop de sang? lui demandai-je.

» — Émouvant! se moqua-t-il. Non, elle ne peut plus vivre.

» — Alors, tuez-la.

» Elle criait de nouveau. Lestat se contenta de se rasseoir. Je me retournai: il souriait, et la fille avait plaqué son visage contre le fond de satin; elle sanglotait. Presque folle, elle priait à travers ses larmes, implorait la Vierge Marie de venir à son secours, se cachait le visage, puis se prenait la tête à deux mains, barbouillait de son poignet sanglant ses cheveux et le satin qui tapissait le cercueil. Je me penchai sur elle et constatai qu'elle était vraiment mourante. Ses yeux étaient brillants, mais la peau tout autour avait déjà pris une teinte bleuâtre. Elle sourit.

» — Vous ne me laisserez pas mourir, n'est-ce pas? murmura-t-elle. Vous me sauverez!

» Lestat s'inclina et prit son poignet.

» — Mais c'est trop tard, mon amour, dit-il. Regarde ton poignet, ta poitrine.

» Il toucha la blessure de sa gorge. Elle y porta la main et tressaillit, la bouche grande ouverte, étranglant un cri. Je regardai Lestat. Je ne pouvais comprendre pourquoi il agissait ainsi. Son visage était lisse comme le mien à présent, un peu plus animé, à cause du sang qu'il avait bu, mais froid et sans émotion.

» Il n'avait pas le regard vicieux du bandit d'opéra,

119

ne semblait pas avoir faim de souffrance ni se repaître de cruauté. Il ne faisait que l'observer.

» — Je n'ai jamais voulu mal faire, criait-elle, je n'ai fait que ce que je devais. Vous ne pouvez pas me laisser comme cela, il faut que vous me laissiez sortir, je ne peux pas mourir comme cela, ce n'est pas possible ! (Elle sanglotait, des sanglots brefs et secs.) Laissez-moi partir. Je dois aller voir un prêtre, laissez-moi partir !

» — Mais mon ami est prêtre, dit Lestat avec un sourire qui pouvait faire croire que tout ceci n'était pour lui qu'une plaisanterie. Ce sont vos funérailles, ma chère. Vous voyez, vous étiez à un dîner et vous mourûtes. Mais Dieu vous a donné une nouvelle chance de contrition. Comprenez-vous ? Dites-lui vos péchés.

» D'abord, elle secoua la tête, puis me dévisagea encore de ses yeux suppliants.

» — C'est vrai ? murmura-t-elle.

» — Eh bien, dit Lestat, je suppose que vous ne voulez pas vous repentir, ma chère. Je vais devoir fermer le couvercle !

» — Arrêtez ça, Lestat ! criai-je.

» La fille criait de nouveau. La scène était devenue insoutenable. Je me penchai pour lui prendre la main.

» — Je ne me rappelle pas mes péchés, gémit-elle tandis que je regardais son poignet, résolu à la tuer.

» — Ce n'est pas la peine. Dites seulement à Dieu que vous regrettez, et alors vous mourrez et ce sera fini.

» Elle se calma et ferma les yeux. J'enfonçai mes dents dans son poignet et commençai à la vider de son sang. Elle remua une fois, comme en proie à un rêve, et prononça un nom, puis, quand je sentis son pouls atteindre une lenteur hypnotique, je la lâchai, un peu étourdi et ahuri, cherchant des mains les montants de la porte. Je la voyais comme dans un songe. Les chandelles brillaient dans l'angle de mon champ de vision ; elle était étendue, complètement immobile, et

Lestat était assis près d'elle, le visage composé, dans l'attitude d'une personne en deuil.

» — Louis, me dit-il calmement, vous ne comprenez pas ? Vous ne connaîtrez la paix que lorsque vous pourrez faire cela chaque nuit de votre vie. Il n'y a rien d'autre, mais tout est là !

» Le son de sa voix était presque tendre. Il se leva et posa ses deux mains sur mes épaules. Je reculai dans le salon, gêné par ce contact, mais pas assez résolu pour le repousser.

» — Venez avec moi, dehors, dans la rue. Il est tard, vous n'avez pas assez bu. Laissez-moi vous montrer ce que vous êtes. Vraiment ! Pardonnez-moi si j'ai bâclé ma tâche, si je m'en suis trop remis à la nature. Venez !

» — Je ne peux pas supporter tout cela, Lestat, répondis-je. Vous avez mal choisi votre compagnon.

» — Mais, Louis, vous n'avez même pas essayé !

Le vampire s'arrêta et étudia un moment le jeune homme. Mais celui-ci, sous le choc du récit, garda le silence.

— Il avait raison. Je n'avais pas assez bu. Toujours secoué par l'épouvante que j'avais lue dans les yeux de la jeune femme, je le laissai me conduire hors de l'hôtel, par l'escalier de service. C'était le moment où les gens sortaient de la salle de bal de la rue Condé, qui était bondée de monde. On donnait des soupers dans les hôtels, les planteurs et leurs familles étaient descendus en ville en grand nombre, et nous traversions cette foule comme dans un cauchemar. J'étais à l'agonie. Jamais je n'avais ressenti pareille souffrance morale. C'est que chacun des mots de Lestat avait eu pour moi une signification précise. Je ne connaîtrais la paix qu'au moment, qu'à la minute même où je tuerais ; et il n'y avait pas de doute que le fait de tuer des créatures inférieures n'apportait rien qu'un vague désir, qu'une insatisfaction qui m'avait amené à espionner les humains, à contempler leur vie à travers les vitres des fenêtres. Je n'étais pas un vampire. Dans ma douleur, je me demandai, avec l'irrationalité d'un enfant : « Ne puis-je retourner ? ne puis-je redevenir humain ? » Je me posai ces questions bien que le sang de la fille fût chaud en moi et que j'eusse frissonné du plaisir et de la force qu'il m'avait apportés. Les visages de la foule autour de moi dansaient sur les vagues sombres de la nuit comme des flammes de bougies. Je sombrai dans les ténèbres, las de mes désirs insatisfaits. Marchant en zig-zag dans la rue, regardant les étoiles, je me disais : « Oui, c'est vrai. Je sais qu'il a raison, lorsque je tue ma langueur disparaît. Et je ne peux supporter cette vérité, je ne peux l'accepter. »

» Soudain, il y eut l'un de ces moments où tout est suspendu. La rue était tout à fait tranquille. Nous nous étions éloignés du centre de la vieille ville et nous trouvions près des remparts. L'endroit n'était pas éclairé, à l'exception d'un feu qui brillait derrière une fenêtre ; il était désert, si ce n'est qu'on entendait au loin des gens rire. Mais il n'y avait personne à proximité. Je sentis soudain la brise qui venait du fleuve, l'air chaud de la nuit qui s'élevait, et Lestat près de moi, immobile comme une statue de pierre. Au-dessus de la longue et basse rangée de toits pointus, on discernait dans l'ombre les formes massives des chênes, qui se balançaient et bruissaient sous les étoiles proches. La douleur était pour l'heure disparue, disparu mon trouble. Je fermai les yeux et écoutai le vent, le bruit de l'eau qui coulait, rapide et souple, dans le fleuve. L'espace de quelques secondes, mon cœur en fut comblé. Mais je savais que cet instant allait m'être arraché, qu'il s'enfuirait loin de moi et que je courrais toujours à sa poursuite, plus atrocement seul qu'aucune des créatures de Dieu. Et alors, près de moi, une voix profonde gronda parmi les bruits de la nuit, comme un roulement de tambour qui marquait la fin de ce moment de paix.

» — Faites ce que vous dicte votre nature, disait-elle. Vous n'avez eu qu'un avant-goût des choses. Agissez selon votre nature !

» L'instant était défunt. J'étais, comme cette fille plus tôt dans le salon, hébété et prêt à accueillir la moindre suggestion. Je répondais de mes hochements de tête aux hochements de tête de Lestat.

» — La douleur est une chose terrible pour vous, dit-il. Vous la ressentez comme aucune autre créature ne la ressent, parce que vous êtes un vampire. Vous ne voulez pas que cela continue, n'est-ce pas ?

» — Non, répondis-je. Je veux me sentir comme hier avec l'enfant, uni à elle et délivré de la pesanteur, comme pris dans le tourbillon d'une danse...

» — Oui, et plus encore... (Sa main serra la mienne.) Ne laissez pas échapper cet état d'esprit, venez avec moi.

» Il me conduisit, à vive allure, par les rues, se retournant à chacune de mes hésitations, tendant la main pour prendre la mienne, un sourire sur ses lèvres... Sa présence était redevenue aussi merveilleuse que la nuit où il était entré dans ma vie de mortel et m'avait dit que je serais vampire.

» — Le mal, ce n'est qu'un point de vue, murmura-t-il. Nous sommes immortels, et, ce qui nous attend, ce sont les somptueux festins que la conscience ne peut apprécier et que les mortels ne peuvent connaître sans regret. Dieu tue, et nous ferons de même ; il frappe sans distinction riches comme pauvres, et ainsi ferons-nous. Car aucune autre créature de Dieu ne nous est semblable, aucune ne lui ressemble autant que nous, anges noirs qui ne sommes pas confinés aux limites puantes de l'enfer, mais qui pouvons vagabonder de par toute la terre et tous les royaumes du monde. Je veux un enfant, cette nuit. Je me sens des instincts maternels... Je veux un enfant !

» J'aurais dû comprendre ce qu'il voulait dire. Mais il m'avait magnétisé, enchanté. Il jouait pour moi ce même rôle qui m'avait séduit lorsque j'étais encore mortel, il me gouvernait.

» — C'en sera fini de vos tourments, disait-il.

» Nous étions arrivés à une rue dont les fenêtres étaient éclairées. C'était un endroit où l'on trouvait des chambres à louer pour les marins, pour les nautoniers. Nous franchîmes une porte étroite, puis, au long d'un passage bâti de pierres creuses où l'écho de ma respiration égala celui du vent, Lestat s'avança en frôlant le mur, jusqu'à ce que son ombre surgisse dans la lumière d'une embrasure, près de la silhouette d'un autre homme. Les deux têtes se penchèrent l'une vers l'autre, leurs chuchotements me parvinrent comme un bruissement de feuilles mortes.

» Il revint vers moi.

» — De quoi s'agit-il ? fis-je en le rejoignant.

» Soudain, j'eus peur que cette légèreté que je sentais en moi ne s'évanouisse ; le paysage de cauchemar qui avait été la toile de fond de mon dialogue avec Babette réapparut dans mon esprit, et je ressentis les morsures glaciales de la solitude et de la culpabilité.

» — Elle est là ! me dit-il. Votre victime, votre fille.

» — Qu'est-ce que vous racontez, de quoi parlez-vous ?

» — Vous l'avez sauvée, murmura-t-il. Je le savais. Vous avez laissé la fenêtre grande ouverte sur elle et sur le cadavre de sa mère, et les gens qui passaient dans la rue l'ont vue et l'ont amenée ici.

» — L'enfant, la petite fille ! dis-je en tressaillant.

» Mais déjà il m'avait fait franchir la porte, et nous nous trouvions au bout d'une longue salle emplie de lits de bois, occupés chacun par un enfant recouvert d'une étroite couverture blanche. A l'extrémité de la salle, il y avait une bougie et un petit bureau sur lequel était penchée une infirmière. Nous descendîmes le passage qui était ménagé entre les rangées de lits.

» — Des enfants mal nourris, des orphelins, dit-il. Les enfants des pestes et des fièvres.

» Il s'arrêta. Je vis la fillette couchée dans un lit. L'homme avec qui Lestat avait parlé revint, et ils se mirent tous deux à chuchoter. Que d'égards pour les petits dormeurs ! Des pleurs parvinrent d'une autre salle. L'infirmière se leva vivement et sortit.

» Le docteur se pencha pour envelopper la fillette dans sa couverture. Lestat avait tiré de l'argent de sa poche et l'avait placé au pied du lit. Comme il était heureux que nous soyons venus la chercher, lui disait le docteur, pensant que Lestat était le père, car la plupart d'entre eux étaient orphelins.

» Quelques instants plus tard, l'enfant dans ses bras, Lestat dévalait les rues en courant. Le blanc de la couverture se détachait sur le noir de son habit et de sa cape ; et, même pour mes yeux experts, tandis que je m'élançais à sa suite, parfois la couverture semblait voler dans la nuit sans soutien, forme mouvante voyageant sur les ailes de la brise, comme la feuille morte balayée par une rafale se dresse et tente de s'élever au vent jusqu'à prendre son envol. Je le rattrapai enfin comme nous approchions des lampadaires proches de la place d'Armes. Sur son épaule reposait la pâle enfant, dont les joues étaient encore pleines, bien qu'elle fût exsangue et au seuil de la mort. Elle ouvrit les yeux, ou plutôt ses paupières glissèrent et découvrirent, sous les longs cils recourbés, un peu du blanc de l'œil.

» — Lestat que faites-vous ? Où l'emmenez-vous ? demandai-je.

» Mais je ne le savais que trop bien. Il se dirigeait vers l'hôtel et avait l'intention de l'emmener dans notre chambre.

» Les cadavres des deux filles étaient restés là où nous les avions laissés, l'un bien installé dans le cercueil, comme si l'entrepreneur des pompes funèbres en avait déjà pris soin, l'autre assis sur sa chaise, près de la table. Lestat les frôla sans paraître les voir. Je l'observai, fasciné. Les chandelles étaient consumées, si bien qu'il n'y avait de lumière que celles de la lune et de la rue. Son profil glacé et luisant m'apparut alors qu'il installait la fillette sur l'oreiller.

» — Venez ici, Louis ; vous n'avez pas assez bu, je le sais, me dit-il de cette même voix calme et persuasive dont il avait usé avec tant d'adresse pendant toute la soirée.

» Il prit ma main dans la sienne — elle était chaude et ferme.

» — Regardez, Louis, comme elle a l'air douce et ronde, il semblerait que la mort elle-même ne puisse lui retirer sa fraîcheur. Le désir de vivre est trop fort ! Il pourrait faire de ses petites lèvres et de ses mains potelées une sculpture, mais ne lui permettrait pas de se faner ! Rappelez-vous comme vous la désiriez quand vous l'avez découverte hier, dans sa chambre !

» Je lui résistai. Je ne voulais pas la tuer. La nuit précédente non plus, je ne l'avais pas voulu. Puis, soudain, deux souvenirs antagonistes revinrent me déchirer l'âme : d'un côté, la puissante pulsation de son cœur contre le mien, dont j'étais affamé, affamé au point que, tournant le dos au petit corps couché sur le lit, je me serais rué hors de la pièce si Lestat ne m'eût maintenu fermement ; de l'autre, le visage de sa mère et ce moment d'horreur, quand je lâchai l'enfant, tandis que Lestat pénétrait dans la chambre. Mais, à présent, il ne tentait pas de se moquer ; il ne faisait que jeter le trouble dans mon esprit.

» — Vous la voulez, Louis. Ne voyez-vous pas que, du moment que vous l'avez prise, vous pouvez maintenant prendre quiconque vous désirez ? Vous la vouliez hier soir, mais vous avez faibli, et c'est pourquoi elle n'est pas morte.

» Je me rendais compte qu'il disait la vérité. Je sentais encore cette extase de l'avoir pressée contre moi, son petit cœur battant, battant.

» — Elle est trop forte pour moi... Son cœur, il ne cédera pas...

» — Trop forte, vraiment ?

» Il sourit et m'attira à lui.

» — Prenez-la, Louis. Je sais que vous la voulez.

» Et je la pris. Je m'approchai du lit et la contemplai. Sa respiration lui gonflait à peine la poitrine et l'une de ses petites mains était emmêlée à ses longs cheveux dorés. C'était insupportable, de la regarder ainsi, de la désirer et de ne pas vouloir qu'elle meure ; et plus je la regardais, plus je sentais sur ma langue le goût de sa peau, mieux j'imaginais mes bras se glissant derrière son dos pour l'étreindre, mieux je me rappelais la douceur de son cou. Douce, douce…, voilà ce qu'elle était, douce, si douce… J'essayai de me convaincre qu'il était préférable pour elle de mourir — car que pourrait-elle devenir ? — mais ce n'étaient que mensonges qui ne me trompaient pas. Je la voulais ! Je la pris dans mes bras et la serrai, sa joue brûlait la mienne, ses cheveux tombant sur mes poignets et caressant mes paupières ; le parfum de miel de son corps d'enfant était violent et palpitant en dépit de sa maladie et de la proximité de la mort. Elle gémit et remua dans son sommeil, et c'en fut plus que je n'en pouvais supporter. Je la tuerais avant qu'elle ne puisse s'éveiller et en avoir conscience. Comme je mordais dans sa gorge, j'entendis Lestat faire une remarque étrange :

» — Juste une petite déchirure. Ce n'est qu'une petite gorge.

» J'obéis.

» Je ne vous décrirai pas à nouveau mes sensations d'extase, sauf à vous dire que je me sentis ravi comme la première fois, comme à chaque fois que je tue, et peut-être plus intensément encore. Si bien que mes genoux se dérobèrent et que je me retrouvai à demi étendu sur le lit, à aspirer son sang jusqu'à la dernière goutte, tandis que son cœur qui battait à grands coups refusait de ralentir, refusait de lâcher. Soudain, alors que je continuais sans rémission de drainer son sang, attendant que son cœur, en ralentissant, notifie sa mort, Lestat m'arracha à elle.

» — Mais elle n'est pas morte, soufflai-je.

» C'était fini. Le mobilier de la chambre émergea de l'ombre. Je m'assis, hébété, les yeux sur elle, trop faible pour bouger. Ma tête roula contre le bois du lit, mes mains s'accrochèrent aux rideaux de velours. Lestat avait saisi l'enfant, l'avait redressée et lui parlait, prononçait un nom :

» — Claudia, Claudia, écoute-moi, reviens, Claudia...

» Il la transporta dans le salon, et sa voix était si douce que j'avais peine à l'entendre.

» — Claudia, tu es malade, m'entends-tu ? Tu dois faire ce que je te dis pour guérir.

» Dans le silence qui suivit, je recouvrai tous mes sens. Je compris ce qu'il était en train de faire : il s'était entaillé le poignet et le lui avait offert à boire.

» — C'est cela, ma chérie, encore, lui disait-il. Il faut boire pour guérir.

» — Vous êtes fou ! criai-je.

» Les yeux étincelants, il émit un sifflement qui m'enjoignait de me taire. Il était assis sur le canapé, la fillette soudée à son poignet. Sa petite main blanche s'accrochait à la manche de Lestat, dont la poitrine se soulevait en quête d'air et dont le visage était contorsionné comme je ne l'avais jamais vu. Il laissa échapper un gémissement et murmura encore à la petite fille de continuer. Comme je quittais le seuil de la porte, il me lança de nouveau un regard brûlant, un regard qui signifiait : « Je vous tuerais !... »

» — Mais pourquoi, Lestat ? fis-je à voix basse.

» Il essayait maintenant de repousser la fillette, mais elle refusait d'abandonner le poignet, qu'elle maintenait contre sa bouche de ses doigts noués autour du bras et des doigts de Lestat, tandis qu'un grognement sortait de sa gorge.

» — Arrête, arrête ! lui commanda-t-il.

» De toute évidence, il souffrait. Il réussit à se dégager et la maintint à distance de ses deux mains pesant sur les petites épaules. Désespérément et en vain, elle tenta de ses dents d'atteindre le poignet, puis le regarda avec l'expression d'étonnement la plus innocente du monde. Il se releva, tenant sa main à l'écart de peur qu'elle ne bouge, puis se noua un mouchoir autour du poignet et alla au cordon de la sonnette de service, qu'il tira vivement, les yeux toujours fixés sur elle.

» — Qu'avez-vous fait, Lestat? demandai-je. *Qu'avez-vous fait?*

» Je la regardai. Elle était assise, calme, recomposée, pleine de vie, ne montrant nul signe de pâleur ni de faiblesse, les jambes étendues bien droites sur le damas du canapé, sa robe blanche épousant ses formes frêles, douce et fine comme la robe d'un ange. Elle examinait Lestat.

» — Plus jamais moi, lui dit-il, tu comprends? Mais je vais te montrer ce qu'il faut faire!

» J'essayai de l'obliger à me faire face et à me répondre, mais il se dégagea d'une secousse, et son bras me heurta si violemment que je me cognai au mur. Quelqu'un frappait. J'avais compris ses intentions. Je voulus de nouveau l'attraper, mais il tourna sur lui-même si vite que je ne vis même pas son coup partir. Quand je repris mes esprits, j'étais affalé sur une chaise et il ouvrait la porte.

» — Oui, entrez, s'il vous plaît, il vient d'y avoir un accident, dit-il au jeune esclave.

» Puis, après avoir refermé la porte, il se saisit par-derrière du jeune homme, qui ne devait ainsi jamais savoir ce qui lui était arrivé, et, alors même qu'agenouillé au-dessus du corps il buvait, il appela la fillette, qui glissa du canapé et s'approcha à genoux pour prendre le poignet qui lui était offert. Ayant vivement repoussé la manchette de la chemise, elle se mit d'abord à ronger, comme si elle voulait dévorer la chair, mais Lestat lui montra comment elle devait s'y prendre. Il se rassit et la laissa boire le reste du sang, en observant la poitrine de l'esclave afin de pouvoir lui dire, penché vers elle, quand le moment fut venu :

» — Assez, il est en train de mourir... Tu ne dois jamais boire après que le cœur s'est arrêté, sinon tu seras de nouveau malade, malade à en mourir. Tu comprends?

» Elle avait toutefois assez bu et s'assit près de lui, s'adossant comme lui aux pieds du canapé, jambes étendues à même le sol. En quelques secondes, le jeune homme était mort. Je me sentais las et nauséeux, de cette nuit qui m'avait paru durer mille ans. La fillette se rapprocha encore de Lestat et se serra contre lui tandis qu'il glissait un bras autour de son corps ; mais ses yeux indifférents restèrent fixés sur le cadavre. Puis il leva le regard sur moi.

» — Où est maman ? demanda-t-elle d'une voix douce.

» Sa voix était belle à l'égal de son visage, claire comme une petite clochette d'argent, sensuelle. Ses yeux étaient grands et lumineux comme ceux de Babette... Vous devez saisir que je n'étais pas très conscient de la signification de ce qui se passait. Je savais bien ce que la fillette était devenue, mais je me trouvais dans un état de total hébétement. Lestat, se levant, la cueillit au sol et vint à moi.

» — C'est notre fille, dit-il.

» Puis, lui adressant un sourire radieux :

» — Tu vas vivre avec nous, maintenant.

» Mais ses yeux étaient glacés, comme si tout cela n'était qu'une horrible plaisanterie. Cependant, lorsqu'il me regarda, je lus quelque conviction sur son visage. Il poussa l'enfant vers moi. Je la recueillis dans mes bras, sentant encore comme elle était douce, comme sa peau était veloutée, telle la peau d'un fruit tiède, une peau de pêche réchauffée par le soleil. Ses grands yeux lumineux me fixaient, pleins d'une curiosité confiante.

» — Voici Louis, et moi, je m'appelle Lestat, lui dit-il en se laissant tomber à son côté.

» Elle regarda tout autour d'elle et déclara que c'était une jolie pièce, très jolie même, mais qu'elle voulait sa maman. Il avait sorti son peigne et le lui passait dans les cheveux en tenant les mèches pour ne pas lui faire mal en tirant dessus. Sa chevelure en se démêlant devenait semblable à du satin. C'était le plus bel enfant que j'eusse jamais vu, et maintenant elle brillait du feu glacé des vampires. Ses yeux étaient déjà des yeux de femme. Elle deviendrait blanche et mince comme nous mais ne perdrait pas son apparence. Je comprenais maintenant ce que Lestat avait dit de la mort. Je touchai son cou à l'endroit où deux points rouges saignaient encore un peu. Ramassant le mouchoir de Lestat qui était tombé par terre, je l'en tamponnai.

» — Ta maman t'a laissée avec nous. Elle veut que tu sois heureuse, dit-il avec la même parfaite assurance. Elle sait que nous pouvons te rendre très heureuse.

» — J'en veux encore, dit-elle en retournant au corps étendu sur le plancher.

» — Non, pas cette nuit ; demain soir, répondit Lestat.

» Puis il se dirigea vers la chambre pour sortir la fille de son cercueil. La fillette glissa de mon étreinte, et je la suivis. Elle regarda Lestat mettre les deux femmes et l'esclave dans le lit et ramener les couvertures jusqu'à leur menton.

» — Ils sont malades ? demanda-t-elle.

» — Oui, Claudia. Ils sont malades et ils sont morts. Tu vois, ils meurent quand nous les buvons.

» Il revint vers elle et la balança en l'air pour la rattraper dans ses bras. Nous nous faisions face, et elle nous séparait. J'étais fasciné par Claudia, par Claudia *transformée,* et par chacun de ses gestes. Ce n'était plus un enfant, c'était un enfant-vampire.

» — Eh bien, Louis voulait donc nous quitter, dit Lestat en ramenant son regard de son visage sur le mien. Il allait s'en aller. Mais maintenant il ne veut plus. Parce qu'il veut rester pour s'occuper de toi et pour te rendre heureuse. Vous ne partez plus, n'est-ce pas, Louis ?

» — Fils de chien ! soufflai-je. Démon !

» — Oh ! quel langage devant votre fille ! dit-il.

» — Je ne suis pas sa fille, fit Claudia de sa voix argentine. Je suis la fille de ma maman.

131

» — Non, ma chérie, plus maintenant.

» Après avoir jeté un coup d'œil à la fenêtre, il ferma la porte de la chambre derrière nous et tourna la clef dans la serrure.

» Tu es notre fille, la fille de Louis et ma fille à moi, tu comprends ? Et maintenant, avec qui vas-tu dormir ? Avec Louis ou avec moi ?

» Après m'avoir jeté un regard, il ajouta :

» — Tu ferais peut-être mieux de dormir avec Louis. Après tout, quand je suis fatigué…, je ne suis pas tellement gentil.

Le vampire se tut. Le jeune homme, après un long silence, finit par murmurer :

— Un enfant-vampire !

Le vampire leva soudain les yeux, en une manière de sursaut, bien que son corps n'eût fait aucun mouvement, puis porta sur le magnétophone à cassette le même regard qu'il aurait réservé à une monstruosité.

Le jeune homme s'aperçut que la bande était presque finie. Vivement, il ouvrit sa mallette et en tira une nouvelle cassette, qu'il mit gauchement en place. En pressant la touche d'enregistrement, il jeta un coup d'œil au vampire. Celui-ci semblait fatigué, abattu, les os de ses pommettes étaient plus saillants, ses yeux verts et brillants plus immenses encore. Ils avaient commencé avec la nuit, qui tombait très tôt l'hiver à San Francisco, et maintenant il était presque dix heures du soir. Le vampire se ressaisit, sourit et demanda avec le plus grand calme :

— Sommes-nous prêts à continuer ?

— Il avait fait ça à la petite fille juste pour vous garder ? reprit aussitôt le jeune homme.

— C'est difficile à dire. Il m'avait simplement exposé les faits. Je suis certain que Lestat était de ces gens qui préfèrent ne pas réfléchir à leurs raisons d'agir, ne pas s'interroger sur leurs convictions, même en leur for intérieur. Il devait se lancer à corps perdu dans l'action. Il faut pousser ces gens-là extrêmement loin dans leurs retranchements avant qu'ils ne s'ouvrent et confessent que dans leur vie ils appliquent une méthode et un certain type de raisonnement. C'était ce qui était arrivé cette nuit-là à Lestat. Il avait été poussé si loin qu'il avait dû découvrir, découvrir même à ses propres yeux, les raisons pour lesquelles il menait ainsi sa vie. Sa volonté de me garder, sans aucun doute, avait été l'un des éléments qui l'avaient amené à s'interroger. Toutefois, quand j'y repense, je crois que de lui-même il voulait savoir les raisons pour lesquelles il tuait, et avait décidé de soumettre sa vie à un examen. En parlant, il découvrait ce à quoi il croyait. Néanmoins, son désir de me garder était sincère. Avec ma compagnie, il jouissait d'une vie qu'il n'aurait jamais pu avoir seul. Je vous ai dit que j'avais bien fait attention à ne signer aucun titre en sa faveur, ce qui le rendait fou. Jamais il ne réussit à me persuader de le faire. (Le vampire rit soudain.) Songez pourtant à tout ce qu'il put me persuader de faire ! Comme c'est étrange… Il avait pu me persuader de tuer un enfant, mais pas de partager mon argent. (Il secoua la tête.) Mais, en fait, vous voyez bien que ce n'était pas par avarice. C'est parce que j'avais peur de lui que je jouais avec lui un jeu serré.

— Vous parlez de lui comme s'il était mort. Vous dites Lestat *était* comme ceci ou *était* comme cela. Est-il mort ? demanda le jeune homme.

— Je ne sais pas, dit le vampire. Peut-être. Mais je reviendrai là-dessus. Nous parlions de Claudia, je crois. Je voulais dire autre chose des motifs qui animaient Lestat cette nuit-là. Lestat ne faisait confiance à personne. Il se comparait lui-même à un chat sauvage, à un fauve solitaire. Pourtant, cette fois-ci, il y avait eu tentative de communication ; jusqu'à un certain point, il s'était découvert, par le simple fait de dire la vérité. Il avait abandonné son ton moqueur, ses façons condescendantes, oublié sa rage éternelle pour un bref moment. Et ceci, pour Lestat, c'était se découvrir. Quand nous nous étions retrouvés seuls dans la rue sombre, il s'était établi entre nous un état de communion que je n'avais jamais eu l'occasion de ressentir depuis ma mort. En fait, je crois plutôt qu'il introduisit Claudia dans le monde des vampires par besoin de vengeance.

— De vengeance, pas seulement pour vous, mais aussi sur le monde? suggéra le jeune homme.

— Oui. Je vous ai déjà dit que tous les motifs d'agir de Lestat tournaient autour de la vengeance.

— Est-ce à cause de son père que tout avait commencé? A cause de l'école?

— Je ne sais pas. J'en doute, dit le vampire. Mais je voudrais poursuivre.

— Oh! oui, je vous en prie, il faut que vous continuiez! Je veux dire... il n'est que dix heures.

Le jeune homme présenta sa montre. Le vampire la regarda puis sourit au jeune homme, dont le visage changea d'expression, se vida comme sous l'effet d'un choc.

— Avez-vous toujours peur de moi?

Sans répondre, le jeune homme, en un mouvement de recul, s'écarta du bord de la table. Il étendit les jambes au-dessus du plancher nu, puis se replia sur lui-même.

— Je vous trouverais bien insensé si vous n'aviez pas peur, dit le vampire. Mais vous n'avez pas lieu d'être effrayé, croyez-moi. Nous continuons?

— S'il vous plaît, répondit le jeune homme en enclenchant son appareil.

— Eh bien, notre vie se trouva bien changée avec Mlle Claudia, comme vous pouvez l'imaginer. Son corps mourut, tandis que ses sens s'éveillaient. Je surveillai précieusement les signes de sa métamorphose. Mais il me fallut un certain nombre de jours pour me rendre compte combien je la désirais, combien je désirais sa conversation et sa compagnie.

Au début, je ne pensais qu'à la protéger de Lestat. Je l'accueillais dans mon cercueil tous les matins, et autant que possible ne la quittais pas des yeux lorsqu'elle était avec lui. C'était d'ailleurs ce que Lestat voulait, et il lui arrivait de suggérer à mots couverts qu'il pourrait lui faire du mal.

» — Un enfant affamé, c'est un spectacle effrayant, me dit-il une fois. Un vampire affamé, c'est pire encore.

» On entendrait ses cris jusqu'à Paris, disait-il encore, s'il l'enfermait afin de l'affamer jusqu'à la mort... Mais tout ceci n'était destiné, en fait, qu'à m'attirer et à me garder. Déjà terrifié à l'idée de m'enfuir seul, je ne pouvais concevoir de risquer la fuite en compagnie de Claudia. C'était une enfant. Elle avait besoin qu'on s'occupe d'elle.

» Et c'était un grand plaisir que de s'occuper d'elle. Elle oublia tout de suite ses cinq années de vie mortelle, ou du moins c'est ce qu'il parut, car elle était mystérieusement calme. De temps à autre, je craignais même qu'elle n'ait perdu tous ses sens, que la maladie dont elle avait souffert quand elle était mortelle, combinée au grand choc de sa transformation en vampire, ne lui ait dérobé la raison. Mais c'était seulement qu'elle était tellement différente de Lestat et de moi-même que je ne pouvais la comprendre. Car c'était une petite fille, mais aussi une tueuse farouche capable de chasser sans pitié pour son sang quotidien, avec toute l'exigence d'un enfant. Bien que Lestat m'inquiétât toujours de ses menaces à l'égard de Claudia, il se montrait avec elle parfaitement doux, aimant, fier de sa beauté, anxieux de lui apprendre que nous devions tuer pour vivre et que nous-mêmes ne pourrions jamais mourir.

» La ville était à cette époque ravagée par la peste ; on entendait, jour et nuit, le bruit incessant de la pelle. Il l'emmena aux cimetières nauséabonds où gisaient, empilées les unes sur les autres, les victimes de la peste et de la fièvre jaune.

» — C'est cela, la mort, lui dit-il en désignant le cadavre décomposé d'une femme, la mort qui ne pourra jamais nous frapper. Nos corps resteront toujours comme ils sont maintenant, frais et vivants. Mais nous ne devons jamais hésiter à porter nous-mêmes la mort, parce que c'est ainsi que nous vivons

» Et Claudia regardait de ses yeux liquides et impénétrables.

» Si, les premières années, sa compréhension des choses paraissait encore limitée, elle ne montrait en revanche aucun signe de crainte. Belle et silencieuse, elle jouait avec ses poupées, qu'elle habillait et déshabillait pendant des heures. Belle et silencieuse, elle tuait. Quant à moi, transformé par les leçons reçues de Lestat, je recherchais davantage les humains. Mais ce n'était pas le seul fait de tuer qui soulageait quelque peu cette douleur constante que j'avais ressentie en ces nuits calmes et sombres de la Pointe du Lac, où je restais assis en la seule compagnie de Lestat et de son vieux père. C'était la foule innombrable et mouvante, dispersée dans ces rues qui ne perdaient jamais de leur agitation, dans ces cabarets qui ne fermaient jamais leur porte, dans ces bals qui duraient jusqu'à l'aube, tandis que la musique et le son des rires se déversaient par les fenêtres ouvertes ; c'étaient les gens tout autour de moi, mes victimes palpitantes, que je ne considérais plus avec cet amour que j'avais porté à ma sœur et à Babette, mais avec une nouvelle variété de détachement et avec un sentiment de besoin. Je tuais donc, variant à l'infini mes meurtres et les essaimant sur de grandes distances tandis que, m'aidant de mes yeux et de mon agilité de vampire, je parcourais cette ville grouillante et bourgeonnante, environné de mes futures victimes, qui me remarquaient, m'invitaient à leur table, m'offraient leurs voitures, leurs débauches. Je ne m'y attardais que peu, juste assez pour prendre ce dont j'avais besoin, soulagé, dans ma profonde mélancolie, que la ville me procure une procession interminable d'étrangers magnifiques.

136

» Car c'était ainsi : je me nourrissais d'étrangers. Je ne les approchais que le temps de voir leur frémissante beauté, leur expression unique, d'entendre leur voix nouvelle et passionnée, puis je les tuais avant que ne se réveillent en moi ces sentiments de révulsion, cette peur, cette douleur.

» Claudia et Lestat pouvaient bien chasser et séduire, jouir longtemps de la compagnie de ceux qu'ils avaient condamnés, en tirant plaisir de la fréquentation involontaire de la mort qu'ils leur imposaient. Moi, je ne pouvais toujours pas l'accepter. Ainsi donc, pour moi, ce fourmillement humain était une miséricorde, une forêt où je me perdais, incapable de m'arrêter, pris dans de trop rapides tourbillons pour pouvoir penser ou souffrir, acceptant plutôt que de les rechercher les invitations renouvelées de la mort.

» Nous nous étions établis dans l'une de mes nouvelles maisons, de style espagnol, dans la rue Royale, qui se composait d'un long et somptueux appartement en étage, au-dessus d'une boutique que je louais à un tailleur, et d'un jardin intérieur caché aux regards ; le mur donnant sur la rue offrait toute sécurité grâce aux volets de bois bien ajustés et à la grille dont était pourvue la porte cochère. L'endroit était bien plus luxueux et sûr que la Pointe du Lac. Nos domestiques étaient des gens de couleur libres qui nous laissaient à notre solitude avant le crépuscule pour retourner chez eux. Lestat avait fait l'acquisition des derniers articles en provenance de France et d'Espagne : chandeliers de cristal, tapis d'Orient, paravents de soie décorés d'oiseaux de paradis, grandes cages dorées où chantaient des canaris, statues de divinités grecques en marbre délicat, vases de Chine aux peintures magnifiques. Pas plus qu'avant je n'avais le moindre besoin de luxe, mais je fus ensorcelé par ce déluge d'art, d'artisanat, de décoration, et m'abîmais pendant des heures dans la contemplation des dessins complexes des tapis ou des couleurs sombres d'une peinture hollandaise que la lumière de la lampe métamorphosait.

» Claudia trouvait tout cela merveilleux, respectueuse et tranquille, à l'inverse d'un enfant gâté, et fut aux anges quand Lestat loua les services d'un peintre qui transforma les murs de sa chambre en une forêt magique où des licornes et des oiseaux dorés s'ébattaient parmi des arbres chargés de fruits et des ruisseaux étincelants.

» D'interminables processions de tailleurs, de cordonniers et de couturiers venaient chez nous pour parer Claudia de ce qui se faisait de mieux en matière de mode juvénile, si bien qu'elle était le parfait exemple, non seulement de la beauté enfantine, avec ses cils bouclés et ses splendides cheveux blonds, mais aussi du meilleur goût en fait de bonnets brodés, de petits gants de dentelle, de manteaux de velours évasés, de capes et de robes toutes blanches aux manches bouffantes ceinturées d'écharpes bleues et brillantes. Lestat jouait avec elle comme avec une poupée magnifique. Moi aussi, et c'est à force de supplications de sa part que j'abandonnai mes vieux habits noirs pour des vestes de dandy, des cravates de soie, des habits d'un gris tendre, des gants et des capes noires. Lestat pensait qu'en tout temps la couleur la plus appropriée aux vampires était le noir — c'était peut-être là le seul principe esthétique qu'il maintînt fermement — mais il n'était pas opposé à l'élégance ni aux effets voyants. Il aimait le tableau que nous formions tous trois dans notre loge du nouvel Opéra français ou du Théâtre d'Orléans, où nous allions aussi souvent que possible ; Lestat faisait preuve d'une passion pour Shakespeare qui me surprenait, alors qu'il somnolait très souvent pendant les opéras, s'éveillant juste à temps pour inviter quelque jolie femme à un souper de minuit, où il déploierait toute son habileté à se faire vraiment aimer d'elle, avant de l'expédier brutalement au paradis ou en enfer et de revenir chez nous avec son diamant, qu'il offrirait à Claudia.

» Je m'occupais de l'éducation de Claudia pendant tout ce temps, je chuchotais à la petite coquille de son oreille que la vie éternelle nous était inutile si nous n'étions pas capables de voir la beauté qui nous environnait, d'apprécier les créations des mortels ; je sondais sans cesse la profondeur de son regard tranquille ; elle acceptait les livres que je lui donnais, disait à voix basse les poésies que je lui avais apprises et jouait sur le piano, d'un toucher léger mais sûr, les chansons singulières mais cohérentes qu'elle inventait. Elle pouvait rester pendant des heures plongée dans les images d'un livre, à m'écouter lire jusqu'au moment où, troublé de la voir assise si calme, de l'autre côté de la pièce illuminée, je posais le livre pour la regarder. Alors elle bougeait, comme une poupée s'éveillant à la vie, et disait de sa voix la plus douce que je devais lire encore un peu.

» Puis d'étranges choses commencèrent de se produire. Bien qu'elle parlât toujours peu et fût restée cette enfant rebondie aux doigts ronds, il m'arrivait de la trouver blottie contre le bras de mon fauteuil en train de lire les œuvre d'Aristote ou de Boèce, ou un nouveau roman qui venait de franchir l'Atlantique. Ou bien je la voyais au piano, en train de « recréer » un air de Mozart que nous avions entendu la veille ; avec une oreille infaillible, une concentration qui la faisait ressembler à un spectre, elle restait assise derrière l'instrument heure après heure et reconstituait la musique — la mélodie, la basse, puis finalement les deux ensemble. Claudia était un mystère. Il était impossible de savoir ce qu'elle savait et ce qu'elle ignorait.

» Il était terrifiant de la voir accomplir ses meurtres. Elle allait s'asseoir, seule, sur un banc, dans le jardin public obscur, et attendait, le regard indifférent, plus encore que celui de Lestat, qu'un homme ou une femme bien intentionné la découvre. Elle implorait alors, en chuchotant comme un enfant engourdi par la peur, l'aide de ses aimables protecteurs, et ceux-ci emmenaient la fillette dont la beauté les avait éblouis. Elle serrait de ses deux petits bras leur cou et, tandis que le bout de sa langue apparaissait entre ses dents, ses yeux brillaient d'une faim dévorante. Les premières années, ils trouvaient vite la mort. Elle n'avait pas encore appris à jouer avec eux, à les conduire chez le marchand de poupées ou au café, pour se faire offrir des tasses de thé ou de chocolat fumant destinées à redonner un peu de couleur à ses joues pâles, tasses qu'elle repoussait, pour attendre, attendre, comme si elle se repaissait en silence de leur gentillesse fatale.

» Mais, quand elle en avait fini, elle devenait ma compagne, mon élève, et au long des longues heures que nous passions ensemble elle consumait de plus en plus vite le savoir que je pouvais lui offrir. Nous partagions un sentiment serein de compréhension mutuelle qui excluait Lestat. A l'aube, elle se couchait avec moi, et mon cœur battait contre son cœur. Souvent, quand je la regardais — en train de peindre ou de faire de la musique, sans savoir que j'étais dans la pièce — je pensais à cette expérience singulière que j'avais eue avec elle, avec elle seule, moi qui l'avais tuée, qui lui avais pris sa vie, qui avais bu d'elle tout le sang vital dans ce baiser fatal que j'avais prodigué à tant d'autres, tant d'autres qui maintenant pourrissaient dans la terre humide. Elle, elle vivait, elle vivait pour mettre ses bras autour de mon cou, presser son petit nœud adorable contre mes lèvres et plonger ses yeux miroitants dans les miens, si près que nos cils se touchaient ; et, alors, tout en riant, nous nous mettions à tourbillonner dans la chambre comme emportés par une valse frénétique. Père et fille. Amant et amante. Vous pouvez imaginer comme j'étais heureux que Lestat ne jalousât pas notre intimité, qu'il se contentât d'en sourire de loin et d'attendre qu'elle vînt à lui. Alors, il l'emmenait dehors dans la rue et, à travers la fenêtre, tous deux m'adressaient un geste d'au revoir et s'en allaient partager ce qu'ils avaient en commun : la chasse, la séduction, la mort.

» Des années passèrent ainsi. Des années, des années, encore des années. Cependant, il m'avait fallu un certain temps pour me rendre compte d'un fait évident, concernant Claudia. Je suppose, à l'expression de votre visage, que vous aviez déjà deviné, et que vous vous demandez pourquoi, moi, je ne l'avais pas compris plus tôt. Je peux seulement vous répondre que le temps n'est pas le même pour nous. Pour nous, les jours ne se lient pas aux jours pour former une chaîne serrée aux mailles distinctes. Non, pour nous, la lune se lève sur un tuilage de vagues successives...

— Son corps! s'exclama le jeune homme. Elle ne pourrait jamais grandir!

Le vampire approuva de la tête :

— Elle serait à jamais l'enfant démon, fit-il d'une voix douce qui paraissait encore chargée d'émerveillement. De même, je suis toujours le jeune homme que j'étais lorsque je mourus. Et Lestat? La même chose. Mais l'esprit de Claudia... était un esprit de vampire, et je m'efforçais de comprendre comment elle s'acheminait vers l'état de femme. Elle se mit à parler davantage, quoiqu'elle ne cessât jamais d'être une personne réfléchie, capable de m'écouter une heure durant sans m'interrompre. Cependant c'étaient deux yeux d'adulte pleinement conscients qui éclairaient maintenant son visage, et elle paraissait avoir oublié quelque part son innocence, en compagnie de ses jouets négligés et d'une certaine patience qu'elle avait perdue. Il y avait en elle quelque chose de terriblement sensuel quand elle paressait sur le canapé, vêtue d'une petite chemise de nuit de dentelle cousue de perles ; elle exerçait une puissante et mystérieuse séduction, sa voix toujours aussi claire et douce, mais pourvue maintenant d'une résonance qui était celle d'une voix de femme, d'une âpreté parfois qui se révélait choquante. Après des jours passés dans son calme habituel, elle pouvait lancer une moquerie soudaine à l'adresse de Lestat pour s'être livré à des prédictions sur la guerre, ou bien, un verre de cristal plein de sang aux lèvres, déclarer qu'il n'y avait pas de livres à la maison, qu'il nous fallait en acquérir d'autres, quitte à les voler, et m'instruire froidement d'une bibliothèque dont elle avait entendu parler, dans un hôtel particulier du faubourg Sainte-Marie, dont la propriétaire collectionnait les livres comme s'il se fût agi de minéraux ou de papillons. Et de me demander si je ne pourrais pas l'introduire dans la chambre de cette femme...

» Dans ces occasions, elle me laissait bouche bée. La démarche de son esprit était imprévisible, insaisissable. Mais, alors, elle venait s'asseoir sur mes genoux, glissait ses doigts dans mes cheveux et, câline, se pressait contre mon cœur, me chuchotant tout doux que je ne serais jamais une aussi grande personne qu'elle tant que je ne saurais pas que la chose la plus sérieuse était de tuer, et non les livres, ni la musique.

» — Toujours la musique..., murmurait-elle.

» — Ma poupée, ma poupée, l'appelais-je.

» Voilà ce qu'elle était : une poupée magique, une poupée qui portait sur tout son rire magnifique, son intelligence infinie, une poupée aux joues rondes et à la bouche en bouton de rose.

» — Laisse-moi t'habiller, laisse-moi te brosser les cheveux, lui disais-je, mû par une vieille habitude, conscient de son sourire et du voile fin d'ennui qui assombrissait ses traits.

» — Fais ce que tu veux, soufflait-elle à mon oreille tandis que je me penchais pour attacher ses boutons de perle. Mais viens tuer avec moi cette nuit. Tu ne m'as jamais vue tuer, Louis !

» Elle voulait maintenant avoir un cercueil à elle, et son désir me laissa plus meurtri que je ne le voulus paraître à ses yeux. Après qu'elle m'eut fait sa demande, je sortis, ayant donné mon accord, chevaleresque. Combien d'années avais-je pu dormir en sa compagnie, comme si elle avait été partie de moi-même ? Mais, ce soir-là, je la retrouvai près du couvent des Ursulines, orpheline perdue dans la nuit, qui se précipita à ma rencontre et s'agrippa à moi dans un geste de désespoir tout humain.

» — Si cela te fait de la peine, je ne veux pas, me confia-t-elle sur un ton si doux qu'un humain nous embrassant tous deux n'aurait pu l'entendre, ni même percevoir son souffle. Je resterai toujours avec toi. Mais il faut que je le voie, tu comprends ? Un cercueil pour enfant !

» Elle voulait que nous nous rendions chez le fabricant de cercueils. Tragédie en un acte : je la laisserais dans le petit salon d'attente pour aller dans l'antichambre confier au fabricant qu'elle était condamné à mourir. Petite tirade sur mon amour pour elle : il lui fallait ce qu'il y avait de mieux, mais elle ne devait rien deviner... Et le fabricant de cercueils, tout secoué, s'exécuterait, et écraserait une larme, malgré toutes ses années d'expérience, en l'imaginant couchée sur le satin blanc...

» — Mais pourquoi, Claudia... ? voulus-je plaider.

» J'avais horreur de jouer au chat et à la souris avec les humains impuissants. Mais mon amour pour elle était immense. Je l'emmenai donc au magasin de pompes funèbres et l'installai sur le sofa de la réception, où elle resta assise, les mains croisées sur ses genoux, son petit bonnet bien enfoncé sur les oreilles, donnant toutes les apparences d'ignorer ce que l'on chuchotait sur elle un peu plus loin. L'entrepreneur de pompes funèbres était un homme de couleur âgé et très raffiné, qui me tira vivement de côté de peur que « la petite » ne puisse entendre.

» — Mais pourquoi doit-elle mourir ? m'implora-t-il, comme si j'eusse été Dieu, qui l'eût ordonné.

» — C'est son cœur, elle ne peut vivre, répondis-je, et ces mots eurent pour moi un pouvoir particulier, une résonance qui me troubla à l'égal de l'émotion que je pus lire sur son visage étroit, aux traits lourdement dessinés.

» Quelque chose me revint en mémoire, une certaine qualité de lumière, un geste, un son…, un enfant pleurant dans une pièce emplie de puanteurs… L'entrepreneur ouvrait l'une après l'autre les longues pièces de son magasin pour me montrer les cercueils laqués noir et argent, tels qu'elle le voulait. Soudain, je me retrouvai dehors, fuyant l'établissement funèbre, tenant Claudia par la main.

» — Les ordres ont été pris, lui dis-je. Cela me rend fou !

» Je respirai l'air frais de la rue aussi goulûment que si j'avais été sur le point de suffoquer. De son visage sans compassion, elle m'étudiait. Elle glissa sa petite main gantée dans la mienne et m'expliqua, patiemment :

» — Je le veux, Louis !

» Puis, un soir, elle gravit les marches du magasin, en compagnie de Lestat, pour s'emparer du cercueil, et laissa mort l'entrepreneur de pompes funèbres qui ne se doutait de rien, mort sur les piles de papiers poussiéreux de son bureau. Le cercueil fut installé dans notre chambre, où elle passait souvent l'heure à le regarder, aussi longtemps qu'il garda pour elle sa nouveauté, comme s'il se fût agi d'un être vivant ou d'un objet qui lui eût dévoilé peu à peu son mystère, ainsi qu'il arrive avec les choses capables d'évolution. Cependant, elle ne dormait pas dedans. Elle dormait toujours avec moi.

» Il y eut d'autres changements en elle. Je ne peux ni les dater ni leur donner un ordre. Elle se mit à choisir ses meurtres, à prendre des façons exigeantes. La pauvreté commença de la fasciner ; elle demandait à Lestat ou à moi-même de l'emmener en voiture, au-delà du faubourg Sainte-Marie, jusqu'au front du fleuve où vivaient les immigrants. Il semblait qu'elle fût obsédée par les femmes et les enfants. Lestat me rapportait tout cela avec grand amusement, car rien n'eût pu me persuader d'y aller moi-même.

» Claudia avait choisi là-bas une famille dont elle prenait les membres un par un. Elle avait aussi demandé qu'on la fasse entrer dans le cimetière de la ville proche de Lafayette, pour y rôder parmi les hautes tombes de marbre à la recherche de ces malheureux qui, n'ayant d'autre endroit où dormir, après avoir dépensé le peu qu'ils avaient à acheter une bouteille de vin, s'introduisaient en rampant dans un caveau. Lestat était impressionné, subjugué. Quel portrait ne faisait-il pas d'elle ! La Mort-Enfant, l'appelait-il. Petite Sœur de la Mort, Tendre-Mort... Quant à moi, il me réservait le titre de Sainte Mort Miséricordieuse, dont il m'affublait en se prosternant jusqu'à terre, ou bien en frappant dans ses mains comme une femme qui s'écrie tout excitée, à l'audition de quelque commérage : « Oh ! Miséricorde céleste ! » J'avais envie de l'étrangler.

» En fait, il n'y avait jamais de querelle entre nous. Nous restions sur notre quant-à-soi, nous avions nos arrangements. Comme nous continuions, Claudia et moi, de donner libre cours à nos goûts naturels, les livres, rangées après rangées de volumes de cuir luisant, couvraient les murs de notre long appartement, du plancher au plafond, tandis que Lestat s'occupait toujours d'acquérir de somptueux objets. Cela jusqu'au moment où elle se mit à poser des questions.

Le vampire marqua une pause. Le jeune homme, toujours aussi nerveux, semblait avoir du mal à lutter contre son impatience. Le vampire avait joint ses longs doigts blancs comme pour former un clocher d'église, puis, les tordant, avait pressé l'une contre l'autre ses paumes, l'air d'avoir complètement oublié son interlocuteur.

— J'aurais dû savoir, reprit-il, que c'était inévitable, et j'aurais dû en voir les signes avant-coureurs. Car je m'étais si bien accordé sur elle, je l'aimais si profondément, elle était tellement la compagne de chacune de mes heures d'éveil, la seule compagne que j'avais, à l'exception de la mort! J'aurais dû savoir. Mais quelque chose en moi était conscient de la présence, tout près de nous, d'un énorme gouffre de ténèbres, un peu comme si, marchant depuis toujours au bord d'un précipice, nous l'avions aperçu soudain, trop tard toutefois si nous avions déjà pris le mauvais tournant, ou si nous nous étions perdus dans nos pensées. Parfois, le monde physique tout autour de moi me semblait dépourvu d'autre substance que cette obscurité. Comme si une faille était sur le point de s'ouvrir dans la terre, une grande crevasse qui ravagerait la rue Royale, qui en ferait s'effondrer dans un grondement de tonnerre toutes les demeures. Mais le pire de tout, c'était que dans ma vision toutes ces constructions étaient transparentes, arachnéennes, comme des mousselines de théâtre. Ah!... mais je suis distrait! Que disais-je? Oui, que je ne voyais pas certains symptômes chez elle, que je m'accrochais désespérément au bonheur qu'elle m'avait procuré et qu'elle me prodiguait encore: j'ignorais tout le reste.

» Mais il y avait ces signes. Elle devint très froide envers Lestat. Elle se mit à l'observer pendant des heures. Quand il lui parlait, souvent elle ne répondait pas, et il était difficile de dire si c'était par mépris ou simplement parce qu'elle n'avait pas entendu. Notre fragile tranquillité domestique s'en trouva un jour oouleversée. Lestat n'avait pas besoin d'être aimé, mais il ne voulait pas être ignoré. Un jour donc, il se jeta sur elle, lui criant qu'il allait lui donner une bonne correction, si bien que je me retrouvai dans cette maudite situation de me battre avec lui, comme déjà plusieurs années avant l'arrivée de Claudia.

» — Ce n'est plus une enfant, lui glissai-je à l'oreille. Je ne sais pas ce qui se passe. Mais c'est une femme maintenant.

» Je le pressai de ne pas prendre la situation trop au tragique, mais il affecta de la dédaigner et de l'ignorer en retour. Un soir, il rentra tout agité et m'apprit qu'elle l'avait suivi — bien qu'elle eût refusé d'aller tuer en sa compagnie.

» — Qu'est-ce qu'il lui prend? me lança-t-il pour conclure, pensant sans doute que je possédais nécessairement la réponse et que j'étais le responsable de sa venue au monde.

» Puis il arriva qu'une nuit nos domestiques disparurent. Deux des meilleures que nous ayons jamais eues à notre service, une mère et sa fille. Le cocher, envoyé chez elles, ne put que rapporter la nouvelle de leur disparition, et peu de temps après le mari heurtait à notre porte. Il resta en retrait sur le trottoir de brique et me dévisagea de cet air suspicieux que finissent toujours par avoir, à plus ou moins brève échéance, les mortels qui nous connaissent depuis un certain temps. Un air annonciateur de mort, comme la pâleur du visage peut annoncer quelque fièvre fatale. J'essayai de lui expliquer qu'on ne les avait pas vues ici, ni la mère ni la fille, et qu'il fallait commencer des recherches.

» — C'est elle! siffla Lestat caché dans l'ombre, quand j'eus refermé le portail. Elle leur a fait quelque chose, et ainsi nous met tous en danger. Je vais le lui faire avouer!

» Sur ces mots, il grimpa bruyamment l'escalier qui montait en spirale depuis la cour. En fait, je savais qu'elle était sortie ; elle s'était glissée dehors tandis que j'étais à la porte. Je m'étais aussi rendu compte d'une vague odeur qui, traversant la cour, émanait de la cuisine close et inutilisée, une odeur qui jurait sur celle du chèvrefeuille, l'odeur des cimetières. Au moment où je m'approchai de ses volets gauchis et soudés par la rouille à ses murs de brique, j'entendis Lestat redescendre. On n'y préparait jamais de nourriture, on n'y effectuait jamais aucun travail, si bien qu'elle était devenue comme une vieille caverne de brique dissimulée sous l'entrelacs du chèvrefeuille. Les volets vinrent sans peine, car les clous qui les maintenaient étaient réduits en poudre. Lestat ne put réprimer un hoquet au moment où nous pénétrâmes dans l'obscurité nauséabonde. Elles gisaient là toutes deux, la mère et la fille, étendues ensemble sur la brique, les bras de la mère serrant la taille de sa fille, la tête de la fille inclinée sur le sein de sa mère, toutes deux couvertes d'excréments et d'insectes. Un volet en s'abattant fit s'envoler un grand nuage de moucherons, que je balayai d'un geste convulsif de dégoût. Les fourmis continuaient paisiblement de grouiller sur les paupières, sur les bouches des deux cadavres, et le clair de lune faisait luire le dédale infini des sentiers argentés des escargots.

» — Maudite soit-elle ! éclata Lestat.

» Je l'attrapai par le bras, faisant appel à toute ma force pour le maintenir.

» — Que voulez-vous lui faire ? Que pouvez-vous faire ? ajoutai-je. Ce n'est plus une enfant qui fera ce qu'on lui dit pour la seule raison qu'on le lui demande. Il faut lui apprendre !

» — Elle sait ! fit-il en se dégageant. Elle sait ! Cela fait des années qu'elle sait ce qu'il faut faire ! Ce que l'on peut et ce que l'on ne peut pas risquer. Je ne la laisserai pas agir sans ma permission ! Je ne le tolérerai pas !

» — Alors ? Ne vous considérez-vous pas comme notre maître à tous ? Vous avez dû négliger de le lui dire ! Était-elle censée s'imbiber de cette idée à la seule vue de ma servilité placide ? Je ne crois pas que cela ait réussi ! Elle se considère maintenant comme notre égale, et nous voit tous deux comme des égaux. Ce que je veux vous dire, c'est que nous devons raisonner avec elle, lui apprendre à respecter ce qui nous appartient en commun.

» Il s'en fut à grands pas, visiblement impressionné par ce que je venais de lui dire, même s'il n'avait pas voulu l'admettre devant moi. Il alla se venger sur la ville. Cependant, lorsqu'il revint à la maison, fatigué mais rassasié, elle n'était pas encore de retour. Il s'assit sur le bras de velours du divan et étendit les jambes de tout leur long.

» — Les avez-vous enterrées? me demanda-t-il.

» — Je m'en suis débarrassé, répondis-je.

» Je n'avais pas envie d'avouer, ni même de me rappeler, que j'avais brûlé leurs restes dans le vieux poêle inutilisé de la cuisine.

» — Mais il faut s'occuper du père et du frère, ajoutai-je.

» Craignant sa mauvaise humeur, j'aurais souhaité être capable de concevoir sur-le-champ un plan qui réglât d'un seul coup toute l'affaire. Mais il m'apprit que le père et le frère n'étaient plus de ce monde, que la mort s'était invitée à dîner chez eux, dans leur petite maison proche des remparts, et était restée, après qu'on en eut fini, pour rendre grâces.

» — Du vin, chuchota-t-il encore, faisant courir un doigt sur ses lèvres. Ils avaient bu tous les deux beaucoup trop de vin. Je me suis retrouvé en train de battre la cadence sur les poteaux des palissades avec un bâton. (Il rit.) Mais je n'aime pas cela, d'être ivre. Et vous, vous aimez?

» Je ne pus m'empêcher de lui sourire, comme il me regardait, car le vin qui travaillait en lui le rendait moelleux, et je mis à profit l'instant où son visage me parut affable et raisonnable pour me pencher sur lui et lui glisser:

» — J'entends le pas de Claudia dans l'escalier. Soyez gentil avec elle. L'affaire est close.

» Elle fit alors son entrée. Les rubans de son bonnet étaient défaits et ses petites bottes laquées de boue. L'esprit tendu, je les observai, Lestat arborant un rictus moqueur, Claudia ne lui prêtant pas plus d'attention que s'il avait été ailleurs. Elle avait dans les bras un bouquet de chrysanthèmes blancs, un bouquet si gros qu'elle en paraissait encore plus petite. Son bonnet glissa, resta un moment suspendu à son épaule puis tomba à terre. Partout, parmi ses cheveux dorés, s'accrochaient les pétales étroits des chrysanthèmes.

» — Demain, c'est la Toussaint, dit-elle. Tu le savais ?

» — Oui.

» A La Nouvelle-Orléans, la Toussaint est le jour où tous les croyants vont au cimetière pour s'occuper des tombes de leurs chers disparus. Ils repassent à la chaux les parois de plâtre des caveaux, nettoient les noms gravés sur les dalles de marbre, et pour finir décorent les tombes de fleurs. Au cimetière Saint-Louis, qui était très proche de notre maison et où toutes les grandes familles de Louisiane avaient leur concession — mon propre frère y était enterré — il y avait même devant les tombes de petits bancs de fer où l'on pouvait s'asseoir en famille et recevoir des visiteurs. C'était une fête, à La Nouvelle-Orléans, qui aurait pu paraître aux touristes incompréhensifs une célébration de la mort, mais qui était en fait une célébration de la vie future.

» — Je l'ai acheté à l'un des marchands de fleurs, dit Claudia.

» Le ton de sa voix douce était indéchiffrable, ses yeux opaques, dépourvus d'émotion.

» — Pour les deux que tu as laissées dans la cuisine ! dit violemment Lestat.

» Elle se tourna vers lui pour la première fois, mais ne répondit pas, lui jetant un regard vide, comme si elle ne l'avait jamais vu de sa vie. Puis elle fit plusieurs pas dans sa direction, le fixant toujours des yeux comme pour poursuivre un véritable examen de sa personne. Je m'avançai à mon tour. La colère de Lestat, l'insensibilité de Claudia résonnaient en moi. Elle se tourna de mon côté, puis, faisant aller son regard de l'un à l'autre, demanda :

» — Lequel d'entre vous ? *Lequel d'entre vous a fait de moi ce que je suis ?*

» Rien de ce qu'elle aurait pu faire ou dire n'aurait pu me stupéfier davantage. Et pourtant il était inévitable que son long silence se brisât ainsi, un jour ou l'autre. En fait, elle semblait peu s'intéresser à moi. Ses yeux restaient sur Lestat.

» — Vous parlez de nous comme si nous avions toujours été ce que nous sommes maintenant, dit-elle d'une voix calme, mesurée, dont le ton enfantin était tempéré par une gravité d'adulte. Vous qualifiez les autres de mortels, et nous de vampires. Mais il n'en fut pas toujours ainsi. Louis avait une sœur mortelle, je me souviens d'elle. Il y a un portrait d'elle dans son armoire. Je l'ai vu le regarder ! Il était mortel tout comme elle ; et moi aussi, j'étais mortelle. Pourquoi aurais-je autrement cette forme, cette taille ?

» Elle ouvrit les bras et laissa tomber au sol les chrysanthèmes. Je murmurai son nom, sans doute dans l'intention de distraire son attention. C'était impossible. Le vent avait tourné. Dans les yeux de Lestat brillaient une ardente fascination, un plaisir malin.

» — C'est vous qui avez fait de nous ce que nous sommes, n'est-ce pas ? l'accusa-t-elle.

» Il leva les sourcils pour simuler l'ébahissement.

» — Ce que vous êtes ? demanda-t-il. Et que crois-tu donc que tu serais à l'heure présente !

» Il replia les genoux et se pencha en avant, les yeux étroits.

» — Sais-tu depuis combien de temps cela dure ? Peux-tu imaginer comment tu serais ? Faut-il que je trouve une vieille sorcière édentée pour te montrer à quoi tu ressemblerais maintenant si je t'avais laissée comme tu étais ?

Elle se détourna, se figea. Un instant, elle parut ne pas savoir quelle conduite adopter, puis elle se dirigea vers la chaise qui se trouvait près de la cheminée, grimpa dessus et s'y blottit comme un enfant sans défense, ramenant contre elle ses genoux, son manteau de velours ouvert, sa robe de soie serrée autour de ses jambes. Elle regardait les cendres dans le foyer. Ses yeux semblaient doués d'une vie indépendante, comme ceux d'un possédé.

» — Tu serais morte, maintenant, si tu n'étais pas vampire ! insista Lestat, irrité par son silence.

» Il étira les jambes, posa ses bottes sur le plancher.

» — Tu m'entends? Pourquoi me poses-tu cette question? Pourquoi en fais-tu toute une histoire? Tu as toujours su que tu étais vampire!

» Et il poursuivit sa tirade, répétant pour l'essentiel ce qu'il m'avait dit tant de fois: faites connaissance avec votre nature, tuez, soyez ce que vous êtes... Mais tout son discours semblait étrangement à côté de la question, car Claudia n'avait aucun scrupule à tuer. Elle s'adossa et laissa rouler sa tête jusqu'à pouvoir le regarder par-dessus son épaule. Elle l'étudiait de nouveau, telle une enfant qui observe une marionnette suspendue à ses fils.

» — Est-ce vous qui m'avez fait ça? Et comment? demanda-t-elle de nouveau, plissant les yeux. Comment avez-vous fait?

» — Et pourquoi te le dirais-je? C'est mon pouvoir.

» — Pourquoi votre pouvoir à vous seul? fit-elle d'une voix glacée, dardant sur lui des yeux impitoyables; puis, dans un accès de rage soudain: *Comment avez-vous fait?* répéta-t-elle.

» L'air se chargea d'électricité. Il se leva du divan, et je fus aussitôt sur mes pieds, lui faisant face.

» — Arrêtez-la! me dit-il en se tordant les mains. Faites quelque chose! Je ne peux plus la supporter!

» Il se dirigea vers la porte, mais, se ravisant, revint vers Claudia, si près d'elle que son corps minuscule fut caché par son ombre de géant. Elle leva sur lui des yeux sans crainte, balayant son visage d'un regard indifférent.

» — Je ne peux défaire ce que j'ai fait. A toi comme à lui, lui dit-il, pointant sur moi son doigt. Tâche d'être contente de ce que j'ai fait de toi, sinon je te briserai en mille morceaux!

— Voilà comment notre paix domestique fut détruite, bien que par ailleurs tout parût tranquille. Des jours se passèrent sans qu'elle posât de questions. Mais elle se plongeait dans des livres d'occultisme, de magie et de sorcellerie, dans des livres qui traitaient des vampires. La plupart d'entre eux n'étaient que pure fantaisie, comme vous pouvez l'imaginer. Des mythes, des légendes, parfois de simples histoires d'épouvante à la mode romantique. Mais elle lisait tout, lisait jusqu'à l'aube, et j'allais la chercher pour la mettre au lit.

» Lestat, dans l'entre-temps, avait loué les services d'un maître d'hôtel et d'une femme de chambre et engagé une équipe d'ouvriers pour construire une grande fontaine dans la cour, où une nymphe de pierre déverserait éternellement l'eau d'une conque évasée. Il fit apporter des poissons rouges et mit au fond de l'eau des caisses où étaient plantés des nénuphars, dont les fleurs flottaient ainsi à la surface et frissonnaient dans l'eau toujours en mouvement.

» Une femme l'avait vu tuer sur la Nyades Road, qui menait à une ville nommée Carrolton, et les journaux furent remplis d'histoires où on l'associait à une maison hantée proche de Nyades et Melpomène, ce qui le ravissait. Il fut pendant quelque temps le fantôme de Nyades Road, jusqu'à ce que l'affaire fût reléguée en dernière page des gazettes. Alors, il se livra à un nouveau meurtre épouvantable, dans un endroit public, pour faire travailler les imaginations de La Nouvelle-Orléans. Mais son comportement restait empreint d'une sorte de frayeur. Il était pensif, méfiant et venait constamment me demander où était Claudia, où elle était allée, ce qu'elle faisait.

» — Elle ne fait rien de mal, l'assurai-je.

» Pourtant, elle m'avait retiré son affection, et cela m'affligeait tout autant que si elle eût été ma fiancée. Elle feignait de m'ignorer, comme auparavant Lestat. Il lui arrivait même de s'en aller au milieu d'une de mes phrases.

» — Cela vaut mieux, qu'elle ne fasse rien de mal ! répondait-il d'un air mauvais.

» — Et que feriez-vous, au cas contraire ? demandai-je une fois, plus parce que j'avais peur de ses initiatives que pour le mettre en accusation.

» Il me dévisagea de ses yeux gris et froids.

» — Occupez-vous d'elle, Louis. Parlez-lui ! Tout était parfait, et maintenant... Nous n'avions pas besoin de cela.

» Mais je choisis de la laisser venir à moi d'elle-même, et c'est ce qu'elle fit. C'était tôt dans la soirée, je venais de m'éveiller, la maison était sombre. Je la vis, debout près d'une porte-fenêtre ; elle portait une robe à manches bouffantes ceinturée d'une écharpe rose. De ses yeux baissés, elle observait la foule du soir dans la rue Royale. Dans la chambre voisine, j'entendis Lestat faire couler de l'eau de la cruche. L'odeur atténuée de son eau de Cologne circulait en bouffées dans la pièce, ainsi que la musique du café qui se trouvait deux portes plus loin.

» — Il ne me dira rien, fit-elle d'une voix douce.

» Je ne m'étais pas rendu compte qu'elle m'avait vu ouvrir les yeux. J'allai m'agenouiller près d'elle.

» — Tu vas me le dire, hein ? Comment il a fait ?

» — C'est vraiment cela que tu veux savoir ? demandai-je, cherchant son visage. Ou bien ne serait-ce pas plutôt : « Pourquoi m'a-t-il fait cela ? »... et : « Qu'étais-je avant ? » Je ne sais même pas très bien ce que tu veux dire par « Comment a-t-il fait ? » car si jamais tu me demandais cela pour pouvoir à ton tour le faire...

» — Je ne comprends pas ce que tu essaies de me dire, répondit-elle avec une touche de froideur dans sa voix.

» Elle se retourna et posa ses mains sur mon visage.

» — Tue avec moi ce soir, murmura-t-elle avec toute la sensualité d'une amante. Et dis-moi tout ce que tu sais. Que sommes-nous ? Pourquoi ne sommes-nous pas comme eux ?

» Elle baissa les yeux vers la rue.

» — Je ne connais pas les réponses à tes questions, dis-je.

» Son visage tout à coup se contracta, comme si elle faisait effort pour m'entendre malgré un vacarme soudain, puis elle secoua la tête, mais je poursuivis :

» — Je me pose les mêmes questions que toi. Je ne sais rien. Comment je suis devenu ce que je suis..., tout ce que je peux te dire, c'est que... que c'est Lestat qui en est la cause. Mais le véritable « pourquoi » de tout cela, je l'ignore !

» Elle m'offrait un visage toujours aussi tendu. J'y discernai les premières traces de peur, si ce n'était de quelque chose d'infiniment pire et plus profond.

» — Claudia, repris-je, posant mes mains sur les siennes et les appuyant doucement contre ma peau, il est un seul sage conseil que Lestat puisse te donner : ne pose pas ce genre de questions. Tu es ma compagne depuis d'innombrables années dans ma recherche de tout ce qu'il est possible d'apprendre de la vie mortelle et des créations mortelles. Ne sois pas maintenant ma compagne dans cette quête d'anxiété. Il ne peut pas nous donner les réponses. Et je ne les possède pas.

» Je savais bien qu'elle ne pourrait accepter mon discours, mais je n'avais pas prévu qu'elle se détournerait si violemment, qu'elle se tordrait les cheveux de façon si convulsive. L'instant d'après, prenant conscience de l'inutilité, de la stupidité de son geste, elle s'arrêta net. Sa réaction m'effraya. Elle regardait le ciel, brumeux, sans étoiles, où couraient rapidement les nuages venant du fleuve. D'un mouvement soudain, elle parut vouloir se mordre les lèvres, mais, se tournant de nouveau vers moi, me dit, toujours dans un murmure :

» — Alors, c'est lui qui m'a faite ainsi..., c'est lui..., ce n'est pas toi.

» Il y eut quelque chose de si terrible dans l'expression de son visage que je me retrouvai loin d'elle avant

155

même d'en avoir eu l'intention. Debout devant l'âtre, j'allumai une chandelle unique devant la grande glace. Et soudain je découvris, avec un tressaillement, d'abord tel un masque hideux émergeant de l'ombre, puis dans tout son volume, un crâne patiné par le temps. Mon regard s'y attarda. Il s'en dégageait encore une faible odeur de terre, bien qu'il eût été nettoyé.

» — Pourquoi ne me réponds-tu pas? demandait Claudia.

» J'entendis s'ouvrir la porte de Lestat. Il allait dans un instant sortir pour tuer, du moins pour chasser. Pas moi.

» Moi, je laisserais s'accumuler dans le calme les premières heures de la soirée, s'accumuler en moi la faim, jusqu'à ce que l'appel en soit puissant, trop puissant, si puissant que je puisse m'y abandonner complètement, aveuglément. J'entendis de nouveau sa question, claire comme la résonance d'une cloche flottant dans l'atmosphère... Mon cœur battait à grands coups.

» — Bien sûr, c'est lui qui m'a faite! Il l'a dit lui-même. Mais tu me caches quelque chose. Quelque chose à quoi il fait allusion quand je l'interroge. Il dit qu'il n'aurait pas pu le faire sans toi!

» Je regardais toujours le crâne. Mais le fouet de ses mots me lacérait, me cinglait si fort que je ne pus que pivoter sur moi-même afin de faire face à la lanière de ses paroles. Je pensai soudain — moins une pensée qu'un frisson glacial, en vérité — qu'à cette heure rien n'aurait dû subsister de moi qu'un crâne semblable. A la lumière de la rue, les yeux de Claudia étaient comme deux flammes sombres dans son visage blanc. Une poupée dont quelqu'un aurait cruellement arraché les yeux pour les remplacer par un feu démoniaque. Comme en rêve, je m'approchai d'elle et murmurai son nom. Un mot se forma sur mes lèvres et mourut aussitôt. Je m'approchai encore, puis allai m'emparer maladroitement de son manteau et de son chapeau. Je crus voir sur le plancher une petite main mutilée. Ce n'était que son gant, phosphorescent dans l'obscurité.

» — Qu'est-ce que tu as?

» Elle s'approcha, levant ses yeux vers moi.

» — Pourquoi as-tu toujours été comme ça? Pourquoi regardes-tu ainsi ce crâne, ce gant?

» Elle avait posé ces questions avec gentillesse, mais... sans trop. On sentait dans sa voix le calcul, on y percevait la nuance d'un détachement inaccessible.

» — J'ai besoin de toi, dis-je malgré moi. Je ne peux supporter l'idée de te perdre. Tu es ma seule compagnie dans l'immortalité.

» — Mais il y en a sûrement d'autres! Nous ne sommes certainement pas les seuls vampires de la terre! l'entendis-je dire.

» C'était l'écho de mes propres paroles, un écho que l'éveil de sa conscience, de son interrogation, faisait maintenant refluer jusqu'à moi.

» Puis je pensai soudain: il n'y a pas lieu de souffrir, mais il y a urgence, une cruelle urgence. Je baissai les yeux sur elle.

» — Tu n'es pas comme moi? demanda-t-elle en me rendant mon regard. C'est toi qui m'as appris tout ce que je sais!

» — C'est Lestat qui t'as appris à tuer. (Je ramassai le gant.) Viens, sortons... J'ai envie de sortir..., bégayai-je tout en essayant de lui passer de force ses gants.

» Je soulevai la masse bouclée de ses cheveux pour les disposer par-dessus le manteau.

» — Mais c'est toi qui m'as appris à voir! répliqua-t-elle. Tu m'as appris ce que signifiaient ces mots, *yeux de vampire*, tu m'as appris à boire le monde, à avoir faim d'autre chose que de...

» — Je n'ai jamais voulu employer ces mots dans ce sens, répondis-je. Ils sonnent différemment quand tu les prononces...

» Elle me tirait par le revers, pour m'obliger à la regarder.

» — Viens, repris-je, j'ai quelque chose à te montrer...

» Vivement, je l'entraînai dans le couloir et lui fis descendre l'escalier à vis de la cour. En réalité, je ne savais pas plus où j'allais que ce je voulais lui montrer. Je savais seulement qu'un instinct sublime et fatal m'y menait.

» Nous courûmes par la ville dans le soir encore nouveau, sous un ciel d'un pâle violet maintenant débarrassé des nuages, où brillaient de faibles étoiles. L'atmosphère étouffante était encore chargée d'odeurs lorsque nous eûmes quitté le quartier des vastes jardins pour nous rendre dans les rues misérables et étroites où les fleurs poussent à travers les crevasses des pierres, où les lauriers-roses projettent en d'épais buissons leurs tiges cireuses chargées de fleurs blanches ou roses et envahissent, telles de monstrueuses herbes folles, chaque endroit laissé libre. J'entendais, très proche, le crépitement des talons de Claudia qui courait à mon côté, sans me demander de ralentir mon pas. Finalement, nous nous retrouvâmes dans une rue sombre et étroite où quelques maisons aux toits en pente, à la française, subsistaient parmi les façades à l'espagnole, de vieilles maisons dont le plâtre se boursouflait sur la brique effritée. Claudia me regardait, de son visage qui reflétait une patience infinie. Par un effort aveugle, j'avais retrouvé la maison, conscient d'avoir toujours bifurqué avant d'atteindre ce coin de rue sans éclairage, refusant de passer devant la fenêtre basse d'où, une nuit, m'étaient parvenus ses pleurs. La maison était calme. Dans l'allée latérale, plus profondément encastrée qu'autrefois, s'entrecroisaient des cordes à linge détendues. Les mauvaises herbes croissaient haut sur les fondations dégagées ; les deux lucarnes des mansardes, cassées, étaient obturées par du tissu. Je touchai les volets de la fenêtre. Je sentis le regard glacé et distant de Claudia.

» — C'est ici que je t'ai vue la première fois, dis-je,

choisissant avec soin mes mots, afin de me faire bien comprendre. Je t'ai entendue pleurer. Tu étais là dans une pièce de cette maison, avec ta mère. Mais ta mère était morte, morte depuis plusieurs jours, et tu ne le savais pas. Tu t'accrochais à elle, tu gémissais…, tu faisais pitié, ton petit corps était blême, fiévreux et affamé. Tu voulais l'éveiller du sommeil de la mort, tu l'étreignais pour un peu de chaleur, pour te rassurer. C'était presque le matin, et…

» Je pris mes tempes entre mes mains.

» — Et j'ai ouvert les volets…, je suis entré dans la chambre. Tu as éveillé ma compassion, ma compassion… et… ma…

» Je vis ses lèvres s'entrouvrir, ses yeux s'élargir.

» — Tu… Tu as bu mon sang ? murmura-t-elle. Tu m'as prise pour victime !

» — Oui ! C'est ce que j'ai fait !

» Il y eut un moment douloureux qui s'étira jusqu'à l'insoutenable. Elle se tenait toute droite dans la nuit, recueillant dans ses grands yeux la lumière. Une bouffée d'air tiède s'éleva brusquement dans un bruissement léger. Alors, elle fit volte-face et se mit à courir, à courir, ses souliers cliquetant sur le pavé. Je restai sans bouger, écoutant s'évanouir le bruit de sa course ; puis je me retournai, sentant ma peur se libérer, grossir et devenir insurmontable, et je m'élançai à sa poursuite. Il me fallait la rattraper, lui dire que je l'aimais, qu'elle m'était nécessaire, que je voulais la garder, et à chacune des secondes de ma course, tête baissée par les rues noires, il me semblait qu'elle échappait un peu plus à mon atteinte. Mon cœur battait la chamade ; assoiffé, il se rebellait contre l'effort que je lui imposais. Brusquement, je m'arrêtai de courir : elle se tenait sous un réverbère, les yeux dans le vague, comme si elle ne me connaissait pas. Je saisis sa taille frêle des deux mains et l'élevai dans la lumière. Son visage se contorsionna ; du coin de l'œil, comme pour se protéger d'un sentiment irrésistible de révulsion, elle m'examina.

» — Tu m'as tuée, murmura-t-elle. Tu as pris ma vie !

» — Oui, répondis-je, sentant battre son cœur contre ma poitrine, ou plutôt j'ai essayé de la prendre, de la boire jusqu'à la dernière goutte. Mais tu avais un cœur pareil à nul autre, un cœur qui battait et qui battait, et qui m'obligea à te laisser en vie, à te repousser de crainte qu'à force d'accélérer mon pouls il ne me tuât. Et Lestat me découvrit: Louis, le sentimental, l'idiot, se régalant d'une enfant aux cheveux d'or, d'une sainte innocente, d'une *petite fille*. Il te ramena de l'hôpital où l'on t'avait mise, sans m'instruire de ses intentions véritables, sous prétexte de « m'enseigner ma nature ». « Prenez-la, finissez-la », disait-il. Mais de nouveau j'éprouvai cette passion pour toi. Oh ! je sais bien que maintenant je t'ai perdue pour toujours, je peux le voir dans tes yeux ! Tu me regardes comme tu regardes les mortels, de très haut, de quelque région pour moi incompréhensible, où tu te suffis à toi-même... Oui, je fus de nouveau en proie à cette faim insoutenable pour ton cœur palpitant, pour ton cou, ta peau. Tu étais rose et parfumée, comme sont les enfants des mortels, douce, sous la morsure du sel et de la poussière. Je te saisis, je te pris de nouveau. Quand je sentis que ton cœur allait me tuer, et que cela m'était égal, il nous sépara et, s'ouvrant le poignet, te le donna à boire. Et tu te mis à boire son sang. A boire, à boire jusqu'à le vider presque, et le faire chanceler. Tu étais devenue vampire. Et cette même nuit tu bus du sang humain, comme ensuite chaque nuit.

» L'expression de son visage n'avait pas changé. Sa chair était comme la cire des chandelles, couleur d'ivoire ; seuls ses yeux montraient quelque signe de vie. Je n'avais plus rien à lui dire. Je la posai par terre.

» — J'ai pris ta vie. Il te l'a rendue.

» — Et voilà, fit-elle dans un souffle... Et je vous hais tous les deux !

Le vampire se tut.

— Mais pourquoi le lui avez-vous dit ? demanda le jeune homme, après avoir marqué le silence qui s'imposait.

— Comment aurais-je pu ne pas le lui dire ? répondit le vampire, qui leva les yeux, un peu étonné. Il fallait qu'elle sache. Elle devait peser les choses. Ce n'était pas comme si Lestat l'avait prise en pleine vie, ainsi qu'il m'avait pris, moi. Je l'avais frappée, elle serait morte ! Elle n'aurait pas connu de vie mortelle. Mais quelle différence ? Pour nous tous, mourir n'est qu'une question d'années ! Ce qu'elle dut percevoir plus vivement à ce moment, c'est ce que tous les hommes savent : que la mort est inévitable, à moins que l'on ne choisisse... ceci !

Il ouvrit ses mains blanches et regarda ses paumes.

— Et vous l'avez perdue ? Elle est partie ?

— Partie ? Où serait-elle allée ? C'était un enfant pas plus grand que ça. Qui lui aurait donné un abri ? Se serait-elle réfugiée dans un caveau, comme les vampires des légendes, couchée le jour en compagnie des vers et des fourmis, se levant la nuit pour hanter quelque petit cimetière et ses environs ? Non, mais ce n'est pas pour cette raison qu'elle restera. D'une certaine façon, dans la mesure où cela était possible, elle me ressemblait. Quelque chose que l'on retrouvait aussi chez Lestat : nous ne pouvions supporter de vivre seuls ! Nous avions besoin de notre petit groupe ! Autour de nous, le monde n'était qu'un désert de créatures mortelles aveugles, tâtonnantes, anxieuses, de futurs époux ou épouses de la mort.

» — Nous sommes liés dans la haine, me dit-elle un peu plus tard, d'une voix calme.

» Je l'avais retrouvée près de l'âtre vide, où elle arrachait une à une les petites fleurs d'une longue tige de lavande. J'étais si soulagé de la voir là que j'aurais pu faire ou dire n'importe quoi. Quand je l'entendis me demander à voix basse si je voulais bien lui dire tout ce que je savais, j'acceptai avec bonheur. Tout le reste n'était rien, comparé à ce vieux secret : j'avais voulu lui prendre sa vie. Je lui racontai mon existence, comme je le fais en ce moment ; je lui dis de quelle façon Lestat était venu à moi, ce qui se passa la nuit où il la ramena du petit hôpital. Elle écoutait sans rien dire, s'arrachant de temps à autre à la contemplation de ses fleurs. Enfin, quand j'en eus terminé et que je restai, les yeux fixés sur ce crâne affreux, à écouter, assis, les pétales des fleurs glisser doucement sur sa robe, tandis qu'une souffrance sourde s'insinuait dans mes membres et dans mon esprit, elle me dit :

» — Je ne te méprise pas, tu sais !

» Je sortis de mon engourdissement. Elle glissa de son gros coussin damassé et s'approcha de moi, imprégnée du parfum des fleurs, une poignée de pétales à la main.

» — Est-ce cela, l'odeur des enfants des mortels ? chuchota-t-elle. Louis..., mon amant.

» Je la pris dans mes bras et enfouis ma tête dans son sein, étreignant ses frêles épaules, tandis que ses petites mains consolatrices couraient dans mes cheveux.

» — J'étais une mortelle pour toi, dit-elle — et je la vis sourire lorsque je relevai les yeux.

» Mais cette douceur sur ses lèvres s'évanouit rapidement et l'instant d'après son regard se perdit dans le vague comme si de loin lui parvenait faiblement une musique primordiale.

» — Tu m'as donné ton baiser d'immortel, reprit-elle, plus pour elle-même que pour moi, tu m'as aimée avec ta nature de vampire...

» — Je t'aime maintenant avec ma nature d'humain, si j'en eus jamais une, lui répondis-je.

» — Ah ! oui..., dit-elle, toujours à sa méditation. Oui, c'est cela ton point faible, c'est pour ça que ton visage était si misérable quand j'ai dit, comme l'aurait dit un humain, « Je te hais », et c'est pour ça que tu me regardes de cette façon en ce moment même. Ta nature d'humain... Je n'ai pas de nature humaine. Et

162

ce ne sont pas de petites histoires sur le cadavre de ma mère ou sur les monstruosités qu'on enseigne aux enfants dans les chambres d'hôtel qui pourront m'en donner une. Je ne suis pas humaine. Tes yeux se glacent de peur quand je te dis cela. Mais je parle comme toi, j'ai ta passion pour la vérité, ton besoin de diriger la pointe de mon esprit au cœur des choses, comme l'oiseau-mouche pointe son bec tout en battant si vite des ailes que les mortels doivent penser qu'il n'a pas de pieds pour se poser, qu'il ne fait qu'aller de quête en quête, tentant de percer le mystère de la nature... C'est moi qui suis ton véritable *moi* de vampire, et maintenant soixante-cinq années de sommeil viennent de s'achever.

» *Soixante-cinq années de sommeil viennent de s'achever!* l'entendis-je dire, incrédule. Elle le savait donc! Car c'était exactement la durée qui s'était écoulée depuis cette nuit où ma tentative de quitter Lestat avait échoué, parce que, tombé amoureux d'elle, j'avais oublié les tourments et les affreuses questions qui agitaient mon cerveau. Maintenant, c'était elle qui les avait sur ses lèvres, ces affreuses questions, et qui voulait savoir. Elle marcha lentement jusqu'au centre de la pièce, semant tout autour d'elle les pétales froissés de la lavande, puis, brisant la tige cassante, elle la porta à ses lèvres.

» — Ainsi, il m'a faite... pour que je sois ta compagne. Dans ta solitude, aucune chaîne n'aurait pu te retenir, et lui-même n'avait rien à t'offrir. A moi non plus, il n'a rien à donner. Autrefois, je trouvais qu'il avait du charme. J'aimais sa façon de marcher, de frapper les dallages des trottoirs de sa canne, de me bercer dans ses bras. J'aimais sa façon de s'abandonner dans le meurtre, façon proche de la mienne. Mais son charme n'opère plus sur moi. Toi, tu ne lui en as jamais trouvé. Nous avons été ses marionnettes, tous les deux. Il te gardait pour que tu t'occupes de lui, et moi, j'étais ta compagnie salvatrice. Le temps est venue d'en finir, Louis. Le temps est venu de le quitter.

» Le temps est venu de le quitter…

» Il y avait si longtemps que je n'avais plus pensé à cela, plus rêvé de cela. J'avais fini par m'habituer à lui, comme s'il eût été l'une des conditions mêmes de la vie, si je puis dire. J'entendis quelques sons indistincts, qui signifiaient qu'il était entré par la porte cochère et qu'il serait bientôt sur l'escalier de derrière. Je songeai à cette sensation que j'avais toujours en l'entendant rentrer, mélange d'une vague anxiété et d'un vague sentiment de besoin. L'idée d'être libéré de lui à jamais déferla en moi comme une eau que j'eusse oubliée, déferla en vagues rafraîchissantes. Me levant, je chuchotai à l'oreille de Claudia qu'il allait rentrer.

» — Je sais, sourit-elle. Je l'ai entendu quand il a tourné au coin de la rue.

» — Mais il ne nous laissera jamais partir, murmurai-je.

» J'avais bien compris ce qu'impliquaient ses dernières paroles : ses sens de vampire étaient magnifiquement aiguisés et sa vigilance ne pouvait être prise en défaut.

» — Tu ne le connais pas si tu crois qu'il va nous laisser partir, repris-je, inquiet de son assurance. Il ne nous le permettra pas !

» Elle se contenta de répondre, dans un sourire :

» — Oh !… tu crois ?

— Nous décidâmes de faire des plans, sur-le-champ. La nuit suivante, j'envoyai chercher mon agent, qui, après avoir comme à l'accoutumée maugréé sur le fait de devoir travailler à la lumière d'une seule maudite bougie, prit mes ordres précis en vue d'un voyage. Nous irions en effet en Europe, sur le premier bateau en partance, quel que soit le port de destination. Il serait d'une importance essentielle qu'un très gros coffre soit embarqué avec nous, un

164

coffre qu'il faudrait prendre chez nous pendant la journée et charrier avec précaution jusqu'à bord, pour le mettre non pas en soute mais dans notre cabine. Il y avait ensuite des dispositions à prendre en faveur de Lestat. J'avais prévu de lui laisser les revenus de plusieurs boutiques et de plusieurs maisons, ainsi que ceux d'une petite entreprise de construction qui opérait dans le faubourg Marigny. Je signai ces documents de bon cœur. Je voulais acheter notre liberté, convaincre Lestat que nous voulions seulement faire un voyage ensemble et qu'il pourrait dans l'intervalle conserver le train de vie auquel il était habitué. Il aurait sa propre fortune et n'aurait plus besoin de recourir à moi. Jusqu'alors, je l'avais maintenu dans ma dépendance. Bien sûr, il exigeait de moi son argent comme si je n'avais été que son banquier, et ne me remerciait qu'à l'aide des mots les plus désobligeants de son vocabulaire. Cependant, il exécrait son état de dépendance. J'espérais détourner ses soupçons en jouant sur sa cupidité, mais, convaincu de son habileté à lire sur mon visage chacune de mes émotions, je n'en étais pas moins terrorisé par avance. Je ne croyais pas possible de lui échapper. Comprenez-vous ce que cela impliquait ? J'agissais comme si je croyais notre libération possible, mais, en fait, je partais battu.

» Pendant ce temps, Claudia flirtait avec le désastre. J'étais atterré de voir avec quelle sérénité elle continuait de lire ses livres de vampires et de poser des questions à Lestat. Ses reparties caustiques ne la troublaient pas le moins du monde, et elle pouvait répéter mille fois la même question sous des formes différentes en examinant soigneusement chaque bribe d'information qu'il laissait échapper malgré lui.

» — Qui est le vampire qui vous a fait ce que vous êtes ? demandait-elle, sans lever les yeux de son livre, les paupières baissées sous l'assaut de ses sarcasmes. Pourquoi ne parlez-vous jamais de lui ? disait-elle encore, sans tenir plus compte de ses répliques furieuses que d'un léger courant d'air.

» Elle semblait immunisée contre ses colères.

» — Ce que vous pouvez être rapaces, tous les deux! dit-il, la nuit suivante, marchant de long en large dans l'ombre qui régnait au centre de la pièce, son œil vengeur braqué sur Claudia qui s'était installée dans son coin, dans le cercle de lumière de sa bougie, ses piles de livres autour d'elle. L'immortalité, cela ne vous suffit pas! Il vous faudrait aller regarder Dieu le Père sous le nez! Si j'offrais d'être immortel au premier venu, il en bondirait de joie..

» — Et vous, vous avez bondi de joie? demanda-t-elle si doucement qu'elle remua à peine les lèvres.

» — ...mais vous, il faut que vous sachiez *pourquoi*. Vous voulez que cela ait une fin? Je peux vous donner la mort plus facilement que je vous ai donné la vie!

» Il se tourna dans ma direction, et la flamme fragile de la bougie de Claudia projeta son ombre sur moi. Elle lui faisait une auréole autour de ses cheveux blonds et laissait dans l'obscurité son visage, à l'exception de ses pommettes luisantes.

» — C'est la mort que vous voulez?

» — La connaissance, ce n'est pas la mort, murmura-t-elle.

» — Réponds-moi! Tu veux mourir?

» — Car vous êtes le maître de toutes choses. C'est vous qui prodiguez tout, et la vie, et la mort..., se moqua-t-elle.

» — C'est moi, oui! répondit-il.

» — Vous ne savez rien, lui dit-elle gravement, d'une voix si basse que les plus légers bruits de la rue la couvraient et que je devais tendre l'oreille pour la comprendre, ma tête appuyée au dossier de la chaise. Supposez un peu que le vampire qui vous a fait n'ait rien su, et que le vampire qui a fait ce vampire n'ait rien su non plus, et de même pour le vampire précédent, et ainsi de suite, du néant né du néant jusqu'à aboutir au néant! Et que nous devions vivre en sachant qu'il n'y a rien à savoir!

» — Oui! hurla-t-il soudain, paumes en avant, d'une voix où perçait plus que la colère.

» Puis il resta silencieux, ainsi que Claudia, et se retourna lentement, comme s'il m'avait senti faire derrière son dos un mouvement pour me lever. Cela m'évoqua la façon dont les gens se retournaient au moment où ils sentaient mon souffle sur eux, et s'apercevaient soudain que là où ils avaient cru être tout à fait seuls..., cet affreux moment d'inquiétude avant de voir mon visage et de hoqueter de terreur... Il me regardait, ses lèvres remuaient d'un mouvement à peine perceptible. Puis je compris: il avait peur. Lestat avait peur.

» Claudia fixait sur lui son regard toujours égal, qui ne révélait ni émotion ni pensée.

» — Vous l'avez contaminée de ce..., murmura-t-il.

» Il gratta une allumette crissante et tendit la flamme aux bougies sur la cheminée, fit surgir les ombres enfumées des lampes, parcourut la pièce pour y porter la lumière, multipliant ainsi l'effet de la frêle flamme de Claudia, puis s'arrêta devant l'âtre de marbre, son regard allant de lumière en lumière, comme si celles-ci avaient eu le pouvoir de restaurer la paix.

» — Je sors, dit-il.

» Claudia se leva à l'instant où il eut gagné la rue et s'arrêta brutalement au centre du salon ; elle étira son corps, arquant son petit dos, serrant les poings au bout de ses bras tendus raides, et plissa très fort les yeux pour les rouvrir très grands l'instant d'après, paraissant redécouvrir la pièce au sortir d'un rêve. Son attitude avait quelque chose d'obscène ; le salon semblait vibrer de la peur de Lestat, réverbérer sa dernière phrase, drainer à lui toutes les capacités d'attention de Claudia. J'avais dû faire quelque mouvement involontaire pour me détourner, car elle se tenait maintenant au bras de mon fauteuil et appuyait de sa main sur mon livre, un livre dont j'avais interrompu la lecture depuis des heures.

» — Viens avec moi, sortons.

» — Tu avais raison, dis-je. Il se sait rien. Il n'a rien à nous dire.

» — As-tu jamais vraiment pensé qu'il savait quelque chose ? demanda-t-elle de la même petite voix. Nous en trouverons d'autres de notre espèce. Nous les trouverons en Europe centrale. C'est là qu'ils vivent, en si grand nombre que les récits qui parlent d'eux, fiction ou réalité, emplissent des volumes entiers. Je suis sûre que si les vampires viennent de quelque part c'est de là. Nous avons perdu trop de temps avec lui. Viens avec moi, maintenant. Que la chair instruise l'esprit.

» Je crois avoir eu un frisson de délice en entendant ces mots : « Que la chair instruise l'esprit. » Elle murmura encore :

» — Range tes livres et viens tuer...

» Je la suivis. Nous descendîmes l'escalier, traversâmes la cour et, par une allée étroite, gagnâmes une autre rue. Alors, elle me fit face et, bien qu'elle ne fût pas fatiguée, tendit les bras pour que je la porte ; elle voulait seulement pouvoir chuchoter à mon oreille et s'accrocher à mon cou.

» — Je ne lui ai pas parlé de mes plans pour le voyage et pour l'argent, lui dis-je, conscient, tandis qu'elle se laissait bercer par mes pas mesurés, légère dans mes bras, que quelque chose en elle m'échappait.

» — Il a tué l'autre vampire, dit-elle.

» — Non ! Pourquoi dis-tu ça ? demandai-je.

» Mais ce n'était pas cette dernière phrase par elle-même qui m'inquiétait, qui agitait les eaux dormantes de mon âme n'aspirant qu'au repos. J'avais l'impression qu'elle voulait me mener tout doucement à quelque chose, que c'était elle le pilote de notre lente progression à travers les rues sombres.

» — Parce que je le sais, répondit-elle avec autorité. Le vampire fit de Lestat son esclave, mais Lestat, pas plus que moi, n'accepta d'être réduit en esclavage, et c'est pourquoi il le tua. Il le tua avant d'apprendre ce qu'il aurait dû savoir, et pris de panique fit à son tour de toi son esclave. Et tu es resté son esclave.

» — Jamais vraiment..., lui murmurai-je.

» Je sentais sa joue pressée contre ma tempe. Son corps était froid et avait besoin de tuer.

» — Pas son esclave. Seulement une sorte de complice irréfléchi, lui confessai-je tout autant qu'à moi-même.

» La fièvre du meurtre montait en moi, une faim qui nouait mes entrailles, une palpitation dans mes tempes, la sensation que mes veines se contractaient et que mon corps allait se restreindre à un réseau de vaisseaux mis à la torture.

» — Non, son esclave, insista-t-elle sur son ton grave et monotone, comme elle eût pensé tout haut, chaque mot, pareil à une nouvelle révélation, s'ajustant comme une pièce dans un puzzle. Et je vais nous libérer tous deux.

» Je m'arrêtai. Sa main m'étreignit, me pressa de continuer. Nous descendîmes la large allée qui longeait la cathédrale, en direction des lumières de Jackson Square. L'eau dégringolait vivement dans le caniveau central, argentée sous le clair de lune.

» — *Je vais le tuer,* dit-elle.

» Nous étions au bout de l'allée. Je m'immobilisai. Je la sentis remuer dans mes bras, comme pour tenter de se libérer sans l'aide maladroite de mes mains. Je la posai sur le trottoir de pierre, lui disant non, secouant la tête. Cette sensation que j'ai déjà décrite revint, cette idée que les édifices qui m'entouraient — le Cabildo, la cathédrale, les immeubles d'appartements autour du square — n'étaient que des rideaux de soie que des illusions qu'un vent d'horreur balaierait soudain, et qu'en guise de réalité il n'y aurait plus qu'une faille béante dans la terre.

» — Claudia, haletai-je en me détournant.

» — Et pourquoi ne pas le tuer! reprit-elle d'une

voix plus forte, plus argentine, puis finalement stridente. Il ne me sert à rien ! Je ne peux rien obtenir de lui ! Et il me fait du mal, ce que je ne peux plus tolérer !

» — Il peut nous être encore de quelque utilité ! tentai-je de protester, mais ma voix véhémente sonnait faux.

» Claudia était déjà loin de moi, ses petites épaules bien droites, marchant d'un pas rapide et déterminé, comme une petite fille qui, pendant la promenade familiale du dimanche, précède ses parents, affectant d'être seule.

» — Claudia ! appelai-je, allongeant mon pas pour la rattraper.

» Je la pris par sa taille frêle et la sentis se raidir, aussi rigide que du fer.

» — Claudia, tu ne peux pas le tuer ! chuchotai-je.

» Elle se dégagea d'un petit saut en arrière, avec un claquement de talons sur la pierre du trottoir, et s'enfuit en pleine rue. Un cabriolet nous dépassa, dans une éruption soudaine de rires, de claquements de sabots et de bruits de roues, puis le silence retomba brusquement sur la rue. Je m'élançai à sa suite, et la retrouvai, ayant traversé une large place, à la porte de Jackson Square, dont elle étreignait les barreaux de fer forgé. Je m'approchai.

» — Peu importe ce que tu penses, ce que tu ressens, tu ne peux pas le tuer ! lui dis-je.

» — Et pourquoi pas ? Tu le crois si fort ! répondit-elle, ses yeux fixés, tels deux lacs immenses de lumière, sur la statue du square.

» — Il est plus fort que tu ne crois ! Plus fort que tu ne peux le rêver ! De quelle façon as-tu l'intention de le tuer ? Tu n'as pas l'idée de ses talents ! Tu ne sais pas !

» Je voyais bien que ma plaidoirie la laissait parfaitement insensible. Elle m'évoquait un enfant fasciné par la vitrine d'une boutique de jouets. Sa langue pointa soudain entre ses dents et battit contre sa lèvre inférieure en un mouvement étrange qui me causa un doux choc au cœur. Un goût de sang me vint à la bouche. Mes mains ressentirent le besoin d'étreindre quelque chose de palpable et d'impuissant. Je voulais tuer. Sur les chemins du square, dans le marché, au long de la levée, il y avait des humains que j'entendais et dont je respirais l'odeur.

» J'allais empoigner Claudia, l'obliger à me regarder, à m'écouter — prêt à la secouer si besoin était — quand elle leva vers moi ses grands yeux liquides.

» — Je t'aime, Louis, dit-elle.

» — Alors, écoute-moi, Claudia, je t'en supplie, murmurai-je, m'accrochant à elle, tandis que de proches chuchotements, faits de la lente articulation du langage des humains s'élevant contre les bruits mêlés de la nuit, provoquaient dans ma peau des picotements soudains. Il te détruira si tu essaies de le tuer. Tu ne connais aucun moyen certain de le faire. Tu ne sais pas comment t'y prendre. Et à te mesurer à lui tu perdras tout. Claudia, je ne peux l'accepter.

» Un sourire presque imperceptible se dessina sur ses lèvres.

» — Si, Louis, murmura-t-elle, je peux le tuer, et j'ai autre chose à te dire maintenant, un secret entre toi et moi.

» Je secouai la tête, mais elle se pressa encore plus fort contre moi, baissant tellement les paupières que ses cils magnifiques frôlèrent presque les rondeurs de ses joues.

» — Le secret, Louis, c'est que *j'ai envie* de le tuer. Cela sera pour moi la plus grande des jouissances !

» Je tombai à genoux à son côté, incapable de dire un mot, tandis qu'elle m'étudiait ainsi qu'elle le faisait souvent. Elle reprit :

» — Je tue des hommes chaque nuit. Je les séduis, je les attire à moi, avec une faim insatiable, dans la quête ininterrompue et sans fin de quelque chose…, de quelque chose dont j'ignore la nature…

» Elle porta les doigts à ses lèvres et les pressa,

ouvrant à demi sa bouche dont m'apparurent les dents brillantes.

» — Et rien ne m'intéresse en eux — ni d'où ils viennent, ni où ils seraient allés s'ils ne m'avaient rencontrée en chemin. Mais lui, je le déteste ! *Je veux sa mort et je le tuerai.* Cela me fera plaisir.

» — Mais, Claudia, ce n'est pas un mortel. Il est immortel, aucune maladie ne peut l'atteindre, l'âge est sans prise sur lui. Tu t'attaques à une vie qui pourrait durer jusqu'à la fin du monde !

» — Eh oui ! C'est précisément de cela qu'il s'agit ! dit-elle avec une sorte de crainte respectueuse. Une vie qui aurait pu durer des siècles... Tant de sang, tant de pouvoirs... Penses-tu que j'ajouterai son pouvoir au mien quand je l'aurai pris ?

» J'étais maintenant fou de rage. Je me levai brusquement et m'écartai d'elle. Près de nous, il y avait des chuchotements d'humains, d'humains causant d'un père et de sa fille unis dans une même tendresse. Je me rendis compte qu'ils parlaient de nous.

» — Mais cela ne sert à rien ! repris-je. Cela va contre toute nécessité, tout sens commun, toute...

» — Toute quoi ? Toute humanité ? Il s'agit d'un tueur ! cracha-t-elle. D'un fauve solitaire ! se moqua-t-elle en reprenant sa propre expression. N'interviens pas dans mes affaires ! Ne cherche pas à savoir à quel moment je choisirai de mettre mon projet à exécution, et ne t'interpose pas entre nous deux !...

» Elle leva la main en un geste d'apaisement et emprisonna la mienne dans sa poigne d'acier, meurtrissant de ses petits doigts ma chair torturée.

» — Si tu intervenais, tu ne pourrais que causer ma destruction. Rien ne pourra me décourager.

» Dans une envolée de rubans et de claquements de talons, elle avait disparu. Je me retournai, puis je me mis à marcher sans savoir où me portaient mes pas, attendant que la faim qui se levait maintenant en moi submerge ma raison. Je n'avais pas envie de la rassasier. J'avais besoin de laisser le désir et l'excitation obliterer toute conscience. Ma pensée s'immobilisa sur l'idée du meurtre vers lequel je m'acheminais inexorablement, en errant lentement à travers rues. « Il y a une ficelle qui me mène au travers de ce labyrinthe, me disais-je. Ce n'est pas moi qui tire la ficelle, c'est elle qui me tire… » Je me retrouvai rue Conti, en train d'écouter une rumeur familière, un fracas étouffé. C'étaient des escrimeurs qui se battaient dans un salon en étage. Ils faisaient retentir de leurs fentes, de leurs replis, de leurs retraites précipitées, le plancher de bois creux, dans le ferraillement d'argent de leurs lames. Je m'adossai au mur opposé, d'où je pouvais apercevoir par les hautes fenêtres sans rideaux les deux jeunes duellistes qui se battaient si tard dans la nuit. Utilisant leur bras gauche comme balancier, ils prenaient des postures de danseurs, images de la grâce prêtes à porter ou recevoir la mort, images du jeune Frênière et de sa lame d'argent, côtoyant l'enfer à chaque fente.

» Quelqu'un descendait maintenant l'étroit escalier de bois qui menait à la rue. C'était un jeune homme, si jeune qu'il avait encore les joues lisses et rebondies d'un enfant. Le duel avait fait monter le sang à son visage rose et, sous son élégant habit gris, sous sa chemise bouffante, on percevait l'odeur douce du sel et de l'eau de Cologne. Comme il émergeait de la faible lumière de la cage d'escalier, je sentis l'échauffement de son corps. Il riait, se parlait à lui-même, secouant la tête pour rejeter les cheveux bruns que les secousses de ses pas faisaient retomber sur ses yeux. Son murmure s'éleva un instant, pour s'évanouir aussitôt. M'apercevant, il s'arrêta net et me dévisagea. Ses paupières frémirent, puis il eut un rire bref et nerveux.

» — Excusez-moi! dit-il en français. Vous m'avez fait sursauter !

» Il fut sur le point de m'adresser un salut cérémonieux, pour ensuite, sans doute, me contourner, quand, comme sous l'effet d'un choc, son visage congestionné et son geste se figèrent. Je vis le sang battre dans la chair rose de ses joues, sentis la transpiration soudaine de son corps tendu.

» — Vous m'avez vu à la lumière du réverbère, lui dis-je, et mon visage vous est apparu comme le masque de la mort.

» Ses lèvres s'entrouvrirent ; il serra les dents et inclina la tête involontairement en écarquillant les yeux.

» — Passez votre chemin ! fis-je. Vite !

Après un silence, le vampire prit une inspiration, comme pour manifester son intention de poursuivre. Mais, au lieu de cela, il étendit ses longues jambes sous la table et, penché en avant, mit sa tête entre ses mains, se pressant les tempes.

Le jeune homme, qui s'était recroquevillé sur lui-même, enserrant dans ses mains ses bras croisés, se déploya lentement. Il jeta un coup d'œil à la cassette, puis son regard revint sur le vampire.

— Mais vous avez bien tué quelqu'un cette nuit-là ? observa-t-il.

— Chaque nuit, répondit le vampire.

— Alors, pourquoi l'avez-vous laissé partir ?

— Je ne sais pas, fit le vampire — mais le ton de sa voix voulait plutôt dire : laissons tomber. Vous avez l'air d'être fatigué, d'avoir froid.

— Cela n'a pas d'importance, s'empressa de répondre le jeune homme. Cette pièce est un peu froide, en effet, mais cela ne me fait rien. Vous, vous n'avez pas froid, n'est-ce pas ?

— Non, fit le vampire en souriant, ses épaules secouées d'un rire silencieux.

Un moment s'écoula. Le vampire restait pensif et le jeune homme l'observait. Enfin, le vampire ramena ses yeux sur son interlocuteur.

— Elle échoua, n'est-ce pas? demanda ce dernier à voix basse.

— Sincèrement, que croyez-vous?

Le vampire, renfoncé dans sa chaise, adressa un regard insistant au jeune homme.

— Que... qu'elle fut, comme vous dites, détruite, répondit-il, et ces mots semblaient avoir pour lui une saveur désagréable qui l'obligea à avaler sa salive pour s'en débarrasser. C'est bien cela?

— Vous ne pensez donc pas qu'elle était capable de le tuer?

— Mais il avait tellement de pouvoirs! Vous dites vous-même que vous n'avez jamais su quelle était la limite de ses pouvoirs, ni quels secrets il possédait. Comment pouvait-elle même être certaine de connaître le moyen de le tuer à coup sûr? Qu'a-t-elle essayé de faire?

Un long moment, le vampire fixa son regard indéchiffrable sur le jeune homme, un regard de feu qui obligea son interlocuteur à détourner les yeux.

— Pourquoi ne buvez-vous pas un peu à la bouteille qui est dans votre poche? demanda le vampire. Cela vous réchaufferait.

— Oh! oui..., répondit le jeune homme. J'étais sur le point de le faire, mais...

Le vampire rit.

— Vous avez pensé que ce ne serait pas poli! dit-il en se donnant de manière inattendue une tape sur la cuisse.

— C'est vrai, acquiesça l'autre, haussant les épaules dans un sourire.

Il sortit le petit flacon de la poche de sa veste, dévissa le bouchon doré et avala une gorgée d'alcool. Regardant le vampire, il lui tendit la bouteille.

— Non, fit le vampire en souriant, écartant l'offre d'un geste de la main.

Puis, son visage de nouveau sérieux, il se cala dans son siège et poursuivit:

— Lestat avait un ami musicien qui habitait rue

Dumaine. Nous l'avions rencontré à l'occasion d'un récital qu'il avait donné chez Mme Le Clair, dont la demeure était dans la même rue, une rue très chic à l'époque. C'était cette Mme Le Clair, avec laquelle d'ailleurs Lestat ne détestait pas de s'amuser un peu à l'occasion, qui avait trouvé au musicien une maison voisine de la sienne, où Lestat lui rendait souvent visite. Je vous ai déjà dit qu'il aimait jouer avec ses victimes, en faire des amis, les séduire pour obtenir leur confiance, leur amitié, parfois même leur amour, avant de les tuer. Ainsi donc, il paraissait se livrer au même jeu avec ce garçon, bien que cela eût duré plus longtemps qu'aucune liaison que je lui eusse connue. Le jeune homme écrivait de la bonne musique, et souvent Lestat en ramenait à la maison des pages toutes fraîches qu'il jouait sur le piano à queue du salon. Il avait beaucoup de talent, mais on pouvait prédire que sa musique ne se vendrait pas, parce qu'elle dérangeait trop. Lestat lui donnait de l'argent et passait soir après soir en sa compagnie, l'invitant souvent à des restaurants qu'il n'aurait jamais pu se payer. Il lui achetait aussi le papier et les plumes dont il avait besoin pour écrire.

» Donc, cette liaison était allée pour Lestat beaucoup plus loin qu'aucune autre auparavant, et il m'était impossible de dire s'il s'était vraiment pris d'affection pour un mortel en dépit de lui-même, ou s'il s'apprêtait simplement à commettre une trahison particulièrement cruelle. Plusieurs fois, il avait affirmé à Claudia ou à moi-même qu'il sortait avec l'intention de le tuer, mais jamais il n'avait mis ses projets à exécution. Évidemment, je ne lui avais jamais demandé de s'expliquer sur ses sentiments, parce que la question ne valait pas la flambée de rage qu'elle aurait immanquablement produite. Lestat séduit par un mortel ! De fureur, il aurait probablement démoli tout le mobilier du salon.

» La nuit suivante — je veux parler de la nuit qui suivit les événements que je vous décrivais tout à l'heure — il m'usa les nerfs à m'implorer lamentablement de l'accompagner à l'appartement de son jeune ami. Il était d'une amabilité extrême, comme lorsqu'il souhaitait ma compagnie. Cette humeur était toujours provoquée par la perspective de quelque plaisir de l'esprit, le désir d'aller voir une bonne pièce, d'aller à l'opéra ou au ballet. Il me demandait toujours de venir avec lui. Je crois que j'ai bien dû voir *Macbeth* quinze fois en sa compagnie. Nous allions à toutes les représentations qu'on en faisait, même celles produites par des amateurs ; après la pièce, tout au long de notre retour à la maison, Lestat m'en récitait des vers entiers, et allait jusqu'à crier aux passants, en les désignant de son index pointé : « Demain, demain, et demain[1] !... » On l'évitait comme un ivrogne. Mais ces moments d'effervescence étaient de nature frénétique et éphémère. Il suffisait d'un mot aimable ou deux de ma part, d'une allusion au plaisir que j'avais retiré de sa compagnie, pour qu'ils ne se reproduisent plus pendant des mois, des années même. Mais voilà qu'il venait à moi dans cet état d'esprit et me demandait avec insistance de l'accompagner chez ce garçon, s'abaissant même à me saisir par le bras afin de faire pression sur moi. Plongé dans une humeur morne et catatonique, je ne pus lui opposer qu'une misérable excuse. Mon esprit n'était occupé que de Claudia, de mon agent, du désastre que je sentais imminent, et dont je m'étonnais qu'il ne perçût pas les prémices. Il finit par ramasser un livre qui traînait par terre pour me le jeter en criant :

» — Lisez donc vos satanés poèmes ! Flûte !

» Et, sur ces mots, il bondit dehors.

» Je fus troublé par cette scène, troublé à un point que je ne saurais vous décrire. Je l'aurais préféré froid, impassible, indifférent. Je résolus de convaincre Claudia d'abandonner son projet, mais je me sentais impuissant, las et sans recours. Sa porte était restée close jusqu'au moment où elle était sortie,

1. *Macbeth*, acte V, scène V. *(N.d.T.)*

et je ne l'avais aperçue que l'espace d'une seconde, alors que Lestat m'importunait de son bavardage, vision de grâce et de dentelles tandis qu'elle se glissait dans son manteau. Manches bouffantes, ruban violet noué sur la poitrine, bas blancs de dentelle que l'on apercevait sous l'ourlet de la petite robe, souliers blancs immaculés... En sortant, elle m'avait adressé un regard glacial.

» Lorsque plus tard je rentrai, rassasié et momentanément trop engourdi pour que mes pensées me persécutent, le sentiment me vint peu à peu que c'était pour cette nuit-là. C'était cette nuit qu'elle essaierait.

» Il m'est impossible de vous dire comment je le savais. Il y avait certaines choses dans l'appartement qui me troublaient, qui m'alertaient. Claudia s'agitait dans le salon de derrière, dont les portes étaient closes. Je m'imaginais entendre une seconde voix, un souffle. Claudia n'amenait jamais personne à notre appartement. Lestat était le seul à le faire, qui y traînait ses filles publiques. Mais je savais qu'il y avait quelqu'un d'autre à la maison, même sans percevoir d'odeurs ni de sons particuliers. Puis flottèrent dans l'air des effluves de nourriture et de boissons. Et sur le piano à queue, dans un vase d'argent, il y avait un bouquet de chrysanthèmes, fleurs qui pour Claudia étaient synonymes de mort.

» Enfin Lestat rentra, chantonnant dans un souffle de voix, raclant les barreaux de la rampe de l'escalier hélicoïdal de sa canne. Il descendit le long couloir. Son visage était rouge encore du meurtre, ses lèvres étaient roses. Il posa de la musique sur le piano.

» — L'ai-je tué ou ne l'ai-je pas tué ? me jeta-t-il en me désignant de son doigt. Quel est votre pronostic ?

» — Vous ne l'avez pas tué, fis-je d'une voix gourde, parce que vous m'avez invité à venir avec vous ; or vous ne m'auriez jamais invité à partager ce meurtre.

» Il parlait, épiloguait, laissait planer l'incertitude. Il découvrit le clavier.

178

» Je vis qu'il était en humeur à bavarder jusqu'à l'aube. Il était tout émoustillé. Il feuilletait la musique, et je l'observais, me demandant : « Peut-il mourir ? Peut-il vraiment mourir ? Et a-t-elle vraiment l'intention de le tuer ? » A un moment, j'eus envie d'aller la trouver pour lui dire de tout abandonner, même le voyage que nous envisagions, et de continuer de vivre comme avant. Puis le sentiment s'imposa en moi qu'il n'y avait plus moyen de faire retraite. Depuis le jour où elle avait commencé de le questionner, les événements imminents — quels qu'ils fussent — étaient devenus inévitables. J'avais l'impression qu'un poids posé sur moi m'empêchait de sortir de mon fauteuil.

» Lestat plaqua deux accords. Il avait un très grand écart, et même pendant sa vie aurait pu être bon pianiste, mais il jouait sans émotion. Il restait toujours extérieur à la musique qu'il tirait du piano comme par magie, grâce à la virtuosité de ses sens et au contrôle qu'en vampire il exerçait sur son corps. Mais il ne parvenait pas à canaliser la musique, à la faire passer au-dedans de lui-même.

» — Alors, est-ce que je l'ai tué ? me demanda-t-il de nouveau.

» — Non, vous ne l'avez pas tué, répétai-je, bien que j'eusse aussi facilement répondu le contraire, m'exerçant uniquement à faire de mon visage un masque impassible.

» — Vous avez raison. Je ne l'ai pas tué. Cela m'excite d'être près de lui, de me dire sans cesse : « Je peux le tuer, je vais le tuer, mais pas maintenant. » Après, je le quitte et je cherche quelqu'un qui lui ressemble le plus possible. S'il avait des frères…, eh bien, je les tuerais un par un. La famille succomberait à la fièvre-mystérieuse-qui-assèche-le-sang-dans-les-veines ! — il imitait à présent le ton du crieur de foire. Claudia aussi a un goût pour les familles… A propos de familles, je présume que vous avez entendu ce qu'on raconte : on prétend que le domaine des Frênière est hanté ; ils ne peuvent pas garder de surveillant à leur service et les esclaves s'enfuient.

» C'était un sujet dont je n'avais particulièrement pas envie d'entendre parler. Babette était morte jeune, l'esprit dérangé, après qu'on l'eut finalement empêchée d'aller errer dans les ruines de la Pointe du Lac, où elle prétendait vouloir retrouver le démon qu'elle y avait vu. J'avais appris tout cela au hasard de bribes de conversations que j'avais pu surprendre, avant que l'on ne publie l'avis des funérailles. J'avais parfois pensé à retourner la voir, pour essayer en quelque manière de réparer ce que j'avais fait ; puis, à d'autres moments, je me disais que cela guérirait tout seul, et dans ma nouvelle existence de meurtres quotidiens je m'étais éloigné de ces attachements que j'avais eus pour elle, pour ma sœur, pour d'autres mortels. J'avais fini par considérer la vie comme une tragédie, comme un drame que l'on regarde depuis le balcon du théâtre, ému de temps à autre, mais jamais suffisamment pour enjamber la balustrade et me mêler sur scène aux acteurs.

» — Ne parlez pas d'elle, dis-je.

» — A votre aise ! Je parlais de la plantation, pas d'elle. Votre grand amour, votre grande folie ! (Il me sourit.) Vous savez, ça s'est terminé à ma façon, finalement ! Mais j'étais en train de vous parler de mon jeune ami et de...

» — J'aimerais que vous jouiez cette musique, interrompis-je d'une voix douce, presque inaudible, mais sur un mode des plus persuasifs.

» Cela marchait quelquefois avec Lestat. Si je trouvais l'expression juste, il était capable de faire ce que je lui disais. Et c'est ce qui se produisit : avec un petit grognement, qui pouvait vouloir dire « Espèce d'idiot », il se mit à déchiffrer la partition. J'entendis s'ouvrir les portes du salon de derrière et Claudia marcher dans le couloir. « Ne viens pas, Claudia, ne viens pas, oublie tout cela avant que nous n'en soyons tous détruits », pensai-je le plus fort possible, mais elle continua d'approcher résolument, s'arrêtant au miroir du couloir. Je l'entendis ouvrir le tiroir de la petite table qui se trouvait à cet endroit puis se brosser les cheveux. Elle portait un parfum floral. Je me tournai lentement afin de lui faire face quand elle apparut dans l'ouverture de la porte, toujours entièrement vêtue de blanc. Foulant silencieusement le tapis, elle vint se poster à l'extrémité du clavier et posa le menton sur ses mains croisées sur le coffre du piano, les yeux fixés sur Lestat.

» De mon fauteuil, je voyais le profil de Lestat et, à l'arrière-plan, le petit visage de Claudia.

» — Qu'est-ce que c'est encore ? s'exclama-t-il en laissant tomber sa main sur la cuisse, après avoir tourné la page. Tu m'énerves, ta seule présence m'irrite !

» Ses yeux parcoururent la feuille de musique.

» — Vraiment ? demanda-t-elle de sa voix la plus sucrée.

» — Oui, vraiment ! Et je vais te dire autre chose : j'ai rencontré quelqu'un qui ferait un bien meilleur vampire que toi !

» Sa réponse me stupéfia, mais je n'eus pas à le presser de s'expliquer davantage.

» — Tu vois ce que je veux dire ? reprit-il.

» — C'est censé me faire peur ? demanda-t-elle.

» — Tu es gâtée parce que tu es fille unique. Tu as besoin d'un frère. Ou plutôt c'est moi qui en ai besoin. Je suis fatigué de vous deux. Deux espèces de vampires lunatiques et jamais satisfaits qui jouent aux fantômes dans notre propre demeure. Cela me déplaît.

» — Je suppose que nous pourrions peupler le monde de vampires, à nous trois, dit Claudia.

» — Tu supposes, hein ? fit-il en souriant, avec une note de triomphe. Tu crois que tu saurais le faire ? Je présume que Louis t'a dit comment on faisait, ou comment il pensait qu'on faisait ? Mais tu n'en as pas le pouvoir. Ni toi ni lui.

» Ces mots semblèrent la troubler. Elle ne s'était pas attendue à cela. Doutant de devoir croire entièrement, elle étudiait son visage.

» — Et qu'est-ce qui vous a donné ce pouvoir? demanda-t-elle d'une voix douce et légèrement sarcastique.

» — Ma chère, c'est l'une des choses que tu pourrais bien toujours ignorer. Même l'enfer qui est le nôtre doit avoir son aristocratie.

» — Vous êtes un menteur, fit-elle dans un rire bref; puis, comme il posait de nouveau ses doigts sur les touches, elle ajouta: Mais vous bouleversez mes plans.

» — Tes plans?

» — Je suis venue faire la paix avec vous, même si vous êtes le roi des menteurs... Vous êtes mon père et je veux faire la paix avec mon père. Je veux que les choses redeviennent ce qu'elles étaient.

» C'était maintenant au tour de Lestat d'être incrédule. Il me jeta un coup d'œil, puis regarda Claudia.

» — Ça me paraît envisageable. Arrête seulement de me poser des questions, arrête de me suivre, arrête de fouiller la moindre ruelle dans l'espoir de trouver d'autres vampires! Il n'y a pas d'autres vampires! Et c'est ici que tu vis et que tu habites!

» D'avoir élevé ainsi la voix, il parut sur le moment pris de confusion.

» — Je m'occupe de toi, tu n'as besoin de rien, reprit-il.

» — Et vous, vous ne savez rien, c'est pourquoi vous détestez que je pose des questions. Tout cela est très clair. Alors, maintenant, faisons la paix, parce qu'il n'y a rien d'autre à faire. J'ai un cadeau pour vous.

» — J'espère que c'est une jolie femme dotée des appas que tu ne posséderas jamais, dit-il, la détaillant du regard des pieds à la tête.

» Le visage de Claudia changea d'expression, laissant apparaître une faille dans cette sorte de contrôle d'elle-même que je lui avais toujours connu. Mais, se reprenant, elle secoua la tête et de son petit bras rond attrapa Lestat par la manche.

» — Je parle sérieusement. J'en ai assez de discuter avec vous. L'enfer, c'est la haine, c'est vivre ensemble dans une haine éternelle. Nous ne sommes pas en enfer. Vous pouvez accepter mon cadeau ou non, cela m'est égal. Cela n'a pas d'importance. Mais il faut en finir. Avant que Louis, par dégoût, ne nous quitte tous les deux.

» Pour l'inciter à se lever du piano, elle rabattit le couvercle du clavier et fit pivoter Lestat sur son tabouret de manière qu'il puisse la suivre des yeux jusqu'à la porte du couloir.

» — Tu m'as l'air sérieuse. Cadeau! Qu'est-ce que tu veux dire par cadeau?

» — Vous n'avez pas assez bu, cela se voit à votre teint, à vos yeux. Vous n'avez jamais assez bu à cette heure-ci. Disons que je peux vous offrir un moment précieux... *Laissez venir à moi les petits enfants...*, murmura-t-elle avant de disparaître.

» Lestat me regarda. Je restai silencieux, comme drogué. Sur son visage, je lisais une curiosité mêlée de soupçons. Il suivit Claudia dans le couloir. Puis je l'entendis émettre un long gémissement qui exprimait parfaitement le mélange de la faim et du désir.

» Je suivis à mon tour, prenant mon temps, et le vis penché sur le canapé où deux petits garçons reposaient, nichés parmi les doux coussins de velours, dans ce total abandon au sommeil caractéristique des enfants. Lèvres roses entrouvertes, petit visage rond et velouté, peau moite et lumineuse ; les boucles du plus brun des deux, mouillées, se collaient à son front. Je vis, du premier coup d'œil, à leurs vêtements pitoyables et identiques, que c'étaient des orphelins. Ils avaient fait un sort au repas qu'on leur avait servi dans notre plus beau service de porcelaine. La nappe était tachée du vin dont une petite bouteille, à demi pleine, était posée parmi les assiettes et les fourchettes graisseuses. Mais il y avait dans la pièce un parfum qui me déplaisait. Je m'approchai pour mieux voir les deux dormeurs et m'aperçus que leurs gorges étaient découvertes mais intactes. Lestat s'était agenouillé près du garçon brun, qui était de loin le plus beau des deux. On l'aurait facilement imaginé peint sur le dôme d'une cathédrale. N'ayant pas dépassé l'âge de sept ans, il possédait cette beauté parfaite et asexuée qui est le privilège des anges. Lestat caressa doucement de la main sa gorge pâle, toucha les lèvres soyeuses et laissa échapper un soupir à nouveau chargé de ce désir, de cette attente douce et douloureuse.

» — Oh! Claudia..., gémit-il. Tu t'es surpassée. Où les as-tu trouvés?

» Elle ne répondit pas. Elle avait reculé jusqu'à un fauteuil de couleur sombre et s'était adossée à deux grands oreillers, jambes étendues sur le coussin rebondi, chevilles pliées de telle manière qu'au lieu de la semelle de ses souliers blancs on voyait son cou-de-pied arrondi et les petites barrettes délicates et serrées de ses chaussures. Elle observait Lestat.

» — C'est le brandy qui les a enivrés, dit-elle. Il a suffi d'un dé à coudre! (Elle fit un geste en direction de la table.) J'ai pensé à vous quand je les ai vus... Je me suis dit... si je les partage avec lui, il finira bien par me pardonner.

» Flatté par ces paroles, il la regarda, puis s'approcha d'elle et attrapa la dentelle blanche à ses chevilles.

» — Ma petite chatte! murmura-t-il en étouffant un rire, comme pour ne pas éveiller les enfants promis à la mort.

» Il eut un geste séducteur et familier:

» — Viens t'asseoir près de celui-ci. Tu le prends, et moi je prends l'autre. Viens.

» Il l'embrassa comme elle passait pour se nicher près du petit garçon qu'il lui avait désigné, puis caressa les cheveux humides de celui qu'il s'était choisi et fit courir ses doigts sur les paupières rondes et sur la frange des cils. Enfin, de sa main entière, il massa doucement tout le visage de l'enfant, tempes, joues et mâchoire. Il n'avait plus conscience de ma présence ni de celle de Claudia ; néanmoins, il retira sa main pour s'asseoir un instant, immobile, comme étourdi par son propre désir. Ses yeux, qu'il avait levés un moment vers le plafond, revinrent se poser sur le festin idéal. Lentement, il retourna sur le canapé la tête du jeune garçon dont les sourcils s'arquèrent brièvement et dont les lèvres laissèrent échapper un gémissement.

» Le regard de Claudia restait toujours fixé sur Lestat, bien que de sa main gauche elle eût commencé de déboutonner lentement la chemise de l'enfant qui reposait près d'elle, pour ensuite la glisser sous la pauvre étoffe et palper la chair nue. Lestat avait fait de même, mais soudain sa main, comme animée d'une vie indépendante, parut entraîner son bras sous la chemise de sa frêle victime, puis derrière son torse étroit dans une intime étreinte. Bras noué autour du petit corps, Lestat se laissa glisser depuis les coussins du divan et tomba à genoux sur le plancher en attirant à lui l'enfant, jusqu'à s'enfouir le visage dans le creux de son épaule. Ses lèvres coururent au long du cou, sur la poitrine et sur les boutons minuscules des seins. Puis, introduisant l'autre bras dans la chemise ouverte, de telle sorte que l'enfant fût tordu, impuissant, dans son étreinte, il plongea ses dents dans la gorge exposée. Dans une cascade de boucles folles, la tête du petit garçon se renversa en arrière ; et, tandis que ses paupières frémissaient, mais restaient closes, il laissa de nouveau s'échapper un faible soupir. Dos voûté et rigide, Lestat se mit à aspirer goulûment le sang de l'enfant et à balancer son torse d'avant en arrière, entraînant dans ce mouvement le corps de sa victime, accompagnant chacun de ses lents balancements d'un long gémissement s'élevant et mourant en mesure. Soudain son corps tout entier se tendit et ses mains parurent chercher à repousser l'enfant, comme si celui-ci se fût agrippé de toutes ses forces à son bourreau. Mais Lestat resserra son étreinte et, se penchant lentement en avant, reposa le petit parmi les coussins, buvant toujours, mais plus doucement, sans presque faire de bruit.

» Enfin, écartant des deux mains l'enfant, il degagea ses dents. Il resta un moment à genoux, rejetant la tête en arrière, de telle sorte que les boucles blondes de sa chevelure désordonnée se défirent. Puis, tout à coup, il tomba en un lent plongeon jusqu'à terre, roulant sur lui-même jusqu'à ce que son dos soit arrêté par l'un des pieds du divan.

» — Ah !... Mon Dieu ! murmura-t-il, tête renversée, paupières mi-closes.

» A vue d'œil, le rouge lui montait aux joues, aux mains... L'une de ses mains reposait sur son genou plié ; elle s'agita un instant, puis retomba, immobile.

» Claudia n'avait pas fait un mouvement. Tel un ange de Botticelli, elle reposait près de l'autre enfant ; ce dernier était indemne, tandis que le corps de son compagnon se flétrissait déjà, cou tordu comme une tige brisée, tête retombant lourdement dans un angle anormal, l'angle de la mort, sur l'oreiller.

» Mais quelque chose allait de travers. Lestat regardait le plafond. Sa langue dépassait entre ses dents, semblait chercher à s'échapper de sa bouche, à franchir la barrière des dents pour entrer au contact des lèvres. Il avait l'air pétrifié. Il sembla qu'il frissonnait, que ses épaules se convulsaient... puis se détendaient pesamment ; cependant il n'avait pas fait un geste. Un voile était tombé sur ses yeux gris clair, toujours tournés vers le ciel. Puis un son sortit de sa gorge. Émergeant de l'ombre du couloir, je fis un pas en avant, mais Claudia siffla sur un mode aigu :

» — Recule !

» — Louis..., faisait le son qui sortait de la gorge de Lestat. Louis..., Louis...

» — Tu n'as pas aimé, Lestat ? demanda-t-elle.

» — Il y a quelque chose qui ne va pas, jeta-t-il, suffoquant.

» Ses yeux s'élargirent comme si le seul fait de parler était pour lui un effort colossal. Il était incapable de bouger, je le voyais bien, totalement incapable.

» — Claudia! fit-il dans un nouveau halètement, tandis que ses yeux roulaient vers elle.

» — Tu n'aimes pas le goût du sang des enfants?... s'enquit-elle d'une voix douce.

» — Louis..., murmura-t-il, parvenant enfin, pour une seconde, à redresser sa tête, qui retomba aussitôt sur le divan. Louis, c'est... c'est de l'absinthe! Trop d'absinthe!... Elle les a empoisonnés à l'absinthe. Elle m'a empoisonné, Louis...

» Il tenta de lever la main. Je m'approchai, séparé de lui par la table.

» — Retourne! m'ordonna de nouveau Claudia.

» Elle se laissa glisser du divan et s'approcha de lui, scruta son visage du même regard aigu qu'il avait quelques instants plus tôt porté sur les enfants.

» — De l'absinthe, père, dit-elle, et du laudanum!

» — Démon! souffla-t-il. Louis..., portez-moi dans mon cercueil. (Il lutta pour se lever.) Portez-moi dans mon cercueil!

» Sa voix était rauque, presque inaudible. Sa main s'agita, s'éleva, retomba.

» — Je vais vous mettre moi-même dans votre cercueil, père, fit Claudia sur un ton consolateur. Je vais vous y mettre pour toujours.

» Sur ces mots, elle tira de derrière les coussins du divan un couteau de cuisine.

» — Claudia! Ne fais pas ça! criai-je.

» Mais elle me décocha un regard d'une violence insoupçonnée qui me paralysa et, devant mes yeux, elle lui ouvrit la gorge.

» Il poussa un cri aigu, glaçant.

» — Mon Dieu! hurla-t-il. Mon Dieu!

» Le sang coula sur le devant de sa chemise, sur son habit. Le flot qui ruisselait n'aurait jamais pu couler de la gorge d'un être humain. C'était tout le sang dont il s'était empli cette nuit-là qui s'épanchait, le sang de l'enfant et le sang qu'il avait bu avant de boire l'enfant. Il tourna la tête, se tordit, faisant béer la blessure bouillonnante. Claudia enfonçait maintenant la lame dans sa poitrine. Il piqua de l'avant, sa bouche largement ouverte découvrant ses canines, tandis que ses mains recherchaient convulsivement le couteau, tentaient de l'arracher en des gestes désordonnés sans réussir à affermir leur prise. A travers les mèches de cheveux qui retombaient sur ses yeux, son regard vint sur moi.

» — Louis! Louis!

» Il eut un nouveau hoquet et tomba, de flanc, sur le tapis. Claudia l'observait toujours. Le sang se répandait partout, comme de l'eau. Gémissant, il essayait de se lever, s'appuyant d'un bras sur le sol, l'autre étant coincé sous son buste. Brusquement, Claudia se jeta sur lui et, nouant ses deux bras autour de son cou, le mordit profondément, tandis qu'il se débattait.

» — Louis, Louis! hoquetait-il encore et encore, luttant désespérément pour se libérer d'elle.

» Mais elle le chevauchait comme un cheval rétif, tressautant sous les saccades et les ruades de ses épaules. Enfin, elle se dégagea et, se remettant sur ses pieds, s'éloigna de lui en portant la main à ses lèvres, le regard voilé. Puis ses yeux s'éclaircirent et je me détournai, pris de nausée et incapable de regarder davantage.

» — Louis! appela-t-elle.

» Mais pour toute réponse je secouai la tête. Pendant un moment, la maison tout entière me parut vaciller. Cependant, elle reprenait:

» — Louis, regarde ce qui lui arrive!

» Il avait cessé de bouger et se trouvait maintenant couché sur le dos. Son corps, tout entier, était en train de se racornir, de se dessécher; sa peau, épaisse, se ridait, si blanche que l'on voyait par transparence les veines les plus minuscules. Malgré mes hoquets de terreur, je ne pouvais détacher mes yeux du spectacle, tandis même que la forme des os commençait de se deviner sous la peau, que les lèvres se rétractaient et laissaient paraître les dents, que la chair de son nez se réduisait à deux trous béants. Ses yeux pourtant, inaltérés, portaient encore sur le plafond leur regard féroce, roulaient encore dans leurs orbites des iris sauvages, tandis que la chair se fendait sur les os, se réduisait à une enveloppe de parchemin, tandis que les vêtements s'affaissaient autour du squelette dépouillé qu'ils contenaient maintenant. Enfin, ses iris chavirèrent et le blanc de ses yeux s'obscurcit. La chose qui gisait à terre était maintenant immobile : une masse de boucles blondes, un habit, une paire de bottes luisantes — et cette horreur qui avait été Lestat, et que je fixais d'un regard impuissant.

— Un long moment, Claudia resta là, debout, immobile. Le sang imbibait le tapis, revêtait les motifs floraux d'une teinte sombre, engluait de noir les lattes du plancher, maculait sa robe, ses chaussures blanches, son menton. Elle s'essuya avec une serviette bouchonnée, frotta les taches indélébiles de sa robe, puis me dit :

» — Louis, il faut que tu m'aides à l'emmener d'ici !

» — Non ! répondis-je, tournant le dos au cadavre qui gisait à ses pieds.

» — Es-tu fou, Louis ? On ne peut pas le laisser ici ! Et les enfants ! Il faut que tu m'aides ! L'autre aussi est mort, à cause de l'absinthe ! Louis !

» Elle avait raison, évidemment ; et pourtant ce qu'elle me demandait me paraissait impossible.

» Il lui fallut me pousser, m'obliger pratiquement à faire chacun des pas nécessaires. Nous nous aperçûmes que le poêle de la cuisine était resté chargé des os des deux femmes, la mère et la fille, qu'elle avait tuées — dangereux et stupide oubli. Aussi nettoyat-elle le poêle des ossements et les mit-elle dans un sac qu'elle traîna jusqu'à la voiture, de l'autre côté de la cour. J'attelai les chevaux moi-même, après avoir intimé le silence au cocher assommé de boisson, et dirigeai le convoi funèbre à grande vitesse dans la direction du bayou Saint-Jean, vers les sombres marécages qui s'étendaient jusqu'au lac Pontchartrain. Claudia, assise près de moi, restait silencieuse tandis qu'à force de cravacher je dépassais les derniers portails, éclairés de lampes à gaz, des quelques maisons disséminées dans la campagne. La route, plus étroite, était maintenant creusée d'ornières et le marais nous enserrait de deux murs de cyprès et de ronces à l'apparence impénétrable. L'air se chargeait de puanteurs de fange, des chuchotements des bêtes nocturnes.

» Claudia avait enveloppé le corps de Lestat dans un drap avant même que j'aie pu le toucher ; puis, à ma grande horreur, elle y avait parsemé les longs chrysanthèmes du vase du piano. Ainsi avait-il pris le parfum doux des funérailles lorsque je le sortis finalement de la voiture. C'était une chose presque sans poids, flasque comme un objet composé de cordes et de nœuds. Je le mis sur mon épaule et descendis dans l'eau sombre, qui fut bientôt assez haute pour emplir mes bottes, alors que mes pieds cherchaient leur chemin dans la vase. M'écartant de l'endroit où j'avais déposé les corps des deux enfants, je m'enfonçai de plus en plus loin dans le marais avec les restes de Lestat, sans bien savoir pourquoi. Enfin, quand je ne pus plus qu'à grand-peine apercevoir le ruban pâle de la route et un morceau de ciel qui montrait les dangereuses prémices de l'aurore, je laissai glisser dans l'eau son cadavre. Je restai là un instant, immobile et tremblant, à contempler la masse amorphe de drap blanc immergée sous la surface fangeuse. L'espèce d'engourdissement qui avait été mon refuge depuis que la voiture avait quitté la rue Royale menaça de se dissiper, laissant mon âme écorchée à vif et mes pensées m'obséder: « Ceci, c'est Lestat, métamorphose et mystère incarnés, mort maintenant, enseveli dans d'éternelles ténèbres... » Je sentis tout à coup un appel, une sorte de force qui me pressait de le rejoindre, de m'engloutir dans l'eau noire pour n'en jamais revenir. C'était si distinct, si fort, que par comparaison le son de la voix articulée ne semblait que murmure. Cela parlait sans l'aide d'aucun langage, cela disait: « Tu sais ce que tu dois faire. Descends dans cette eau obscure, abandonne, renonce! »

» Mais, juste à ce moment, j'entendis la voix de Claudia. Elle m'appelait par mon nom. Je me retournai et, à travers le lacis des ronces, je l'aperçus, lointaine et minuscule, petite flamme blanche sur la faible luminescence de la route.

» Ce matin-là, elle m'entoura de ses bras, pressa sa tête contre ma poitrine dans l'intimité du cercueil et me murmura qu'elle m'aimait et que nous étions maintenant à jamais libérés de Lestat.

» Louis, je t'aime! répéta-t-elle encore et encore, jusqu'à ce qu'avec le couvercle du cercueil vînt finalement l'obscurité qui miséricordieuse oblitère toute conscience.

» Lorsque je m'éveillai, elle était en train de fouiller les possessions de Lestat. Elle vidait les commodes de tout leur contenu, renversait les tiroirs sur les tapis, sortait de leurs armoires un à un ses habits, en retournait les poches, jetant au loin les pièces de monnaie, billets de théâtre et bouts de papier divers qu'elle y trouvait. Je l'observai, étonné, depuis l'embrasure de la porte de sa chambre. Le cercueil de Lestat était enseveli sous une pile d'écharpes et de pièces de tapisserie. J'eus l'impulsion de l'ouvrir. Je souhaitais l'y trouver.

» — Rien! jeta-t-elle finalement, l'air dégoûté, en fourrant les vêtements dans l'âtre. Rien qui puisse indiquer l'endroit d'où il vient et qui l'a fait vampire! Pas un indice!

» Elle me regarda, comme pour quêter ma sympathie. Je me détournai, incapable de soutenir son regard, et m'en allai dans cette chambre que je m'étais réservée pour moi seul, cette pièce remplie de mes livres personnels et de ceux des objets appartenant à ma mère et ma sœur que j'avais pu récupérer. Je m'assis sur le lit. Je l'entendis s'approcher de la porte, mais ne voulus pas la regarder.

» — Il méritait de mourir ! dit-elle.

» — Alors, nous le méritons aussi. Tout autant. Chaque nuit de notre vie, répliquai-je. Laisse-moi.

» Il me semblait que, mon esprit n'étant que confusion informe, les mots que je proférais me tenaient lieu de pensée.

» — Je m'occuperai de toi parce que tu ne peux pas prendre soin de toi toute seule. Mais je ne veux plus de toi près de moi. Dors dans cette boîte que tu t'es achetée. Ne viens pas près de moi.

» — Je te l'avais dit que je le ferais, je te l'avais dit..., répondit-elle.

» Jamais sa voix n'avait sonné aussi fragile, aussi semblable à une petite clochette d'argent. Je levai les yeux sur elle, avec un sursaut dénué d'émotion. Son visage n'était plus son visage, c'était le masque agité d'une poupée comme on n'en aurait jamais moulé.

» — Louis, je te l'avais dit ! répéta-t-elle, les lèvres tremblantes. C'est pour nous que je l'ai fait, pour que nous soyons libres !

» Je ne pouvais supporter sa vue. Sa beauté, son apparente innocence et cette terrible agitation. Je sortis de la chambre, la bousculant peut-être au passage, je ne sais plus. J'étais presque arrivé à la balustrade de l'escalier lorsque j'entendis un bruit étrange.

» De toutes nos années de vie commune je n'avais jamais entendu pareil son. Jamais depuis cette nuit, si longtemps auparavant, où je l'avais trouvée, enfant mortelle qui s'accrochait au cadavre de sa mère. Elle pleurait !

» Cela me fit rebrousser chemin contre mon gré.

C'est que cela rendait un son si désespéré, si involontaire..., comme si elle n'avait pas cherché à se faire entendre ou, au contraire, comme s'il lui était égal d'être entendue du monde entier. Je la trouvai étendue sur mon lit, là où je m'asseyais souvent pour lire, les genoux repliés, toute secouée de sanglots. Leur son était terrible, plus sincère et plus déchirant que ses pleurs de mortelle n'avaient jamais été. Je m'assis lentement, doucement auprès d'elle et posai la main sur son épaule. Elle leva la tête, sursautant, ouvrant de grands yeux, la bouche tremblante. Son visage était maculé de larmes, des larmes teintées de sang dont ses yeux débordaient. Une faible touche de rouge colorait ses petites mains. Elle ne semblait pas en être consciente. Elle dégagea son front de ses cheveux. Son corps frémit sous l'effet d'un long sanglot, grave et implorant.

» — Louis..., si je te perds, je n'ai plus rien, murmura-t-elle. Je voudrais défaire ce que j'ai fait, pour que tu me reviennes... Mais je ne peux le défaire.

» Elle m'enserra de ses bras, se redressa pour sangloter sur mon cœur. Mes mains hésitaient à la toucher ; puis soudain elles s'agitèrent sans que je puisse les contrôler, l'enveloppèrent, la serrèrent, caressèrent ses cheveux.

» — Je ne peux pas vivre sans toi..., chuchota-t-elle. Je préférerais mourir plutôt que de vivre sans toi. Je préférerais mourir de la même façon qu'il est mort. Je ne peux supporter que tu me regardes comme tu l'as fait. Je ne peux supporter que tu ne m'aimes pas !

» Ses sanglots se firent plus violents, plus amers, tant que je finis par me pencher pour embrasser la peau douce de son cou et de ses joues. Des pêches. Des pêches d'un bosquet enchanté où les fruits ne tombent jamais des branches. Où les fleurs ne se flétrissent ni ne meurent.

» — C'est bien, ma chérie..., lui dis-je. C'est bien, mon amour...

» Je la berçai lentement, tendrement dans mes bras, jusqu'à ce qu'elle s'assoupisse en murmurant que nous allions être heureux, éternellement, libres à tout jamais de Lestat, et que la grande aventure de nos vies commençait.

— La grande aventure de nos vies. Qu'est-ce que cela signifie de mourir quand vous pouvez vivre jusqu'à la fin du monde ? Et qu'est-ce que la « fin du monde » sinon une simple expression, car qui sait ce qu'est le monde lui-même ? J'avais maintenant vécu en deux siècles différents et vu les illusions de l'un complètement ruinées par l'autre. J'avais vécu, éternellement jeune, éternellement ancien, désabusé. Une horloge d'argent qui tictaquait dans le vide : cadran décoré, aiguilles délicatement sculptées que personne ne regardait, illuminés par une lumière qui n'était pas lumière, lumière semblable à celle par laquelle Dieu fit le monde avant d'avoir créé la lumière. Tictac, tictac, tictac précis de l'horloge, dans une pièce aussi vaste que l'univers...

» Je marchais de nouveau à travers rues ; Claudia était allée son chemin pour tuer, et le parfum de sa chevelure et de sa robe s'attardait sur le bout de mes doigts, sur mon habit. Mes yeux me précédaient, loin devant moi, comme le pâle rayon d'une lanterne. J'étais devant la cathédrale. Qu'est-ce que cela signifie de mourir quand vous pouvez vivre jusqu'à la fin du monde ? Je pensais à la mort de mon frère, à l'encens et au chapelet. J'eus le désir soudain de me retrouver dans cette chapelle ardente, en train d'écouter les voix des femmes s'élever et retomber au rythme des *Ave,* d'écouter le cliquetis des grains des rosaires, de respirer l'odeur de la cire. Je me rappelais les pleurs. C'était tangible, comme si ce fût hier. Il n'y avait qu'une porte à pousser... Je me vis descendre à grands pas un couloir et l'entrouvrir doucement...

» La grande façade de la cathedrale s'élevait comme une masse obscure en face du square, mais le portail était ouvert et permettait d'apercevoir une lumière douce et tremblotante à l'intérieur. C'était samedi soir, tôt, et les gens allaient se confesser pour communier à la messe du dimanche. Les cierges brûlaient d'une flamme sourde dans les chandeliers. A l'extrémité de la nef, l'autel émergeait vaguement de l'ombre, chargé de fleurs blanches. C'était à la vieille église qui s'élevait autrefois à cet endroit que l'on avait amené mon frère pour la dernière cérémonie avant le cimetière. Je me rendis soudain compte que je n'étais jamais revenu ici depuis, que pas une seule fois je n'avais gravi ces degrés de pierre, traversé ce porche et franchi ces portes ouvertes.

» Je n'avais pas peur. Tout au plus, peut-être, désirais-je que quelque chose se produise, que les pierres tremblent au moment où je m'engloutirais dans l'ombre de la nef et où j'apercevrais, au loin sur l'autel, le tabernacle. Je me rappelais maintenant être passé ici un soir où les vitraux brillaient de lumière et où l'écho des cantiques se déversait dans Jackson Square. J'avais hésité cette fois-là, me demandant s'il n'y avait pas quelque secret que Lestat m'aurait caché, s'il n'était point dangereux pour mon existence d'y entrer. J'en avais eu envie, mais avais chassé l'idée de mon esprit et m'étais arraché la fascination du portail grand ouvert et de la foule qui s'unissait en une seule voix. J'avais quelque chose pour Claudia, une poupée de mariée que j'avais prise à la devanture sombre d'une boutique de jouets et placée dans une grande boîte, avec du papier cristal et des rubans. Une poupée pour Claudia. Je me rappelais m'être enfui à grands pas, poursuivi par les vibrations lourdes de l'orgue, mes pupilles rétrécies par la clarté des cierges.

» Je songeais donc à cet instant passé, à cette peur en moi à la seule vue de l'autel, au son du *Pange Lingua*. Et j'étais toujours obsédé par la pensée persistante de mon frère. Je voyais le cercueil remonter la nef, suivi du cortège funéraire. Je n'avais pas peur, cette fois. Comme je le disais, je crois que tout au plus je ressentais l'envie d'avoir peur, de trouver une raison d'avoir peur tandis que je m'avançais lentement au long des sombres parois de pierre. Bien que ce fût l'été, l'air était frais et humide. La poupée de Claudia me revint à l'esprit. Où était-elle ? Pendant des années, Claudia avait joué avec cette poupée. Je me vis tout à coup en train de la chercher, comme en un cauchemar, un de ces cauchemars où l'on cherche désespérément un objet insaisissable qui s'enfuit à mesure, où l'on se heurte à des portes qui ne veulent pas s'ouvrir ou à des tiroirs qui ne veulent pas se fermer, où l'on se débat sans cesse contre des choses sans signification, sans savoir le but d'efforts aussi vains. Pourquoi l'évocation soudaine d'un châle jeté sur une chaise distillait-elle l'horreur dans mon esprit ?

» J'étais dans la cathédrale. Une femme sortit du confessionnal et dépassa la longue file de ceux qui attendaient. L'homme qui aurait dû y entrer à son tour ne bougeait pas ; mes yeux, alertes même dans l'état de faiblesse où je me trouvais, notèrent le fait. Je me tournai pour le regarder. Il m'observait. Je fis vivement demi-tour, l'entendis entrer dans le confessionnal et en fermer la porte. Je remontai le bas-côté jusqu'en haut de l'église et, plus par épuisement que par conviction, allai m'asseoir sur un banc vide. Par l'effet d'une vieille habitude, j'avais failli faire une génuflexion. Mon âme me semblait aussi confuse et torturée que celle d'un humain. Je fermai les yeux un moment et tentai de bannir toute pensée. « Écoute et regarde », me dis-je. Grâce à cet effort de volonté, mes sens purent émerger de la tourmente. Tout autour de moi dans l'ombre, il y avait le murmure des prières, les menus cliquètements des grains de chapelet ; le doux soupir de la femme qui venait de s'agenouiller devant la Douzième Station ; l'odeur des rats s'élevait au-dessus de la mer des bancs de bois. Il y en avait un qui bougeait, quelque part près de l'autel principal, un autre dans le grand autel latéral en bois sculpté consacré à la Vierge Marie. Les chandeliers d'or brillaient sur l'autel ; une riche fleur blanche de chrysanthème s'inclina soudain sur sa tige ; sur les pétales serrés luisaient de petites gouttes d'eau ; une odeur sure émanait des vases, des autels et des autels latéraux, des statues de la Vierge, du Christ et des saints. Leurs profils sans vie, leurs yeux fixes, leurs mains vides, leurs plis pétrifiés m'hypnotisèrent tout à coup. Puis mon corps fut pris d'une convulsion si violente que je plongeai en avant, me retenant d'une main au banc de devant. C'était un cimetière de formes mortes, d'effigies funéraires et d'anges de pierre. Relevant la tête, je me vis, de la façon la plus tangible, en train de gravir les marches de l'autel, d'ouvrir le petit tabernacle sacro-saint, d'atteindre de mes mains monstrueuses le ciboire consacré, de prendre le Corps du Christ et de semer sur le tapis ses blanches hosties. Puis de marcher sur l'aliment sacré, de long en large devant l'autel, afin de donner la sainte communion à la poussière. Je me levai et restai debout, entre les bancs, à contempler cette vision. J'en savais parfaitement le sens.

» Dieu n'habitait pas cette église ; ces statues ne donnaient qu'une image du néant. Il n'y avait, en cette cathédrale, d'autre présence surnaturelle que la mienne. J'étais la seule chose immortelle et consciente sous ce toit ! Solitude ! Solitude à sombrer dans la folie. Dans ma vision, la cathédrale s'écroula ; les saints tanguèrent et s'effondrèrent. Les rats, nichés sur les rebords de pierre, mangeaient la sainte eucharistie. L'un d'eux, rat solitaire à l'énorme queue, pour mieux ronger la nappe pourrie de l'autel, la tira à lui, si bien que les chandeliers tombèrent et roulèrent ur les pierres gluantes. J'étais toujours debout. Indemne. Vivant... Tout à coup j'attrapai la main de plâtre de la Vierge et, la voyant se détacher du bras, l'écrasai dans ma paume, la réduisant en poudre par la seule pression de mon pouce.

» Puis, soudain, à travers les ruines, par le portail ouvert au-delà duquel en toutes directions ne s'étendait qu'un désert — le grand fleuve lui-même gelé et incrusté de carcasses de bateaux morts — à travers ces ruines venait maintenant une procession funéraire, un cortège d'hommes et de femmes, pâles, blancs, monstres aux yeux luisants, aux vêtements noirs et flottants. Le cercueil grondait sur ses roues de bois, et tandis que les rats couraient sur le marbre brisé, émietté, la procession continuait d'avancer, si proche maintenant que j'y pouvais apercevoir Claudia, dont le regard se cachait derrière un fin voile noir, serrant dans l'une de ses mains gantées un livre de messe noir, l'autre posée sur le cercueil qui roulait à son côté. Et voici qu'à ma plus grande horreur je distinguai dans le cercueil, sous un couvercle en verre, le squelette de Lestat, dont la peau ridée se confondait désormais à la texture même de ses os, dont les yeux n'étaient plus qu'orbites, dont la chevelure blonde s'épanchait sur le satin blanc.

» Le cortège s'immobilisa, se disloqua ; les bancs poussiéreux se peuplèrent sans un bruit. Claudia ouvrit son livre et releva le voile noir qui couvrait son visage, les yeux fixés sur moi tandis que son doigt se posait sur la page.

» — Et maintenant, sois maudit de la terre, murmura-t-elle, soit maudit de la terre qui a ouvert sa bouche pour recevoir de ta main le sang de ton frère. Quand tu cultiveras le sol, il ne te donnera plus sa richesse. Tu seras errant et vagabond sur la terre... et si quiconque te tuait sept fois ton frère serait vengé...

» Je criai, hurlai à son adresse, et mon cri émergeait des profondeurs de mon être, comme les vagues d'une force énorme et obscure qui, s'échappant de ma bouche, faisait malgré moi tournoyer mon corps. Un soupir terrible s'éleva de l'assistance, un chœur qui s'amplifia encore lorsque je me retournai. M'entourant de toutes parts, ils me poussèrent dans l'allée centrale jusqu'aux flancs mêmes du cercueil ; pour retrouver mon équilibre, je dus pivoter sur moi-même et m'y appuyer des deux mains, découvrant alors que le cercueil ne contenait plus les restes de Lestat, mais le corps de mon frère mortel. Un calme s'abattit, comme si un voile les eût tous ensevelis et eût dissout leurs formes sous ses plis de silence. C'était là mon frère, blond, jeune et doux comme de son vivant, aussi réel et tiède qu'autrefois — il y avait si longtemps..., si longtemps que de moi-même je n'aurais jamais pu me le rappeler ainsi, tant il était là si parfaitement recréé, recréé dans le moindre des détails. Ses cheveux blonds brossés en arrière qui dégageaient le front, ses yeux fermés dans l'apparence du sommeil, ses doigts lisses qui enserraient le crucifix posé sur son sein, ses lèvres si roses et si soyeuses que je n'osais les toucher et à peine les regarder. Comme je tendais la main pour seulement éprouver la douceur de sa peau, la vision disparut.

» J'étais calmement assis dans la cathédrale du samedi soir ; l'odeur des cierges s'épaississait dans l'air immobile, la femme du chemin de croix était partie et l'ombre gagnait — derrière moi, devant moi et maintenant au-dessus de moi. Un jeune homme apparut, revêtu de la soutane noire des frères lais. Muni d'un long éteignoir monté sur une perche dorée, il en posait le petit cône terminal sur chaque bougie, l'une après l'autre. J'étais dans un état de stupeur. Il me jeta un coup d'œil, puis regarda ailleurs, comme pour ne pas déranger un homme plongé dans une prière profonde. Cependant, tandis qu'il se dirigeait vers un autre chandelier, je sentis une main se poser sur mon épaule.

» Que deux humains puissent passer si près de moi sans que je les entende, sans même que je m'en soucie, déclencha quelque part en moi un signal d'alarme. Mais cela m'était égal. Je relevai les yeux et vis un prêtre aux cheveux gris.

» — Vous désirez vous confesser? me demanda-t-il. J'allais fermer l'église.

» Il plissa les yeux derrière ses lunettes épaisses. Il n'y avait d'autre lumière maintenant que celle des rangées de petites bougies encloses dans les verres rouges qui brûlaient devant les statues des saints. Les ténèbres avaient englouti les hautes voûtes.

» — Vous avez des ennuis, n'est-ce pas? Puis-je vous aider?

» — C'est trop tard, c'est trop tard, lui chuchotai-je, me levant pour partir.

» Il fit un pas en arrière, sans avoir rien remarqué apparemment d'inquiétant dans mon allure, et me dit gentiment, pour me redonner confiance:

» — Non, ce n'est jamais trop tard. Voulez-vous venir dans le confessionnal?

» L'espace d'un instant, je ne pus que le regarder fixement. J'eus envie de sourire. Puis l'idée me vint d'accepter. Mais tout en le suivant au long de l'allée, jusqu'au bas de l'église, je me rendis compte que ma conduite n'avait aucun sens. C'était pure folie. Je m'agenouillai néanmoins dans le petit cabinet de bois, posant mes deux mains sur le prie-Dieu, tandis que le prêtre s'asseyait dans son compartiment et faisait glisser le panneau coulissant, me dévoilant ainsi le faible contour de son profil. Je regardai un instant, puis me décidai enfin à parler, tout en faisant le signe de croix:

» — Bénissez-moi, mon père, car j'ai péché, péché si souvent et depuis si longtemps que je ne sais comment confesser devant Dieu ce que j'ai fait.

» — Mon fils, Dieu a des réserves infinies de pardon, murmura-t-il. Parlez-Lui du mieux que vous le pourrez, parlez-Lui avec votre cœur.

» — J'ai tué, mon père. J'ai commis meurtre après meurtre. La femme qui est morte il y a deux nuits dans Jackson Square, c'est moi qui l'ai tuée, et j'en ai tué des milliers d'autres avant elle, une ou deux victimes chaque nuit, mon père, depuis soixante-dix ans. J'ai parcouru les rues de La Nouvelle-Orléans, fauchant les vies humaines comme la mort en personne, pour en nourrir ma propre existence. Je ne suis pas un mortel, mon père, je suis immortel et damné, comme les anges que Dieu précipita en enfer. Je suis un vampire.

» Le prêtre se tourna vers moi.

» — Qu'est-ce que cela? Votre passe-temps favori? Une bonne plaisanterie? Vous prenez avantage de ma vieillesse! dit-il, refermant le panneau de bois d'un coup sec.

» J'ouvris aussitôt la porte de mon compartiment et sortis. Il était déjà debout devant le confessionnal.

» — Jeune homme, avez-vous aucune crainte de Dieu? Savez-vous ce qu'est un sacrilège?

» Il m'observa derrière ses lunettes. Je m'approchai de lui, lentement, très lentement. Il se contenta d'abord de soutenir son regard courroucé, puis, troublé, fit un pas en arrière. L'église était vide, creuse, noire; le sacristain était parti et seule une lumière fantomatique provenait des cierges posés sur les autels lointains. Ils dessinaient autour de son visage et de sa tête grise une couronne de filaments doux et dorés.

» — Alors, il n'existe pas de miséricorde! m'écriai-je.

» Et, d'un mouvement soudain, je l'attrapai par les épaules, l'immobilisant dans mon étreinte surnaturelle, et rapprochai son visage tout près du mien. Sa bouche s'ouvrit en une expression d'horreur.

» — Voyez-vous ce que je suis? Pourquoi, s'il est un Dieu, souffre-t-Il que j'existe? Et vous parlez de sacrilège!

» Il enfonça ses ongles dans mes mains, pour essayer de se libérer. Son missel tomba à terre, tandis que son chapelet cliquetait dans les plis de sa soutane. Il aurait pu aussi bien tenter de lutter avec les statues des saints, eussent-elles été douées de mouvement. Je retroussai les lèvres pour lui découvrir mes terribles canines.

» — Pourquoi souffre-t-Il que j'existe ! répétai-je.

» Son visage, empreint de peur, de mépris, de rage, me rendit furieux. J'y revis toute la haine que j'avais lue en Babette. Pris d'une panique mortelle, il siffla :

» — Laisse-moi aller ! Démon !

» Je le libérai et le vis avec une sinistre fascination remonter l'allée centrale, titubant comme s'il se frayait un chemin dans la neige. En un instant je l'eus rejoint et enveloppé de mes bras déployés, le plongeant dans l'obscurité de ma cape tandis que ses jambes continuaient de se débattre. Il m'accabla de malédictions, appelant Dieu à son secours. L'immobilisant sur les marches de la balustrade où l'on donne la communion, je le forçai à me faire face et plongeai les dents dans son cou.

Le vampire s'arrêta.

Peu de temps auparavant, le jeune homme avait failli allumer une cigarette. Il se tenait maintenant aussi immobile qu'un mannequin dans une vitrine, les yeux fixés sur le vampire, l'allumette dans une main, la cigarette dans l'autre. Le vampire contemplait le plancher. Soudain, se retournant, il prit de la main du jeune homme la boîte d'allumettes, frotta l'allumette et la lui tendit. Le jeune homme inclina la tête pour approcher la cigarette de la flamme, aspira et recracha presque aussitôt la fumée. Puis, se saisissant de la bouteille et la décapsulant, il but une profonde gorgée, sans quitter des yeux le vampire.

Patient, il attendit que son interlocuteur fût disposé à reprendre son récit.

— Je n'avais aucun souvenir de mon enfance en Europe, ni même du voyage en Amérique. D'être né là-bas ne représentait pour moi qu'une idée abstraite. Pourtant, cette idée avait sur moi une emprise aussi forte que celle que la France peut avoir sur un colon d'origine française. Je parlais français, lisais des livres français ; je me rappelais avoir attendu les nouvelles de la Révolution et lu dans les journaux de Paris les comptes rendus des victoires de Napoléon. Je me rappelle ma colère lorsqu'il vendit la Louisiane aux États-Unis. Je ne sais pas combien de temps vécut le Français mortel en moi. A cette époque, il avait déjà disparu, mais il y avait en moi ce grand désir de voir l'Europe, de la connaître — désir qui ne naît pas seulement du fait d'avoir lu littérature et philosophie, mais surtout du sentiment d'avoir été façonné par l'Europe plus profondément, plus intensément que le reste des Américains. J'étais un créole qui voulait voir le pays où tout avait commencé.

» C'est vers cela que je tournais maintenant mes pensées. Je me mis à débarrasser mes coffres et mes armoires de tout ce qui ne m'était pas essentiel. En vérité, très peu m'était réellement utile, et la plus grande partie en pourrait rester dans ma maison de La Nouvelle-Orléans, où j'étais certain de retourner un jour ou l'autre, si ce n'était que pour déménager dans une demeure semblable et recommencer une nouvelle vie ailleurs en ville. Je ne pouvais concevoir de partir pour toujours. Je ne le voulais pas. Mais mon cœur et mes pensées restaient dirigés vers l'Europe.

» Pour la première fois, l'idée s'imposa en moi que je pouvais voir le monde entier si je voulais. Que, comme le disait Claudia, j'étais libre.

» Dans l'entre-temps, elle avait fait son plan. Son idée arrêtée était que nous devions d'abord aller en Europe centrale, qui semblait la terre d'élection des vampires. Elle était certaine que nous pourrions y trouver quelque chose qui pourrait nous renseigner, nous expliquer notre origine. Mais elle paraissait désirer plus que des réponses : elle voulait communier avec ses semblables. C'est un mot qu'elle répétait et répétait : « Mes semblables », avec une intonation différente de celle que j'aurais pu avoir. Elle me faisait sentir le gouffre qui nous séparait. Dans nos premières années de vie commune, je l'avais crue pareille à Lestat, qui lui avait infusé son instinct au meurtre, bien qu'en toutes autres choses elle partageât mes goûts. Maintenant, je savais qu'elle était moins humaine qu'aucun de nous deux, moins humaine que nous n'aurions jamais pu l'imaginer. Rien ne la rattachait au genre humain. Cela expliquait peut-être pourquoi — en dépit de tout ce que j'avais fait, ou omis de faire — elle s'accrochait à moi. Je n'étais pas *son semblable*. Mais j'en étais la chose la plus approchante.

— Mais n'aurait-il pas été possible, demanda soudain le jeune homme, de l'instruire des chemins du cœur humain de la même façon que vous l'aviez instruite dans tous les autres domaines?

— Pour quel bénéfice? répondit sans détour le vampire. Pour qu'elle souffre comme moi? Oh! je vous accorde que j'aurais dû lui enseigner quelques principes qui auraient pu triompher de son désir de tuer Lestat. Oui, pour mon propre salut, j'aurais dû... Mais, voyez-vous, je ne croyais plus à rien. Une fois déchu de l'état de grâce, j'avais perdu la foi en tout.

Le jeune homme hocha la tête.

— Je ne voulais pas vous interrompre. Vous alliez dire autre chose.

— Seulement qu'en tournant mes pensées vers l'Europe il m'était possible d'oublier la fin horrible de Lestat. Penser à d'autres vampires m'aidait aussi. Ce n'était pas par cynisme que j'avais évoqué l'existence de Dieu. J'étais réellement privé de sa présence, à dériver ainsi, créature surnaturelle, à travers le monde naturel.

» Mais nous eûmes d'autres ennuis avant de partir pour l'Europe. Des ennuis sérieux, en fait, qui commencèrent avec le musicien. Il était venu à la maison en mon absence, le soir où j'étais entré dans la cathédrale, et devait revenir le soir suivant. Ayant renvoyé les domestiques, je descendis moi-même lui ouvrir. Je ne pus éviter de sursauter à sa vue.

» Il était beaucoup plus mince que dans mon souvenir et son visage, très pâle, luisait d'un éclat humide qui suggérait la fièvre. Il était parfaitement pitoyable. Quand je lui dis que Lestat était parti, il refusa tout d'abord de le croire et se mit à répéter avec insistance qu'il lui aurait laissé quelque chose, un message. Puis il s'éloigna, remonta la rue Royale en parlant tout seul, sans prendre garde aux passants. Je le rattrapai sous un réverbère.

» — Oui, il vous a laissé quelque chose, dis-je, me fouillant rapidement pour trouver mon portefeuille.

» Je ne savais pas combien il contenait, mais j'avais décidé de tout lui donner. Il y avait en fait plusieurs centaines de dollars, que je lui mis dans la main. Ses mains étaient si minces qu'on voyait, à travers leur peau moite, pulser les veines bleues. Il montrait maintenant tous les signes de l'exultation, et je saisis aussitôt que la raison n'en tenait pas simplement à l'argent offert.

» — Alors, il vous a parlé de moi, il vous a dit de me donner cela ! me dit-il, tenant les billets comme s'il se fût agi d'une relique. Il a sûrement dû vous dire autre chose !

» Il me regardait de ses yeux exorbités, torturés. Je ne lui répondis pas aussitôt, car je venais d'apercevoir les traces de piqûres dans son cou. Deux marques semblables à des écorchures, à droite, juste au-dessus du col sale. L'argent claquait au vent dans sa main ; il avait oublié la circulation du soir, les gens qui se pressaient autour de nous.

» — Rangez-le, murmurai-je. Oui, il a parlé de vous, il a dit qu'il était important que vous continuiez votre musique.

» Il me regardait comme s'il avait attendu autre chose.

» — Oui ? C'est tout ? demanda-t-il.

» Je ne savais que lui dire. J'aurais fait n'importe quoi pour lui donner quelque réconfort — pour le tenir à distance également. Il était pour moi douloureux de parler de Lestat, et les mots s'évaporaient avant d'avoir franchi mes lèvres. Par ailleurs, les traces de piqûres me faisaient m'interroger. Je ne comprenais pas. Je finis par raconter n'importe quoi — que Lestat lui adressait ses meilleurs vœux, qu'il avait pris un bateau à vapeur jusqu'à Saint Louis, qu'il allait revenir, que la guerre était imminente et qu'il avait des affaires à régler là-bas... Le jeune homme buvait avidement chacun de mes mots, mais semblait toujours attendre autre chose. Tremblant, le front ruisselant de sueur, il me pressait de continuer, mais soudain, se mordant violemment la lèvre, il s'écria :

» — Mais pourquoi est-il parti ?

» C'était comme si mon discours n'avait servi de rien.

» — De quoi s'agit-il ? lui demandai-je. Qu'avait-il à vous offrir dont vous ayez tellement besoin ? Je suis sûr qu'il voudrait que je...

» — Il était mon ami ! répondit-il en se tournant vers moi brutalement, sa voix se brisant sous l'effet d'une violence réprimée.

» — Vous n'êtes pas bien, lui dis-je. Vous avez besoin de repos. Il y a quelque chose... — je le lui montrai du doigt, attentif au moindre de ses mouvements — sur votre gorge.

» Il ne savait même pas de quoi je voulais parler. Ses doigts cherchèrent l'endroit, le trouvèrent, le frottèrent.

» — Quelle importance ? Je ne sais pas ce que c'est... Des insectes... il y en a partout. (Il se détourna.) N'a-t-il rien dit d'autre ?

» Je le regardai longtemps remonter la rue Royale ; la foule s'ouvrait devant lui pour livrer passage à sa silhouette maigre et hagarde, vêtue d'un noir passé.

» Je parlai aussitôt à Claudia des blessures de sa gorge.

» C'était notre dernière nuit à La Nouvelle-Orléans. Nous devions monter à bord du navire le lendemain, juste avant minuit, pour partir tôt dans la matinée. Nous avions décidé de sortir ensemble. Elle commençait à paraître anxieuse, et sur son visage il y avait même une certaine tristesse, qui avait survécu à sa crise de larmes.

» — Que peuvent vouloir dire ces marques? demanda-t-elle. Qu'il buvait le sang du musicien quand il dormait, ou que celui-ci le lui permettait? Je n'arrive pas à imaginer...

» — Oui, ce doit être cela, répondis-je.

» Mais j'étais incertain. Je me rappelai cette remarque de Lestat, qu'il connaissait un garçon qui aurait fait un bien meilleur vampire que Claudia. Avait-il vraiment pensé créer un nouveau membre de notre espèce?

» — Cela n'a plus d'importance, Louis, me rappela-t-elle.

» Nous devions faire nos adieux à La Nouvelle-Orléans. Nous nous écartâmes des foules de la rue Royale. J'observais tout ce qui m'entourait avec la plus grande acuité, refusant de penser que c'était la dernière nuit.

» La vieille ville française avait presque entièrement brûlé, longtemps auparavant, et l'architecture à cette époque était ce qu'elle est encore maintenant, de style espagnol; c'est ainsi que, marchant lentement par des rues si étroites que les cabriolets ne pouvaient s'y croiser, nous longions murs blanchis à la chaux et grands portails qui laissaient entrevoir les paradis des patios éclairés de lanternes, patios semblables à notre propre cour, si ce n'est que chacun d'entre eux paraissait receler tant de promesses, tant de sensualité mystérieuse... De grands bananiers caressaient les péristyles des cours intérieures, des masses de fougères et de fleurs encombraient les passages. Au-dessus, dans le noir, on voyait des silhouettes assises aux balcons, dos aux portes ouvertes; à peine entendait-on leurs voix étouffées et le froufroutement des éventails par-dessus le doux souffle de la brise du fleuve. Et sur les murs poussaient si drues la glycine et la passiflore que nous les frôlions au passage, nous arrêtant parfois pour cueillir une rose luminescente ou une vrille de chèvrefeuille. A travers les hautes fenêtres nous apercevions le jeu de la lumière des bougies sur les riches moulures de plâtre des plafonds et souvent l'auréole brillante d'un chandelier de cristal. Parfois apparaissait aux balustrades une figure féminine en tenue de soirée, la gorge brillante de pierreries, dont le parfum ajoutait la note évanescente d'une riche épice à l'odeur des fleurs qui flottait dan⁻ l'atmosphère.

» Nous avions nos rues favorites, nos jardins, nos coins, mais insensiblement nous avions atteint la limite de la vieille ville et la lisière des marais. D'innombrables voitures nous croisaient, entrant en ville par Bayou Road et se dirigeant vers le théâtre ou l'Opéra. Maintenant, les lumières de la ville brillaient derrière nous, et ses parfums mêlés se perdaient dans l'épaisse odeur de pourriture du marécage. La seule vue des grands arbres frissonnants, au tronc couvert de mousse, me rendait malade. Cela m'évoquait Lestat, dont le cadavre obsédait mes pensées comme autrefois le corps de mon frère. Je le voyais s'engloutir profondément parmi les racines des cyprès et des chênes, hideuse forme racornie enveloppée d'un drap blanc. Je me demandais si les créatures nocturnes évitaient, par instinct, l'objet maléfique, desséché et craquelé, ou si au contraire elles s'agglutinaient tout autour dans l'eau putride pour arracher des os sa vieille chair momifiée.

» Je tournai le dos au marais, afin de revenir au giron de la vieille ville, et sentis la douce pression de la main de Claudia qui me réconfortait. De toutes les fleurs qu'elle avait cueillies aux murs des jardins, elle avait confectionné un bouquet qu'elle écrasait contre son sein, sur sa robe jaune, le visage enfoui dans son parfum. Elle me dit, dans un chuchotement si faible que je dus pencher vers elle mon oreille·

» — Louis, tu es troublé. Tu sais le remède. Laisse la chair..., laisse la chair instruire l'esprit.

» Elle lâcha ma main, et je la regardai s'éloigner. Elle se retourna pour murmurer encore le même conseil : « Oublie-le. Laisse la chair instruire l'esprit... » Cela me ramena à ce livre de poèmes que j'avais eu en main lorsque pour la première fois elle m'avait dit ces mots, et je revis la strophe imprimée sur la place :

> *Rouges étaient ses lèvres, libre son allure,*
> *Aussi jaune que l'or était sa chevelure ;*
> *Et sa peau de la lèpre avait l'éclat blafard.*
> *Elle était la Mort Vivante des cauchemars,*
> *Qui glace dans leurs veines le sang des mortels.*

» Elle me sourit du coin de la rue, au loin, petit morceau de soie jaune qui se découpa un court moment sur l'ombre envahissante, puis disparut. Ma compagne, ma compagne pour l'éternité.

» Je tournai dans la rue Dumaine, dépassant à grands pas les fenêtres obscures. Une lampe mourut très lentement derrière un épais rideau de dentelles ; l'ombre projetée de leur dessin sur la brique se dilata, s'affaiblit, puis se confondit aux ténèbres. Je continuai ma route, et arrivai dans le voisinage de la maison de Mme Le Clair ; j'entendis, faibles mais perçants, des violons qui jouaient dans le salon du haut et les rires métalliques des invités. Je m'arrêtai, dans l'ombre, du côté opposé de la rue et regardai les pièces éclairées ; l'un des invités allait de fenêtre en fenêtre, tenant un verre de vin d'un jaune pâle ; il avait l'air de chercher le meilleur point de vue pour regarder la lune. Sans doute le trouva-t-il à la dernière fenêtre, où il s'arrêta, posant la main sur le sombre rideau.

» En face de moi, une porte, dans le mur de brique, s'ouvrait sur un passage dont l'extrémité était éclairée. Je traversai silencieusement la rue et, le portail franchi, respirai les arômes puissants que la cuisine distillait dans l'air — l'odeur légèrement nauséeuse de la viande qui cuit. Je m'introduisis dans le passage. Quelqu'un venait de traverser rapidement la cour et de fermer une des portes de derrière. J'aperçus alors une autre silhouette. Près du fourneau de la cuisine se tenait une mince femme noire. Ses cheveux formaient une tresse tout autour de la tête et ses traits délicatement ciselés luisaient à la lumière comme une figure de diorite. Elle remuait la mixture contenue dans la marmite. Je reconnus le parfum sucré des épices et la verte fraîcheur du laurier et de la marjolaine ; puis, comme une vague, déferla l'horrible odeur de la viande qui cuisait, du sang et de la chair qui se décomposaient dans le liquide bouillant. Je m'approchai et la vis poser sa longue cuillère de fer, puis mettre les mains sur ses hanches généreuses, mais finement profilées jusqu'à la taille étroite dont le ruban blanc de son tablier soulignait la finesse. La marmite écumait et crachait par-dessus bord, sur les charbons ardents, le bouillon qu'elle contenait. L'odeur sombre de la femme me parvint, le parfum épicé de sa peau noire, qui triomphaient de l'étrange mixture qui cuisait et me mettaient au supplice. J'approchai encore et m'adossai à un mur recouvert de végétation. Là-haut, les violons grêles entonnèrent une valse et les couples des danseurs firent gémir le plancher. L'odeur du jasmin qui poussait sur le mur m'inondait, puis refluait comme la mer se retire de la plage nettoyée par ses flots. Le parfum salé de la femme me saisit de nouveau. Elle s'approcha de la porte de la cuisine, inclinant gracieusement son long cou noir tandis qu'elle fouillait des yeux la zone d'ombre qui s'étendait sous les fenêtres éclairées.

» *Monsieur*[1] ! dit-elle en s'avançant dans le rayon de lumière jaune qui tomba sur ses larges seins ronds, sur ses longs bras soyeux et lustrés, puis sur la froide beauté de son visage. Vous venez pour la réception, monsieur ? La réception, c'est en haut...

1. En français dans le texte.

» — Non, ma chère, je ne viens pas pour la réception, dis-je, sortant de l'ombre, c'est pour vous que je viens.

— Tout était prêt lorsque je m'éveillai le lendemain soir : la malle de vêtements était déjà en route pour le bateau, de même qu'un coffre qui contenait le cercueil. Les domestiques étaient partis, les meubles étaient drapés de blanc. Le simple fait de voir les billets de passage, un paquet de notes de crédit et quelques autres papiers, tous rangés ensemble dans un portefeuille noir et plat, faisait que le voyage émergeait dans la vive lumière de la réalité. J'aurais renoncé à tuer si cela avait été possible ; je m'acquittai donc de cette obligation tôt ce soir-là, et de la façon la plus fonctionnelle, ainsi que savait le faire Claudia. Puis, tandis que s'approchait l'heure de notre départ, je me retrouvai tout seul dans l'appartement, à l'attendre. Elle était partie depuis plus longtemps que ne le pouvait supporter mon état d'anxiété. J'avais peur pour elle — quoiqu'elle fût capable d'ensorceler pratiquement n'importe qui et de se faire aider si elle se retrouvait trop loin de la maison. Très souvent, elle avait persuadé des étrangers de la reconduire jusqu'à sa porte, jusqu'à son père, lequel les remerciait avec force effusions d'avoir ramené sa fille perdue…

» Elle rentra en courant. Posant mon livre, j'imaginai que c'était parce qu'elle avait oublié l'heure, qu'elle pensait qu'il était plus tard. Selon ma montre, nous avions encore une heure devant nous. Mais, à l'instant même où elle atteignit la porte, je sus que je me trompais.

» — Louis, les portes ! hoqueta-t-elle, hors d'haleine, la main sur son cœur.

» Elle redescendit en courant jusqu'à l'entrée, et je m'élançai à sa suite. Sur sa prière désespérée, je verrouillai toutes les portes menant à la galerie.

» — Que se passe-t-il ? lui demandai-je. Que t'est-il arrivé ?

» Mais elle se dirigeait maintenant vers les fenêtres de devant, les longues portes-fenêtres qui s'ouvraient sur les balcons étroits qui dominaient la rue. Elle souleva l'écran de la lampe et souffla vivement la flamme. La pièce s'obscurcit, puis s'éclaira graduellement sous l'effet des lumières de la rue. Elle resta un instant pantelante, la main sur sa poitrine, puis vint me chercher et m'attira tout contre elle près de la fenêtre.

» — Quelqu'un m'a suivie, murmura-t-elle. Je l'entendais, derrière moi, rue après rue. Au début, j'ai cru que ce n'était rien...

» Elle s'arrêta pour reprendre son souffle, visage blême sous la lumière bleuâtre qui provenait des fenêtres d'en face.

» — Louis, c'était le musicien !

» — Mais qu'est-ce que cela peut faire ? Il a dû te voir en compagnie de Lestat !

» — Louis ! Il est là, dehors. Regarde par la fenêtre. Essaie de le voir.

» Elle avait l'air terriblement secouée, presque effrayée, et semblait avoir peur de s'exposer sur le seuil de la fenêtre. J'avançai sur le balcon. Claudia resta près des doubles rideaux, mais je gardai sa main dans la mienne. Elle s'agrippait à moi si fort qu'on eût dit qu'elle craignait pour moi. Il était onze heures et la rue Royale était tranquille : les boutiques étaient closes, le trafic consécutif à la sortie du théâtre s'était calmé. Quelque part, sur ma droite, une porte claqua ; j'en vis sortir un homme et une femme qui se pressèrent vers le coin de la rue, la femme cachant son visage sous un énorme chapeau blanc. Leurs pas moururent au loin. Je ne voyais personne, je ne sentais aucune présence humaine. Je n'entendais que la respiration laborieuse de Claudia. Quelque chose remua dans la maison ; je sursautai, puis reconnus les petits raclements et grattements des oiseaux. Les oiseaux… Nous avions même oublié leur existence. Claudia avait sursauté plus fort que moi encore et se serra contre moi.

» — Il n'y a personne, Claudia…, commençai-je.

» Puis je vis le musicien.

» Il se tenait tellement immobile dans l'entrée de la boutique de meubles que je ne l'avais absolument pas remarqué, ce qu'il avait probablement désiré. Car voici qu'il levait maintenant vers moi son visage, qui émergeait de l'ombre comme une lumière blafarde. Toute préoccupation, tout souci avaient disparu de ses traits lugubres. Il me fixa de grands yeux noirs qui saillaient d'une chair trop blanche. Il était devenu vampire.

» — Je le vois, chuchotai-je à Claudia en bougeant le moins possible mes lèvres et lui rendant son regard.

» Je sentis Claudia se serrer davantage contre moi. Ses mains tremblaient, sa paume battait au rythme de son cœur. Lorsqu'elle l'aperçut à son tour, elle eut un hoquet. Il était là, immobile sous mon regard, quand soudain un bruit me glaça d'effroi : un bruit de pas dans l'entrée. Les gonds du portail grincèrent. Puis le même pas, lourd, délibéré, résonna sous la voûte du passage à voitures. Un pas assuré, familier. Il était maintenant dans l'escalier en spirale. Un faible cri sortit de la gorge de Claudia, qu'elle étouffa aussitôt de la main. Le vampire caché dans l'encoignure de la porte du marchand de meubles n'avait pas bougé. Et je savais quels étaient ces pas dans l'escalier. Quels étaient ces pas sur le palier. C'étaient ceux de Lestat. Lestat qui tirait sur la porte, qui la cognait maintenant, qui essayait même de l'enfoncer. Claudia recula dans un coin de la pièce, le corps plié en deux, comme si on lui avait porté un coup violent, et ses yeux s'agitaient follement, se portant tantôt sur moi, tantôt sur la silhouette en contrebas, dans la rue. Le martèlement sur la porte s'amplifia. C'est alors que j'entendis sa voix : « Louis ! appelait-il, Louis ! » rugissait-il derrière la porte. Puis ce fut un bruit de verre brisé à la fenêtre du salon qui donnait sur la galerie. J'entendis que l'on tournait de l'intérieur la poignée de la fenêtre. Vite, j'attrapai la lampe, frottai une allumette si violemment que dans mon affolement je la cassai, puis je réussis à obtenir la flamme que je désirais et gardai en équilibre dans ma main le petit récipient plein de kérosène.

» — Ne reste pas près de la fenêtre. Ferme-la, dis-je à Claudia.

» Elle obéit comme si cet ordre soudain, clair et sonore, l'avait arrachée à sa peur paralysante.

» — Et maintenant, allume l'autre lampe, tout de suite.

» Elle cria au moment où elle frottait l'allumette. Lestat descendait le couloir.

» Il apparut à la porte. Je laissai échapper un hoquet de frayeur et dus bien reculer sans le vouloir de plusieurs pas quand je le vis. Claudia hurla encore. C'était Lestat, sans aucun doute, un Lestat restauré, qui se tenait dans l'embrasure de la porte, un Lestat aux yeux proéminents, penché en avant et se retenant comme un ivrogne au chambranle pour éviter de plonger tête la première dans la pièce. Sa peau n'était qu'un écheveau de cicatrices, le cache hideux d'une chair meurtrie ; chaque sillon creusé par sa « mort » avait laissé sur lui sa trace. Il était brûlé et marqué comme si on l'avait frappé au hasard à l'aide d'un tisonnier rougi, et ses yeux, autrefois d'un gris clair, étaient injectés de vaisseaux éclatés.

» — Recule..., pour l'amour de Dieu..., murmurai-je. Recule, ou je te lance ça. Cela te brûlera tout vif.

» Au même moment, j'entendis sur ma gauche un bruit, une sorte de grattement contre la façade de la maison. C'était l'autre. Je vis ses mains sur le balcon de fer forgé. Claudia laissa échapper un cri perçant au moment où il se jetait de tout son poids sur les vitres des portes-fenêtres.

» Il m'est impossible de vous dire par le détail ce

214

qui se passa ensuite. Je ne me le rappelle pas vraiment. Je me souviens d'avoir lancé la lampe sur Lestat. Elle s'écrasa à ses pieds et aussitôt des flammes s'élevèrent du tapis. Je me rappelle aussi d'avoir fait une torche d'un grand morceau de drap bouchonné que j'avais arraché au lit et enflammé. Mais avant cela je m'étais battu avec lui, opposant à sa force considérable de sauvages coups de poing et coups de pied. De quelque part, derrière, me parvenaient les cris de panique de Claudia. L'autre lampe fut brisée. Les tentures des fenêtres s'enflammèrent. Je me rappelle que le kérosène suintait des vêtements de Lestat et qu'à un moment il dut gifler férocement les flammes. Il n'arrivait pas à garder son équilibre, ses gestes étaient maladroits, mal coordonnés ; cependant, lorsqu'il me tint dans son étreinte, je dus de mes dents lui déchirer les doigts pour me libérer. Dans la rue, il commençait à y avoir du bruit, des cris, une cloche qui sonnait. La chambre s'était elle-même transformée en un véritable enfer. J'aperçus, grâce à une violente flambée de lumière, Claudia qui se battait contre le vampire nouveau-né. Il semblait incapable de refermer les mains sur elle, tel un humain s'acharnant gauchement sur un oiseau. Je me rappelle avoir roulé dans les flammes en étreignant Lestat. La chaleur me suffoquait et, quand il m'écrasait de sa masse, je voyais les flammes dépasser de son dos. Puis Claudia émergea de la confusion et se mit à le frapper à coups redoublés avec le tisonnier, jusqu'à ce qu'il relâchât son étreinte et qu'ainsi je pusse me dégager. Mais le tisonnier continuait de battre, et les grognements de Claudia s'élevaient en mesure, semblables aux gémissements inconscients d'un animal forcé. Lestat se tenait la main et une grimace de douleur déformait ses traits. Sur le tapis qui se consumait gisait, désarticulé, l'autre vampire, dont le sang coulait de sa tête ouverte.

» La suite des événements n'est pas claire dans mon esprit. Je crois que j'arrachai le tisonnier aux mains de Claudia, pour en porter un violent coup à la tempe de Lestat. Mais celui-ci semblait insensible, invulnérable à mes assauts. Pendant ce temps, la chaleur avait commencé de roussir mes vêtements et la robe de mousseline de Claudia avait pris feu ; je me saisis d'elle et me précipitai dans l'escalier, tout en essayant d'étouffer les flammes avec mon corps. Je me souviens d'avoir retiré ma veste et de m'en être servi pour battre les flammes, dehors ; je me souviens d'avoir croisé des hommes qui montaient l'escalier. Le passage regorgeait de gens qui allaient s'agglutiner dans la cour, quelqu'un se tenait debout sur le toit en pente de la cuisine en brique. Je pris Claudia dans mes bras et me ruai à travers la foule, ignorant les questions qu'on me posait, me frayant un chemin à coups d'épaule, obligeant les curieux à s'écarter. Puis je me retrouvai libre, Claudia toujours dans mes bras, qui sanglotait et qui haletait à mon oreille. Je dévalai à l'aveuglette la rue Royale, m'engouffrai dans la première ruelle venue et courus, courus, jusqu'à ce qu'il n'y ait plus d'autre bruit que celui de ma course. Et le souffle de sa respiration. Je fis halte. Et nous restâmes là, tous deux, l'homme et l'enfant, écorchés et souffrants, pour peupler de nos profonds halètements le calme de la nuit, de ce qui nous restait de nuit...

DEUXIÈME PARTIE

— Je restai toute la nuit sur le pont du *Mariana,* un bateau français, à surveiller les passerelles. La longue levée était pleine de monde. Dans les luxueux salons du navire, on reçut jusqu'à une heure avancée de la nuit, si bien que le plancher des ponts gémit longtemps sous les pas des passagers et de leurs invités. Enfin, comme l'aube approchait, les groupes de visiteurs partirent les uns après les autres, et les voitures s'en furent par les rues étroites du front de fleuve. Quelques passagers tardifs montèrent à bord, un couple s'attarda pendant des heures à la balustrade. Mais ni Lestat ni son apprenti, s'ils avaient survécu au feu — et j'étais convaincu qu'ils n'étaient pas morts — ne trouvèrent le chemin du bateau. Nos bagages avaient été emportés de l'appartement durant la journée ; et, si nous avions laissé derrière nous quoi que ce fût qui pût leur indiquer notre destination, j'étais sûr que cela avait été détruit. Je montais cependant la garde. Claudia était en sécurité dans notre cabine verrouillée, ses yeux rivés au hublot. Mais Lestat ne se montra pas.

» Finalement, ainsi que je l'avais espéré, les mouvements du départ commencèrent d'ébranler le navire avant le lever du jour. Quelques personnes firent des signes d'adieu depuis la jetée et depuis la digue herbue qui constituait la levée, tandis que le grand bateau se mettait à vibrer puis s'agitait d'une violente secousse latérale, pour glisser enfin en un mouvement majestueux dans le courant du Mississippi.

» Les lumières de La Nouvelle-Orléans se firent de plus en plus petites et pâles, jusqu'au moment où elles ne nous apparurent plus que comme une faible phosphorescence contre le fond des nuages, qui s'éclairait des prémices de l'aube. J'étais las comme je ne l'avais jamais été, mais je restai pourtant sur le pont aussi longtemps que je pus apercevoir cette lumière, car je savais que je pourrais bien ne jamais la revoir. Quelques moments plus tard, nous dépassions, au fil du courant, les appontements des domaines de Frênière et de la Pointe du Lac, mais, comme le long mur de cotonniers et de cyprès commençait d'émerger, vert, de l'ombre, je sus que c'était presque le matin. Il y avait péril à m'attarder.

» Lorsque j'introduisis la clef dans la serrure de la cabine, je ressentis l'épuisement le plus total qu'il m'avait jamais été donné de connaître. Jamais, durant toutes ces années où j'avais vécu au sein de l'élégante famille que nous formions, je n'avais connu la peur dont j'avais fait l'expérience cette nuit-là, cette impression de vulnérabilité, cette terreur à l'état brut. Je ne ressentis pourtant aucun soulagement immédiat, aucune impression de sécurité. Mon seul soulagement fut celui que la lassitude impose, quand ni le corps ni l'esprit ne peuvent davantage endurer la terreur. Car, bien que Lestat fût maintenant à des miles de nous, il avait de par sa résurrection éveillé en moi un nœud d'angoisses complexes auxquelles je ne pouvais plus échapper. Alors même que Claudia me répétait : « Nous sommes à l'abri, Louis, nous sommes à l'abri », et qu'en réponse je murmurais un oui, je revoyais Lestat s'accrocher aux montants de la porte, je revoyais ces yeux bulbeux, cette chair balafrée. Comment avait-il pu revenir, comment avait-il pu triompher de la mort ? Comment était-il possible qu'une créature survive après être devenue cette ruine desséchée ? Quelle que fût la réponse, quelle en était la signification — pas seulement pour lui, mais pour Claudia aussi, pour moi? De lui nous étions à l'abri, mais étions-nous à l'abri de nous-mêmes?

» Le bateau fut frappé par une « fièvre » étrange. Il était pourtant étonnamment propre de toute vermine, quoique à l'occasion on pût trouver ici ou là le corps d'un rat, sec et léger, comme si l'animal fût mort depuis de longs jours. Le passager ressentait d'abord une sorte de faiblesse et une douleur du côté de la gorge. Parfois on y trouvait des marques, parfois les marques étaient ailleurs; quelquefois il n'y avait aucune marque que l'on pût reconnaître, quoiqu'une vieille blessure se fût rouverte et fût de nouveau douloureuse. Quelquefois le passager, qui dormait de plus en plus, à mesure que le voyage et la fièvre progressaient, mourait dans son sommeil. Ainsi y eut-il des ensevelissements en mer à plusieurs reprises, tandis que nous traversions l'Atlantique. Dans ma peur naturelle de la fièvre, j'évitais les passagers, refusais de me joindre à eux au fumoir, d'apprendre leurs histoires, d'entendre leurs rêves et leurs espoirs. Je prenais mes « repas » seul. Mais Claudia aimait observer les voyageurs, elle aimait se tenir sur le pont et les regarder aller et venir dans le soir. Elle aimait venir ensuite, près du hublot où je m'asseyais, me dire tout bas:

» — Je crois que c'est une future proie...

» Je posais alors mon livre et, bercé au rythme doux de la mer, regardais par le hublot, regardais les étoiles, plus claires et plus brillantes que sur la terre ferme, les étoiles qui plongeaient jusqu'à toucher les vagues. Il semblait par moments, lorsque j'étais assis seul dans la cabine noire, que le ciel était venu à la rencontre de la mer, et que par cette rencontre un grand secret serait révélé, un golfe béant serait miraculeusement refermé pour toujours. Mais qui ferait cette révélation, quand ciel et mer seraient devenus indistincts, et que pourtant le chaos se serait résorbé? Dieu? Ou Satan? L'idée m'avait soudain frappé qu'il serait une telle consolation de connaître Satan, de voir sa face, aussi terrible son apparence fût-elle, de savoir que je lui appartenais en totalité, et d'accorder au tourment de mon ignorance le repos éternel, de franchir un voile qui pour toujours me séparerait de ce que j'appelais la nature humaine.

» Il me semblait que le bateau s'approchait toujours plus de ce secret. Le firmament n'avait pas de lisière visible ; il se refermait silencieusement autour de nous, beau à couper le souffle. Mais m'apparut alors l'horreur contenue dans ces deux mots : *repos éternel*. Car dans la damnation il ne pouvait se trouver de repos ; et qu'était ce tourment de l'ignorance, comparé aux feux infatigables de l'enfer ? La mer qui se balançait sous ces étoiles immuables, et les étoiles elles-mêmes, qu'avaient-elles de commun avec Satan ? Et ces images qui nous semblent si glaciales dans notre enfance, alors que nous sommes tellement pris d'une frénésie de vie mortelle que nous ne pouvons qu'à grand-peine imaginer qu'elles soient désirables : les séraphins qui contemplent éternellement la face de Dieu — et la face de Dieu elle-même… — c'était cela le repos éternel, dont cette mer aux vagues doucement berçantes n'était qu'une pâle promesse.

» Cependant, même dans ces moments où le bateau, où le monde entier dormaient, ni le ciel ni l'enfer ne semblaient rien de plus qu'un caprice torturant de mon imagination. Savoir, croire, à l'un ou à l'autre…, c'était peut-être là le seul salut auquel il m'était permis de rêver.

» Claudia, qui avait pris de Lestat le goût de la lumière, allumait les lampes dès qu'elle se levait. Elle possédait un merveilleux jeu de cartes, qu'elle avait acquis de l'une des passagères ; les figures étaient à la mode Marie-Antoinette et l'envers était frappé de fleur de lis dorées sur un fond d'un brillant violet. Elle faisait une réussite où les cartes étaient placées comme les chiffres d'une horloge. Elle se mit à me demander, avec tant d'insistance que je finis par répondre, comment Lestat avait pu faire pour survivre. Elle était tout à fait remise du choc. Si elle se rappelait ses hurlements dans l'incendie, elle se souciait peu d'en entretenir le souvenir. Si elle se rappelait d'avoir, avant que prenne le feu, versé de vraies larmes dans mes bras, cela n'affectait en rien sa conduite ; elle était, comme elle l'avait toujours été, une personne tout à fait décidée, quelqu'un dont le calme habituel n'impliquait ni anxiété ni regret.

» — Nous aurions dû le brûler, dit-elle. Nous avions été des idiots de croire qu'il était mort seulement sur son apparence.

» — Mais comment a-t-il pu survivre ? demandai-je. Tu l'as vu, tu as vu ce qu'il restait de lui.

» Je n'avais aucun goût pour le sujet, vraiment. Je l'aurais volontiers repoussé au plus profond de mon esprit, mais mon esprit s'y refusait. Et c'était elle qui me donnait maintenant les réponses, car, en fait, c'est avec elle-même qu'elle voulait dialoguer.

» — Suppose, tout de même, qu'il ait volontairement cessé de lutter, tentait-elle d'expliquer, alors qu'il était encore en vie, enfermé dans son corps desséché et impuissant, mais conscient et capable de calculer...

» — Conscient dans cet état ! soufflai-je.

» — Et suppose que, une fois dans l'eau du marais, entendant notre voiture s'éloigner, il ait eu assez de forces pour mouvoir ses membres. Il y avait des créatures tout autour de lui dans le noir. Une fois, je l'ai vu arracher la tête d'un petit lézard et regarder le sang couler dans un verre. Imagine sa ténacité, sa volonté de vivre, ses mains tâtonnant dans l'eau pour y attraper ce qui bougeait !

» — Volonté de vivre ? Ténacité ? murmurai-je. Suppose que ce soit autre chose...

» — Et alors, quelque force lui étant revenue, juste assez peut-être pour lui permettre de se traîner jusqu'à la route, il a pu trouver là une victime. Il s'est peut-être accroupi, pour attendre qu'une voiture passe ; il a peut-être rampé, continuant d'absorber au passage le sang des petits animaux qu'il pouvait attraper, jusqu'à une baraque d'immigrants, ou jusqu'à l'une de ces maisons disséminées dans la campagne. Quel spectacle devait-il donner !

» Elle fixa de ses yeux étroits la lampe suspendue au plafond et reprit d'une voix sourde, mais dépourvue d'émotion :

» — Et qu'a-t-il fait ensuite ? Cela me semble clair. S'il ne pouvait rentrer à temps à La Nouvelle-Orléans, il lui était tout à fait possible d'atteindre le cimetière du Vieux-Bayou. L'hospice y dépose tous les jours des cercueils tout frais. Je le vois creuser de ses mains la terre humide, ouvrir l'un de ces cercueils, en jeter le contenu dans les marais et s'y glisser, en sécurité jusqu'à la nuit prochaine dans cette tombe profonde où aucun mortel ne viendrait le déranger. Oui..., c'est ce qu'il a fait, j'en suis sûre.

» Je pensais à ce qu'elle venait de décrire pendant de longs instants, essayant de me représenter la scène. Cela pouvait bien s'être passé de la sorte. Puis je l'entendis ajouter, pensive, en posant la carte qu'elle tenait et en regardant le visage ovale d'un roi poudré de blanc :

» — Moi, j'aurais pu le faire... Et pourquoi me regardes-tu comme ça ? ajouta-t-elle en rassemblant ses cartes, pour en faire un paquet bien net et les battre de ses petits doigts nerveux.

» — Mais tu crois vraiment que... que si nous avions brûlé ses restes il serait mort ? demandai-je.

» — Bien sûr, je le crois. S'il ne reste rien, il ne reste rien. A quoi veux-tu en venir ?

» Elle s'était mise à distribuer les cartes, en posant celles qui me revenaient sur la petite table de chêne. Je les regardai mais n'y touchai pas.

» — Je ne sais pas..., chuchotai-je. Simplement, peut-être n'y avait-il chez lui ni désir de vivre ni ténacité... parce que tout bonnement ce n'était pas nécessaire...

» Ses yeux, fermement rivés sur moi, ne livraient rien de ses pensées et n'indiquaient en rien qu'elle m'eût compris.

» — Parce que peut-être il lui était impossible de mourir…, que peut-être il est, nous sommes… vraiment immortels ?

» Elle me regarda sans rien dire un long moment.

» — Conscient, dans cet état…, finis-je par ajouter, me détournant. Dans ce cas, ne pourrait-on rester conscient dans d'autres conditions ? Le feu, la lumière du soleil…, quelle importance ?

» — Louis, dit-elle d'une voix douce, tu as peur. Tu ne montes pas la garde contre ta peur. Tu ne comprends pas le danger que représente la peur elle-même. Nous connaîtrons les réponses à tout cela lorsque nous trouverons ceux qui les connaissent, ceux qui ont le savoir depuis des siècles, depuis que des créatures semblables à nous-mêmes foulent le sol de la terre. Ce savoir était notre héritage et il nous en a privés. Il a mérité sa mort.

» — Mais il n'est pas mort…, objectai-je.

» — Si, il est mort, répondit-elle. Personne n'a pu s'échapper de la maison, à moins d'avoir couru en même temps que nous, à nos côtés. Non. Il est mort, en compagnie de son ami, l'esthète transi. Conscient ou non, qu'est-ce que cela fait ?

» Elle ramassa les cartes et les mit de côté, puis me fit signe de lui passer les livres qui étaient posés sur la table, près de la couchette, ces livres qu'elle avait sortis de la malle dès notre arrivée à bord — quelques histoires de vampires soigneusement choisies qu'elle avait prises pour guides. Ce n'étaient pas des romans d'horreur anglais, des nouvelles d'Edgar Poe ou autres fantaisies. Seulement ces quelques rares récits de vampires d'Europe de l'Est, qui étaient devenus pour elle une sorte de bible. De fait, dans ces contrées, on brûlait vraiment les restes des vampires que l'on trouvait, après leur avoir enfoncé un pieu dans le cœur et coupé la tête. Elle se plongeait dans ces livres des heures entières, ces vieux livres qu'on avait dû lire et relire avant qu'ils ne se retrouvent de l'autre côté de l'Atlantique. C'étaient des récits de voyageurs, des rapports de prêtres et de savants. Elle traçait l'itinéraire de notre voyage, dans sa tête, sans l'aide de papier ni de plume. Un voyage qui nous emmènerait directement, délaissant les brillantes capitales de l'Europe, vers les rives de la mer Noire, où nous débarquerions, dans le port de Varna, pour commencer notre quête dans les régions rurales des Carpates.

» C'était pour moi une triste perspective, car je rêvais d'autres endroits, d'autres connaissances que Claudia n'avait pas encore commencé d'appréhender. Les graines en avaient été semées en moi des années plus tôt, graines qui germèrent en fleurs amères lorsque notre bateau franchit le détroit de Gibraltar et s'engagea sur les eaux de la mer Méditerranée.

» J'aurais voulu voir ces eaux bleues. Elles ne l'étaient pas. C'étaient les eaux de la nuit, et j'en souffrais atrocement, m'efforçant de me rappeler les mers que mes yeux aveugles de jeune homme avaient regardées comme chose acquise, que ma mémoire indisciplinée avait laissé échapper pour l'éternité. La Méditerranée était noire, noire au large des côtes italiennes, noire au large des côtes grecques, noire, toujours noire, quand, aux heures froides qui précèdent l'aube, où même Claudia dormait, lasse de ses livres et de la maigre ration que la prudence autorisait à sa faim de vampire, je descendais une lanterne à travers les brumes qui se levaient, jusqu'à ce que la flamme brille juste au-dessus du clapotis des vagues. Mais la lumière ne révélait rien de la surface mouvante, rien d'autre qu'elle-même, que la réflection de ce rayon qui voyageait de conserve avec moi, œil immuable qui semblait me fixer depuis les profondeurs et me dire : « Louis, il n'y a que ténèbres au bout de ta quête. Cette mer n'est pas ta mer. Les mythes des hommes ne sont pas tes mythes. Les trésors des hommes ne sont pas tiens. »

» Que cette recherche des vampires du Vieux Monde me remplissait alors d'amertume, une amertume que je pouvais presque goûter sur ma langue, comme si l'air lui-même avait perdu sa fraîcheur ! Quels secrets, quelles vérités avaient donc à nous offrir ces créatures monstrueuses de la nuit ? Quelles devaient être, nécessairement, leurs terribles limites, si jamais nous les rencontrions ? Qu'est-ce qu'un damné peut donc dire à un autre damné ?

» Au Pirée, je ne descendis pas à terre. Mais j'errai en esprit sur l'Acropole, regardai la lune se lever à travers le toit ouvert du Parthénon, comparai ma taille à la hauteur de ses colonnes, me promenai parmi les rues où habitaient ces Grecs qui moururent à Marathon, écoutai le bruissement du vent dans les oliviers antiques. C'étaient les monuments vivants d'hommes immortels, et non les pierres mortes des morts vivants. Ici gisaient les secrets qui avaient triomphé du passage du temps, et que je n'avais qu'à peine commencé d'entrevoir. Rien ne pouvait cependant me détourner de notre quête, mais, tout engagé que j'étais, je n'arrêtais de peser et de repeser le risque énorme contenu dans nos questions — contenu dans toute question trop franche car la réponse peut être porteuse d'un prix incalculable ou d'une tragique menace. Qui savait cela mieux que moi, moi qui avais assisté à la mort de mon propre corps, qui avais vu tout ce que je qualifiais d'humain se flétrir et mourir pour former une chaîne inaltérable qui me liait sans recours à ce monde ? Ce monde dont, spectre au cœur battant, j'étais exilé pour toujours ?...

» La mer me berçait de mauvais rêves, d'âpres souvenirs. Celui d'une nuit d'hiver à La Nouvelle-Orléans, où, errant dans le cimetière Saint-Louis, je vis ma sœur, vieille et voûtée, à la main un bouquet de roses blanches dont les épines étaient soigneusement enveloppées d'un vieux parchemin. Sa tête grise penchée en avant, elle marchait d'un pas décidé, parmi les périls de l'obscurité, vers la tombe où son frère

Louis reposait, aux côtés de son frère cadet... Louis, qui était mort dans l'incendie de la Pointe du Lac, laissant un généreux héritage à un filleul qui portait le même nom et qu'elle ne connut jamais. Ces fleurs étaient pour Louis, bien que ma mort eût daté d'un demi-siècle. A l'égal de la mienne, sa mémoire ne lui laissait pas de paix. Le chagrin aiguisait sa beauté cendrée, le chagrin courbait son dos étroit. Et que n'aurais-je pas donné, alors que je l'observais, pour toucher ses cheveux argentés, pour lui murmurer mon amour, si l'aveu de mon amour n'eût pas eu pour conséquence de lâcher sur ses dernières années une horreur pire que le chagrin. Je la laissai à sa douleur...

» Je rêvais trop. Je rêvais trop longtemps, dans cette prison qu'était le navire, dans cette prison qu'était mon corps, ce corps asservi au cycle des jours et des nuits, comme aucun corps de mortel ne l'a jamais été. Finalement, les montagnes de l'Europe orientale accélérèrent les battements de mon cœur, porteuses d'espoir, espoir unique que quelque part dans cette campagne primitive nous pourrions apprendre pourquoi, sous le regard de Dieu, cette souffrance avait le droit d'exister — pourquoi, sous le regard de Dieu, elle avait pu commencer, et comment, sous le regard de Dieu, elle pourrait finir. Sans ces réponses, je le savais, je n'aurais pas le courage d'en finir moi-même.

» Dans l'entre-temps, les eaux de la Méditerranée étaient devenues celles de la mer Noire.

Le vampire soupira. Le jeune homme s'appuyait sur son coude, le menton dans la main ; ses yeux rouges faisaient un contraste incongru avec l'expression avide de son visage.

— Pensez-vous que je suis en train de jouer avec vous ? demanda le vampire, fronçant pour un instant ses fins et sombres sourcils.

— Non, répondit aussitôt le jeune homme. Mais je pense que j'ai mieux à faire que de vous poser d'autres questions. Dites-moi les choses dans l'ordre où vous le jugez bon.

Il se tut, son regard indiquant qu'il était prêt à entendre la suite.

Un son retentit au loin, à l'intérieur du vieil immeuble de style victorien qui les entourait. C'était le premier bruit de ce genre qu'ils entendaient. Le jeune homme releva les yeux vers la porte du couloir. Il avait oublié que l'immeuble existait. Quelqu'un marchait à pas lourds sur les vieilles lattes du plancher. Mais cela ne troubla pas le vampire, qui regarda ailleurs comme pour s'évader du présent.

— Ce village... Je ne peux vous en dire le nom ; il est parti de ma mémoire. C'était à des kilomètres de la côte, et nous voyagions seuls, en voiture. Et quelle voiture ! C'était un exploit de Claudia, cette voiture — j'aurais dû m'y attendre ; mais les choses me prennent toujours à l'improviste. Dès l'instant que nous étions arrivés à Varna, j'avais perçu en elle certains changements qui m'avaient rappelé qu'elle était la fille de Lestat tout autant que la mienne. De moi elle avait appris la valeur de l'argent, de Lestat elle avait hérité la passion de le dépenser. Il n'était pas question pour elle de voyager autrement que dans la voiture noire la plus luxueuse que nous puissions nous offrir. Elle était équipée de sièges de cuir qui auraient pu accueillir une escouade de voyageurs. Mais nous n'utilisions le splendide compartiment que pour transporter un cercueil de chêne à la décoration tout ordinaire. Derrière étaient attachés deux coffres qui contenaient les vêtements les plus fins que les boutiques avaient été en mesure de nous fournir. Nous allions à vive allure, portés par les roues énormes et légères et par les ressorts souples qui charriaient avec une facilité terrifiante ce fardeau imposant sur les routes de montagne. Il y avait dans cette équipée au travers de cette contrée vide et étrange de quoi donner quelque frisson malgré les doux balancements qu'imprimait à la voiture le galop des chevaux.

» Et c'était bien un pays étrange. Désert, noir, parsemé de châteaux et de ruines souvent obscurcis lorsque la lune passait derrière les nuages. J'y ressentais un type d'anxiété dont je n'avais jamais vraiment fait l'expérience à La Nouvelle-Orléans. Quant aux habitants de ces régions, ils n'étaient guère susceptibles de nous apporter du réconfort. Nous nous sentions nus et perdus dans leurs minuscules hameaux, conscients que parmi eux nous encourions de graves périls.

» A La Nouvelle-Orléans, point n'était besoin de déguiser nos meurtres. Les ravages des fièvres, de la peste, du crime concurrençaient nos forfaits, les dépassaient même. Mais, ici, il fallait espacer les meurtres sur de longues distances afin qu'ils passent inaperçus. Parce que les gens simples qui peuplaient ce pays, et qui auraient probablement trouvé terrifiantes les rues emboutéillées de La Nouvelle-Orléans, étaient parfaitement convaincus que les morts pouvaient se relever pour boire le sang des vivants. Ils savaient nous nommer : vampires, démons. Et nous, qui guettions, sur le qui-vive, la moindre rumeur, ne voulions à aucun prix en créer de nouvelles.

» Seuls, dans notre équipage rapide et somptueux, nous traversions leur pays, luttant pour notre sécurité malgré notre apparence ostentatoire. Dans les auberges, au coin du feu, on racontait des histoires de vampires sans grand intérêt. Ma fille s'y endormait paisiblement sur ma poitrine, tandis que je trouvais invariablement parmi les paysans ou les voyageurs quelqu'un qui parlait assez d'allemand, ou parfois de français, pour discuter avec moi des légendes familières.

» Nous arrivâmes enfin à ce village qui allait devenir le tournant de notre voyage. Quelque délicieuses qu'aient été la pureté de l'air et la fraîcheur des nuits, de cette expédition je ne garde que d'affreux souvenirs que, maintenant encore, je ne puis évoquer sans une vague terreur.

» La nuit précédente, nous nous étions arrêtés dans une ferme où nous n'avions rien appris qui fût de nature à nous mettre en garde. L'apparence désolée de l'endroit tint lieu d'unique avertissement ; car il était tôt encore quand nous arrivâmes, et cependant tous les volets de la petite rue étaient clos et sous le large portail de l'auberge la lanterne qui se balançait était éteinte.

» Les ordures s'amoncelaient devant les entrées. Il y avait d'autres signes encore d'une situation anormale : une boîte de fleurs fanées sous une vitrine close ; un tonneau qui se balançait d'avant en arrière au beau milieu de la cour de l'auberge. L'endroit avait l'aspect d'une ville assiégée par la lèpre.

» Comme je posais Claudia à côté de la voiture, sur le sol de terre battue, je vis un rayon de lumière sous la porte de l'auberge.

» — Mets ton capuchon, dit Claudia vivement. Ils viennent.

» On retirait maintenant la barre de la porte.

» D'abord, je ne vis, à travers la porte à peine entrouverte, que la lumière de l'auberge. Puis une silhouette féminine se découpa dans l'embrasure. La lumière des lanternes de la voiture brilla dans ses yeux.

» — Une chambre pour la nuit ! dis-je en allemand. Et mes chevaux ont sérieusement besoin d'être soignés !

» — La nuit, ce n'est pas un temps pour voyager…, répondit-elle d'une voix bizarre, plate. Surtout avec un enfant.

» Tandis qu'elle parlait, je remarquais d'autres gens dans la pièce, derrière elle. J'entendis leurs chuchotements et aperçus le flamboiement d'un feu. Pour autant que je m'en rendisse compte, c'étaient surtout des paysans qui étaient assemblés autour de l'âtre, à l'exception d'un homme habillé d'une manière très semblable à la mienne, d'un habit de tailleur et d'un manteau jeté sur les épaules. Cependant ses vêtements étaient négligés et usés. Comme nous, c'était un étranger, et il était le seul à ne pas nous regarder. Il dodelinait légèrement de la tête, comme un ivrogne.

» — Ma fille est fatiguée, dis-je à la femme. Nous n'avons d'autre endroit où aller.

» Je pris Claudia dans mes bras. Elle tourna vers moi son visage et je l'entendis murmurer :

» — Louis ! L'ail, le crucifix au-dessus de la porte !

» Je n'avais pas remarqué. C'était un petit crucifix, fait d'un christ en bronze fixé sur la croix en bois, autour duquel l'ail était tressé, sous forme de deux guirlandes entremêlées, l'une d'ail frais, l'autre de gousses flétries et desséchées. La femme suivit le mouvement de mes yeux puis me lança un regard aigu. Elle paraissait épuisée, ses yeux étaient rouges, la main qui retenait son châle sur sa poitrine tremblait. Sa chevelure noire était dans un désordre total. Je m'approchai, presque jusqu'au seuil. Elle ouvrit soudain la porte toute grande, comme si elle avait tout juste pris la décision de nous laisser entrer. Quand je passai devant elle, elle dit une prière. J'en fus certain, bien que ne comprenant pas ses mots slaves.

» La petite pièce, basse de poutres, était pleine de gens, hommes et femmes adossés aux murs grossiers garnis de panneaux, ou assis sur des bancs et même par terre. On aurait dit que le village entier était rassemblé là. Un enfant dormait sur la poitrine de sa mère, un autre sur l'escalier, enroulé dans des couvertures, genoux pliés sur une marche, tête posée sur le degré supérieur, avec ses bras en guise d'oreiller. Partout, de l'ail pendait à des clous ou des crochets, en compagnie de marmites et de carafons. Il n'y avait d'autre lumière que le feu de l'âtre, qui projetait des ombres distordues sur les visages immobiles qui nous observaient.

» Personne n'eut le geste de nous faire asseoir ou de nous offrir quelque chose. La femme finit par me dire en allemand d'emmener mes chevaux à l'étable si je le désirais. Elle me regardait de ses yeux un peu fous, aux bords rougis. Puis, son visage s'adoucissant, elle ajouta qu'elle se tiendrait à la porte de l'auberge avec une lanterne pour m'éclairer, mais que je devais me dépêcher et laisser là l'enfant.

» Cependant, quelque chose avait détourné mon attention. Derrière l'odeur lourde du vin et du bois qui brûlait, j'avais détecté un parfum. Le parfum de la mort. La main de Claudia pressa ma poitrine, et son petit doigt m'indiqua une porte qui s'ouvrait au bas de l'escalier. C'était de là qu'émanait l'odeur.

» Quand je revins, je trouvai une coupe de vin et un bol de bouillon que la femme avait préparés à mon intention. Je m'assis, Claudia sur mes genoux qui ne regardait pas le feu mais cette porte mystérieuse. Tous les yeux comme avant étaient fixés sur nous, sauf ceux de l'étranger. Son profil m'apparaissait maintenant clairement. Il était beaucoup plus jeune que je ne l'avais cru, son apparence hagarde n'étant que la conséquence de l'émotion qui l'étreignait. Il avait en fait un visage maigre mais très agréable, et sa peau claire et constellée de taches de rousseur le faisait ressembler à un petit garçon. Ses grands yeux bleus étaient rivés sur le feu, comme s'il communiquait avec lui, et ses cils et ses sourcils, auxquels la lumière ajoutait un reflet d'or, lui donnaient une expression de franchise et d'innocence. Mais il paraissait misérable, bouleversé et ivre. Soudain, il se tourna vers moi, et je constatai qu'il était en train de pleurer.

» — Parlez-vous anglais ? demanda-t-il, d'une voix qui parut fracassante dans le silence.

» — Oui, répondis-je.

» Il jeta un regard triomphant à la ronde. Les visages restèrent impassibles.

» — Vous parlez anglais ! cria-t-il, étirant les lèvres

en un sourire amer, tandis que ses yeux parcouraient le plafond puis se fixaient sur moi. Allez-vous-en de ce pays. Prenez votre voiture, vos chevaux, fouettez-les jusqu'à l'épuisement, mais quittez ce pays !

» Ses épaules furent prises de convulsions, comme s'il était malade. Il porta la main à sa bouche. La femme, qui maintenant se tenait contre le mur, les bras croisés sur son tablier souillé, dit calmement en allemand :

» — A l'aube, vous pourrez partir, à l'aube.

» — Mais de quoi s'agit-il ? lui murmurai-je.

» Puis je regardai le jeune étranger. Il m'observait, de ses yeux rouges et vides. Personne ne parlait. Dans l'âtre, une bûche s'effondra pesamment.

» — M'expliquerez-vous ? demandai-je doucement à l'Anglais.

» Il se leva. L'espace d'un instant, je crus qu'il allait tomber. Il était beaucoup plus grand que moi. Son corps oscilla d'avant en arrière jusqu'à ce qu'il réussisse à assurer son équilibre en s'appuyant des deux mains au rebord de la table. Son habit noir ainsi que les manchettes de sa chemise étaient tachés de vin.

» — Vous voulez voir ? hoqueta-t-il en me regardant droit dans les yeux. Vous voulez voir par vous-même ?

» Il y avait dans sa voix une couleur douce et pathétique.

» — Laissez l'enfant ! dit brutalement la femme, accompagnant son ordre d'un geste bref et impérieux.

» — Elle dort, répondis-je.

» Me levant, je suivis l'Anglais jusqu'à la porte du bas de l'escalier.

» Il y eut quelque mouvement, comme ceux qui se trouvaient les plus près de la porte s'en écartaient. Nous entrâmes ensemble dans un petit salon.

» Sur le buffet brûlait une unique chandelle. La première chose que je vis fut une rangée d'assiettes délicatement décorées, posées sur une étagère. Il y avait des rideaux à la petite fenêtre et sur le mur brillait une icône du Christ et de la Vierge Marie. Le mur et quelques chaises ne suffisaient pas à enclore la grande table de chêne, où gisait le corps d'une jeune femme, dont les mains blanches étaient croisées sur la poitrine et les cheveux châtains répandus en désordre autour de la gorge fine et blanche et sous les épaules. La mort avait déjà durci son joli visage. Un chapelet aux grains d'ambre brillait à son poignet et sur sa jupe de laine sombre. Près d'elle étaient posés un très joli chapeau de feutre rouge pourvu de larges bords souples et d'un voile ainsi qu'une paire de gants de couleur sombre. On aurait pu croire, à la disposition de ces objets, qu'elle allait se lever incessamment et s'en vêtir. L'Anglais s'approcha et se mit à tapoter doucement le chapeau. Il était sur le point de s'effondrer. Ayant tiré un grand mouchoir de la poche de sa veste, il s'y enfouit le visage.

» — Savez-vous ce qu'ils veulent lui faire? murmura-t-il en me regardant. Pourriez-vous deviner?

» La femme arriva derrière nous et lui prit le bras, mais il se libéra d'une secousse brutale.

» — Savez-vous? insista-t-il, une lueur ardente dans ses yeux. Les sauvages!

» — Cela suffit maintenant! fit la femme dans un souffle.

» Il serra les dents et secoua la tête ; une mèche de cheveux roux tomba devant ses yeux.

» — Éloignez-vous d'elle, dit-il à la femme en allemand. Éloignez-vous de moi!

» On chuchotait dans l'autre pièce. Le jeune Anglais regarda de nouveau la jeune femme, les yeux pleins de larmes.

» — Si innocente…, fit-il d'une voix douce.

» Puis il leva les yeux vers le plafond et, tendant le poing droit, lança:

» — Sois maudit… Seigneur! Sois maudit!

» — Mon Dieu…, souffla la femme en faisant un rapide signe de croix.

» — Vous avez vu ? me demanda-t-il en écartant la dentelle qui enserrait la gorge de la jeune femme, d'un geste prudent qui semblait indiquer qu'il ne pouvait, qu'il ne désirait pas toucher directement la chair rigide.

» Sans aucun doute, il y avait là, sur la gorge, les deux traces de piqûres semblables à celles que j'avais vues des milliers de fois, gravées sur des milliers de peaux jaunissantes. Le jeune homme s'enfouit le visage dans les mains et balança son corps mince et long sur la plante de ses pieds.

» — Je crois que je deviens fou ! gémit-il.

» — Venez, maintenant, dit la femme qui rougit soudain, cramponnée à l'Anglais qui se débattait.

» — Laissez-le tranquille, lui dis-je. Laissez-le, je vais m'occuper de lui.

» Sa bouche se contorsionna.

» — Je vais tous vous jeter dehors, dans le noir, si vous n'arrêtez pas !

» Elle était, en fait, trop lasse pour mettre ses menaces à exécution, trop près elle-même de l'effondrement. Elle nous tourna le dos, resserrant son châle, et s'en fut à pas feutrés. Les hommes qui s'étaient groupés dans l'embrasure de la porte lui ouvrirent un passage.

» L'Anglais pleurait.

» Je savais ce que j'avais à faire ; mais ce n'était pas seulement parce que je mourais d'envie d'apprendre son histoire, au point que mon cœur en battait d'excitation. Il me faisait vraiment pitié. C'était un destin cruel qui m'avait conduit si près de lui.

» — Je vais rester avec vous, lui proposai-je.

» J'approchai deux chaises de la table. Il s'assit pesamment, fixant des yeux la bougie tremblotante posée près de lui. Je fermai la porte. Les murs parurent reculer et le cercle de lumière, autour de sa tête inclinée, gagner en intensité. Il s'appuya contre le buffet et s'essuya le visage avec son mouchoir, puis sortit de sa poche une flasque garnie de cuir, qu'il m'offrit. Je refusai.

» — Voulez-vous me raconter ce qui est arrivé?

» Il fit oui de la tête.

» — Vous pouvez peut-être ramener un peu de raison ici, dit-il. Vous êtes français, n'est-ce pas? Moi, je suis anglais, vous savez

» — Oui, acquiesçai-je.

» Alors, me pressant la main avec ferveur — l'alcool émoussait tellement ses sens qu'il n'en sentit pas la froideur — il me dit que son nom était Morgan et qu'il avait désespérément besoin de moi, comme il n'avait jamais eu besoin de personne. Et, sentant dans la mienne cette main fiévreuse, je me laissai aller à une étrange confidence. Je lui dis mon nom, que personne ou presque ne savait. Mais, perdu dans sa contemplation de la jeune morte, il parut ne pas m'avoir entendu. Ses lèvres formaient une sorte de vague sourire, ses yeux étaient embués de larmes. L'expression de son visage aurait ému n'importe quel être humain, peut-être même au-delà des limites du soutenable.

» — C'est moi qui ai fait ça, dit-il, branlant la tête. Puis je l'ai amenée ici.

» Il leva les sourcils, comme s'il s'interrogeait sur ses propres paroles.

» — Non, dis-je rapidement, ce n'est pas vous qui avez fait ça. Dites-moi qui!

» Mais il semblait troublé, perdu dans ses pensées.

» — Je n'étais jamais sorti d'Angleterre, commença-t-il. Je faisais des peintures, voyez-vous... Quelle importance maintenant!... Les peintures, le livre... Je trouvais tout si étrange, si pittoresque!

» Ses yeux parcoururent la pièce, tandis que sa voix se perdait dans un murmure. Il regarda la morte un très long instant, puis lui dit doucement: « Emily! » — et j'eus le sentiment d'avoir entr'aperçu quelque chose de précieux qu'il gardait dans le secret de son cœur.

» Peu à peu le récit se développa. Ils étaient partis en voyage de noces, avaient traversé l'Allemagne,

236

puis étaient arrivés dans ce pays, allant là où les diligences les emmenaient, là où Morgan trouvait des scènes à peindre. Ils étaient finalement arrivés à cet endroit perdu parce qu'il y avait à proximité un monastère en ruine dont on disait que le charme en était bien préservé.

» Mais Morgan et Emily n'avaient jamais atteint le monastère. Ils avaient trouvé le drame en chemin.

» Il apparut que les diligences ne venaient pas jusqu'ici ; Morgan dut donc payer un fermier pour qu'il les conduise dans sa carriole. Mais, l'après-midi où ils arrivèrent, il y avait grand remue-ménage dans le cimetière proche du village. Le fermier, après avoir jeté un coup d'œil, avait refusé de quitter sa voiture pour aller voir de plus près.

» — C'était comme une procession, tous les gens avaient mis leurs meilleurs habits et quelques-uns portaient des fleurs. A la vérité, je trouvais cela tout à fait fascinant. J'ai voulu voir. J'étais si impatient que j'ai demandé au paysan de nous laisser là, avec nos bagages. Nous apercevions le village, juste un peu plus loin. En réalité, c'était surtout moi qui voulais voir, plus qu'Emily, mais elle était si accommodante, vous voyez, je l'ai laissée finalement, assise sur les valises, et j'ai gravi la colline sans elle. L'avez-vous vu quand vous êtes arrivés, ce cimetière ? Non, bien sûr que non. Remerciez Dieu que votre voiture vous ait amenés ici sains et saufs. Quoique, si vous aviez pu continuer, quel que soit l'état de vos chevaux...

» Il s'arrêta...

» — Quel est donc le danger ? le pressai-je doucement.

» — Le danger... Ah !... les barbares ! chuchota-t-il, regardant vers la porte.

» Puis il prit une autre gorgée à sa flasque et la reboucha.

» — Eh bien, ce n'était pas une procession du tout. J'ai vu ça tout de suite, reprit-il. Les gens n'ont même pas voulu me parler quand je suis arrivé en haut —

vous savez comment ils sont. Mais ils n'ont fait aucune objection à ce que je regarde. La vérité, c'est qu'ils agissaient comme si je n'avais pas été là. Vous n'allez pas me croire quand je vais vous dire ce que j'ai vu, mais il faut que vous me croyiez, parce que, autrement, cela me rendra fou, je le sais.

» — Je vous croirai, continuez, dis-je.

» — Donc, le cimetière était plein de tombes fraîches. Je m'en suis aperçu aussitôt. Certaines avaient des croix en bois toutes neuves et d'autres n'étaient que des monticules de terre couverts de fleurs encore vivaces. Certains des paysans qui étaient là avaient des fleurs à la main aussi, comme s'ils avaient l'intention de décorer les tombes. Mais ils restaient tous complètement immobiles et regardaient deux types qui tenaient un cheval blanc par la bride — et c'était une de ces bêtes ! Il renâclait, piétinait et grattait le sol, tirait de côté comme si l'endroit lui déplaisait. C'était pourtant une belle bête, un splendide étalon, d'un blanc pur. Bien. A un moment — et je ne pourrais pas vous dire comment ils se sont mis d'accord, parce que personne n'a dit un mot — à un moment, l'un des types, le chef, sans doute, a donné au cheval un coup terrible avec le manche d'une pelle, et l'animal s'est enfui vers le haut de la colline, complètement fou. Vous l'imaginez, j'ai pensé que l'on n'allait pas revoir le cheval de sitôt. Mais je me trompais. Une minute après, il a pris un galop tranquille, s'est mis à tourner au milieu des vieilles tombes et puis il est redescendu de la colline jusqu'aux tombes les plus récentes. Tous les gens étaient restés là à le regarder, toujours en silence. Alors, il est arrivé au trot, il a piétiné les tombes de terre, les fleurs, et personne n'a fait un mouvement pour l'attraper par la bride. Puis, tout à coup, il s'est arrêté, juste sur l'une des tombes.

» Il s'essuya les yeux, mais ses larmes étaient presque sèches. Son récit semblait le fasciner, tout autant que moi.

» — Bien, voilà ce qui est arrivé, continua-t-il. Le cheval restait donc là sans bouger, et soudain une sorte de cri est monté de la foule. Non, ce n'était pas vraiment un cri, mais plutôt un mélange de râles et de gémissements — puis tout est redevenu calme. Et le cheval restait toujours là, secouant la tête. Finalement, celui qui était le chef a jailli de la foule et a crié des ordres à plusieurs autres. Et l'une des femmes... a hurlé et s'est jetée sur la tombe, presque sous les sabots du cheval. Je me suis approché autant que j'ai pu. J'ai pu voir le nom de la personne décédée : c'était une jeune femme, morte depuis six mois seulement — les dates étaient gravées aussi — et il y avait cette malheureuse à genoux dans la terre, qui serrait la pierre tombale dans ses bras, comme si elle avait voulu l'arracher du sol. Les autres essayaient de la relever et de la faire partir. J'avais envie de retourner, mais cela m'était impossible, pas avant d'avoir vu ce qu'ils voulaient faire. Et, bien sûr, Emily était tout à fait en sécurité, d'ailleurs personne ne nous prêtait la moindre attention. Bien, finalement, deux d'entre eux ont réussi à faire se lever cette femme et les autres sont arrivés avec des pelles et ont commencé à creuser la tombe. Bientôt l'un des hommes y fut descendu ; tout le monde était si calme qu'on entendait le moindre bruit, la pelle qui creusait là-dedans, et la terre qui retombait en tas. Je n'arrive pas à bien raconter... Il y avait le soleil très haut dans le ciel, et pas un nuage, et tous les paysans tout autour, qui se tenaient maintenant les uns les autres, et puis surtout cette femme si pathétique...

» Il se tut, car ses yeux étaient retombés sur Emily. Je me contentai d'attendre. Je l'entendis boire encore à sa flasque de whisky ; je fus heureux pour lui qu'il en restât tant dans la bouteille, qu'il puisse insensibiliser sa douleur à force de boire.

» — Il aurait aussi bien pu être minuit, sur cette colline, reprit-il d'une voix très basse en me regardant. C'est l'impression qu'on avait. Alors, j'ai enten-

239

du le type qui était dans la tombe. Il était en train de forcer le couvercle du cercueil avec sa pelle! Ensuite, il a jeté les planches au-dehors, à droite et à gauche. Et tout à coup il a jeté un cri affreux! Les autres se sont approchés, et aussitôt tout le monde s'est rué vers la tombe; puis ils ont tous reflué comme une vague en poussant des cris, certains se sont retournés et ont essayé de se sauver en bousculant les autres. Quant à cette malheureuse femme, elle était complètement folle, elle pliait les genoux et essayait de se libérer des hommes qui la maintenaient. Quant à moi, je n'ai pas pu faire autrement que de m'avancer. Je crois que rien n'aurait pu m'en empêcher. Et, je vous le dis, c'est la première fois que je faisais quelque chose comme ça, et, bonté divine, c'est bien la dernière. Maintenant, il faut que vous me croyiez, il le faut! Parce que, là, dans le cercueil, avec le gars qui se tenait debout sur les planches brisées, il y avait la morte, et..., oui, elle était fraîche et rose — sa voix se brisa, ses yeux s'élargirent; il sembla refermer sa main sur l'arrondi d'une pomme invisible, comme pour me supplier de le croire — aussi rose que si elle avait été vivante! Enterrée depuis six mois! Et elle était encore fraîche! On lui a retiré son linceul. Ses mains étaient posées sur sa poitrine, elle avait l'air de dormir.

» Il soupira. Sa main retomba sur sa cuisse; il secoua la tête et resta un moment immobile, les yeux vides.

» — Je vous jure! continua-t-il. Et celui qui était dans la tombe s'est penché et a attrapé la main de la morte. Son bras était aussi souple que le mien! Il a regardé la main de la morte, comme pour en examiner les ongles, puis il a crié quelque chose. Il y avait toujours l'autre femme, à côté de la tombe, qui se débattait, qui donnait des coups de pied aux deux hommes qui la maintenaient, si bien qu'elle projetait de la terre dans la tombe avec ses pieds, et la terre tombait juste sur le visage et les cheveux du cadavre.

Et… elle était si jolie, cette jeune morte ! Ah ! si vous l'aviez vue, et si vous aviez vu ce qu'ils lui ont fait !

» — Dites-moi donc ce qu'ils lui ont fait, fis-je d'une voix douce — mais je savais d'avance ce qu'il allait me dire.

» — Je vais vous le dire…, répondit-il. On ne peut pas savoir ce que signifie une chose pareille avant de l'avoir vue !

» Il me regarda, le sourcil arqué comme s'il était en train de me dévoiler un terrible secret.

» — On ne peut vraiment pas savoir !

» — Non, en effet, renchéris-je.

» — Je vais vous dire… Ils ont pris un pieu, un pieu de bois, figurez-vous. Et celui qui était dans la tombe l'a attrapé, il a pris un marteau et a placé le pieu juste sur son sein. Je n'en croyais pas mes propres yeux ! Alors, il a donné un grand coup et enfoncé le pieu. Je vous le dis, je n'aurais pas pu bouger même si j'avais voulu ; j'avais pris racine. Et alors ce type, ce monstre, a ramassé sa pelle et, à l'aide des deux mains, il l'a plongée dans la gorge de la morte. La tête est partie comme ça.

» Il ferma les yeux, fit une grimace d'horreur et tourna la tête de côté.

» Je le regardais, mais ce n'est pas lui que je voyais. Je voyais cette femme dans la tombe avec sa tête coupée ; et je me sentais, au plus profond de moi-même, agité d'un intense sentiment de révulsion, comme si une main pressait ma gorge, tandis que mes entrailles seraient remontées au-dedans de moi pour bloquer ma respiration. Tout à coup, je sentis la lèvre de Claudia sur mon poignet. Elle regardait Morgan, et probablement depuis un certain temps déjà.

» Morgan releva lentement les yeux sur moi, des yeux fous.

» — C'est ce qu'ils veulent lui faire, dit-il, à Emily ! Mais je ne vais pas les laisser faire. (Il secoua la tête avec détermination.) Je ne vais pas les laisser faire ! Il faut que vous m'aidiez, Louis.

» Ses lèvres tremblaient et son visage était maintenant tellement déformé par son accès soudain de désespoir que j'eus presque, malgré moi, un mouvement de recul.

» — C'est le même sang qui coule dans nos veines, à vous et à moi. Je veux dire... Français, Anglais, nous sommes des gens civilisés, Louis. Eux, ce sont des sauvages !

» — Essayez de vous calmer, maintenant, Morgan, dis-je, tendant la main vers lui. Je veux que vous me disiez ce qui s'est passé ensuite. Vous et Emily...

» Il essayait d'attraper sa bouteille. Je la sortis de sa poche et il retira le bouchon.

» — Vous êtes un copain, Louis, un vrai ami, fit-il avec emphase. Alors, vous voyez, je l'ai emmenée aussitôt. Ils allaient se mettre à brûler le cadavre juste là, dans le cimetière, et il ne fallait pas qu'Emily voie ça, pas pendant que je... (Il secoua la tête.) Il n'y a pas eu moyen de trouver une voiture qui veuille bien nous emmener d'ici ; pas un villageois n'a accepté de partir pour deux jours, le temps qu'il aurait fallu pour nous conduire à un endroit un peu plus civilisé !

» — Mais quelle raison ont-ils donnée, Morgan ? insistai-je.

» Je me rendais bien compte qu'il ne serait bientôt plus en état de répondre.

» — Les vampires ! hurla-t-il, s'éclaboussant la main de whisky. Les vampires, Louis ! Vous pouvez croire une chose pareille ? (De sa bouteille, il désigna la porte.) Une épidémie de vampirisme ! Et tout ça en chuchotant, comme si le Diable en personne écoutait derrière la porte ! Heureusement, Dieu de Miséricorde, ils sauraient bien se débarrasser de toute cette vermine ! Cette pauvre femme du cimetière, par exemple, maintenant, elle ne risquerait plus de sortir de son trou toutes les nuits à coups de griffe pour venir se nourrir de notre sang !

» Il porta la bouteille à ses lèvres.

» — Oh !... mon Dieu..., gémit-il.

242

» Je le regardai boire, attendant patiemment.

» — Et Emily…, continua-t-il. Elle trouvait ça fascinant. Évidemment, avec le feu, là, un bon dîner et un bon verre de vin… Elle n'avait pas vu la morte ! Elle n'avait pas vu ce qu'ils avaient fait ! — sa voix se faisait désespérée. Moi, je voulais vraiment partir. Je leur ai offert de l'argent. « Puisque vous en avez fini, n'arrêtais-je pas de leur dire, l'un d'entre vous pourrait bien accepter cet argent, cette petite fortune rien que pour nous emmener d'ici. »

» — Mais ce n'était pas fini…, murmurai-je.

» Ses yeux se gonflaient de larmes, sa bouche se tordait de douleur.

» — Comment est-ce arrivé ? demandai-je.

» — Je ne sais pas, fit-il dans un râle.

» Il secoua la tête et pressa la flasque contre son front.

» — Le vampire est entré dans l'auberge ?

» — Ils ont dit que c'était elle qui était sortie, reconnut-il, tandis que les larmes se mettaient à couler. Tout était verrouillé ! Ils y avaient pris garde. Les portes, les fenêtres ! Puis le matin est venu. Ils se sont tous mis à crier. Elle avait disparu. La fenêtre était grande ouverte, elle n'était plus là. Je n'ai même pas pris le temps de mettre ma robe de chambre. J'ai couru. Je me suis arrêté pile devant elle, dehors, derrière l'auberge. J'ai presque marché sur elle…, elle était étendue sous les pêchers. Elle tenait à la main une coupe vide. Une coupe vide ! Ils ont dit qu'elle s'était laissé attirer dans un piège…, qu'il lui avait demandé de l'eau…

» La flasque lui échappa. Il plaqua les mains sur ses oreilles et se plia en deux.

» Un long moment, je ne fis que l'observer ; je ne trouvais rien à lui dire. Il se mit à gémir doucement qu'ils voulaient la profaner, qu'ils prétendaient qu'elle, Emily, était devenue un vampire ; je tentai de l'assurer du contraire, mais je pense qu'il ne m'entendit pas.

» Il finit par bouger et faillit tomber en cherchant à atteindre la chandelle. Mais, avant que son bras ne puisse se reposer sur le buffet, son doigt fit vaciller la bougie, et la cire liquide éteignit le petit bout de mèche qui restait. Nous fûmes plongés dans l'obscurité et sa tête retomba sur son bras.

» Toute la lumière de la pièce semblait maintenant rassemblée dans les yeux de Claudia. Le silence se prolongea et je restais là à m'interroger, tout en souhaitant que Morgan ne relève pas la tête. Puis la femme de l'auberge apparut à la porte. La bougie qu'elle portait éclaira l'Anglais : il était endormi, ivre.

» — Partez, maintenant, me dit-elle.

» Des silhouettes noires l'environnaient, et la vieille auberge toute lambrissée résonnait des traînements de pieds des villageois.

» — Allez près du feu !

» — Qu'allez-vous faire ? lui demandai-je en me levant et en attrapant Claudia. Je veux savoir vos intentions !

» — Allez près du feu ! ordonna-t-elle.

» — Non, vous ne ferez pas ça, dis-je.

» Ses yeux se rétrécirent.

» — Sortez ! grogna-t-elle en montrant les dents.

» — Morgan ! appelai-je.

» Mais il ne m'entendit pas ; il ne le pouvait pas.

» — Laissez-le ! dit la femme, véhémente.

» — Mais c'est stupide, ce que vous allez faire. Vous ne comprenez pas ? Cette femme est morte !

» — Louis, chuchota Claudia, si bas qu'on ne pouvait pas l'entendre, en me serrant le cou avec son bras sous mon capuchon de fourrure. Laisse ces gens tranquilles !

» Les autres étaient entrés dans la pièce et encerclaient la table, tournant vers nous leurs faces lugubres.

» — Mais d'où viennent ces vampires ? soufflai-je. Vous avez fouillé votre cimetière ! Si ce sont des vampires, où se cachent-ils ? Cette femme ne peut

244

vous faire aucun mal. Partez donc en chasse, si vous le croyez nécessaire !

» — Le jour seulement, dit-elle d'un ton grave, clignant des yeux et hochant lentement la tête. Le jour, c'est le jour que nous les attrapons.

» — Où ? Là-bas dans le cimetière, en creusant les tombes de vos concitoyens ?

» Elle secoua la tête.

» — Dans les ruines. Ça a toujours été dans les ruines. Nous nous sommes trompés. Du temps de mon grand-père, ils étaient déjà dans les ruines, et ils y sont retournés. Nous allons les démolir pierre par pierre s'il le faut. Mais vous..., sortez, maintenant ! Parce que, autrement, nous allons vous jeter dehors, dans la nuit, sur-le-champ !

» Alors, elle sortit de sous son tablier un pieu qu'elle serrait dans son poing et qu'elle tint dans la lumière tremblotante de sa chandelle.

» — Vous entendez ! Sortez ! répéta-t-elle.

» Les hommes se regroupèrent derrière elle, bouches closes, yeux réfléchissant la lumière.

» — Oui..., dis-je. Je sors. Je préfère cela. Je vais dehors.

» Je la frôlai, la bousculai presque, et les autres se hâtèrent de m'ouvrir un passage. Je posai la main sur le loquet de la porte de l'auberge et le fis glisser d'un geste prompt.

» — Non ! hurla la femme dans son allemand guttural. Vous êtes fou !

» Elle se précipita sur moi, puis fixa des yeux le loquet, abasourdie.

» — Vous savez ce que vous faites ? dit-elle en jetant ses deux mains sur les planches grossières de la porte.

» — Où sont les ruines ? demandai-je calmement. A quelle distance ? sont-elles à gauche ou à droite de la route ?

» — Non, non !

» Elle secoua violemment la tête. J'ouvris de force

245

la porte et sentis sur mon visage la gifle de l'air froid. L'une des femmes, près du mur, fit une remarque acerbe, sur un ton irrité ; l'un des enfants grogna dans son sommeil.

» — Je m'en vais. Je ne vous demande qu'une seule chose. Dites-moi où sont ces ruines, que je puisse passer à l'écart. Dites-le-moi.

» — Vous ne savez pas, vous ne savez pas..., fit-elle.

» Je pris dans ma main son poignet tiède et la tirai lentement par la porte ouverte ; ses pieds raclèrent le plancher, elle jetai des regards affolés. Les hommes s'approchèrent mais s'arrêtèrent dès qu'elle fut, contre ma volonté, plongée dans la nuit. Elle releva la tête d'un mouvement, qui fit retomber ses cheveux sur ses yeux, et regarda ma main et mon visage.

» — Dites-moi..., répétai-je.

» Je m'aperçus que ce n'était pas vraiment moi qu'elle regardait, mais Claudia, qui s'était tournée vers elle et dont le visage était éclairé par le feu de l'âtre. Et ce que voyait la femme, ce n'étaient pas ses joues rondes, ni la moue de ses lèvres, mais les yeux de Claudia, qui la fixaient de toute leur sombre et démoniaque intelligence. La femme se mordit violemment les lèvres.

» — Au nord ou au sud ?

» — Au nord..., murmura-t-elle.

» — A gauche ou à droite ?

» — A gauche.

» — Et à quelle distance ?

» elle essayait désespérément de libérer son poignet.

» — A trois miles, gémit-elle.

» Je la lâchai brutalement, ce qui eut pour effet de la faire retomber contre la porte, les yeux dilatés par la peur et la confusion. J'étais sur le point de partir, quand je l'entendis soudain me crier d'attendre. Me retournant, je m'aperçus qu'elle avait arraché le crucifix de la poutre qui était au-dessus de sa tête et qu'elle me le tendait. Sur le sombre paysage de cauchemar de ma mémoire, je revis Babette me foudroyant du regard et disant : « Arrière, Satan ! » Mais le visage de la femme ne montrait rien que du désespoir.

» — Prenez-le, s'il vous plaît, au nom de Dieu, dit-elle, et roulez vite.

» La porte se referma, nous laissant tous deux, Claudia et moi, dans l'obscurité la plus totale.

— Quelques minutes plus tard, le tunnel de la nuit s'était refermé autour des faibles lanternes de notre équipage, comme si le village n'avait jamais existé. Nous foncions sur la route, foncions dans les virages, et les ressorts grinçaient au rythme des cahots. Par instants, la lune pâle révélait le contour indistinct des montagnes, par-delà les sapins. Je ne pouvais m'empêcher de songer à Morgan, de réentendre sa voix. Cela se mêlait à ma propre angoisse de bientôt rencontrer la chose qui avait tué Emily, cette chose qui, sans question, était des nôtres. Claudia était folle d'excitation. Si elle avait pu mener les chevaux elle-même, elle aurait pris les rênes. Elle me pressait sans cesse d'utiliser le fouet et frappait sauvagement les quelques branches basses qui surgissaient soudain dans la lumière des lampes, devant nos visages. Le petit bras qui me serrait à la taille, sur le banc qui roulait et tanguait, avait la fermeté de l'acier.

» Je me rappelle un virage aigu, où les lanternes ferraillèrent et où Claudia cria contre le vent :

» — Là-bas, Louis, tu vois ?

» Je tirai rudement sur les rênes.

» Elle était à genoux, blottie contre moi, tandis que la voiture se balançait comme un navire en mer.

» La lune s'était libérée d'un grand nuage cotonneux et le contour sombre d'une tour s'élevait confusément au-dessus de nous. Une longue fenêtre s'ouvrait dans la paroi en ruine. Agrippé au banc, j'essayai, tandis que la voiture se stabilisait sur sa suspension, de calmer les mouvements qui continuaient d'agiter mon crâne. L'un des chevaux hennit. Puis tout fut tranquille.

» Claudia disait :

» — Louis, viens...

» Je murmurai un refus précipité et irrationnel. J'avais l'impression, distincte et terrifiante, que Morgan était près de moi, et qu'il me parlait de sa voix sourde et passionnée. Aucune créature vivante ne remuait dans la nuit. Il n'y avait que le vent et le doux murmure des feuilles.

» — Crois-tu qu'il sait que nous venons ? demandai-je, d'une voix que je ne reconnus pas dans le bruit du vent.

» J'étais encore comme prisonnier de cette petite salle de l'auberge ; l'épaisse forêt qui nous entourait n'était pas réelle... Je crois que je frissonnai. Puis je sentis la main de Claudia toucher très doucement la mienne. Les sapins élancés se mirent à ondoyer derrière elle, tandis que le murmure des feuilles s'amplifiait, comme si la bouche énorme du dieu des vents avait aspiré la brise pour la recracher sous forme de bourrasque.

» — Ils vont l'enterrer à la sortie du village ? Est-ce ce qu'ils vont faire ? Une Anglaise ! murmurai-je.

» — Si seulement j'avais ta taille..., disait Claudia, et si tu avais mon cœur ! Oh ! Louis !...

» Et sa tête s'inclina vers moi, dans un mouvement si semblable à celui du vampire qui se penche pour son baiser de mort que j'eus un réflexe de recul. Mais ses lèvres ne firent que se presser contre les miennes, cherchant la position idéale pour aspirer mon souffle et m'insuffler le sien, tandis que je l'enserrais de mes bras.

» — Laisse-moi te conduire..., supplia-t-elle. Il n'est plus possible de revenir en arrière, maintenant. Prends-moi dans tes bras et pose-moi par terre, sur la route.

» J'eus l'impression que ses lèvres avaient caressé mon visage et mes paupières un temps infini. Puis elle bougea ; la douceur de son petit corps se détacha brutalement de moi, en un mouvement si vif et si gracieux que je la crus un moment suspendue en l'air près de la voiture. Enfin, elle lâcha ma main à laquelle elle s'était un instant retenue. Debout sur la route dans la flaque de lumière frissonnante que projetait la lanterne, elle levait les yeux sur moi. Tout en marchant à reculons, bottine après bottine, elle m'invitait du geste :

» — Louis, descends…

» Quand elle menaça de disparaître dans l'obscurité, je détachai en une seconde la lampe de son crochet et sautai près d'elle dans l'herbe haute.

» — Ne sens-tu pas le danger ? lui murmurai-je. Ne peux-tu pas le respirer, tout comme l'air ?

» L'un de ses sourires élusifs et rapides joua sur ses lèvres, comme elle mesurait du regard la pente de la colline. La lanterne découvrit un sentier à travers la forêt. De sa petite main blanche, Claudia resserra la laine de sa cape, puis elle se mit en marche.

» — Attends, juste un instant…

» — La peur, c'est ton ennemie…, répondit-elle sans s'arrêter.

» Précédant la lumière, elle marcha d'un pied sûr, même quand les hautes herbes laissèrent progressivement la place à de petits tas de pierraille, même quand la forêt s'épaissit et que la tour au loin s'évanouit, sous l'effet conjugué de la lune qui disparaissait et des branches qui s'enchevêtraient au-dessus de nos têtes. Le bruit et l'odeur des chevaux eurent bientôt disparu dans le souffle du vent.

» — Sois sur tes gardes, chuchota Claudia, qui continuait d'avancer sans répit, ne s'arrêtant que de temps à autre là où les taillis de ronces et les rochers pouvaient faire croire un abri.

» Mais les ruines étaient trop vieilles. On ne pouvait deviner si la ville avait été ravagée par la peste, le feu, ou l'ennemi — seul le monastère subsistait vraiment.

» Quelque chose chuchotait maintenant dans les ténèbres, un bruit semblable au vent et au murmure des feuilles. Je vis le dos de Claudia se raidir, je vis l'éclair de sa paume blanche comme elle ralentissait son allure. Puis je compris que c'était le bruit de l'eau, l'eau qui descendait la montagne de son cours sinueux, et j'aperçus, loin devant, au travers des troncs noirs, une droite cascade, éclairée par la lune, qui plongeait plus bas vers un étang bouillonnant. La silhouette de Claudia émergea de l'ombre, se découpant sur la cascade. Elle s'agrippa à une racine qui dépassait de la terre humide, à côté du torrent, puis se mit à escalader le fouillis végétal de la colline, s'aidant des mains. Son bras était encore agité d'un léger tremblement. Ses petites bottes se balançaient, et s'enfonçaient pour assurer la prise, puis se libéraient pour un nouveau pas. L'eau était froide et rendait l'air odorant et lumineux tout alentour, si bien que je fis halte un instant. Rien ne bougeait dans la forêt. J'écoutai, m'efforçant calmement de distinguer le son de l'eau de celui des feuilles. Rien ne s'y surajoutait. Une idée s'empara tout à coup de moi, qui me glaça les bras, la gorge, puis le visage, l'idée que la nuit était trop désolée, trop dépourvue de vie. On aurait dit que les oiseaux avaient déserté ces lieux, ainsi que la myriade de créatures qui aurait dû remuer tout au long des rives du ruisseau.

» Mais voici que Claudia se penchait vers moi, depuis la saillie de roches où elle était grimpée, pour me prendre la lanterne, me balayant dans son geste le visage avec sa cape. J'élevai la lampe, et Claudia surgit soudain dans la lumière, tel un étrange chérubin. Elle tendit la main vers moi, comme pour m'aider à escalader, en dépit de sa petite taille. Un moment plus tard, nous avions repris notre marche, au-dessus du torrent.

» — C'est trop calme, soufflai-je. Tu ne trouves pas ?

» Pour toute réponse, elle serra sa main sur la mienne, comme pour dire : « Ne t'inquiète pas ! » La pente de la colline s'accentuait et le silence était éprouvant. J'essayais de voir aux limites mêmes du rond de lumière de la lanterne, de déchiffrer l'écorce des arbres à mesure qu'ils se dégageaient de l'ombre. Il y eut un mouvement dans la nuit ; j'attrapai Claudia et l'attirai presque brusquement contre moi. Mais ce n'était qu'un serpent, qui glissait parmi les feuilles qu'il fouettait de sa queue. Le silence revint. Claudia cependant resta serrée contre moi, sous les plis de ma cape, sa main agrippant fermement le tissu de ma veste. C'était elle qui semblait me tirer en avant, tandis que ma cape retombait sur l'étoffe lâche de la sienne.

» L'odeur de l'eau eut bientôt disparu, et, grâce à un rayon de lune, j'aperçus tout droit devant nous une sorte de brèche dans les bois. Claudia empoigna fermement la lanterne et en referma la porte de métal. Je voulus l'en empêcher, mais sa main se débattit dans la mienne. Elle me dit calmement :

» — Ferme les yeux un instant et rouvre-les lentement. Et alors tu le verras.

» Comme je lui obéissais, un frisson me parcourut ; j'agrippai son épaule. Puis je rouvris les yeux, et, au-delà des troncs rugueux, j'aperçus les longs murs bas du monastère et le sommet carré de la haute tour massive. Au loin, au-dessus d'une vallée sombre et immense, luisaient les pics couverts de neige des Carpates.

» — Viens, me dit-elle. Et marche doucement, comme si ton corps était sans poids.

» Sans hésiter, elle se dirigea droit sur les murs en ruine, droit sur la chose, ou sur les choses, qui nous y attendaient peut-être, terrées dans leurs abris.

» Nous trouvâmes très vite la fissure qui nous permettrait de nous introduire, une grande ouverture encore plus noire que les murs qu'elle déchirait et dont les bords étaient couverts de broussailles qui semblaient en sceller les pierres. J'aperçus, par le toit effondré, à travers les traînées de nuages, un faible scintillement d'étoiles. L'odeur humide des pierres emplissait mes narines. Un grand escalier, jeté d'un coin à un autre, montait jusqu'aux fenêtres étroites qui surveillaient la vallée, et sous les premières marches, au travers d'une vaste et sombre échancrure, les autres salles du monastère émergeaient de l'obscurité.

» Claudia avait pris l'immobilité des pierres. Dans l'enclos humide, pas même l'une de ses boucles tendres ne remuait. Elle écoutait. Je me mis à l'imiter. On n'entendait rien que le faible bruit de fond du vent. Puis elle bougea, lentement, mais avec détermination, et de la pointe du pied nettoya peu à peu un endroit de la terre humide qui le recouvrait. Il y avait là une pierre plate, qui rendit un son creux lorsqu'elle la frappa doucement du talon. Je m'aperçus alors de sa grande taille, et de la façon dont l'un des coins dépassait du sol. Une image me vint à l'esprit, terrifiante de précision, celle d'une troupe d'hommes et de femmes du village qui entouraient cette pierre et la soulevaient à l'aide d'un levier géant. Les yeux de Claudia se portèrent sur l'escalier, puis sur la porte effondrée qui s'ouvrait dessous. La lune brilla un instant au travers d'une fenêtre élevée. Claudia bougea de nouveau, d'un mouvement si preste que je la retrouvai soudain près de moi sans qu'elle eût fait un bruit.

» — Entends-tu ? me souffla-t-elle. Écoute !

» C'était si faible qu'aucun mortel n'eût pu l'entendre. Et cela ne venait pas des ruines. Cela venait de plus loin, non pas du chemin sinueux que nous avions emprunté pour gravir la pente, mais d'un autre côté de l'échine de la colline, la route la plus directe vers le village. Un simple bruissement, un grattement léger, mais régulier ; puis l'on put distinguer progressivement le piétinement d'un pas. Claudia serra ma main dans la sienne, et d'une douce pression me fit avancer en silence, sous la pente de l'escalier. Plus bas que la frange de sa cape, les plis de sa robe faisaient de légères boursouflures. Le piétinement se fit plus fort, et je commençai de distinguer très nettement le bruit de chacun des pas. L'un des deux pieds raclait lentement le sol. Les pas rendaient un son flasque, qui s'approchait et dominait de plus en plus le sifflement faible du vent. Mon pouls s'accéléra ; les veines de mes tempes se mirent à palpiter, un frémissement parcourut mes membres ; je sentis contre ma peau l'étoffe de ma chemise, l'angle raide de mon col, je perçus le frottement des boutons de mon habit contre ma cape.

» Alors, le vent apporta une faible odeur. C'était l'odeur du sang, qui m'excita aussitôt, contre mon gré, l'odeur tiède et sucrée du sang humain, du sang qui s'égouttait, qui coulait ; puis me parvint l'odeur de la chair vivante, et j'entendis un souffle sec et rauque qui haletait au rythme des pas. Un autre son s'y mêla, faible et noyé dans le premier et qui se précisa à mesure que les pas résonnaient plus près des murs ; c'était la respiration hésitante et pénible d'une autre créature, dont je pouvais aussi entendre le cœur, aux battements irréguliers, terrifiés. Mais il y avait, en arrière-plan, un autre cœur qui battait, de plus en plus fort, un cœur aussi puissant et régulier que le mien ! Alors, à travers la brèche aux bords déchiquetés par laquelle nous avions pu entrer, je le vis.

» Sa grande épaule massive émergea la première, suivie d'un long bras ballant au bout duquel pendait la serre de ses doigts recourbés. Puis sa tête apparut. Sur l'autre épaule, il charriait un corps. Il se redressa sur le seuil de la brèche, changea le point d'appui de son fardeau et darda son regard dans l'obscurité, droit vers nous. Tandis que je l'observais, chacun de mes muscles prit la rigidité du fer. Le contour de sa tête se détachait vaguement sur le fond du ciel, mais il était impossible de rien deviner de ses traits, si ce n'est qu'un rayon de lune brillait sur son œil et le rendait semblable à un éclat de verre. Puis le rayon de lune se refléta sur les boutons de son vêtement, qui se mirent à bruire lorsque, son bras ballant de nouveau à son côté, sa longue jambe à demi fléchie, il se mit à avancer, droit sur nous, droit sur la tour.

» Je tenais fermement Claudia, prêt à l'abriter derrière mon dos et à m'avancer à la rencontre du vampire. Mais c'est alors que je m'aperçus avec stupéfaction que ses yeux ne me voyaient pas réellement. Il continuait d'avancer péniblement, ployant sous son fardeau, vers la porte du monastère. La lune éclaira sa tête penchée, la masse ondoyante de la chevelure noire qui retombait sur les épaules voûtées, la manche noire de son habit. Mais son vêtement était dans un triste état : les pans de sa veste étaient méchamment déchirés et les manches semblaient décousues de l'épaule. Je m'imaginai presque apercevoir sa chair. La créature humaine qu'il charriait se mit à remuer et poussa un lamentable gémissement. Il s'immobilisa un instant et parut flatter sa proie de la main. C'est à ce moment que je m'écartai du mur pour aller à sa rencontre.

» Aucun mot ne sortit de mes lèvres : je ne savais que dire. Je ne sus qu'avancer dans la lumière de la lune. Il releva sa tête brune avec un sursaut, et je vis ses yeux.

» Il me regarda un long moment. Un rayon de lune fit luire ses pupilles et ses deux canines aiguës. Alors sembla jaillir du plus profond de sa gorge un cri sourd et étranglé dont je crus, l'espace d'une seconde, que c'était le mien. Il jeta au sol, sur les pierres, sa victime humaine, qui laissa échapper une plainte vacillante. Et le vampire se précipita sur moi, poussant de nouveau son cri tandis que son souffle fétide et puant parvenait à mes narines et que ses doigts semblables à des griffes déchiraient la fourrure de ma cape. Je tombai à la renverse et ma tête heurta le mur, tandis que je refermais la main sur le nœud d'immondices qu'était sa chevelure. L'étoffe humide et pourrie de son habit se déchira tout de suite sous mon étreinte, mais le bras qui me maintenait était de fer. Tandis que je me débattais pour repousser sa tête, ses crocs touchèrent la chair de mon cou. Derrière lui, Claudia cria. Quelque chose heurta durement sa tête, ce qui l'arrêta brutalement. Comme elle le frappait de nouveau, il se retourna dans l'intention de lui porter un coup. J'en profitai pour le frapper du poing au visage, aussi violemment que possible. Tout en s'écartant vivement, Claudia lui envoya une autre pierre ; je me jetai de tout mon poids sur lui et sentis sa jambe infirme se tordre. Je me rappelle avoir cogné sans répit sa tête contre le sol, à en arracher presque les touffes répugnantes de cheveux que mes doigts étreignaient, tandis qu'il essayait de m'atteindre de ses crocs, de me lacérer de ses mains, de ses griffes. Nous nous mîmes à rouler sur le sol, jusqu'à ce que je réussisse à reprendre le dessus. La lune tomba sur son visage. C'est alors que je me rendis compte, entre deux halètements frénétiques, de ce qu'était la créature que je tenais entre mes bras. Les deux yeux énormes saillaient d'orbites vides et deux petits trous hideux tenaient lieu de nez. Le crâne n'était garni que d'une chair putride et racornie et les haillons répugnants et pourris qui couvraient sa carcasse étaient imprégnés d'une couche épaisse de terre, de boue et de sang. C'était avec un cadavre, un cadavre animé mais sans âme, que j'étais aux prises. Rien de plus.

» Une pierre aiguë tomba juste sur son front, ce qui fit jaillir une fontaine de sang entre ses deux yeux. Il voulut se débattre, mais une autre pierre s'écrasa si violemment que j'entendis les os se briser. Le sang coula sous les cheveux emmêlés, imbibant les pierres et l'herbe. Je sentais encore sa poitrine palpiter sous mon corps, mais ses bras, après avoir été secoués d'un frisson, se raidirent. Je me relevai, gorge nouée, cœur brûlant, chaque fibre de mon corps douloureux de la lutte. J'eus brièvement l'impression que la tour chavirait, puis le monde fut à nouveau stable. Je m'adossai au mur pour regarder le monstre. Le sang battait à mes tempes. Je m'aperçus peu à peu que Claudia était agenouillée sur sa poitrine et qu'elle fouillait la masse de cheveux et d'os qui avait été sa tête. Elle était en train d'éparpiller les fragments de son crâne. Nous avions rencontré le vampire d'Europe, la créature du Vieux Monde. Il était mort.

— Je restai longtemps étendu sur le large escalier, sans m'inquiéter de l'épaisse couche de terre qui le recouvrait, les yeux fixés sur le cadavre. Le sol était frais à mon visage. Claudia était debout aux pieds de la créature, mains mollement pendues à ses côtés. Je la vis fermer les yeux, de ses minuscules paupières qui firent de son visage une petite tête de statue, blanche dans la lumière de la lune. Puis son corps commença de se balancer très lentement.

» — Claudia, appelai-je.

» Elle se réveilla. Je lui avais rarement vu un air aussi lugubre. Elle me désigna du doigt l'homme qui gisait plus loin, à l'autre bout du sol de la tour, près du mur. Il était toujours immobile, mais je savais qu'il n'était pas mort. Je l'avais complètement oublié, tout à la douleur que je ressentais dans mon corps, mes sens encore obscurcis par la puanteur du cadavre ensanglanté. Mes yeux retrouvèrent leur acuité. Quelque part dans mon esprit, je sus ce que serait son destin, et cela me fut indifférent. Je savais aussi qu'il n'y avait plus guère qu'une heure avant l'aube.

» — Il bouge, me dit-elle.

» J'essayai de me lever. Mieux vaut qu'il ne se réveille pas, aurais-je voulu dire, mieux vaut qu'il ne se réveille plus. Elle s'avança vers lui, indifférente à la chose morte qui nous avait presque tués tous deux. Je ne voyais que son dos, et derrière elle l'homme qui remuait, qui tordait son pied dans l'herbe. Je ne sais pas ce que je m'attendais à découvrir en m'approchant ; paysan terrifié ou fermier épouvanté d'avoir contemplé la chose immonde qui l'avait amené ici. Il me fallut un bon moment pour comprendre qui était celui qui gisait là, que c'était Morgan, dont le visage blême apparaissait maintenant dans la lumière de la lune. Sa gorge portait les marques du vampire et ses yeux bleus, muets et inexpressifs, regardaient droit devant eux, dans le vide.

» Quand je fus près de lui, ils s'élargirent soudain.

» — Louis ! murmura-t-il, stupéfait, et ses lèvres continuèrent de bouger, comme s'il essayait de former des mots qui ne voulaient pas sortir. Louis…, répéta-t-il seulement.

Et je m'aperçus qu'il souriait. Un son sec et grinçant sortit de sa gorge tandis qu'il essayait de se mettre sur ses genoux puis tendait le bras vers moi. Son visage blême et convulsé se figea alors que le son mourait dans sa gorge. Il hocha la tête avec désespoir, ses cheveux roux défaits, emmêlés, tombant devant ses yeux. Je pivotai sur moi-même et m'enfuis. Claudia se jeta à ma poursuite et m'attrapa par le bras.

» — Tu vois la couleur du ciel ? siffla-t-elle.

» Morgan, derrière, retomba sur ses mains.

» — Louis ! appela-t-il encore, ses yeux reflétant la lumière.

» Il semblait ne rien voir, ni les ruines ni la nuit, ne rien voir d'autre qu'un visage qu'il reconnaissait ; ses lèvres paraissaient incapables de rien émettre d'autre que ce mot qui était mon nom. Je me bouchai les oreilles en reculant encore. La main qu'il relevait était maintenant pleine de sang, dont l'odeur m'affola tout autant que la vue. Claudia, elle aussi, en avait perçu le parfum.

» Elle s'abattit sur lui vivement et le repoussa sur le sol de pierres. Ses doigts blancs coururent dans les cheveux roux. Morgan essaya de relever la tête. Ses mains tendues formèrent un cadre autour du visage de Claudia, puis se mirent soudain à caresser ses boucles jaunes. Claudia plongea ses dents dans sa gorge et les mains de Morgan retombèrent impuissantes à ses côtés.

» J'étais à la lisière de la forêt quand elle me rattrapa.

» — Tu dois y aller et boire, m'ordonna-t-elle.

» Je sentais l'odeur du sang sur ses lèvres et je voyais la tiédeur de ses joues. Son poignet brûlait contre moi, et cependant je ne bougeai pas.

» — Écoute-moi, Louis, dit-elle d'une voix tout à coup désespérée et irritée. Je l'ai laissé pour toi, mais il est en train de mourir... Nous n'avons presque plus de temps !

» Je l'enlevai dans mes bras et entamai la longue descente. Plus besoin de se cacher, plus besoin d'être prudent, il n'y avait plus de créature surnaturelle pour nous guetter. La porte qui menait aux secrets de l'Europe de l'Est s'était refermée devant nous. Je courais, je fendais l'obscurité.

» — Vas-tu m'écouter ? criait-elle.

» Mais je continuais malgré elle, malgré ses mains qui s'accrochaient à mes vêtements, à mes cheveux.

» — Tu ne vois pas le ciel, tu ne vois pas ? m'invectivait-elle.

» Elle sanglotait presque contre ma poitrine, au moment où je franchis le torrent glacé avec force éclaboussures. Puis je courus tête la première, cherchant des yeux la lumière de la voiture.

» Le ciel était d'un bleu sombre quand je la trouvai.

» — Donne-moi le crucifix, criai-je à Claudia en faisant claquer le fouet. Il n'y a qu'un endroit où aller.

» Elle fut projetée contre moi par le virage aigu que je fis prendre à la voiture pour retourner vers le village.

» D'étranges impressions me traversaient, tandis que la brume se levait parmi les arbres d'un brun foncé. L'air était froid et neuf et les oiseaux avaient commencé de chanter. On aurait cru que le soleil

258

allait se lever. Mais je n'y faisais pas attention ; d'ailleurs, je savais que ce n'était pas l'aube encore, qu'il y avait du temps. C'était une sensation merveilleuse, apaisante. Coupures et griffures brûlaient ma chair et la faim torturait mon cœur, mais ma tête était merveilleusement légère. Mon euphorie dura jusqu'à ce que j'aperçoive la forme grise de l'auberge et le clocher de l'église : ils étaient trop clairs. Et dans le ciel les étoiles s'évanouissaient trop vite.

» Je me précipitai pour frapper à la porte de l'auberge. Avant qu'elle s'ouvrît, j'enveloppai étroitement mon visage dans ma capuche et enroulai Claudia dans ma cape.

» — Votre village est débarrassé du vampire ! dis-je à la femme, qui me regardait, ébahie.

» Je tenais à la main le crucifix qu'elle m'avait donné.

» — Rendez grâces à Dieu pour sa mort. Vous trouverez les restes dans la tour. Dites cela tout de suite à vos gens.

» J'entrai dans l'auberge en la bousculant au passage.

» Il y eut aussitôt des mouvements parmi les villageois assemblés, mais je protestai que j'étais complètement épuisé. Il me fallait prier et me reposer. Qu'ils aillent prendre le coffre qui était dans ma voiture, pour l'apporter dans une pièce convenable, où je pourrais dormir. On devait m'apporter un message de la part de l'évêque de Varna, et c'était là la seule chose pour laquelle on eût la permission de m'éveiller.

» — Dites au bon père, quand il arrivera, que le vampire est mort, puis donnez-lui à boire et à manger et demandez-lui de m'attendre, précisai-je.

» La femme se signait.

» — Vous comprenez bien, lui dis-je en me dirigeant rapidement vers l'escalier, que je ne pouvais révéler ma mission avant que le vampire n'ait été...

» — Oui, oui, répondit-elle. Mais vous n'êtes pas prêtre... L'enfant !

» — Non, je ne suis que quelqu'un de trop versé dans ces matières…, je sais commander au Prince des Ténèbres !

» Je m'arrêtai brusquement. La porte du petit salon était ouverte. Il n'y avait plus sur la table de chêne qu'un carré de drap blanc.

» — Votre ami, me dit-elle en baissant la tête. Il s'est précipité dehors dans la nuit…, il était fou !

» Je me contentai d'acquiescer.

» Lorsque je fermai la porte de la pièce, j'entendis que l'on criait. Il semblait que l'on courait dans toutes les directions. Puis vint le son perçant de la cloche de l'église carillonnant l'alarme. Claudia avait glissé de mes bras et me regardait gravement tandis que je verrouillais la porte. J'ouvris très lentement le volet de la fenêtre. Une lumière glaciale coula dans la pièce. Claudia m'observait toujours. Puis je la sentis à mon côté. Baissant les yeux, je m'aperçus qu'elle me tendait sa main.

» — Tiens, dit-elle.

» Elle avait dû voir mon trouble. Je me sentais si faible que j'avais l'impression de voir son visage briller, que le bleu 'e ses yeux dansait sur ses joues blanches.

» — Bois, souffla-t-elle en s'approchant encore Bois !

» Elle me tendit la tendre et douce chair de son poignet.

» — Non, je sais ce que j'ai à faire ; ne l'ai-je souvent fait dans le passé ?

» Ce fut elle qui referma soigneusement la fenêtre, barricada la lourde porte. Je me rappelle m'être agenouillé auprès de la petite cheminée et avoir exploré le vieux revêtement de bois. Il était pourri sous la surface vernie et céda à la pression de mes doigts. Je vis soudain mon poing passer au travers et sentis dans mon poignet les piqûres acérées des échardes. Je me souviens ensuite qu'après avoir tâtonné dans le noir j'attrapai quelque chose de tiède et de palpitant.

Un souffle d'air glacé frappa mon visage et les ténèbres m'environnèrent, humides et froides, comme une eau silencieuse qui aurait jailli du mur défoncé et empli la pièce. La chambre disparut. Je buvais à un courant sans fin de sang chaud qui coulait dans ma gorge, coulait dans mon cœur palpitant et dans mes veines. Ma peau se réchauffa malgré ce bain glacé. Le pouls qui faisait battre le sang que je buvais se ralentit, et tout mon corps supplia qu'il ne s'arrête pas, mon cœur battit plus fort, pour essayer de faire battre à l'unisson le cœur qui défaillait. Il me sembla que je m'élevais, comme si les ténèbres dans lesquelles je flottais avaient, en même temps que la pulsation du cœur, commencé de se dissiper. Au milieu de mon évanouissement, quelque chose se mit à scintiller, à trembler même légèrement sous l'effet des pas qui résonnaient sur l'escalier, sur les planchers, sous l'effet des roues des carrioles et des sabots des chevaux qui ébranlaient la terre. Cela rendait un petit tintement, tout en frissonnant. Autour du scintillement, il y avait un petit cadre de bois, et le reflet d'un homme apparut à l'intérieur, émergeant du miroitement. Le visage m'était familier. Je reconnaissais sa silhouette longue et mince, ses cheveux noirs et ondoyants. Puis je vis que ses yeux verts scrutaient les miens ; et entre ses dents, entre ses dents il tenait une masse énorme, brune et molle, qu'il pressait fortement de ses deux mains. C'était un rat. Un gros rat brun et répugnant, pattes en l'air, gueule grande ouverte, longue queue recourbée pendant raide. Avec un cri, il jeta l'animal en ouvrant des yeux effarés, tandis que le sang coulait de sa bouche béante.

» Une lumière aveuglante heurta mes yeux. Je luttai pour les garder ouverts. La pièce tout entière était lumineuse. Claudia était juste devant moi. Ce ne fut pas un petit enfant mais une grande personne, presque, qui me tira à soi de ses deux mains. Elle était à genoux, et mes bras encerclaient sa taille. Puis l'obscurité descendit et je sentis Claudia repliée contre moi. Le couvercle se referma. L'engourdissement gagna mes membres, l'oubli me paralysa.

— Et il en fut toujours ainsi, à travers toute la Transylvanie, toute la Bulgarie et toute la Hongrie, à travers tous ces pays où les paysans savaient que les morts vivants battaient la campagne, tous ces pays où abondaient les légendes de vampires. Dans chaque village où nous rencontrâmes le vampire, c'était la même créature.

— Un cadavre sans âme ? demanda le jeune homme.

— Oui, toujours, répondit le vampire. Quand toutefois nous rencontrions vraiment l'une de ces créatures. Je ne m'en rappelle qu'une poignée tout au plus. Quelquefois, nous nous contentions de les observer à distance, ne connaissant que trop bien leurs têtes branlantes et bovines, leurs épaules décharnées, les vêtements pourris, en loques. Dans l'un des hameaux, le vampire était une femme, morte peut-être depuis quelques mois seulement. Les villageois l'avaient aperçue et savaient son nom. C'est elle qui nous donna le seul espoir que nous ayons eu, après l'épisode du monstre de Transylvanie, mais cet espoir se révéla vain. Elle s'enfuit à notre approche, à travers la forêt ; nous la poursuivîmes et finîmes par l'attraper par sa longue chevelure noire. Sa robe blanche de morte était tachée de sang séché, la terre des tombes formait une croûte autour de ses doigts. Quant à ses yeux..., ils étaient vides, sans âme, ce n'étaient que deux flaques qui reflétaient la lune. Pas de secrets, pas de révélations, rien que le désespoir.

— Mais qu'étaient donc ces créatures ? Pourquoi étaient-elles comme ça ? demanda le jeune homme avec une grimace de dégoût. Je ne comprends pas. Comment pouvaient-elles être si différentes de vous et de Claudia, comment pouvaient-elles même exister ?

— J'avais mes théories. Claudia aussi. Mais j'avais surtout mon désespoir, et au milieu de ce désespoir la peur toujours renouvelée d'avoir tué le seul autre vampire semblable à nous-mêmes, Lestat. Pourtant, cela paraissait impensable. Eût-il possédé la sagesse d'un mage, les pouvoirs d'un sorcier... J'en serais arrivé à imaginer qu'il avait d'une façon ou d'une autre réussi à arracher aux mêmes forces qui gouvernaient ces monstres une vie consciente. Mais ce n'était que Lestat, tel que je vous l'ai décrit : sans mystère, aussi familier dans ses limites, finalement, que dans ses charmes. Je voulais l'oublier, mais je ne pouvais m'empêcher de penser à lui sans cesse. Il semblait que le vide des nuits avait pour seule fonction de me faire penser à lui. Quelquefois, il était si vivement présent à mon esprit que j'avais l'impression qu'il venait de quitter la pièce et que le timbre de sa voix y résonnait encore. Il y avait pourtant là-dedans une sorte de confort troublant, et, malgré moi, j'avais souvent la vision de son image. Je le revoyais, non pas tel qu'il nous était apparu, la dernière nuit, dans les flammes, mais beau et élégant comme avant, comme le dernier soir qu'il passa en notre compagnie à la maison, avec ses mains qui jouaient distraitement sur le clavier de l'épinette, sa tête penchée de côté. Lorsque je vis où mes rêves me menaient, je sentis monter en moi un malaise pire que l'angoisse : j'aurais voulu qu'il vive encore ! Dans les nuits sombres de l'est de l'Europe, Lestat était le seul vampire que j'eusse trouvé.

» Les rêves éveillés de Claudia, cependant, étaient d'une nature beaucoup plus pratique. Maintes et maintes fois, elle m'avait fait raconter cette nuit dans un hôtel de La Nouvelle-Orléans où elle était devenue vampire, et sans cesse elle cherchait quelque clef qui pourrait expliquer pourquoi ces choses que nous rencontrions dans les cimetières de campagne n'avaient pas d'âme. Que se serait-il passé si, après avoir absorbé le sang de Lestat, elle avait été mise dans une

tombe, enfermée dedans, jusqu'à ce que l'appel surnaturel du sang la conduise à briser la porte de pierre
du caveau qui la retenait prisonnière, que serait-il
resté alors de son esprit, après qu'il eût été, ainsi,
affamé jusqu'au point de rupture? Son corps aurait
bien pu se sauver tout seul, son esprit l'ayant déserté.
Et elle aurait alors parcouru le monde à l'aveuglette, y
portant ses ravages là où elle pouvait, ainsi que nous
l'avions vu faire par les créatures que nous avions
rencontrées. C'est ainsi qu'elle expliquait la chose.
Mais comment avaient-ils été engendrés, comment
cela avait-il commencé? C'était cela qu'elle ne pouvait expliquer, et qui lui donnait espoir de faire encore
une découverte, alors que moi, par pur épuisement,
j'avais laissé toute espérance.

» — Ils multiplient leur propre espèce, c'est
évident, mais qu'y a-t-il à l'origine? demandait-elle.

» Puis, quelque part dans les environs de Vienne,
elle me posa la question qui n'avait jamais encore
franchi le seuil de ses lèvres : pourquoi ne pouvais-je
pas faire ce que Lestat nous avait fait, à tous deux?
Pourquoi ne pouvais-je faire un autre vampire?
D'abord, je ne compris même pas ce qu'elle voulait
me dire. Dans mon dégoût général pour toutes les
impulsions que je sentais en moi, c'était un point qui
me faisait particulièrement peur. Vous voyez, il y
avait un mécanisme puissant chez moi, dont je n'étais
pas conscient. La solitude m'avait fait penser à cette
possibilité d'engendrer des monstres, bien des années
auparavant, lorsque j'avais succombé à l'attrait de
Babette Frênière. Mais j'avais enfermé cette idée au
plus profond de moi-même, telle une passion impure.
Après, j'évitai les mortels. Je ne tuais que des étrangers. Ainsi, comme Babette, l'Anglais Morgan, du
fait que je le connaissais, avait-il été à l'abri de mon
baiser fatal. Tous deux me causaient trop de tourment. Je ne pouvais songer à leur donner la mort.
Leur donner la vie dans la mort..., c'eût été monstrueux. Dans ces occasions, je tournais le dos à Clau-

dia, sans lui répondre. Mais, pour irritée, pour impatiente qu'elle fût, elle ne pouvait supporter que je m'écarte. Alors, elle revenait près de moi et me consolait de ses mains et de ses yeux, comme si elle eût été ma fille chérie.

» – N'y pense plus, Louis, me dit-elle plus tard, alors que nous étions confortablement installés dans un petit hôtel de banlieue.

» Debout à la fenêtre, je regardais les lumières lointaines de Vienne ; j'avais terriblement faim de cette ville, de sa civilisation, j'avais faim de son immensité. La nuit était claire, mais un peu de brume flottait sur la cité.

» — Je voudrais libérer ta conscience — bien que je n'aie jamais su précisément ce que signifiait ce mot, me chuchota-t-elle à l'oreille, tout en caressant mes cheveux.

» — C'est cela, Claudia, répondis-je, libère ma conscience. Dis-moi que tu ne me parleras plus jamais de faire d'autres vampires.

» — Je ne veux pas créer des orphelins comme nous ! dit-elle, un peu trop vite.

» Mon attitude la tourmentait.

» — Ce que je veux, ce sont des réponses, c'est savoir, reprit-elle. Mais dis-moi, Louis, qu'est-ce qui te rend si certain de ne l'avoir jamais fait sans le savoir ?

» De nouveau, je sentis que je me faisais délibérément stupide Je la regardai d'un air d'incompréhension. J'aurais voulu le silence, j'aurais voulu être dans les rues de Vienne, Claudia marchant auprès de moi. Je ramenai ses cheveux en arrière, caressai du bout des doigts ses longs cils, puis regardai de nouveau les lumières lointaines.

» — Après tout, que faut-il pour faire ces créatures, ces monstres vagabonds ? continuait-elle. Combien de gouttes de ton sang mélangées au sang d'un homme... et quelle sorte de cœur, pour survivre à la première attaque ?

» Je la sentais qui m'observait. Mais je restai silencieux, adossé dans l'encoignure de la fenêtre, à regarder dehors.

» — Cette Emily au teint si pâle, ce pauvre Anglais…, dit-elle encore, sans prendre garde à l'éclair de douleur qui tordit mon visage. Leur cœur ne valait rien, et c'est la peur de mourir, tout autant que le sang qu'ils avaient perdu, qui les a tués. C'est l'idée qui les a tués. Mais que se passe-t-il si le cœur survit ? Es-tu sûr de n'avoir pas donné naissance à une théorie de monstres qui, de temps en temps, s'efforçaient instinctivement et vainement de suivre les traces de tes pas ? Quelle a été la durée de leur vie, à ces orphelins que tu laissais derrière toi — un jour celui-ci, une semaine celui-là — avant que le soleil ne les réduise en cendres, ou que l'une de leurs victimes mortelles ne les abatte ?

» — Arrête ! la suppliai-je. Si tu savais avec quelle précision je me représente tout ce que tu décris, tu n'oserais plus rien dire. Je te dis que cela n'est jamais arrivé ! Lestat m'a asséché de mon sang jusqu'au bord de la mort pour faire de moi un vampire. Et il m'a rendu tout ce sang mêlé au sien. Rien de moins !

» Elle se détourna, baissant les yeux sur ses mains. Je crus l'entendre soupirer. Puis ses yeux revinrent sur moi, me parcourant tout entier avant de finalement rencontrer les miens. Il me sembla qu'elle souriait.

» — N'aie pas peur de mes divagations, dit-elle d'une voix douce. Après tout, la décision finale t'appartiendra toujours. N'est-ce pas ?

» — Je ne comprends pas, répondis-je.

» Un rire froid sortit de sa gorge, tandis qu'elle me tournait le dos.

» — Tu t'imagines ? reprit-elle d'une voix si basse que je l'entendais à peine. Un sabbat d'enfants, c'est tout ce que je pourrais arranger !…

» — Claudia…, murmurai-je.

» — Reste tranquille ! m'interrompit-elle avec

266

brusquerie, quoique toujours à voix basse. C'est que... pour autant que j'aie haï Lestat...

» Elle se tut.

» — Oui..., murmurai-je. Oui...

» — Pour autant que je l'aie haï, avec lui au moins nous étions... au complet.

» Elle me regarda, de dessous ses paupières qui tremblaient, comme si le fait d'avoir un peu haussé la voix l'avait troublée tout autant que moi.

» — Non, il n'y a que toi qui étais « complète »..., répondis-je. Parce que nous étions là tous les deux, un de chaque côté de toi, depuis le début.

« Je crus la voir sourire. Elle inclina la tête, mais, sous les cils, je voyais ses yeux bouger, rouler de droite à gauche, rouler de bas en haut. Enfin, elle dit :

» — Tous les deux à mes côtés... Tu peux te représenter ça aussi, comme tu te représentes tout le reste ?

» Il y avait une nuit, depuis longtemps révolue, qui restait dans mon esprit aussi présente que la réalité, mais je ne lui en parlai pas. Cette nuit-là, elle s'était enfuie, bouleversée, de Lestat ; il l'avait pressée de tuer une femme dans la rue, et c'était cela qui avait provoqué sa fuite et son émoi. Je suis sûr que cette femme ressemblait à sa mère. Elle avait fini par nous échapper complètement, mais je l'avais retrouvée dans une armoire, sous les vestes et les manteaux, serrant sa poupée. Je l'avais portée jusqu'à son petit lit, m'étais assis à son côté et lui avais chanté une chanson. Elle m'étreignait de son regard comme elle étreignait sa poupée, semblant essayer, aveuglément, mystérieusement, de calmer une douleur dont elle n'avait pas encore commencé de comprendre la nature. Pouvez-vous imaginer la scène, cette demeure somptueuse, les lumières basses, et ce père vampire qui chantait pour sa petite fille vampire ? La poupée était la seule à avoir un visage humain, la seule.

» Mais, près de Vienne, la Claudia actuelle disait maintenant :

» — Il faut partir d'ici !

» Il semblait que la pensée venait de prendre forme dans son esprit, porteuse d'une urgence particulière. Elle se tenait l'oreille dans la main, comme pour se protéger d'un bruit horrible.

» — Fuir le chemin qui est derrière nous, fuir ce que je lis dans tes yeux. Car sais-tu que les pensées que je formule en ce moment ne sont pour moi que des considérations banales...

» — Pardonne-moi, dis-je, aussi gentiment que je le pouvais, m'arrachant lentement à cette chambre d'autrefois, à son petit lit froufroutant, à cet enfant-monstre terrifié et à ma monstrueuse chanson...

» Et Lestat, où était Lestat ? Une allumette qui craquait dans la pièce voisine, une ombre surgissant soudain à l'existence, comme le clair et l'obscur venaient à la vie, là où il n'y avait auparavant que ténèbres...

» — Non, c'est toi qui dois pardonner..., me disait-elle à présent, dans cette petite chambre d'hôtel, près de notre première capitale d'Europe occidentale. Ou plutôt pardonnons-nous mutuellement. Lui, nous ne lui pardonnons pas, et pourtant, sans lui, tu vois comment se passent les choses entre nous.

» — Maintenant seulement, parce que nous sommes fatigués et que tout est lugubre..., répondis-je, pour elle et pour moi-même, car il n'y avait personne d'autre au monde à qui je puisse parler.

» — Oui, et c'est cela qui doit finir. Je commence à comprendre que nous avons tout fait de travers depuis le début. Négligeons Vienne. Nous avons besoin de notre langue, de notre peuple. A présent, je veux aller directement à Paris.

TROISIÈME PARTIE

— Je crois que le seul nom de Paris fit déferler sur moi une vague de plaisir extraordinaire, une onde de soulagement si proche d'une sensation de bien-être que je fus stupéfait de pouvoir encore la ressentir — stupéfait aussi d'avoir à ce point oublié ce que c'était.

» Je me demande si vous saisissez bien ce que Paris signifiait pour moi. J'ai du mal à m'exprimer à présent, parce que l'évocation de cette ville a maintenant, dans mon for intérieur, des résonances bien différentes. Pourtant, à y repenser, je ressens encore quelque chose comme du bonheur. Et j'ai plus de raisons aujourd'hui que jamais de dire que le bonheur, je ne risque guère de jamais le connaître, ni de jamais le mériter. Je ne suis pas tellement amoureux du bonheur. Pourtant, le seul nom de Paris m'en donne un peu.

» La beauté des choses mortelles me fait souffrir ; leur majesté peut me remplir de ce désir ardent que j'avais ressenti, si désespérément, tandis que nous naviguions sur la mer Méditerranée. Mais Paris, Paris m'attirait si près de lui, tout contre son cœur, que je m'en oubliais entièrement, que j'en oubliais cette créature surnaturelle anxieuse et damnée qui ne raffolait que de la peau des mortels, que du vêtement des mortels. Paris subjuguait, Paris illuminait et récompensait au-delà de toute promesse.

» Pour commencer, Paris était la mère de La

Nouvelle-Orléans. Paris avait donné à La Nouvelle-Orléans sa vie, sa première population, Paris était ce que La Nouvelle-Orléans avait si longtemps essayé d'être. Mais La Nouvelle-Orléans, malgré sa beauté et sa vie folle, était terriblement fragile. Il y avait en elle quelque chose d'à jamais sauvage et primitif, quelque chose qui menaçait sa vie exotique et raffinée, de l'intérieur comme de l'extérieur. Il n'y avait pas un pouce de ces rues de bois, pas une brique de ces demeures à l'espagnole qui n'eussent été arrachés au pays sauvage et féroce qui environnait la ville pour l'éternité, toujours prêt à l'engloutir. Les ouragans, les inondations, les fièvres, la peste — et la simple humidité du climat de la Louisiane qui travaillait inlassablement chaque façade, de pierre ou de planches équarries — tout cela faisait que La Nouvelle-Orléans semblait n'être qu'un rêve dans l'imagination de son peuple combatif, un rêve matérialisé chaque seconde par une volonté collective tenace quoique inconsciente.

» Mais Paris, Paris était en soi tout un univers, creusé et façonné par l'Histoire. Un univers entier, en cette époque du Second Empire, avec ses hauts immeubles, ses églises massives, ses grands boulevards et ses vieilles rues médiévales tortueuses — un univers aussi vaste et indestructible que la nature elle-même. Rien n'échappait à son embrassement, à son peuple volage et enchanté, familier des galeries, des théâtres et des cafés, qui donnait sans cesse naissance au génie comme à la sainteté, à la philosophie comme à la guerre, à la frivolité comme aux arts les plus raffinés. Ainsi semblait-il que, si le reste du monde venait à sombrer dans les ténèbres, tout ce qu'il y avait de beau, tout ce qu'il y avait de pur, tout ce qu'il y avait d'essentiel pourrait là continuer de faire éclore les fleurs les plus merveilleuses. Même les arbres majestueux qui ornaient et abritaient ses rues participaient de l'harmonie — et de même les eaux de la Seine, qui serpentaient, splendides et contenues, en son cœur.

C'est ainsi que la terre en ce lieu, modelée par le sang et la conscience, avait cessé d'être terre et était devenue Paris.

» Nous étions de nouveau vivants, nous étions amoureux. J'étais si euphorique, après ces nuits d'errance désespérée dans l'est de l'Europe, que je ne fis aucune objection à ce que Claudia nous fît emménager à l'hôtel Saint-Gabriel, sur le boulevard des Capucines. La rumeur disait que c'était l'un des plus grands hôtels d'Europe. Ses immenses pièces rapetissaient dans notre souvenir notre maison de La Nouvelle-Orléans, tout en l'évoquant, de par son confort luxueux. Nous avions demandé l'une des plus belles suites. Nos fenêtres donnaient directement sur le boulevard éclairé au gaz, dont les trottoirs d'asphalte, au début de la soirée, regorgeaient de promeneurs, tandis qu'un fleuve d'équipages coulait interminablement, qui emmenaient des dames somptueusement vêtues, avec leurs cavaliers, à l'Opéra, à l'Opéra-Comique, au ballet, au théâtre ou aux bals et réceptions qui avaient lieu sans cesse au palais des Tuileries.

» Claudia m'avait exposé très gentiment, et très logiquement, les raisons qu'elle avait de dépenser de l'argent. En fait, je voyais bien qu'elle cherchait de plus en plus à faire ses acquisitions par mon intermédiaire ; elle, cela la lassait. L'hôtel, avait-elle expliqué, nous fournissait la liberté la plus totale, car nos habitudes nocturnes passaient inaperçues dans le défilé continuel de touristes en provenance de toute l'Europe, tandis que notre suite était méticuleusement entretenue par un personnel anonyme et que le prix énorme que nous payions garantissait notre intimité et notre sécurité. Mais son appétit de dépense procédait aussi d'une volonté fiévreuse et déterminée.

» C'est mon monde, m'avait-elle expliqué, assise sur une petite chaise de velours devant la fenêtre ouverte du balcon, d'où elle regardait la longue file des coupés qui s'arrêtaient l'un après l'autre devant les portes de l'hôtel. Il faut que je le possède de la manière que j'aime, avait-elle précisé, comme pour elle-même.

» La manière qu'elle aimait, c'était cet étourdissant papier peint rose et or, les innombrables meubles couverts de velours et de damas, les oreillers brodés, les soieries du lit à colonnes... Chaque jour apparaissaient des douzaines de roses sur les cheminées de marbre, sur les tables en marqueterie et dans l'alcôve tendue de draperies qui constituait son cabinet de toilette, où elles se réfléchissaient sans fin dans les jeux de miroirs inclinés. Elle finit par encombrer les hautes portes-fenêtres d'un véritable jardin de camélias et de fougères.

» — Les fleurs me manquent ; elles me manquent plus que n'importe quoi d'autre, disait-elle, rêveuse.

» Elle les recherchait jusque dans les peintures que nous ramenions des boutiques et des galeries, des toiles magnifiques telles que je n'en avais jamais vu à La Nouvelle-Orléans — du bouquet en trompe l'œil de facture classique, qui vous donnait envie de ramasser les pétales tombés sur une nappe en trois dimensions, jusqu'aux peintures d'un style nouveau et troublant, où les couleurs semblaient flamboyer avec tant d'intensité qu'elles en détruisaient les lignes, les contours solides d'autrefois, et qu'elles m'évoquaient ces visions que j'avais lorsque j'étais dans des états proches du délire, où des fleurs s'épanouissaient devant mes yeux et se mettaient à crépiter comme les flammes des lampes. Dans les pièces de notre suite, Paris coulait comme un fleuve.

» Finalement, je me sentais chez moi, dans cet appartement ; j'avais de nouveau abandonné mes rêves de simplicité éthérée pour ce que m'avait offert la gentille insistance de Claudia. C'est que l'air ici était doux comme l'air de notre patio de la rue Royale et que tout s'y animait à la vie grâce à la scandaleuse lumière qu'émettaient à profusion les lampes à gaz, dont les rayons ne laissaient stagner aucune ombre, même parmi les moulures des hauts plafonds. La lumière courait sur l'or des arabesques, scintillait sur les pieds ouvragés des chandeliers. L'obscurité n'existait pas. Les vampires n'existaient pas.

» Préoccupé comme je l'étais par ma quête, il m'était doux cependant de penser que c'était à la recherche de l'Histoire, plutôt qu'à celle de victimes, que père et fille quittaient l'espace d'une heure le luxe et la civilisation pour parcourir en cabriolet les quais de la Seine, traverser le fleuve et rôder parmi les rues sombres et étroites du Quartier latin. Pour retourner simplement, ensuite, auprès du tic-tac de l'horloge, des chenets de cuivre et de la table jonchée de cartes à jouer. Et puis... les livres de poésie, le programme d'une pièce de théâtre, et tout autour le bourdonnement feutré du vaste hôtel, des violons au loin, une femme parlant sur un ton rapide et animé, par-dessus le frottement d'une chevelure brossée, et un homme, beaucoup plus haut, au dernier étage, répétant sans arrêt dans l'air de la nuit: « Je comprends, je commence tout juste, je commence tout juste à comprendre... »

» — Est-ce comme tu l'aurais voulu? m'avait demandé Claudia, peut-être simplement pour me faire savoir qu'elle ne m'avait pas oublié, car elle restait maintenant silencieuse des heures durant — m'épargnant les discussions sur les vampires.

» Mais quelque chose allait de travers. Car sa sérénité nouvelle n'était pas celle d'autrefois, faite de songeries qui étaient recueillement. Il s'agissait de sombres méditations, d'une sorte d'insatisfaction qui couvait sous les cendres. Ses yeux, bien sûr, s'éclaircissaient chaque fois que je l'interpellais ou que je lui répondais, mais la colère semblait toujours près d'affleurer la surface.

» — Tu sais bien ce que j'aurais voulu, avais-je répondu. Une mansarde près de la Sorbonne, ni trop près ni trop loin du bruit du boulevard Saint-Michel... Mais, avant tout, je veux que tout soit comme tu le veux toi-même.

» Je l'avais vue alors s'échauffer un peu, mais son regard restait lointain, comme pour dire : « Tu ne connais pas de remède ; ne viens donc pas voir de trop près ; et surtout, ne me demande pas si je suis satisfaite ! »

» Mon souvenir est trop clair, trop précis ; les choses doivent s'user aux arêtes, et les difficultés non résolues s'aplanir. Mais toutes ces scènes restent proches de mon cœur, comme des images de médaillons, de médaillons si monstrueux qu'aucun peintre, qu'aucun appareil photographique n'aurait jamais pu les fixer. C'était ainsi que sans cesse je revoyais Claudia, à côté du piano où jouait Lestat, ce dernier soir où il devait mourir, le visage de Claudia quand il l'avait insultée, cette grimace qui aussitôt était redevenue masque impassible. Un peu d'attention eût pu sauver sa vie — si toutefois il était mort.

» En Claudia naissait quelque chose qui se révélait peu à peu au témoin involontaire que j'étais. Elle avait une passion nouvelle pour des bagues et des bracelets que les enfants ne portent pas. Sa démarche fière et désinvolte n'avait plus rien d'enfantin ; souvent, m'ayant devancé, elle pénétrait dans quelque petite boutique où elle désignait d'un doigt impérieux le parfum ou les gants qu'elle voulait se payer. Je n'étais jamais loin, et toujours mal à l'aise — non plus que je craignisse quoi que ce soit de la vaste cité, mais parce que Claudia elle-même me faisait peur. Pour ses victimes, elle avait toujours été l'« enfant perdue », l'« orpheline » ; il semblait maintenant qu'elle allait revêtir un autre caractère aux yeux des passants qui lui succombaient, un caractère pervers et choquant. Mais elle chassait souvent en privé ; elle m'abandonnait, l'espace d'une heure, parmi les pierres et les sculptures de Notre-Dame ou dans la voiture, au coin d'un parc.

» Une nuit, m'éveillant sur mon lit somptueux, un livre inconfortablement coincé sous moi, je m'aperçus qu'elle avait disparu. Je n'osai pas demander au personnel de service si on l'avait vue. Nous avions pour habitude de passer sans nous faire remarquer ; nous n'avions pas de nom. Je fouillai les couloirs, les rues latérales, et même la salle de bal où une sorte d'épouvante inexplicable me saisit, à l'imaginer seule en cet endroit. Mais, finalement, je la vis qui rentrait par l'une des portes latérales du hall, telle une enfant espiègle en retour d'escapade. Ses cheveux, sous son bonnet, brillaient de mille petites gouttes de pluie. Elle s'élança pour gravir le grand escalier, provoquant au passage les mines attendries des adultes, faisant semblant de ne pas me voir. Étrange et gracieux dédain.

» Elle retirait juste sa cape au moment où je refermai la porte derrière moi. Elle la secoua et secoua sa chevelure, dans une pluie de gouttes d'or. Les rubans de ses cheveux, qui avaient été comprimés par le bonnet, se déployèrent. Je ressentis un immense soulagement à voir cette robe enfantine, ces rubans, ces bras qui avaient quelque chose de merveilleusement réconfortant, cette petite poupée de porcelaine. Sans desserrer les dents, elle s'affaira auprès de sa poupée. Articulés avec des crochets ou du fil de fer sous la robe bouffante, les petits pieds tintèrent comme une cloche.

» — C'est une poupée-grande personne, me dit-elle soudain en levant sur moi les yeux. Tu vois ? Une poupée-grande personne...

» Elle la posa sur la commode.

» — Oui, je vois, soufflai-je.

» — C'est une dame qui l'a faite, expliqua-t-elle. Elle fait des poupées-bébés, toutes les mêmes, un magasin entier de bébés ; je lui ai dit : « Je veux une poupée-grande personne. »

» Son attitude était mystérieuse, sarcastique. Elle s'était assise, son front haut barré par les mèches de cheveux humides, tout entière à cette poupée.

» — Sais-tu pourquoi elle me l'a faite ? demanda-t-elle.

» J'aurais souhaité que la pièce eût quelques coins d'ombre, afin que je pusse y faire retraite du cercle chaud de ce feu superflu ; j'aurais souhaité n'être pas assis sur ce lit éclairé comme une scène de théâtre, ne pas avoir devant moi Claudia et ses reflets dans les miroirs, manches bouffantes, manches bouffantes et manches bouffantes.

» — Parce que tu es une jolie petite fille et qu'elle voulait te faire plaisir, répondis-je d'une voix qui me parut étrangère et trop faible.

» Elle se mit à rire sans bruit.

» — Une jolie petite fille, dit-elle en me regardant. C'est toujours comme ça que tu me vois ?

» Son visage s'assombrit comme elle se remettait à jouer avec sa poupée, repoussant du doigt la petite encolure faite au crochet jusqu'aux seins de porcelaine.

» — Oui, je ressemble à ses poupées, je suis l'une de ses poupées. Il faudrait que tu la voies dans sa boutique, penchée sur ses poupées, avec toutes la même tête, les mêmes lèvres.

» Elle porta la main à ses propres lèvres. Il y eut quelque part un changement soudain, un changement à l'intérieur des murs mêmes de la pièce, et les miroirs qui reflétaient son image tremblèrent comme si la terre en soupirant avait ébranlé les fondations de l'immeuble.

» C'est alors que je vis ce que Claudia, avec son air toujours enfantin, était en train de faire : d'une main, l'autre toujours sur sa lèvre, elle écrasait la poupée, la broyait, jusqu'à la faire éclater et la réduire en une poignée de miettes de verre, qui tomba de sa paume ouverte et sanglante sur le tapis. Puis elle déchira la petite robe pour en faire une pluie de petits morceaux qui jonchèrent le sol ; je détournai les yeux, mais seulement pour retrouver son reflet dans le miroir incliné au-dessus de la cheminée, pour voir ses yeux me scruter des pieds jusqu'au sommet de mon crâne. Son reflet dans le miroir bougea et s'approcha du lit.

» — Pourquoi regardes-tu ailleurs, pourquoi ne me regardes-tu pas? demanda-t-elle d'une voix toute pure, pareille à une cloche d'argent.

» Puis elle eut un rire étouffé, un rire de femme, et ajouta:

» — Pensais-tu que je serais toujours ta petite fille? Es-tu le plus idiot de tous les pères du monde?

» — Tu ne me parles pas très gentiment, répondis-je.

» — Humm…, pas très gentiment…

» Je crois qu'elle hocha la tête. Elle n'était qu'un éclat de lumière dans le coin de mon œil, flammes bleues, flammes d'or.

» — Et que pense-t-on de toi, demandai-je le plus doucement possible, là-bas, dehors?

» Je désignai d'un geste la fenêtre ouverte.

» — Beaucoup de choses, sourit-elle, beaucoup de choses. Les hommes sont merveilleux pour inventer des explications. As-tu déjà vu les « lilliputiens » des parcs d'attraction et des cirques, les phénomènes pour lesquels les gens paient afin de pouvoir en rire?

» — Je n'ai été qu'un apprenti sorcier! éclatai-je soudain, sans le vouloir. Un apprenti!

» J'aurais voulu la toucher, caresser ses cheveux, mais j'avais peur d'elle, de sa colère prête à s'enflammer comme une allumette.

» Elle sourit de nouveau, puis attira ma main dans son sein et la couvrit du mieux qu'elle put avec la sienne.

» — Apprenti, oui, rit-elle. Mais dis-moi une chose, des hauteurs où tu planes, une seule chose. Comment est-ce de… faire l'amour?

» Presque involontairement, je m'écartai d'un mouvement brusque et, dans un réflexe stupide de mortel, attrapai ma cape et mes gants.

» — Tu ne te rappelles pas? demanda-t-elle, parfaitement calme, tandis que je posais la main sur la poignée en cuivre de la porte.

» Je m'arrêtai, pris de honte, sentant ses yeux dans

mon dos, puis me retournai, faisant semblant de réfléchir : « Où suis-je donc en train d'aller, et pour quoi faire ? Pourquoi est-ce que je suis là, debout ? »

» — C'était quelque chose que l'on faisait vite, dis-je, essayant maintenant de rencontrer ses yeux — comme leur bleu était froid, parfait, comme il était grave ! Et... rarement... quelque chose que l'on savourait..., quelque chose d'intense, mais que l'on perdait si vite... Je crois que ce n'était qu'un pâle reflet de l'acte de tuer.

» — Ahhh !... fit-elle. De même que, te faire du mal comme je le fais en ce moment..., ce n'est aussi qu'un pâle reflet de l'acte de tuer !

» — Oui, madame, répondis-je. J'incline à penser que ce raisonnement est correct.

D'un rapide salut, je lui souhaitai le bonsoir.

— Je ne ralentis mon allure que longtemps après l'avoir quittée. J'avais traversé la Seine, cherchant l'obscurité pour m'y dérober, y oublier Claudia, les sentiments qui montaient en moi, ma peur dévorante d'être incapable de la rendre heureuse, sauf à faire mon propre malheur pour lui plaire.

» J'aurais donné le monde pour elle, ce monde aussi vide qu'éternel qui maintenant nous appartenait. Cependant, ses paroles, ses regards me blessaient et bien que, quittant le boulevard Saint-Michel pour m'enfoncer dans les rues les plus vieilles et les plus sombres du Quartier latin, je tentasse d'échafauder d'innombrables explications à sa conduite, elles n'arrivaient en aucun cas à apaiser les craintes que j'avais sur la gravité de son insatisfaction, sur ma propre douleur.

» Des mots qui se formaient sur mes lèvres ne finit par rester qu'une bizarre mélopée. J'étais dans le silence obscur d'une rue médiévale dont je suivais en aveugle les méandres tortueux, rassuré par les étroites maisons qui semblaient pourtant menacer de s'écrouler à tout moment, refermant ainsi cette trouée dans la chair de la ville comme une cicatrice, sous les étoiles indifférentes.

» — Je ne peux la rendre heureuse, je ne la rends pas heureuse ; elle est chaque jour plus malheureuse…

» Ainsi faisait ma mélopée, que je répétais comme on récite un chapelet, comme on psalmodie une incantation pour tenter de changer la réalité — changer cette déception qui avait été l'inévitable conclusion de notre quête, changer cette vie qui s'était transformée en enfer… Je la sentais s'éloigner de moi, je me sentais tout petit devant l'immensité de son besoin. J'allais jusqu'à en concevoir une jalousie féroce pour cette faiseuse de poupées à qui elle avait demandé sa miniature, parce qu'elle avait reçu de cette étrangère la satisfaction d'un désir qu'elle avait toujours gardé secret en ma présence, comme si je n'eusse pas existé.

» Où tout cela pouvait-il me mener ?

» Jamais depuis que j'étais arrivé à Paris, des mois plus tôt, je n'avais pareillement ressenti l'immensité de cette ville, où l'on pouvait passer en un instant d'une rue tortueuse et aveugle comme celle que j'avais choisie à tout un monde de délices ; mais jamais l'énormité de Paris ne m'avait semblé si inutile. Inutile pour Claudia en particulier, si elle ne parvenait à surmonter sa colère, à circonscrire, de quelque façon, ce qui causait son irritation et son amertume. J'étais désemparé. Nous étions désemparés. Mais elle était plus forte que moi. Et je savais que — malgré nos différends — derrière ses yeux il y avait pour moi son amour toujours vivant.

» En dépit de ma lassitude et de l'agréable ivresse que me procurait mon égarement, je pris soudain conscience, grâce à mes sens infatigables de vampire, d'être suivi.

» Je crus d'abord logique que c'était Claudia qui,

grâce à sa plus grande finesse, avait réussi à me suivre à distance. Mais une pensée s'imposa aussitôt à mon esprit, une pensée plutôt cruelle, si l'on songeait à sa frustration de n'avoir pas grandi : ces pas étaient trop pesants pour être les siens. Ce n'était que quelque mortel qui marchait dans la même ruelle, qui marchait sans le savoir vers sa mort.

» Je poursuivis donc mon chemin, ressassant ma douleur, quand j'entendis à l'intérieur de ma tête une voix qui me disait : « Tu es un idiot ; écoute ! » Et je m'aperçus peu à peu que ces pas, malgré la distance, étaient en parfaite mesure avec les miens. C'était par accident. S'il s'agissait d'un mortel, il était trop loin pour pouvoir percevoir le rythme de ma marche. Je m'arrêtai pour y réfléchir ; les pas s'arrêtèrent en même temps. Puis, comme je me disais : « Louis, tu te fais des illusions », et que je repartais, les pas reprirent aussi, rigoureusement en cadence avec les miens, accélérant en même temps que je prenais de la vitesse. C'est alors qu'un fait remarquable chassa mes derniers doutes. Trop attentif aux pas qui résonnaient derrière moi, je trébuchai sur une tuile tombée à terre et allai donner contre le mur. Derrière moi, l'inconnu reproduisit à la perfection le crissement aigu et rythmé de ma chute.

» J'en fus stupéfait, terrifié. La rue était sombre. Pas une lumière, même tamisée, pas une mansarde éclairée. Ma seule sécurité — la grande distance qui me séparait de ces pas — me garantissait également que ceux-ci n'avaient rien d'humain. Je n'avais aucune idée de ce que je devais faire. J'eus le désir presque irrésistible de lancer un appel à l'être qui me suivait, de lui souhaiter la bienvenue, de lui faire savoir immédiatement combien je l'avais attendu, recherché, combien j'avais voulu cette confrontation. Pourtant, j'avais peur. Il me sembla sensé de recommencer à marcher et d'attendre qu'il me rattrape. Comme je me remettais en marche, de nouveau mon pas fut imité, et la distance entre nous resta la même.

De plus en plus tendu, je sentis l'obscurité environnante se charger de menaces. Sans cesse, j'interrogeais mentalement l'inconnu dont je mesurais les pas : « Pourquoi me suis-tu, pourquoi me fais-tu savoir que tu es là ? »

» Après avoir dépassé un tournant en angle aigu, j'aperçus, au coin suivant, un rayon de lumière, vers lequel la rue montait doucement. J'avançai très lentement, mon cœur battant à tout rompre, répugnant à me laisser voir dans cette lumière.

» Hésitant, je m'arrêtai juste avant le coin. Il y eut un fracas au-dessus de moi, comme si le toit de la maison la plus proche était en train de s'écrouler. Je sautai en arrière juste à temps, juste avant qu'une pile de tuiles ne s'écrase dans la rue, là où je me trouvais précédemment. L'une d'elles effleura même mon épaule. Puis tout redevint tranquille. Je regardai les tuiles brisées, écoutai, attendis. Puis, lentement, je contournai le virage et entrai dans la zone de lumière, pour découvrir, en haut de la rue, sous le réverbère, la silhouette indubitable d'un autre vampire.

» Il était d'une taille immense, quoique aussi maigre que moi. Son long visage blanc brillait fortement sous la lumière et ses grands yeux noirs m'observaient, chargés d'une interrogation non déguisée. Sa jambe droite était légèrement fléchie, comme s'il s'était brusquement arrêté au milieu d'un pas. Soudain, je me rendis compte que non seulement il portait ses longs cheveux noirs peignés précisément comme les miens, non seulement il était vêtu d'une cape et d'un habit identiques, mais qu'il imitait aussi mon maintien et l'expression de mon visage à la perfection. J'avalai ma salive et le parcourus des yeux lentement, tout en m'efforçant de lui cacher le pouls trop rapide de mon cœur. Ses yeux me parcoururent de même. A le voir ciller, je me rendis compte que je venais de ciller moi-même, et quand je ramenai mes bras, croisés sur ma poitrine, il imita lentement mon geste. C'était à rendre fou, pire que fou. Car, comme j'esquissais un mouvement des lèvres pour parler, il remua lui-même à peine les siennes, et je ne trouvai sur ma bouche que des mots morts, incapable d'imaginer les paroles susceptibles de briser ce jeu insupportable. Sa taille immense, ses yeux noirs et pénétrants, sa concentration attentive — qui, bien sûr, n'était qu'imitation parfaite — me subjuguaient totalement. C'était lui le vampire ; moi je n'étais que son reflet.

» — Intelligent, réussis-je à glisser, poussé à bout.

» Évidemment, il fit écho à ce mot, aussi vite que je l'avais prononcé. Plus affolé encore par cette imitation verbale que par tout le reste, je me surpris à étirer mes lèvres en un lent sourire, comme pour défier la sueur qui suintait de chacun de mes pores et le violent tremblement qui agitait mes jambes. Il sourit lui aussi, mais ses yeux exprimaient une férocité animale qui me faisait défaut, et son sourire était sinistre, de par sa seule qualité mécanique.

» Je fis un pas en avant, ainsi fit-il ; je m'immobilisai brusquement, lui aussi. Mais il leva alors, lentement, très lentement, son bras droit, bien que je n'aie pas bougé le mien, et, faisant un poing de sa main, se frappa la poitrine sur un rythme accéléré pour se moquer des battements trop rapides de mon cœur. Puis son rire éclata. Il rejeta en arrière la tête, découvrant ses canines, et son rire parut emplir la ruelle. Je le haïssais. De toute ma puissance de haine.

» — Vous me voulez du mal ? demandai-je.

» Mais je n'eus pour toute réponse que l'écho destructeur de mes paroles.

» — Tricheur ! jetai-je, furieux. Bouffon !

» Ce dernier mot l'arrêta. Mourut sur ses lèvres au moment où il allait le prononcer ; son visage se durcit.

» J'agis ensuite par pure impulsion. Je lui tournai le dos pour m'en aller, peut-être pour l'obliger à me suivre et à chercher à savoir qui j'étais. Mais, d'un mouvement si prompt que je ne le vis même pas, il se retrouva soudain devant moi, comme s'il s'y était subitement matérialisé. Je fis de nouveau demi-tour — mais pour seulement le retrouver sous le réverbère face à moi ; seul le désordre de sa chevelure noire et ondoyante révélait qu'il avait bien bougé.

» — C'est vous que je cherche ! C'est pour vous chercher que je suis venu à Paris ! me forçai-je à dire, constatant qu'il ne me faisait pas écho, mais restait immobile à me regarder.

» Puis il s'avança vers moi, lentement, élégamment, et je vis qu'il avait repris possession de son corps et de ses manières. Il tendit la main, comme pour solliciter la mienne, mais me poussa soudain en arrière, me faisant perdre mon équilibre. En me redressant, je sentis que ma chemise était trempée et collait à ma peau. Je m'étais sali la main au contact du mur humide.

» Comme je me retournais pour lui faire face, il me projeta complètement à terre.

» Je voudrais être en mesure de vous faire sentir la puissance de ce vampire. Il faudrait que je vous attaque, ou que je vous porte un coup sans que vous voyiez mon bras bouger...

» Quelque chose en moi me dit : « Montre-lui ta force à ton tour ! » Aussi me relevai-je rapidement, pour le frapper de mes deux bras tendus. Mais je ne heurtai que la nuit, la nuit vide qui tourbillonnait sous le réverbère. Me faisant l'effet d'un parfait idiot, je me retrouvai là, tout seul, à regarder tout autour de moi. C'était une espèce de test, je le savais, mais je continuai néanmoins de fixer mon attention sur la rue sombre, sur les portes en retrait, sur tous les endroits où il avait pu se cacher. Je n'avais vraiment pas souhaité ce genre d'épreuve, mais je ne voyais comment m'y soustraire. Je méditais quelque façon de dédaigneusement le lui faire comprendre lorsqu'il reparut soudain, se mit à me harceler de toutes parts, et finalement me renvoya à terre, sur le pavé en pente, à l'endroit précis où j'étais précédemment tombé. Je sentis sa botte sur mes côtes. Fou de rage, j'attrapai sa jambe, en sentis, sans pouvoir y croire, le vêtement et l'os dans l'étreinte de ma paume. Il tomba sur le mur de pierre voisin et émit un grognement de colère non déguisée.

» La suite fut pure confusion. Je pus maintenir un moment ma prise sur sa jambe, bien qu'il s'efforçât de m'atteindre de sa botte. Puis, après qu'il eut dégringolé sur moi et se fut libéré, je me retrouvai soudain suspendu en l'air au bout de deux mains puissantes. J'imagine bien ce qui aurait pu se passer ensuite : il aurait pu me projeter à plusieurs mètres de là, il en avait la force, et alors, choqué, blessé, j'aurais peut-être perdu conscience. Même au beau milieu de la mêlée, la question de savoir s'il m'était possible de perdre conscience m'inquiétait énormément. Mais je n'eus pas l'occasion de le vérifier, car mon adversaire relâcha sa prise. Malgré la confusion du combat, je compris que quelqu'un d'autre s'était interposé pour me libérer.

» Quand je levai le regard, je vis que j'étais au milieu de la rue, et l'espace d'un instant j'entr'aperçus deux silhouettes, impression aussi fugitive que l'image qui persiste après qu'on a fermé les yeux. Puis il y eut un tourbillon de vêtements noirs, un bruit de bottes sur le pavé, et la nuit fut de nouveau vide. Je m'assis, pantelant, le visage inondé de sueur, et observai les environs, puis levai les yeux sur le ruban de ciel pâle. Lentement, et seulement à cause de la concentration de mon regard, une silhouette émergea de l'obscurité du mur qui me surplombait. Accroupie sur la saillie de pierre du linteau d'une porte, elle se tourna de telle façon qu'un infime rayon de lumière tombât sur ses cheveux, puis sur son visage blanc et rigide. Un étrange visage, plus large et moins décharné que celui de l'autre, troué d'un grand œil noir fixé résolument sur moi. Un murmure tomba de ses lèvres, qui pourtant n'avaient pas paru bouger :

» — Vous êtes remis ?

» J'étais plus que remis. J'étais sur mes pieds, prêt

au combat. Mais l'autre restait accroupi, comme une sculpture solidaire du mur. J'aperçus une main blanche qui s'affairait dans ce qui semblait être une poche de gilet. Un morceau de carton blanc surgit de l'ombre, qu'il me tendit au bout de ses doigts. Je ne fis pas un mouvement pour l'attraper.

» — Venez nous voir, demain soir, fit le même murmure, qui émanait du visage lisse et sans expression dont un seul œil était toujours visible. Je ne vous ferai pas de mal, et l'autre non plus. Je ne le permettrai pas.

» Il fit alors ce que seuls savent faire les vampires : sa main parut quitter son corps pour déposer dans la mienne la carte, dont l'inscription violette brilla aussitôt dans la lumière. Grimpant comme un chat sur le mur, la silhouette s'évanouit rapidement, entre deux pignons de mansardes.

» J'étais sûr d'être seul maintenant, je pouvais le sentir. Les battements de mon cœur emplirent la ruelle vide, tandis que je lisais la carte. Je connaissais bien l'adresse qui y était écrite, car je m'étais plus d'une fois rendu à des théâtres établis dans cette rue. Mais le nom de l'endroit était étonnant : « Théâtre des Vampires. » En dessous était portée une indication horaire : 21 heures.

» Je la retournai, et découvris au dos une note écrite à la main : *Amenez la petite merveille avec vous. Soyez les bienvenus. Armand.*

» Je ne doutai pas que la créature qui avait écrit le message fût celle qui m'avait donné la carte. Je n'avais que très peu de temps pour rentrer à l'hôtel et raconter tout cela à Claudia. Je courus à toute allure, si bien que les gens que je croisais sur les boulevards ne devinèrent même pas l'ombre qui les frôlait.

— On ne pénétrait au Théâtre des Vampires que sur invitation. Lorsque nous nous y présentâmes, le soir suivant, le portier examina ma carte pendant un bon moment, tandis que la pluie tombait doucement tout autour de nous, tombait sur l'homme et la femme qui s'étaient arrêtés près du guichet de location fermé, tombait sur les affiches froissées qui représentaient des vampires d'opérette vêtus de capes ressemblant à des ailes de chauves-souris, dont les bras déployés étaient sur le point de se refermer sur les épaules nues de leur victime. La pluie tombait sur les couples qui se pressaient vers le hall bondé d'une foule dont je distinguais facilement qu'elle était entièrement composée d'humains. Aucun vampire parmi eux, pas même ce portier qui finit par nous admettre dans un mélange de bruits de conversations, d'odeur de laine mouillée, d'agitation de doigts gantés des dames aux prises avec leurs chapeaux à bords de feutre et leurs boucles mouillées. Pris d'une excitation fiévreuse, je cherchai au plus vite un coin d'ombre. Nous nous étions nourris plus tôt, afin que dans la rue trépidante de vie où se trouvait le théâtre notre peau ne parût pas trop blanche, ni nos yeux trop brillants. Le goût d'un sang que je n'avais pas savouré m'avait laissé tout à fait mal à l'aise. Mais il n'y avait pas de temps pour ce genre de plaisir ce soir-là ; cette nuit n'était pas une nuit de meurtre. C'était une nuit de révélations, quelle qu'en soit la conclusion. De cela, j'étais certain.

» Pour l'instant, nous étions toujours parmi cette foule trop humaine ; puis les portes de la salle s'ouvrirent. Un jeune homme se fraya un chemin vers nous, nous appela du geste et désigna du doigt, par-dessus les épaules des spectateurs, un escalier. Une loge nous était réservée, l'une des meilleures du théâtre. Si le sang n'avait pas assez assombri la blancheur de mon teint ni transformé suffisamment Claudia, que je portais dans mes bras, comme un enfant humain, notre jeune huissier sembla ne pas s'en apercevoir, ou ne pas s'en soucier. En fait, je trouvai son sourire trop empressé lorsqu'il tira derrière nous le rideau qui isolait nos deux chaises donnant sur la balustrade de cuivre.

» — Ne les crois-tu pas capables d'avoir des esclaves humains? me souffla Claudia.

» — Mais Lestat n'a jamais eu confiance en eux, répondis-je.

» Je regardais les sièges se remplir, les chapeaux merveilleusement fleuris qui naviguaient en contrebas entre les rangées de chaises recouvertes de soie. Des épaules blanches luisaient sur la courbe profonde que faisait le balcon autour de notre loge ; des diamants scintillaient dans la lumière au gaz.

» — Rappelle-toi d'être cynique, pour une fois, me chuchota Claudia, sa tête blonde penchée. Tu joues trop au grand seigneur.

» Les lumières s'éteignirent, au balcon d'abord, puis le long des murs du parterre. Un petit groupe de musiciens s'était rassemblé dans la fosse d'orchestre. Au pied du large rideau de velours vert, la lumière tremblota tout au long de la rampe de gaz, puis brilla vivement. L'audience recula dans l'ombre, comme enveloppée d'un nuage gris à travers quoi seuls les diamants jetaient leur éclat, sur les poignets, sur les gorges, sur les doigts. Avec le nuage gris, le calme s'abattit sur la foule et comprima les bruits en seul raclement de toux dont les échos persistèrent un moment. Puis ce fut le silence. Un tambour de basque se mit à battre un rythme lent, auquel se superposa la frêle mélodie d'une flûte en bois, qui semblait cueillir les tintements aigus et métalliques des cymbalettes du tambour pour les enrouler en d'obsédantes arabesques dont le son évoquait les temps médiévaux. Les accords plaqués des instruments à cordes renforcèrent le rythme du tambour de basque. Le son de la flûte s'amplifia, chanta sa mélodie sur un ton triste et mélancolique. Il y avait une puissance d'envoûtement dans cette musique, qui semblait suspendre les auditeurs et les fondre en une seule attention fixée sur le ruban lumineux de la flûte, qui se déroulait lentement dans le noir. Le rideau se leva sans briser l'enchantement, sans le moindre murmure. La scène s'éclaira, révélant un décor qui donnait l'illusion d'un vrai coin de forêt profonde. Les lumières brillaient sur des troncs d'arbres rugueux et sur d'épais feuillages, au-dessous d'une arche d'obscurité. On apercevait à travers les arbres la rive basse et pierreuse d'une rivière et, au-delà, le scintillement même de ses eaux. Tout ce monde en trois dimensions n'était que peinture sur une fine toile de soie, qu'un léger courant d'air faisait à peine frémir.

» Une rafale d'applaudissements accueillit l'illusion, ralliant des spectateurs épars dans toute la salle en un bref crescendo, puis mourut. Une silhouette sombre et drapée parut en scène, bondissant de tronc d'arbre en tronc d'arbre, si rapide que, lorsqu'elle sauta soudain jusqu'au centre éclairé de la scène, on eût cru qu'elle y était apparue par magie. Un bras sortait de son manteau, brandissant une faux d'argent ; l'autre tenait au bout d'une fine baguette le masque qui cachait son visage, masque en forme de tête de mort.

» On sursauta dans la foule. C'était la Mort qui se tenait devant le public, sa faux suspendue en l'air, la Mort à l'orée d'un bois obscur. Quelque chose en moi également répondit, non pas sur le mode de la peur, mais de façon tout humaine pourtant, à la magie de ce fragile décor peint, au mystère du monde créé par les lumières, du monde où évoluait devant le public, avec la grâce d'une grosse panthère, la créature au manteau noir et ondoyant qui excitait les exclamations étouffées, les soupirs, les murmures révérencieux.

» Puis, derrière ce personnage dont les seuls gestes paraissaient posséder un pouvoir hypnotique, à l'égal de la musique au rythme de laquelle il évoluait, d'autres silhouettes émergèrent des coulisses. D'abord une vieille femme au dos voûté, aux cheveux gris moussus, dont les bras pliaient sous la charge d'un grand panier de fleurs. Ses pas traînants grattaient le plancher de la scène, sa tête se balançait au rythme de la musique et des bonds de la Mort armée de sa faux. Elle eut un sursaut en apercevant le personnage qui incarnait la Mort et, posant lentement son panier, joignit les mains dans l'attitude de la prière. Elle était lasse de la vie ; elle reposa la tête sur ses mains, comme pour dormir, puis tendit les bras vers la Mort, en un geste de supplication. La Mort s'approcha et se courba pour regarder le visage de la vieille femme, qui pour nous était caché dans l'ombre sous ses cheveux. La Mort sursauta à son tour, tout en agitant la main comme pour dissiper une mauvaise odeur. Des rires incertains émanèrent du public. Mais, quand la vieille femme se leva et s'en prit à la Mort, les rires fusèrent franchement.

» La musique se transforma en une sorte de gigue tandis que la vieille femme poursuivait la Mort en courant tout autour de la scène, jusqu'à ce que cette dernière s'aplatisse dans l'ombre d'un tronc d'arbre, nichant comme un oiseau son visage masqué sous l'aile de son manteau. La vieille femme, égarée, vaincue, ramassa son panier pendant que la musique s'adoucissait et ralentissait pour accompagner le rythme de ses pas, tandis qu'elle sortait de scène.

» Je n'avais pas aimé cela. Je n'avais pas aimé les rires. D'autres personnages faisaient maintenant leur entrée, illustrés par la musique, infirmes marchant sur leurs béquilles, mendiants vêtus de haillons couleur de cendre, tous s'efforçant d'atteindre la Mort, qui tourbillonnait, échappait à l'un en creusant soudain le dos, évitait cet autre avec un geste de dégoût efféminé, avant de finalement les renvoyer tous en affichant ostensiblement sa lassitude et son ennui.

» Je me rendis alors compte que la main blanche et langoureuse qui se livrait à ces arabesques drolatiques n'était pas maquillée. C'était une vraie main de vampire qui excitait le rire de la foule. Une main de vampire qui maintenant se portait au crâne grimaçant — alors que la scène était vide à présent — comme

290

pour étouffer un bâillement. Puis ce vampire, visage toujours caché derrière le masque, fit merveilleusement semblant d'appuyer son poids contre un tronc de soie peinte et de tomber doucement dans le sommeil. La musique imita le gazouillis des oiseaux, le susurrement de l'eau courante. Le point de lumière qui encerclait la Mort d'une flaque jaune s'assombrit, s'évanouit presque sur son sommeil.

» Un autre point lumineux perça le léger canevas, parut le dissoudre, pour révéler une jeune femme, debout, seule, tout en haut de la scène. Elle était d'une taille majestueuse et sa chevelure volumineuse d'un bond doré lui faisait presque un écrin. Je sentis l'appréhension du public qui la voyait trébucher dans la flaque de lumière au périmètre de laquelle réapparaissait la forêt sombre, de telle façon qu'elle semblait perdue parmi les arbres. Égarée, elle l'était sans aucun doute ; et elle n'était pas vampire. La saleté de son pauvre corsage et de sa pauvre jupe n'était pas la conséquence d'un maquillage de scène, et personne n'avait retouché son visage parfait qui maintenant regardait la lumière, son visage beau et ciselé comme celui d'une vierge de marbre, auquel ses cheveux faisaient un halo. Les lumières l'empêchaient de voir, alors que tout le monde pouvait la voir, elle. Le gémissement qui s'échappa de ses lèvres lorsqu'elle vacilla parut être l'écho du chant romantique et fragile de la flûte, chant qui était un hommage à sa beauté. Le personnage de la Mort s'éveilla avec un sursaut dans son rond de lumière pâle et se retourna pour la découvrir ainsi que l'avait découverte le public, puis leva sa main libre, signe qu'il était impressionné et presque terrifié devant tant de beauté.

» Quelques tintements de rire moururent avant de s'être vraiment matérialisés. Elle était trop belle, ses yeux exprimaient trop de désarroi. La représentation était trop parfaite. Soudain, le masque en forme de crâne fut projeté en coulisse, et la Mort montra au public un visage luisant et blanc, lissa de ses mains pressées ses beaux cheveux noirs, rajusta son gilet, brossa de ses revers une poussière imaginaire. La Mort amoureuse. Des applaudissements s'élevèrent pour célébrer le visage lumineux, les pommettes luisantes, les yeux noirs qui clignaient, comme s'il se fût agi d'un chef-d'œuvre d'illusion, alors qu'en fait il ne s'agissait que du visage d'un vampire, celui-là même qui m'avait accosté dans la Quartier latin, ce vampire narquois et grimaçant, que la lumière jaune illuminait d'un rayon cru.

» Je cherchai la main de Claudia dans le noir et la serrai fortement. Immobile, elle semblait totalement captivée. La forêt du décor, à travers laquelle la jeune mortelle désemparée tentait en vain de voir d'où provenaient les rires, se divisa depuis le centre en deux moitiés fantomatiques qui se retirèrent vers chacune des deux coulisses, permettant ainsi au vampire de s'approcher d'elle.

» La jeune fille avait commencé de s'avancer en direction de la rampe, mais, quand soudain elle l'aperçut, elle s'arrêta et gémit comme un enfant. Elle avait en fait tout d'un enfant, bien qu'elle fût à l'évidence une femme tout à fait accomplie. Seul un léger pli au creux tendre de ses yeux trahissait son âge. Ses seins, quoique petits, bombaient harmonieusement son corsage ; ses hanches, quoique étroites, donnaient à sa longue jupe poussiéreuse une courbe aiguë et sensuelle. Comme elle reculait devant le vampire, des larmes brillèrent dans ses yeux, tel le cristal dans le scintillement des lumières. Je sentis mon esprit se contracter, par peur pour elle, et par désir en même temps. Elle était belle à couper le souffle.

» Derrière elle, un certain nombre de masques de têtes de mort apparurent tout à coup sur le fond obscur. Leurs vêtements noirs rendaient invisibles les porteurs de ces masques, à l'exception des mains blanches qui étreignaient le revers d'une cape ou les plis d'une jupe. Il y avait donc des femmes vampires, mêlées aux hommes, et tous s'approchaient de la victime après avoir, un par un, jeté leur masque en un tas harmonieux, où les baguettes qui servaient à tenir les masques avaient pris l'aspect d'os, où les crânes des têtes de mort semblaient grimacer à l'intention des ténèbres qui les surplombaient. Ils étaient au nombre de sept, parmi lesquels se trouvaient trois femmes, dont les poitrines blanches et moulées luisaient au-dessus du bustier noir et étroit de leur robe, trois femmes au visage dur et lumineux, aux yeux sombres, sous les boucles de cheveux noirs. Vision d'une inflexible beauté, que celle de ces créatures qui paraissaient flotter autour de la jeune humaine resplendissante, beauté pourtant pâle et froide en comparaison de ces cheveux d'or étincelants, de cette peau couleur de pétales de roses. On entendait le souffle du public, ses hésitations, ses soupirs étouffés. C'était un vrai spectacle que celui de ce cercle de visages blancs qui enserraient de plus en plus près la jeune fille, que celui de ce personnage central, la Mort en personne, qui maintenant se tournait vers le public, mains croisées sur son cœur, tête penchée comme pour quêter sa sympathie, comme pour dire : « N'est-elle pas irrésistible ? » Répondit un murmure de rires entendus, de soupirs.

» Mais ce fut elle qui brisa réellement le silence enchanté.

» — Je ne veux pas mourir…, murmura-t-elle.

» Sa voix avait la clarté d'un tintement de cloche.

» — Mais nous *sommes* la mort…, répondit le premier vampire.

» Et, derrière, un murmure fit écho : « La mort ! »

» Elle se retourna, secouant sa chevelure qui se mua en un véritable déluge d'or, riche et vivante parure sur la saleté de son pauvre vêtement.

» — Aidez-moi ! cria-t-elle doucement, comme effrayée d'élever la voix. Quelqu'un…, implora-t-elle, regardant la foule dont elle avait deviné la présence.

» Claudia émit un rire étouffé. La jeune fille, sur la scène, ne comprenait que vaguement où elle était, ce qui lui arrivait ; elle en savait en tout cas infiniment plus que ce parterre de gens qui la regardaient.

» — Je ne veux pas mourir ! Je ne veux pas !

» Sa voix délicate se brisa ; elle fixa des yeux le vampire qui jouait le rôle de meneur, ce grand démon fourbe et malveillant qui se détachait maintenant du cercle des autres créatures pour s'approcher d'elle.

» — Nous mourons tous, répondit-il. La seule chose que tu partages avec tous les humains, c'est la mort.

» Il embrassa du geste l'orchestre, les visages lointains du balcon, les loges.

» — Non..., protesta-t-elle, incrédule. Il me reste tant d'années, tant de...

» Sa voix était légère, mélodieuse, malgré sa frayeur. Cela la rendait irrésistible, tout autant que la palpitation de sa gorge nue, que cachait mal sa main tremblante.

» — Tant d'années ! rétorqua le maître vampire. Comment sais-tu qu'il te reste tant d'années à vivre ? La Mort se moque de l'âge de sa proie ! Il y a peut-être une maladie dans ton corps en ce moment même, qui te dévore déjà de l'intérieur. Ou bien, dehors, il y a peut-être un homme qui t'attend pour te tuer, simplement à cause de tes cheveux blonds !

» Il tendit la main pour les toucher. Sa voix profonde, surnaturelle et puissante, reprit :

» — Dois-je te dire tout ce que le destin pourrait garder en réserve rien que pour toi ?

» — Cela m'est égal..., cela ne me fait pas peur, protesta-t-elle, le son clair de sa voix paraissant si fragile après celle du vampire. Je voudrais avoir ma chance...

» — Et si tu as cette chance et que tu vives, que tu vives des années encore, quel sera ton héritage ? L'échine voûtée, le visage édenté de la vieillesse ?

» Il repoussa sa chevelure derrière son dos, exposant complètement sa gorge pâle. Lentement, il tira sur le lacet qui retenait, lâches, les fronces de son corsage. La mauvaise étoffe s'ouvrit, les manches glissèrent de ses étroites épaules roses. Elle voulut retenir son corsage, mais il lui prit les poignets et les écarta violemment. Le public parut soupirer à l'unisson, les femmes derrière leurs jumelles de théâtre, les hommes penchés en avant pour mieux voir. Le vêtement continuait de glisser, découvrant la peau pâle et sans défaut qui palpitait au rythme de son cœur, freiné dans sa descente par les petits mamelons de ses seins. Le vampire la maintenait fermement par le poignet, tandis que des larmes couraient le long de ses joues rougissantes et que ses dents mordaient la chair de ses lèvres.

» — Aussi sûr que cette chair est rose maintenant, elle deviendra grise, ridée avec l'âge, dit-il.

» — Laissez-moi, s'il vous plaît, supplia-t-elle, détournant le visage. Cela ne me fait rien..., cela m'est égal !

» — Mais alors, que cela peut-il te faire de mourir maintenant ? Si toutes ces choses, toutes ces horreurs ne te font pas peur ?

» Elle secoua la tête, désorientée, dépassée, désemparée. Je sentis dans mes veines couler de la colère, en même temps qu'un désir ardent. C'était à elle, dans sa situation d'infériorité, qu'incombait la responsabilité de défendre la cause de la vie, et il était injuste, monstrueusement injuste, qu'elle eût à lutter avec lui pour défendre quelque chose d'aussi évident, d'aussi sacré, d'aussi merveilleusement incarné en elle-même. Mais il la privait de sa voix. Du haut de sa logique implacable, il faisait paraître misérable et confus son irrésistible instinct de vie. Je la sentais qui se flétrissait de l'intérieur, qui se mourait. Cela éveilla ma haine.

» Le corsage glissa jusqu'à la taille. Un murmure parcourut la foule excitée quand ses petits seins ronds furent dévoilés. Elle se débattit pour libérer son poignet, mais il le tenait ferme.

» — Et suppose que nous te laissions aller…, suppose que le cœur de la Grande Faucheuse puisse résister à ta beauté…, vers qui pourrait-elle tourner son cœur débordant de passion ? Il faut que quelqu'un meure à ta place ! Veux-tu choisir la personne pour nous ? Celui qui va prendre ta place et souffrir comme tu souffres maintenant ?

» Il désigna d'un geste le public. Le désarroi de la jeune fille était à son comble.

» — As-tu une sœur…, une mère…, un enfant ?

» — Non ! fit-elle dans un râle. Non…, répéta-t-elle en secouant sa crinière dorée.

» — Il y a sûrement quelqu'un qui pourrait prendre ta place, un ami, une amie ? Choisis !

» — Je ne peux pas ! Je ne veux pas…

» Elle se tordit dans son étreinte étroite. Les vampires, tout autour, regardaient, immobiles, le visage impavide, comme si leur chair surnaturelle était un masque.

» — Tu ne peux pas ? se gaussa-t-il.

» Je savais que, si elle avait accepté, il ne l'en aurait que davantage condamnée, prétendant qu'elle était aussi diabolique que lui d'envoyer ainsi quelqu'un à la mort, et qu'elle méritait donc son destin.

» — Partout la mort t'attend, soupira-t-il, comme pris d'une frustration soudaine que le public ne perçut pas.

» Mais, moi, j'avais surpris le mouvement de contraction des muscles de son visage lisse. Il essayait de garder ses yeux gris plongés dans ceux de la fille, mais elle cherchait désespérément à éviter son regard. Portés par l'air chaud qui s'élevait, me parvinrent l'odeur de la poussière et le parfum de sa peau, accompagnés du battement sourd de son cœur.

» — La mort inconsciente…, destin de tous les mortels.

» Il se pencha sur elle, l'air rêveur, ensorcelé par sa beauté, tout en continuant à l'empêcher de se débattre.

» — Hummm... Mais nous, nous sommes la mort *consciente!* Tu peux être sa fiancée. Sais-tu ce que signifie d'être aimée par la Mort?

» Il embrassa presque son visage, les taches brillantes de ses larmes.

» — Sais-tu ce que cela signifie, que la Mort sache t'appeler par ton nom?

» Elle le regarda d'un air terrifié. Puis ses yeux parurent s'embrumer, ses lèvres se détendre. Elle observait, derrière lui, la silhouette d'un autre vampire qui avait lentement émergé de l'ombre. Il était longtemps resté un peu en dehors du groupe, poings fermés, ses yeux noirs parfaitement immobiles. Il n'avait ni l'attitude du vampire affamé, ni l'attitude de l'extase. Elle le regardait droit dans les yeux, et sa souffrance la baignait d'une lumière sublime, une lumière qui la rendait irrésistiblement attirante. C'était cela qui tenait en haleine ce public blasé. J'imaginai la caresse de ma main sur sa peau, sur ses petits seins dressés, puis fermai les yeux devant l'intensité de sa détresse, et dans l'obscurité de mes paupières découvris son image parfaite. C'était ce que ressentaient aussi tous ceux qui étaient autour d'elle, cette communauté de vampires. Elle n'avait aucune chance.

» Je rouvris les yeux et la revis, miroitante dans la lumière enfumée de la rampe, pleurant des larmes d'or. Alors, de cet autre vampire, qui se tenait à distance, tombèrent doucement quelques mots:

» — ... tu n'auras pas mal...

» Je me rendis compte que le vampire qui avait jusque-là mené le jeu se raidissait, mais personne ne s'en aperçut. Le public n'avait d'yeux que pour le visage lisse et enfantin de la jeune fille, pour ses lèvres entrouvertes, arrondies en une interrogation innocente. Elle regardait le nouveau venu, en répétant d'une voix douce:

» — Pas mal?

» — Ta beauté est un présent pour nous.

» Sa voix riche emplissait sans effort la salle et paraissait subjuguer, pétrifier la vague d'excitation montante. Sa main bougea légèrement, de façon presque imperceptible. L'autre vampire recula et se rangea parmi ces visages blancs et patients, où se mêlaient étrangement faim et sérénité. Lentement, avec grâce, le nouveau vampire s'approcha d'elle. Elle battit des cils, prise d'une soudaine langueur, oubliant sa nudité, et laissa échapper un soupir d'entre ses lèvres humides.

» — Pas mal…, répéta-t-elle.

» Il m'était presque insupportable de la voir ainsi s'offrir à lui, s'éteindre, sous l'effet de son pouvoir. J'aurais voulu lui crier quelque chose pour briser sa transe. Mais, en même temps, le désir montait en moi, tandis qu'il se penchait sur elle, pour attraper le cordon qui retenait sa jupe.

» Elle s'inclina vers lui, tête renversée, et l'étoffe noire glissa sur ses hanches, sur l'éclair doré qui ornait son entrejambe — un duvet enfantin de boucles délicates — puis tomba à ses pieds. Le vampire ouvrit les bras, tournant le dos aux lumières vacillantes de la rampe, et ses cheveux châtains parurent frissonner tandis que la chevelure d'or de la fille se répandait sur son habit noir.

» — Tu n'auras pas mal…, pas mal…, lui chuchotait-il, cependant qu'elle s'abandonnait totalement entre ses bras.

» Puis il la souleva, se tournant lentement de côté afin que tous puissent voir son visage serein. Son dos se cambra quand ses seins nus entrèrent au contact des boutons de l'habit du vampire, dont elle étreignait le cou de ses bras. Elle se raidit, cria lorsqu'il planta ses dents, mais son visage restait calme, alors que le théâtre obscur vibrait d'excitation. Sur la fesse ronde de la fille brilla la main blanche du vampire que la chevelure dorée balayait, caressait. Il l'avait complètement soulevée du sol pour boire. La gorge rose se détachait sur la peau blanche de sa joue. Faible, étourdi, je sentis la faim monter en moi, nouer mon cœur et mes veines. Je m'accrochai à la barre en cuivre de la balustrade de la loge, la serrant à en faire craquer les soudures du métal. Et j'eus l'impression que ce bruit inaudible pour tous les mortels qui m'entouraient, le bruit infime de torsion du métal, me ligotait mystérieusement à ma place.

» J'inclinai la tête et voulus fermer les yeux. L'air tiède et épais semblait chargé de l'odeur de sa peau salée. Les autres vampires resserrèrent leur cercle autour d'elle. La main blanche du vampire aux cheveux châtains trembla, et il retira ses dents de la gorge de la fille, dont la tête se renversa. Il retourna son corps, l'exposant ainsi aux regards, pour l'abandonner à l'une des magnifiques femmes vampires qui s'était approchée. Elle lui fit un berceau de ses bras, la caressa tout en buvant. Ils étaient maintenant tous groupés autour d'elle, se la passant de l'un à l'autre devant la foule en transe. Sa tête était jetée sur l'épaule de l'un des hommes, découvrant une nuque aussi ensorcelante que ses petites fesses ou que la peau merveilleuse de ses longues cuisses, que les plis du tendre creux de ses genoux mollement fléchis.

» Je m'étais renforcé dans mon fauteuil, la bouche pleine de son goût, les veines à l'agonie. Du coin de l'œil je sentais toujours la présence du vampire aux cheveux châtains qui l'avait conquise. Il se tenait de nouveau à l'écart et ses yeux noirs, depuis l'obscurité, semblaient chercher à me clouer, à m'immobiliser par-dessus les courants d'air tiède.

» Les vampires se retiraient un à un. La forêt peinte glissa sans bruit, revint en place. La jeune mortelle, frêle et très blanche, gisait nue dans le bois mystérieux, nichée, comme s'il se fût agi du sol même de la forêt, sur la soie d'un cercueil noir. La musique avait repris, étrange et inquiétante, s'amplifiant à mesure que les lumières baissaient. Tous les vampires étaient partis, à l'exception du meneur de jeu, qui avait ramassé sa faux et son masque dans l'ombre. Il alla s'accroupir auprès de la fille endormie, cependant que les lumières s'évanouissaient peu à peu. La musique resta puissante et brillante dans l'obscurité qui se refermait. Enfin, elle aussi mourut.

» Pendant un moment, le public tout entier resta parfaitement immobile.

» Puis des applaudissements éclatèrent ici et là, auxquels se joignit soudain toute l'assistance. Les lumières revinrent aux appliques des murs, les gens se regardèrent, des conversations jaillirent un peu partout. Une femme se leva au milieu d'une rangée pour attraper vivement son renard posé sur le fauteuil, bien que personne ne lui eût encore ouvert le passage ; quelqu'un d'autre, bousculant tout le monde, gagnait rapidement l'allée tapissée de moquette. En un instant, toute la foule était debout et se précipitait vers les sorties.

» Mais le bruit ambiant redevint alors le bourdonnement sûr et blasé de la foule sophistiquée et parfumée qui avait tout à l'heure empli le hall et le foyer du théâtre. Le charme était rompu. Les portes furent ouvertes à double battant sur la pluie odorante, sur le claquement des sabots des chevaux, sur les voix qui hélaient les cochers. En bas, dans la mer des fauteuils légèrement dérangés, un gant blanc resplendissait sur un coussin de soie verte.

» Je restai assis, regardant, écoutant, abritant de tous et de personne mon visage penché, appuyé du coude sur la balustrade. J'attendis que se calme la passion qui m'étreignait. Le goût de la fille était toujours sur mes lèvres, et j'avais l'impression que son parfum continuait de me parvenir, porté par l'odeur de la pluie, que les palpitations de son cœur continuaient de résonner dans le théâtre vide. Je retins mon souffle, goûtai la pluie, et aperçus Claudia parfaitement immobile, ses mains gantées sur son sein.

» Ma bouche s'emplit d'amertume, mon esprit de confusion. En bas, un appariteur passait parmi les rangées, redressant les fauteuils, ramassant les programmes éparpillés sur le sol. Je savais que pour combattre cette souffrance, cette confusion, cette passion aveuglantes qui menaçaient de me plonger dans une profonde hébétude, il me suffisait de me laisser tomber près de lui, près de l'une de ces arcades garnies de rideaux, de l'attirer vivement dans l'ombre et de le prendre comme ils avaient pris cette fille. Mais le voulais-je vraiment? Claudia parla tout près de mon oreille inclinée :

» — Patience, Louis, patience...

» J'ouvris les yeux. Il y avait quelqu'un près de nous, à la périphérie de mon champ de vision, quelqu'un qui s'était joué de mon ouïe de vampire. Pourtant mon attente exacerbée aurait dû dresser au sein même de ma distraction son antenne aiguë. Mais il était bien là, silencieux, derrière les rideaux de l'entrée de la loge, ce vampire aux cheveux châtains, à l'allure dégagée, qui nous regardait, debout sur la moquette de l'escalier. Je savais maintenant que c'était bien lui le vampire qui m'avait donné la carte d'invitation pour le théâtre, le vampire nommé Armand.

» N'eût été son immobilité, la qualité lointaine et rêveuse de l'expression de son visage, il aurait pu me faire sursauter. Il semblait qu'il y avait un long moment qu'il se tenait appuyé au mur. Rien ne bougea sur son visage quand nous nous retournâmes. J'aurais dû être soulagé de constater que ce n'était pas au grand vampire aux cheveux noirs que nous avions affaire. Mais, sur le moment, je n'y pensai pas. Ses yeux parcoururent Claudia langoureusement, sans sacrifier le moins du monde à cette habitude qu'ont les humains de déguiser leur regard. Je posai la main sur l'épaule de Claudia.

» — Cela fait bien longtemps que nous vous cherchons, lui dis-je.

» J'avais l'impression d'être transparent pour lui. Sa posture immobile et ses profonds yeux bruns semblaient me signifier que mes réflexions étaient inutiles, que les mots que j'essayais à grand-peine de former étaient sans objet. Claudia se taisait également.

» S'écartant du mur, il se mit à descendre les marches, avec un geste qui nous souhaitait la bienvenue et nous invitait à le suivre. A côté des siens, mes gestes paraissaient des caricatures de gestes humains. Parvenu au niveau du parterre, il ouvrit une porte qui donnait sur un autre escalier. Effleurant à peine les marches de pierre, il nous précéda, nous offrant son dos sans la moindre méfiance.

» Nous entrâmes dans une pièce qui ressemblait à une vaste salle de bal souterraine, creusée dans une cave plus ancienne que le bâtiment construit au-dessus. Plus haut, la porte d'entrée se referma, et la lumière disparut avant que je n'aie pu me faire une bonne impression de l'endroit. J'entendis le bruissement de ses vêtements dans le noir, puis le crépitement aigu d'une allumette. Son visage apparut, telle une grande flamme au-dessus de l'allumette. Puis une silhouette bougea dans la lumière à côté de lui, celle d'un jeune homme, qui lui apportait une bougie. Cette apparition me ramena avec un choc au cœur au souvenir excitant de la jeune femme nue sur scène, de son corps étendu, de son sang palpitant. Le jeune homme se tourna pour me regarder, presque à la manière du vampire aux cheveux châtains, lequel, ayant allumé la bougie, lui dit :

» — Va-t'en.

» La lumière gagna les murs distants ; le vampire éleva la bougie et se mit à longer le mur, nous invitant du geste à le suivre.

» Un monde de fresques et de peintures murales nous environnait, aux couleurs profondes et vibrantes à la lumière de la flamme qui dansait. Le thème et le contenu en devinrent clairs peu à peu. C'était le *Triomphe de la Mort* de Brueghel, reproduit sur une telle échelle qu'une multitude de figures effroyables nous dominaient dans la pénombre, squelettes impitoyables qui entassaient les morts impuissants dans des fosses fétides, squelettes qui tiraient une charretée de crânes, décapitaient un cadavre écartelé ou pendaient des humains aux potences. Une cloche sonnait le glas sur l'enfer infini des terres écorchées et fumantes vers lesquelles se dirigeaient d'immenses armées marchant au massacre d'un pas mécanique et hideux. Je me détournai, mais notre hôte me toucha la main et m'entraîna plus loin pour voir se matérialiser lentement *la Chute des anges* — créatures damnées précipitées des hauteurs célestes vers un chaos sinistre de monstres festoyants. C'était si vivant, si parfait, que j'en frissonnai. Je sentis de nouveau l'attouchement de sa main, mais restai malgré cela immobile, à regarder délibérément tout en haut de la fresque, où je pouvais distinguer dans l'ombre deux anges radieux jouant de la trompette. L'espace d'une seconde, l'envoûtement maléfique fut brisé. J'eus la même forte sensation que le premier soir où j'étais entré à Notre-Dame ; mais cela disparut aussi vite, impression précieuse et arachnéenne trop tôt arrachée à mon esprit.

» Il éleva la chandelle, révélant d'autres horreurs tout autour de moi : de Bosch, les damnés acceptant passivement leur avilissement ; de Traini, les cercueils chargés de cadavres ; de Dürer, les cavaliers monstrueux, et, agrandie à une échelle insupportable, une théorie de gravures, d'emblèmes et d'estampes médiévales. Même sur le plafond, se contorsionnaient des guirlandes de squelettes et de cadavres en décomposition, de démons et d'instruments de torture, comme si c'était là une cathédrale à la glorification de la mort elle-même.

» Depuis le centre de la salle où nous nous arrêtâmes finalement, la bougie parut donner vie à toutes les images qui nous environnaient. Je sentis que le délire me menaçait ; la salle souterraine commença d'osciller affreusement et j'eus la sensation de tomber. Je cherchai la main de Claudia. Elle restait songeuse, l'expression passive, et même lointaine, comme si elle avait voulu que je la laisse tranquille ; puis j'entendis ses pas s'éloigner, faisant résonner le sol de pierre de chocs rapides qui se répercutaient tout au long des murs, comme des doigts martelant mon crâne. Je portai les mains à mes tempes, baissant stupidement le regard, comme pour éviter d'être témoin de quelque souffrance misérable dont je n'aurais pas eu la force de supporter la vision. Puis je revis le visage du vampire flotter dans la flamme qu'il tenait, ses yeux sans âge cerclés de cils noirs. Ses lèvres gardaient une parfaite immobilité, mais j'eus néanmoins l'impression qu'il me souriait. Je l'observai encore plus attentivement, convaincu qu'il s'agissait là de quelque puissante illusion qu'il était possible de déjouer à force de pénétration ; mais plus je regardais, plus il paraissait sourire, et même se prendre d'un murmure, d'un chantonnement rêveurs et silencieux. C'était un son qui se tordait dans le noir, comme le papier peint d'un mur se recroqueville sous la brûlure des flammes, comme la peinture d'un visage de poupée s'écaille et s'enroule sous l'effet de la chaleur. J'eus le désir fou de l'attraper, de le secouer jusqu'à ce que son visage immobile s'anime. Soudain je me retrouvai dans ses bras, serré tout contre lui, mon visage si proche du sien que je distinguais ses cils emmêlés et brillants au-dessus de l'orbe incandescent de ses yeux, que je sentais son souffle doux et sans saveur sur ma peau. J'étais vraiment en plein délire.

» J'aurais voulu le fuir, mais je ne pouvais me soustraire à son étreinte, à la pression de ses bras autour de ma poitrine, à sa bougie dont la flamme me réchauffait l'œil — chaleur après laquelle toute ma chair gelée soupirait. J'essayai alors de souffler la bougie d'un geste de la main, sans cependant réussir à la localiser, sans rien trouver d'autre face à moi que le visage rayonnant qui m'apparaissait maintenant si différent de celui de Lestat, blanc, lisse, nerveux, viril. L'Autre vampire. Tous les autres vampires. La procession infinie de ceux de mon espèce.

» Je revins à la réalité.

» J'étais en train de toucher de mes mains son visage. Mais il était resté à distance de mes bras tendus, sans s'approcher de moi ni me repousser. Je reculai, honteux, stupéfait.

» Au loin, dans la nuit de Paris, une cloche sonna. Les ondes sombres et dorées parurent pénétrer les murs, les poutres qui convoyaient le son jusqu'au cœur de la terre, tels d'immenses tuyaux d'orgue. Revint ce chuchotement, ce chant inarticulé, et dans la pénombre j'aperçus un jeune mortel qui me regardait et respirait l'arôme chaud de sa chair. De sa main agile, le vampire lui fit signe d'approcher. Il vint vers moi, ses yeux excitants ne montrant nulle crainte, entra dans le cercle de lumière de la chandelle et noua ses bras autour de mes épaules.

» Je n'avais jamais ressenti rien de pareil ; jamais je n'avais eu l'expérience de l'abandon volontaire d'un mortel. Mais avant d'avoir pu le repousser, pour son propre salut, je vis sur son cou tendre les marques bleuâtres. Il me les offrait. Il se serra contre moi de tout son long ; je sentis sous ses vêtements son sexe dur qui se pressait contre ma jambe. Une exclamation étouffée franchit mes lèvres, mais il pencha la tête, posant ses lèvres sur ma chair qui devait lui sembler si froide, si morte. Je plongeai les dents dans sa peau ; mon corps se raidit. Son sexe durci s'enfonça dans ma chair, et dans mon ardeur je l'enlevai du sol. Vague après vague, les palpitations de son cœur déferlèrent en moi, tandis qu'arraché à la pesanteur je berçais nos deux corps réunis, tout en dévorant son extase, son plaisir conscient.

» Puis, flageolant, haletant, je me retrouvai les bras vides, la bouche pleine encore du goût de son sang. A quelques pas de moi, il s'appuyait au vampire aux cheveux châtains dont il enserrait la taille de ses bras, et me regardait du même regard paisible que lui, de ses yeux brumeux et affaiblis, car un peu de sa vie s'était écoulée. Je me rappelle m'être avancé sans rien dire, attiré par lui sans pouvoir me contrôler, titillé par ce regard, mis au défi par cette vie encore consciente. Il aurait dû mourir et ne mourrait pas ; il allait vivre encore, assumant cette intimité, lui survivant ! Je me détournai. Dans l'ombre remuait une armée de vampires porteurs de chandelles qui zébraient et cinglaient l'air froid. Au-dessus, émergeait un grand déploiement de figures tracées à l'encre : le corps endormi d'une femme ravagé par un vautour à face humaine ; un homme nu lié à un arbre par les pieds et les mains ; près de lui, un torse pendu, dont les bras arrachés étaient attachés à une autre branche, dont la tête aux yeux grands ouverts était embrochée à une pique.

» Le chant revint, faible, éthéré. Lentement, ma faim s'apaisa, m'obéit, mais ma tête m'élançait et les flammes des bougies semblaient se fondre en anneaux polis de lumière. Quelqu'un me toucha soudain, me poussa rudement, à m'en faire presque perdre l'équilibre. Lorsque je me fus rétabli, j'aperçus le visage maigre et anguleux du misérable vampire que j'avais traité de bouffon. Il voulut m'attraper de ses mains blêmes. Mais l'autre, le vampire aux manières distantes, s'interposa vivement pour nous séparer. J'eus l'impression qu'il l'avait frappé. Mais, une fois de plus, je n'avais pu surprendre son geste. Ils étaient tous deux immobiles comme des statues, les yeux dans les yeux, et le temps s'écoula, vague après vague comme les eaux refluant d'une plage tranquille. Je ne saurais dire combien de temps nous restâmes ainsi, tous trois plongés dans cette obscurité, ni combien je fus saisi par leur immobilité, la seule touche de vie provenant des flammes qui tremblotaient derrière eux. Ensuite, je me souviens seulement d'avoir trébuché tout au long du mur, jusqu'à trouver un grand fauteuil de chêne où je m'effondrai presque. J'eus l'impression que Claudia était près de moi et parlait à quelqu'un d'une voix hachée, mais sucrée. Mon front me cuisait, m'élançait.

» — Venez avec moi, dit le vampire châtain.

» Je cherchai son visage pour y lire le mouvement des lèvres qui aurait dû précéder le son, bien que les mots fussent déjà morts depuis bien trop longtemps. Tous trois, nous descendîmes un long escalier de pierre qui s'enfonçait encore sous la ville ; Claudia marchait en tête, projetant une ombre longue sur le mur. L'air devint plus froid et se chargea de l'odeur rafraîchissante de l'eau. Les pierres saignaient de gouttelettes que la chandelle du vampire transformait en perles d'or.

» La chambre où nous entrâmes était de petite taille, et un feu y brûlait dans une profonde cheminée creusée dans le mur de pierre. Il y avait un lit à l'autre bout, ajusté dans la roche et enclos de deux grilles en cuivre. Au début, tout m'apparut avec clarté, le long mur de livres près de l'âtre, le bureau de bois qui y était accolé, et le cercueil, de l'autre côté. Mais, très vite, la pièce se mit à osciller, et le vampire aux cheveux châtains posa la main sur mes épaules afin de me guider à un fauteuil de cuir. La chaleur du feu sur mes jambes était intense, mais la sensation m'était bonne, claire et précise, susceptible de m'arracher à cette confusion. Je m'enfonçai dans mon siège, yeux mi-clos, et tentai de voir à nouveau ce qui m'entourait. Le lit, au moins, m'apparut comme une scène et sur les oreillers de lin de ce petit théâtre était étendu le jeune homme de tout à l'heure, avec ses cheveux noirs partagés par le milieu et bouclés sur l'oreille, qui le faisaient maintenant ressembler, dans l'état brumeux et fiévreux où il se trouvait, à l'une de ces créatures androgynes et légères qui peuplent les tableaux de Botticelli. A côté de lui, blottie contre lui et maintenant fermement sa chair rose de sa petite main blanche, gisait Claudia, dont le visage était enfoui dans son cou. L'impérieux vampire à la chevelure châtaine regardait, mains jointes devant lui. Claudia releva la tête et le garçon frémit. Le vampire l'attrapa d'un geste doux, comme il m'arrivait moi-même de la prendre. Elle s'accrocha à son cou, ses yeux mi-clos d'extase, ses lèvres rouges de sang. Il la posa légèrement sur le bureau, et elle s'adossa aux livres reliés de cuir, ses mains tombant gracieusement dans le creux de sa robe couleur de lavande. Les grilles se refermèrent sur le jeune adolescent qui s'endormit, nez dans l'oreiller.

» Quelque chose me troublait dans cette chambre, que je ne parvenais pas à définir. En vérité, je n'arrivais pas à déterminer la cause de mon malaise. Je savais seulement que j'avais été tiré de force, par quelqu'un d'autre ou par moi-même, d'un double état ardent et dévorant : l'hypnose provoquée par les peintures lugubres de la salle de bal, la jouissance de meurtre à laquelle je m'étais abandonné, de manière obscène, devant les yeux des autres.

» J'ignorais quelle était la menace à laquelle mon esprit voulait maintenant échapper. Je regardais Claudia, la façon qu'elle avait de s'appuyer aux livres, de s'asseoir parmi les objets du bureau — le crâne blanc et poli, le bougeoir, le livre de parchemin ouvert dont l'écriture manuscrite brillait à la lumière. Puis, au-dessus d'elle, se précisa la vision d'une peinture vernie et luisante, représentant un diable médiéval, cornu et muni de sabots, dont la figure bestiale dominait un sabbat de sorcières en adoration. La tête de Claudia était juste au-dessous et les boucles folles de ses cheveux l'effleuraient ; elle observait le vampire aux yeux bruns d'un regard inquisiteur. J'eus envie de la saisir tout à coup dans mes bras, mais j'imaginai dans ma fièvre, vision horrible, effrayante, qu'elle s'affalait au sol, telle une poupée désarticulée. Je préférai relever les yeux sur le monstrueux visage du diable, plutôt que de contempler plus longtemps son immobilité inquiétante.

» — Le garçon ne se réveillera pas si nous parlons, dit le vampire. Vous venez de si loin, vous avez voyagé si longtemps...

» Mon trouble s'apaisa peu à peu, s'envolant comme l'air frais peut chasser la fumée. J'étais calmement étendu dans mon fauteuil, mes sens bien éveillés, et je le regardais, assis en face de moi. Claudia avait elle aussi les yeux fixés sur lui. Quant à lui, il promenait son regard alternativement sur nous deux, de ses mêmes yeux paisibles, comme si aucun changement n'eût jamais pu affecter son visage lisse.

» — Je m'appelle Armand, dit-il. C'est moi qui ai envoyé Santiago pour vous remettre l'invitation. Je connais vos noms. Soyez les bienvenus chez moi.

» Je rassemblai toute mon énergie pour parler. Le son de ma voix me parut étrange alors que je lui disais à quel point nous avions craint d'être seuls au monde.

» — Mais comment donc êtes-vous venus au monde ? demanda-t-il.

» La main de Claudia se leva, en un mouvement presque imperceptible, et ses yeux, mécaniquement, quittèrent ceux du vampire pour se poser sur les miens. J'étais sûr qu'il s'en était rendu compte, mais il n'en donna pas le moindre signe. Je devinai tout de suite ce qu'elle voulait me faire comprendre.

» — Vous ne désirez pas répondre, constata Armand d'une voix basse et plus mesurée encore que celle de Claudia, une voix beaucoup moins humaine que la mienne.

» De nouveau, je me sentis pris au charme de sa voix et de ses yeux. Il me fallut un grand effort pour m'y arracher.

» — Êtes-vous le chef de ce groupe ? lui demandai-je.

» — Pas au sens où vous entendez ce mot, répondit-il. Mais s'il y avait un chef ici, ce serait moi, en effet.

» — Je ne suis pas venu…, vous me pardonnerez…, pour parler de la façon dont je suis venu au monde des vampires. Car cela ne fait pas de mystère pour moi. Aussi bien, si vous ne possédez ici aucune prérogative, aucun pouvoir dont on puisse exiger de moi le respect, je préférerais ne pas en parler.

» — Et si je vous disais que je possède ce pouvoir, vous inclineriez-vous ?

» Je voudrais être capable de décrire sa manière de parler, de dépeindre comment, à chaque fois qu'il prenait la parole, il avait l'air d'émerger d'un état de contemplation très semblable à celui duquel il m'était si difficile de m'abstraire. Pourtant, son apparence n'était jamais altérée et il paraissait constamment sur ses gardes. Ce phénomène me troublait et m'attirait tout à la fois, comme m'attiraient cette chambre, sa simplicité, la combinaison riche et chaude des quelques éléments essentiels qui s'y trouvaient : les livres, le bureau, les deux fauteuils près du feu, le cercueil, les peintures. Comparativement, le luxe de notre suite, à l'hôtel, en paraissait vulgaire, et même plus encore : dépourvu de sens. La seule présence énigmatique pour moi dans cette pièce était celle de ce jeune mortel endormi.

» — Je ne suis pas sûr…, répondis-je, sans pouvoir quitter des yeux cet affreux Satan moyenâgeux. Il me faudrait savoir d'où… de qui vient ce pouvoir. S'il vient d'autres vampires… ou… d'ailleurs.

» — D'ailleurs ?… fit-il. Que voulez-vous dire par « ailleurs » ?

» — Cela ! dis-je en désignant la peinture médiévale.

» — C'est un tableau, protesta-t-il.

» — Rien d'autre ?

» — Rien d'autre.

» — Alors, ce n'est pas de Satan… ou de quelque puissance démoniaque que vous tenez votre pouvoir de chef, ou simplement de vampire ?

» — Non, répondit-il avec calme, tellement impassible même qu'il m'était impossible de savoir ce qu'il pensait de mes questions, ni s'il leur donnait le moins du monde le sens qu'elles avaient pour moi.

» — Et les autres vampires ?

» — Non plus.

» — Alors, nous ne sommes pas… — je me renfonçai dans mon siège — les enfants de Satan ?

» — Comment pourrions-nous être les enfants de Satan? interrogea-t-il. Croyez-vous que c'est Satan qui a créé ce monde qui vous entoure?

» — Non, je crois que c'est Dieu qui l'a créé, s'il a un créateur. Mais il a dû aussi créer Satan, et je veux savoir si nous en sommes les enfants!

» — Bien, mais si vous croyez que Dieu a créé Satan, vous devez admettre que tout le pouvoir de Satan émane de Dieu, et que Satan n'est jamais que l'un des enfants de Dieu; nous sommes donc nous aussi les enfants de Dieu. Mais... non, Satan n'a pas de progéniture!

» Je ne pus déguiser mes sentiments devant ses réponses. Je me rappuyai au cuir du dossier, regardant cette petite gravure du diable, oubliant un instant mes obligations envers mon hôte, perdu dans mes pensées, dans les implications indéniables de sa logique si simple.

» — Mais en quoi cela vous importe-t-il? Ce que je vous dis ne vous surprend sûrement pas, reprit-il. Pourquoi vous laissez-vous affecter ainsi?

» — Permettez-moi de vous expliquer, commençai-je. Je sais que vous êtes un maître vampire. Je vous respecte. Mais je suis incapable de faire preuve de votre détachement. Je sais ce que c'est, mais je ne le possède pas, et je doute de jamais le posséder. Je l'accepte.

» — Je comprends, acquiesça-t-il. Je vous ai observé dans le théâtre. J'ai remarqué votre sympathie, votre peine pour cette fille. J'ai remarqué votre pitié pour Denis quand je vous l'ai offert. Vous mourez à chaque fois que vous tuez. Vous avez l'impression de mériter la mort pour chacun de vos meurtres, et limitez vos désirs en conséquence. Mais pourquoi donc, avec votre appétit de justice, souhaitez-vous vous parer du titre d'enfant de Satan?

» — Je suis mauvais, aussi mauvais que tous les vampires qui ont jamais hanté la surface de ce monde! J'ai tué, tué sans relâche, et tuerai encore. Ce garçon, par exemple, que vous m'avez offert, Denis, je l'ai pris sans même savoir s'il pourrait ou non survivre.

» — En quoi cela vous rend-il aussi mauvais que tous les autres vampires ? N'y a-t-il pas des gradations dans le mal ? Le mal est-il un périlleux précipice où l'on tombe dès le premier péché, sans pouvoir en réchapper ?

» — Oui, je le crois, répondis-je. Ce n'est pas logique, vous pourriez me le faire sentir. Mais je crois en cet abîme, sombre et vide. Et il n'y a nulle consolation.

» — Mais vous n'êtes pas juste, protesta-t-il, avec pour la première fois une lueur d'expression dans sa voix. Vous attribuez certainement des degrés et des variantes à la vertu. Il y a la vertu de l'enfant qui est innocence, il y a la vertu du moine qui a tout abandonné aux autres et vit une vie de privations et de dévouement. Il y a la vertu des saints et la vertu des bonnes maîtresses de maison. Est-ce que tout cela c'est la même chose ?

» — Non, mais toutes les formes de vertu sont au même degré infiniment différentes du mal.

» Les pensées se présentaient à mon esprit au fur et à mesure que je parlais. J'étais en train de découvrir mes convictions les plus profondes, sous une forme qu'elles n'auraient jamais empruntée si je n'avais pas eu à les exprimer, à les formuler au cours d'un dialogue. J'avais l'impression que mon esprit fonctionnait de façon passive. Je veux dire par là qu'il ne parvenait à se reconcentrer, à extirper une pensée du brouillard mêlé de désir et de souffrance de ma conscience que lorsqu'il était touché par un autre esprit ; fertilisé par une autre pensée ; excité par celle-ci jusqu'en ses profondeurs et obligé de tirer ses propres conclusions. Soulagement rare, aigu, de ma solitude. Un passé douloureux défila dans mon souvenir. Ce moment d'un siècle révolu, où je m'étais tenu au pied de l'escalier de Babette ; la frustration permanente des années au goût de métal passées en compagnie de Lestat ; mon affection passionnée et maudite pour Claudia, qui avait permis à ma solitude de faire retraite derrière l'abandon complaisant de mes sens, ces mêmes sens qui soupiraient après le meurtre. Je revis le sommet désolé d'Europe orientale où, dans les ruines d'un monastère, j'avais tué ce vampire sans âme. C'était comme si, après une longue et féminine attente, mon esprit s'éveillait, dans l'espoir d'être satisfait ; et ceci malgré mes propres paroles : « Mais je crois en cet abîme sombre et vide. Et il n'y a nulle consolation. »

» Je regardai Armand, qui m'observait de ses grands yeux bruns sertis dans un visage figé et sans âge, fixé comme une peinture pour l'éternité. Le malaise qui m'avait assailli dans la salle de bal revint — lente dérive de l'univers physique, réveil de mon ancien délire, d'un besoin si terrible que la seule promesse de le voir comblé contenait l'insupportable éventualité d'une déception. Et restait toujours le vieux problème, l'obsédant et horrible problème du mal.

» Je portai les mains à ma tête, imitant les mortels qui, devant de trop graves tourments, se couvrent instinctivement le visage, se triturent le crâne comme si leurs mains avaient le pouvoir de le traverser et de masser leur cerveau palpitant pour en extraire l'angoisse.

» — Et comment se retrouve-t-on plongé dans ce mal absolu ? demanda Armand. Est-ce que l'on tombe soudain de l'état de grâce pour se découvrir l'instant d'après aussi englué dans le mal que les tribunaux populaires de la Révolution ou que le plus cruel de tous les empereurs romains ? Est-ce qu'il suffit de manquer la messe du dimanche ou de mordre dans l'hostie ? Ou de voler une miche de pain... ou de coucher avec la femme du voisin ?

» — Non..., répondis-je en secouant la tête. Non...

» — Mais s'il n'y a pas de degrés dans le mal, et si cet état maudit existe, il suffit alors d'un seul péché.

N'est-ce pas ce que vous êtes en train de dire ? Que Dieu existe et…

» — Je ne sais pas si Dieu existe, dis-je. Pour le peu que j'en sais… il n'existe pas.

» — Alors, aucun péché n'a d'importance. Le mal ne procède pas du péché.

» — Ce n'est pas vrai. Car, si Dieu n'existe pas, nous sommes les créatures pourvues du plus haut degré de conscience de tout l'univers. Nous sommes les seuls à comprendre le passage du temps et la valeur de chaque minute de chaque vie humaine. Et ce qui constitue le mal, le véritable mal, c'est de prendre une seule vie humaine. Que l'homme dont nous prenons la vie ait été destiné à mourir le lendemain, ou le surlendemain, à mourir de toute façon…, cela ne compte pas. Parce que, si Dieu n'existe pas, cette vie…, chaque seconde de cette vie…, c'est notre seule richesse.

» Il se renfonça dans son siège, comme si cette dernière observation l'eût arrêté pour le moment. Ses yeux se rétrécirent, puis fixèrent les profondeurs du feu. C'était la première fois depuis qu'il était venu me chercher qu'il se détournait et que je pouvais le regarder sans qu'il m'observe en retour. Il resta longtemps dans cette position. Il m'était presque possible de sentir ses pensées, qui déroulaient leurs volutes dans l'atmosphère comme une fumée tangible. Je ne les lisais pas, voyez-vous, mais je sentais leur puissance. Il semblait environné d'une aura et, malgré son visage très jeune, paraissait infiniment vieux, infiniment sage. C'était, chose indéfinissable, inexplicable, la façon dont ses yeux et les traits juvéniles de son visage exprimaient à la fois innocence, âge et expérience.

» Il se leva et regarda Claudia, mains négligemment nouées derrière son dos. Le silence qu'elle avait gardé pendant tout ce temps m'était bien compréhensible. Ce n'étaient pas ses problèmes, bien que ce vampire la fascinât, qu'il fût l'objet de son attente et qu'elle en eût certainement appris beaucoup tandis qu'il me parlait. Mais, comme ils s'observaient mutuellement, je me fis une nouvelle remarque. Lorsqu'il s'était mis debout, son corps avait obéi de la façon la plus parfaite aux ordres de son cerveau, sans l'embarras des mouvements des humains, de leurs gestes enracinés dans l'habitude, ankylosés par la nécessité, le rituel, la pusillanimité de leur esprit, et à présent l'immobilité qu'il affectait n'était pas de ce monde. Claudia se tenait de même. Ils se regardaient l'un l'autre en témoignant d'une compréhension surnaturelle dont j'étais tout bonnement exclu.

» Pour eux j'étais une vibration, un tourbillon perpétuel, ce qu'étaient pour moi les mortels. Quand il se tourna de nouveau vers moi, je sus qu'il avait compris qu'elle ne partageait pas ma conception du mal.

» Il reprit la parole sans le moindre avertissement.

» — C'est le seul véritable mal…, dit-il aux flammes.

» — Oui, répondis-je, sentant que ce sujet dévorant allait de nouveau anéantir toute autre préoccupation.

» — C'est vrai…, ajouta-t-il comme pour me blesser davantage encore, m'enfoncer dans ma tristesse, dans mon désespoir.

» — Alors, Dieu n'existe pas… Vous n'avez pas la moindre connaissance de son existence?

» — Non.

» — Pas la moindre connaissance de son existence! répétai-je.

» Je n'avais pas honte de ma trop grande simplicité, ni de la qualité trop humaine de ma douleur.

» — Pas la moindre.

» — Aucun vampire ici n'a eu de rapport avec Dieu ou avec le diable?

» — Aucun vampire que j'aie jamais connu, fit-il, songeur, le feu dansant dans ses yeux. Et pour autant que je sache aujourd'hui, au bout de quatre cents ans, je suis le plus vieux vampire vivant dans ce monde.

» Je le regardai, ébahi.

» Puis le monde commença de sombrer. C'était ce que j'avais toujours craint. La situation était sans espoir. Les choses allaient continuer comme avant, et cela pour l'éternité. Ma quête était finie. Brisé, je m'enfonçai dans mon fauteuil et regardai les flammes qui léchaient l'âtre.

» Il était vain de le laisser continuer, vain de parcourir le monde dans le seul but d'entendre la même histoire.

» — Quatre cents ans — je crois que je répétai ces mots — quatre cents ans...

» Je me souviens d'avoir gardé longtemps les yeux fixés sur le feu. Il y avait une bûche qui s'effondrait très lentement dans les flammes, en un mouvement imperceptible qui prendrait toute la nuit, une bûche piquée de petits trous d'où quelque substance avait transpiré et s'était vite enflammée, entretenant dans chacun des pores une petite flamme qui dansait parmi les plus grandes. Et toutes ces petites flammes, avec leurs bouches noires, ressemblaient à de petits visages grimaçant comme un chœur, un chœur qui chantait en silence. Le chœur n'avait pas besoin de musique ; d'un seul souffle dans le feu, d'un seul souffle ininterrompu, il chantait sa chanson silencieuse.

» Tout à coup, dans un fort froissement d'étoffe, avec un enveloppement d'ombres craquantes et de lumière, Armand fut à mes pieds, agenouillé, tenant ma tête dans ses mains tendues, yeux brûlants.

» — Votre concept du mal provient de votre déception, de votre amertume ! Ne voyez-vous pas cela ? Enfants de Satan ! Enfants de Dieu ! Est-ce la seule question que vous m'apportiez ? Êtes-vous à ce point obsédé que vous vous croyiez obligé de faire de nous des dieux ou des démons, si le seul pouvoir qui soit n'existe qu'en nous-mêmes ? Comment pouvez-vous croire à ces vieux mensonges fantastiques, à ces mythes, à ces symboles du surnaturel ?

» Il arracha le portrait du diable du mur, par-dessus Claudia toujours immobile, d'un geste si vif que je ne pus le saisir. J'entrevis le regard ricanant du diable devant mes yeux, puis la toile crépita dans les flammes.

» Ses paroles avaient brisé une barrière en moi, une digue qui, en cédant, avait libéré un torrent de sentiments qui excitaient chaque muscle de mes membres. Je me levai brusquement et m'écartai de lui.

» — Êtes-vous fou ? demandai-je, stupéfait de la colère et du désespoir qui m'envahissaient. Nous sommes là tous les deux, immortels, sans âge ; toutes les nuits nous nourrissons notre immortalité de sang humain ; là, sur votre bureau, appuyée au savoir des siècles, est assise une enfant aussi démoniaque dans sa perfection que nous-mêmes ; et vous me demandez comment je peux croire qu'il est possible de trouver une signification au surnaturel ! Je vous le dis, après avoir vu ce que je suis devenu, je suis bien capable de croire à n'importe quoi ! Pas vous ? Et, dans ces conditions, je peux également accepter la vérité la plus fantastique de toutes les vérités : que tout cela n'ait aucun sens !

» Je reculai vers la porte, pour le fuir. L'air abasourdi, il leva les mains à hauteur de ses lèvres, enfonçant dans la chair de sa paume ses doigts recourbés comme une griffe.

» — Non ! Revenez…, souffla-t-il.

» — Non, pas maintenant. Laissez-moi aller. Juste un moment…, laissez-moi aller… Il n'y a rien de changé ; tout est comme avant. Laissez-moi me pénétrer de cette idée…, laissez-moi partir.

» Je jetai un regard en arrière avant de refermer la porte. Claudia avait tourné son visage vers moi, quoique toujours assise dans la même position, mains refermées sur ses genoux. Alors, pour m'inviter à m'en aller, elle eut un geste aussi subtil que son sourire teinté d'une tristesse imperceptible.

» J'eus envie de m'échapper complètement du

théâtre, de sortir dans les rues de Paris et d'y errer, pour permettre aux chocs accumulés de s'effacer peu à peu. Mais, tandis que je tâtonnais encore au long des parois de pierre du couloir souterrain, le désarroi m'envahit. Peut-être étais-je incapable d'exercer ma propre volonté. Plus que jamais, il me sembla absurde que Lestat ait dû mourir — s'il était vraiment mort — et, ramenant mon regard sur le passé, comme je le faisais si souvent, il m'apparut sous un jour plus agréable qu'avant. Comme nous, c'était une créature égarée. Il ne cherchait pas jalousement à conserver un quelconque savoir qu'il eût été effrayé de partager. Il ne savait rien. Il n'y avait rien à savoir.

» Je l'avais haï pour de mauvaises raisons, c'était certain. Mais je n'avais pas encore tout saisi. Il y avait autre chose. L'esprit confus, je finis par m'asseoir sur les marches sombres, submergé de lassitude, la tête dans la main. Les lumières de la salle de bal projetaient mon ombre sur le sol grossier. Mon esprit me disait : « Dors ! » mais plus profondément il me disait aussi : « Rêve ! » Je ne me remettais pas en marche vers l'hôtel Saint-Gabriel, qui me paraissait pourtant maintenant le plus sûr, le plus subtil de tous les refuges, le lieu délicat où le luxe des mortels apportait la consolation, l'endroit où l'on pouvait s'étendre dans un fauteuil de velours puce, poser le pied sur une ottomane et regarder le feu lécher le marbre de la cheminée, ne voyant dans les hauts miroirs que le reflet d'un humain pensif. Enfuis-toi, pensai-je, fuis tout ce qui t'attire. Mais la même pensée me hantait sans cesse : c'est injustement que j'ai fait du mal à Lestat, j'ai eu tort de le haïr. J'allai jusqu'à murmurer ces mots, pour tenter de les extraire de la mare sombre et indistincte de mon esprit, et le bruit de ma voix grinça contre la voûte de pierre de l'escalier.

» C'est alors qu'une voix me parvint, portée par l'air, douce, trop faible pour l'oreille d'un mortel :

» — Comment cela ? Quel mal lui avez-vous fait ?

» Je me retournai si brusquement que j'en perdis le

souffle. Il y avait un vampire assis derrière moi, si près de moi que le bout de ses bottes frôlait mon épaule. Il serrait entre ses mains nouées ses jambes repliées. Je crus un instant que mes yeux me trompaient ; c'était mon adversaire de la veille, le vampire qu'Armand avait appelé Santiago.

» Cependant, rien dans ses manières ne reflétait la personnalité démoniaque et haïssable qu'il m'avait révélée quelques heures seulement auparavant, lorsque Armand l'avait empêché de me frapper. Il me regardait par-dessus ses genoux pliés, chevelure en désordre, ouvrant mollement une bouche sans malice.

» — Cela n'a d'intérêt pour personne d'autre que moi, lui dis-je, ma frayeur s'apaisant.

» — Mais vous avez dit un nom ; je vous ai entendu dire un nom, reprit-il.

» — Un nom que je ne veux pas répéter, répondis-je, me détournant.

» Je comprenais maintenant comment il avait pu se jouer de mon attention, pourquoi je n'avais pu surprendre son ombre : il s'était blotti dans la mienne. Cela me dérangeait un peu de l'imaginer glissant sans bruit sur l'escalier de pierre pour venir s'asseoir derrière moi. Tout ce qui le concernait d'ailleurs me dérangeait, et je me rappelai de ne lui faire en aucun cas confiance. Armand, malgré son pouvoir hypnotique, cherchait d'une certaine façon à donner de lui l'image la plus véridique : il n'avait pas eu besoin de parler pour m'arracher à mon éblouissement. Mais ce vampire-ci était un menteur, dont émanait une puissance brute et crue qui égalait presque le pouvoir d'Armand.

» — Vous êtes venus jusqu'à Paris à notre recherche, et tout ce que vous faites, c'est de vous asseoir tout seul sur les marches..., dit-il sur un ton conciliant. Pourquoi ne montez-vous pas nous rejoindre ? Pourquoi ne venez-vous pas nous parler, nous parler de cette personne dont vous avez prononcé le nom ? Je sais qui c'était, je connais ce nom.

» — Vous ne le connaissez pas, c'est impossible. C'était un mortel, répliquai-je, plus par instinct que par conviction.

» Cela me troublait de penser à Lestat, et de penser que cette créature puisse avoir connaissance de sa mort.

» — C'est pour vous soucier de mortels que vous êtes venus vous asseoir ici ? demanda-t-il — mais il n'y avait ni reproche ni moquerie dans le ton de sa voix.

» — Sans vouloir vous offenser, je suis venu ici pour être seul. C'est un fait, murmurai-je.

» — Mais dans quel état d'esprit... Vous n'avez même pas entendu mes pas... Vous me plaisez. Je voudrais que vous montiez.

» Et, tout en parlant, il me remit lentement sur mes pieds.

» A ce moment, la porte de la cellule d'Armand projeta un long rayon de lumière sur le passage. Je l'entendis venir, et Santiago me lâcha. Armand apparut au bas des marches, tenant Claudia dans ses bras. Il y avait sur son visage le même air morne qu'elle avait eu durant toute ma conversation avec Armand. Elle avait l'air profondément absorbée par le courant de ses propres pensées, sans rien voir de ce qui l'entourait. Je l'arrachai vivement aux bras d'Armand, et sentis contre moi ses membres tendres, comme lorsque nous étions tous deux dans notre cercueil, au moment de succomber à la paralysie du sommeil.

» Alors, d'un mouvement puissant du bras, Armand repoussa Santiago. J'eus l'impression qu'il était tombé à la renverse, puis ne s'était relevé que pour se faire tirer par Armand jusqu'en haut de l'escalier. Tout cela s'était produit si vite que je n'avais perçu qu'un brouillard de vêtements et un raclement de bottes. Armand était tout seul au haut des marches ; je le rejoignis.

» — Vous ne pouvez pas quitter le théâtre en toute sécurité ce soir, me chuchota-t-il. Il conçoit des soupçons à votre égard. Et, comme je vous ai amené ici, il pense qu'il est en droit de vous connaître mieux. Notre sécurité en dépend.

» Il me mena lentement vers la salle de bal. Mais, ce faisant, il se tourna vers moi et me dit à l'oreille :

» — Je dois vous mettre en garde. Ne répondez à aucune question. Interrogez, et la vérité éclora, bouton après bouton. Mais ne livrez rien de vous-même, rien, surtout rien qui concerne vos origines.

» Il s'écarta de nous, mais nous fit signe de le suivre dans la pénombre vers l'endroit où les autres s'étaient assemblés, tel un groupe lointain de statues de marbre, dont mains et visages n'étaient que trop semblables aux nôtres. Je sentis fortement à cet instant à quel point nous étions tous faits de la même substance — pensée qui ne m'était qu'occasionnellement venue à l'esprit durant toutes ces longues années de La Nouvelle-Orléans. Pensée désagréable aussi, surtout lorsque je vis quelques-uns d'entre eux se refléter dans les longs miroirs qui brisaient la masse dense des épouvantables fresques.

» Claudia parut s'éveiller au moment où, ayant découvert un fauteuil de chêne sculpté, je m'y installais. Elle se pencha vers moi et me dit quelque chose d'étrangement incohérent, mais qui semblait signifier que je devais obéir au conseil d'Armand : ne rien dévoiler de nos origines. J'eus envie de parler avec elle davantage, mais me tus en apercevant le grand vampire nommé Santiago qui nous observait, ses yeux allant lentement de nous deux à Armand. Plusieurs femmes vampires s'étaient groupées autour d'Armand et, lorsque je les vis enserrer sa taille de leurs bras, je sentis un tumulte de sentiments m'envahir. Et ce qui me remplit d'épouvante en regardant ce spectacle, ce ne fut ni leurs formes exquises, ni leurs traits délicats, ni les mains gracieuses que leur nature vampirique avait rendues dures comme le verre ; ce ne fut pas leurs yeux ensorcelants qui, dans le silence soudain, se fixèrent sur moi — ce qui m'emplit d'épouvante, ce fut la violence de ma jalousie. Je fus consterné de les voir si près de lui, effrayé de le voir les embrasser tour à tour. Lorsqu'il les fit approcher de moi, j'étais troublé et peu sûr de moi-même.

» Les noms que je me rappelle sont ceux d'Estelle et de Céleste, créatures à la beauté de porcelaine qui caressèrent Claudia avec la liberté qu'ont les aveugles, faisant courir leurs mains sur sa chevelure radieuse, sur ses lèvres même, ce qu'elle toléra, ses yeux toujours brumeux et lointains, partageant avec moi seul la vérité qu'elles semblaient incapables de saisir : à savoir qu'une âme de femme aussi achevée et acérée que la leur habitait ce corps d'enfant. Je l'observai. Elle se tourna vers ses admiratrices, leur présenta ses jupes couleur lavande et sourit froidement en réponse à leurs regards d'adoration. Je me demandai combien de fois moi aussi je lui avais parlé comme à une enfant, je l'avais caressée trop librement, prise dans mes bras avec l'abandon d'un adulte. Je sentis mon esprit vagabonder : souvenir de la nuit précédente, souvenir déjà vieux d'un siècle, de Claudia s'exprimant avec tant de rancœur à propos de l'amour ; échos du choc provoqué par les révélations d'Armand, ou plutôt par le fait qu'il n'en avait point à faire ; calme imprégnation de la présence des vampires qui m'environnaient, qui chuchotaient dans les ténèbres sous les fresques baroques. Car j'apprenais beaucoup sans même poser de question ; la vie de vampire à Paris était bien ce que je craignais, ce que la petite représentation dans le théâtre du dessus avait indiqué.

» Les lumières tamisées étaient de rigueur dans le domaine souterrain. On y appréciait l'art. Presque chaque nuit s'ajoutait aux collections une nouvelle toile ou une nouvelle gravure d'un artiste contemporain, que l'un des vampires rapportait. Céleste, sa main froide sur mon bras, parlait avec mépris de ces artistes aux inspirations macabres. Estelle, qui tenait maintenant Claudia sur son sein, mettait l'accent à mon profit — moi, le colonial naïf — sur le fait que ce n'étaient pas les vampires qui étaient les auteurs de ces horreurs mais qu'ils se contentaient de les collectionner, en témoignage incessant de ce que les hommes étaient capables de beaucoup plus d'invention dans le mal que les vampires.

» — Il y a quelque chose de mal à faire de pareilles peintures ? demanda doucement Claudia de sa voix sans timbre.

» Céleste rejeta en arrière ses boucles noires et rit.

» — Ce que l'on peut imaginer, on peut le faire, répondit-elle vivement — mais ses yeux reflétaient une certaine hostilité contenue. Bien sûr, nous nous efforçons de rivaliser avec les hommes en meurtres en tous genres, n'est-ce pas ?

» Elle se pencha pour toucher Claudia au genou. Mais Claudia se tut, se contentant de la regarder rire nerveusement et continuer son discours. Santiago s'approcha, pour amener la conversation sur le sujet de nos chambres de l'hôtel Saint-Gabriel. « Terriblement dangereux », dit-il, accompagnant ses mots d'un geste théâtralement exagéré. Il montra une connaissance stupéfiante de notre suite. Il connaissait le coffre où nous dormions ; cela l'avait frappé et lui semblait vulgaire.

» — Rejoignez-nous, me dit-il avec cette simplicité presque enfantine qu'il avait déjà montrée, un peu plus tôt, sur les marches. Venez vivre avec nous, et vous n'aurez plus à vous dissimuler. Nous avons notre garde. Et dites-moi donc, d'où venez-vous ? (Il tomba sur ses genoux et posa la main sur le bras de mon fauteuil.) Votre voix..., je connais cet accent ; parlez encore.

» Je fus vaguement horrifié à l'idée d'avoir un accent en français, mais ce n'était pas ma préoccupation immédiate. Il était plein de détermination, et je sentais son caractère possessif qui commençait de m'envahir. Les vampires qui nous entouraient avaient continué de parler dans l'entre-temps ; Estelle expliquait que le noir était la couleur qui convenait aux vêtements des vampires et que la robe pastel de Claudia était jolie, mais de mauvais goût.

» — Nous nous fondons dans la nuit, disait-elle. Notre éclat est celui des funérailles.

» Puis, approchant sa joue de celle de Claudia, elle rit pour adoucir sa critique. Céleste rit aussi, et Santiago, et la salle entière parut s'animer d'un rire au tintement surnaturel, de voix d'un autre monde dont les échos rebondissaient contre les parois peintes, ridaient les pâles flammes des chandelles.

» — Ah! mais il faut cacher ces boucles! dit Céleste, qui jouait maintenant avec les cheveux d'or de Claudia.

» Une évidence me sauta aux yeux : ils avaient tous teint leurs cheveux en noir, à l'exception d'Armand. C'était cela, ajouté à leurs vêtements noirs, qui contribuait à donner l'impression désagréable que nous étions des statues nées des mêmes ciseaux et du même pinceau. Cette impression m'était réellement déplaisante et remuait quelque chose au plus profond de moi, dont je n'arrivais pas à définir la nature.

» Je me levai inconsciemment pour m'éloigner d'eux, traversant la pièce jusqu'à l'un des miroirs étroits où je voyais leur reflet par-dessus mon épaule. Claudia brillait comme un joyau en leur milieu ; le jeune mortel qui dormait en bas aurait brillé de même. Je commençai à comprendre que je les trouvais horriblement sinistres : sinistre, sinistre était tout ce que rencontrait mon regard, sinistre la similitude de leurs yeux étincelants de vampire, sinistre leur esprit semblable au cuivre sinistre du son d'une cloche.

» Seul le savoir dont je ressentais le besoin pouvait me distraire de ces pensées.

» — Les vampires de l'Europe de l'Est..., était en train de dire Claudia, ces créatures monstrueuses, qu'ont-elles à voir avec nous ?

» — Des revenants, répondit Armand à voix basse

324

malgré la distance qui les séparait, comptant sur l'infaillibilité des oreilles surnaturelles à saisir ce qui n'était guère plus qu'un murmure étouffé.

» Le silence se fit dans la salle.

» — Leur sang est différent, abject. Ils se multiplient comme nous le faisons, mais sans adresse et sans prudence. Autrefois...

» Il se tut brusquement. Je pouvais voir son visage se refléter dans le miroir. Il était étrangement rigide.

» — Oh! oui, parle-nous d'autrefois! dit Céleste sur un ton perçant, dans le registre d'une voix humaine, où transparaissait quelque agressivité.

» Et voici que Santiago renchérissait, harcelait Armand à son tour:

» — Oui, parle-nous des anciens sabbats, des herbes qui nous rendaient invisibles... (Il sourit.) Et des bûchers!

» Armand fixa Claudia de son regard.

» — Prends garde à ces monstres, dit-il, tandis que ses yeux, d'un mouvement calculé, passaient sur Santiago puis sur Céleste. Ils vous attaquent comme si vous n'étiez que des humains.

» Céleste frissonna, marmonna quelque chose d'un ton de dédain, comme une aristocrate aurait pu parler de cousins vulgaires portant par malheur le même nom qu'elle. Cependant, c'était Claudia que j'observais, car ses yeux semblaient toujours recouverts d'un voile. Elle se détourna soudainement d'Armand.

» Les voix des autres vampires firent de nouveau résonner la salle, des voix affectées de soirée mondaine. Ils s'entretenaient des meurtres de la nuit, décrivaient leurs rencontres sans un soupçon d'émotion. De temps à autre éclataient des défis en matière de cruauté, tels des éclairs blancs. On avait acculé dans un coin un mince et grand vampire parce qu'il avait trop tendance à romantiser inutilement la vie des mortels, manquait d'entrain, refusait les occasions de se divertir qui se présentaient à lui. Il était d'une nature simple, prompt à hausser les épaules, lent à la parole et tombait pour de longues périodes dans un silence hébété, comme si, presque étouffé de sang, il serait aussi bien allé se recoucher dans son cercueil plutôt que de rester là. Mais il restait pourtant, retenu par la pression de ce groupe surnaturel qui avait fait de l'immortalité un club de conformistes. Comment Lestat aurait-il trouvé cela ? Était-il venu ici ? Qu'est-ce qui avait causé son départ ? Personne n'avait jamais commandé à Lestat — il était le maître de son petit cercle ; comme ils auraient loué son caractère inventif, sa façon de jour au chat et à la souris avec ses victimes ! Gâcher... Ce mot, cette notion, qui avait été si précieux pour moi lorsque j'étais encore un vampire novice, ce mot était sans cesse répété. Vous avez « gâché » l'occasion de tuer cet enfant, cher ami. Chère amie, vous avez « gâché » l'occasion de terrifier cette pauvre femme, ou de mener cet homme à la folie, il aurait suffi de quelques tours de prestidigitation...

» La tête me tournait. Un banal mal de tête de simple mortel. J'avais une violente envie de fuir ces vampires, et c'était le visage distant d'Armand qui me retenait, plutôt que ses mises en garde. Il semblait loin des autres à présent, bien qu'assez souvent il acquiesçât de la tête, prononçât quelques mots ça et là, de manière à paraître faire partie de leur groupe, sa main ne quittant que rarement l'appui du bras de son fauteuil en forme de patte de lion. J'avais chaud au cœur de le voir se comporter ainsi et de constater qu'aucun autre dans cette petite foule ne pouvait comme moi accrocher son regard, et même de temps à autre le retenir. Pourtant, il restait distant, ne me renvoyant que l'éclat de son regard. Son avertissement résonnait encore dans mon oreille, mais je n'en avais cure. Bien que ma seule envie fût de quitter ce théâtre, apathique, je ne bougeais pas, recueillant des renseignements qui se révélaient inutiles et infiniment lugubres.

» — Mais n'y a-t-il rien que vous considériez

comme crime, comme crime capital? demanda Claudia.

» Dans le reflet du miroir, ses yeux violets me paraissaient fixés sur moi, alors que je lui tournais le dos.

» — Le crime? C'est l'ennui! s'écria Estelle en pointant un doigt blanc sur Armand.

» Ils partirent tous deux d'un rire étouffé, à l'autre bout de la pièce.

» — L'ennui, c'est la mort! reprit-elle, dénudant ses crocs de vampire, de telle sorte qu'Armand porta la main à son front en une mimique théâtrale symbolisant frayeur et défaillance conséquente.

» Cependant, Santiago, qui observait la scène mains croisées derrière le dos, intervint.

» — Le crime! dit-il. Oui, il y a un crime. Un crime pour lequel nous donnerions la chasse à un vampire jusqu'à l'avoir détruit. Êtes-vous capable de deviner de quoi il s'agit?

» Son regard alla de Claudia à moi-même, puis revint sur son petit visage figé comme un masque.

» — Vous devriez savoir, vous qui êtes si secrète au sujet du vampire qui vous a faite, reprit-il.

» — Et pourquoi donc? demanda-t-elle, ses yeux s'élargissant à peine, ses mains toujours immobiles sur son sein.

» Une chape de silence s'abattit progressivement sur la salle, tandis que tous les visages blancs se tournaient vers Santiago toujours debout, un pied en avant, mains nouées derrière le dos, dominant Claudia de toute sa hauteur. Ses yeux brillèrent lorsqu'il s'aperçut qu'il avait capté l'auditoire. Il quitta alors son poste et glissa jusqu'à moi, posa la main sur mon épaule.

» — Vous ne devinez pas de quel crime il s'agit? Votre maître vampire ne vous l'a pas dit?

» M'obligeant lentement à me retourner, de ses mains envahissantes et familières, il se mit à frapper légèrement mon cœur au rythme de ses battements qui s'accéléraient.

» — C'est le crime qui signifie la mort pour tout vampire qui, où que ce soit, le commette. C'est de tuer quelqu'un de votre propre espèce !

» — Aaaaah ! s'exclama Claudia en éclatant de rire.

» Elle traversa la pièce, tourbillons de soie lavande, pas secs et résonnants, pour venir me prendre la main, disant :

» — J'avais tellement peur que ce soit d'être né comme Vénus de l'écume des flots, ce qui fut notre lot ! Maître vampire ! Viens, Louis, allons-nous-en ! m'invita-t-elle en m'entraînant.

» Armand riait. Santiago ne bougeait pas. Quand nous atteignîmes la porte, Armand se leva.

» — Vous serez les bienvenus demain soir, dit-il. Et après-demain également.

— Je ne crois pas avoir repris mon souffle avant d'être parvenu à la rue. Il continuait de pleuvoir, et sous la pluie la rue tout entière paraissait détrempée et désolée, belle toutefois. Quelques bouts de papier flottaient dans le vent, une voiture luisante passa lentement, accompagnée des claquements épais et rythmés des sabots du cheval. Le ciel était d'un violet pâle. J'accélérai vivement le pas, Claudia à mon côté me montrant le chemin jusqu'à ce que, découragée par la longueur de mes enjambées, elle choisît le berceau de mes bras.

» — Je ne les aime pas, me dit-elle d'un ton furieux et mordant comme l'acier, alors que nous approchions de l'hôtel Saint-Gabriel.

» Même son hall immense et brillamment éclairé était calme à cette heure d'avant l'aube. Je passai en courant d'air devant les longs visages des employés de la réception, assoupis.

» — Je les ai cherchés par le monde entier, et je ne peux que les mépriser !

» Elle jeta sa cape et s'avança au centre de la pièce. Une rafale de pluie frappa les portes-fenêtres. Je me surpris à allumer les lumières une à une, élevant le candélabre aux becs à gaz comme l'auraient fait Claudia ou Lestat. Puis je cherchai le fauteuil de velours puce dont j'avais rêvé dans la cave d'Armand et, épuisé, m'y effondrai. J'eus un moment l'impression que la pièce s'embrasait, mais, comme mes yeux se portaient sur une peinture représentant des arbres couleur pastel et des eaux sereines, dans un cadre doré, le maléfice qui me retenait à ces autres vampires fut rompu. Ils ne pouvaient nous atteindre ici, pensais-je, et pourtant je savais que c'était un mensonge que je me faisais à moi-même, un mensonge stupide.

» — Je suis en danger, en danger, reprit Claudia, dont couvait la colère.

» — Mais comment peuvent-ils savoir ce que nous lui avons fait ? En plus, nous sommes deux à être en danger ! T'imagines-tu que je ne reconnais pas mes propres responsabilités ! Et même si tu étais la seule...

» Je tendis le bras vers elle tandis qu'elle s'approchait, mais ses yeux furieux se posèrent sur moi, et je laissai retomber mollement mes mains.

» — Penses-tu que je t'abandonnerais dans le danger ?

» Elle sourit. Un instant, je n'en crus pas mes yeux.

» — Non, tu ne m'abandonnerais pas, Louis. Le danger te lie à moi...

» — C'est l'amour qui me lie à toi, dis-je doucement.

» — L'amour ? fit-elle, songeuse. Qu'entends-tu par amour ?

» Puis, lisant peut-être la douleur sur mon visage, elle vint à moi et posa les mains sur mes joues. Elle était froide et insatisfaite, tout comme moi, que ce jeune mortel avait excité sans combler.

» — Que tu peux tenir mon amour acquis pour toujours, répondis-je. Que nous sommes mariés l'un à...

» Mais, tout en disant ces mots, je sentais ma conviction s'effriter sous l'assaut des tourments qu'avaient réveillés en moi, la nuit précédente, les remarques de Claudia sur les passions des mortels. Je me détournai.

» — Tu me quitterais pour Armand, s'il t'y invitait...

» — Jamais..., répondis-je.

» — Si, tu me laisserais... il te désire comme tu le désires. C'est toi qu'il attendait...

» — Jamais...

» Je me levai et me dirigeai vers notre coffre. Les portes étaient verrouillées mais ne suffiraient pas à empêcher d'entrer les autres vampires. Nous ne pouvions nous garder d'eux qu'en nous levant aussitôt que la lumière nous le permettrait. Je me retournai et l'invitai à venir. Et elle fut à mon côté. J'avais envie d'enfouir mon visage dans ses cheveux, de lui mendier son pardon. Car, en vérité, elle avait raison ; et pourtant je l'aimais, je l'aimais comme je l'avais toujours aimée. Comme je l'attirais à moi, elle observa :

» — Sais-tu ce qu'il m'a dit et redit, sans même proférer une parole ; sais-tu dans quelle transe il m'a plongée, au point que je ne pouvais détacher mes yeux de lui, qu'il m'attirait à lui comme s'il avait harponné mon cœur ?

» — Ainsi, tu l'as ressenti..., soufflai-je. C'était donc la même chose pour toi...

» — Il m'a rendue impuissante ! dit-elle.

» Je la revis assise sur le bureau, appuyée contre les livres, son cou mou, ses mains mortes.

» — Mais que me disais-tu ? Qu'il t'a parlé, qu'il t'a...

» — Sans dire un mot !

» Les lumières des lampes à gaz s'affaiblissaient ; les flammes des bougies étaient tellement immobiles qu'elles en paraissaient solides. La pluie giflait les vitres.

» Sais-tu ce qu'il a dit?... Il a dit que je devais mourir! chuchota-t-elle. Que je devais te laisser aller.

» Je secouai la tête, et pourtant dans mon cœur monstrueux je sentis une bouffée d'excitation. Devant ses yeux, il y avait un voile vitreux et argenté.

» — Il aspire la vie qui est en moi, reprit-elle, ses lèvres adorables agitées d'un tremblement insupportable.

» Je la tenais toute serrée contre moi, mais les larmes continuaient d'embuer ses yeux.

» — Il aspire la vie de ce garçon qui est son esclave, il aspire la vie de moi dont il voudrait faire son esclave. Il t'aime. Il t'aime. Il voudrait te posséder, et ne veut pas que j'obstrue le passage.

» — Tu ne le comprends pas! rétorquai-je en l'embrassant.

» J'aurais voulu l'ensevelir de baisers, répandre sur ses lèvres, ses joues, une pluie de baisers.

» — Je ne le comprends que trop bien, murmura-t-elle à mes lèvres, alors même que je l'embrassais. C'est toi qui ne le comprends pas. L'amour t'a aveuglé; tu es fasciné par son savoir, son pouvoir. Si tu savais comment il boit la mort, tu le haïrais plus encore que tu n'as jamais haï Lestat. Louis, tu ne dois jamais retourner près de lui. Je te le dis, je suis en danger!

— Tôt dans la soirée, le lendemain, je la laissai, convaincu que seul Armand parmi tous les vampires du théâtre était digne de confiance. Elle me laissa aller avec réticence, et je fus profondément troublé par l'expression de son regard. La faiblesse était chose inconnue d'elle, et pourtant je lisais en elle de la peur et une sorte d'abattement. Je me dépêchai, et attendis devant le théâtre que le dernier spectateur soit parti et que les portiers commencent à fermer les verrous.

» Je ne sais pas exactement pour qui ils me prirent... Pour l'un des acteurs, qui n'avait pas ôté son maquillage ? Cela n'avait pas d'importance. Ce qui importait, c'était qu'ils me laissent entrer. Je passai, traversai la salle de bal sans me faire arrêter par les quelques vampires qui s'y trouvaient, pour enfin me retrouver devant la porte ouverte d'Armand. Il m'aperçut aussitôt, ayant sans aucun doute entendu mes pas depuis longtemps, me souhaita la bienvenue et m'invita à m'asseoir. Il s'occupait de son jeune humain, qui était attablé au bureau devant un plat d'argent chargé de viandes et de poisson. Près de lui il y avait une carafe de vin blanc, et malgré sa fièvre et sa faiblesse, conséquence de la nuit passée, son teint était rose ; sa chaleur et son parfum étaient pour moi une torture. Non pas pour Armand, apparemment, qui, assis dans le fauteuil de cuir près du feu, en face de moi, contemplait le jeune homme, bras croisés sur les accoudoirs. Le garçon remplit son verre et l'éleva en un salut.

» — A mon maître, dit-il en souriant, ses yeux étincelants posés sur moi.

» Mais le toast était destiné à Armand.

» — Ton esclave..., murmura Armand dans un souffle profond et passionné.

» Il regarda le jeune humain boire à larges gorgées. Je le voyais savourer du regard les lèvres humides, la chair mobile de la gorge qui palpitait au passage du vin. Puis le jeune homme prit un morceau de viande blanche, répéta son salut et le mangea lentement, regard fixé sur Armand. Il semblait qu'Armand se régalât aussi de ce festin, bût cette part de la vie qu'il ne pouvait désormais apprécier que de son seul regard. Et, pour égaré qu'il parût, cet abandon était calculé : ce n'était pas ma torture d'autrefois, lorsque devant les fenêtres de Babette je languissais pour sa vie de mortelle.

» Quand le jeune homme eut terminé, il s'age-nouilla, bras noués autour du cou d'Armand, comme s'il savourait vraiment le contact de cette chair glacée. Cela me rappela la première nuit où Lestat vint à moi, la façon dont ses yeux semblaient brûler, dont luisait son visage blanc. Vous devez avoir en ce moment la même impression en face de moi.

» La scène prit fin. Le garçon alla se coucher, et Armand referma sur lui les grilles de cuivre. Quelques minutes après, alourdi par son repas, il somnolait, et Armand s'assit en face de moi. Ses beaux yeux larges étaient calmes et présentaient toutes les apparences de l'innocence. Quand je sentis qu'ils m'attiraient à lui, je baissai les miens et regardai l'âtre, souhaitant trouver un feu là où il n'y avait que cendres.

» — Vous m'avez recommandé de ne rien dire de mes origines, pourquoi? demandai-je, relevant les yeux sur lui.

» Il parut se rendre compte de ma retenue, sans s'en offenser, et me considéra d'un air légèrement interrogatif. Mais je me sentais faible, trop faible pour un interrogatoire, et me détournai de nouveau.

» — Avez-vous tué le vampire qui vous a fait? Est-ce la raison pour laquelle vous êtes ici sans lui, pour laquelle vous ne voulez pas dire son nom? C'est ce que pense Santiago.

» — Et si c'était vrai, ou si nous ne parvenions pas à vous convaincre du contraire, vous essaieriez de nous détruire? demandai-je.

» — Je n'essaierais rien moi-même, répondit-il avec calme. Mais, comme je vous l'ai déjà dit, je ne suis pas ici le chef, dans le sens où vous l'entendiez dans votre question.

» — Ils vous prennent cependant pour leur chef, n'est-ce pas? Et Santiago, par deux fois, vous l'avez empêché de m'attaquer!

» — Je suis plus puissant que Santiago, plus vieux. Santiago est plus jeune que vous, dit-il d'une voix simple, dépourvue de toute trace d'orgueil.

» Il ne faisait qu'énoncer des faits.

» — Nous ne voulons pas de querelle avec vous.

» — Elle a déjà commencé, répondit-il. Mais pas avec moi. Avec ceux d'en haut.

» — Mais quelle raison a-t-il de nous soupçonner ?

» Armand semblait pensif maintenant ; ses yeux étaient baissés, son menton reposait sur son poing fermé. Au bout d'un instant qui parut interminable, il releva les yeux.

» — Je pourrais vous donner des raisons, dit-il. Vous dire que vous vous taisez trop. Que les vampires sont en petit nombre sur ce monde, vivent dans la terreur qu'éclatent entre eux des conflits, choisissent leurs rejetons avec le plus grand soin, s'assurant qu'ils montreront le respect le plus extrême pour les autres vampires. Il y a quinze vampires dans cette demeure, et le nombre en est jalousement gardé. On craint les vampires trop faibles, devrais-je ajouter. Pour eux, il est évident que vous présentez d'énormes défauts : vous êtes trop sensible, vous pensez trop. Ainsi que vous l'avez vous-même dit, le détachement naturel aux vampires n'est pas une valeur que vous appréciez. Et puis il y a cette enfant mystérieuse ; une enfant qui ne grandira jamais, ne saura jamais se suffire à elle-même. Je ne ferais pas à l'heure présente un vampire du garçon qui est ici, même si sa vie, qui m'est si précieuse, était en danger, parce qu'il est trop jeune, que ses membres ne sont pas assez forts, parce qu'il a à peine bu à la coupe de la vie mortelle. Et voilà que vous, vous apparaissez en compagnie de cette enfant. Quel genre de vampire a bien pu la faire, demandent-ils, est-ce vous qui l'avez faite ? Ainsi, voyez-vous, vous arrivez avec toutes ces tares et ces mystères, tout en restant néanmoins complètement silencieux. On ne peut donc vous faire confiance. Santiago cherche un prétexte. Car il y a une autre raison, qui est plus déterminante que tout ce que je viens de dire. C'est simplement que, la première fois que vous avez rencontré Santiago, au Quartier latin, vous l'avez... par malheur... traité de bouffon.

» — Ooooh ! fis-je, me radossant.

» — Cela se serait peut-être mieux passé si vous n'aviez rien dit.

» Il sourit de voir que j'appréciais comme lui l'ironie de la chose.

» Je me mis à réfléchir. Sur le cours de mes pensées pesaient lourdement les étranges avertissements de Claudia, son affirmation selon laquelle ce vampire au jeune visage, aux yeux doux, lui aurait intimé l'ordre de mourir. En arrière-fond s'accumulait lentement mon dégoût pour les autres vampires du théâtre.

» J'avais une envie irrésistible de lui parler de tout. Oh! non, pas encore des craintes de Claudia, bien que, plongeant mon regard dans ses yeux, il me fût difficile de croire qu'il avait tenté de lui imposer ainsi sa volonté : ses yeux disaient « Vis », ses yeux disaient « Apprends »... Mais comme j'avais envie de lui confier la profondeur de mon incompréhension ! De lui confier ma stupéfaction d'avoir découvert, après toutes ces années de quête, que les vampires avaient fait de l'immortalité un club de conformistes aux lubies misérables. Cependant, malgré ma tristesse et mon désarroi, un raisonnement plus clair se fit jour dans mon esprit : pourquoi en serait-il autrement ? Qu'avais-je pu espérer ? De quel droit avais-je été si déçu de Lestat, que je l'en avais laissé assassiner ! Parce qu'il ne voulait pas me montrer ce que je devais trouver en moi-même ? Qu'elles avaient donc été les paroles d'Armand ? *Le seul pouvoir qui soit n'existe qu'en nous-mêmes...*

» — Écoutez-moi, reprit-il. Vous devez les éviter. Votre visage est incapable de rien dissimuler. En cet instant même, vous ne pourriez me résister si je me mettais à vous questionner. Regardez-moi dans les yeux.

» Je ne lui obéis pas. Je fixai fermement mon regard sur l'une des petites peintures accrochées au-dessus du bureau, jusqu'à ce que la Madone à l'Enfant se fût transformée en une pure harmonie de lignes et de couleurs. Car je savais qu'il disait vrai.

» — Arrêtez-les, dites-leur que nous ne leur voulons aucun mal. Pourquoi pas ? Vous dites vous-même que nous ne sommes pas vos ennemis, quoi que nous ayons pu faire...

» Je l'entendis soupirer, faiblement.

» — Je les ai arrêtés pour le moment, dit-il. Mais je ne veux pas exercer sur eux le pouvoir qui serait nécessaire pour les arrêter tout à fait. Car, si j'exerçais un pareil pouvoir, je devrais ensuite le protéger. Cela me créerait des ennemis avec lesquels j'aurais à me mesurer pour l'éternité, alors que tout ce que je souhaite, c'est d'avoir ici un peu d'espace, un peu de paix. Ou bien d'être ailleurs. J'accepte cette espèce de sceptre qu'ils m'ont confié, non pour régner sur eux, mais seulement pour les garder à distance.

» — J'aurais dû savoir, dis-je, regard toujours fixé sur la Madone.

» — Alors, restez à l'écart. Céleste a un grand pouvoir, car c'est l'une des plus vieilles, et elle est jalouse de la beauté de l'enfant. Quant à Santiago, comme vous avez pu le voir, il n'attend que la moindre preuve que vous êtes hors la loi.

» Je me tournai lentement vers le fauteuil où il était assis, dans cette immobilité surnaturelle propre aux vampires, semblable en fait à l'immobilité de la mort. L'instant se prolongea. Ses paroles résonnèrent de nouveau à mon oreille, comme s'il les répétait vraiment. « Tout ce que je souhaite, c'est d'avoir ici un peu d'espace, un peu de paix. Ou bien d'être ailleurs. » Je ressentais pour lui une telle inclination que je devais faire appel à toute ma force pour lui résister, pour m'obliger à rester dans mon fauteuil à le regarder, à combattre mes sentiments. Ce que j'aurais voulu, c'est que Claudia soit en sécurité parmi ces vampires, sans qu'ils puissent la trouver coupable d'aucun crime, afin que moi je sois libre, libre de rester à toujours dans cette cellule, pour autant que j'y serais bienvenu, ou même simplement toléré, admis à quelque condition que ce fût.

» Je revoyais ce jeune mortel, agenouillé au côté d'Armand dont il enlaçait le cou de ses bras. C'était pour moi l'image même de l'amour. De l'amour que je ressentais. Je ne parle pas d'amour physique, vous devez bien le comprendre, bien qu'Armand fût beau et simple, et qu'il n'y eût rien pu avoir de déplaisant à entretenir avec lui des relations intimes. Pour les vampires, l'amour physique ne peut culminer et n'être satisfait que dans le meurtre. Je parle d'une autre sorte d'amour qui m'attirait à lui, comme le maître que Lestat n'avait pas su être. Jamais Armand ne conserverait par-devers lui son savoir, j'en étais certain. Le savoir filtrait au travers d'Armand comme au travers d'un panneau de verre. Je pourrais m'y baigner, m'en nourrir et croître. Je fermai les yeux. Je crus l'entendre parler, d'une voix si faible que je n'en avais pas de certitude. Il me semblait qu'il disait :

» — Savez-vous pourquoi je suis ici ?

» Je relevai les yeux sur lui, me demandant s'il savait mes pensées, s'il pouvait vraiment les lire, s'il était concevable que son pouvoir aille aussi loin. Je pouvais bien pardonner maintenant à Lestat de n'avoir été rien d'autre qu'une créature ordinaire et incapable de m'enseigner comment user de mes pouvoirs. Mais les souvenirs de ma vie passée me hantaient toujours, sans que je cherche à leur opposer de résistance. Tout n'était que tristesse, tristesse devant ma propre faiblesse, devant l'horrible dilemme qui s'imposait à moi. Claudia ou Armand. Claudia, ma fille et mon amour.

» — Que dois-je faire ? murmurai-je. Vous oublier, vous quitter, vous et vos compagnons ? Après toutes ces années de quête ?...

» — Ce n'est pas à eux que vous vous intéressez, dit-il.

» Je souris et acquiesçai de la tête.

» — Que voulez-vous faire, vous ? demanda-t-il de sa voix la plus aimable, la plus compréhensive.

» — Ne le savez-vous pas ? N'en avez-vous pas le

pouvoir? demandai-je. Ne pouvez-vous lire mes pensées?

» Il secoua la tête.

» — Pas au sens où vous l'entendez. Je sais seulement que le danger qui vous menace, vous et l'enfant, est réel, parce que vous le ressentez comme réel. Et je sais que votre solitude, malgré son amour, vous est d'un poids terrible, insupportable presque.

» Je me levai. C'était une chose bien simple que de se lever, d'aller jusqu'à la porte, avant de remonter rapidement le passage. J'y utilisai pourtant jusqu'à la dernière parcelle de mon énergie, mes dernières ressources de cette curieuse vertu que j'avais baptisée détachement.

» — Je vous demande de nous protéger d'eux, dis-je depuis la porte, sans me retourner, sans même souhaiter qu'il me réponde.

» — Ne partez pas, dit-il.

» — Je n'ai pas le choix.

» J'étais déjà dans le passage quand je l'entendis si près de moi que j'en sursautai. Il était à mon côté, son œil au niveau du mien. Il me tendait une clef.

» — Il y a une porte par ici, dit-il en désignant l'extrémité obscure du passage, que je pensais sans issue. Et un escalier jusqu'à la rue latérale du théâtre, que je suis le seul à utiliser. Sortez par là, afin d'éviter les autres. Vous êtes nerveux, ils s'en apercevraient.

» J'amorçai une volte-face pour m'enfuir au plus vite, bien que chaque atome de mon être désirât rester en ce lieu.

» — Mais laissez-moi vous dire encore un mot, reprit-il, appuyant légèrement le dos de sa main sur mon cœur. Utilisez le pouvoir qui est en vous. Ne le haïssez plus. Faites-en usage! Et quand ils vous rencontreront dans les rues, au-dessus, servez-vous-en pour faire de votre visage un masque, pour charger le regard que vous porterez sur eux du même avertissement que vous adressez aux mortels : prenez garde! Je vous donne ce mot ainsi qu'une amulette à porter autour du cou. Quand vos yeux rencontreront les yeux de Santiago, ou ceux de n'importe quel autre vampire, parlez-leur poliment de ce que vous voudrez, mais n'ayez en votre pensée que ce mot, que ce mot seul. Rappelez-vous mes paroles. Je vous parle simplement parce que vous respectez ce qui est simple. Vous devez comprendre. C'est votre force.

» Je pris la clef de ses mains, mais ne me souviens pas vraiment de l'avoir introduite dans la serrure, ni d'avoir gravi l'escalier. Je ne sais plus si Armand m'accompagnait. Je me rappelle seulement qu'au moment où je mettais le pied dans la petite rue noire, derrière le théâtre, je l'entendis me dire à voix basse :

» — Venez ici, me voir, quand vous le pourrez.

» Je fouillai les alentours du regard, mais ne fus pas surpris de ne pouvoir le découvrir. Il m'avait également conseillé de ne pas quitter l'hôtel Saint-Gabriel, pour ne pas donner aux autres le début de preuve de ma culpabilité qu'ils désiraient.

» — Vous voyez, avait-il dit, tuer d'autres vampires est chose très excitante. Voilà pourquoi c'est interdit sous peine de mort.

» Il me sembla alors que je m'éveillais. Que je m'éveillais aux rues de Paris luisantes de pluie, aux maisons étroites qui s'élevaient de chaque côté. La porte en se refermant avait créé derrière moi un mur solide et sombre, Armand avait disparu.

» Bien que j'eusse su que Claudia m'attendait, bien que je l'eusse aperçue par la fenêtre, en passant devant l'hôtel au-dessus des réverbères, petite silhouette debout parmi les fleurs aux pétales de cire, je m'éloignai des boulevards, pour me laisser engloutir par des rues plus sombres, comme je le faisais autrefois, à La Nouvelle-Orléans.

» Ce n'était pas que je ne l'aimais plus ; je ne savais que trop que je l'aimais. La passion que j'éprouvais pour elle était aussi forte que celle que j'avais pour Armand. Je les fuyais tous deux en fait, tout en laissant le désir du sang monter en moi, telle une fièvre bienvenue, qui obscurcissait ma conscience, oblitérait ma douleur.

» Émergeant du brouillard qui avait suivi la pluie, un homme s'avançait vers moi. Je le revois rôder sur un paysage de rêve, tant la nuit qui m'entourait était noire et irréelle. La colline aurait pu être n'importe où dans le monde, et les douces lumières de Paris n'étaient qu'un scintillement amorphe parmi les brumes. Ivre, malgré ses yeux perçants, il se jetait aveuglément dans les bras de la mort. Ses doigts palpitants s'avancèrent pour palper les os de mon visage.

» Je n'étais pas encore assoiffé au point d'en être fou, désespéré. J'aurais pu lui dire : « Passez votre chemin. » Je crois que mes lèvres formèrent vraiment les mots qu'Armand m'avait enseignés : « Prenez garde. » Pourtant je le laissai glisser audacieusement son bras d'ivrogne autour de ma taille ; je cédai à ses yeux adorateurs, à sa voix qui me suppliait de lui permettre de faire mon portrait sur l'heure, qui me parlait de la chaleur de son atelier ; je cédai à l'odeur riche et douce de la peinture qui striait sa chemise lâche. Je le suivis à travers Montmartre, lui murmurai :

» — Vous, vous n'êtes pas de la société des morts...

» Il me conduisit à travers un jardin envahi par la végétation, par une herbe humide et douce, riant de m'entendre répéter :

» — Vivant, vivant...

» Il me touchait la joue, me caressait le visage de la main, la refermait sur mon menton, tout en me guidant jusqu'à la lumière d'une porte basse. Les lampes à huile illuminèrent sa face rouge. Quand la porte se referma, la chaleur de la pièce nous inonda.

» Je remarquai les larges cercles scintillants de ses yeux, les petites veines rouges qui en rejoignaient la pupille obscure, la main tiède qui, contact brûlant pour ma main glacée, me mena à une chaise. Puis, tout autour, j'aperçus des visages qui flamboyaient, apparitions dans la fumée des lampes, dans le miroitement du poêle ardent, féerie de couleurs étalées sur les toiles qui nous environnaient de toutes parts, au-dessous du petit toit en pente, explosion de beauté palpitante et martelante.

» — Asseyez-vous, asseyez-vous..., me dit-il, posant sur ma poitrine des mains fiévreuses que j'emprisonnai dans les miennes.

» Mais il se libéra et fit quelques pas en arrière, tandis que la faim montait en moi, vague après vague.

» Il se mit à me détailler d'un regard soutenu, la palette à la main, le bras droit caché par le grand format de la toile. L'esprit vide, désemparé, je me laissai aller à la dérive, emporté par les peintures, par l'admiration contenue dans ses yeux. J'en oubliai le regard d'Armand, rêvai que Claudia, dévalant le passage creusé dans la pierre, claquant des talons, s'enfuyait loin de moi, loin de moi.

» — Vous êtes vivant..., chuchotai-je.

» — De l'os, répondit-il. De l'os...

» Et cela me rappela les tas d'ossements que l'on retirait des tombes peu profondes de La Nouvelle-Orléans et que l'on mettait derrière, dans de petites chambres, afin d'étendre un autre cadavre dans le trou étroit. Je sentis mes yeux se fermer ; je sentis ma faim devenir agonie, mon cœur crier d'envie pour un cœur de vivant. Je le sentis s'avancer vers moi, mains tendues pour redresser mon visage — pas fatals, fatales titubations d'ivrogne. Un soupir s'échappa de mes lèvres :

» — Sauvez-vous, murmurai-je, prenez garde !...

» Quelque chose modifia l'aspect rayonnant et moite de son visage, quelque chose draina les vaisseaux éclatés de sa peau fragile. Il eut un mouvement de recul, son pinceau tomba de ses mains. Je me levai et, le dominant de toute ma hauteur, sentis mes dents sur ses lèvres, sentis mes yeux se remplir des couleurs de son visage, mes oreilles retentir des cris de sa lutte, mes mains palper cette chair qui se débattait dans mon étreinte. Puis je l'attirai à moi, irrésistiblement, déchirai la chair et bus le sang qui lui donnait la vie.

» — Meurs, soufflai-je alors que j'avais desserré mon étreinte, sa tête arquée sur mon habit. Meurs !

» Je le sentis remuer pour essayer de me regarder. Je bus de nouveau, il lutta encore, jusqu'à ce qu'enfin, le corps flasque, dans un état de choc proche de la mort, il glissât à terre. Cependant, ses yeux restaient ouverts.

» Je m'installai devant sa toile, faible, mais calmé, et regardai ses yeux vagues et virant au gris. Mes mains étaient devenues roses et ma peau voluptueusement tiède.

» — Je suis de nouveau mortel, chuchotai-je à son adresse, je suis vivant. Votre sang m'a rendu la vie.

» Ses yeux se fermèrent. Je m'appuyai au mur et découvris mon propre visage.

» Il n'avait fait qu'une esquisse, une série d'audacieuses lignes noires qui suffisaient à parfaitement rendre mon visage et mes épaules, et avait commencé d'étaler quelques touches, quelques flaques de couleur : le vert de mes yeux, le blanc de ma joue. Cette horreur, l'horreur de découvrir l'expression de ma face ! Car il l'avait captée à la perfection, et il n'y avait en elle rien d'horrible. Du sein de cette forme ébauchée, les yeux verts me regardaient avec une sorte d'innocence qui ne reflétait que le vide de mon esprit, l'étonnement inexpressif né d'un désir obsédant et accablant qu'il n'avait pas compris. Le Louis d'il y avait cent ans, tout à l'écoute du sermon du curé à la messe, lèvres mollement entrouvertes, cheveux peu soignés, recourbant sur sa poitrine une main lâche. Un Louis mortel. Je crois bien que je ris, me cachant le visage dans les mains, jusqu'à m'en faire venir les larmes aux yeux. Quand je retirai mes doigts, ils étaient tachés de larmes mêlées de sang humain. En moi se réveillait le monstre qui avait tué et tuerait encore. Je m'emparai de la peinture et me préparai à fuir de la petite maison avec mon larcin.

342

» Mais soudain l'homme s'arracha au sol avec un grognement animal et tenta d'agripper ma botte de ses mains, qui glissèrent sur le cuir. Dans un effort de volonté colossal, il attrapa la toile de toute la force de ses mains blanchissantes.

» — Rendez-la-moi ! grogna-t-il. Rendez-la-moi !

» Il tenait bon. Je le regardai, observant comment mes mains maintenaient si facilement ce qu'il cherchait si désespérément à récupérer, comme si ce fût pour lui question d'enfer ou de paradis. Moi, la chose que son sang ne pouvait transformer en humain, lui, l'homme que le mal qui était en moi n'avait pu vaincre. Alors, comme si une volonté étrangère s'était emparée de moi, je lui arrachai des mains la toile et, l'ayant d'un bras soulevé au niveau de mes lèvres, de rage lui déchirai la gorge.

— Revenu à notre suite de l'hôtel Saint-Gabriel, je posai la peinture sur le dessus de la cheminée et la contemplai longuement. Claudia était quelque part, dans l'une des pièces. Je percevais une autre présence, comme un homme ou une femme qui se serait tenu sur l'un des balcons du dessus, émettant un parfum personnel auquel on ne pouvait se tromper. Je ne savais pas pourquoi j'avais pris la toile, pourquoi je m'étais battu pour l'obtenir, ce dont je ressentais maintenant une honte pire que la mort. Pourquoi je continuais de m'accrocher à elle de mes mains saisies d'un tremblement irrépressible. Lentement je tournai la tête. Je voulais que la pièce prenne forme autour de moi ; je voulais voir les fleurs, les velours, les bougies dans leurs appliques. Je voulais être un mortel, en sécurité dans sa banalité... C'est alors que dans un brouillard j'aperçus une femme.

» Elle était assise tranquillement à la table somptueuse où Claudia s'occupait de sa chevelure ; et elle était si calme, si peu effarouchée, que, par l'effet des multiples reflets dans les miroirs inclinés de ses jupes et de ses manches de taffetas vert, il semblait que la pièce fût peuplée de toute une assemblée de femmes. Sa chevelure d'un rouge sombre était divisée par le milieu et tirée sur ses oreilles, cependant qu'une douzaine de petites boucles folles formaient un cadre à son visage pâle. Elle portait sur moi deux yeux violets et tranquilles ; sa bouche était une bouche d'enfant à l'inexorable douceur, une bouche de Cupidon que ni maquillage ni personnalité ne pourrait jamais altérer ; et cette bouche souriait maintenant et disait, tandis qu'une flamme s'allumait dans les yeux violets :

» — Oui, il est bien tel que tu l'avais dit, et je l'aime déjà. Il est comme tu as dit.

» Elle se leva, soulevant ses flots de taffetas sombre, et les trois petits miroirs se vidèrent d'un seul coup.

» Complètement désarçonné, incapable de parler, je me retournai pour découvrir Claudia étendue là-bas sur le lit immense, son petit visage figé dans un calme rigide. Elle refermait sur la tenture de soie un poing serré.

» — Madeleine, fit-elle dans un souffle, Louis est un timide.

» Elle observa froidement Madeleine, qui ne fit que sourire à sa remarque puis qui, s'approchant de moi, porta ses deux mains à la frange de dentelles qui entourait sa gorge, l'écartant de manière que je puisse voir les deux petites marques qui s'y trouvaient. Le sourire mourut sur ses lèvres et se transforma en une moue triste et sensuelle, tandis que ses yeux se rétrécissaient et qu'elle disait dans un soupir :

» — Bois !...

» Je me détournai, levant un poing qui exprimait une consternation pour laquelle je ne pouvais trouver de mots. Mais Claudia, proche soudain, s'étant emparée de mon poing, leva sur moi des yeux implacables :

» — Fais-le, Louis, ordonna-t-elle. Parce que, moi, je ne peux pas.

» Sa voix était tranquille et douloureuse ; toute émotion avait disparu derrière son ton dur et mesuré.

» — Je n'ai pas la bonne taille, je n'ai pas la force ! C'est toi qui m'as faite comme cela ! Alors, vas-y !

» Je me dégageai. Je voyais la porte juste devant moi, et le plus sage me parut de m'en aller sur-le-champ. Je sentais la force de Claudia, sa volonté, et dans les yeux de la femme semblait briller la même détermination. Mais Claudia me tenait, sans user de plaidoyers émus ni de misérables cajoleries qui n'auraient fait qu'éveiller ma pitié, tout en me laissant le répit nécessaire pour que je rassemble mes propres forces. Elle me tenait par l'émotion que ses yeux avaient laissée filtrer malgré leur froideur, par sa façon de se détourner soudain, comme si elle avait subi une défaite immédiate. Elle s'enfouit dans son lit, courbant la tête, remuant fébrilement les lèvres, ne relevant les yeux que pour scruter les murs. J'avais envie de la caresser et de lui dire que ce qu'elle demandait était impossible ; j'avais envie de calmer ce feu qui semblait la consumer de l'intérieur.

» Notre visiteuse, si douce, s'était installée dans l'un des fauteuils de velours proches du feu, environnée du bruissement de la robe de taffetas qui était part de son mystère — mystère de ses yeux sans passion, mystère de son visage pâle et fiévreux. Je me tournai vers elle, aiguillonné par sa bouche enfantine et boudeuse sertie dans un visage fragile. Le baiser du vampire n'avait laissé sur elle d'autre trace visible que les petites blessures, n'avait altéré d'aucune manière irrémédiable sa chair d'un rose pâle.

» — Quelle apparence avons-nous pour vous ? demandai-je, voyant qu'elle regardait Claudia.

» Elle semblait excitée par cette miniature de beauté, par les passions de femme qui se trouvaient horriblement emprisonnées dans les petites mains potelées.

» Elle s'arracha à sa contemplation pour me regarder.

» — Je vous demandais... quelle apparence nous avons ? Trouvez-vous que nous sommes beaux, ensorcelants, avec notre peau blanche, nos yeux ardents ? Oh ! je me rappelle parfaitement ce qu'est le sens de la vue des mortels, sa faiblesse, je me rappelle comment brûle la beauté des vampires à travers ce voile, comment elle attire, comment elle trompe ! Buvez, me dites-vous. Vous n'avez pas la notion la plus vague de ce que vous me demandez !

» Claudia se leva de sa couche et vint vers moi.

» — Comment oses-tu ! souffla-t-elle. Comment oses-tu prendre cette décision pour nous deux ! Sais-tu combien je te méprise ? Sais-tu que le mépris que j'ai pour toi est une passion qui me dévore comme un cancer ?

» Sa petite silhouette fut prise de tremblements, tandis que ses mains restaient suspendues à hauteur du corsage plissé de sa robe jaune.

» — Ne regarde pas ailleurs ! Cette façon de toujours te détourner, d'afficher ta souffrance, tout cela me donne la nausée. Tu ne comprends rien. Ce qu'il y a de mal en toi, c'est que tu es incapable de faire le mal, et c'est moi qui dois en souffrir. Je te le dis, je n'ai pas l'intention de souffrir très longtemps encore !

» Ses doigts mordirent la chair de mon poignet ; je me dégageai d'une torsion, fis un pas en arrière, vacillant sous l'effet de la haine que reflétait son visage, de la rage qui s'éveillait en elle telle une bête endormie.

» — Vous qui m'avez arrachée aux mains des mortels, tels deux monstres sinistres d'un conte de fées cauchemardesque, parents irresponsables, parents aveugles ! Mes pères ! (Elle avait craché ce mot.) Laisse tes yeux se remplir de larmes, tu n'as pas assez de larmes pour ce que tu m'as fait ! Six autres années de mortelle, sept, huit... J'aurais pu avoir cette apparence !

» Son index se pointa brusquement sur Madeleine, qui s'était caché le visage dans les mains et dont les yeux s'étaient couverts de brume. Dans un gémissement, elle prononça presque le nom de Claudia. Mais celle-ci ne l'entendit pas.

» — Oui, cette apparence ! J'aurais pu savoir ce que c'était que de marcher à ton côté. Monstres ! Me donner l'immortalité sous cette apparence irrémédiable, sous cette forme impuissante !

» Ses yeux étaient pleins de larmes. Les mots moururent dans sa bouche, comme aspirés dans son sein.

» — Maintenant, tu vas me la donner ! s'écriat-elle, courbant la tête, de telle sorte que ses boucles s'écroulèrent en un voile qui cacha son visage. Tu vas me la donner. Tu me la donnes, ou bien tu finis ce que tu avais commencé de me faire à cet hôtel de La Nouvelle-Orléans. Je ne vivrai pas plus longtemps dans cet état de haine, dans cet état de fureur ! Je ne le peux pas. Je ne pourrai pas le supporter !

» Ramenant ses cheveux en arrière d'un coup de tête, elle porta les mains à ses oreilles comme pour les protéger du son de ses propres paroles, tandis que sa respiration se muait en une succession de râles rapides et que les larmes en coulant semblaient ébouillanter ses joues.

» Je m'étais laissé tomber à genoux près d'elle, bras tendus comme pour l'envelopper. Pourtant, je n'osai pas la toucher, n'osai même pas prononcer son nom, de peur qu'à la première syllabe ma douleur n'explose en une avalanche monstrueuse de cris inarticulés et désespérés.

» — Ooh !... fit-elle, secouant la tête, serrant les dents, exprimant de ses yeux ses larmes qui perlèrent sur sa joue. Je t'aime toujours, c'est cela ma torture. Lestat, je ne l'ai jamais aimé. Mais toi ! C'est cet amour qui est la mesure de ma haine. Ils sont semblables ! Sais-tu maintenant à quel point je te hais !

» Ses yeux, à travers le voile rouge qui les recouvrait, jetèrent sur moi un éclair.

» — Oui, murmurai-je en courbant la tête.

» Mais Claudia était allée se réfugier dans les bras de Madeleine qui l'enveloppait d'une étreinte farouche, comme si elle avait eu à la protéger de moi — quelle ironie, quelle ironie pathétique! — ou à la protéger d'elle-même. Elle murmurait à Claudia : « Ne pleure pas, ne pleure pas! » tout en caressant ses cheveux et son visage avec une ardeur qui aurait meurtri un enfant humain.

» Claudia parut soudain s'effondrer dans son sein, yeux clos, visage lisse, comme si toute passion l'avait quittée, et glissa un bras autour du cou de Madeleine, enfouissant sa tête dans le taffetas et la dentelle. Immobile, joues tachées de larmes, elle paraissait affaiblie par le flot de sentiments qui avait fait surface. Elle cherchait à ignorer la pièce où elle se trouvait, à ignorer ma présence.

» Ensemble elles reposaient, la tendre mortelle, qui pleurait maintenant à larmes généreuses, retenant dans ses bras tièdes cet être qu'elle ne pouvait comprendre, cette créature à l'apparence d'enfant, blanche, ardente et anormale, qu'elle croyait aimer. N'eût été la peine que je ressentais pour cette femme qui flirtait si témérairement avec les damnés, j'aurais arraché de ses bras cette petite chose démoniaque, l'aurais serrée tout contre moi, pour réfuter encore et encore les mots que je venais d'entendre. Mais je restai à genoux, sans bouger. L'amour équivaut à la haine...

» Ressassant cette idée dans mon esprit, je me renversai sur le lit.

» Sans que Madeleine s'en aperçoive, Claudia avait cessé de pleurer et pris dans son giron l'immobilité d'une statue, me fixant de ses yeux liquides, sans prendre garde à la douce chevelure rouge qui coulait autour d'elle, à la main qui continuait de la caresser. Affalé contre la colonne du lit, je lui rendis son regard de vampire, incapable de rien dire pour ma défense. Madeleine chuchotait à l'oreille de Claudia et ses larmes coulaient sur les tresses de l'enfant. Enfin, d'une voix douce, Claudia lui dit :

» — Laisse-nous.

» — Non !

» Elle secoua la tête et se cramponna à Claudia, puis ferma les yeux et se mit à trembler sous l'effet de quelque terrible contrariété, de quelque horrible tourment. Mais, comme Claudia la tirait de son fauteuil, elle se laissa faire, blême et traumatisée, le taffetas vert ballonnant autour de la petite robe de soie jaune.

» Elles s'arrêtèrent sous l'arcade du salon. Madeleine semblait en plein désarroi ; la main qu'elle avait portée à sa gorge battit comme une aile d'oiseau puis s'immobilisa. Elle regarda tout autour d'elle, m'évoquant la malheureuse victime du Théâtre des Vampires perdue sur la scène vide. Claudia cependant était allée chercher quelque chose. Je la vis émerger de l'ombre avec dans les bras ce qui paraissait être une grande poupée. Je me dressai sur les genoux pour voir. C'était bien une poupée, une poupée représentant une petite fille parée de dentelles et de rubans, à la chevelure de jais, au visage doux et aux grands yeux verts. Les pieds de porcelaine tintèrent lorsque Claudia la mit dans les bras de Madeleine ; son regard se durcit en l'attrapant et, ses lèvres se retroussant en une grimace, elle se mit à en caresser les cheveux, puis émit un rire imperceptible.

» — Étends-toi, lui dit Claudia.

» Elles parurent sombrer toutes deux dans les coussins du canapé, dans un bruissement de taffetas vert. Les plis de la robe s'effacèrent pour Claudia qui noua les bras autour de son amie. La poupée glissa, mais Madeleine, à tâtons, réussit à l'attraper et à la tenir suspendue par une extrémité, tout en rejetant la tête en arrière et en fermant très fort les yeux. Les boucles de Claudia caressèrent son visage.

» Je me rassis sur le sol et m'adossai au bord moelleux du lit. Claudia parlait d'une voix très basse, à peine plus qu'un murmure, et disait à Madeleine d'être patiente, de rester calme. Le son de ses pas sur le tapis, le bruit des portes qui se refermaient sur Madeleine me firent peur, car la haine s'infiltrait entre nous comme une vapeur mortelle.

» Mais, quand je relevai les yeux, Claudia, clouée au sol, paraissait perdue dans ses pensées et son visage ne montrait plus rancœur ni amertume, ce qui lui donnait l'expression vide de la poupée.

» — Tout ce que tu m'as dit est vrai, lui dis-je. Je mérite ta haine. Je la mérite depuis le premier moment où Lestat t'a mise dans mes bras.

» Elle semblait n'avoir pas conscience de ma présence. Ses yeux étaient illuminés d'une douce lumière et sa beauté brûlait dans mon âme d'une flamme presque insoutenable. D'un ton songeur, elle dit:

» — Tu aurais pu me tuer, malgré lui. Tu aurais pu...

» Ses yeux se posèrent sur moi, tranquillement.

» — Veux-tu le faire maintenant?

» — Le faire maintenant!

» Je l'entourai de mon bras, l'attirai à moi, réchauffé par la douceur retrouvée de sa voix.

» — Es-tu folle, de me dire des choses pareilles? Si je veux le faire maintenant!

» — Moi, je le veux, reprit-elle. Tu n'as qu'à te pencher sur moi, comme cette nuit-là, aspirer mon sang goutte à goutte, tout le sang que tu auras la force de boire, et à pousser mon cœur à bout. Je suis petite, tu peux me prendre. Je ne te résisterai pas, je suis une frêle créature que tu peux écraser comme une fleur.

» — Tu penses vraiment ce que tu dis? Tu le penses vraiment? demandai-je. Et pourquoi serait-ce toi qui devrais mourir?

» — Tu voudrais mourir avec moi? fit-elle avec un sourire malin et moqueur. Voudrais-tu mourir avec moi? répéta-t-elle, pressante. Tu ne comprends pas ce qui m'arrive? Il est en train de me tuer, ce maître vampire qui t'a réduit en esclavage, il ne veut pas partager ton amour avec moi, pas la moindre gouttelette d'amour! Je lis son pouvoir dans tes yeux. J'y lis ta misère, ta détresse, ton amour pour lui, que tu ne peux cacher. Tourne-toi, je vais t'obliger à me regarder de tes yeux pleins du désir que tu as pour lui, je vais t'obliger à m'écouter !

» — Non, arrête, non... Je ne te quitterai pas. Je te l'ai juré, tu le sais ! Je ne peux pas te donner cette femme.

» — Mais c'est pour ma vie que je lutte ! Donne-la-moi pour qu'elle puisse s'occuper de moi, me fournir le déguisement dont j'ai besoin pour vivre ! Et alors il pourra bien te prendre ! C'est pour ma vie que je me bats !

» Je la repoussai presque.

» — Non, non, c'est de la folie, c'est de la sorcellerie, dis-je. C'est toi qui ne veux pas me partager avec lui, c'est toi qui veux chaque goutte de mon amour. Ou de l'amour de cette femme, à défaut du mien. Armand t'écrase de son pouvoir, il te considère comme quantité négligeable. Alors, c'est toi qui veux sa mort, comme tu as voulu celle de Lestat. Eh bien, tu ne me feras pas cette fois complice d'un meurtre, je te le dis, pas cette fois ! Et je ne ferai pas de Madeleine un vampire, je ne serai pas la cause de la damnation des légions de mortels qui mourront de ses mains ! Le pouvoir que tu avais sur moi est brisé. Je ne t'obéirai pas !

» Si seulement elle avait pu comprendre !

» Je ne pouvais croire un seul instant à ce qu'elle disait d'Armand. Avec le détachement qui le caractérisait, et qui excluait à mon sens tout esprit de vengeance, tout égoïsme, il ne pouvait souhaiter la mort de Claudia. Mais je cessai de m'en inquiéter, car il y avait bien plus terrible, contre quoi ma colère n'était que plaisanterie, vaine tentative de m'opposer à son obstination : elle me haïssait, elle me maudissait ! Elle l'avait elle-même confessé, et je sentais mon cœur se flétrir, comme si, en me privant de cet amour qui avait été le soutien de toute ma vie, elle me portait un coup mortel. Je mourais pour elle, pour son amour, comme je m'étais senti mourir cette première nuit où Lestat me l'avait donnée et lui avait dit mon nom. Cet amour qui m'avait réchauffé, dans ma haine de moi-même, qui m'avait permis d'exister. Oh! comme Lestat l'avait bien compris! Maintenant, enfin, son plan se trouvait défait...

» Mais il y avait plus, il y avait une autre évidence à laquelle j'essayais de me dérober, marchant de long en large, serrant et desserrant le poing. Ses yeux liquides n'exprimaient pas que de la haine, ils exprimaient de la douleur. Elle m'avait montré sa douleur! *Me donner l'immortalité sous cette apparence irrémédiable, sous cette forme impuissante...* Je me bouchai les oreilles, comme si elle était en train de répéter ces mots, et un torrent de larmes m'inonda. Toutes ces années, j'avais dépendu uniquement de sa cruauté, de sa totale indifférence. Et voilà qu'elle me faisait découvrir sa douleur, son indéniable souffrance. Comme Lestat aurait ri de nous! C'est pour cela qu'elle l'avait égorgé, parce qu'elle savait qu'il aurait ri. Pour me détruire complètement, elle n'avait qu'à me montrer l'étendue de sa douleur. L'enfant dont j'avais fait un vampire souffrait. Son martyre était le mien.

» Claudia s'était retirée dans une autre pièce, meublée d'un cercueil et d'un lit pour Madeleine, afin de me laisser seul avec mon insupportable tourment. J'accueillis avec plaisir le silence. A un moment, durant les quelques heures de nuit qui restaient, je me retrouvai à la fenêtre ouverte, à me délecter de la bruine. La pluie tombait lentement sur les frondaisons luisantes des fougères, sur des fleurs blanches et parfumées qui ployaient sous le poids des gouttes d'eau. Un tapis de fleurs jonchait le petit balcon, pétales doucement martelés par la pluie. Je me sentais faible et parfaitement seul. Ce qui s'était passé cette nuit-là entre nous ne pourrait jamais être défait, ce que j'avais fait à Claudia ne pourrait jamais être réparé.

» Mais, à ma propre stupéfaction, mon âme était nette de tout regret. C'était peut-être la nuit, le ciel sans étoiles, les lampes à gaz figées dans la brume, qui me procuraient cet étrange confort que je n'avais pas cherché et que, dans ce vide et dans cette solitude, je ne savais comment apprécier. Je suis seul, pensais-je, je suis seul. Cela paraissait juste, parfaitement juste, et prenait ainsi une forme plaisamment inévitable. Je m'imaginai seul à jamais, je rêvai qu'après avoir acquis mes pouvoirs de vampire la nuit de ma mort j'avais quitté Lestat sans un regard en arrière, n'ayant pas besoin de lui, n'ayant besoin de personne. Comme si la nuit m'avait dit : « La nuit est ton essence, seule la nuit te comprend et peut t'envelopper de son étreinte. » Uni à l'ombre. Sans cauchemar. Inexplicable paix.

» Cependant, aussi sûrement que j'avais senti ma brève reddition à cet instant de paix, je sentis qu'il touchait à sa fin, qu'il se déchirait à l'instar des nuages sombres. Comme un fauve, comme une forme blottie dans l'un des coins de cette pièce encombrée et bizarrement étrangère, s'abattit sur moi la douleur d'avoir perdu Claudia. Mais de dehors, tandis que la nuit semblait se dissoudre en un vent violent, me parvint comme un appel, l'appel d'une chose inanimée et inconnue, qui éveilla en moi, tel un écho, un pouvoir, une force qui se manifestait par une énergie insondable et glaçante.

» Je traversai silencieusement les pièces, écartant doucement les battants des portes jusqu'à ce que j'aperçoive, dans la pâle lumière jetée derrière moi par les flammes tremblotantes des becs de gaz, la femme endormie qui reposait dans mon ombre sur le canapé, tenant lâchement sur son sein la poupée. Juste avant de m'agenouiller à son côté, je vis ses yeux ouverts, et sentis, plus loin, dans l'obscurité, d'autres yeux qui m'observaient, une petite face de vampire qui attendait, sans respirer.

» — Prendrez-vous soin d'elle, Madeleine ?

» Elle serra la poupée et en cacha le visage contre sa poitrine. Je ne sais pourquoi, mes mains cherchèrent à l'attraper.

» Oui ! oui ! répondit-elle, répétant ce mot sur un ton de désespoir.

» — C'est comme cela que vous la voyez, comme une poupée ? lui demandai-je, ma main se refermant sur la tête de porcelaine.

» Serrant les dents, elle m'arracha promptement la poupée et me regarda.

» — Une enfant qui ne peut pas mourir ! C'est comme cela que je la vois ! répondit-elle, crachant ces mots comme une malédiction.

» — Aaaaah !... soufflai-je.

» — Et j'en ai fini avec les poupées, ajouta-t-elle en la jetant sur les coussins du canapé.

» Elle tripotait quelque chose sur son sein, un objet qu'elle voulait à la fois que je voie et que je ne voie pas. Ses doigts s'étaient refermés dessus. Je savais ce que c'était, car je l'avais déjà remarqué. Un médaillon fixé par une épingle en or. Je souhaiterais être capable de décrire la fièvre qui animait son visage rond, de peindre le rictus qui tordait sa douce bouche de bébé.

» — Votre enfant qui est mort ?... risquai-je, guettant sa réaction.

» Je me représentai la boutique de poupées, toutes portant le même visage. Elle hocha la tête en tirant fortement sur le médaillon, de sorte que l'épingle griffa le taffetas. Elle semblait maintenant en proie à une peur, à une panique dévorantes. Elle ouvrit la main ; elle saignait, l'épingle était brisée. Je lui pris le médaillon.

» — Ma fille, murmura-t-elle, lèvres tremblantes.

» C'était un visage de poupée qu'un artiste avait peint sur le petit fragment de porcelaine, le visage de Claudia, un visage d'enfant, un simulacre d'innocence, sucré, douceâtre, un enfant aux cheveux de jais, comme la poupée. Et la mère, terrifiée, fixait des yeux l'obscurité qui lui faisait face.

» — Vous avez du chagrin…, dis-je d'une voix douce.

» — J'en ai fini aussi avec le chagrin, répondit-elle, ses yeux s'étrécissant pour me regarder. Si vous saviez combien je désire posséder vos pouvoirs, combien j'en suis affamée !

» Elle se tourna vers moi, respirant si profondément que ses seins semblaient s'enfler sous sa robe.

» Soudain son visage refléta une violente contrariété. Elle se détourna, secouant la tête, secouant ses boucles.

» — Si seulement vous étiez un homme normal ; ou un homme en même temps qu'un monstre ! dit-elle d'un ton irrité. Si seulement je pouvais vous montrer mes pouvoirs à moi… (Elle eut un sourire mauvais, un sourire de défi.) Je pourrais vous séduire, susciter en vous le désir ! Mais vous êtes surnaturel ! (Les coins de sa bouche s'affaissèrent.) Qu'ai-je à vous offrir ? Que puis-je faire pour vous obliger à me donner ce que vous possédez ?

» Sa main glissa sur ses seins, les caressa presque comme une main d'homme.

» Étrange était cet instant ; étranges, les sentiments imprévisibles que ses mots éveillaient en moi ; étrange, la façon dont je la voyais maintenant, avec sa taille étroite et séduisante, la courbe bien ronde de ses seins, ses lèvres délicates et boudeuses. Elle n'avait pas pu deviner ce qu'était l'homme mortel qui était en moi, elle ne savait pas combien me tourmentait le sang que je venais de boire. Oui, je la désirais, plus qu'elle ne le croyait ; car elle ne connaissait pas la vraie nature du meurtre. Par orgueil viril, je voulus le lui prouver, l'humilier pour ce qu'elle m'avait dit, pour la facile vanité de sa provocation, pour le dégoût que montraient ses yeux. Mais c'était de la folie. Ce n'étaient pas des raisons d'accorder la vie éternelle.

» Alors, avec une cruauté téméraire, je lui demandai :

» — Aimiez-vous cet enfant ?

» Je n'oublierai jamais l'expression que prit alors sont visage, la violence intérieure, la haine intense qu'il reflétait.

» — Oui, siffla-t-elle. Comment osez-vous… ?

» Elle tendit la main pour attraper le médaillon que je tenais toujours. Ce n'était pas l'amour qui la dévorait, c'était un sentiment de culpabilité. Sentiment de culpabilité, cette boutique de poupées que Claudia m'avait décrite, ces étagères innombrables identiquement chargées de l'image de l'enfant morte. Un sentiment de culpabilité qui toutefois ne l'empêchait pas de se rendre parfaitement compte du caractère définitif de la mort. Il y avait en elle quelque chose d'aussi dur que le mal qui était en moi, d'aussi puissant. Elle allongea le bras, toucha mon gilet et, ouvrant les doigts, les pressa sur ma poitrine. A genoux, je m'approchai d'elle, si bien que ses cheveux frôlèrent mon visage.

» — Tenez-vous très fort à moi pendant que je vous prendrai, lui dis-je en voyant ses yeux s'élargir, sa bouche s'ouvrir. Et, quand vous serez proche de l'évanouissement, accrochez-vous aux battements de mon cœur. Tenez bon et répétez sans cesse : « Je vivrai, je vivrai. »

» — Oui, oui, acquiesça-t-elle, le cœur bondissant d'excitation.

» Je sentis sur mon cou la brûlure de ses mains, de ses doigts qui s'introduisaient de force dans mon col.

» — Regardez, derrière moi, cette lumière au coin ; ne la quittez pas des yeux, même pour une seconde, et répétez : « Je vivrai, je vivrai ! »

» Elle sursauta quand je déchirai la chair ; son corps impuissant s'arqua et sa poitrine s'écrasa contre la mienne, tandis qu'un courant tiède m'envahissait. Même après avoir clos les paupières, je voyais encore ses yeux, sa bouche moqueuse et provocante. Je bus profondément, en soulevant son corps, et la sentis s'affaiblir. Ses mains retombèrent, flasques, sur ses flancs.

» — Serrez-moi, fort, bien fort, murmurai-je par-dessus le courant tiède de son sang, de son sang qui gonflait mes veines rassasiées dans le tonnerre de son cœur qui battait à mon oreille. La lampe, murmurai-je encore, regardez la lampe !

» Les battements de son cœur ralentissaient, allaient s'interrompre ; sa tête se renversa sur le velours du siège, ses yeux perdirent l'éclat de la vie. J'eus un moment l'impression de ne pouvoir bouger, tout en sachant devoir le faire. La pièce tournoyait autour de moi. Je portais comme un automate ma bouche à mon poignet, et ce fut moi qui dus me concentrer sur la lampe que j'avais désignée à son attention, tandis que je goûtai à mon poignet la saveur de mon propre sang et pressai la déchirure contre ses lèvres.

» — Buvez, buvez ! lui ordonnai-je.

» Mais elle gisait comme morte. Je l'attirai contre moi, cependant que mon sang s'égouttait sur ses lèvres. Elle ouvrit alors les yeux, je sentis la douce pression de sa bouche et ses mains qui se refermaient sur mon bras tandis qu'elle commençait à aspirer mon sang. Je la berçai, chuchotant à son oreille, luttant désespérément pour ne pas m'évanouir. Puis elle se mit à boire goulûment, ce que ressentit chacun de mes vaisseaux. L'avidité de sa succion me taraudait, me transperçait, m'obligeait à m'accrocher de toute la force de mes mains au divan. Son cœur battait impétueux contre le mien, et ses doigts s'enfoncèrent profondément dans la chair de mon bras et de ma paume écartelée. Cela me déchirait, m'affouillait, et, cette sensation s'amplifiant, j'en poussai presque un cri et voulus me dégager de son emprise, mais ne pus que la tirer avec moi, tandis que ma vie s'écoulait par mon bras, aspirée au rythme de son souffle gémissant. Et ces câbles qu'étaient devenues mes veines, ces filins ardents, tirèrent sur mon cœur de plus en plus fort, jusqu'au moment où, sans l'avoir voulu, sans l'avoir décidé, je m'arrachai à son étreinte pour tomber au sol, serrant dans ma main mon poignet sanglant.

» Le sang tachait sa bouche ouverte. Elle me fixa des yeux, pendant ce qui me parut une éternité. Dans ma vision brouillée, elle me sembla se dédoubler, se détripler, puis se ramasser en une unique forme tremblante. Sa main se porta à sa bouche, ses yeux sans bouger s'élargirent, puis elle se leva lentement, comme involontairement, comme si quelque force invisible la soutenait maintenant, la faisait, yeux grands ouverts, tourner, tourbillonner, accompagnée dans son mouvement de sa jupe raide et massive qui paraissait ne faire qu'un avec elle ; elle pivotait sur elle-même comme ces statuettes qui ornent les boîtes à musique et dansent impuissantes au rythme du cylindre. Soudain, elle baissa les yeux sur le taffetas, l'attrapa à pleine main, le pressa entre ses doigts à le faire crisser et bruire, puis, le laissant retomber, se boucha vivement les oreilles, ferma très fort les yeux, pour les rouvrir très larges l'instant suivant. Elle aperçut la lampe, la faible lointaine lampe à gaz de l'autre pièce, qui dispensait à travers les doubles portes une fragile lumière. Elle y courut et se mit à la contempler comme un objet vivant.

» — N'y touche pas..., lui dit Claudia, l'en écartant avec douceur.

» Cependant Madeleine avait vu les fleurs du balcon et s'en approchait. De ses paumes étendues elle caressa les pétales et enduisit son visage de gouttelettes de pluie.

» Rôdant aux lisières de la pièce, j'observai chacun de ses mouvements, sa façon de prendre les fleurs pour les écraser dans sa main et laisser choir tout autour d'elle les pétales, de presser l'extrémité de ses doigts contre le miroir, de plonger son regard dans les reflet de ses yeux. La douleur avait cessé — j'avais lié un mouchoir sur la blessure — et j'attendais, j'attendais, m'apercevant que Claudia n'avait aucun souvenir de ce qui devait ensuite se produire. Elles dansaient ensemble, tandis que la peau de Madeleine devenait de plus en plus pâle sous la lumière vacillante et dorée. Elle attrapa Claudia dans ses bras, décrivit avec elle des cercles, le petit visage de l'enfant attentif et alerte derrière son sourire.

» Puis Madeleine montra les premiers signes de l'affaiblissement. Elle fit un pas en arrière, parut perdre l'équilibre, mais vivement se redressa et laissa Claudia glisser doucement jusqu'au sol. Sur la pointe des pieds, Claudia l'embrassa.

» — Louis, m'avertit-elle dans un souffle, Louis…

» Je lui fis signe de s'écarter. Madeleine, sans même paraître nous voir, regardait ses mains étendues. Son visage blêmissait, s'altérait. Soudain, elle se gratta les lèvres et regarda les taches sombres sur le bout de ses doigts.

» — Non, non ! la mis-je doucement en garde, tout en prenant la main de Claudia pour l'attirer à mon côté.

» Un long soupir s'échappa des lèvres de Madeleine.

» — Louis, souffla Claudia de cette vois surnaturelle que Madeleine ne pouvait encore entendre.

» — Elle est en train de mourir. Ta mémoire d'enfant n'a pu le retenir. Ces souvenirs t'ont été épargnés et n'ont point laissé de marques sur toi, lu' murmurai-je en écartant de son oreille ses cheveux, sans quitter des yeux Madeleine, qui errait d'un miroir à l'autre, dans un déluge de larmes, parce que la vie abandonnait son corps.

» — Mais, Louis si elle meurt !… s'écria Claudia.

» — Non !

» Je m'agenouillai, remarquant la détresse que reflétait son petit visage.

» — Le sang était assez fort, elle vivra. Mais elle va être effrayée, terriblement effrayée.

» Doucement, fermement, je pressai la main de Claudia et l'embrassai sur la joue. Elle me regarda avec un mélange d'interrogation et de crainte et conserva la même expression tandis que j'approchais de Madeleine, alerté par ses plaintes. Mains tendues, elle titubait. Je l'attrapai et la soutins. Ses yeux brûlaient déjà d'une lueur surnaturelle, d'un feu violet qui brillait dans ses larmes.

» — Ce n'est que la mort de votre être mortel, rien de plus, lui dis-je d'une voix douce. Voyez-vous le ciel ? Il nous faut le quitter maintenant. Il faut que vous vous serriez tout contre moi, que vous vous étendiez à mon côté. Un sommeil aussi lourd que celui de la mort va engourdir mes membres, et je ne vais plus pouvoir vous apporter de réconfort. Vous allez vous étendre, vous voudrez lutter contre votre transformation... Mais vous devez vous serrer contre moi dans le noir, entendez-vous ? Vous allez mettre vos mains dans les miennes, et je les serrerai aussi longtemps que je resterai conscient.

» Elle sembla un moment égarée sous mon regard, je sentis combien tout ce qui l'entourait devait être source d'étonnement, comment pour elle mes yeux devaient irradier des mille couleurs qui s'y reflétaient. Je la guidai gentiment jusqu'au cercueil en lui répétant de ne pas avoir peur.

» — Quand vous vous réveillerez, vous serez immortelle, dis-je. Aucune mort naturelle ne pourra plus vous atteindre. Venez, couchez-vous.

» Je voyais bien qu'elle avait peur, qu'elle reculait devant cette boîte étroite, dont le satin n'atténuait pas l'aspect sinistre. Sa peau commençait déjà de luire, d'avoir cette brillance que nous partagions, Claudia et moi. Je compris qu'elle ne se rendrait à mes raisons que si je m'allongeais avec elle.

» Là maintenant, je regardai, par la longue perspective de la pièce, ce coffre étrange près duquel Claudia se tenait et m'observait. Ses yeux étaient calmes mais assombris d'un soupçon indéfinissable, d'une froide méfiance. Je fis asseoir Madeleine à côté de son lit et allai m'agenouiller calmement près de Claudia pour la serrer dans mes bras.

» — Ne me reconnais-tu pas ? lui demandai-je. Ne sais-tu pas qui je suis ?

» Elle me regarda.

» — Non, répondit-elle.

» Je souris, hochai la tête.

» — Ne me garde pas de rancune, dis-je. Nous sommes identiques.

» Sur ces mots, elle tourna la tête de côté et m'étudia avec soin, puis sourit malgré elle et acquiesça d'un signe de tête.

» — Car, vois-tu, repris-je de cette même voix calme, ce qui est mort cette nuit, ce n'est pas cette femme. Il lui faudra de nombreuses nuits pour mourir, des années peut-être. Ce qui est mort cette nuit dans cette chambre, c'est le dernier vestige d'humanité que je portais en moi.

» Une ombre passa sur son visage ; une ombre claire, comme si son sang-froid s'était déchiré ainsi qu'un voile. Ses lèvres s'ouvrirent, avec une brève inspiration. Enfin, elle dit :

» — Oui, tu as donc raison. C'est vrai. Nous sommes identiques.

— « Je veux brûler le magasin de poupées ! » avait déclaré Madeleine.

» Elle était en train de nourrir le feu de l'âtre des vêtements pliés de son double mortel, dentelles blanches et lin beige, chaussures craquelées, bonnets sentant les boules de camphre et les sachets de lavande.

» — Tout cela ne veut plus rien dire, maintenant.

» Elle se releva, tout en contemplant l'éclat du feu, puis regarda Claudia d'un œil triomphant et empreint d'une farouche dévotion.

» Je ne voulais pas la croire, tellement j'étais certain — bien que nuit après nuit je dusse la détourner d'attaquer d'autres victimes, dont elle n'aurait plus été capable d'épuiser le sang, tant elle s'était déjà repue —, tellement j'étais certain que s'apaiserait plus ou moins vite son paroxysme de folie. Elle saurait reconnaître les pièges de son cauchemar, reprendre possession de sa chair luminescente, apprécier la splendeur de notre suite de l'hôtel Saint-Gabriel ; elle crierait qu'on la réveille, qu'on la libère. Elle ne comprenait pas pour l'instant qu'il ne s'agissait pas d'une expérience ; elle montrait ses jeunes canines aux miroirs encadrés d'or, elle était folle.

» Mais je ne saisissais pas encore à quel point elle l'était, ni combien elle était accoutumée de rêver. Je ne saisissais pas qu'elle n'appellerait pas la réalité de ses cris, mais que plutôt elle en nourrirait ses rêves, elfe démoniaque qui alimentait son rouet de la substance du monde afin d'en tisser la toile d'araignée de son univers privé.

» Je commençais tout juste de comprendre son appétit des choses et la puissance de son alchimie.

» D'avoir, avec son ancien amant, fabriqué réplique après réplique de son enfant morte, répliques entassées sur les étagères de la boutique que nous devions bientôt visiter, elle avait acquis l'art du créateur de poupées, à quoi elle ajoutait l'adresse et l'ardeur propres aux vampires. Si bien que dans l'espace d'une seule nuit, après que je l'eus détournée du meurtre, elle fut une fois capable, animée par le même besoin insatiable, de créer à partir de quelques bouts de bois, à l'aide de son couteau et de ses ciseaux, un parfait fauteuil à bascule, si bien dessiné et proportionné à Claudia qu'assise dedans auprès du feu elle semblait être une femme. Comme passaient les nuits, s'y ajoutèrent une table à même échelle, puis une petite lampe à pétrole, une tasse et une soucoupe de porcelaine prises à l'étal d'une boutique de jouets et, dérobé à un sac de femme, un petit carnet relié de cuir qui dans les mains de Claudia devint un gros volume. Le monde extérieur s'effondra et cessa d'exister à la frontière d'un petit espace qui engloba bientôt tout le cabinet de toilette de Claudia : un lit dont les colonnes atteignaient tout juste les boutons de mon plastron, de petits miroirs qui ne reflétaient que les jambes du géant gourd que j'étais, des peintures accrochées très bas, au niveau du regard de Claudia, enfin, sur sa petite table de toilette, des gants de soirée noirs à la taille de ses petits doigts, une robe du soir de velours, une tiare provenant d'un bal masqué pour enfants. Et Claudia, joyau parmi les joyaux, était la reine des fées qui errait, épaules nues et blanches, tresses lisses, au milieu des riches articles de son monde miniature. Une nuit, je la contemplais, depuis l'entrée, envoûté, étendu gauchement sur le tapis afin d'appuyer la tête sur mon coude et de plonger mes yeux dans ceux de mon amour, que la perfection de ce sanctuaire adoucissait mystérieusement pour le moment présent. Comme elle était belle dans sa dentelle noire, femme froide aux cheveux de lin, au visage de poupon, aux yeux liquides qui me fixaient si sereinement, si longuement que sans doute ils ne me voyaient plus, tandis que je rêvais, étendu à même le sol. Des yeux qui certainement voyaient une autre réalité que l'univers maladroit qui m'environnait et qui se trouvait à présent délimité et exclu par celle qui y avait souffert depuis toujours, mais semblait apaisée maintenant, tandis qu'elle écoutait le tintement de la petite boîte à musique ou posait la main sur l'horloge miniature. J'eus la vision d'heures raccourcies et de petites minutes dorées. Je sentis que je devenais fou.

» Je mis les mains sous ma tête et m'absorbai dans la contemplation du chandelier. Il m'était difficile de me dégager d'un monde pour entrer dans l'autre. Madeleine, sur le canapé, travaillait avec une régulière ardeur à coudre, comme s'il n'était pas concevable qu'immortalité pût signifier repos, une dentelle crème à un satin lavande pour le petit lit, ne s'arrêtant que de temps à autre afin de sécher la moiteur teintée de sang de son front blanc.

» Je me demandais: si je fermais les yeux, ce royaume d'objets en réduction dévorerait-il les pièces qui m'entouraient, et m'éveillerais-je, tel Gulliver, pour me découvrir pieds et poings liés, géant indésirable ? Je rêvai de maisons à la taille de Claudia où les campagnols seraient des monstres, j'imaginai des voitures minuscules, des buissons fleuris qui seraient pour elle des arbres. Les mortels extasiés tomberaient à genoux pour regarder par les petites fenêtres, attirés et retenus comme par les mailles d'une toile d'araignée.

» Et c'était bien pieds et poings liés que j'étais. Lié non seulement par la beauté de fée de Claudia — l'exquis secret de ses épaules blanches et du riche lustre de ses perles, ses ensorcelantes langueurs, sa petite bouteille de parfum, une fiole maintenant, d'où émanait un sortilège qui promettait l'Éden —, lié aussi par la crainte. Crainte que, une fois sorti de cet appartement où j'étais censé présider à l'éducation de Madeleine — ce qui se réduisait à des conversations erratiques sur le meurtre et la nature du vampire, sujets que Claudia aurait traités tellement plus facilement que moi, si elle avait jamais montré l'envie d'en prendre l'initiative —, sorti de cet appartement où chaque nuit tendres baisers et regards de contentement m'assuraient que la haine montrée une fois, une fois seulement par Claudia, ne reviendrait plus ; crainte que, sorti de cet appartement, je me découvre, ainsi que je l'avais hâtivement admis, véritablement changé : c'était mon moi de mortel qui avait aimé, j'en étais certain. Dans ce cas, quel était ce sentiment que j'avais pour Armand, la créature pour qui j'avais transformé Madeleine, la créature pour qui j'avais voulu ma liberté ? Curiosité distante, trouble détachement ? Sourde douleur ? Terreur indicible ? Au milieu même de ce bric-à-brac futile, je revoyais Armand dans sa cellule monacale, ses yeux brun foncé, je ressentais son magnétisme surnaturel.

» Pourtant, je ne retournais pas le voir. Je n'osais pas découvrir l'étendue de ce que j'avais pu perdre. Ni tenter de séparer cette perte d'une autre constatation tout aussi déprimante : la constatation de n'avoir trouvé en Europe de vérité apte à amoindrir ma solitude, à transmuer mon désespoir. Je n'y avais découvert que les rouages internes de ma petite âme, que la souffrance de Claudia et qu'une passion pour un vampire peut-être plus mauvais encore que Lestat, pour qui j'étais moi-même devenu aussi démoniaque que lui, mais en qui je voyais la seule promesse de Bien que je puisse concevoir au-dedans de ce Mal.

» Tout cela me dépassait, finalement. L'horloge tinta sur la cheminée ; Madeleine supplia qu'on aille voir la représentation du Théâtre des Vampires et jura de défendre Claudia contre tout vampire qui oserait lui faire du mal ; Claudia se mit à parler de stratégie : « Non, pas encore, pas maintenant... » Je me rallongeai, observant avec quelque soulagement l'amour aveugle et avide de Madeleine pour Claudia. Je n'ai jamais ressenti beaucoup de compassion pour Madeleine. Je pensais qu'elle n'avait goûté qu'à la première veine de la souffrance ; elle n'avait aucune compréhension de la mort. Elle s'irritait si facilement, se livrait si facilement à de gratuites violences. Quant à moi..., quelle vanité, quelle colossale illusion sur moi-même que de m'imaginer que le chagrin d'avoir perdu mon frère était la seule émotion qui m'eût jamais étreint ! Je m'autorisai à oublier à quel point j'avais été amoureux des yeux iridescents de Lestat, à oublier que j'avais vendu mon âme pour leur éclat multicolore, dont je croyais qu'il pourrait me conférer le pouvoir de marcher sur les eaux !

» Qu'aurait dû faire le Christ pour m'inciter à le suivre, comme Matthieu et Pierre ? Bien s'habiller, avoir une luxuriante chevelure, blonde et pomponnée...

» Je me haïssais. Bercé jusqu'à un demi-sommeil, comme je l'étais si souvent par leur conversation — Claudia qui chuchotait de meurtres et d'habileté ou de vitesse vampiriques, Madeleine courbée sur son aiguille chantante —, cela me paraissait la seule émotion dont je fusse encore capable : la haine de soi-même. Je les aime ; je les hais ; elles me sont indifférentes... Claudia pose la main sur mes cheveux comme si elle voulait me dire, avec notre familiarité d'autrefois, que son cœur est en paix. Cela m'est indifférent... Et voici qu'Armand apparaît, puissance, clarté à briser le cœur. Comme derrière une vitre. Je prends la main joueuse de Claudia, et pour la première fois de ma vie je comprends ce qu'elle ressent lorsqu'elle me pardonne d'être moi-même quelqu'un qu'elle dit haïr et aimer : *elle ne ressent rien, ou presque !*

— Une semaine plus tard, nous accompagnâmes Madeleine pour accomplir la mission qu'elle s'était fixée : mettre le feu à l'univers de poupées qu'une vitrine isolait du monde. Le brasier allumé, je m'éloignai, remontai la rue et tournai dans une étroite gorge d'obscurité où l'on n'entendait que le bruit de la pluie qui tombait. Puis je vis la lueur rouge qui teintait les nuages. Des cloches sonnèrent, des hommes crièrent, et Claudia près de moi parlait à voix basse de la nature du feu. L'épaisse fumée qui se dégageait de la lumière tremblante me rendit inquiet. J'avais peur. Ce n'était pas une peur sauvage de mortel, mais une peur froide plantée comme un harpon dans mon flanc. Cette peur... c'était notre vieille maison de la rue Royale qui brûlait, c'était Lestat étendu dans l'attitude du sommeil sur le plancher ardent.

» — Le feu purifie..., disait Claudia.

» — Non, il ne fait que détruire..., répondais-je.

» Madeleine nous avait dépassés et rôdait en haut de la rue, fantôme sous la pluie qui nous appelait en fouettant l'air de ses mains blanches. Claudia me quitta pour la rejoindre, après m'avoir demandé en vain de les suivre. Je me rappelle sa chevelure blonde, emmêlée et flasque, le ruban tombé sous son pied, qui flottait, clapotait dans un tourbillon d'eau noire. Elles disparurent. Je me baissai pour recueillir le ruban. Mais une autre main m'avait précédé, celle d'Armand qui maintenant me l'offrait.

» Ce fut un choc que de le voir ici, si près, image de la Mort sous une porte cochère, merveilleusement réelle dans sa cape noire et sa cravate de soie, et pourtant éthérée comme une ombre de par son immobilité. Dans ses yeux se reflétait faiblement l'incendie, éclat rouge qui en réchauffait la noirceur et la transformait en un brun plus riche.

» Je m'éveillai soudain, comme au sortir d'un rêve ; je m'éveillai à la sensation de sa main qui enserrait la mienne, à la vue de sa tête inclinée qui semblait me signifier de le suivre — je m'éveillai à l'excitation que provoquait en moi sa présence, sa présence qui me consumait maintenant, dans cette rue, tout aussi sûrement que naguère dans sa cellule. Nous nous mîmes à marcher de compagnie, à pas vifs. Nous allions vers la Seine, nous déplaçant avec tant de légèreté et d'adresse à travers la foule qu'on nous voyait à peine, qu'à peine nous discernions les passants. J'étais très étonné d'être capable de le suivre aussi facilement. Il me forçait à reconnaître mes pouvoirs, à reconnaître que les sentiers que j'avais jusqu'ici choisis étaient des sentiers humains que je n'avais plus besoin de suivre.

» J'avais désespérément envie de lui parler, de l'arrêter de mes deux mains sur ses épaules, rien que pour le regarder dans les yeux comme cette autre nuit, l'immobiliser dans le temps et dans l'espace, et pour ainsi calmer mon excitation. Je voulais tant lui parler, m'expliquer... Et cependant je ne savais plus ce que j'avais à lui dire, car plus rien n'existait que la plénitude que me procurait sa présence et qui m'était d'un réconfort qui me menait au bord des larmes. C'était cette consolation que j'avais craint d'avoir perdu.

» J'ignorais où nous nous trouvions maintenant, si ce n'est qu'au cours de mes errances j'étais déjà passé là : une rue d'anciennes demeures, de jardins enclos de murs, avec des portes cochères, des tourelles et des fenêtres en vitrail encastrées sous des arches de pierre. Maisons d'autres siècles, arbres noueux, et cette soudaine tranquillité, épaisse et silencieuse, qu'apporte l'absence de la foule ; seule une poignée de mortels habitent ce vaste quartier de pièces aux hauts plafonds ; la pierre y absorbe le son des respirations, l'espace de vies entières.

» Armand avait gravi un mur et, s'accrochant d'un bras à une branche qui dépassait, me tendait la main. Je l'eus rejoint en un instant, et le feuillage humide caressa mon visage. Au-dessus s'empilaient étage sur étage, culminant en une tour qui émergeait à peine de la pluie sombre et drue.

» — Écoutez-moi, nous allons grimper à la tour, me dit Armand.

» — Je ne peux pas..., c'est impossible !...

» — Vous commencez à peine de connaître vos pouvoirs. Vous êtes capable de grimper très facilement. Comme vous le savez, si vous tombez, vous ne vous ferez aucun mal. Faites comme moi. Mais auparavant apprenez ceci : les habitants de cette maison me connaissent depuis un siècle et me prennent pour un esprit ; aussi, si par hasard ils vous aperçoivent par une fenêtre, rappelez-vous pour quoi ils vous prennent et faites comme si vous n'aviez pas conscience de leur présence, faute de quoi vous les décevriez ou les troubleriez. Il n'y a aucun danger, vous entendez ?

» Je ne savais pas ce qui m'effrayait le plus, de l'escalade elle-même ou de l'idée d'être pris pour un fantôme..., mais je n'avais guère le temps de me livrer à des traits d'esprit, même pour me rassurer. Armand avait commencé de grimper, cherchant du bout des bottes les interstices des pierres, s'accrochant aux anfractuosités d'une main sûre comme une griffe. Je l'imitai, collé au mur, sans oser regarder en bas. Je me reposai un instant en me retenant à l'ogive profonde d'une fenêtre, par laquelle je pus apercevoir une épaule sombre qui se découpait sur les flammes de l'âtre, une main qui maniait le tisonnier, un silhouette qui s'agitait sans pouvoir deviner qu'on l'observait. A force de grimper, nous finîmes par atteindre la fenêtre de la tourelle, qu'Armand ouvrit vivement. Ses longues jambes disparurent derrière le rebord, puis, de son bras passé autour de mes épaules, il m'aida à franchir la fenêtre à mon tour.

» Enfin debout dans la pièce, je poussai un soupir involontaire, tout en frottant les coudes de mon habit, et jetai un regard circulaire à cet endroit humide et étrange. Les toits en contrebas semblaient d'argent et des tourelles émergeaient ici et là des arbres massifs et bruissants ; au loin brillait la chaîne brisée des lumières d'un boulevard. La pièce paraissait aussi détrempée que l'atmosphère nocturne. Armand s'affairait auprès du feu.

» D'un tas de mobilier moisi, il tirait des chaises qu'il réduisait facilement en petit bois, en dépit de l'épaisseur de leurs barreaux. Il y avait en lui un côté grotesque, qu'accentuaient sa grâce et le calme imperturbable de son visage blanc. Seul un autre vampire aurait été capable de réduire ainsi d'épaisses pièces de bois en menus éclats. Il ne paraissait y avoir rien d'humain en lui ; les traits élégants de son visage, sa chevelure noire devenaient eux-mêmes les attributs d'un ange du terrible qui ne partageait avec nous tous qu'une ressemblance superficielle. Cet habit de tailleur n'était qu'un mirage, et bien que je me sentisse attiré par lui, plus fortement sans doute que par aucune autre créature vivante à l'exception de Claudia, il suscitait en moi des émotions qui allaient jusqu'à ressembler à de la peur. Lorsqu'il eut fini, je ne fus pas surpris de le voir installer pour moi une lourde chaise en chêne et se retirer lui-même près de la cheminée de marbre où il s'assit pour se chauffer les mains au feu, qui projetait des ombres rouges sur son visage.

» — J'entends les gens qui habitent cette maison, lui dis-je.

» La chaleur était bonne. Je sentais sécher le cuir de mes bottes et mes doigts se réchauffer.

» — Alors, vous savez que je les entends également, dit-il d'une voix douce.

» Et, bien qu'il n'y eût là le moindre soupçon de reproche, je saisis les implications contenues dans ses paroles.

» — Et s'ils venaient? insistai-je en l'étudiant.

» — Ne devinez-vous pas à mon comportement qu'ils ne viendront pas? demanda-t-il. Nous pourrions rester assis ici toute la nuit sans même évoquer le sujet. Si nous parlons d'eux, c'est uniquement parce que vous le désirez.

» Et comme je ne disais rien, et que peut-être je paraissais quelque peu défait, il ajouta gentiment qu'on avait depuis longtemps condamné cette tour et qu'en fait, si même on remarquait la fumée de la cheminée ou la lumière de la fenêtre, personne n'oserait s'aventurer ici avant le matin.

» Je m'aperçus qu'il y avait plusieurs étagères de livres sur l'un des côtés de la cheminée et un bureau. Les feuilles de papier qui s'y trouvaient étaient racornies, mais il y avait un encrier et plusieurs plumes. Je pouvais imaginer que l'endroit était très confortable, lorsqu'il ne faisait pas mauvais temps ou lorsque le feu avait asséché l'air.

» — Vous voyez, reprit Armand, vous n'avez réellement pas besoin des pièces que vous louez dans cet hôtel. En fait, vous avez besoin de fort peu. Mais chacun de nous doit décider de ce qu'il veut. Les gens de cette maison m'ont inventé un nom. Me rencontrer est ici source de vingt années de bavardages. Ils ne sont dans mon existence que des instants isolés qui ne signifient rien. Ils ne peuvent me faire de mal, et je me sers de leur maison pour jouir de solitude. Personne au Théâtre des Vampires ne sait que je viens ici. C'est mon secret.

» Je l'avais observé intensément tandis qu'il parlait, et les pensées qui m'étaient venues à l'esprit dans la cellule souterraine se présentèrent de nouveau. Les vampires ne vieillissent pas ; dans quelle mesure ce visage et ces manières juvéniles différaient-ils de ce qu'ils étaient un ou deux siècles auparavant ? Car son visage, bien qu'il ne fût pas creusé par les leçons de la maturité, n'était certainement pas un masque. Il semblait aussi expressif que l'était sa voix discrète, et je me sentais perdu à force de chercher à en analyser les raisons. Je savais seulement qu'il m'attirait toujours autant ; jusqu'à un certain point, la question que je posai ensuite était un subterfuge. ·

» — Mais qu'est-ce qui vous retient au Théâtre des Vampires ? demandai-je.

» — Un besoin, naturellement. Mais j'ai trouvé ce dont j'ai besoin, répondit-il. Pourquoi m'évitez-vous ?

» — Je ne vous ai jamais évité, dis-je en essayant de cacher l'excitation que ses paroles suscitaient en moi. Vous devez bien comprendre que je dois protéger Claudia, qu'elle n'a que moi. Du moins qu'elle n'avait que moi jusqu'à ce que…

» — Jusqu'à ce que Madeleine vienne vivre avec vous…

» — Oui…, reconnus-je.

» — Mais, maintenant, Claudia vous a rendu votre liberté, et pourtant vous restez avec elle, vous lui restez attaché comme à une amante !

» — Non, ce n'est pas mon amante, vous ne comprenez pas. Elle est plutôt mon enfant, et je ne sache pas qu'elle puisse me rendre ma liberté… (C'étaient des pensées que j'avais maintes et maintes fois ressassées dans ma tête.) Je ne sache pas que l'enfant possède le pouvoir de rendre la liberté à ses parents. Je ne sache pas que je puisse éviter d'être lié à elle pour aussi longtemps qu'elle…

» Je m'arrêtai. J'allais dire : « Pour aussi longtemps qu'elle vivrait. » Mais je me rendis compte que c'était un cliché de mortel. Elle vivrait éternellement comme moi. Mais n'en est-il pas de même pour les pères mortels ? Pour eux, leurs filles vivent éternellement, du fait qu'ils sont les premiers à mourir. Je me sentis soudain désemparé, mais conscient cependant de la façon dont Armand avait tout écouté. Il écoutait de la façon dont nous rêvons que les autres écoutent, chaque mot se reflétant sur son visage. Il ne bondissait pas sur la moindre pause de son interlocuteur, pour acquiescer ou affirmer d'avoir compris avant que la pensée ne soit formulée entièrement, ou pour faire impulsivement une objection hâtive — toutes choses qui rendent souvent le dialogue impossible.

» Après un long intervalle de silence, il reprit :

» — Je vous veux. Je vous veux plus que toute chose au monde.

» Un instant, je doutai d'avoir vraiment entendu ces paroles. C'était incroyable, c'était comme un choc qui me laissait complètement désarmé. Et la perspective inexprimable de vivre ensemble explosa dans mon esprit en y gommant toute autre considération.

» — Je vous veux. Je vous veux plus que toute chose au monde, répéta-t-il, avec seulement un changement très subtil dans son expression.

» Puis il me regarda et attendit. Son visage était aussi tranquille que toujours, aucun souci ne plissait son front lisse dont la blancheur faisait violent contraste avec les cheveux châtains. Ses yeux larges réfléchissaient mon image, ses lèvres étaient immobiles.

» — Vous vouliez que je vous dise cela, et pourtant vous n'êtes pas revenu, reprit-il. Il y a des choses que vous voulez savoir, mais vous ne posez pas de questions. Vous voyez que Claudia vous échappe, mais vous semblez incapable de l'en empêcher, puis vous voudriez accélérer cette séparation, mais vous ne faites rien en ce sens...

» — Je ne comprends pas mes propres sentiments. Ils sont peut-être plus clairs pour vous qu'ils ne le sont pour moi...

» — Vous ne soupçonnez pas quel mystère vous représentez ! s'exclama-t-il.

» — Vous, au moins, vous vous connaissez parfaitement. Je ne peux prétendre cela de moi-même. Je l'aime, mais je suis près de vous je comprends que j'ignore tout d'elle, tout de tout le monde.

» — Pour vous, elle st une ère, une ère de votre vie. Si vous rompez avec elle, vous rempez avec le seul être vivant qui ait partagé tout ce temps avec vous. C'est cela que vous craignez, cet isolement, ce fardeau, le poids de l'éternité.

» — Oui, c'est vrai, mais ce n'est qu'une petite partie de mon tourment. Cette ère de ma vie ne signifie pas grand-chose pour moi. C'est elle qui lui a donné une signification. D'autres vampires ont dû faire l'expérience du passage de centaines d'ères semblables et y survivre.

» — Non, ils n'y survivent pas, dit-il. Le monde étoufferait sous le poids des vampires s'ils y survivaient. Comment pensez-vous que je me sois retrouvé le doyen de tous les vampires du monde ?

» — Je méditais sa réflexion. Puis je me hasardai à demander :

» — Meurent-ils de façon violente ?

» — Non, presque jamais. Ce n'est pas nécessaire. Combien pensez-vous qu'il y ait de vampires qui aient la trempe nécessaire pour affronter l'éternité ? Pour commencer, ils ont de l'immortalité les notions les plus sinistres. Car, en devenant immortels, ils voudraient que tout ce qui a été l'accompagnement de leur vie devienne immuable et incorruptible comme ils le sont eux-mêmes. Que les véhicules gardent la même forme rassurante, que les vêtements conservent la coupe qui leur allait du temps de leur jeunesse, que les hommes continuent de s'habiller et de parler de la façon qu'ils ont toujours comprise et appéciée. Alors qu'en réalité tout change, sauf le vampire lui-même ; tout, à l'exception du vampire, est soumis à décomposition et corruption permanentes. Bientôt, si l'on possède une âme peu flexible, et souvent même si l'on est doué de souplesse d'esprit, l'immortalité devient une peine de prison que l'on purge dans une maison de fous peuplée de figures et de formes totalement inintelligibles et sans valeur. Un soir, le vampire en se levant se rend compte que ce qu'il a craint, pendant des dizaines d'années peut-être, est arrivé : il se rend compte tout simplement qu'à aucun prix il ne veut vivre davantage. Que les styles, les modes, les formes d'existence qui lui rendaient l'immortalité attrayante ont tous été balayés de la surface du globe. Et que rien ne subsiste qui puisse le libérer du désespoir, sinon l'acte de tuer. Alors, le vampire s'en va mourir. Personne ne trouvera ses restes. Personne ne saura où il s'en est allé. Et souvent personne dans son entourage — si toutefois il cherche encore la compagnie d'autres vampires —, personne ne saura qu'il est atteint de désespoir. Depuis longtemps il aura cessé de parler de lui-même ou de rien d'autre. Il disparaîtra.

» Impressionné par l'évidente vérité contenue dans ses paroles, je me renfonçai dans ma chaise, et pourtant, en même temps, tout en moi se révoltait contre cette idée. Je devins conscient de la profondeur de mon espoir et de ma terreur. Comme ces sentiments étaient différents de l'aliénation qu'il m'avait décrite, comme ils étaient différents de ce désespoir horrible et destructeur ! Je trouvai soudain qu'il y avait quelque chose de révoltant, de répugnant, dans le fait d'être ainsi désespéré. Je ne pouvais l'accepter.

» — Mais, vous, vous ne sauriez vous complaire dans un pareil état d'esprit. Regardez-vous ! me surpris-je à répondre. S'il n'y avait plus une seule œuvre d'art dans ce monde... — et il y en a des milliers... —, s'il n'y avait une seule beauté naturelle..., si même le monde ne consistait plus qu'en une seule cellule, vide à l'exception d'une fragile chandelle, je ne peux m'empêcher de vous voir en train d'étudier cette chandelle, totalement absorbé par le tremblotement

de sa flamme, par le miroitement de ses couleurs...
Combien de temps cela suffirait-il à vous soutenir?...
quelles possibilités cela ouvrirait-il pour vous?... Est-
ce que je me trompe? Suis-je un fou idéaliste?

» — Non, répondit-il.

» Un bref sourire joua sur ses lèvres, évanescente
bouffée de contentement. Mais il reprit:

» — Vous vous sentez des obligations envers un
monde que vous aimez, parce que ce monde pour
vous est encore intact. On peut concevoir même que
votre sensibilité devienne l'instrument de votre folie.
Vous parlez d'œuvres d'art de beauté naturelle... Je
voudrais avoir comme un artiste le pouvoir de faire
revivre pour vous la Venise du quinzième siècle, le
palais de mon maître, l'amour que je lui portais alors
que j'étais encore un jeune mortel, et l'amour qu'il me
montra en me transformant en vampire. Oui, si je
pouvais recréer ces choses pour vous ou pour moi-
même... ne fût-ce que pour un instant! Mais à quoi
cela serait-il bon? Et quel drame pour moi que le
temps n'obscurcisse pas le souvenir de cette époque,
qu'au contraire il devienne d'autant plus riche et plus
magique à la lumière du monde que je vois aujourd'hui!

» — De l'amour? Il y avait de l'amour entre vous
et le vampire qui vous a créé? demandai-je en me
penchant en avant.

» — Oui, répondit-il. Un amour si fort qu'il ne put
permettre que je vieillisse et que je meure. Un amour
qui attendit patiemment que je sois assez fort pour
naître à ce monde de ténèbres. Voulez-vous dire qu'il
n'y avait aucun lien d'amour entre vous et le vampire
qui vous a fait?

» — Aucun, répondis-je vivement, sans pouvoir
réprimer un sourire amer.

» Il m'étudia.

» — Pourquoi alors vous a-t-il offert ces pouvoirs?

» Je me radossai.

» — Vous considérez nos pouvoirs comme un don?

fis-je. Oui, bien sûr. Pardonnez-moi, mais cela me stupéfie de voir combien dans votre complexité vous êtes si simple en profondeur.

» Je ris.

» — Dois-je me considérer comme insulté ? demanda-t-il en souriant.

» Son attitude ne faisait que confirmer mes paroles. Il avait l'air si innocent ! Je commençais seulement à le comprendre.

» — Non, pas par moi, répondis-je, mon pouls s'accélérant comme je le regardais. Vous êtes tout ce dont j'ai rêvé lorsque je devins un vampire. Vous considérez nos pouvoirs comme un cadeau ! répétai-je. Mais, dites-moi..., ressentez-vous toujours cet amour pour le vampire qui vous a donné la vie éternelle ? Le ressentez-vous encore ?

» Il parut réfléchir, puis dit lentement !

» — Quelle importance ?

» Mais il poursuivit :

» — Je ne pense pas m'être trouvé très heureux d'avoir aimé tant de gens et tant de choses. Mais... oui, je l'aime toujours. Peut-être pas dans le sens où vous l'entendez... Il semble que vous n'ayez pas trop d'efforts à faire pour jeter la confusion dans mon esprit. Vous êtes vraiment un mystère. Je n'ai plus besoin de ce vampire.

» — J'ai reçu la vie éternelle, des sens supérieurs, et le besoin de tuer, expliquai-je rapidement, parce que le vampire qui m'a fait voulait la maison et l'argent que je possédais. Vous pouvez comprendre cela ? Mais il y a tellement plus derrière ce que je vous dis. Tout se révèle à moi si lentement, si partiellement ! Vous voyez, c'est comme si vous aviez fracturé une porte pour moi, d'où filtrerait un rayon de lumière... Je chercherais de toutes mes forces à rejoindre cette lumière, à repousser d'autres portes afin de pénétrer dans la région qui selon vous existe au-delà ! Alors qu'en fait je n'y crois pas ! Le vampire qui m'a fait incarnait tout ce que je croyais être

376

l'essence même du Mal : il était aussi sinistre, aussi prosaïque, aussi stérile, aussi éternellement et inévitablement décevant que devait l'être pour moi le Mal ! Cela, je le sais maintenant. Mais vous, vous vous situez complètement au-delà de tout cela. Ouvrez la porte pour moi, ouvrez-la en grand ! Parlez-moi de ce palais vénitien, de votre amour avec un damné ! Je veux tout comprendre !

» — Vous vous abusez. Ce palais ne signifie rien pour vous. Cette porte que vous voyez, c'est à moi qu'elle mène. A venir vivre avec moi, moi tel que je suis. Je suis le Mal, avec d'infinies nuances, et ne m'en sens pas coupable.

» — Oui, exactement, murmurai-je.

» — Et cela vous rend malheureux. Vous, qui êtes venu dans ma cellule pour me dire qu'il n'y avait qu'un seul péché, celui de prendre volontairement une innocente vie humaine.

» — Oui..., répondis-je. Comme vous avez dû rire de moi...

» — Je n'ai jamais ri de vous. Je ne peux me permettre de rire de vous. C'est à travers vous que je peux échapper au désespoir dont je vous ai dit qu'il causait notre mort. C'est à travers vous que je dois établir mon lien avec ce dix-neuvième siècle et parvenir à le comprendre d'une manière qui me revivifie, ce dont j'ai si horriblement besoin. C'est vous que j'ai attendu au Théâtre des Vampires. Si je connaissais un mortel possédant votre sensibilité, votre capacité de souffrir, votre pénétration des choses, je le ferais vampire sur-le-champ. Mais cela est si rare ! Non, j'ai dû attendre et guetter votre venue. Et maintenant c'est pour vous que je vais me battre. Voyez-vous combien je suis implacable en amour ? Est-ce cela que vous désignez sous le nom d'amour ?

» — Oh ! mais vous commettriez une terrible erreur, dis-je en le regardant dans les yeux.

» Ses paroles ne me pénétraient que lentement. C'était une terrible frustration, telle que je n'en avais jamais connu, que d'avoir à être si clair. Il n'était pas pensable que je puisse le satisfaire. Je ne pouvais satisfaire Claudia. Je n'avais jamais été capable de satisfaire Lestat. Et mon frère mortel, Paul : comme je l'avais piètrement, humainement déçu !

» — Non, je dois prendre contact avec cet âge, répondit-il avec calme. Et ceci, je peux le faire par votre intermédiaire... Il ne s'agit pas que vous m'appreniez des choses que je peux découvrir en un instant, dans un musée, ou lire en une heure dans un livre... Vous êtes l'esprit de ce siècle, vous en êtes le cœur...

» — Non, non. (Je levai les bras au ciel, au bord d'un rire amer et hystérique.) Vous ne saisissez pas ? Je ne suis l'esprit d'aucune époque. J'ai toujours été brouillé avec tout ce qui m'entourait ! Je n'ai jamais appartenu à aucun endroit, à personne, ni à aucun temps !

» Ce n'était que trop parfaitement, trop douloureusement vrai.

» Mais son visage ne fit que s'illuminer d'un sourire irrésistible. Il semblait sur le point d'éclater de rire, d'un rire qui déjà secouait ses épaules.

» — Mais, Louis, dit-il d'une voix douce, c'est cela, l'esprit de votre époque. Vous ne voyez pas ? Tout le monde ressent ce que vous ressentez. Votre chute de l'état de grâce, votre perte de la foi, tout un siècle les a vécues en votre compagnie !

» Je fus tellement abasourdi par sa remarque que je ne pus que rester pendant un long moment à contempler le feu. Le bois était presque entièrement consumé et s'était réduit en un désert de cendres couvantes, paysage gris et rouge qui se serait effondré au simple contact du tisonnier. L'âtre était pourtant encore très chaud et émettait une puissante clarté. Ma vie entière m'apparaissait en perspective.

» — Et les vampires du théâtre ?... demandai-je d'une voix sourde.

» — Ils sont le reflet de leur âge, en ce qu'ils

378

pratiquent un cynisme incapable de saisir que l'ère des possibles s'est éteinte, une sotte complaisance à parodier de façon sophistiquée le miraculeux — décadence dont le dernier refuge est le ridicule, l'impuissance maniérée. Vous les avez vus ; vous avez connu ce genre de personnes toute votre vie. Vous reflétez votre âge différemment. Vous reflétez son cœur brisé.

» — Ce qui signifie malheur. Un malheur que vous n'entrevoyez même pas.

» — Je n'en doute pas. Dites-moi ce que vous ressentez, ce qui vous rend malheureux. Dites-moi pourquoi, pendant l'espace d'une semaine, vous n'êtes pas venu me voir, bien que vous en ayez brûlé d'envie. Dites-moi ce qui vous retient encore à Claudia et à l'autre femme.

» Je secouai la tête.

» — Vous ne savez pas ce que vous demandez. Vous voyez, il m'a été atrocement difficile d'accomplir la transformation de Madeleine en vampire. J'ai dû rompre une promesse faite à moi-même de ne jamais me livrer à ce genre d'acte, même si ma propre solitude me le dictait. Je ne considère pas notre vie en terme de pouvoirs et de dons. Je la considère comme une malédiction. Je n'ai pas le courage de mourir. Mais faire un autre vampire ! Charger un autre du poids de cette même souffrance, condamner à mort tous ces hommes et toutes ces femmes qui fatalement seront ses victimes ! J'ai brisé un grave serment. Et ainsi...

» — Mais, si cela peut vous apporter quelque consolation..., vous vous rendez sûrement compte que j'y ai été pour quelque chose !

» — Que j'ai fait cela pour me libérer de Claudia, pour être libre de venir à vous..., oui, je m'en rends compte. Mais la responsabilité finale, c'est à moi qu'elle incombe !

» — Non, je voulais dire que j'y avais eu une part directe. C'est moi qui vous ai fait agir ! J'étais près de vous, cette nuit-là. J'ai exercé mon pouvoir le plus puissant pour vous persuader de le faire. Vous ne le saviez pas ?

» — Non !

» Je baissai la tête.

» — J'aurais bien fait moi-même de cette femme un vampire, reprit-il d'une voix douce. Mais j'ai pensé qu'il était mieux que vous participiez à la chose. Sinon, vous n'auriez pu abandonner Claudia. Vous deviez savoir que vous le vouliez...

» — Je maudis ce que j'ai fait ! m'écriai-je.

» — Alors c'est moi qu'il faut maudire !

» — Non, vous ne comprenez pas. En faisant cela, vous avez presque détruit ce que vous appréciez en moi ! Je vous ai résisté de toutes mes forces, alors que je ne savais même pas que c'était votre pouvoir qui agissait sur moi. Et quelque chose est presque mort en moi ! La passion est presque morte en moi ! La création de Madeleine m'a presque détruit !

» — Mais non elle n'est pas morte, cette passion, cette humanité, appelez cela comme vous voulez. Si ces sentiments n'étaient pas encore vivants en vous, il n'y aurait pas, en ce moment, de larmes dans vos yeux, il n'y aurait pas ce ton de rage dans votre voix !

» Je restai sans réponse, et ne pus que hocher la tête. Puis, luttant contre moi-même, je balbutiai :

» — Vous ne devriez pas me forcer à agir contre ma volonté ! Vous ne devriez jamais exercer un pareil pouvoir...

» — Non, répondit-il aussitôt. Je ne devrais pas... Mais mon pouvoir s'arrête quelque part, à l'intérieur de vous-même ; il y a un seuil où s'arrête ma puissance. Cependant... Madeleine est créée, maintenant. Vous êtes libre.

» — Et vous êtes content, dis-je, reprenant contrôle de moi-même. Je ne cherche pas à être acerbe. Vous m'avez. Je vous aime. Mais j'ai été joué. Vous êtes satisfait ?

» — Comment ne pourrais-je l'être ? demanda-t-il. Bien sûr, je suis satisfait !

» Je me levai et allai à la fenêtre. Les dernières cendres mouraient. Le ciel gris commençait de s'éclairer. J'entendis Armand me suivre près du rebord de la fenêtre. Je sentis sa présence à mon côté, cependant que mes yeux s'accoutumaient à la luminosité du ciel, de sorte que je voyais son œil et son profil se découper sur la pluie qui tombait, qui résonnait partout de tonalités différentes : gargouillis dans la gouttière qui bordait le toit, martèlement sur les ardoises, froufroutement à travers les branches luisantes et superposées des arbres, bruyantes explosions sur le rebord de pierre en pente de la fenêtre. Doux mélange de sons qui détrempait et colorait la nuit tout entière.

» — Me pardonnez-vous... de vous avoir forcé la main ? demanda Armand.

» — Vous n'avez pas besoin de mon pardon.

» — Vous, vous en avez besoin, dit-il. En conséquence, j'en ai besoin, moi aussi.

» Son visage, comme toujours, était parfaitement calme.

» — Prendra-t-elle soin de Claudia ? Résistera-t-elle ?

» — Elle est parfaite. Folle, mais, par le temps qui court, c'est parfait. Elle s'occupera bien de Claudia. Elle n'a jamais vécu seule ; il lui est naturel de se dévouer à ses compagnons. Elle n'aurait pas besoin de raisons spéciales d'aimer Claudia. Mais il se trouve qu'en plus elle en a. La beauté de Claudia, la tranquillité d'âme de Claudia, le contrôle qu'elle a d'elle-même, la façon dont elle sait se dominer. Elles sont parfaites, ensemble. Mais je pense que... qu'elles devraient quitter Paris aussitôt que possible.

» — Pourquoi ?

» — Vous savez pourquoi. Parce que Santiago et les autres vampires les considèrent avec méfiance. Tous ont vu Madeleine. Ils ont peur parce qu'elle connaît leur existence, et qu'eux ils ne la connaissent pas. Ils ne laissent jamais tranquilles ceux qui en savent trop sur eux.

» — Et ce garçon, Denis? Quels sont vos plans à son égard?

» — Il est mort, répondit-il.

» Je fus stupéfait. A la fois de sa réponse et de son calme.

» — Vous l'avez tué? fis-je dans un souffle.

» Il acquiesça de la tête, sans dire un mot. Mais ses grands yeux sombres semblaient en extase devant moi, devant mon émotion, devant le trouble que je n'essayais pas de cacher. Son sourire doux et subtil semblait m'attirer à lui ; sa main se referma sur la mienne, sur le rebord humide de la fenêtre, et je me sentis pivoter pour lui faire face, m'approcher de lui, comme si j'avais perdu le contrôle de moi-même et que ce fût lui qui commandât à mon corps.

» — Cela valait mieux, expliqua-t-il. Il faut que nous partions, maintenant...

» Il regarda la rue, plus bas.

» — Louis, suivez-moi, chuchota-t-il.

» Sur le rebord de la fenêtre, il s'arrêta.

» — Même si vous tombiez sur le pavé, reprit-il, vous ne souffririez qu'un moment. Vous guéririez si rapidement et si totalement qu'en quelques jours vous n'en garderiez plus trace ; vos os se remettraient aussi facilement que votre peau se cicatrise ; que mes paroles vous aident à accomplir ce qu'en vérité il vous est si facile de faire ! Descendez après moi.

» — Qu'est-ce qui peut causer ma mort? demandai-je brusquement.

» Il s'immobilisa de nouveau.

» — La destruction de vos restes, répondit-il. Vous ne le savez pas? Le feu, le démembrement..., la chaleur du soleil. Rien d'autre. Il se peut que vous gardiez les marques de vos blessures, oui. Mais vous pouvez résister à tout. Vous êtes immortel.

» Je plongeai le regard dans l'obscurité qui régnait en contrebas, au travers de la tranquille pluie d'argent. Une lumière cligna derrière les arbres mouvants et ses pâles rayons révélèrent la rue : les pavés mouillés, la poignée de métal de la sonnette d'une remise à voitures, le lierre qui grimpait jusqu'en haut du mur. La grosse carcasse noire d'une voiture frôla les feuilles, puis la lumière s'affaiblit, la rue vira du jaune à l'argent puis disparut complètement, comme absorbée par la masse sombre des arbres. Ou plutôt comme si elle avait été soustraite aux ténèbres. J'eus le vertige. Il me sembla que la maison tanguait. Armand, assis sur le bord de la fenêtre, me regardait.

» — Louis, venez chez moi ce soir, murmura-t-il soudain sur un ton pressant.

» — Non, répondis-je d'une voix douce. C'est trop tôt. Je ne peux encore les laisser.

» Il détourna les yeux, pour regarder le ciel obscur. S'il soupira, je ne l'entendis pas. Il reprit ma main dans la sienne.

» — Très bien..., dit-il.

» — Laissez-moi encore un peu de temps...

» Il hocha la tête et me tapota la main, comme pour dire que c'était bien ainsi. Puis il balança les jambes par-dessus le rebord et disparut. J'eus un moment d'hésitation, mon cœur battant de façon ridicule. Mais je passai à mon tour par-dessus le bord de la fenêtre et descendis à sa suite, sans oser regarder en bas.

— Quand j'introduisis ma clef dans la serrure de notre appartement, c'était presque l'aube. La lumière des lampes à gaz illuminait les murs. Madeleine, tenant à la main son fil et son aiguille, s'était endormie près de l'âtre. Claudia, debout, immobile parmi les fougères du balcon, me regardait dans l'ombre. Elle avait sa brosse à la main. Sa chevelure luisait.

» Je ressentis comme un choc. C'était comme si tous les plaisirs sensuels contenus dans le somptueux bric-à-brac de notre suite déferlaient en vagues sur mon corps et l'imbibaient, si différents de l'envoûtement d'Armand et de sa tour. Il y avait ici quelque chose de réconfortant, et ce sentiment était troublant. Je cherchai mon fauteuil et m'y effondrai, mains sur les tempes. Puis je sentis la présence de Claudia auprès de moi et ses lèvres sur mon front.

» — Tu étais avec Armand, dit-elle. Tu veux aller avec lui.

» Je levai les yeux. Comme son visage était beau et doux, et soudain comme il me parut mien ! Je ne ressentis aucune honte à céder à mon envie de toucher ses joues, d'effleurer ses cils — familiarités, libertés que je n'avais plus prises avec elle depuis la nuit de notre querelle.

» — Je te reverrai ; pas ici, ailleurs. Je saurai toujours où tu es ! dis-je.

» Elle noua les bras autour de mon cou, se serra fortement contre moi. Je fermai les yeux et enfouis mon visage dans ses cheveux. Je couvrais son cou de baisers, m'emparais de ses petits bras ronds et fermes et embrassais les plis de la chair au creux de son coude, ses poignets, sa paume ouverte. Elle me caressa les cheveux et le visage du bout des doigts.

» — Tout ce que tu veux, jura-t-elle, tout ce que tu veux.

» — Es-tu heureuse ? As-tu ce que tu désires ? demandai-je d'un ton suppliant.

» — Oui, Louis, répondit-elle, serrant sa petite robe contre moi, accrochant ses doigts sur ma nuque. J'ai tout ce que je veux. Mais peut-on vraiment savoir ce que l'on veut ? (Elle me souleva le menton, pour l'obliger à la regarder dans les yeux.) C'est pour toi que j'ai peur, c'est toi qui risques de faire une erreur. Pourquoi ne quittes-tu pas Paris avec nous ? demanda-t-elle soudain. Le monde est à nous, viens avec nous !

» — Non. (Je m'arrachai à son étreinte.) Tu voudrais que cela soit de nouveau comme c'était avec Lestat. Les choses ne peuvent recommencer de la même façon. C'est impossible.

» — Ce sera nouveau et différent, avec Madeleine! Je ne demande pas à revivre une période à laquelle j'ai mis fin moi-même. Mais comprends-tu bien ce que tu choisis en choisissant Armand?

» Je me détournai. Il y avait une sorte d'entêtement et de mystère dans l'inimitié qu'elle lui portait et dans son refus de le comprendre. Elle allait encore répéter qu'il souhaitait sa mort, ce que je ne pouvais croire. Elle ne saisissait pas ce que j'avais compris: il ne pouvait vouloir sa mort, parce que, moi, je ne la voulais pas. Mais comment lui expliquer cela sans paraître pompeux et aveuglé par mon amour pour lui!

» — Je choisis *d'être,* tout simplement, répondis-je — sous la pression de son doute, cela paraissait soudain clair à mon esprit. Il est le seul à pouvoir me donner la force d'être ce que je suis. Je ne peux continuer de vivre déchiré intérieurement et consumé de désespoir. Ou bien je vais avec lui, ou bien je meurs. Et je choisis autre chose encore, ce qui, bien qu'irrationnel et inexplicable, me satisfait pourtant...

» — ... et qui est?

» — Que je l'aime.

» — Il n'y a pas de doute que tu l'aimes, fit-elle, songeuse. Mais, dans ce cas, moi aussi, tu pourrais m'aimer...

» — Claudia, Claudia!

» Je l'attirai à moi, sentis son poids sur mon genou. Elle se pressa contre ma poitrine.

» — J'espère seulement que lorsque tu auras besoin de moi tu pourras me trouver..., murmura-t-elle. Que je pourrai te revenir... Je t'ai blessé si souvent, je t'ai causé tant de chagrin...

» Sa voix mourut. Elle reposait, immobile, contre moi. Je pensai: « Dans très peu de temps, elle ne sera plus à moi ; maintenant, je désire seulement la tenir dans mes bras. Il y a toujours eu tant de plaisir dans ce simple geste. Son poids sur moi, sa main sur mon cou... »

» J'eus l'impression que quelque part une lampe

s'éteignait. Que de cette atmosphère froide et humide une brillante lumière était soudain silencieusement soustraite. Je me tenais assis à la lisière du rêve. Si j'avais été un mortel, je me serais satisfait de m'endormir là, dans ce fauteuil, et, dans cet état confortable de somnolence, j'eus le sentiment étrange que le soleil allait plus tard m'éveiller doucement et que j'aurais la vision riche et familière des fougères dans les rayons du matin qui brilleraient à travers les gouttelettes de pluie. Je me complus un instant dans cette rêverie, fermant à demi les yeux.

» Par la suite, j'essayai souvent de me rappeler ces moments, de me rappeler le climat qui régnait dans cet appartement où nous reposions, de me rappeler comment, n'étant plus sur mes gardes, j'avais dû être insensible aux subtils changements qui n'avaient pu manquer de se produire dans l'ambiance de la pièce. Longtemps après, meurtri, dépouillé, désespéré au-delà de mes rêves les plus atroces, je repassai au crible de ma mémoire ces instants, ces heures tranquilles et ensommeillées du petit matin où l'horloge tictaquait presque imperceptiblement sur la cheminée, où le ciel pâlissait peu à peu ; mais tout ce dont je pouvais me souvenir — bien que je m'acharnasse avec désespoir à prolonger et fixer cet instant, à bloquer dans mon imagination les aiguilles de l'horloge —, tout ce dont je pouvais me souvenir, c'était la lente mutation de la lumière.

» Si j'avais été sur mes gardes, je n'aurais pu manquer de sursauter. Mais, abusé par des préoccupations plus graves pour moi, je ne fis pas attention. Une lampe qui s'éteignait, une chandelle noyée dans un frémissement de sa petite mare de cire chaude... Yeux mi-clos, j'eus l'impression d'une obscurité menaçante, qui se refermant sur moi me faisait prisonnier.

» Je rouvris les yeux, sans penser aux lampes ni aux bougies. Et c'était trop tard. Je me levai, et la main de Claudia glissa sur mon bras. Une armée d'hommes et de femmes vêtus de noir avaient envahi l'appartement. Leurs vêtements semblaient absorber, drainer la lumière du moindre coin doré, de la moindre surface laquée. Je poussai un cri, hurlai pour avertir Madeleine, qui s'éveilla avec un sursaut d'oisillon effarouché ; elle s'accrocha au canapé, puis tomba à genoux au moment où les vampires l'atteignaient. C'étaient Santiago et Céleste qui venaient vers nous, et derrière eux Estelle, et d'autres dont je ne savais pas les noms, qui emplissaient les miroirs de leurs images et transformaient les murs en ombres mouvantes et menaçantes. Ayant rouvert la porte, j'y propulsai Claudia d'une poussée, en lui criant de courir. Je barrai le passage de mon corps, tout en décochant un coup de pied à Santiago qui survenait.

» La force que je sentais maintenant en moi était bien loin de l'attitude purement défensive que j'avais adoptée lors de notre première rencontre au Quartier latin. Si ce n'avait été que pour me protéger moi-même, j'aurais peut-être été trop brisé pour me battre. Mais mon instinct de protection pour Madeleine et Claudia fut tout-puissant. Après avoir repoussé Santiago d'une ruade, je me battis avec la belle et puissante Céleste, qui cherchait à forcer le passage. Les pieds de Claudia résonnèrent au loin sur l'escalier de marbre. Céleste, tourbillonnante, s'accrochait à moi, me griffait, me lacérait le visage. Le sang se mit à couler sur mon col ; du coin de l'œil, je le voyais rutiler. Puis je m'attaquai à Santiago, tournoyai avec lui, conscient de la force terrible des bras qui me tenaient, des mains qui cherchaient à assurer leur prise sur ma gorge.

» — Battez-vous, Madeleine ! criai-je.

» Mais pour toute réponse je n'entendis que ses sanglots. Puis au centre de ce tourbillon je l'aperçus, transie, épouvantée, entourée d'autres vampires. Ils riaient de ce rire creux des vampires qui est comme un tintement de cloches d'argent. Santiago se tenait le visage. Je l'y avais mordu jusqu'au sang. Je le frappai à la poitrine, au crâne. Mon bras brûlait de douleur. D'une secousse, je me libérai de l'étreinte de l'un de mes adversaires. Le bruit du verre brisé résonna derrière moi. Mais quelqu'un d'autre, quelque chose d'autre, s'était emparé de mon bras et me tirait, puissant et tenace.

» Je ne me souviens pas d'avoir faibli. Je ne me souviens pas d'un moment critique où la force d'un autre aurait pris le dessus sur la mienne. Je me souviens seulement d'avoir été vaincu par le nombre. Sans pouvoir m'y opposer, par le seul fait de leur grand nombre et de leur ténacité, je fus immobilisé, entouré et tiré de force dehors. Au milieu d'une foule de vampires, je dus suivre le couloir, dévaler l'escalier ; au moment de franchir les étroites portes de derrière de l'hôtel, je me retrouvai libre, pour être aussitôt entouré de nouveau et solidement maintenu. J'apercevais le visage de Céleste tout près de moi ; si j'avais pu, je l'aurais défigurée à coups de dents. Je saignais abondamment et l'on serrait l'un de mes poignets si violemment que ma main en était presque insensible. Madeleine sanglotait toujours, non loin de moi. Nous nous entassâmes tous dans une voiture. Gisant sur le plancher du véhicule, je luttais obstinément contre l'évanouissement, malgré les coups qui pleuvaient sur ma nuque, malgré le sang qui mouillait ma tête et suintait dans mon cou, m'accrochant à l'idée que je sentais toujours le mouvement de la voiture, que j'étais encore vivant, encore conscient.

» Aussitôt que l'on m'eut traîné à l'intérieur du Théâtre des Vampires, je me mis à hurler le nom d'Armand.

» On me lâcha, mais seulement pour me laisser chanceler dans l'escalier qui menait au sous-sol, environné de la horde dont les mains menaçantes me poussaient. A un moment, je pus m'emparer de Céleste, qui cria. Quelqu'un me frappa par-derrière.

» Et c'est alors que je vis Lestat.

» Ce fut un coup infiniment plus terrible que tous

les autres. Lestat debout au centre de la salle de bal, Lestat qui vrillait sur moi des yeux aigus, qui étirait ses lèvres en un sourire sournois. Habillé, comme toujours, de façon impeccable, toujours aussi splendide dans son riche habit noir et son linge fin. Mais chaque pouce de sa chair blanche était encore marqué d'innombrables cicatrices. Ah! comme son visage figé et élégant était déformé par les petits sillons durcis qui entaillaient sa peau délicate, au-dessus des lèvres, qui entaillaient ses paupières et la surface lisse de son front! Et ses yeux, ses yeux brûlaient d'une rage silencieuse, colorée de ce qui semblait être une sorte d'orgueil, un orgueil horrible et impitoyable qui signifiait: « Regarde donc ce que je suis devenu! »

» — C'est lui? demanda Santiago en me poussant en avant.

» Lestat se tourna brusquement vers lui et lui dit d'une voix rauque et étouffée:

» — Je vous ai dit que je voulais Claudia, l'enfant! C'est Claudia que je voulais!

» Il accompagna cette explosion d'un mouvement de tête involontaire, sa main tâtonna à la recherche d'un bras de fauteuil inexistant, puis il se reprit et se redressa, les yeux sur moi.

» — Lestat, commençai-je, saisissant les quelques brins d'espoir qui s'offraient à moi, vous êtes vivant! Vous avez survécu! Dites-leur donc comment vous nous avez traités!...

» — Non... (Il secoua furieusement la tête.) Revenez avec moi, Louis!

» Je refusai un instant d'en croire mes oreilles. Une part de moi-même, à un niveau plus profond, plus désespéré, me disait: « Raisonne avec lui... », mais mes lèvres ne purent que laisser échapper un rire sinistre.

» — Êtes-vous devenu fou? lui lançai-je.

» — Je vous rendrai votre vie d'autrefois! s'écriat-il.

» La tension qu'il mettait dans ses paroles faisait

frémir ses paupières, battre sa poitrine, agitait spasmodiquement sa main qui s'ouvrait et se refermait dans le vide.

» — Vous m'aviez promis que je pourrais le ramener avec moi à La Nouvelle-Orléans, dit-il à Santiago.

» Puis sa respiration devint haletante, tandis qu'il dévisageait tour à tour les vampires qui resserraient leur cercle autour de nous. Il explosa :

» — Où est Claudia ? C'est elle qui m'a fait du mal, je vous l'avais dit !

» — Tout à l'heure, tout à l'heure, répondit Santiago en s'approchant de Lestat, qui recula et perdit presque l'équilibre.

» Sa main trouva le bras de fauteuil qu'elle cherchait depuis un moment et s'y agrippa. Yeux clos, il reprit contrôle de lui-même.

» — Mais lui, il l'a aidée, il a été son complice…, reprit Santiago en s'approchant encore.

» Lestat rouvrit les yeux.

» — Non ! Louis ! Il faut que vous reveniez avec moi ! J'ai quelque chose à vous dire… au sujet de cette nuit… dans le marécage…

» Mais il s'interrompit et se mit de nouveau à regarder tout autour de lui, comme un animal blessé et pris au piège.

» — Écoutez-moi, Lestat, commençai-je. Si vous la laissez aller, si vous lui pardonnez…, je… je reviendrai avec vous.

» Ma voix sonnait creux, métallique. J'avançai d'un pas, tentai de rendre mon regard dur et indéchiffrable, de faire de mes yeux deux phares projetant tout mon pouvoir de persuasion. Luttant contre sa propre faiblesse, il m'observait, m'étudiait. Céleste me retenait par le poignet.

» — Il faut que vous leur disiez, poursuivis-je, comment vous nous avez traités. Que vous leur disiez que nous ignorions les lois, que nous ne connaissions pas l'existence d'autres vampires.

» Je parlais mécaniquement, tout en pensant : « Il

faut qu'Armand revienne. Il les arrêtera, il les empêchera de continuer... »

» J'entendis alors que l'on traînait quelque chose sur le sol. Madeleine, épuisée, continuait de pleurer. Je la cherchai des yeux et la découvris, assise dans un fauteuil. Quand elle vit que je la regardais, sa terreur parut s'accroître. Elle essaya de se lever, mais on l'en empêcha.

» — Lestat, demandai-je, que voulez-vous de moi ? Je vous donnerai tout ce que vous voulez...

» Mais j'aperçus soudain l'objet que l'on traînait dans la pièce. Lestat aussi l'avait vu. C'était un cercueil pourvu de larges serrures de fer. Je compris tout de suite.

» — Où est Armand ? criai-je sur le ton du désespoir.

» — Elle a voulu me tuer, Louis. C'est elle qui a voulu me tuer ! Pas vous ! Elle doit mourir ! fit Lestat d'une voix faible, presque un râle, comme si parler lui coûtait un terrible effort. Emportez ça d'ici ! fit-il d'un ton rageur à l'adresse de Santiago. Il revient à la maison, avec moi !

» Mais Santiago ne répondit que par un rire, un rire qui contamina Céleste, puis tous les autres vampires.

» — Vous m'aviez promis ! répéta Lestat.

» — Je ne vous ai rien promis du tout, répliqua Santiago.

» — Ils se sont moqués de vous, dis-je à Lestat d'une voix amère, alors qu'on procédait à l'ouverture du cercueil. Ils se sont moqués de vous ! C'est à Armand que vous devez vous adresser, c'est Armand qui est le chef ici !

» Il ne parut pas comprendre. Ensuite, ce ne fut plus que confusion. Impuissant, misérable, tout en me débattant, donnant des coups de pied, essayant de dégager mes bras, je leur criai, rageur, qu'Armand ne les aurait jamais laissés faire, et qu'ils ne s'avisent surtout pas de faire quoi que ce soit à Claudia. Mais ils m'introduisirent de force dans le cercueil, tandis que mes efforts furieux n'avaient d'autre effet que de me faire oublier les pleurs de Madeleine, ses atroces gémissements et ma crainte de leur entendre superposés ceux de Claudia. Je tentai de soulever le poids du couvercle, réussis à le maintenir un instant entrouvert, avant qu'ils le rabattent et en verrouillent les serrures dans un grand ferraillement de clefs. Des paroles prononcées bien longtemps auparavant, dans ce havre de paix devenu le théâtre de nos querelles, par un Lestat au sourire grinçant, me revinrent en mémoire : « Un enfant affamé, c'est un spectacle effrayant..., un vampire affamé, c'est pire encore... On entendrait ses cris jusqu'à Paris... » Mon corps moite et tremblant s'affaissa dans l'atmosphère étouffante du cercueil, et je me répétai : « Armand ne les laissera pas faire, et il n'y a pas d'endroit assez sûr où ils puissent nous cacher. »

» On souleva le cercueil et, dans un grand piétinement de bottes, on l'emporta. Je résistai au tangage qui lui était imprimé en m'arc-boutant des deux bras contre ses côtés. Peut-être fermai-je un instant les yeux. Je ne cédai pas à la tentation de reconnaître à tâtons l'étroitesse de ma prison, de mesurer la faible épaisseur de la couche d'air qui s'interposait entre mon visage et le couvercle. Le cercueil bascula lorsqu'on atteignit l'escalier. J'essayai vainement de distinguer les pleurs de Madeleine, car il m'avait semblé qu'elle appelait Claudia, comme si elle avait pu nous être d'aucun secours. Mais toi, appelle donc Armand, me disais-je, il faut absolument qu'il rentre cette nuit ! Cependant la seule idée d'entendre mon propre cri hurler à mes oreilles, prisonnier comme moi de cette boîte, était suffisamment humiliante pour m'empêcher d'appeler.

» Et s'il ne venait pas ? pensai-je. S'il avait un cercueil, caché quelque part dans sa tour, où il peut s'abriter pendant le jour ?... Soudain, sans avertissement, mon corps échappa au contrôle de mon esprit.

Je frappai du bras le bois du cercueil, cherchai à me retourner pour exercer la pression de mon dos sur le couvercle. Mais c'était impossible, l'espace était trop restreint. Ma tête retomba sur la planche et la sueur coula le long de mon dos et de mes flancs.

» Je n'entendais plus Madeleine pleurer. Il n'y avait plus que le bruit des bottes et celui de ma respiration. *Alors, c'est demain qu'il viendra — oui, demain soir — et ils lui raconteront, il nous trouvera et nous libérera.* Le cercueil s'inclina. L'odeur de l'eau emplit mes narines. Sa fraîcheur était sensible au travers de la chaleur qui régnait dans le cercueil clos. Puis l'odeur de la terre se mêla à celle de l'eau. Le cercueil fut rudement posé au sol, me meurtrissant les membres. Je me frottai les coudes, m'efforçant de ne pas toucher le couvercle, pour ne pas en sentir la proximité. Ma peur se muait en panique, en terreur.

» Je crus qu'ils allaient maintenant me laisser, mais ils se mirent à s'affairer près de moi, et une nouvelle odeur, une odeur crue et inconnue, parvint à mes narines. Je compris tout à coup qu'ils étaient en train de monter un mur de brique et que l'odeur était celle du mortier. Je portai lentement, précautionneusement la main à mon visage pour en essuyer la sueur. « Très bien, alors, il n'y a qu'à attendre demain, me raisonnai-je, bien que j'eusse l'impression que le cercueil s'était encore rétréci ; très bien, c'est demain qu'il viendra ; ceci n'est que ma prison provisoire, la peine que je purge pour le mal que j'ai fait, nuit après nuit, après nuit... »

» Cependant mes yeux se gonflaient de larmes, et de nouveau mes bras se mirent à battre les parois du cercueil, tandis que je secouais la tête de droite et de gauche. Je me transportai en esprit jusqu'au lendemain, jusqu'à la nuit prochaine, jusqu'à celle d'après. Puis, comme pour échapper à la démence, je pensai à Claudia — je me rappelai l'étreinte de ses bras sous la faible lumière qui régnait dans notre appartement de l'hôtel Saint-Gabriel, je revis l'arrondi de sa joue, les battements doux et langoureux de ses cils, je sentis le contact soyeux de ses lèvres. Mon corps se raidit, je donnai des coups de pied aux planches. Il n'y avait plus ni bruit de maçonnerie ni pas étouffés. J'appelai Claudia. A force de secouer la tête, j'en tordis mon cou de douleur ; je serrai le poing jusqu'à en enfoncer les ongles dans ma paume. Lentement, comme un courant glacé, la paralysie du sommeil me saisit. J'essayai d'appeler Armand — stupide réaction de désespoir —, oubliant presque, alors que mes paupières s'alourdissaient et que mes mains s'affaissaient, presque que lui aussi était, quelque part, sous l'empire du sommeil et qu'il s'était déjà réfugié dans son abri diurne. J'eus une dernière convulsion, sentis une dernière fois le contact du bois, scrutai des yeux les ténèbres. Mais je m'affaiblissais. Puis ce fut le néant.

— Je m'éveillai au son d'une voix. Une voix lointaine, mais distincte, qui dit deux fois mon nom. Je ne savais plus où j'étais. J'avais fait un rêve, un rêve atroce qui menaçait de s'évanouir sans le moindre indice permettant de le reconstituer, un rêve où je souhaitais impatiemment que se produise un événement terrible. J'ouvris les yeux et touchai le couvercle du cercueil. Je me rappelai où je me trouvais au même instant où, par bonheur, je reconnaissais la voix d'Armand. Je lui répondis, mais mes cris m'assourdirent, enfermés qu'ils étaient en ma compagnie dans cette boîte. Pris d'une terreur soudaine, je pensai : « Il me cherche, et je ne peux pas lui faire savoir que je suis ici ! » Mais je l'entendis me parler, me dire de ne pas avoir peur. Il y eut un premier choc violent, puis un second, suivi d'un craquement et du bruit de tonnerre produit par l'écroulement du mur de briques. Plusieurs d'entre elles, me sembla-t-il, heurtèrent le cercueil. Il les débarrassa une par une, et j'eus l'impression qu'il arrachait les serrures à l'aide de ses ongles

» Le bois dur du couvercle craqua. Un point de lumière brilla devant mes yeux. Je respirai l'air qui s'était infiltré par la fente, le cercueil s'ouvrit. Aveuglé par la vive lumière d'une lampe, je me redressai et m'assis, me cachant les yeux derrière les doigts.

» — Dépêchez-vous, me dit-il. Et ne faites aucun bruit.

» — Où allons-nous donc? demandai-je.

Grâce à la brèche ouverte par Armand, j'aperçus un long passage de brique grossière, dans lequel s'ouvraient de nombreuses portes, qui étaient toutes murées, à l'égal de celle de ma prison. J'imaginai aussitôt des cercueils derrière chacun de ces scellements, des cercueils contenant les cadavres pourris de vampires morts de faim. Armand me tira par le bras en me répétant d'être silencieux. Nous descendîmes furtivement le couloir, jusqu'à une porte de bois où il s'arrêta, et éteignit la lampe, nous plongeant ainsi dans la plus totale obscurité. Puis je m'aperçus qu'un rai de lumière passait sous la porte, qu'il ouvrit alors si doucement que les gonds n'en émirent pas le moindre grincement. Je pris conscience du bruit que faisait ma respiration haletante et tentai de la calmer. Nous étions maintenant dans ce passage secret qui menait à sa cellule. Mais, tandis que je courais sur ses pas, une horrible constatation s'imposa à mon esprit : il me secourait, mais il me secourait moi seul. Je posai ma main sur son épaule pour le faire s'arrêter, mais il m'obligea à continuer. Je dus attendre que nous soyons sortis dans la ruelle qui longeait le Théâtre des Vampires pour qu'il consentît à faire halte un instant ; et encore le sentais-je prêt à s'élancer de nouveau. Avant même que j'ouvre la bouche, il secoua la tête en disant :

» — Je ne peux pas la sauver !

» — Vous ne vous attendez tout de même pas à ce que je parte sans elle ! m'écriai-je, horrifié. Ils la tiennent prisonnière là-dedans, Armand, vous devez la sauver ! Vous n'en avez pas le choix !

» — Pourquoi dites-vous cela? Je n'en ai pas le pouvoir, vous devez le comprendre. Ils se révolteront contre moi. Rien ne peut les en empêcher. Louis, je vous le dis, je ne peux rien pour elle. Je risquerais seulement de vous perdre. Vous ne pouvez pas revenir sur vos pas!

» Je refusai d'admettre qu'il disait vrai. Je n'avais d'autre secours qu'Armand, mais en vérité j'avais largement dépassé le stade de la peur. Je devais aller rechercher Claudia, fût-ce au prix de ma vie. Ce n'était même pas une question de courage, c'était une simple évidence. De plus, je savais bien, je voyais bien à son attitude passive, à la façon dont il parlait, qu'Armand non seulement ne m'en empêcherait pas, mais encore me suivrait.

« Je ne me trompais pas: il courut à mes trousses, quand je m'engouffrai dans le souterrain, pour rejoindre la salle de bal. J'entendais les bruits que faisaient les autres vampires, mêlés à diverses rumeurs, les rumeurs du trafic parisien, les rumeurs provenant, semblait-il, de la foule assemblée dans la grande salle du théâtre, au-dessus de nos têtes. Au moment où j'atteignais les dernières marches de l'escalier menant à la salle de bal, je vis Céleste dans l'encadrement de la porte. Elle tenait à la main l'un de leurs masques de scène. Sans montrer aucune inquiétude, étrangement indifférente même, elle se contenta de me regarder.

» Je pensais qu'elle allait se ruer sur moi et donner l'alarme. Mais elle n'en fit rien. Elle recula dans la salle de bal, se mit à tourner sur elle-même, faisant virevolter sa jupe et semblant prendre plaisir aux subtils mouvements de l'étoffe, et, décrivant des cercles de plus en plus larges, dériva jusqu'au centre de la pièce. Là, elle se cacha le visage derrière le masque où était peinte une tête de mort et dit à voix basse:

» — Lestat..., c'est votre ami Louis qui nous rend une petite visite. Un peu de tenue, Lestat!

» Elle retira le masque, tandis qu'une onde de rires submergeait la pièce. Je les vis, ombres obscures, assis un peu partout, ou debout par petits groupes. Lestat, épaules voûtées, était dans un fauteuil et regardait ses mains qui s'affairaient avec un objet que je ne pouvais voir. Il leva lentement la tête. Dans ses yeux, à demi cachés par les mèches blondes de ses cheveux, il y avait de la peur. C'était indéniable. Il regarda Armand, qui traversait silencieusement la salle, à pas lents et réguliers. Les vampires s'effaçaient devant lui, tout en l'observant.

» — *Bonsoir, monsieur*[1], fit Céleste en le saluant au passage, tenant le masque comme un spectre.

» Le regard d'Armand ne s'arrêta pas sur elle, mais sur Lestat.

» — Êtes-vous satisfait ? lui demanda-t-il.

» Les yeux gris de Lestat parurent considérer Armand avec étonnement. Ses lèvres tentèrent de balbutier un mot, tandis que ses yeux se gonflaient de larmes.

» — Oui..., murmura-t-il.

» Ses mains jouaient encore avec l'objet qu'il cachait sous son habit noir. Puis il me vit, et les larmes se mirent à couler sur ses joues.

» — Louis, dit-il d'une voix qu'un terrible combat intérieur semblait rendre plus riche et plus profonde, Louis, je vous en supplie, vous devez m'écouter. Vous devez revenir...

» Mais sur ces mots, baissant la tête, il eut une grimace de honte.

» J'entendis rire Santiago, puis Armand dire d'une voix douce à Lestat qu'il devait partir, quitter Paris, s'exiler.

» Lestat fermait les yeux, son visage était transfiguré de douleur. C'était un autre Lestat, une créature blessée et sensible, différente de l'homme que j'avais connu.

» — Je vous en prie, reprit-il d'une voix persuasive

---

1. En français dans le texte.

et suppliante. Je ne peux pas vous parler ici! Je ne peux pas vous faire comprendre... Viendrez-vous avec moi... quelque temps seulement... jusqu'à ce que je redevienne moi-même?

» — C'est de la folie!... répondis-je, portant soudain les mains à mes tempes. Où est-elle? Où est-elle?

Je regardai leurs visages immobiles et passifs, leurs sourires indéchiffrables.

» — Lestat! appelai-je.

» Je l'obligeai à se retourner en l'agrippant par les revers de son habit noir. C'est alors que je vis ce qu'il tenait dans ses mains. Je compris tout de suite de quoi il s'agissait. La soie fragile de la robe jaune de Claudia. Je la lui arrachai des mains. Il se détourna et porta la main à ses lèvres. Comme je m'abîmais dans la contemplation de la robe, il fondit en sanglots assourdis. Je passai lentement mes doigts sur l'étoffe imbibée de larmes, tachée de sang, la pressai de mes mains tremblantes sur ma poitrine.

» Je dus rester ainsi, debout près de Lestat, très longtemps. Le temps n'avait de prise ni sur moi ni sur ces vampires mouvants dont les rires légers et éthérés m'emplissaient les oreilles. J'avais envie de me les boucher pour ne plus entendre, mais je ne voulais pas lâcher la robe, que je m'efforçais de réduire en une balle de tissu assez petite pour être cachée dans mon poing. On allumait l'un après l'autre les chandeliers alignés en rangées inégales le long des peintures murales. Une porte s'ouvrit sur la pluie. Les flammes vacillèrent et parurent emportées par le vent, mais aucune ne s'éteignit. Je compris que Claudia devait être de l'autre côté de la porte. Les chandeliers bougèrent. Les vampires s'en étaient emparés. Santiago, avec une courbette, m'invitait à sortir. Je lui prêtai à peine attention, non plus qu'aux autres vampires. Quelque chose me disait: « Si tu te soucies d'eux, tu deviendras fou. Ils n'ont aucune espèce d'importance. Seule Claudia compte. Où est-elle?

Trouve-la ! » Et ainsi s'évanouirent leurs rires. Malgré leur couleur et leur profil, ils ne semblaient participer que du néant.

» De l'autre côté de la porte ouverte m'attendait un spectacle que j'avais déjà vu, il y avait longtemps, si longtemps. Un spectacle dont alors personne d'autre que moi n'avait été témoin. Si, pourtant ; Lestat aussi l'avait vu…, mais cela n'avait pas d'importance. Maintenant, il ne se souviendrait plus, ou ne comprendrait pas… qu'ensemble nous avions déjà vu, à la porte de la cuisine de brique de notre demeure de la rue Royale, ces deux mêmes objets humides et racornis, choses autrefois vivantes, cadavres aujourd'hui d'une mère et d'une fille unies dans une même étreinte sur le sol de pierre. A présent, les deux corps qui gisaient sous la pluie fine étaient ceux de Madeleine et de Claudia, et les splendides cheveux roux de Madeleine se mêlaient à l'or de ceux de Claudia, qui luisaient et remuaient dans le vent qu'aspirait la porte grande ouverte. Mais leurs cadavres étaient totalement brûlés — à l'exception toutefois de ce que la sève de la vie n'avait pas irrigué : les cheveux, la longue robe de velours et la petite chemise ajourée de dentelles et tachée de sang. Et si la chose noircie, brûlée et desséchée qu'était devenue Madeleine portait encore la ressemblance de son visage, si la main qui étreignait l'enfant était restée entière et pareille à une main de momie, Claudia, l'enfant, l'aînée, ma Claudia, n'était plus que cendres.

» Un cri naquit en moi, un cri sauvage et dévorant qui émanait du plus profond de mes entrailles, un cri qui tourbillonna avec le vent. Avant même que mon hurlement ne s'éteigne, je sentis qu'on me frappait, et je crus m'être saisi de Santiago. Nous nous battîmes, je cherchai à le meurtrir, à lui écraser le visage, son visage blême et grimaçant, puis l'emprisonnai dans mes bras. Il me hurlait de le lâcher ; ses cris se mêlant aux miens, je le traînai hors des cendres que ses bottes piétinaient, aveuglé par la pluie, par mes larmes. Il réussit à se dégager, et je voulus l'attraper de nouveau — au moment où lui-même me tendait la main. Car c'était Armand, Armand avec lequel je m'étais battu, et qui cherchait à m'arracher au petit cimetière et à me ramener au tournoiement de couleurs, de voix, de cris, de rires argentins de la salle de bal.

» Lestat me criait de nouveau :

» — Louis, attendez-moi ! Louis, il faut que je vous parle !

» Je sentis, tout près des miens, les yeux bruns et veloutés d'Armand posés sur moi. A peine conscient du fait que Madeleine et Claudia étaient mortes, une grande faiblesse m'envahit, tandis qu'il me disait d'une voix très basse, peut-être même sans l'aide des mots :

» — Je ne pouvais pas les empêcher, je ne pouvais pas les empêcher...

» Elles étaient mortes, tout simplement mortes.

» Santiago était quelque part, près de l'endroit où elles reposaient, chevelures flottant dans l'air, balayant les briques, boucles s'effilochant au gré du vent. Moi, je perdais lentement conscience.

» Impossible de ramasser leurs corps, de les emmener. Armand avait passé un bras derrière mon dos, sous mon bras, et, me portant presque, me faisait traverser un endroit rempli d'échos creux où déjà l'on sentait les odeurs de la rue, l'odeur fraîche des chevaux et du cuir. Des équipages luisants stationnaient dehors. Je me vis, avec netteté, descendre en courant le boulevard des Capucines, un petit cercueil sous le bras, à travers la foule qui s'écartait à mon approche. A une terrasse de café bondée de monde, des douzaines de personnes se pressèrent pour me voir passer, un homme leva le bras. J'eus l'impression de trébucher, de me voir trébucher dans les bras d'Armand, et sentis de nouveau son regard brun posé sur moi, chancelant au bord de l'évanouissement. Je continuai cependant de marcher, observant le mouvement de mes bottes luisantes sur le pavé.

» — Il est fou de m'avoir dit des choses pareilles! dis-je d'une voix aigre et irritée, dont le son cependant m'apportait quelque réconfort.

» Et je me mis à rire, d'un rire bruyant.

» — Il est complètement fou! Vous l'avez entendu? demandai-je.

» Seuls les yeux d'Armand me répondirent: dors! disaient-ils. Je voulus ajouter quelque chose à propos de Madeleine et de Claudia, dire que nous ne pouvions les laisser là, mais je sentis ce même cri renaître en moi et, balayant tout sur son passage, chercher à s'exprimer. Je serrai les dents pour lui interdire de s'échapper, de peur que sa violence et sa puissance ne me détruisent.

» Tout devint soudain trop clair. Nous marchions de ce pas aveugle et agressif qu'adoptent les mortels lorsque l'ivresse les rend sauvages et réveille leur haine contre leurs semblables, tout en leur donnant le sentiment d'être invulnérables. C'était de ce pas que j'avais parcouru La Nouvelle-Orléans, la nuit où j'avais pour la première fois rencontré Lestat, de ce pas d'ivrogne étrangement sûr, de ce pas qui est comme un défi à l'univers. A la vitre d'un café, je vis justement un homme, ivre, qui tripotait une allumette, dont la flamme, par miracle, toucha le foyer de la pipe. L'homme tira quelques bouffées. Non, il n'était pas ivre, en fait. Armand m'attendait. Nous étions encore boulevard des Capucines... A moins que ce ne fût boulevard du Temple? Je ne savais pas. L'idée que leurs corps puissent rester dans cet endroit ignoble me révoltait. J'imaginai Santiago foulant au pied cette forme brûlée, noircie, qui avait été ma fille! Je grognai à travers mes dents serrées. L'homme à la pipe s'était levé, et la vitre s'embua à la hauteur de son visage.

» — Ne m'approchez pas, dis-je à Armand. Par l'enfer, ne m'approchez pas! Allez-vous-en!

» M'éloignant de lui, je remontai le boulevard. Un couple s'effaça sur mon passage, l'homme protégeant sa compagne du bras.

» Puis je me mis à courir. Je me demandai quelle apparence je pouvais avoir pour les gens qui me voyaient passer, créature blafarde et sauvage se déplaçant trop vite pour leurs yeux. Affaibli, pris de malaise, je dus m'arrêter un moment, pour m'asseoir sur les degrés de pierre qui menaient à la petite porte latérale d'une église, verrouillée pour la nuit. Mes veines me brûlaient, comme si j'avais jeûné depuis des jours. Je pensai à tuer, mais l'idée m'emplit de dégoût. La pluie, me semblait-il, s'était calmée. Pourtant un homme passa au loin dans la rue tranquille et lugubre, porteur d'un parapluie noir et luisant. Armand se tenait à quelque distance, sous les arbres. Derrière lui, il paraissait y avoir toute une végétation d'arbres et d'herbe humide, d'où s'élevait une brume qui faisait croire que le sol fumait.

» En me concentrant sur ma tête et sur mon estomac douloureux, et sur ma gorge qui se serrait, je réussis à retrouver un état de calme. Quand la clarté se fut refaite dans mon esprit, je me rendis compte du chemin que j'avais parcouru et de la distance qui me séparait maintenant du théâtre où étaient encore les restes de Madeleine et de Claudia, victimes enlacées dans un même holocauste. Je songeais très résolument à me détruire moi-même...

» — Je ne pouvais pas les empêcher..., répéta doucement Armand.

» Je levai les yeux. Son visage reflétait une tristesse indicible. Il détourna le regard, comme s'il pensait qu'il était vain de vouloir me convaincre. Son affliction, son sentiment de défaite étaient presque palpables. J'eus l'impression que, si je décidais de décharger toute ma fureur sur lui, il ferait peu pour me résister. Son indifférence, sa passivité étaient la racine subtile de son insistance à me répéter : « Non, je ne pouvais pas les empêcher... »

» — Oh ! mais si, vous auriez pu ! répliquai-je sans élever le ton. Vous le savez parfaitement bien. Vous étiez leur chef ! Vous étiez le seul à savoir les limites de votre puissance. Eux, ils ne les connaissaient pas. Ils ne comprennent rien. Votre entendement surpasse de loin de leur !

» Il regarda au loin en affectant de rester calme. Mais je voyais bien l'effet qu'avaient eu sur lui mes paroles, la lassitude dont son visage était empreint, la tristesse morose que reflétaient ses yeux ternes.

» — Vous exerciez sur eux votre empire. Ils vous craignaient ! poursuivis-je. Vous auriez pu les arrêter si vous aviez voulu user de votre pouvoir au-delà des limites que vous vous étiez vous-même fixées. C'était votre perception de vous-même que vous ne vouliez pas violer ! Votre précieuse conception de la vérité ! Je n'ai aucun mal à vous comprendre, savez-vous, car je vois en vous le reflet de ma propre personne !

» Il tourna doucement les yeux pour rencontrer mon regard, mais ne répondit rien. Son visage exprimait une terrible douleur, qui en adoucissait les traits. Mais il semblait horrifié d'avoir à affronter d'atroces émotions qu'il ne saurait contrôler, et dont il sentait l'approche. C'était ma peine qu'il ressentait, multipliée par le magnétisme puissant qu'il possédait. Moi, je ne partageais pas la sienne. Elle m'était indifférente.

» — Oui, je ne vous comprends que trop bien…, repris-je. C'est ma passivité qui a été au cœur de tout ce qui s'est passé, c'est elle le vrai mal. Ma faiblesse, mon refus stupide de compromettre une moralité déjà fêlée, mon orgueil insensé ! c'est tout cela qui m'a fait devenir la créature que je suis, alors que je savais que c'était mal. C'est pour cela que j'ai permis que Claudia soit transformée en vampire, puis que je l'ai laissée tenter de tuer Lestat, ce qui est la vraie raison de sa mort… Je n'ai pas levé le petit doigt pour l'en empêcher. Et Madeleine, Madeleine…, je n'aurais jamais dû en faire une créature semblable à nous-mêmes, je savais aussi que c'était mal ! Eh bien, je ne suis plus cette créature faible et passive qui a tissé, malheur après malheur, une toile d'araignée si vaste et si gluante que j'en ai été la ridicule victime. Tout cela est fini ! Je sais maintenant quelle conduite je dois adopter. Et, en retour du secours que vous m'avez porté en me libérant de cette tombe, je vous offre cet avertissement : ne retournez pas à votre cellule du Théâtre des Vampires ! Ne tentez même pas de vous en approcher !

— Je n'attendis pas sa réponse. Peut-être d'ailleurs n'en fit-il pas. Je m'en allai, sans un regard en arrière. S'il me suivit, je ne m'en aperçus pas. Du reste, cela m'était indifférent.

» Je fis retraite dans le cimetière de Montmartre. Pourquoi là ? Je ne le sais pas, sauf que ce n'était pas très loin du boulevard des Capucines. De plus, à l'époque, Montmartre avait encore un aspect campagnard ; c'était un endroit sombre et calme, par comparaison au reste de la capitale. Errant parmi les maisons sans étage et les jardins potagers, je tuai sans en retirer la moindre satisfaction, puis allai au cimetière choisir le cercueil où je devrais passer la journée. De mes mains nues j'en vidai les restes humains et, dans les puanteurs de cadavre, me couchai sur un lit de boue et de pourriture. Il n'y avait pas là de quoi m'apporter du réconfort... Mais j'avais ce que je voulais, un abri obscur, imprégné de l'odeur de la terre, à l'écart des hommes, des vivants, où je pouvais m'abandonner à l'engourdissement de mes sens, m'abandonner à mon chagrin.

» Mais je sombrai rapidement dans l'inconscience.

» Le soir suivant, quand le soleil gris et froid de l'hiver se fut couché, j'émergeai rapidement d'une torpeur accompagnée, comme toujours en cette saison, d'un fourmillement de picotements. S'apercevant de ma résurrection, les bestioles qui peuplaient l'obscurité de mon cercueil décampèrent. Sous la lune pâle, je me hissai lentement hors de mon trou, écartant la dalle lisse de marbre, dont je savourai du toucher la douceur et la fraîcheur. J'errai parmi les tombes, puis parmi les rues voisines du cimetière, tout en échafaudant un plan. Grâce à l'extraordinaire liberté, à la formidable énergie propres à ceux qui ne désirent plus que la mort, je n'hésitai pas à y mettre en jeu ma vie.

» Dans un jardin potager, j'aperçus un objet dont la forme ne se précisa dans mon esprit que lorsque je l'eus pris dans mes mains. C'était une petite faux, dont la lame courbe était encore prise dans une gangue de mauvaises herbes. Quand, l'ayant nettoyée, je pus faire courir mon doigt le long du tranchant acéré, je vis, avec la plus grande netteté, la marche à suivre. J'acquis les services d'un cocher, qui, ébloui par l'argent que je lui offrais et par mes promesses, accepta d'être à mes ordres pour plusieurs jours ; j'allai prendre mon coffre à l'hôtel Saint-Gabriel et le mis dans la voiture, puis me procurai tout ce dont j'avais besoin. Mettant à profit les longues heures de la nuit d'hiver, je fis semblant de boire en compagnie de mon cocher, afin d'obtenir sa pleine collaboration. Il accepta donc de me conduire jusqu'à Fontainebleau à l'aurore, tandis que je dormirais dans la voiture, et de ne m'y déranger sous aucun prétexte, à cause de ma « santé fragile » — cette dernière recommandation était d'ailleurs si importante, ajoutai-je, que j'étais tout à fait prêt à grossir d'une somme généreuse les honoraires que je lui payais déjà, à condition qu'il s'engage à ne pas même effleurer la poignée de la porte de la voiture, tant que je n'en serais pas ressorti.

» Quand je fus sûr d'avoir obtenu son accord total et convaincu qu'il était suffisamment ivre pour ne s'intéresser à rien d'autre qu'à la bonne conduite de son équipage, nous nous dirigeâmes vers la rue où se trouvait le Théâtre des Vampires. Après nous en être approchés lentement, prudemment, nous nous arrêtâmes à quelque distance pour attendre que le ciel commence à s'éclaircir.

» Le théâtre était fermé, verrouillé, pour se défendre contre les assauts du jour naissant. Lorsque la lumière et la fraîcheur de l'air m'eurent indiqué qu'il me restait quinze minutes tout au plus pour exécuter mon plan, je me glissai jusqu'au théâtre. Je savais que les vampires étaient déjà enfermés dans leurs cercueils, beaucoup plus bas, et que si même l'un d'entre eux s'attardait encore un peu avant d'aller se coucher il n'entendrait pas mes premiers préparatifs. Rapidement, je clouai des planches en travers des portes verrouillées, afin de les barricader de l'extérieur. Un passant remarqua ce que je faisais, mais poursuivit son chemin, pensant sans doute que j'agissais sur ordre du propriétaire de l'établissement. Il y avait cependant le risque qu'avant d'en avoir terminé je rencontre les caissiers, les huissiers ou les balayeurs du théâtre, qui peut-être restaient de jour pour garder leurs employeurs pendant leur sommeil diurne.

» Tout en pensant à ce danger, je fis approcher la voiture dans la ruelle latérale du théâtre, jusqu'à la porte secrète d'Armand. J'attrapai deux bidons de kérosène et ouvris facilement la porte, ainsi que je l'avais escompté, grâce à la clef qu'Armand m'avait confiée. Je descendis le passage et constatai qu'il n'était pas dans sa cellule. Son cercueil en avait disparu. Tout, en fait, avait disparu, à l'exception du mobilier et du lit clos qui avait été celui de son jeune compagnon. En hâte, j'ouvris l'un des bidons et me dirigeai vers l'escalier en faisant rouler l'autre devant moi, aspergeant de kérosène les poutres nues et les portes de bois des cellules. Le pétrole dégageait une forte odeur, qui était plus susceptible de donner l'alerte qu'aucun son que j'aurais pu produire. Pourtant, immobile au pied de l'escalier avec mes deux bidons et la faux que j'avais ramassée, tendant l'oreille, je n'entendis rien, ni gardes dont j'avais présumé l'existence, ni vampires. Serrant le manche de la faux dans ma main, je gravis lentement les marches qui menaient à la porte de la salle de bal.

Personne ne m'y vit projeter le kérosène sur les fauteuils en crin de cheval et sur les draperies, hésiter un instant à la porte de la petite cour où Madeleine et Claudia avaient été tuées. Quel désir j'avais d'ouvrir cette porte! La tentation était si forte que l'espace d'une minute j'en oubliai presque mon plan, je fus sur le point de laisser tomber mes bidons pour tourner la poignée. Mais j'aperçus la lumière qui filtrait au travers des fissures du vieux bois de la porte et qui me rappelait qu'il me fallait continuer. Madeleine et Claudia n'étaient plus, elles étaient mortes. A quoi bon ouvrir cette porte, revoir leurs restes brûlés, le désordre d'une chevelure d'or? Le temps pressait, et je ne pouvais plus rien pour elles. Je parcourus de sombres couloirs que je n'avais pas encore explorés, aspergeant de kérosène les vieilles portes de bois derrière lesquelles, j'en étais certain, reposaient les vampires, puis à pas feutrés m'introduisis dans le théâtre lui-même, où la lumière froide et grise qui coulait depuis l'entrée principale m'invita à me hâter de répandre en larges taches sombres le liquide, sur le velours du rideau de scène, sur les fauteuils capitonnés, sur les tentures des portes du hall.

» Quand enfin j'eus jeté le bidon vide, je tirai de mon habit la torche grossière que j'avais confectionnée et, l'ayant enflammée à l'aide d'une allumette, mis le feu aux fauteuils, dont la soie épaisse et les rembourrages s'embrasèrent facilement, tandis que je courais jusqu'à la scène dont le rideau, dans un grand appel d'air froid, fut gagné à son tour par l'incendie.

» En quelques secondes, le théâtre brilla d'un éclat aussi vif que la lumière du jour, et toute sa carcasse se mit à craquer, à gémir, tandis que le feu grondait, léchait les murs, la grande arcade de l'avant-scène, les moulures de plâtre des baignoires. Mais le temps me faisait défaut pour admirer le spectacle, pour savourer la musique et l'odeur des flammes, pour jouir de la vue des renfoncements et des niches illuminés par le feu ardent qui allait dans un instant les consumer. Je me précipitai à l'étage inférieur et portai ma torche à tout ce qui pouvait brûler, tentures, fauteuils, canapés garnis de crin de la salle de bal.

» Il y eut un bruit de tonnerre provenant du plancher, au-dessus de pièces que je ne connaissais pas. J'entendis une porte s'ouvrir. Trop tard, me dis-je, serrant plus fort la faux et la torche, tout l'édifice brûle, ils seront tous détruits! Tandis qu'au loin un cri s'élevait au-dessus du crépitement et du grondement des flammes, je courus à l'escalier, frottant ma torche contre les poutres imbibées de pétrole, laissant derrière moi un sillage de feu. C'était Santiago qui avait crié, j'en étais sûr. Au moment où j'atterrissais sur le sol du niveau inférieur, je l'aperçus, derrière moi, qui commençait de descendre l'escalier envahi par la fumée. Larmoyant, suffoquant, il tendit la main vers moi et bégaya d'une voix épaisse:

» — Vous... Vous... Que le diable vous emporte!

» Je me figeai sur place, plissant les yeux contre la brûlure de la fumée, mais sans quitter du regard un seul instant le vampire qui, rassemblant tous ses pouvoirs, se jetait sur moi à une telle vitesse qu'il en devenait quasiment invisible. Quand la tache obscure de ses vêtements se matérialisa tout près de moi, je balançai ma faux, dont la lame heurta son cou. Il tomba, portant les deux mains à l'épouvantable blessure. L'air s'était rempli de cris, de hurlements; un visage blême apparut au-dessus de Santiago, un masque de terreur. Quelques autres vampires, en haut du passage, se mirent à courir vers la porte secrète. Mais je restai sans bouger, observant Santiago qui se relevait malgré sa blessure. Je levai de nouveau ma faux, et le coup porta sans difficulté. La blessure avait disparu, en même temps que la tête, que deux mains cherchaient à tâtons.

» Et la tête de Santiago, sa tête aux yeux fous, au cou béant et sanglant, aux mèches noires collées et humides de sang, roula à mes pieds sous les chevrons en feu. D'un coup de botte, je la projetai dans le couloir et courus, lâchant la faux et la torche afin de me protéger le visage de la lumière aveuglante qui inondait l'escalier menant à la rue.

» Dehors, la pluie m'accueillit par une averse d'aiguilles étincelantes qui me transpercèrent les yeux. Le sombre contour de la voiture frissonnait sur le fond du ciel. Le cocher, affaissé sur son siège, se redressa quand je criai un ordre rauque, saisit instinctivement, d'une main maladroite, le fouet, et le véhicule s'ébranla au moment même où j'en ouvrais la porte. Tandis que les chevaux prenaient de la vitesse, je me jetai rudement dans mon coffre, sentant sur mes mains brûlées la caresse froide et apaisante de la soie. Une obscurité bienfaisante s'abattit avec le couvercle.

» Le pas des chevaux s'accéléra encore lorsque la voiture eut passé le coin de l'édifice en flammes. Pourtant je respirais toujours l'odeur de la fumée, qui m'étouffait, me brûlait les yeux et les poumons, tout autant que les premières lueurs diffuses du soleil m'avaient brûlé les mains et le front.

» Mais nous nous éloignions rapidement. Nous quittions la fumée et les cris, nous quittions Paris. J'avais réussi. Le Théâtre des Vampires, de fond en comble, serait ravagé par l'incendie.

» Comme ma tête retombait sur le fond du coffre, l'image de Claudia et Madeleine enlacées sur le sol de la sinistre petite cour me revint en mémoire. En esprit, je me penchai sur les douces chevelures luisant sous la lumière de la bougie, et leur murmurai : « Je ne pouvais pas vous emmener. Je ne pouvais pas vous prendre. Mais autour de vous, tous vont périr. S'ils ne sont consumés par le feu, ils le seront par le soleil. S'ils échappent à l'un et à l'autre, ce seront les gens qui viendront combattre l'incendie qui, les ayant découverts, les exposeront à la lumière du jour. Je vous le promets, ils vont tous mourir de la même mort que vous, tous ceux qui s'étaient retranchés ici mourront avec l'aube. Et pour la première fois depuis le début de ma longue vie de meurtres j'ai tué avec un sentiment d'exquise jouissance, pour une cause qui est bonne. »

— Deux nuits plus tard, je revins sur les lieux de l'holocauste. J'avais besoin de voir cette demeure souterraine crevée et inondée de pluie, ces briques roussies, ces murs effondrés, ces quelques fragments de charpente squelettique pointant vers le ciel comme des épieux. Les fresques monstrueuses de la salle de bal n'étaient plus qu'éclats de plâtre éparpillés dans les détritus, ici un visage, ici l'extrémité de l'aile d'un ange...

» Les journaux du soir sous le bras, je me frayai un passage jusqu'au fond d'un petit café-concert bondé de monde qui se trouvait de l'autre côté de la rue. N'ayant rien à craindre de la faible lumière que dispensaient les lampes à gaz et protégé par l'écran épais de la fumée des cigares, je m'y installai pour lire les comptes rendus de la catastrophe. On n'avait retrouvé que peu de corps, mais de nombreux vêtements et costumes jonchaient le sol un peu partout, ce qui laissait supposer que les célèbres acteurs du Théâtre des Vampires avaient en fait évacué les lieux en toute hâte bien avant que l'incendie ne se déclare. En d'autres termes, on n'avait retrouvé que les squelettes des vampires les plus jeunes ; les corps des plus anciens s'étaient totalement désagrégés, ne laissant que des vêtements vides. Aucune mention n'était faite de témoins ni de survivants.

» Il y avait pourtant quelque chose qui m'ennuyait. Je ne craignais pas que quelque vampire eût pu survivre, et n'avais pas la moindre intention de me mettre en chasse d'éventuels rescapés. J'étais certain qu'ils avaient presque tous péri. Mais comment se faisait-il que je n'aie pas rencontré de gardiens humains ? J'étais sûr que Santiago en avait mentionné l'existence, et j'avais supposé qu'il s'agissait des por-

410

tiers et des huissiers qui accueillaient les spectateurs. Je m'étais préparé à les affronter, à me battre à coups de faux. Mais je n'avais vu personne. Étrange... Et ce mystère faisait que je n'avais pas l'esprit très tranquille.

» Toutefois, la question cessa de me préoccuper quand, ayant laissé de côté les journaux, je me mis à méditer sur mon sort. Car ce qui était vraiment important, c'était que j'étais maintenant infiniment plus seul au monde que je ne l'avais jamais été. Que Claudia m'avait quitté sans rémission. Que j'avais encore moins de désir, encore moins de raisons de vivre qu'auparavant.

» Pourtant je ne sentis pas s'abattre sur moi la chape de chagrin dont j'attendais qu'elle me transforme en une épave misérable. Sans doute m'aurait-il été impossible de soutenir davantage la souffrance que m'avait causée la vue des restes brûlés de Claudia. Et tandis que passaient les heures, que s'épaississait la fumée, tandis que le rideau défraîchi de la petite scène se baissait et se relevait sur de robustes chanteuses à la voix riche et moelleuse, souvent plaintive et exquisement triste, à la gorge ornée de pierreries factices, je me demandai confusément ce que ce pourrait être de vivre dans la douleur perpétuelle d'avoir perdu Claudia et de se sentir le droit de pleurer, de mériter la sympathie, les consolations... Mais je ne pourrais confier mon malheur à aucun être vivant. Et mes larmes ne signifiaient plus rien pour moi.

» Où donc aller, à défaut de mourir ? La réponse me vint de façon étrange. Je sortis du café, contournai les ruines du théâtre et errai jusqu'à la large avenue Napoléon que je me mis à descendre, en direction du Louvre. J'avais le sentiment que cet endroit m'appelait, bien que je n'aie jamais franchi le seuil du palais. Des milliers de fois, j'avais longé son interminable façade, souhaitant redevenir mortel, fût-ce pour un seul jour, afin de me promener parmi ses salles innombrables et ses peintures magnifiques. A présent, je n'étais plus possédé que au désir de m'y introduire, avec la vague idée que dans le monde des arts, monde inanimé et néanmoins doué de l'essence même de la vie, je trouverais quelque réconfort, quelque aliment pour mon âme et pour mon corps, sans avoir à y semer la mort.

» Un bruit de pas retentit derrière moi. Je compris que c'était celui d'Armand, qui me faisait délibérément savoir qu'il n'était pas loin. Je me bornai néanmoins à ralentir mon allure, de manière à le laisser me rejoindre. Nous marchâmes ensemble un bon moment sans rien dire. Je n'osais pas le regarder. Bien sûr, je n'avais fait que penser à lui, toute cette nuit, me disant que si nous avions été des mortels, si Claudia avait été mon amour, j'aurais bien pu finir par tomber, désemparé, dans les bras d'Armand, dévoré, consumé par le besoin de partager quelque tourment commun. La crue de mes sentiments se fit menaçante ; mais la digue ne céda pas. L'âme engourdie, je continuai d'avancer comme un automate.

» — Vous savez ce que j'ai fait, finis-je par dire.

» Nous avions tourné au coin de l'avenue ; la longue rangée de colonnes doubles de la façade du musée royal se présentait devant nous.

» — Vous avez déménagé votre cercueil, selon mon conseil...

» — Oui, répondit-il.

» Le son de sa voix me procura un réconfort soudain. Je sentis mes défenses s'affaiblir. Mais j'étais maintenant trop las, trop étranger à la douleur pour m'effondrer dans ses bras.

» — Et cependant vous m'avez rejoint. Vous avez l'intention de les venger?

» — Non.

» — C'étaient vos compagnons, vous étiez leur chef. Vous ne les avez pas avertis de mes projets?

» — Non, répéta-t-il

» — Mais, sans aucun doute, vous me méprisez.

412

Vous devez certainement respecter les lois de votre
espèce.

» — Non, fit-il d'une voix douce.

» Sans que je puisse l'expliquer ni le comprendre,
sa réponse me parut étonnamment logique.

» De l'abîme impitoyable où me plongeaient mes
considérations émergea tout à coup une question plus
nette :

» — Il y avait des gardiens au théâtre, des portiers
qui y passaient la nuit. Pourquoi n'étaient-ils pas là
quand je m'y suis introduit ? Pourquoi les vampires
dormaient-ils sans protection ?

» — Parce qu'ils étaient mes employés et que je
les avais renvoyés, répondit Armand.

» Je fis halte. Il ne parut pas gêné que je le regarde
en face, et, dès que nos yeux se furent rencontrés, je
souhaitai que le monde ne soit pas qu'une noire et
vide étendue de cendres, de mort et de ruines. Je
voulus qu'il soit neuf et beau : nous y vivrions pour y
échanger notre amour.

» — Vous les avez renvoyés, alors que vous saviez
mes plans ?

» — Oui.

» — Mais vous étiez le chef de ces vampires ! Ils
vous faisaient confiance. Ils croyaient en vous.
C'étaient vos compagnons ! Je ne vous comprends
pas... Pourquoi... ?

» — Choisissez la réponse qui vous plaira, dit-il
d'une voix calme et sensible, destinée à me faire
savoir que je devais prendre sa remarque de la façon
la plus littérale, sans y voir aucune nuance de dédain
ni d'accusation. J'en vois de nombreuses moi-même.
Prenez celle dont vous avez besoin, et persuadez-vous
qu'elle est la bonne. Elle sera aussi vraisemblable que
les autres, de toute manière. Je vais vous donner
l'explication officielle, qui est la moins vraie de
toutes : je me préparais à quitter Paris. Le théâtre
m'appartenait ; j'en ai renvoyé le personnel.

» — Mais avec ce que vous saviez...

» — Je vous l'ai dit : c'est la véritable raison, mais c'est la moins vraie…, répéta-t-il patiemment.

» — Me détruiriez-vous avec autant d'aisance que vous les avez laissé massacrer ? demandai-je.

» — Pourquoi ferais-je une chose pareille ?

» — Mon Dieu ! murmurai-je.

» — Vous avez beaucoup changé, dit-il. Mais, d'une certaine façon, vous êtes toujours le même.

» Je repris ma marche et m'arrêtai devant l'entrée du Louvre. Au début, les innombrables fenêtres m'en parurent seulement sombres et argentées sous l'effet de la lune et de la pluie fine. Puis il me sembla percevoir une faible lumière à l'intérieur, un gardien peut-être qui marchait parmi les trésors. Je l'enviai. Je dirigeai vers lui mes pensées et me mis à imaginer comment, en tant que vampire, je pourrais m'introduire dans le palais pour prendre sa vie, sa lanterne et ses clefs. Mais mon plan n'était que confusion. Je n'étais plus capable d'en faire. Je n'avais fait qu'un seul vrai plan de toute ma vie, et il était accompli.

» Je finis par capituler. Me tournant vers Armand, je plongeai mes yeux dans les siens et le laissai m'attirer à lui comme pour le baiser de mort. Je courbai la tête et sentis son bras ferme sous mon épaule. Soudain me revinrent avec précision les paroles de Claudia, ses dernières paroles presque, cet aveu qu'elle savait que j'étais capable d'aimer Armand, puisque j'avais bien été capable de l'aimer, elle. La riche ironie de ses mots me frappa ; ils avaient même plus de sens qu'elle n'avait pu le deviner.

» — Oui, reconnus-je, c'est cela le mal qui couronne le tout : que nous puissions aller jusqu'à nous aimer, vous et moi. Et qui d'autre pourrait nous offrir la moindre parcelle d'amour ou de compassion ? Qui, nous connaissant comme nous nous connaissons l'un l'autre, pourrait éviter de vouloir nous détruire ? Et cependant, nous réussissons à nous aimer !

» Il me regarda un long instant, s'approchant encore, inclinant progressivement la tête de côté, les lèvres entrouvertes comme pour parler. Mais il ne fit que sourire, et doucement secoua la tête pour confesser qu'il ne comprenait pas.

» Je ne pensais plus à lui. C'était l'un de ces rares moments où j'avais l'impression de ne plus penser à rien. Mon esprit était informe. Je vis que la pluie s'était arrêtée, que l'air était pur et froid, que la rue était lumineuse. J'eus envie d'entrer dans le Louvre. Je m'en ouvris à Armand, lui demandant s'il pourrait m'aider à faire le nécessaire afin que le musée soit en notre possession jusqu'à l'aube.

» Il répondit que c'était une demande bien facile à exaucer et qu'il ne voyait pas pourquoi j'avais attendu si longtemps avant de la formuler.

— Nous quittâmes Paris peu de temps après. Je dis à Armand que j'avais envie de retourner sur les rivages de la Méditerranée. Non pas en Grèce, ainsi que j'en avais si longtemps rêvé, mais en Égypte. Je voulais voir le désert, et plus encore les pyramides et les tombeaux des pharaons. Je voulais rencontrer ces pilleurs de caveaux plus savants que les archéologues et désirais descendre dans des tombes encore scellées, voir les rois tels qu'ils avaient été ensevelis, le mobilier et les œuvres d'art qui les accompagnaient dans leur voyage éternel, les peintures murales des chambres funéraires. Armand était plus que consentant. Sans la moindre cérémonie d'adieu, nous quittâmes Paris un soir, tôt dans la nuit, par voiture.

» Avant notre départ, j'étais retourné à l'appartement de l'hôtel Saint-Gabriel. J'avais eu le dessein d'y ramasser quelques-unes des affaires de Claudia et de Madeleine, de les mettre dans des cercueils et de les ensevelir dans des tombes préparées à leur intention dans le cimetière de Montmartre. Mais j'y renonçai. Je restai un bref instant dans la suite, que le personnel de l'hôtel avait parfaitement nettoyée et rangée, de telle sorte que l'on eût pu croire que Madeleine et Claudia n'étaient absentes que pour un moment. Le tambour à broder de Madeleine était posé, en compagnie de ses bobines de fil, sur une petite table. Devant ce spectacle, mon projet me parut dépourvu de sens. Je m'en allai.

» Mais durant cette visite j'eus une révélation. Ou plutôt je pris plus nettement conscience d'une chose que je savais déjà. J'étais allé, l'autre soir, au Louvre pour y reposer mon âme, pour y trouver une délectation transcendante capable d'effacer ma douleur et d'oublier jusqu'à ma propre personne. Sur le trottoir, devant les portes de l'hôtel, en attendant la voiture qui m'emmènerait rejoindre Armand, je vis sous un nouveau jour les gens qui passaient par là — la foule infatigable des boulevards, messieurs et dames bien habillés, vendeurs de journaux, porteurs, cochers. Avant, l'art avait toujours contenu la promesse pour moi d'une compréhension plus profonde du cœur humain. Maintenant, cela n'avait plus aucune signification. Je ne méprisais pas la nature humaine. Non, je l'oubliais simplement. Les splendides peintures du Louvre avaient perdu pour moi leur relation intime avec les mains qui les avaient produites. Le lien ombilical était coupé entre les œuvres et leurs créateurs, elles étaient figées comme des enfants changés en pierre. Comme Claudia, arrachée à sa mère, et préservée pendant des décennies sous son apparence de perle et d'or. Comme les poupées de Madeleine. Et, bien sûr, tout, un jour, pourrait être réduit en cendres, comme Madeleine, comme Claudia, comme moi-même.

QUATRIÈME PARTIE

— Et c'est ainsi que se termine mon histoire.

» Évidemment, vous vous demandez ce qui s'est passé ensuite… Ce qu'est devenu Armand, où je suis allé, ce que j'ai fait… Mais, en réalité, il n'est véritablement rien arrivé. Rien qui ne soit conséquence inéluctable du passé ; et cette promenade à travers le Louvre que je vous ai décrite fut le présage exact de toute ma vie future.

» Jamais je n'ai changé ensuite. Je ne me suis plus intéressé à la fontaine intarissable de changement qu'est l'humanité. Dans ma quête même de la beauté, je cessai de chercher le contact des humains. C'est en vampire que je buvais la beauté du monde. J'en étais satisfait, repu. Mais j'étais mort désormais, et immuable. Oui, c'est bien à Paris que s'est terminée mon histoire.

» Je pensai pendant longtemps que la mort de Claudia en était la cause. Je me disais que, si j'avais vu Madeleine et Claudia quitter Paris saines et sauves, les choses auraient pu être différentes avec Armand. J'aurais pu aimer et désirer de nouveau et rechercher un type d'existence semblable à la vie que mènent les mortels, une vie riche et variée, quoique surnaturelle. Mais aujourd'hui j'en suis venu à considérer que je me trompais. Même si Claudia n'avait pas trouvé la mort, même si Armand n'avait pas été l'objet de mon mépris, lui qui l'avait laissé assassiner, les événements

418

auraient pris un cours identique. Découvrir lentement la nature démoniaque d'Armand ou m'y trouver confronté tout à coup..., finalement, cela revenait au même. Et ce mal qui était en lui, je le refusais. Ne pouvant prétendre à rien de mieux, je me contentai de me recroqueviller sur moi-même, comme une araignée devant la flamme d'une allumette. Armand, mon compagnon de tous les jours, mon unique compagnon, vivait donc sur un plan d'existence infiniment éloigné du mien, séparé de moi par ce voile qui me coupait de tous les êtres vivants, ce voile qui m'était une sorte de linceul.

» Mais je vois que vous êtes impatient de savoir ce qu'il est advenu d'Armand. D'ailleurs, la nuit s'achève. Je vais vous l'apprendre, car c'est d'une grande importance. Et mon histoire serait tout de même incomplète sans cela.

» Après avoir quitté Paris, nous parcourûmes donc le monde. L'Égypte, puis la Grèce, l'Italie, l'Asie Mineure — partout où je choisissais d'aller, partout où me menait ma poursuite des chefs-d'œuvre de l'art humain. Le temps cessa d'avoir aucune signification. Un simple objet suffisait souvent à absorber toute mon attention pour de très longs moments — une peinture dans un musée, un vitrail de cathédrale, une statue...

» Je gardais cependant le désir vague, mais persistant, de retourner à La Nouvelle-Orléans. Je n'avais jamais oublié la ville de ma jeunesse de vampire. Quand nous nous trouvions dans des contrées plus tropicales, des pays où poussaient les mêmes fleurs et les mêmes arbres qu'en Louisiane, je ressentais vivement l'envie de revoir ma patrie. C'était la seule étincelle de désir capable encore de m'embraser, en dehors de mon éternelle poursuite des œuvres d'art. De temps à autre, Armand me demandait de l'y emmener. M'étant rendu compte que je faisais peu pour lui plaire, que je restais de longues périodes sans lui adresser vraiment la parole ni faire cas de lui et pris d'un sentiment d'urbanité, je décidai finalement d'accéder à sa requête. Le fait que ce soit lui qui m'entraîne à retourner à La Nouvelle-Orléans me permit d'oublier la crainte confuse que j'avais d'y retrouver mon chagrin, l'ombre de mon malheur et de mon impatience d'autrefois. Mais, lorsque nous fûmes en Amérique, je décidai que nous irions vivre à New York, remettant à plus tard le voyage à La Nouvelle-Orléans. Peut-être ma crainte était-elle plus forte que je ne l'avais cru, car je repoussai toujours la date du départ, jusqu'à ce qu'Armand use d'un nouvel argument et m'apprenne un fait qu'il m'avait caché depuis que nous avions quitté Paris.

» Lestat n'avait pas péri dans l'incendie du Théâtre des Vampires. Je l'avais cru mort, d'autant que lorsque j'avais posé la question à Armand il m'avait dit que tous les vampires avaient disparu. Mais, en fait, Lestat avait quitté le théâtre la nuit où j'étais allé me réfugier dans le cimetière de Montmartre. Deux vampires qui avaient été faits par le même maître que lui l'avaient aidé à se trouver un passage sur un bateau en partance pour La Nouvelle-Orléans.

» Je ne peux décrire les sentiments qui m'étreignirent lorsque j'appris cette nouvelle. Armand m'expliqua, bien sûr, qu'il avait voulu m'épargner cette révélation, pour que je n'entreprenne pas un long voyage dans le seul but de me venger, un voyage qui m'aurait causé tant de souffrances, tant de peine. Mais, en réalité, je ne voulais pas me venger de Lestat, ce n'est pas à lui que j'avais pensé en mettant le feu au théâtre. C'était à Santiago et à Céleste, et à tous ceux qui avaient pris part à la destruction de Claudia. Lestat avait éveillé en moi des sentiments que je n'avais voulu confier à personne, des sentiments que j'avais désiré oublier, malgré la mort de Claudia, mais qui n'étaient point des sentiments de haine.

» Néanmoins, la révélation d'Armand rendit fin et transparent le voile qui me protégeait du monde et, quoique cet écran continuât de me séparer d'avec l'univers des sentiments, il était perméable maintenant à l'image de Lestat. Il me fallait le revoir ; et ce fut ce qui m'incita à retourner à La Nouvelle-Orléans.

» C'était la fin du printemps. Dès que je fus sorti de la gare, je sus que j'étais vraiment revenu chez moi. L'air lui-même avait un parfum spécial et je ressentis un plaisir extraordinaire à marcher sur les dalles plates et tièdes des rues, sous les chênes familiers, à écouter les bruits incessants de la vibrante vie nocturne.

» Naturellement, La Nouvelle-Orléans avait changé. Mais, plutôt que de déplorer ses transformations, je m'attachai, avec un sentiment de gratitude, à retrouver ce qui était comme autrefois. Dans le Garden District, qui avait été de mon temps le faubourg Sainte-Marie, je découvris l'une de ces imposantes vieilles demeures de jadis, si bien à l'écart des maisons de brique de la rue que, marchant dans le clair de lune sous les magnolias de son jardin, je retrouvai la douceur et la paix que j'avais connues aux jours anciens — aussi bien dans la solitude de la Pointe du Lac que dans les rues sombres et étroites du Vieux-Carré. Il y avait toujours le chèvrefeuille et les rosiers et les colonnes corinthiennes qui luisaient sous les étoiles ; et, de l'autre côté de la grille d'entrée, des rues brumeuses, d'autres demeures de rêve... C'était une citadelle de grâce.

» J'emmenai Armand rue Royale. Elle était pleine de touristes, d'antiquaires et de restaurants chics aux entrées brillamment éclairées ; je fus étonné d'y découvrir, à peine changée, la maison où j'avais vécu en compagnie de Lestat et de Claudia ; seul le ravalement récent de la façade et quelques réparations diverses en modifiaient légèrement l'aspect. Il y avait toujours les deux portes-fenêtres qui donnaient sur les petits balcons surplombant la boutique du rez-de-chaussée. La lumière douce des chandeliers électriques révélait un élégant papier peint qui n'aurait pas semblé étrange avant la guerre de Sécession. Je ressentais vivement la présence de Lestat en ces lieux, plus que celle de Claudia, et, bien qu'il ne fût pas dans les environs immédiats de la maison, j'étais certain de le trouver quelque part à La Nouvelle-Orléans.

» Quand Armand m'eut quitté, une sorte de tristesse s'abattit sur moi, une tristesse qui n'était ni passionnée ni douloureuse. Riche plutôt, et presque suave, tel le parfum du jasmin et des roses qui envahissait le jardin intérieur, que j'apercevais derrière les grilles de fer forgé. Une tristesse qui me procurait un plaisir subtil et me retint longtemps près de la maison, une tristesse qui me retint longtemps dans cette ville et ne disparut pas vraiment la nuit où je la quittai.

» Je me demande maintenant si cette tristesse n'aurait pas pu engendrer d'autres sentiments plus puissants... Mais j'anticipe.

» Peu de temps après, j'aperçus un vampire, un jeune homme mince au visage blême qui marchait seul sur le large trottoir de l'avenue Saint-Charles aux dernières heures de la nuit. Je fus aussitôt convaincu que, si Lestat vivait toujours ici, ce vampire le connaîtrait et pourrait peut-être même me conduire jusqu'à lui. Bien sûr, le vampire ne m'avait pas vu. Depuis longtemps, j'avais appris à repérer ceux de mon espèce, dans les grandes villes, sans leur laisser la moindre chance de m'apercevoir. En effet, Armand, à l'occasion de brèves visites rendues à des vampires de Londres et de Rome, avait appris que l'incendie du Théâtre des Vampires était connu dans le monde entier et que nous étions tous deux considérés comme des proscrits. N'ayant aucune envie d'engager la lutte avec mes congénères, je les ai évités jusqu'à ce jour. Néanmoins, je me mis à surveiller les allées et venues de ce vampire de La Nouvelle-Orléans et à le suivre nuit après nuit, bien que souvent il ne me conduisît qu'à des théâtres ou autres lieux de distraction sans intérêt pour moi. Mais une nuit, enfin, les choses changèrent.

» C'était un soir très doux. Dès que je le vis sur l'avenue Saint-Charles, je devinai qu'il était attendu quelque part. Il marchait à grands pas et semblait un peu ennuyé. Quand il eut quitté l'avenue pour s'engouffrer dans une rue étroite, sombre et misérable, je fus certain qu'il me menait à un endroit intéressant.

» Cependant, il ne fit qu'entrer dans une petite maison de bois pour y tuer une femme. Il agit très vite, sans montrer aucun plaisir, et, quand il eut fini de boire, prit son enfant qui était dans le berceau, l'enveloppa doucement dans une couverture de laine bleue et ressortit.

» Une ou deux rues plus loin, il s'arrêta devant une grille en fer couverte de lierre, qui entourait une grande cour envahie par les mauvaises herbes. A travers les arbres apparaissait une vieille maison sombre, dont la peinture s'écaillait et dont les longues balustrades ouvragées du péristyle et de la galerie supérieure étaient prises d'une gangue de rouille. Elle ressemblait à une épave condamnée, échouée parmi les petites maisons de bois. Ses hautes fenêtres vides donnaient sur des toits bas et sinistres, sur une épicerie qui faisait un angle, à côté d'un petit bar. Mais la maison était isolée par une large bande de terrain obscur et je dus faire quelques pas le long de la grille pour apercevoir enfin, à travers le feuillage épais des arbres, une faible lueur par l'une des fenêtres. Le vampire avait déjà franchi la grille d'entrée. J'entendis le bébé pleurer, un instant, puis le silence revint. J'escaladai sans difficulté la vieille grille et m'approchai sans bruit du large porche.

» Un spectacle stupéfiant s'offrit à mes yeux lorsque j'eus rampé jusqu'à l'une des hautes fenêtres du rez-de-chaussée. En effet, alors que le péristyle, malgré son plancher gondolé et défoncé, eût été, du fait de la chaleur étouffante de cette soirée sans brise, le seul endroit où il eût fait bon se trouver, pour un humain comme pour un vampire, toutes les fenêtres du salon étaient fermées et un feu brûlait dans l'âtre.

Le jeune vampire, assis près de la cheminée, parlait à un autre vampire dont les pieds chaussés de pantoufles reposaient sur la grille chaude du foyer, tandis qu'il ne cessait de tirailler, de ses doigts tremblants, sur les revers de sa vieille robe de chambre. Et bien qu'un cordon usé pendît du plafonnier — une guirlande de roses de plâtre — la seule lumière de la pièce, en dehors du feu de l'âtre, provenait d'une lampe à pétrole posée sur une table voisine, près de l'enfant qui pleurait.

» J'étudiai le vampire tremblant et voûté, dont les cheveux d'un blond soyeux pendaient en mèches folles qui lui cachaient le visage. Mes yeux s'écarquillèrent. J'avais grande envie d'essuyer la poussière des vitres, qui m'empêchait d'être certain de ce que je soupçonnais.

» — Vous m'abandonnez tous ! gémit-il d'une voix étranglée, haut perchée.

» — Vous ne pouvez pas nous obliger à rester ici avec vous ! fit d'une voix incisive le jeune vampire, inflexible.

» Jambes croisées, bras repliés sur son torse étroit, il promena un regard de dédain sur la pièce vide et poussiéreuse.

» — Oh ! silence ! cria-t-il au bébé, dont les pleurs se faisaient plus aigus. Arrête, ça suffit !

» — Le bois, le bois, dit d'une voix faible le vampire blond.

» Comme il se tournait vers son compagnon pour lui tendre un morceau de bois, je découvris, nettement, sans erreur possible, le profil de Lestat, dont la peau maintenant lisse ne portait plus la moindre trace de ses anciennes cicatrices.

» — Si seulement vous sortiez, dit l'autre d'un ton irrité en jetant la bûche dans le feu, si seulement vous chassiez autre chose que ces malheureuses bêtes...

» Il regarda, dégoûté, tout autour de lui. J'aperçus alors, dans l'ombre, plusieurs petits tas de fourrure, cadavres de chats jetés pêle-mêle dans la poussière.

C'était tout à fait étonnant, car un vampire ne peut pas plus supporter la proximité des cadavres de ses victimes qu'un mammifère ne peut rester près de l'endroit qu'il a souillé de ses déjections.

» — Savez-vous que c'est l'été? demanda le jeune vampire.

» Lestat ne fit que se frotter les mains. Les hurlements du bébé cessèrent et le jeune vampire ajouta :

» — Allez-y, prenez-le pour vous réchauffer.

» — Vous auriez pu m'apporter autre chose! observa amèrement Lestat.

» Comme il regardait le bébé, j'aperçus son regard oblique dans la lumière sourde de la lampe. Ce fut un choc que de retrouver l'éclat de ses yeux et l'expression de son visage, dans l'ombre de ses longues mèches blondes. Et cependant quels changements dans sa voix gémissante, dans son échine voûtée et tremblante! Presque sans réfléchir, je frappai violemment à la fenêtre. Le jeune vampire fut aussitôt sur ses pieds, le visage dur et cruel. Je lui fis signe de tourner la clenche. Lestat, serrant son peignoir sur sa gorge, se leva aussi.

» — C'est Louis, c'est Louis! Faites-le entrer! s'écria-t-il en faisant des gestes frénétiques à l'adresse de son jeune « infirmier », pour l'inviter à obéir.

» Dès que la fenêtre fut ouverte, je fus saisi par la puanteur de la pièce et la chaleur étouffante qui y régnait. Le grouillement d'insectes sur les animaux pourris me déchira tellement les sens que j'eus un mouvement de recul involontaire, en dépit des invitations suppliantes de Lestat à venir le rejoindre. Dans un coin se trouvait le cercueil au vernis écaillé où il dormait, à demi recouvert d'une pile de journaux jaunis. Partout dans les angles, il y avait des tas d'os complètement nettoyés de leur chair, à part quelques touffes de fourrure qui y restaient collées. Mais Lestat, de ses mains sèches, m'attira à lui, dans la chaleur de la pièce. Ses yeux se gonflèrent de larmes. Quand il étira les lèvres en un étrange sourire où se mêlaient bonheur, désespoir et souffrance, je distinguai les faibles traces de ses cicatrices d'autrefois. Quelle horrible vision que cet homme immortel au visage lisse et brillant, qui gémissait maintenant, tremblant et voûté comme une vieille femme!

» — Oui, Lestat, dis-je doucement, je suis venu vous voir.

» Je repoussai lentement et sans rudesse sa main, puis m'approchai du bébé qui poussait des hurlements de peur et de faim. Il se calma un peu quand je le pris dans mes bras, après avoir desserré la couverture, et le berçai. Lestat marmonnait à toute vitesse des mots à demi articulés que je n'arrivais pas à comprendre, tandis que les larmes coulaient sur ses joues. Le jeune vampire, l'air dégoûté, la main sur la clenche de la fenêtre ouverte, paraissait prêt à décamper.

» — Ainsi, c'est vous, Louis, dit-il.

» Sa remarque parut accroître encore l'excitation de Lestat, qui essuya frénétiquement ses larmes avec l'ourlet de sa robe de chambre.

» Une mouche se posa sur le front du bébé. Avec un sursaut, je l'écrasai entre deux doigts et la jetai par terre. L'enfant ne pleurait plus. Il me regardait avec d'extraordinaires yeux bleus, bleu sombre. La chaleur faisait briller son visage de sueur et un sourire jouait sur ses lèvres, qui s'éclaira progressivement. Je n'avais jamais donné la mort à un être si jeune, si innocent, et, tandis que je berçais l'enfant, une étrange tristesse m'affligea, tristesse plus profonde encore que celle qui s'était emparée de moi, quelque temps avant, lors de ma visite à la rue Royale. Tenant toujours le bébé dans mes bras, je tirai près du feu le fauteuil du jeune vampire et m'y assis.

» — C'est bien..., n'essayez pas de parler, dis-je à Lestat, qui se laissa choir dans son fauteuil avec une expression de gratitude et se mit à flatter des deux mains les revers de mon habit.

» — Mais je suis tellement heureux de vous voir, balbutia-t-il à travers ses larmes. J'ai tellement rêvé de votre retour..., de votre retour...

» Il grimaça, comme sous l'effet d'une douleur inconnue, ce qui fit réapparaître un instant le fin réseau de cicatrices. Les yeux au ciel, il se protégea les oreilles de ses mains, comme pour se défendre d'un bruit terrible.

» — Je ne..., commença-t-il.

» Il secoua la tête, ouvrit grands ses yeux qui s'embrumèrent, sans parvenir à concentrer son regard.

» — Je ne les aurais pas laissés faire, Louis... Je veux dire que ce... que ce Santiago, vous savez..., il ne m'avait pas dit ce qu'ils avaient l'intention de faire...

» — Tout cela, c'est du passé, Lestat, répondis-je.

» — Oui, oui, approuva-t-il d'un hochement de tête vigoureux, du passé. Nous n'aurions jamais..., oui, Louis, vous le savez bien... (Il secoua encore la tête, tandis que sa voix semblait reprendre quelque énergie, grâce à ses efforts de concentration.) Nous n'aurions jamais dû en faire l'une d'entre nous, Louis.

» Se frappant au creux de la poitrine avec son poing fermé, il répéta d'une voix basse : « L'une d'entre nous... »

» L'une d'entre nous. Claudia. Il semblait qu'elle n'eût jamais existé. Qu'elle eût participé à quelque rêve fantastique et sans logique, un rêve trop précieux et trop personnel pour être confié à quiconque. Et fini depuis trop longtemps. Je le regardai, l'observai. J'essayai de penser : « Oui, l'une d'entre nous, d'entre nous trois... »

» — N'ayez pas peur de moi, Lestat, dis-je, presque pour moi-même. Je ne viens pas vous faire du mal.

» — Vous revenez avec moi, Louis, souffla-t-il de sa voix aiguë et étranglée. Vous revenez vivre avec moi, Louis, n'est-ce pas ?

» Se mordant les lèvres, il me jeta un regard désespéré.

» — Non, Lestat.

» Il se mit de nouveau à gesticuler de manière désordonnée et frénétique, puis se prostra, se cachant le visage dans les mains, dans une attitude de détresse extrême. L'autre vampire m'observait froidement.

» — Êtes-vous... Vous ne revenez pas vivre avec lui? demanda-t-il.

» — Non, bien sûr que non, répondis-je.

» Il soupira que tout lui retombait dessus, comme d'habitude, minaudant, comme si en fait cela lui causait un certain plaisir, et sortit sur le porche. Je l'entendis tout près, qui attendait.

» — Je voulais seulement vous voir, Lestat, dis-je.

» Mais Lestat ne parut pas m'entendre. Son attention était ailleurs. Il regardait dans le vide, yeux écarquillés, mains à hauteur des oreilles. Je compris alors ce qu'il écoutait. C'était le sifflet d'une sirène. Comme le son se rapprochait, il ferma fortement les yeux et se couvrit les oreilles. Le sifflement s'intensifia, tandis que le véhicule remontait la rue, en provenance du centre de la ville.

» — Lestat! lui criai-je, par-dessus les hurlements du bébé, que la sirène avait également terrifié.

» La profondeur de son angoisse me désarçonnait. En une terrible grimace de douleur, ses lèvres lui découvrirent les dents.

» — Lestat, ce n'est qu'une sirène! dis-je stupidement.

» Il s'avança au bord de son fauteuil, se saisit de moi et m'étreignit. Malgré moi, je pris sa main. Puis il se pencha pour presser sa tête contre ma poitrine, serrant ma main à m'en faire mal. La lumière rouge et clignotante de l'avertisseur de la voiture emplit un instant la pièce, puis disparut.

» — Louis, je ne peux pas supporter ça, je ne peux pas! râla-t-il à travers ses larmes. Aidez-moi, Louis, restez avec moi!

» — Mais de quoi avez-vous peur? demandai-je. Vous ne savez pas ce que c'est?

» En le regardant, en voyant ses cheveux blonds

sur ma veste, je me souvins de son allure fière d'autrefois, de ses manières de gentilhomme insolent, enveloppé d'une cape noire virevoltante, de la façon qu'il avait de rejeter la tête en arrière, de sa voix riche et pure qui chantait les morceaux de bravoure du dernier opéra que nous avions entendu, de sa canne qui martelait les pavés au rythme de la musique, de ses grands yeux étincelants dont il usait pour ravir quelque jeune passante, son visage s'épanouissant en un sourire tandis que la chanson mourait sur ses lèvres ; et alors, à cet instant, ce moment unique où ses yeux rencontraient ceux de la mortelle séduite, tout mal semblait aboli dans un flux de plaisir, de simple ardeur à vivre.

» Payait-il maintenant le prix de cette vie passionnée ? Avait-il une sensibilité que le changement effarouchait, que la crainte du nouveau racornissait ? Je pensai calmement à tout ce que je pourrais lui dire — lui rappeler qu'il était immortel, que rien ne le condamnait à cette réclusion qu'il s'imposait, qu'il s'entourait des signes évidents d'une mort inéluctable. Mais je me tus ; je savais que je ne dirais rien.

» Le silence revenu nous submergea, comme les flots noirs d'une mer que la sirène aurait provisoirement repoussée. Les mouches grouillaient sur le cadavre putrescent d'un rat. L'enfant me considéra d'un air tranquille, fixant mes yeux comme si c'étaient des hochets multicolores, et sa main potelée se referma sur mon doigt suspendu au-dessus des petits pétales de ses lèvres.

» Lestat s'était levé, raide, mais seulement pour se voûter de nouveau et se glisser dans son fauteuil.

» — Vous ne resterez pas avec moi, soupira-t-il.

» Puis il se détourna et parut soudain se concentrer.

» — Je désirais tellement vous parler ! dit-il. Cette nuit où je suis revenu à notre maison de la rue Royale, c'était seulement pour vous parler !

» Fermant les yeux, il fut pris d'une violente

secousse et sa gorge parut saisie de contractions. Il semblait ressentir encore maintenant les coups que je lui avais portés alors. Rouvrant les yeux, il regarda dans le vide, s'humecta les lèvres, et reprit d'une voix basse et presque naturelle :

» — Je vous ai suivi à Paris...

» — Que vouliez-vous me dire ? demandai-je. De quoi vouliez-vous me parler ?

» Je me rappelais sa folle insistance, quand nous nous étions rencontrés au Théâtre des Vampires. Je n'y avais plus repensé, plus repensé du tout pendant des années. Et je m'apercevais que je n'avais guère envie d'aborder le sujet maintenant.

» Mais il se contenta de m'adresser un sourire, un sourire incolore, presque un sourire d'excuse, et de secouer la tête. Un doux désespoir emplit ses yeux de larmes.

» Je me sentis profondément soulagé de son silence.

» — Mais vous resterez ! insista-t-il.

» — Non !

» — Et moi non plus ! fit en écho le jeune vampire, caché dans l'ombre du perron.

« Il s'avança une seconde dans l'ouverture de la fenêtre, pour nous regarder. Lestat, après lui avoir jeté un coup d'œil, se détourna d'un air penaud, gonflant sa lèvre inférieure qui se mit à frémir.

» — Fermez-la, fermez-la, murmura-t-il en montrant la fenêtre du doigt.

» Puis, éclatant en sanglots, il mit la main devant sa bouche et baissa la tête pour pleurer.

» J'entendis les pas du jeune vampire qui descendait rapidement l'allée, puis le violent tintement de la grille de fer qui se refermait. Je me retrouvai seul avec les sanglots de Lestat. Longtemps, je le regardai pleurer, repensant à tout ce qui s'était passé entre nous. Des événements que j'avais crus oubliés me revinrent en mémoire, et revint aussi, irrépressible, la tristesse qui s'était abattue sur moi devant notre maison de la rue Royale. Une tristesse qui n'avait pas seulement pour cause Lestat, l'élégant et brillant vampire qui y avait vécu, mais toutes les choses que j'avais connues, aimées et perdues. Puis, tout à coup, j'eus l'impression d'être transporté en un lieu différent et à une autre époque, lieu et époque qui avaient toutes les apparences du réel. C'était une pièce où comme ici bourdonnaient les insectes, une pièce où l'air épais sentait le renfermé et la mort, malgré les parfums du printemps. J'étais sur le point de savoir ce qu'était cet endroit, mais, conscient de ce que la révélation serait douloureuse, terriblement douloureuse, mon esprit s'en détourna avec force, protestant : « Non, ne me ramène pas en ces lieux !... » et soudain la scène disparut, me laissant seul avec Lestat. Stupéfait, je vis une de mes larmes tomber sur le visage de l'enfant. Elle brilla sur sa joue, qui s'arrondit sous l'effet d'un sourire. Peut-être avait-il été amusé par la lumière qui jouait dans mes larmes. Je m'essuyai le visage et regardai mes doigts humides avec étonnement.

» — Mais, Louis..., disait doucement Lestat, comment pouvez-vous être tel que vous êtes, comment pouvez-vous supporter...

» La même moue à la bouche, il leva les yeux vers moi, son visage mouillé de larmes.

» — Parlez-moi, Louis, aidez-moi à comprendre ! Comment faites-vous pour admettre, comme faites-vous pour vous habituer ?

» A la détresse que je lisais dans ses yeux, au ton plus profond qu'avait pris sa voix, je comprenais qu'il s'obligeait à s'aventurer, lui aussi, dans des contrées douloureuses, des contrées dont il s'était, très longtemps, tenu à l'écart. Mais son regard devint brumeux, confus. Il resserra sa robe de chambre autour de lui et, secouant la tête, regarda le feu. Un frisson le parcourut et il gémit.

» — Je dois partir maintenant, Lestat, lui dis-je.

» Je me sentais las, las de lui, las de ma tristesse. Je

désirais le calme du dehors, ce calme auquel je m'étais si parfaitement habitué. En me levant, je m'aperçus que je prenais le petit bébé avec moi.

» Lestat tourna vers moi ses grands yeux angoissés et son visage sans rides et sans âge.

» — Maïs vous reviendrez…, vous viendrez me voir…, Louis ?

» Je lui tournai le dos et, malgré ses appels, quittai d'un pas tranquille la maison. Quand j'eus atteint la rue, je jetai un coup d'œil en arrière et l'aperçus, planté à la fenêtre, qui n'osait pas sortir. Depuis longtemps, très longtemps, il n'était plus sorti de sa maison, et peut-être, pensai-je, peut-être ne sortirait-il plus jamais.

» Je retournai jusqu'à la petite maison où l'autre vampire avait pris l'enfant et l'y déposai dans son berceau.

— Peu de temps après, j'appris à Armand que j'avais rencontré Lestat. C'était peut-être un mois plus tard, je ne sais pas. Le temps signifie peu pour moi. Mais Armand y attachait beaucoup d'importance, et fut stupéfait que je ne lui en aie pas parlé plus tôt.

» Nous nous promenions dans le haut de la ville, là où commence l'Audubon Park, là où la levée n'est plus qu'une pente herbeuse et déserte qui descend vers une rive boueuse où se déposent ici et là les détritus charriés par le fleuve. Sur l'autre rive, on voyait les lumières très pâles des usines et des entrepôts établis au bord du fleuve, petits points rouges ou verts qui scintillaient dans le lointain comme des étoiles. La lune révélait la force et la vitesse du courant et la chaleur de l'été était vaincue par la brise fraîche qui s'élevait sur l'eau et agitait la mousse qui pendait sous les chênes tordus. Nous nous assîmes sous l'un d'entre eux. Je ramassai un brin d'herbe et le mordis, quoique le goût m'en parût amer et peu naturel. Mais le geste était, lui, naturel. Je pensais presque que je pourrais bien ne jamais plus quitter La Nouvelle-Orléans... Mais que signifiaient de telles pensées lorsque l'on jouit d'une vie éternelle ? « Jamais », voilà bien un mot de mortel...

» — Mais vous n'avez donc ressenti aucun désir de vengeance ? me demanda Armand.

» Il était étendu sur l'herbe près de moi, le poids de son corps reposant sur son coude.

» — Pourquoi ? répliquai-je d'une voix calme.

» Comme souvent, j'avais envie qu'il ne soit pas là. J'aurais préféré la solitude, près du fleuve froid et puissant, sous la lune pâle.

» — Il s'est fait justice lui-même. Il est en train de mourir, de mourir de rigidité, de terreur. Son âme n'accepte pas cette époque. Et il ne meurt pas de la mort sereine et élégante du vampire que vous m'avez une fois décrite, à Paris, mais de la mort maladroite et grotesque des humains de ce siècle... Il meurt de vieillesse.

» — Mais vous..., qu'avez-vous ressenti de le voir ? insista-t-il sur un ton doux.

» Je fus frappé de l'entendre me poser une question si personnelle. Cela faisait bien longtemps que nous n'avions pas parlé de cette façon. Je sentis sa présence plus fortement qu'à l'ordinaire, l'individualité marquée de son tempérament calme et concentré, de son visage aux cheveux châtains raides, aux grands yeux parfois mélancoliques qui semblaient souvent ne rien refléter d'autre que leurs propres pensées. Ils étaient ce soir-là allumés d'un feu sombre tout à fait inhabituel.

» — Rien, répondis-je.

» — Rien, dans un sens ni dans l'autre ?

» Je répondis que non. Je me rappelais pourtant de façon tangible ma tristesse. Elle ne m'avait pas vraiment quitté, elle était là, près de moi, continuellement, cherchant à me séduire. Mais je ne voulais pas en parler à Armand. J'avais la sensation très étrange qu'il avait besoin que je lui raconte mes peines..., celle-ci ou d'autres..., un besoin bizarrement semblable au besoin de sang frais.

» — Mais il ne vous a rien dit qui ressuscite votre haine, votre naine d'autrefois?... murmura-t-il.

» C'est à ce moment que je m'aperçus de l'extrémité de sa détresse.

» — Que se passe-t-il, Armand? Pourquoi me posez-vous ces questions? demandai-je.

» Il s'allongea sur la pente de la levée et parut contempler un long moment les étoiles. Les étoiles qui me ramenaient à un souvenir beaucoup trop précis, celui de ce bateau qui nous avait transportés, Claudia et moi, jusqu'en Europe, celui de ces nuits où je m'imaginais que les étoiles du ciel et les vagues de la mer venaient se rejoindre.

» — Je pensais que peut-être il vous aurait dit quelque chose à propos de ce qui s'est passé à Paris..., fit Armand.

» — Qu'aurait-il pu me dire sur Paris? Qu'il ne voulait pas la mort de Claudia?

» Claudia... De nouveau, ce nom me parut étrange. Claudia, étalant le jeu de patience sur la table qui se balançait avec les oscillations du navire ; et la lanterne qui grinçait au bout de son crochet, le hublot noir plein d'étoiles... Elle baissait la tête, ses doigts à la hauteur de ses oreilles semblaient vouloir jouer avec les boucles de ses cheveux. Un fantasme déconcertant m'assaillit : dans mon souvenir, elle levait les yeux de son jeu, et leurs orbites étaient vides.

» — Vous auriez pu me dire depuis longtemps tout ce que vous vouliez sur Paris, Armand. Il y a longtemps que cela n'a plus aucune importance pour moi.

» — Même si je vous disais que c'est moi qui...

» Je me tournai pour le voir. Il regardait toujours le ciel, et son visage reflétait une extraordinaire douleur. Ses yeux me parurent énormes, trop énormes, sertis dans un visage maigre, trop maigre.

434

» — Que c'est vous qui l'avez tuée ? Qui l'avez traînée de force dans cette cour et avez verrouillé la porte ? (Je souris.) Ne me dites pas que vous en avez eu du remords pendant toutes ces années, pas vous !

» Il ferma les yeux et se détourna, pressant sa main sur sa poitrine comme si je lui avais porté un coup violent et soudain.

» — Vous ne me convaincrez pas que vous éprouvez quoi que ce soit à ce sujet, repris-je d'un ton glacial.

» Dirigeant mon regard sur les flots, j'eus de nouveau ce désir d'être seul. Je savais que dans un instant je me lèverais pour partir. A moins qu'il ne me quitte en premier. Car en réalité j'aurais aimé rester là, en ce lieu écarté et paisible.

» — Tout vous laisse indifférent…, dit Armand, s'asseyant lentement et se tournant vers moi, de telle sorte que je découvris la flamme sombre qui brillait dans ses yeux. Je pensais que cela, au moins, vous ferait quelque chose. Que vous retrouveriez vos anciennes passions, vos anciennes colères, en y repensant. J'imaginais que quelque chose en vous se ranimerait, reviendrait à la vie…, de le revoir, lui, de revoir cette maison…

» — Reviendrait à la vie ? fis-je d'une voix sourde.

» Tout en parlant, je sentis la dureté froide et métallique de mes mots, le contrôle que j'exerçais sur ma voix. J'étais de glace, de métal, et lui me paraissait soudain fragile ; fragilité ancienne, en fait, mais qui m'était maintenant révélée.

» — Oui, cria-t-il, oui, revenir à la vie !

» Puis, bizarrement, il parut troublé, embarrassé, et baissa la tête, comme pour exprimer sa défaite. Cette façon de s'avouer soudain vaincu, l'expression fugitive de défaite de son visage lisse et blanc me rappelèrent un instant semblable d'autrefois. Il me fallut un moment incroyablement long pour parvenir à revoir Claudia dans la même attitude, Claudia, au pied du lit, dans l'appartement de l'hôtel Saint-Ga-

435

briel, m'implorant de transformer Madeleine en vampire... Le même regard désemparé, la même expression de défaite, si puissante que tout le reste en était oublié. Comme Claudia autrefois, il parut se reprendre, faisant appel à quelque réserve d'énergie, mais il dit d'une voix douce, sans s'adresser à moi :

» — Je suis en train de mourir !...

» Et je savais, moi, la seule créature après Dieu à le voir et à l'entendre, je savais qu'il disait vrai. Je ne répondis rien.

» Un long soupir s'échappa de ses lèvres. Sa main droite reposait mollement dans l'herbe à son côté.

» — La haine..., c'est aussi une passion, dit-il. Le désir de vengeance, cela peut faire revivre...

» — Non, pas moi..., chuchotai-je. C'est fini...

» Son visage parut alors très calme. Il releva la tête et me regarda fixement.

» — Je m'étais mis à croire que vous sauriez surmonter cela — que, lorsque votre douleur aurait disparu, vous reviendriez à la tiédeur de la vie et de l'amour, vous vous ranimeriez sous l'effet de cette curiosité féroce, insatiable, que j'avais remarquée lorsque je vous ai rencontré la première fois dans ma cellule, sous l'effet de l'obstination, de la soif de savoir qui vous avaient conduit jusqu'à Paris. Je pensais que c'était une part de vous-même qui ne pourrait jamais mourir. Et je m'imaginais que lorsque votre douleur se serait évanouie vous pourriez me pardonner le rôle que j'avais joué dans la mort de Claudia. Elle ne vous a jamais aimé, savez-vous. Pas de la façon dont je vous ai aimé, et dont vous nous avez, tous deux, aimés. Je le savais, j'en étais sûr ! C'est pourquoi je croyais pouvoir vous recueillir dans mes bras et vous garder. Le temps s'ouvrirait devant nous, et nous serions nos professeurs mutuels. Tout ce qui vous procurerait du bonheur me rendrait heureux ; je serais le protecteur de vos souffrances. Nous partagerions nos pouvoirs et nos énergies... Mais en vous je ne trouve plus que la mort, vous êtes glacé et

436

hors de mon atteinte! Je pourrais aussi bien n'être pas là, près de vous, et cela me donne l'impression terrifiante de ne pas exister. Vous êtes aussi froid, aussi distant pour moi que ces étranges peintures modernes, faites de lignes et de formes abruptes, que je ne peux aimer ni comprendre, aussi étranger que les dures sculptures mécaniques de cette époque, qui n'ont plus ressemblance humaine. Quand je suis près de vous, je frissonne. Je regarde dans vos yeux, je n'y vois pas mon reflet...

» — Ce que vous demandiez était impossible! fis-je vivement. Ne le comprenez-vous pas? Moi aussi, ce que je demandais était impossible, depuis le commencement.

» Il voulut protester, mais les mots se formèrent à peine sur ses lèvres. Il leva la main comme pour les balayer.

» — Je voulais l'amour et la bonté dans ce qui n'est que mort vivante, continuai-je. Depuis le début, c'était impossible, car on ne peut faire consciemment le mal et prétendre en même temps à l'amour et au bien. Vous ne pouvez prétendre qu'au désespoir, au désarroi, aux frustrations — à chasser le fantôme du bien sous ses formes humaines. Je connaissais la véritable réponse à ma quête avant même d'arriver à Paris. Je la connaissais quand j'eus pour la première fois pris une vie humaine pour en nourrir ma soif. Ce fut mon arrêt de mort. Mais je ne voulus pas l'accepter, ne pus pas l'accepter, car, comme toutes les créatures vivantes, je ne souhaite pas mourir! Et je me mis à chercher d'autres vampires, à chercher Dieu, à chercher le diable, à chercher mille choses cachées sous des milliers de noms. Et tout était semblablement mauvais, tout était faux. Car personne ne pouvait me convaincre de ce que je savais dans mon for intérieur — que mon âme était damnée. Quand je vous rencontrai à Paris, je vous vis puissant, beau et sans remords. Mais vous étiez un destructeur de vies, tout comme moi, plus impitoyable et plus

437

malicieux même que moi. J'ai vu en vous le seul être que je pouvais réellement espérer devenir, et le degré de mal, le degré de froideur auquel je devais parvenir pour que ma peine disparaisse. Je l'ai accepté ; et ainsi se sont éteintes ces passions que vous aviez vues en moi. Je ne suis plus que le reflet de vous-même.

» Un long moment passa avant qu'il ne parle. Il s'était levé et, me tournant le dos, regardait le fleuve, tête baissée, mains pendantes. « Je ne peux rien dire de plus, pensais-je calmement, rien faire d'autre. »

» — Louis, dit-il, relevant la tête, d'une voix épaisse et inhabituelle.

» — Oui, Armand ?

» — Y a-t-il autre chose que vous attendiez de moi, que vous vouliez de moi ?

» — Non, fis-je. Que voulez-vous dire ?

» Il ne répondit pas et s'éloigna lentement. Au début, je crus qu'il ne voulait que faire quelques pas, marcher seul quelques instants au long de la rive boueuse. Le temps que je comprenne qu'en fait il me quittait, il n'était plus qu'un petit point noir se découpant sur les scintillements intermittents de l'eau sous la lune. Je ne devais jamais le revoir.

» Je ne fus vraiment sûr que son départ était définitif que plusieurs nuits plus tard. Il avait laissé son cercueil, mais ne revint jamais le chercher. J'attendis plusieurs mois avant de le faire emporter au cimetière Saint-Louis pour le faire descendre dans la crypte où j'étais censé être enterré. La tombe, négligée depuis longtemps car ma famille était partie, reçut ainsi le seul reste qu'il m'ait laissé de lui. Mais j'en conçus un sentiment de plus en plus inconfortable. J'y pensais en m'éveillant, j'y pensais à l'aube juste avant de fermer les yeux. Une nuit, j'allai au cimetière, sortis le cercueil du caveau et le mis en pièces, que je semai dans l'herbe haute de l'étroite allée.

» Un soir, peu de temps après, le jeune vampire, qui était le dernier enfant de Lestat, m'accosta. Il me supplia de lui dire tout ce que je savais du monde et de devenir son compagnon et son professeur. Je lui répondis que je savais principalement que je le détruirais si jamais je le revoyais.

» — Vous voyez, quelqu'un doit mourir chaque nuit où je sors, et il en sera ainsi jusqu'à ce que j'aie le courage d'y mettre fin, ajoutai-je. Et vous seriez pour moi une parfaite victime, en tant que tueur aussi englué dans le mal que moi-même.

» Je quittai La Nouvelle-Orléans la nuit suivante, parce que mon chagrin ne disparaissait pas. Et je ne voulais plus repenser à cette vieille maison où se mourait Lestat ; ni à ce vampire moderne et acide que j'avais mis en fuite. Ni à Armand.

» Je voulais aller quelque part où rien ne m'eût été familier ; où rien n'eût d'importance.

» Et, cette fois-ci, c'est vraiment la fin de mon histoire. Je n'ai rien à y ajouter.

Le jeune homme, muet, fixait des yeux le vampire, qui était assis, recueilli, mains croisées sur la table. Ses yeux étroits et bordés de rouge étaient posés sur la bande magnétique qui défilait. Son visage était si émacié que les veines saillaient de ses tempes, comme creusées dans la pierre. Il se tenait si immobile que seuls ses yeux verts témoignaient d'un peu de vie, une vie qui ne consistait qu'en une morne fascination devant le mouvement de la cassette.

Se reculant, le jeune homme fit courir d'un mouvement lâche ses doigts dans ses cheveux.

— Non, fit-il avec une brève inspiration.

Puis il répéta, plus fort :

— Non !

Le vampire ne parut pas l'entendre. Ses yeux se tournèrent vers la fenêtre, vers le ciel gris et sombre.

— Il n'y avait pas de raison que cela se termine ainsi ! reprit le jeune homme en se penchant en avant.

Sans quitter le ciel des yeux, le vampire émit un rire bref et sec.

— Tout ce que vous avez éprouvé, à Paris! (La voix du jeune homme s'amplifia.) Votre amour pour Claudia, vos sentiments, vos sentiments pour Lestat, même... Il n'y avait pas de raison que cela se termine ainsi, par ce.. désespoir! Car c'est bien de désespoir qu'il s'agit, n'est-ce pas?

— Arrêtez, ordonna brutalement le vampire en levant la main droite.

Ses yeux revinrent, presque machinalement, sur le visage de son interlocuteur.

— Je vous ai dit, et je vous répète, que cela ne pouvait pas se terminer autrement.

— Je ne peux pas l'accepter, dit le jeune homme en secouant vigoureusement la tête. (Il croisa les bras sur la poitrine.) Non, je ne peux pas.

L'émotion sembla le submerger, à tel point qu'involontairement il repoussa sa chaise, qui grinça sur le plancher nu, et se mit à arpenter la pièce. Quand il se retourna pour faire face au vampire, les mots qu'il voulait prononcer s'étranglèrent dans sa gorge. Le vampire, quant à lui, l'observait, avec un amusement amer mêlé d'un certain ressentiment.

— Vous ne vous rendez pas compte de ce que vous m'avez raconté? C'est une aventure telle que je n'en connaîtrai jamais, de toute ma vie! Vous me parlez de passion, vous me parlez de désir! Vous me parlez de choses que des millions d'entre nous ne goûterons jamais, ne pourront jamais comprendre! Et vous m'affirmez que c'est ainsi que cela devait se terminer! Je vous le dis...

Il s'était rapproché du vampire et écartait ses mains ouvertes, dans un geste véhément.

— Si seulement vous me donniez votre pouvoir! Le pouvoir de sentir, de voir, de vivre pour toujours!

Les yeux du vampire s'écarquillèrent, sa bouche s'ouvrit de stupéfaction.

— Quoi! s'exclama-t-il d'une voix sourde, quoi!

— Donnez-moi ce pouvoir! répéta le jeune homme en refermant le poing droit et s'en frappant la poitrine. Faites de moi un vampire!

440

Après un bref moment de confusion, le jeune homme, moite de terreur, se retrouva suspendu par les épaules aux mains du vampire, qui, debout, le fixait d'un regard furieux.

— C'est cela que vous voulez? murmura-t-il, ses lèvres bougeant à peine. C'est cela... après tout ce que je vous ai dit..., c'est cela que vous me demandez!

Un petit cri s'échappa des lèvres du jeune homme, qui se mit à trembler de tout son corps, la sueur perlant à son front et au-dessus de sa lèvre. Attrapant délicatement le vampire par le bras, il dit, fondant presque en larmes:

— Vous ne savez pas ce qu'est la vie des hommes! Vous avez oublié! Vous ne comprenez pas vous-même ce que votre histoire signifie pour un être humain tel que moi!

Un sanglot étouffé interrompit ses paroles, et ses doigts s'enfoncèrent dans le bras du vampire.

— Mon Dieu! fit le vampire, qui, en se détournant, manqua de le projeter, déséquilibré, sur le mur opposé.

Dos tourné, il regarda la fenêtre grise.

— Je vous en supplie..., faites un dernier essai. Un dernier essai avec moi!

Le visage toujours tordu de colère, le vampire se retourna, mais, progressivement, son expression s'apaisa. Ses paupières s'abaissèrent lentement et ses lèvres s'étirèrent en un sourire. Il rouvrit les yeux.

— J'ai échoué, soupira-t-il, toujours souriant. J'ai complètement échoué...

— Non..., protesta le jeune homme.

— N'en dites pas plus, articula le vampire. Il me reste une seule chance. Vous voyez votre appareil? Il tourne toujours. Je n'ai qu'un moyen de vraiment vous montrer la signification de ce que je vous ai raconté.

Il se saisit alors du jeune homme d'un mouvement si rapide que celui-ci frappait encore dans le vide, là où il croyait trouver son assaillant, quand le vampire l'avait déjà pressé sur sa poitrine, posant les lèvres sur son cou incliné.

— Vous voyez? murmura-t-il, et ses lèvres soyeuses se retroussèrent sur deux longues canines qui pénétrèrent la chair.

Le jeune homme bredouilla, un son guttural sortit de sa gorge, sa main chercha à se refermer sur une prise, ses yeux s'élargirent, mais devinrent ternes et gris à mesure que le vampire buvait, calme comme un dormeur. Son souffle gonflait si subtilement sa poitrine étroite qu'on aurait dit qu'à chaque inspiration il s'élevait lentement du sol, avec une légèreté de somnambule. Le jeune homme poussa une plainte. Le vampire se retira et le maintint à l'aide de ses deux mains, pour regarder son visage livide, ses mains flasques, ses yeux à demi clos.

La lèvre inférieure du jeune homme, pendante, tremblait, comme sous l'effet de la nausée. Il gémit, et sa tête se renversa, ses yeux roulèrent dans leurs orbites. Le vampire l'installa doucement sur la chaise. Il luttait pour parler et les larmes qui perlaient au coin de ses yeux semblaient causées au moins autant par cet effort qu'il faisait que par son état de détresse. Sa tête, lourdement, retomba, comme celle d'un ivrogne, et l'une de ses mains se posa sur la table. Tandis que le vampire restait debout à l'observer, sa peau blême prit une douce et lumineuse couleur rose, comme si une lumière pâle l'eût éclairé et que tout son être en eût réfléchi l'éclat. La chair de ses lèvres se colora, devint presque rose elle aussi, les veines de ses tempes et de ses mains ne furent plus que des traces sur sa peau et son visage redevint lisse et juvénile.

— Est-ce que je... est-ce que je vais mourir? souffla le jeune homme qui relevait lentement la tête, la bouche molle et humide. Est-ce que je vais mourir? grogna-t-il, ses lèvres tremblant toujours.

— Je ne sais pas, répondit en souriant le vampire.

Le jeune homme parut sur le point d'ajouter quelque chose, mais sa main glissa sur la table et sa têtes s'affaissa à côté d'elle, tandis qu'il perdait conscience.

Quand il rouvrit les yeux, le soleil s'était levé. Il éclairait la fenêtre sale et nue et réchauffait sa main et le côté de son visage. Le jeune homme resta un moment ainsi, la tête appuyée sur la table, puis, dans un grand effort, se redressa, prit une longue et profonde inspiration et, fermant les yeux, tâta l'endroit où le vampire avait bu son sang. Accidentellement, son autre main toucha le couvercle de son enregistreur à cassettes. Il poussa un cri, tellement le métal était chaud.

Puis, se levant, il se dirigea gauchement, titubant presque, vers le lavabo où il s'appuya de ses deux mains. Il ouvrit vivement le robinet, s'aspergea le visage d'eau froide, puis s'essuya au moyen d'une serviette sale qui pendait à un clou. Sa respiration se fit régulière, et il réussit à rester debout sans soutien, regardant, immobile, le miroir. Alors, il baissa les yeux sur sa montre et sursauta en lisant l'heure. Les aiguilles de sa montre parurent le ranimer plus efficacement que le soleil et que l'eau froide. Vivement, il inspecta la pièce et le couloir et, n'y découvrant rien ni personne, se rassit. Alors, tirant un petit carnet et un stylo de sa poche et les posant sur la table, il pressa l'une des touches de son magnétophone. La bande se rembobina rapidement. Il l'arrêta et pressa la touche de lecture. Se penchant, il écouta attentivement la voix du vampire, puis de nouveau fit défiler la bande à grande vitesse. Après plusieurs autres sondages, son visage s'éclaira, tandis que dans le haut-parleur de l'appareil une voix disait, sur un ton égal : « C'était un soir très doux. Dès que je le vis sur l'avenue Saint-Charles, je devinai qu'il était attendu quelque part... »

Vivement, le jeune homme écrivit : *Lestat... près de*

l'avenue Saint-Charles. Vieille maison en ruine... voisinage miséreux. Chercher balustrades rouillées.

Puis, fourrant le carnet dans sa poche, il rangea les cassettes dans sa serviette, à côté du petit enregistreur, descendit à grands pas le long couloir, dévala l'escalier et courut jusqu'au bar du coin de la rue, devant lequel sa voiture était garée.

OUVRAGES DE LA COLLECTION « TERREUR »

IAIN BANKS
Le seigneur des guêpes

CLIVE BARKER
Secret Show (avril 93)

WILLIAM P. BLATTY
L'Exorciste : la suite

ROBERT BLOCH
L'écharpe
Lori
Psychose
Psychose 2
Psychose 13

RANDALL BOYLL
Froid devant (mai 93)
Monssstre
Territoires du crépuscule

RAMSEY CAMPBELL
Envoûtement
La secte sans nom

MATTHEW J. COSTELLO
Cauchemars d'une nuit d'été

MARTIN CRUZ-SMITH
Le vol noir

JOHN FARRIS
L'ange des ténèbres
Le fils de la nuit éternelle

RAYMOND FEIST
Faërie

RAY GARTON
Crucifax
Extase sanglante

LINDA C. GRAY
Médium

WILLIAM HALLAHAN
Les renaissances de Joseph
   Tully

THOMAS HARRIS
Dragon rouge
Le silence des agneaux

JAMES HERBERT
Dis-moi qui tu hantes
Fluke
Fog
La lance
Les rats
Le repaire des rats
L'empire des rats (avril 93)
Le survivant

SHIRLEY JACKSON
Maison hantée (mars 93)

STEPHEN KING
La part des ténèbres
Salem

DEAN R. KOONTZ
Le masque de l'oubli
Miroirs de sang
La mort à la traîne
La nuit des cafards
La nuit du forain
La peste grise
Une porte sur l'hiver
La voix des ténèbres
Les yeux des ténèbres

STEVEN LAWS
Train fantôme

CHARLES DE LINT
Mulengro

GRAHAM MASTERTON
Démences
Le démon des morts
Le djinn
Le jour J du jugement
Manitou
Le miroir de Satan
La nuit des salamandres
   (juin 93)
Le portrait du mal
Les puits de l'enfer
Rituels de chair
Transe de mort (février 93)
La vengeance de Manitou

ROBERT MCCAMMON
L'heure du loup
La malédiction de Bethany
Scorpion

MICHAEL MCDOWELL
Les brumes de Babylone
Cauchemars de sable

ANDREW NEIDERMAN
L'avocat du diable (mars 93)

ANNE RICE
Lestat le vampire
Entretien avec un vampire
La reine des damnés
La momie

FRED SABERHAGEN
Un vieil ami de la famille

JOHN SAUL
Cassie
Hantises
Créature (juillet 93)

PETER STRAUB
Ghost Story
Julia
Koko
Mystery

MICHAEL TALBOT
La tourbière du diable

SHERI S. TEPPER
Ossements

THOMAS TESSIER
L'antre du cauchemar

THOMAS TRYON
L'autre
La fête du maïs

JACK VANCE
Méchant garçon

LAWRENCE WATT-EVANS
La horde du cauchemar
   (février 93)

CHET WILLIAMSON
La forêt maudite

DOUGLAS E. WINTER
13 histoires diaboliques

BARI WOOD
Amy girl

**BARI WOOD/
   JACK GEASLAND**
Faux-semblants

T.M. WRIGHT
L'antichambre
Manhattan Ghost Story
L'autre pays (juin 93)

Achevé d'imprimer en août 1994
sur les presses de l'Imprimerie Bussière
à Saint-Amand (Cher)

POCKET - 12, avenue d'Italie - 75627 Paris Cedex 13
Tél. : 44-16-05-00

— N° d'imp. 2049. —
Dépôt légal : octobre 1990.
Imprimé en France